DONNA BOYD

Die Schneewölfin

Buch

Alexander Devoncroix, Boss einer internationalen Unternehmensholding und Anführer der Werwolf-Dynastie, ist von seinen Feinden ermordet worden. Nun muss sein Sohn Nicholas die Geschäfte übernehmen. Verzweifelt versucht er, Frieden zwischen den verschiedenen rivalisierenden Gruppen zu stiften und ein besseres Zusammenleben mit den Menschen zu ermöglichen. Doch auf einer seiner vielen Reisen explodiert eine versteckte Bombe. Sein Flugzeug stürzt ab, mitten in der Ödnis von Alaska. Nicholas – nun in Gestalt eines großen, mächtigen Wolfes – ist schwer verletzt und dem Tode nahe. Er hat jedoch Glück im Unglück: Hannah Braselton North findet ihn und bringt ihn in Sicherheit. Seit ihr Mann bei einem Autounfall tödlich verunglückt ist, lebt Hannah zurückgezogen und einsam in der Wildnis, um die dort lebenden Tiere zu beobachten und zu schützen. Als sie Nicholas entdeckt, glaubt sie, einen seltenen Wolf zu retten. In der Nähe des Flugzeugwracks findet Hannah jedoch außerdem ein altes Buch, in dem sich ihr – Abend für Abend – die Familiengeschichte der Devoncroix und der Werwölfe enthüllt. Sie glaubt, einen Roman in den Händen zu halten, bis zu der Nacht, in der Nicholas wieder zu Kräften kommt …

Autorin

Donna Boyd lebt in einem viktorianischen Haus im Herzen der Blue Ridge Mountains, USA. Ihr erster Band der Werwolf-Saga »Das Haus der Wölfe« wurde von Publikum und Kritik gleichermaßen begeistert aufgenommen.

Von Donna Boyd ist außerdem im Blanvalet Taschenbuch erschienen

Das Haus der Wölfe. Roman (35384)

DONNA BOYD

Die Schneewölfin

Roman

Deutsch
von Joachim Peters

BLANVALET

Die Originalausgabe erschien unter dem Titel
»The Promise«
bei Avon Books, Inc., New York

Umwelthinweis:
Alle bedruckten Materialien dieses Taschenbuches
sind chlorfrei und umweltschonend.

Blanvalet Taschenbücher erscheinen im Goldmann Verlag,
einem Unternehmen der Verlagsgruppe Random House.

Deutsche Erstveröffentlichung August 2001

Umschlaggestaltung: Design Team München
Umschlagfoto: TIB/McCarthy + Superstock
Redaktion: Barbara Gernet
Satz: deutsch-türkischer fotosatz, Berlin
Druck: Elsnerdruck, Berlin
Verlagsnummer: 35353
KvD · Herstellung: Katharina Storz/HN
Made in Germany
ISBN 3-442-35353-X
www.blanvalet-verlag.de

1 3 5 7 9 10 8 6 4 2

Prolog

So trifft man sich wieder, Mensch. Meine Geschichte hat dich so verunsichert, dass du plötzlich voller Angst und Abscheu all das in Frage stellst, was du immer für selbstverständlich erachtet hast. Öfter als früher schaust du dich um – und rollt eine dunkle Limousine mit kugelsicheren Scheiben an dir vorbei, starrst du die Insassen so lange an, bis sie zufällig deinen Blick erwidern und du, rasenden Herzens und wissend, dich rasch abwendest.

Jetzt, auf einmal, wirst du meiner gewahr, wenn ich dich aus den Schatten heraus beobachte, und das Wissen um meine Gegenwart erregt und verängstigt dich zugleich. Obwohl ich natürlich immer schon da gewesen bin, mit Wachsamkeit und Raublust in der Dunkelheit, das Maul zu einem belustigten Grinsen verzogen. Und im Grunde hast du es immer gewusst – gewusst in jenem Teil tief in deinem Innern, der einst durch die Savanne streifte, Jäger und Gejagter in einem, der, in die blutigen Felle seiner Beute gehüllt, gegen die Kälte ankämpfte und allen Widrigkeiten die Stirn bot. Doch bislang fiel es dir leicht, dieses Wissen zu verdrängen. Bislang hast du mir nie in die Augen sehen wollen.

Doch wer bin ich eigentlich? Welche Macht habe ich über dich? Bin ich der hoch gewachsene, langhaarige Typ mit den unverwechselbaren Zügen, der vor laufenden Kameras den Oscar entgegennimmt? Oder der Modeschöpfer mit dem italienischen Flair, der die Welt der Laufstege auf den Kopf stellt? Oder bin ich womöglich die Stimme aus dem Radio, die sich mit ihrem Rhythmus und ihrer Melodie in die Herzen der Menschen schmeichelt? Wobei ich all diese Beschäftigungen, mein Lieber, lediglich als Hobbys betreibe.

Ich bin das Gesicht hinter dem großen Fenster eines Raums, der ausschließlich vom Licht der Computermonitore erhellt ist. Ich bin der stumme Bieter in einer der hinteren Reihen und die Stimme am Telefon, die am späten Nachmittag den Börsenschluss verkündet. Ich bin auch der Grund dafür, dass dein Flug um zwei Stunden verschoben werden musste, während mein Privatjet aufgetankt wurde, und wundere dich nicht, wenn du erfährst, dass ich Eigner jener Fluggesellschaft bin, deren Namen du beim Warten auf den Abflug verflucht hast. Tut mir Leid, aber manchen Dingen gebührt eben Vorrang.

Oft genug hast du mein Bild gesehen, unscharf und verschwommen, auf den Titelseiten der Zeitungen dieser Welt. Ich war die Gestalt, die sich bei der Gipfelkonferenz im Hintergrund herumdrückte; derjenige, der sich bei der Bombardierung des Flughafens von der Kamera abwandte; der, den du über die Computertastatur gebeugt sahst, als die Sonde auf dem Mars landete. Ich bin dein Investment-Banker, dein Kommunikationsfachmann, dein Juwelier, dein Ingenieur. All das und noch viel mehr. Du weißt das, und instinktiv schreckst du vor dieser Erkenntnis zurück, während deine Neugierde – jene wunderbare Neugier, welche uns als Fluch und Gnade gleichermaßen zu Eigen ist – dich unwiderstehlich anzieht. Armes Menschlein. Du hast das Schlimmste noch vor dir.

Wir, du und ich, sind all die Jahre auf Distanz zueinander geblieben und haben nach einer gemeinsamen, ebenso blutigen wie stolzen Vergangenheit einen Frieden geschlossen, bei dem uns nicht immer ganz wohl ist. In deiner Erinnerung sind wir lediglich Schatten in der Dunkelheit. Du hingegen bist in der unseren sehr viel mehr. Deshalb bin ich nun angetreten, das verloren gegangene Gleichgewicht wiederherzustellen.

So folge mir denn, Mensch, an einen Ort in langst vergangene Zeit, wo, geduckt und lautlos, ein Lebewesen am Waldrand entlangschleicht. Seine Augen sind schmale, gelb leuchtende Schlitze, und sein Atem dampft in der feuchtkalten Nacht. Seit Tagen schon verfolgt er seine Beute, angelockt von einem Geruch, einem Herzschlag, einem nächtlichen Geräusch, das seine Aufmerksamkeit erregt hat. Zu Beginn seiner Reise war sein Bauch voll gewesen und er noch aufrecht gegangen; er scheute nicht vor dem Klettern auf hohe Bäume zurück, um Vögel aus ihren Nestern zu rauben und Eier auszuschlürfen; und unter seinen langgliedrigen Händen entstand ein Wetterschutz für sich und seine Gefährtin. Doch dann hatte er die Witterung aufgenommen und den Herzschlag vernommen, der etwas Vertrautes in ihm zum Schwingen brachte, also folgte er seiner Neugier.

Nun zieht er auf allen vieren umher; ein Schwanz hilft ihm, das Gleichgewicht zu halten, ein dichtes Fell schützt ihn vor der Kälte, und längst hat er vergessen, warum er seine Reise in jener anderen Gestalt begonnen hatte. Er hat Berge überquert und Flüsse durchschwommen ... Raubtiere abgewehrt und jene weit hinter sich gelassen, die abzuwehren er nicht in der Lage war. Sein Bauch ist nun leer und straff, seine Muskeln schreien nach Nahrung, und jeder Herzschlag hämmert *Hunger, Hunger, Hunger* ... Hunger. Es ist ein Instinkt, der selbst unsere Neugier in den Schatten stellt.

Der Geruch von Rauch hat ihn angelockt, und da sieht er sie, diese spärlich behaarten, schwanzlosen Wesen, wie sie um das Feuer sitzen. Er duckt sich tief hinab, um vollständig mit dem Wald zu verschmelzen, und beobachtet sie mit triefenden Lefzen. Die anderen Raubtiere haben sich von Rauch und Feuer vertreiben lassen. Er aber fürchtet sich nicht. Schließlich hat er selbst einst Feuer gemacht, in jener anderen Gestalt, jenem anderen Leben. Die Wärme und Behaglichkeit, die es verströmt, ist ihm vertraut. Und er wundert sich in einem Teil seines Gehirns weitab von seinem Hunger, dass diese Lebewesen ebenfalls das Feuer kennen.

Doch er wundert sich über noch mehr: über die Form ihrer Vorderfüße mit den vier langen Zehen und der kürzeren, beweglichen fünften; über ihre längeren, muskulösen Hinterbeine und die Art und Weise, wie sie aufrecht sitzen und ins Feuer grunzen; über die Geräusche, die sie erzeugen, ihre Gesichtszüge, ihre Bewegungen … und darüber, wie sehr sie ihm ähneln. Und wie anders sie zugleich doch sind. Dieser widerlich ranzige, beißende Geruch, den sie ausströmen, ist wohl schuld daran, dass sie seine Witterung noch nicht aufgenommen haben. Ihre Augen sind klein und rund und offenbar halb blind, denn sonst hätten sie ihn längst im Buschwerk erspäht. Ihre Ohren ähneln zwar sehr seinen eigenen in seiner anderen Gestalt, müssen jedoch höchst unzulänglich ausgebildet sein, denn nicht eines von ihnen wendet sich um beim Klang seines Herzschlags oder bei der Atmung des Fremden, der sich so nah an ihr Feuer geschlichen hat.

Der Räuber kommt zu dem Schluss, dass diese Wesen trotz ihrer äußerlichen Ähnlichkeit mit ihm eine minderwertige Spezies und somit keine Bedrohung für ihn darstellen. Dennoch – sie haben Feuer und erwecken seine Neugier. Er verlässt den Schutz der Schatten, bewegt sich auf sie zu.

Wie nun einzelne Schicksale sich häufig in Bruchteilen von Sekunden mehr oder weniger zufällig entscheiden, verläuft auch die Geschichte der Welt oder das Schicksal einzelner Arten. Das Lebewesen, das aus der Dunkelheit gekrochen kam, hatte den Körper eines Wolfs, aber zugleich den Verstand, sich nach dem Grund dafür zu fragen. Es hatte den Heißhunger eines wilden Tieres und eine Seele, die nach Höherem strebte. Die Hominiden, die sich ums Feuer scharten, hätten Gelegenheit gehabt, in ihm ein Stück ihrer selbst zu erkennen. Stattdessen sahen sie in ihm nur das Ungeheuer.

Die Wesen am Feuer nehmen ihn erst wahr, als es schon fast zu spät ist. Sie kreischen vor Angst und trampeln einander in wilder Flucht nieder. Ein Weibchen greift sich ein Junges und rennt um sein Leben. Ein Heranwachsender bleckt noch kurz die Zähne und wirft eine Hand voll Steine, bevor auch er schreiend davonrennt. Der Geruch ihrer Panik ist berauschend; die Aufregung der Jagd, der Reiz der Herausforderung, der von Leben gesättigte Atem der Beute in ihren letzten, intensivsten Augenblicken. Er ist der Jäger, und sein Instinkt treibt ihn zum Angriff.

Die Jüngeren, Beweglicheren lässt er entfliehen und reißt mit einem gezielten Satz einen Hinkenden, der den Anschluss verloren hat. Er genießt den Schwall warmen Blutes in seinem Maul, das Knacken von Knochen und Sehnen zwischen seinen Zähnen, jene rasende Bestie namens Hunger in seinem Innern, die wie wild an Muskelfleisch zerrt, die weichen Eingeweide hinunterschlingt und die Schnauze in voller Länge in den dampfenden Leichnam gräbt, um gierig zu fressen, bis er nicht mehr kann. Er ist das Raubtier und hat nur getan, was seine Natur von ihm verlangt.

Später aber rollt er sich, satt und schläfrig, vor der allmählich erlöschenden Glut zusammen und träumt jene Träume, die kein anderes wildes Tier des Waldes träumt. Er erinnert sich an eine Körperform, ein Gesicht, eine Hand mit fünf Fingern, eine glatte Hauthülle, das Fehlen eines Schwanzes. Er erinnert sich an sich selbst. Und er erinnert sich an jene Wesen, so vertraut und fremd zugleich, deren Geruch ihn hierher gelockt hatte. Während er in ihr Feuer schaut, bedauert er, dass sie weg sind.

So also hat es der Legende nach vor Urzeiten zwischen uns angefangen. Jäger und Beute, eine Wahl und eine Entscheidung. So hätte es auch gut bleiben können, wäre da nicht im Lauf der Jahrtausende mit unseren beiden Spezies etwas geschehen. Und genau das ist doch die Geschichte, die du hören willst, nicht wahr? Zumal wir heute erneut vor einer Wahl, einer Entscheidung stehen – und unser aktuelles Handeln ebenso wie in jener Nacht am Feuer den künftigen Lauf der Welt bestimmen wird.

Folge mir deshalb in eine Stadt namens New York in einem Land namens Amerika, wo ein junger Werwolf das Ende einer Ära betrauert. In seinen Händen hält er den Schlüssel zu einer Dynastie, und sein Kopf birgt ein Geheimnis, das euer Schicksal ebenso wie das meine endgültig in eine andere Richtung lenken könnte. Höre, wie sein Klagegeheul auf der ganzen Erde widerhallt, und fühle, wie sein Verlust dein Blut erstarren lässt. Sieh ihn dir an, wie er sich erhebt, ans Fenster tritt und in den kalten grauen Morgen starrt. Er glaubt, das Schlimmste hinter sich zu haben.

Welch ein Irrtum.

Das Drama, das vor Hunderttausenden von Jahren begonnen hat, treibt auf den letzten Akt zu, und der Vorhang hebt sich hier, in diesem Raum, in dieser Nacht. Wenn er wieder fällt, werden weder du noch ich noch ein einziger unserer Artgenossen dieselben sein wie zuvor. Rück deshalb näher ans Feuer, Mensch, und mach es dir gemütlich.

Es gibt da eine Geschichte, die ich dir unbedingt erzählen muss.

TEIL EINS

Die Jagd ist unser Element,
drum man sie unser Wesen nennt,
bis einst einer von uns erkennt:
»Ich lass ab heut das Töten sein …
räum eine Chance dem Frieden ein.«

Aus einem traditionellen
Werwolf-Kinderlied

1

13:43 Uhr Greenwich-Zeit
23. November 1998

Zum ersten Mal in der hundertvierzigjährigen Geschichte der berühmtesten Uhr der Welt in London schlugen die Glocken von Westminster nicht mehr synchron wie gewohnt. Für die überraschende Schließung der U-Bahn wurde ein Computerfehler als Grund genannt, und volle vier Minuten lang war die BBC nicht mehr auf Sendung. Eine Erklärung für die fehlende Zeit lässt bis heute auf sich warten.

In Beirut fiel nach kurzem Flackern der Strom aus, und im Iran stellten sechsunddreißig Erdölpumpen von einer Sekunde auf die andere ihren Dienst ein. In Moskau zersplitterten drei Fenster der Basilius-Kathedrale, und in einem dreihundert Jahre alten Spiegel entstand ein Riss. In Paris, Rom, Tokio und Hongkong kam es infolge des Ausfalls zahlreicher Ampeln zu gigantischen Verkehrsstaus. In Genf und Luzern verschwanden spurlos Überweisungen in Höhe von mehreren Millionen Dollar, nachdem die Computer der Banken abgestürzt waren. Der Markusplatz wirkte am helllichten Tag wie ausgestorben. Auf hoher See wurden die Schiffsmotoren abgestellt, und in der Luft leiteten die Flugzeuge den Sinkflug ein.

Weltweit unterbrachen die Menschen ihre Mahlzeiten und kämpften mit einer plötzlichen Übelkeit; andere erwachten schweißgebadet aus dem Schlaf, und wieder andere hielten mitten in der Rede inne und starrten entsetzt ins Leere, ohne sich selbst die Verzweiflung erklären zu können, die sich ihrer bemächtigt hatte. Später berichteten sie von einem Anfall von Schüttelfrost, von einem stechenden Schmerz hinter den Augen oder einem elektrischen Prickeln im Nacken, als sich in der ganzen Welt das Geheul erhob. Auch wenn es zu laut und zu hoch war, als dass ihre Ohren es hätten vernehmen können, vermittelte es doch den heftigsten Schmerz, den die Seele kennt: Er ist tot, er ist tot ...

In der Wohnung in der Park Avenue wandte sich Nicholas Devoncroix vom Fenster ab und wieder den leblosen Körpern seiner Eltern auf dem Bett zu. Nach dem Unfall hatte man ihre sterblichen Überreste hierher gebracht, um sie vor den neugierigen Blicken und bohrenden Fragen verbeamteter Menschen zu schützen und ihren Kindern vor der Einäscherung Gelegenheit zu geben, sich in aller Stille von ihnen zu verabschieden. Alexander Devoncroix war auf der Stelle tot gewesen, nachdem er in den finsteren Tiefen des Central Park unter die Räder eines viel zu schnell heranrasenden Fahrzeugs geriet; nicht anders war es seinem Leibwächter ergangen, der sich in einem verzweifelten Versuch, seinen Herrn zu retten, vor das Auto geworfen hatte. Elise Devoncroix, seit über hundert Jahren Alexanders Gefährtin, war nur wenige Augenblicke nach ihrem Gatten am Schock und Schmerz verstorben.

Der Lenker des Fahrzeugs, vermutlich ein Mensch, konnte nicht ermittelt werden.

Nicholas trat zu den beiden Leichnamen, die in Wolfsgestalt auf dem Bett lagen. Seine Hand zitterte, als er das silbriggraue Fell im Nacken seines Vaters berührte; es war kalt, leblos und stumpf geworden. Doch selbst jetzt, seines Atems und seiner Kraft beraubt, stellte Alexander noch eine imposante Erscheinung dar. Seinen weit über einen Meter achtzig langen, muskulösen Körper mit dem eindrucksvollen Kopf hatte man für den öffentlichen Abschied von Freunden und Bekannten so präpariert, dass seine Verletzungen nicht zu sehen waren und er genauso würdevoll wirkte wie zu Lebzeiten. Doch Nicholas wusste, dass der Leichnam beim Versuch einer Umarmung in sich zusammensacken und die losen Knochen und inneren Organe unter ihrer trügerischen Hauthülle sich verschieben würden; das Fell würde unter seiner Berührung kahle Stellen bekommen und seine Hand im Nacken seines Vaters in eine kalte, klaffende Wunde gleiten. Ihre Körper zerfielen nach dem Tod sehr schnell; in nur einer oder zwei Stunden würde die Verwesung einsetzen.

Der Schmerz schnürte Nicholas die Kehle zu, brannte in seinen Augen. »Warum nur, Vater?«, flüsterte er mit belegter Stimme. »Wer hat dir das angetan?«

Und dann meinte er fast zu hören, wie es von den Zimmerwänden widerhallte: Du, mein Sohn ... du ganz allein!

Alexander und Elise waren auf dem Weg zu Nicholas gewesen, als das todbringende Fahrzeug aus dem Schutz der Dunkelheit herangeschossen kam. Sie hatten nur deshalb so überstürzt mitten in der Nacht den Central Park in Wolfsgestalt durchquert, weil sie ihren Sohn davon abhalten wollten, einen Fehler zu begehen ... jedenfalls ihrer Ansicht nach einen Fehler, während er darauf bestand, dass das, was er vorhatte, ihre einzige Rettung sei. Die letzten vierundzwanzig Stunden, die Nicholas mit seinen Eltern verbracht hatte, waren von Drohungen, Vorwürfen und Wutausbrüchen erfüllt gewesen.

Und er war zu spät gekommen, um Abschied zu nehmen.

Er betrachtete seine Mutter, die kaum kleiner, aber schlanker war als sein Vater; ihr helles Fell war länger und seidiger, und noch im Tod erschien sie als Verkörperung kraftvoller Eleganz und würdevoller Haltung. Am liebsten hätte er sie geküsst. Er wollte sich auf sie fallen lassen und sein Gesicht in ihrem Fell vergraben – den süßen, schwachen Duft nach Harz und Muttermilch einsaugen, nach Seide und Perlen und Herdfeuer und Macht ... doch all diese Gerüche waren verflogen, das Fell erkaltet.

Alexander und Elise Devoncroix, über hundert Jahre lang Anführer des Rudels, waren nicht mehr von dieser Welt.

Das schmerzte grausam. Doch das Rudel würde überleben. Er, Nicholas Devoncroix, hatte dafür zu sorgen.

Wie in Zeitlupe richtete Nicholas sich auf. Nur noch kurz verweilte seine Hand über dem Kopf seiner Mutter, bevor er sie zurückzog und mit sanfter, belegter Stimme sagte: »Was ich getan habe, tut mir Leid. Was ich getan habe, und was ich noch tun muss ...«

Nicholas Devoncroix war achtunddreißig Jahre alt – ein geradezu jugendliches Alter bei einer Spezies, deren ältere Vertreter noch mit hundertfünfzig ausgesprochen rüstig sind. Er war der jüngste Sohn der Familie, die das Rudel unangefochten seit fast tausend Jahren regierte, und als solcher vom Augenblick seiner Geburt an für die Stellung ausersehen, die er jetzt bezog. Geboren in eine Welt fast grenzenloser Privilegien und Reichtümer, hatte er trotzdem das erste Jahr nach der Entwöhnung von der Mutterbrust damit zubringen müssen, mit seinen elf Geschwistern um seine Mahlzeiten zu kämpfen, seinen Schlafplatz, sein Revier und seine Spielsachen zu verteidigen und mit Verstand, Zähnen und Klauen um die Gunst seiner Lehrer und Eltern zu ringen. War er zu schwach oder zu langsam, blieb er eben hungrig und musste auf dem Boden schlafen; war er nicht schlau oder aggressiv oder einfallsreich genug, wurde er von seinen Altersgenossen gedemütigt und mit Verachtung gestraft – diese Strafe wog weit schwerer als der Hunger oder die Verbannung vom Feuer.

Während die meisten jungen Werwölfe den Gestaltwechsel etwa ab dem Alter von drei Jahren beherrschen, war Nicholas schon an seinem zweiten Geburtstag so weit gewesen. Mit fünf brachte er unter dem Beifall des Rudels das erste selbst erlegte Reh nach Hause. Den stürmischen Applaus des Rudels und den Ruf, ein meisterhafter Jäger zu sein, erntete er jedoch erst, als er seiner eigenen Beute die Trophäen seiner sechs älteren Brüder hinzufügte, die zu verteidigen jene nicht umsichtig oder schnell genug gewesen waren. Als er zehn Jahre zählte, zweifelte niemand mehr daran, dass das Rudel bei Nicholas Devoncroix in den besten Händen sein würde.

An den angesehensten Universitäten der Welt hatte er erfolgreich Geistes- und Naturwissenschaften studiert. Mit zwanzig hatte er in Menschengestalt den Mount Everest bestiegen, den Grand Prix gewonnen, eine Symphonie komponiert und dirigiert. Darüber hinaus hatte er das satellitengestützte Kommunikationssystem entworfen, auf dem die Sicherheit des Rudels rund um die Welt beruhte, und gewissermaßen nebenbei mehrere hundert Millionen Dollar damit verdient, verschiedene harmlose Teilbereiche dieser neuen Technologie an Menschen zu verkaufen. Er war ein Naturtalent am Verhandlungstisch, ein genialer Bankier und brillanter Ingenieur.

Häufig sah man ihn auf Fotos zusammen mit den attraktivsten Frauen sowohl aus der Gattung der Werwölfe als auch aus der der Menschen. Nicholas speiste mit menschlichen Königen, Präsidenten und Diplomaten. Er besaß eine Villa an der Riviera, ein Apartment auf der Ile St. Louis und eine Ranch auf den Hawaii-Inseln, wo oft Finanzminister und Aufsichtsratsvorsitzende internationaler Konzerne als Gäste weilten.

Wann immer widerstreitende Gruppen innerhalb der Menschheit – sei es als Nationen oder als Konzerne – sich zum Krieg entschlossen und dieser dem Rudel Unannehmlichkeiten brachte, stiftete er Frieden. Drohten Habgier oder mangelnde Weitsicht, das Rudel zu spalten, griff er beschwichtigend ein. Kam es zur Krise, fällte er die nötigen Entscheidungen. Er setzte Verbesserungen durch, brachte Vorschläge ein und handelte Verträge aus. Und noch wichtiger: Er war unentbehrlich geworden. Im Verlauf der letzten zehn Jahre hatte er es geschafft, sich in jedem einzelnen Bereich der Verwaltung des Rudels und seiner weit über hundert Firmen festzusetzen. Seine private Telefonnummer stand in den Adressbüchern eines jeden wichtigen Bankiers, Premierministers, Königs und Präsidenten dieser Welt, unmittelbar hinter der von Alexander Devoncroix – und mitunter sogar vor dieser. Ein Rudel in der Krise funktioniert nicht so, wie es soll, und nichts stürzt es in größere Verwirrung als eine plötzliche Veränderung. Aus diesem Grund waren alle nur erdenklichen Maßnahmen ergriffen worden, um sicherzustellen, dass der Übergang von einem Rudelführer zum anderen möglichst reibungslos vonstatten ging.

Dennoch gab es immer Eventualitäten, die durch keine wie auch immer gearteten Vorkehrungen zu vermeiden waren. Kein Werwolf konnte auf das Erbe vorbereitet werden, das Nicholas jetzt nach seinem Vater antreten musste. Und nichts konnte das Rudel auf das vorbereiten, was Nicholas nun zu tun hatte.

Nicholas betrachtete ein letztes Mal die leblosen Körper auf dem Bett. »Au revoir, mon père, ma mère«, sagte er. »Je vous adore!« Und auf Englisch fügte er hinzu: »Ihr habt weise regiert. Das, was ihr aufgebaut habt, will ich, so gut ich kann, bewahren. Ich schwöre es!«

Dann wandte er sich um und ging hinaus.

2

Aus dem Schlafzimmer trat Nicholas in ein Meer des Schweigens. Die bedeutendsten Werwölfe New Yorks hatten sich hier versammelt; kaum hatten ihre Sinne ihnen das Ableben ihres Rudelführers signalisiert, waren sie auch schon zu seiner Wohnung in der Park Avenue geeilt. Andere befanden sich noch auf dem Weg – aus Washington, Montreal, Kalifornien, Großbritannien, Sri Lanka und Bagdad, aus aller Welt folgten sie ihrem Instinkt.

Sie waren verwirrt, erschüttert und verunsichert, als trieben sie richtungslos in einem weiten, leeren Meer. Seit dem Tod des letzten Rudelführers waren hundert Jahre vergangen – hundert Jahre des Friedens, des Wohlstands und der Konsolidierung ihrer Macht. Nun hatte plötzlich und unerwartet der gewaltsame Tod ihres Anführers dem Rudel einen schweren Schlag versetzt. Alle warteten sehnsüchtig darauf, bestätigt zu bekommen, dass sie nicht verlassen waren.

Nicholas ließ seinen Blick durch den Raum gleiten, in dem alle Gesichter ihm zugewandt waren. Ein Raum voll sinnlicher Signale: Gerüche und Strukturen, Angst und Schmerz, Habgier und Ehrgeiz, Sehnsucht und Verlangen ... am allermeisten Verlangen. Unendliches Verlangen. Sie wandten sich ihm zu, jene geschmeidigen, gepflegten Körper in ihren Chanel-Kostümen und Glacéhandschuhen, mit ihren für teures Geld gestylten Frisuren und dramatisch geschminkten Gesichtern, die Augen weit aufgerissen, die Lippen zusammengepresst und die Nasenlöcher geweitet. Sie sogen seinen Geruch ein, wie er den ihren ... auf der Suche nach Spuren von Schwäche, Anzeichen der Angst.

Irgendwo im Hinterkopf dachte er: Sie sind jetzt mein.

Mein, um sie zu behüten, mein, um sie zu führen, mein, um sie zu schützen.

Erst in relativ junger Vergangenheit begründete ein menschlicher Herrscher eine Tradition, die seine Untertanen beruhigen und vom Fortbestand der Monarchie überzeugen sollte: eine rituelle Bekanntmachung, die beim Ableben eines jeden Regenten und bei der Thronbesteigung eines jeden neuen wiederholt wird. Doch nie erreichte diese Tradition auch nur annähernd die emotionale Wirkung des Rudelrituals, aus dem sie vor vielen Jahrhunderten hervorgegangen war.

Sie waren ein Volk der Rituale. Die Worte mussten ausgesprochen werden.

Nicholas richtete sich auf und sagte mit lauter Stimme: »Der Rudelführer ist tot.«

Kaum einen Herzschlag später antwortete aus der Versammlung laut und klar eine einzelne Stimme: »Es lebe der Rudelführer!«

Der bittere Geruch der Trauer, der von hundert dicht gedrängt stehenden Körpern ausging, verwandelte sich augenblicklich in Erleichterung und Triumph, und das Gefühl der eigenen Stärke schwoll an und ergoss sich wie klares Wasser durch ein geöffnetes Schleusentor.

»Es lebe der Rudelführer«, wiederholte die Menge, und die Worte hallten voller Begeisterung und Leidenschaft im Raum wider. Es lebe der Rudelführer, denn sein Leben war ihr Leben, und ohne ihn existierten sie nicht – ein Rudel ohne Anführer war kein Rudel. Es lebe der Rudelführer!

Kaum erklang dieser Ruf, war Nicholas auch schon von Leibwächtern umgeben. Ehrerbietig, unaufdringlich und weitestgehend nur in ritueller Funktion, hatten sie seinem Vater gedient, und ebenso würden sie nun auch ihm dienen. In vieler Hinsicht waren sie etwa so symbolisch wie Brautführer bei einer Hochzeit, und doch hatten sie eine buchstäblich todernste Aufgabe. Denn zu keinem Zeitpunkt war ein neuer

Herrscher anfälliger für Angriffe und Umsturzversuche als in den ersten Tagen nach dem Tod des alten – insbesondere ein unverheirateter Nachfolger. Wiewohl neuerdings die Herausforderung weitaus wahrscheinlicher auf dem Schlachtfeld der Wall Street stattfand als in einer Wohnung an der Park Avenue, und eher Gewinnspannen und Handelsgüter als Waffen zum Einsatz kamen als Fänge und Klauen, lebte das Ritual doch fort. Sie liebten Rituale über alles.

Nicholas ließ seine Augen über die Menge schweifen, bis er Blickkontakt zu demjenigen aufgenommen hatte, den er suchte: den Besitzer der Stimme, die ihn allen voran als Rudelführer hatte hochleben lassen. Ohne jedes Kopfnicken oder Zwinkern, einfach nur durch Kommunikation von Auge zu Auge, übermittelte Nicholas ihm sein Ansuchen. Der andere Werwolf senkte die Lider zum Zeichen, dass er verstanden hatte.

Nicholas bahnte sich seinen Weg durch die Menge, die sich respektvoll vor ihm teilte. Blicke folgten ihm und Hände streckten sich instinktiv nach ihm aus, um ihn wenigstens einmal zu berühren, einen Hauch seines Geruchs zu erbeuten und zu denen mit nach Hause zu nehmen, deren Rang ihre Anwesenheit in diesem Raum ausschloss – und um im Alter sagen zu können, dass sie das Glück hatten, an diesem Tag, in diesem Augenblick hier gewesen zu sein, als die Herrschaft vom alten zum neuen Rudelführer überging.

Er ließ die Leibwächter vor der Tür stehen und betrat das Arbeitszimmer. Erschöpft schloss er die Tür und lehnte sich dagegen, denn weiterzugehen fehlte ihm die Kraft.

Seine Eltern hatten die Opulenz ihrer viktorianischen Jugendzeit geliebt, und alle ihre Residenzen spiegelten das wider: hohe, stuckverzierte Decken, barocke Vergoldungen, Wandgemälde, schwere Vorhänge, gewaltige Kronleuchter, feinste Schnitzereien, Carrara-Marmor. Dieser Raum war im selben Stil gehalten, obgleich er einer weitaus praktischeren Funktion diente als jedes andere Zimmer des Hauses. Ein schwerer, verschnörkelter Mahagonischreibtisch auf Beinen, die Wolfsläufen glichen, füllte eine Ecke vollkommen aus. In dieses Möbelstück eingebaut war ein abhörsicheres Satellitentelefon und ein Computersystem, über das Alexander Devoncroix Zugang zu allen Daten der Welt hatte. Hinter zwei goldgerahmten, anderthalb Meter hohen Spiegeln an den Seitenwänden verbargen sich hochsensible Videokameras und Tonbandgeräte, und eine Reihe von Überwachungsmonitoren war hinter einer Schiebetür links von dem mit smaragdgrünem Marmor verkleideten Kamin versteckt.

Das etwa dreieinhalb mal elf Meter große Wandgemälde, das zwei der Wände bedeckte, hatte Fragonard als Auftragsarbeit geschaffen. Es stellte einen Palast in Lyon dar, vor dessen Haupteingang zwei riesige steinerne Wölfe Wache hielten und dessen weitläufige Gartenanlagen gut aussehende Männer und Frauen in kunstvollen Gewändern bevölkerten, die dort Picknicks veranstalteten, badeten, musizierten oder Blumen pflückten – eine friedliche, unschuldige Idylle. Man musste schon genau hinsehen, um die Wölfe zu erkennen, die unter dem Buschwerk hervorspitzten, sich auf zerklüfteten Felsen in der Sonne räkelten oder sich in die Schatten auf den Rasenflächen zurückgezogen hatten. Das Wandgemälde verbarg dies jedenfalls oberflächlich. Alexander Devoncroix hatte es sehr geliebt.

Auf den brokatbezogenen Sofas und dick gepolsterten Sesseln hatten schon Staatsoberhäupter und international bedeutende Financiers gesessen. Aus den Limoges-Tassen mit Goldrand im Spiegelschrank hatten Könige und Königsmacher ihren Tee getrunken, und mit den Baccarat-Kristallgläsern waren Trinksprüche begossen worden, die das Schicksal ganzer Völker besiegelten. Der Raum war erfüllt vom Geruch Alexander Devoncroix', vom Geruch des Imperiums, das er aufgebaut hatte, und für einen kurzen Augenblick bekam Nicholas davon ganz weiche Knie.

Alexander Devoncroix war nicht einfach einem Verkehrsunfall zum Opfer gefallen. Er war ermordet worden. Und nur Nicholas wusste, warum.

Er stieß sich von der Tür ab, durchmaß mit drei schnellen Schritten den Raum und riss das Fenster auf. Schwer atmend beugte er sich in die Kälte hinaus.

In vortechnologischer Zeit hatten die Werwölfe größte Mühe gehabt, ihre Geheimnisse vor ihren Artgenossen zu bewahren, deren Gehör im Schnitt etwa fünfhundertmal schärfer war als das eines Menschen. Mit dem Aufkommen des Radios jedoch war auch ein einfaches Gerät entwickelt worden, das durch Abstrahlung oszillierender hochfrequenter Wellen jeden Raum selbst für die Ohren eines Werwolfs schalldicht machen konnte. Auch das Arbeitszimmer von Alexander Devoncroix war damit ausgerüstet, und als Nicholas das Fenster aufriss, stürzte der von unten heraufdringende Lärm auf ihn ein wie ein Brecher am Strand, sodass er buchstäblich nach Luft ringen musste.

Gleichsam Treibgut auf dieser Welle, lösten sich nach und nach Stimmen aus dem Geräuschemeer von tosendem Verkehr, Hupen, Telefonklingeln, Maschinenlärm und menschlichem Geschnatter.

»Ganz bestimmt hat ein Mensch ihn getötet ...«

»Furchtbare Ironie der Geschichte, wo er sich doch sein ganzes Leben lang dafür eingesetzt hat, den Menschen ein besseres Dasein zu ermöglichen.«

»Ich hab davon sowieso nie viel gehalten, und meinetwegen kann das auch jeder erfahren. War ja klar, dass diese verdammte Menschenliebe kein gutes Ende nehmen würde ...«

»Es war ein Unfall. So was passiert jeden Tag, den Menschen genauso wie uns.«

»Aber er war doch nicht irgendwer! Er war Alexander Devoncroix! Es darf einfach nicht sein, dass eine solche Persönlichkeit aus Unachtsamkeit getötet wird.«

»Wenigstens hat er nicht leiden müssen. Anders als Analise, die sechs Stunden zwischen Leben und Tod schwebte, nachdem dieser Lastwagen sie angefahren hatte.«

»Vielleicht ist es ja am besten, wenn's schnell geht. Aber durch die Hand eines Menschen ...«

In ganz New York klingelten die Telefone; Nachrichten wurden ausgetauscht, Spekulationen und Gerüchte, Informationen und Fehlinformationen. Dasselbe geschah gleichzeitig in Rom, Paris und London, in Johannesburg, Frankfurt, Sydney und Seoul. Nicht einmal eine Stunde brauchte es, bis die Einzelheiten über das Ableben des Rudelführers und seiner Gefährtin sich in der ganzen Welt verbreitet hatten.

»Geht ihr auch nach Alaska? Aber wir müssen doch hin, wir sind schließlich Devoncroix!«

»Ich habe gehört, dass nur sechs Mitglieder aus jeder Familie ...«

»Und ich habe eine Konferenz absagen müssen ...«

»Nein, halte deine Aktien, du Narr! Bist du denn dem jungen Devoncroix noch nie begegnet?«

»... und der Luftverkehr wird natürlich für die nächsten paar Tage umgeleitet werden ...«

»Eigentlich müssten wir bis zum Mittag entsprechende Instruktionen erhalten ...«

»Noch nie habe ich mit einem stärkeren Werwolf Geschäfte getätigt ...«

»Nein, sagen Sie das ab, sagen Sie alles ab, überlassen wir das einfach für einen Tag den Menschen ...«

Nicholas sog die Laute ein und ließ sich von ihnen beruhigen, denn selbst inmitten des Chaos waren dies gute, vertraute Laute. Sein Volk. Sein Rudel.

Er beugte sich in den Regen hinaus und sah zu, wie sie zwei Stockwerke unter ihm vorbeihasteten. Sein Herz pochte weniger heftig, sein Atem ging gleichmäßiger, und allmählich bekam er wieder einen klaren Kopf. Mit aneinander stoßenden

Regenschirmen und hochgezogenen Schultern wogten Werwölfe und Menschen hin und her, die Blicke stur nach vorn gerichtet, jeder in seiner eigenen Welt. Kalter Regen fiel auf Nicholas' Hände, die sich auf die Fensterbank stützten. Seine seidenen Manschetten wurden nass. Das Fenster lag keine acht Meter über dem Gehsteig – kein allzu großes Problem für einen Werwolf seines Alters und seiner Stärke. Einen Augenblick lang spielte er mit dem Gedanken, sich seiner Kleider zu entledigen, aus dem Fenster zu springen und mit einem gewaltigen Schrei in der Luft die Gestalt zu wechseln – wie einst sein Vater –, um anschließend in Wolfsgestalt mitten auf der Park Avenue zu landen und zu rennen, einfach nur zu rennen, bis er ein Stück offene, grüne Natur fand, zu rennen mit dem Wind im Gesicht, dass Stücke der Grasnarbe unter seinen Pfoten hochwirbelten, zu rennen, bis seine Beine unter ihm wegsackten und seine Lungen barsten … einfach nur zu rennen.

Er hörte, wie sich hinter ihm die Tür öffnete und wieder schloss; ohne sich umzudrehen, begann er zu sprechen. »Zurzeit befinden sich wohl mehr Mitglieder unserer Spezies in New York als in jeder anderen Stadt der Welt, London vielleicht ausgenommen.«

In der Stimme des anderen lag die Andeutung eines Lächelns. »Oder in Venedig mitten im Karneval.«

Nicholas schloss das Fenster und wandte sich widerwillig um. Das plötzliche Fehlen der Straßengeräusche rief in ihm ein Gefühl der Isolation hervor, und die Stille schmerzte in seinen Ohren. »Es gab eine Zeit, in der man lange suchen musste, um Lebewesen zu finden, die nicht unserer Spezies angehörten. Damals waren unsere Stimmen die lautesten auf dem Planeten, und unser Gesang übertönte alle anderen Geräusche.«

Michel nickte. »Die Moderne hat viele Veränderungen mit sich gebracht, und nicht immer zum Besseren.«

Leise stimmte Nicholas zu. »Allerdings.«

Es folgte ein respektvolles und zugleich verlegenes Schweigen – der erste Augenblick der Verunsicherung zwischen zwei Kollegen, die sich plötzlich der Tatsache bewusst wurden, dass sich ihr Status und somit auch ihr Verhältnis zueinander für immer verändert hatte. Michel war Nicholas' Assistent gewesen, seit dieser nach seinen Abschlussexamen ins Geschäftsleben eingestiegen war, und ihre Beziehung reichte weit tiefer als die zwischen einem Manager und seinem Sekretär. Michel organisierte alle Einzelheiten von Nicholas' Tagesablauf und wusste über jedes noch so kleine Geheimnis seiner Aktivitäten Bescheid. Er war sein Berater, Vertrauter und Freund. Und nun wollte Nicholas seine Loyalität auf die Probe stellen, wie es sich keiner von beiden je hätte träumen lassen.

Nicholas rang sich ein schwaches Lächeln ab, als er die Verlegenheit des anderen spürte. »Reden wir nicht lange um den heißen Brei herum. Ich gelte jetzt als bedeutende Persönlichkeit, und wir können nicht mehr so locker wie bisher miteinander umgehen.«

Michel entspannte sich ein wenig. »Sie waren immer schon etwas Besonderes, Sir. Trotzdem beneide ich Sie nicht um Ihr neues Amt.«

Nicholas' bemühtes Lächeln schwand. »Du möchtest also nicht König sein, Michel?«

»Den Ehrgeiz hatte ich offen gestanden nie«, gab Michel zu, und um seine Augen bildeten sich feine Fältchen, als er seinerseits versuchte, die Sache von der humorvollen Seite zu nehmen. »Ich ziehe es vor, Königsmacher zu sein.«

»Gut zu wissen, dass ich einen potentiellen Herausforderer von der Liste streichen kann; bleiben also nur noch ein paar tausend andere, vor denen ich mich in Acht nehmen muss.«

Doch der Scherz klang nicht sonderlich überzeugend, und so folgte ein weiteres betretenes Schweigen – durchtränkt von Trauer und Müdigkeit und einer Last, für die die Worte fehlten.

Michel erholte sich als Erster wieder und nahm sich zusammen, wie man es von ihm gewohnt war. Er richtete sich auf, senkte den Kopf und sagte in aller Förmlichkeit: »Hiermit schwöre ich Ihnen meine Treue, Sir. Erlauben Sie?«

Nicholas nickte. Michel trat vor und küsste ihn auf die Lippen.

Nicholas legte die Hände an die Wangen des anderen und sagte: »Michel, Sohn von Gault, du warst mir immer treu, wie dein Vater meinem Vater sein ganzes Leben lang gedient hat. Willst du das auch weiterhin tun?«

Und Michel antwortete, ohne zu zögern: »Bis in den Tod.«

Dann trat er ein paar Schritte zurück und meldete, den Blick noch immer respektvoll gesenkt: »Es dürfte Sie interessieren, Sir, dass bezüglich des Vorfalls im Labor alle Ihre Anweisungen befolgt wurden. Alle Spuren sind beseitigt, die Räumlichkeiten gesäubert. Garret ist bereits unterwegs und wird zweifellos einen vollständigen Bericht liefern.«

Ausdruckslos schaute Nicholas vor sich hin. Die »Spuren«, auf die sich Michel bezog, bestanden aus vier Leichen: drei Opfern und einem Mörder. Bei diesem »Vorfall« handelte es sich um einen Mord, und Garret Landseer, Nicholas' bester Freund und Chef des Sicherheitsdienstes, war der Einzige auf der Welt, dem er die Aufklärung anvertrauen konnte.

Er murmelte: »So viele Morde in weniger als zwei Tagen. Und das bei einer Spezies, bei der sonst nicht einmal alle zehn Jahre ein solches Verbrechen geschieht. Wir haben uns immer der Tatsache gerühmt, dass wir einander nicht töten, aber irgendwie ist es nun doch passiert ...«

Michel runzelte die Stirn. »Fünf Morde?«

»Nicht eingerechnet der Tod des Mörders, der das Labor überfallen hat und an den Verletzungen gestorben ist, die ihm diejenigen zugefügt haben, die um ihr Leben kämpften.«

Michel erblasste. »Aber ... Sie meinen Ihre Eltern? Es war doch ein Verkehrsunfall, ein menschlicher Raser. Oder wollen Sie etwa sagen ...?«

Statt zu antworten trat Nicholas hinter den Schreibtisch seines Vaters, schob die Rollade hoch, hinter der sich Monitor und Tastatur des Computers befanden, und tippte seinen Sicherheitscode ein. »Lass den Wagen kommen. Ich will in einer Viertelstunde zum Flughafen. Meine Schwester Sabina wird an der Einäscherung teilnehmen und die Asche morgen nach Hause bringen. Die Zeremonie wird am Samstag beginnen und drei Tage dauern. Aber zu keinem Zeitpunkt darf mehr als ein Drittel einer jeden Division abwesend sein, ist das klar? Ruf den Stab zusammen und verschick die Anzeigen. Ich werde um null Uhr Greenwich-Zeit über Satellit zum Rudel sprechen. Aber vorher …«

Michel, bereits unterwegs zur Tür, wandte sich noch einmal um.

»Vorher wirst du dieses Dokument bezeugen, das dem Rat in dem Augenblick vorgelegt werden soll, wenn ich in Alaska eintreffe.«

Gerade wollte Nicholas das Dokument abrufen, als sich die Tür erneut öffnete und Garret eintrat. Sein schwarzes Haar war vom Wind zerzaust und nass vom Regen, er roch nach Kälte und Wut, Kummer und Entschlossenheit. Er drückte Nicholas fest an sich und flüsterte: »Mir bricht das Herz ebenso wie dir.«

Dass die einzige Person, die seinen Schmerz auch nur annähernd verstehen konnte, so offen ihre Gefühle zeigte, schnürte Nicholas die Kehle zu. Er erwiderte die Umarmung und sog dabei Stärke und Vertrautheit ein: die reinen, warmen, tröstlichen Gerüche und Erinnerungen ihrer gemeinsamen Kindheit.

Garret löste sich von ihm und küsste Nicholas heftig auf den Mund. »Bis in den Tod«, sagte er, bevor sein Gegenüber die Frage auch nur stellen konnte, »und darüber hinaus!«

Erneut fielen sich die beiden in die Arme, wenngleich diesmal förmlicher, bevor Garret ein paar Schritte zurücktrat.

»Wir haben das Fahrzeug gefunden«, erklärte er unvermittelt. Er streifte seinen nassen Mantel ab, warf ihn beiseite und fuhr sich mit den Fingern durchs Haar. »Man hatte es in einer Seitenstraße abgestellt, mit Benzin übergossen und angezündet.«

Nicholas nickte. Die Nachricht schien ihn nicht sonderlich zu überraschen. »Ließ das Wrack irgendwelche Schlussfolgerungen zu?«

Garret sah ihm in die Augen. »Werwölfe.«

Unter Werwölfen wurden selbst in Menschengestalt weitaus mehr Informationen schweigend übermittelt als mit lauter Stimme. Nicholas las die Fragen, Mutmaßungen und Wahrheiten hinter Garrets Worten, die mit den Auskünften selbst wenig zu tun hatten. Er achtete jedoch sehr darauf, dass sein Freund es ihm nicht anmerkte.

Dann sagte Nicholas leise: »So ist das also. Es muss ihnen gelungen sein, das Rudel in einem größeren Umfang zu unterwandern, als wir bisher vermuteten.«

Michel, der Garrets Mantel vom Ledersessel genommen hatte und ihn gerade auf den Kleiderständer neben der Tür hängen wollte, hielt inne. Sein hohles Gesicht verriet seine Zweifel. »Einer von uns soll das Fahrzeug gesteuert haben, das den Rudelführer erwischte?«

»Einer von uns kann man eigentlich nicht behaupten«, korrigierte Garret, die Augen noch immer auf Nicholas gerichtet.

Als Michel nach einem kurzen Moment verstanden hatte, vermochte er seine Ungläubigkeit kaum zu verhehlen. »Bei allem gebotenen Respekt kann ich mir doch nicht vorstellen, dass es dem Rudel in dieser Zeit der Trauer nützen würde, die alten Gerüchte über die Brüder des Verdunkelten Mondes wieder auszugraben. Denen hat man alles in die Schuhe geschoben, was in den letzten tausend Jahren schief gelaufen ist – obwohl jeder weiß, dass es sie mittlerweile nicht mehr gibt.

Alexander Devoncroix persönlich hat ihnen vor über hundert Jahren den Garaus gemacht.«

Nicholas aber meinte: »Die jüngsten Ereignisse legen den Verdacht nahe, dass die Gerüchte über ihre Auflösung ein wenig voreilig gewesen sein könnten.«

Und Garret fügte scharf hinzu: »Ihnen ist hoffentlich klar, dass nichts von dem, was wir hier diskutieren, nach außen dringen darf.«

Michel warf ihm einen verächtlichen Blick zu. Seine Diskretion war absolut. Andernfalls hätte er seine Stellung nicht so lange halten können.

Garret wandte sich wieder Nicholas zu. »Nicholas, die Sicherheitsleute meinen, deine Eltern wären auf dem Weg hierher gewesen, um sich mit dir zu treffen. Weißt du vielleicht, warum?«

Für eine Weile blieb Nicholas stumm. Dann nickte er bedächtig. Er saß am Schreibtisch und schlug ein paar Tasten an; sogleich erschien ein Dokument auf dem Monitor. »Darum«, sagte er mit ausdrucksloser Stimme und drehte den Bildschirm zu den beiden anderen herum. »Michel, sei bitte so gut und lies das auch.«

Michel stand neben Garret und sie überflogen den Inhalt. Dann folgten volle zehn Sekunden des Schweigens.

Als Erster fand Garret die Sprache wieder. Seine Miene verriet Vorsicht, sein Ton Zurückhaltung. »Ich verstehe nicht recht. Das hier sieht so aus, als wolltest du vorschlagen, zum Separationsedikt zurückzukehren.«

Nicholas erwiderte: »Meine Eltern waren dagegen. Sie drohten, ihr Veto einzulegen und mich gemeinsam mit dem Rat zu überstimmen. Gerade schickten sie sich an, mir noch einmal ihre Argumente zu erklären, als ...« Nach einem Sekundenbruchteil des Zögerns und einer kaum merklichen Änderung seiner Mimik fuhr er fort: »... sie ermordet wurden.«

»Und zwar von denen, die sich bei einer Wiedereinsetzung

des Edikts ins Fäustchen lachen würden«, kommentierte Garret mit klangloser Stimme und schaute erneut in den Bildschirm.

»Das ist doch unmöglich durchzusetzen«, meinte Michel erregt, denn er konnte das alles nicht glauben. »Auch wenn der Rudelführer und seine Gefährtin tot und Sie, Sir, jetzt an der Macht sind …« Unterwürfig senkte er den Kopf in Nicholas' Richtung. »… wenn der Rat sich gegen Sie stellt, was zweifellos der Fall sein wird, dann kann es Monate oder gar Jahre dauern, bis das gesamte Rudel Ihre Anordnung akzeptiert. Und bis dahin … verzeihen Sie, Sir, aber bis dahin könnten Sie längst einem Putsch zum Opfer gefallen sein.«

»Und das Rudel würde in zwei Lager gespalten, egal, wie die Sache am Ende ausginge«, fügte Garret hinzu. »Ich bezweifle, ob wir uns je von diesem Chaos wieder erholen würden.« Er wandte sich Nicholas zu, und in seinem Blick machte die Ungeduld einer tiefen Verwirrung Platz. »Wie bist du eigentlich darauf gekommen? Mir ist natürlich klar, dass die Ereignisse der letzten Stunden für dich …« Wieder wog er seine Worte sorgfältig ab. »… nicht gerade einfach zu verkraften waren – aber du kannst doch nicht ernsthaft annehmen, dass eine derart drastische Maßnahme die Lösung darstellt.«

Nicholas verspürte einen Anflug von Zorn, den er nicht vollständig unter Kontrolle zu bringen vermochte. Er und Garret waren zusammen groß geworden; sie hatten miteinander gespielt, gejagt und gekämpft, und waren gemeinsam zur Schule gegangen. Auch die Reize der Weiblichkeit hatten sie zusammen entdeckt, ebenso wie die verschiedenen Freuden, die man in Menschengestalt genießen konnte, verbotene eingeschlossen. Schon in früher Jugend war Nicholas klar geworden, dass es nur einen einzigen Werwolf gab, dem er – komme, was da wolle – bedingungslos vertrauen konnte, und Garret seinerseits hatte erkannt, dass sein Platz im Leben für immer an Nicholas' Seite war. Nie hatte es zwischen ihnen

Geheimnisse gegeben, nicht ein Einziges. Nun aber sah sich Nicholas gezwungen, sein wichtigstes neues Geheimnis vor Garret zu verbergen, und das machte ihn wütend.

Er stieß sich von seinem Schreibtisch ab, stand auf und durchmaß den Raum mit kurzen, gleichmäßigen Schritten. »Im vergangenen Jahrhundert haben wir unsere Aufgabe in der Welt vergessen. Wir haben uns von den menschlichen Eigenschaften der Habgier und der Vergnügungssucht in die Irre führen lassen und mit Menschen unsere Wollust ausgelebt. Ja, wir haben uns so weit erniedrigt, dass wir wie Menschen unter Menschen lebten, mit ihnen speisten, sie bedienten und sie sogar mit ins Bett nahmen. Fett und faul gewordene Jäger sind wir! Wir sind Herren, die das Herrschen verlernt haben. Die Herrschaft des Alexander Devoncroix hat uns ein Jahrhundert der Verweichlichung und Ausschweifung gebracht, das uns zu Dienern der Menschen statt zu ihren Herren hat werden lassen. Aber damit ist jetzt Schluss!« Er hielt inne und wandte sich zu ihnen um. »Jeder Herrscher steht vor der schweren Aufgabe, zum richtigen Zeitpunkt die richtige Entscheidung zu treffen. Und dies hier ist die einzig angemessene Reaktion auf die Situation, mit der wir nun konfrontiert sind.« Seine Stimme wurde eine Spur rauer, sein Tonfall dringlicher, als er an Garret gewandt hinzufügte: »Auch wenn du mich jetzt nicht verstehen solltest, bitte ich dich inständig, mir zu vertrauen.«

Von Garret strömte ein strenger Geruch des Zweifels aus, und erneut fuhr er sich ungeduldig durchs Haar. »Du vermutest also, dass irgendjemand – irgendein Mitglied der Brüder des Verdunkelten Mondes – von deiner Absicht, im Rat diesen Antrag zu stellen, Wind bekommen hat und auch von der Absicht deines Vaters, dies zu verhindern. Und dass unser Rudelführer aus diesem Grund getötet wurde.«

Nicholas verzog keine Miene. Von nun an bis zu der Zeit der öffentlichen Trauer würde er seinen Schmerz für sich behalten müssen; das Rudel erwartete das, und er wollte es nicht durch eine Zurschaustellung von Schwäche enttäuschen.

Garret fuhr fort: »Außerdem vermutest du einen Zusammenhang zwischen diesem Mord und dem an dreien unserer besten Wissenschaftler in einem perfekt bewachten Labor.«

Nicholas antwortete: »Falls ein solcher Zusammenhang existiert, ist es dein Job, das herauszufinden.« Er hielt dem Blick seines Freundes stand. »Ich verlasse mich auf dich.«

Die beiden Werwölfe ähnelten einander enorm; beide waren etwa gleich groß, stark und intelligent – einer so stur und entschlossen wie der andere. Aber die Fähigkeit zu führen setzt neben den erforderlichen Qualifikationen auch den nötigen Willen voraus und neben den entsprechenden Fähigkeiten auch die innere Kraft, diese in die Tat umzusetzen. So vergingen nur eine oder zwei Sekunden, bevor Garret dem Blick des überlegenen Werwolfs nicht länger standhielt.

»Auf der Stelle werde ich mich um die Sache kümmern«, versprach er.

»Einen Augenblick noch!« Nicholas ging zurück zum Schreibtisch. »Ein solcher Erlass erfordert zwei Zeugen dafür, dass ich ihn aus freien Stücken und im Vollbesitz meiner geistigen Kräfte verfasst habe. Deine Unterschrift, bitte. Und auch deine, Michel.«

Einen Moment lang standen die beiden Werwölfe wie angewurzelt da. Ihr vor Verblüffung beschleunigter Puls dröhnte in Nicholas' Ohren, und der von ihnen ausströmende scharfe Geruch bezeugte ihre Schockiertheit.

Mit flacher Stimme sagte Garret: »Das kann nicht dein Ernst sein.«

»Doch, das ist es!«

»Dein Vater wurde wegen dieses Erlasses ermordet!«

»Er wurde ermordet, weil er versuchte, ihn zu verhindern«, korrigierte Nicholas.

Garret starrte ihn an. »Und trotzdem bist du fest entschlossen, diese ... diese Obszönität als Gesetz zu verankern – obwohl du weißt, dass er sein Leben geopfert hat, um genau das zu verhindern?«

Scharf ging Michel dazwischen. »Sie vergessen sich, Monsieur! Der Rudelführer hat sich vor niemandem zu verantworten außer vor seinem Gewissen.«

Dafür erntete er von Garret einen hochmütigen Blick. »Seit tausend Jahren leben wir jetzt in Frieden mit den Menschen ...«

»So lange ist das nun auch wieder nicht«, entgegnete Nicholas locker. Dann schloss er eine der Schreibtischschubladen auf und holte seine Aktenmappe hervor.

Garret wurde lauter. »Ist dir eigentlich klar, was du mit diesem Erlass anrichten würdest? Du würdest uns alle wieder zu Wilden machen und alles zerstören, was im Lauf von Jahrhunderten aufgebaut wurde. Und wenn dir das schon gleichgültig ist, dann denk doch wenigstens an deine eigene Zukunft! Alexander Devoncroix hat ein Reich errichtet, das auf einem harmonischen Miteinander von Werwölfen und Menschen beruhte. Was soll jetzt daraus werden? Ist das die Art und Weise, in der der neue Rudelführer sein Volk ins einundzwanzigste Jahrhundert führen will?«

Nicholas' Augen sprühten Feuer. »Jetzt reicht es aber, Garret!« Es fehlte nicht viel, und er hätte ihn angeschrien. Der Raum war erfüllt vom Geruch seiner Wut. Er beherrschte sich jedoch, atmete einmal kurz durch und erklärte: »Du betrittst hier gefährliches Terrain.«

Mit gesenktem Kopf trat Garret einen Schritt zurück. »Ich sage dir meine Meinung, wie ich es immer getan habe! Andernfalls wäre ich dir keine große Hilfe, und abgesehen davon wirst du meine heutige Ansicht im Rat noch mindestens zehnmal zu hören bekommen. Ich wollte gar nicht respektlos klingen, habe aber durchaus Verständnis dafür, wenn du mich zu mehr Disziplin ermahnst.«

Nicholas starrte ihn kurz an, bevor seine Züge sich ein wenig entspannten. »Wenn ich Caesar bin, gibst du aber keinen allzu überzeugenden Mark Anton ab«, spöttelte er, bevor er ernster hinzufügte: »Es gibt Dinge, von denen du nichts weißt, Garret. Ich treffe diese Entscheidung keineswegs leichtfertig. Trotzdem bitte ich dich, auch weiterhin so oft und so deutlich deine Meinung zu sagen, wie du es für nötig hältst. Andernfalls würde ich dich gar nicht wieder erkennen.«

Abermals blickte Garret störrisch auf. »Dann lass dir Folgendes sagen: Das Rudel wird es niemals akzeptieren! Mitten in einer Übergangsphase wäre eine solche Maßnahme ausgesprochen gefährlich.«

Michel hatte sich an der Diskussion nicht beteiligt, jetzt aber mischte er sich nachdenklich ein. »Vielleicht nicht ganz so gefährlich, wie Sie glauben. Das Rudel macht ohnehin einen Menschen für den Tod seines Anführers verantwortlich; außerdem ist es ein offenes Geheimnis, dass seine Einstellung den Menschen gegenüber seit etlichen Jahren weit weniger Toleranz beinhaltet. Vielleicht ist jetzt sogar der optimale Zeitpunkt für einen solchen Schritt.«

Auf Garrets empörten Blick hin reckte Michel sich stolz. »Ich jedenfalls sorge mich in erster Linie um die Sicherheit unseres Rudelführers, der hier vor mir steht, und um die Sicherung seiner Position. Und Sie?«

Wütend wandte sich Garret wieder Nicholas zu. »Wenn du auf dem Edikt bestehst«, erklärte er langsam, »machst du einen Zivilisationsprozess von hunderttausend Jahren zunichte. Dann können wir gleich wieder ganz verwildern, im Wald schlafen und alles töten, was uns in die Quere kommt. Willst du wirklich, dass das als dein Vermächtnis in die Geschichte eingeht?«

»Ich brauche mich nicht von dir über unseren Zivilisationsprozess belehren zu lassen«, erwiderte Nicholas mit eiskalter Stimme. »Stehst du auf meiner Seite oder nicht?«

Einen Moment lang bohrten sich die Blicke der beiden Werwölfe ineinander, und ihre Energie erfüllte den Raum mit einem beißenden Geruch; Herausforderung und Frage, Entschlossenheit, Bedauern und Wut.

Der dünne Schweißfilm auf Garrets Miene zeugte vom Mut, der erforderlich war, Nicholas' Blick standzuhalten, und von der Willensstärke, mit der er seinen Schmerz zurückdrängte. Der Kampf um die Wahrheit zwischen ihnen verlief lautlos, aber erbittert, und am Ende gab es einen Sieger.

Garret senkte den Blick. »Du bist mein Herr und Gebieter. Ich werde tun, was du von mir verlangst.« Er nahm den Stift und hinterließ seine Unterschrift auf dem elektronischen Notizblock. »Mein Leben gehört dir«, bekräftigte er und trat zurück, den Blick noch immer gesenkt.

Nicholas sah Michel an, der daraufhin vortrat und seine Unterschrift unter Garrets setzte.

Wenigstens dies war erledigt.

Der neue Rudelführer sagte: »Ich werde es dem Rat vortragen, sobald er zusammengetreten ist. Vielleicht gibt es Widerstand.« Seiner und Garrets Blick kreuzten sich. »Wenn ich eine Krankheit entdeckt hätte, die von Menschen übertragen wird und das gesamte Rudel auslöschen könnte – was für ein Führer wäre ich dann, wenn ich nicht versuchen würde, meine Art davor zu schützen?«

Garrets Augen verrieten die Frage, die ihm auf den Lippen lag, bevor er selbst die Antwort lieferte. »Aber es gibt keine solche Krankheit.«

Schlicht entgegnete Nicholas: »Oh doch! Ihre Symptome sind unter anderem Apathie, Gleichgültigkeit und Toleranz gegenüber Dingen, die einfach nicht toleriert werden dürfen. Verursacht wird sie durch allzu engen Kontakt mit Menschen, und sie ist im Rudel bereits ziemlich verbreitet. Wie viele sollen noch daran sterben?«

Einen Augenblick lang schwieg Garret. »Die Ironie an der

Sache dürfte dir wohl nicht entgangen sein. Die Brüder des Verdunkelten Mondes haben ganze Jahrhunderte mit der Suche nach einer Möglichkeit verbracht, den Planeten von der Geißel Mensch zu befreien und sich wieder zu den Alleinherrschern aufzuschwingen. Da wird jetzt natürlich der eine oder andere sagen, dass du mit diesem Erlass den ersten Schritt auf ihr Ziel hin getan hast, und sie werden dich dafür als ihren Propheten und Erlöser feiern.«

Gelassen erwiderte Nicholas: »Darin liegt in der Tat eine gewisse Ironie.« Dann betätigte er die entsprechende Taste, um das Dokument auszudrucken.

Michel trat vor und hielt seine Hand zurück. »Sir, erlauben Sie – es wäre vielleicht effizienter, das Dokument auf elektronischem Weg zu versenden, damit die Ratsmitglieder Gelegenheit haben, es durchzulesen, bevor Sie sich mit ihnen treffen. Außerdem könnte es von Vorteil sein, wenn zunächst einmal keine Kopien auf Papier in Umlauf gerieten, falls Sie verstehen, was ich meine.«

Nicholas zögerte, bevor er den Druckvorgang abbrach. »Damit könntest du Recht haben.«

Dann verkündete Michel: »Ich lasse jetzt Ihren Wagen kommen!« Er wandte sich zum Gehen, drehte sich dann aber noch einmal um. »Ach ja, noch was, Sir! Mir schiene es sinnvoll, noch ein paar Stunden hierzubleiben, um die letzten Vorbereitungen zu treffen, statt Sie jetzt gleich nach Hause zu begleiten. Trotzdem könnte ich rechtzeitig zu Ihnen stoßen, um Ihnen bei der Vorbereitung Ihres Vortrags vor dem Rat behilflich zu sein.«

Ungeduldig winkte Nicholas ab. »Tu, was du für richtig hältst.«

Als er weg war, stand Garret allein vor dem Schreibtisch, die Hände locker hinter dem Rücken verschränkt, und sah seinen Freund forschend an. »Kannst du es mir jetzt sagen?«, fragte er.

Nicholas blickte zu ihm auf, in seinen Augen stand Dankbarkeit für das Verständnis, das in der Frage lag. »Nein. Noch nicht.«

Garret nickte. »Ich kenne dich fünfunddreißig Jahre. Du hast mir rund ein halbes Dutzend Mal das Leben gerettet. Das sollte eigentlich genügen. Tut mir Leid, falls du einen anderen Eindruck bekommen haben solltest.«

Nicholas sagte schroff: »... war mehr als nur ein Eindruck!« Dann aber wich sein Stirnrunzeln; er warf seine blonde Mähne zurück, als wolle er damit alles Unangenehme von sich abschütteln, seine Züge entspannten sich, und schließlich gelang ihm sogar so etwas wie ein Lächeln. »Vergessen wir's!«

Zögernd fragte Garret: »Möchtest du, dass ich dem Rudel schon Einzelheiten bezüglich des Todes deiner Eltern mitteile?«

»Nein. Damit würden wir nur die Mörder warnen. Ich möchte, dass du weitermachst wie bisher und die Ergebnisse deiner Ermittlungen ausschließlich mir anvertraust.«

»Selbstverständlich.«

Abermals trat Garret von einem Fuß auf den anderen, bevor er sich in Bewegung setzte und seinen Freund noch einmal umarmte. »Gute Reise, Nicholas! Ich werde dich in meinem Herzen behalten.«

Kaum war Garret zur Tür hinaus, als die Wechselsprechanlage auf dem Schreibtisch ertönte. Michel teilte mit, dass der Wagen bereitstand. Nicholas nahm Mantel und Aktentasche, und legte dann beides wieder ab. Er öffnete die Tasche. Ganz oben lag ein kleines, in rotes Leder gebundenes Buch. Er zog es heraus und betrachtete es einen Moment lang nachdenklich. So deutlich vermeinte er, die Stimme seines Vaters zu hören, dass er sich unwillkürlich suchend umblickte. Hast du das Buch gelesen? Du hast es mir versprochen! Wie willst du die Wahrheit erfahren, wenn du dich nicht kundig machst?

Ich will es ja lesen, aber nichts darin kann mich umstimmen. Längst weiß ich genug, um beurteilen zu können, was zu tun ist.

Unternimm erst mal gar nichts. Bleib, wo du bist. Ich komme gleich mit deiner Mutter zu dir, um alles zu besprechen.

Das waren die letzten Worte, die Nicholas von seinem Vater gehört hatte. Er war ermordet worden, bevor er die Haustür des Sohnes erreichte.

Nicholas öffnete das Buch und überflog die ersten paar Seiten. Schon sein bloßer Anblick bereitete ihm Schmerzen, und der Geruch ... Er hob es rasch an seine Nase und sog den Duft von alter Tinte und brüchigem Papier ein, roch den Kleber vom Binden, Leder ... und Alexander Devoncroix, intensiv, lebendig und stark, als schwebe seine Essenz wie Tröpfchen eines ätherischen Öls in der Luft und reichere alles an, was er je berührt hatte. Der junge Mann verspürte einen Kloß im Hals, er schloss das Buch und steckte es wieder in seine Aktenmappe. Er hatte seinem Vater versprochen, es zu lesen, und das nahm er sich auch fest vor. Vorläufig aber konnte er es nicht ertragen.

Mit übergeworfenem Mantel griff er nach dem Aktenkoffer. Schließlich schaute er ein letztes Mal auf den Computermonitor, wo nur noch das Logo der Devoncroix in Silber auf Schwarz zu sehen war. Beinahe zögernd drückte Nicholas die besagte Taste, und das Dokument erschien wieder auf dem Bildschirm. Dann zog er die Hand zurück.

Er dachte an die sterblichen Überreste seiner Eltern im Hinterzimmer, hörte die Stimmen in seinem Kopf. Ihr Geruch war auf seinen Händen, seiner Kleidung, seinem Haar. Unternimm erst mal gar nichts ...

Aber das Rudel hörte jetzt auf ihn, und er wollte alles tun, um dessen Überleben zu sichern.

»Tut mir Leid«, flüsterte er den Geistern im Raum zu.

Zuletzt näherte er sich erneut dem Computer und ließ denjenigen Tastendruck erfolgen, der die Welt verändern sollte.

3

Die Wildnis im Nordwesten Alaskas
05:15 Uhr Alaska-Zeit
23. November

Einer nach dem anderen traten sie über den Kamm, wie Geister durch einen Schleier aus Schnee. Erst das Beta-Männchen, ein hellgrauer Rüde mit zottigem Fell und einer weißen Blesse auf der Stirn, dann seine Gefährtin im silbernen Pelz, das Beta-Weibchen. Der Rest des Rudels fächerte sich zu beiden Seiten auf, und so warteten alle acht an der Kuppel des Hügels.

Dann kam er, der große weiße Wolf, das Alpha-Tier, und erreichte den höchsten Punkt genau in der Mitte der von den anderen Wölfen gebildeten, militärisch anmutenden Fächerformation mit dem Beta-Rüden zu seiner Rechten und der Beta-Wölfin zu seiner Linken. Anschließend machte sich das Rudel auf den Weg nach unten, lautlos und gezielt, als sei jeder Schritt Teil einer exakten Choreographie, die die Formation um jeden Preis beizubehalten trachtete. Sie kreisten die kleine Gruppe Moschusochsen – zwei ausgewachsene Tiere und ein Kalb – ein und hielten die Stellung, reglos wie Skulpturen aus Eis, ohne ein Geräusch oder eine Bewegung zu machen, einen Geruch auszusenden oder einen Schatten zu werfen und damit ihre Anwesenheit zu verraten. Die Tiere blickten nicht einmal hoch, sondern scharrten arglos weiter im Schnee, kauten genüsslich die gefrorenen Pflanzen unter ihren Füßen.

Vom Hügel aus betrachtete, reglos und majestätisch, der Alpha-Wolf die Szene. Der Wind, der über sein schneeverkrustetes Fell fegte, stellte die einzige Bewegung in der Landschaft dar. Und dann, ohne jede Vorwarnung, fielen die Wölfe unter ihm über die Moschusochsen her. Sie verschwendeten weder Zeit noch Energie auf die Jagd. Höchstens für drei Minuten war der Schauplatz ein Chaos aus knurrenden Angreifern und blitzenden Fängen, spritzendem Blut und stampfenden Hufen, als vier von ihnen die erwachsenen Tiere angriffen und unter wütendem Geheul in die Flucht schlugen. Drei weitere warfen in Sekundenschnelle das Kalb zu Boden. Der Beta-Rüde schlitzte den Bauch des Opfers auf und zerrte die Eingeweide heraus, während seine Gefährtin begann, Fleischstücke aus der Keule zu reißen.

Auf dem Hügel klickte in vierhundert Meter Entfernung der Verschluss einer Kamera. Der weiße Alpha-Wolf, der noch immer auf seinem Platz auf dem höchsten Punkt des Hügels verharrte, drehte seinen Kopf in die Richtung, aus der das Geräusch gekommen war, und starrte einen Augenblick lang mit blassen, auf unheimliche Weise nachdenklich wirkenden Augen direkt in das Objektiv der Kamera. Dann wandte er sich wieder um und trottete den Hügel hinab, um zu fressen.

Hannah Braselton North spürte, wie ihr Herz schnell und hart auf die feste Schneedecke trommelte, auf der sie lag, und für einen unheimlichen Moment lang war sie überzeugt, dass auch der Wolf es mitbekam. Jedes einzelne Körperhaar stand ihr zu Berge. Sie wusste, dass der Wolf das Klicken ihrer Kamera natürlich nicht gehört haben konnte, genauso wenig konnte er sie gesehen haben, als er sich umblickte. Doch als sie diese blassen, durchdringenden Augen durch das Teleobjektiv der Kamera erblickte, hatte ihr der Atem gestockt.

Fluchend stellte sie fest, dass sie die Kamera hatte sinken und damit die Gelegenheit verstreichen lassen, das prächtige Tier in voller Front auf den Film zu bannen. Rasch stellte sie die Schärfe nach und verfolgte mit dem Auge am Sucher das große Fressen am Fuße des Hügels.

Später sollte es ihr nie gelingen, auf befriedigende Weise zu schildern, was als Nächstes geschah. Es begann mit einer Art Prickeln im Rückgrat, das sich wie ein Stromstoß fortsetzte zu einem Stechen in den Schläfen und einem Klingeln in den Ohren. Die Kamera glitt ihr aus den erschlafften Fingern, und ihre Züge verzogen sich vor Schmerz, während sie sich, nun auf Händen und Knien, zum weißgrauen Himmel emporreckte, als wolle sie die Quelle jenes Geräuschs finden, das ihr in den Ohren gellte. Doch sie sah nichts.

Weiter unten zogen sich die Wölfe von ihrem Mahl zurück; sie ließen blutige Fleischstücke fallen und an Ort und Stelle liegen. Dann kehrten sie ihrer Beute den Rücken, bildeten einen perfekten Kreis um das weiße Alpha-Männchen und erhoben ihre Stimmen zu einem langen, lauten, fernschallenden Geheul.

4

Die Wildnis
16:10 Uhr Alaska-Zeit
23. November

»Ich hab sie heute gesehen. Nach so langer Zeit habe ich mich schon fast gefragt, ob es nur Einbildung war, aber du hattest Recht – das hier sind ihre winterlichen Jagdgründe. Du hast echt was versäumt, Tom! Schade, dass du nicht dabei sein konntest. Es war einfach phänomenal, wie die gejagt haben, ganz anders als bei den anderen Rudeln, die wir beobachtet haben – unglaublich effektiv. Angreifen, töten, fressen. Wieso bist du eigentlich nicht mitgekommen? Schließlich hattest du doch auch nichts Besseres vor.«

Eine Antwort blieb aus, doch Hannah hatte auch gar keine erwartet. Tom redete schon seit Monaten nicht mehr mit ihr. Sie packte ihren rechten Handschuh mit den Zähnen, streifte ihn ab und bewegte kurz ihre steifen Finger, bevor sie auch den anderen Handschuh auszog und beide Hände um einen Becher heißen Tees legte. Noch immer atmete sie schwer vor Anstrengung und Aufregung, und wanderte in ihrem Zelt auf und ab, um die Blutzirkulation in Füßen und Beinen wieder in Gang zu bringen; währenddessen wartete sie darauf, dass der Solarofen die Temperatur über den Gefrierpunkt steigen ließ.

Vor einiger Zeit hatte sie noch regelmäßig in ihr Diktiergerät gesprochen, um wenigstens den Schein zu wahren. Mittlerweile sparte sie sich die Mühe.

»Sie waren nur zu acht«, fuhr sie fort, während sie den Becher dicht an ihr kaltes Gesicht hielt. »Der schöne Silbrige war verschwunden, ebenso wie der, den ich Midnight nannte, und zwei einjährige Tiere. Ich würde gern glauben, dass die beiden Jüngsten ihr eigenes Rudel gegründet haben, aber ich muss natürlich eher davon ausgehen, dass sie tot sind.« Sie zögerte weiterzusprechen, denn das Folgende fiel ihr doch schwerer, als sie geglaubt hatte. »Die Gefährtin des Großen Weißen, das Alpha-Weibchen, war nicht bei ihnen. Vielleicht hat das nichts zu bedeuten. Schließlich muss sie ja nicht bei jeder Jagd dabei sein. Vielleicht hat sie Junge bekommen. Jedenfalls heißt das keineswegs ... Ich mag einfach nicht glauben, dass sie auch tot ist, Tom ... und er jetzt allein!«

In dem nun einsetzenden Schweigen pfiff der Wind durch die wenigen Bäume, in deren Schutz sie ihr Camp aufgeschlagen hatte. Nach einer kurzen Pause zwang sie sich zu einem heitereren Tonfall: »Allerdings hat es auch ein paar Geburten gegeben; es waren neue Gesichter dabei. Die Jungen wirken recht gesund – aber wie könnte es bei diesem Jagdrevier auch anders sein?«

Noch immer keine Antwort. Hannah nippte an ihrem Tee, fand ihn beinahe ungenießbar und setzte sich auf den Rand der Pritsche, um ihre Überschuhe abzustreifen. Die Temperatur im Zelt stieg auf minus zwei Grad Celsius.

Die spärliche Einrichtung des arktischen Kuppelzelts bestand aus einem zusammenklappbaren Feldbett mit einem Schlafsack darauf, einem Campingstuhl, der bei Bedarf auch als Tisch oder Schreibtisch diente, sowie zwei Metallkisten mit Vorräten. All das würde gut auf dem Schlitten zu verstauen sein, wenn es an der Zeit war weiterzuziehen. In den Vorratskisten befand sich mittlerweile deutlich weniger Inhalt als bei ihrer Abfahrt vom Basislager vor zwei Wochen; wenn sie nun überhaupt einen Gedanken daran verschwendete, schätzte sie, dass sie noch genug Essen und Wasser für weitere zehn Tage hatte. Danach würde sie einfach ... mal schauen.

Hannah Braselton North war in die Wildnis gekommen,

um zu sterben. Das hatte sie natürlich weder ihrer Familie noch ihren Kollegen mitgeteilt, die glaubten, sie verbrächte den Winter in einem kanadischen Naturschutzgebiet. Alle waren viel zu erleichtert darüber, dass sie endlich wieder ein Ziel vor Augen zu haben schien, um ihre genauen Pläne besonders hartnäckig zu hinterfragen. Der Mensch verfügt schließlich nur über eine begrenzte Fähigkeit zu trauern, und ihre Bekannten stimmten darin überein, dass es in Hannahs Fall höchste Zeit sei, damit aufzuhören. Also ging Hannah nach Alaska, ohne die Leute aufzuklären, dass sie nicht zurückkehren wollte.

Ihr Basislager war ein komfortables Blockhaus dreißig Meilen weiter südlich, wo für sechs Monate im Jahr ein handverlesenes Team von Wissenschaftlern und Fotografen die Tier- und Pflanzenwelt dieses kleinen Abschnitts der Arktis studierte. Großzügig finanziert wurde ihre Arbeit von der privaten Stiftung Wilderness Project, deren einziges Ziel in der Erhaltung der Wildnis bestand. Das Geld der Stiftung stammte aus dem Vermögen des Medienzaren Henry Jacob Braselton.

Sie nannten das Basislager Station Alpha, und Tom hatte schon lange von ihm geträumt, bevor er die Tochter des Mannes heiratete, der seinen Traum verwirklichen konnte. Irgendwie war dieser Traum im Lauf der Jahre auch Hannahs Traum geworden: eine vollständig autarke, komplett ausgestattete Forschungsstation inmitten der Wildnis, die hier so unberührt war wie kaum sonstwo auf der Welt. Es handelte sich um einen Ort, an dem die Wissenschaftler, die die Natur studieren wollten, die Möglichkeit hatten, sich vollständig auf ihre Forschungsobjekte zu konzentrieren.

Die Zoologin Hannah Braselton hatte den Tierarzt Tom North während eines Praktikums in einem vom Wildlife Management Institute unterhaltenen Wolfsreservat kennen gelernt. Er wusste, wer sie war; der Name Braselton war in der amerikanischen Öffentlichkeit ein Begriff, und der Tod ihres Vaters drei Jahre zuvor hatte, ebenso wie seine großzügigen Stiftungen für Kunst und Wissenschaft, monatelang Schlagzeilen gemacht. Natürlich führte das auch zu Problemen; Tom fühlte sich in der glanzvollen Welt der gehobenen Gesellschaft, zu der Hannah gehörte, nie sonderlich wohl; Hannah lehnte jedoch selber jede Form von Snobismus kategorisch ab.

Demzufolge waren auch nach den ersten Wochen ihres Praktikums die meisten Angestellten und Mit-Praktikanten zu dem Schluss gelangt, dass sie Hannah Braselton im Grunde ganz nett fanden.

Bei ihrer dritten Verabredung hatte Tom gesagt: »Ich werde versuchen, Miss Braselton, nicht zuzulassen, dass Ihr beträchtliches Vermögen mich daran hindert, mich in Sie zu verlieben.«

Tom war groß und schlank. Er hatte eine widerspenstige Locke pechschwarzen Haares, die hartnäckig immer wieder über seine linke Braue fiel, und besaß die gedehnte Sprechweise eines Mannes aus dem Mittelwesten, die noch deutlicher hervortrat, wenn er sich aufregte. Außerdem war er einer der engagiertesten Tierärzte, mit denen Hannah je zusammengearbeitet hatte. Sie verliebte sich augenblicklich in ihn, als sie sah, wie er in ohnmächtiger Wut mit der Faust gegen einen Baum trommelte, nachdem einem Tier, das er nicht hatte retten können, der Gnadenschuss verpasst worden war.

»Was nun, meine Gnädigste?«, sagte er, als er sie auf einer Decke unter dem Sternenhimmel in den Armen hielt, nachdem sie sich das erste Mal geliebt hatten. »Willst du jetzt einen gesellschaftsfähigen Menschen aus mir machen, oder was?«

»Noch viel mehr«, erklärte sie und schob die widerspenstige Locke über seinem Auge zurück. »Ich werde dafür sorgen, dass alle deine Träume in Erfüllung gehen.«

»Das hast du schon«, bemerkte er.

Vier Tage später waren sie verheiratet.

Sie kauften eine heruntergekommene Ranch in den Bergen von Montana und verwandelten sie in eine Zufluchtsstätte für kranke und verletzte Wölfe. Die meisten waren Opfer der Rancher, und die reagierten alles andere als begeistert, als die Tiere plötzlich auch außerhalb des Yellowstone-Nationalparks auftauchten. Noch bevor die Norths überhaupt richtig eingezogen waren, hatte bereits jemand ihre Scheune niedergebrannt. Hannah fürchtete schon, Tom würde aufgeben und nach einer gastlicheren Umgebung oder gar einer weniger riskanten Arbeit suchen. Doch als er ein paar Minuten lang den Schaden begutachtet und mit den Schuhen in der Asche herumgestochert hatte, sagte er: »Worauf wartest du noch, Gnädigste? Hier gibt es jede Menge Arbeit.«

Fünf Jahre verbrachten sie damit, die Ranch aufzubauen, sich mit den Einheimischen zu verständigen und Rückschläge wegzustecken. Sie betrieben Aufklärungsarbeit und stellten – meist freiwillige – Helfer ein, die sich um organisatorische Dinge kümmerten oder die Pflege der Tiere übernahmen. Die Sommer verbrachten sie in Kanada oder Alaska als Mitglieder verschiedener Forscherteams, die Wölfen in ihrer natürlichen Umgebung folgten und sie beobachteten. Die ganze Zeit über war Hannah zudem damit beschäftigt, mit dem Vermögen, das ihr Vater ihr hinterlassen hatte, die Stiftung aufzubauen, aus der eines Tages das Wilderness Project hervorgehen sollte.

Station Alpha war vor drei Jahren fertig gestellt worden. Der Achtjahresplan sah vor, dass nach Abschluss von Phase Vier eine vollständig ausgerüstete Forschungsstation zur Verfügung stände, die das ganze Jahr über fünfzig Personen Arbeit bot – einschließlich einer Wetterstation, einer hochmodernen Tierklinik und eines eigenen Rundfunksenders. Noch war das Projekt in Phase Zwei, und die Forschungen konzentrierten sich vorerst auf die Erfassung und Beobachtung des heimischen Tierlebens. Im Rahmen dieser Arbeit hatten Hannah und Tom auch zwei Jahre zuvor im Frühling das Rudel des Großen Weißen entdeckt.

»Ich kann immer noch nicht glauben, dass sie hier waren«, murmelte sie in ihren Becher. »Fast so, als hätten sie auf mich gewartet, weißt du? Ich meine das ernst, Tom; du hättest sehen sollen, wie der Große Weiße mich angeschaut hat …«

Sie schwieg einen Augenblick, nippte an ihrem Tee und dachte daran, wie sich nach dem Klicken des Verschlusses der majestätische Kopf ihr zugewandt hatte und an den Ausdruck in jenen wilden arktischen Augen, die sie durch das Objektiv der Kamera erblickte. Nur ein Wolf brachte es fertig, stolz, verächtlich und gänzlich desinteressiert zugleich zu wirken. Kein Wunder, dass diese Spezies schon seit so vielen Jahren das besondere Interesse der Wissenschaftler und Tierschützer genoss.

»Als ob er sich an mich erinnerte«, flüsterte sie und starrte auf die flache Dampfschicht, die sich in ihrer Tasse gebildet hatte, »oder als ob er wüsste, warum ich gekommen bin … zumindest würde ich das gerne glauben. Und wer soll mir da schon widersprechen, was, Tom? Du jedenfalls nicht.«

Der Wind ließ die Zeltwände flattern und schwächte sich dann zu einem leichten, gleichmäßigen Sirren ab, das Schnee über den hart gefrorenen Boden trieb und die Zweige der Nadelbäume am anderen Ende des Tals bewegte. Abgesehen von diesem sanften, beständigen Murmeln des Windes herrschte absolute Stille, und Hannah lauschte ihr schweigend. Tief im Innern hoffte sie immer, der Wind möge eine vertraute Stimme zu ihr herübertragen, einen Ausruf der Freude oder des Erkennens: *Hannah, hier rüber!* oder *Hannah, Richtung Westen!* – Toms bevorzugte Kommunikationsweise in der Tundra, trotz des Vorhandenseins hochmoderner Kommunikationstechnik im Wert von Tausenden von Dollars. Manchmal horchte sie so intensiv, bis sie tatsächlich dachte, aus weiter Ferne ... doch rannte sie dann nach draußen, um sich zu vergewissern, hörte sie nichts als den Wind.

Eines Tages, das wusste sie, würde sie die Stimme wirklich wieder vernehmen und ihr folgen, ohne zurückzuschauen. Bis dahin wollte sie warten.

Sie runzelte die Stirn, als sie an das merkwürdige Verhalten des Rudels dachte, unmittelbar nachdem sie den Auslöser betätigt hatte. Was hatten sie wohl wahrgenommen? Eine Art seismischer Erschütterung oder eine Ultraschallwelle? Das Geheul des Rudels hatte fast drei Minuten gedauert und, reflektiert von den Gletschern, in der Ebene widergehallt; danach waren sie so schnell wie bei ihrem Auftauchen wieder in die verschneiten Wälder verschwunden und hatten ihre Beute zurückgelassen.

»Das hättest du sehen sollen«, murmelte sie Tom zu. Dann trank sie ihren Tee aus und goss den Rest des heißen Wassers über denselben Beutel, den sie geistesabwesend an seinem Faden baumeln ließ. »Du hast doch sonst auch immer für alles eine Erklärung parat gehabt.«

Das versteckt gelegene Tal hatte Tom in ihrem ersten gemeinsamen Juni hier entdeckt und die Vermutung geäußert, dass es geschützt genug läge, um den unterschiedlichsten Tierarten über die Wintermonate Nahrung zu bieten. Er hatte, keine dreißig Zentimeter unter dem Schnee, die gefrorenen Exkremente von Moschusochsen gefunden und darunter Anzeichen winterharter Vegetation. Auch die schlammige Stelle im Little Claw Creek hatte er entdeckt, wo die Wölfe tranken, nachdem sie mit ihren kräftigen Pfoten die Eiskruste aufgebrochen hatten, und ihre gefrorenen Spuren im Schnee. Doch obwohl sie sie den ganzen Sommer über verfolgten, waren sie weder auf das Rudel gestoßen, zu dem diese Spuren gehörten, noch hatten sie ihren Bau entdeckt.

Tom hatte die Vermutung geäußert, das Rudel könnte womöglich im Tal überwintern, und darauf bestanden, noch bis in die kalte Jahreszeit hinein zu bleiben. Hannah war einverstanden gewesen.

Aber erst im Oktober tauchten die Wölfe auf und hinterließen die ersten frischen Abdrücke im schlammigen Boden oberhalb des schnell fließenden Baches. Tom und Hannah folgten den Spuren knapp zwei Kilometer weit zu Fuß in trockenem Schneegestöber und eisigem Wind. Geschickt schlichen sie gegen die Windrichtung an, aber die Wölfe waren schlauer. Die Spuren führten nicht zu ihrem Bau, sondern in die Irre; als Hannah nach oben blickte, beobachteten sie der Große Weiße und seine Gefährtin vom höchsten Punkt einer Felswand aus, rund sechs Meter über ihren Köpfen. Hannah fasste Tom beim Arm, und auch er blickte hoch – lange Zeit sahen die vier einander schweigend an: Mann, Frau und Wölfe.

Sie fanden nie heraus, wie die Wölfe dort hinaufgelangt waren, und entdeckten nie ihre Spur. Auch wo das übrige Rudel sich aufhielt, wussten sie nicht. Aber eines stand fest: Die Wölfe hatten sie beobachtet und waren ihnen gefolgt. Und sie hatten die Menschen ganz bewusst von ihrem Bau und dem Rest des Rudels weggelockt.

Hannah und Tom blieben noch zwei weitere Wochen, bevor das Wetter zu unwirtlich wurde. Während dieser Zeit sahen sie das Rudel zweimal, ohne aber seinen Bau zu entdecken. Und obwohl sie nie näher als auf Sichtweite ihrer extrem leistungsfähigen Ferngläser an die Wölfe herankamen, hatten sie immer das Gefühl, dass der Große Weiße ihren Aufenthaltsort bereits wusste, und sie das Rudel nur beobachten durften, so weit er es ihnen gestattete.

Eigentlich hatte Hannah bleiben wollen, aber Tom war schon immer der Pragmatischere von beiden gewesen. Selbst wenn Station Alpha damals schon voll funktioniert hätte, erkannten sie das tödliche Risiko, ein solches Unternehmen allein durchzuführen. Sie planten aber frohgemut, baldigst in die Wildnis zurückzukehren und gemeinsam mit diesem bemerkenswerten Rudel zu überwintern, es zu beobachten und gründlich zu studieren.

Während des ganzen Winters und Frühlings hatten sich ihre Gespräche um kaum etwas anderes gedreht, obwohl sie wussten, dass sie ihr Vorhaben womöglich erst in drei Jahren würden verwirklichen können. Hannah plante, ein Filmteam des *National Geographic* mitzunehmen, während Tom die Teilnehmerzahl auf das absolute Minimum beschränken wollte, und wie immer hatten sie über die Vor- und Nachteile der Öffentlichkeitsarbeit gestritten. Die Diskussion darüber wurde vorläufig vertagt, als sie Vorbereitungen für ihre Rückkehr nach Alaska im Sommer trafen; Tom hoffte, sich aus eventuellen Hinterlassenschaften des Rudels ein Bild von seinen winterlichen Gewohnheiten machen zu können.

Hannah freute sich ebenso sehr wie Tom auf den Sommer in der Wildnis. Voraussetzung für eine Förderung durch das Wilderness Project war allerdings unter anderem, dass sie ihr Vorhaben zu dreißig Prozent selbst finanzierten. So blieb ihnen nichts anderes übrig, als einen beträchtlichen Teil ihrer Zeit in die Öffentlichkeitsarbeit und die Beschaffung von Geldern zu investieren.

Tom, der nur mit größter Überredungskunst dazu zu bewegen war, sich eine Krawatte umzubinden, warf ihr vor, ihre Vorträge zu genießen und sich auf die Festessen, die Ballsäle und die Begegnung mit Politikern zu freuen. Wütend entgegnete sie, dass sie ohne diese gesellschaftlichen Veranstaltungen beide ohne Arbeit wären, aber in Wahrheit genoss sie das alles wirklich – und schämte sich zugleich, Tom dies einzugestehen.

Eigentlich hatte er sie gar nicht zu jener letzten Veranstaltung nach Chicago begleiten wollen, doch dann überlegte er es sich anders. Sie erklärte ihm, dass sie letztlich nur gemeinsam, als das Braselton-North-Team, ihre Zuhörer dazu brachten, die Scheckbücher zu zücken – und zum Teil stimmte das auch, denn Tom war weitaus überzeugender und charmanter, als er selbst glaubte. Doch in Wirklichkeit wollte sie einfach nicht alleine fahren. Wenn sie schon ihr Versace-Kleid anzog und sich die Perlen ihrer Mutter umhing, wollte sie auch ihren attraktiven Gatten bei sich haben. Also kam er mit, obwohl er keine Lust dazu hatte.

Am Abend vor ihrem Abflug nach Fairbanks fuhren sie zurück zum Hotel. Sie waren bei einem Essen mit Aufsichtsratsmitgliedern der Braselton-Stiftung gewesen, wobei Hannah über ihre Fortschritte berichtet und Dias von der neuen Station gezeigt hatte. Alles war gut gelaufen, niemand hatte allzu problematische Fragen gestellt, und Tom strahlte, weil er die ganze Tour endlich hinter sich hatte und wusste, dass sie bald wieder in der Wildnis sein würden.

Während sie bei Rot an einer fast leeren Kreuzung hielten, lockerte Tom seine Krawatte und redete sehr entspannt über irgendetwas – merkwürdigerweise konnte Hannah sich hinterher einfach nicht mehr erinnern, worüber, so oft sie die Szene auch im Kopf durchging. Die Nacht war mild, und durch den kürzlich gefallenen Regen roch die Luft feucht und rein. Tom hatte sein Fenster geöffnet, um die Brise zu genießen, und Hannah erinnerte sich später noch, wie sich die Ampel auf der nassen Fahrbahn spiegelte, als sie auf der anderen Seite von Grün auf Gelb sprang. Tom nahm den Fuß von der Bremse.

Auf einmal trat aus der Dunkelheit ein menschliches Raubtier mit einer vierundvierziger Magnum und einem donnernden Knall – danach fand sie sich auf Händen und Knien auf dem Gehsteig wieder, während der Wagen mit durchdrehenden Reifen davonraste und ihr jemand etwas in die Ohren schrie. Sie kroch auf Tom zu, der mit dem Gesicht nach unten auf dem Pflaster lag, und rutschte dabei auf dem öligen

Asphalt aus; als sie ihn endlich erreicht hatte, zog sie ihn in ihren Schoß und merkte, dass die Schreie ihre eigenen waren, weil die glitschige Flüssigkeit nicht Öl, sondern Blut war und die linke Hälfte von Toms Gesicht fehlte.

Drei Wochen später fuhr sie allein zurück und versuchte, all das zu erledigen, was man ihr aufgetragen hatte: Sie sollte Toms Kleider und Papiere ordnen und seinen persönlichen Besitz verteilen. Stattdessen setzte sie sich in den großen Schaukelstuhl vor dem Fenster mit Blick auf die Wiese, schaukelte, schaute hinaus – und rührte sich nicht. Freiwillige erboten sich, die Tiere zu füttern, und versuchten unbeholfen, ihr Beileid zu bekunden, doch sie schickte sie weg. Nachbarn, die in einer Bürgerinitiative die Schließung der Ranch gefordert hatten, als sie und Tom hierher gezogen waren, kamen nun mit Kuchen und Torten und nichts sagenden Sympathiebekundungen; stumm nickte sie, nahm ihr Essen und begleitete sie zur Tür, setzte sich wieder in den Schaukelstuhl.

Am vierten Tag ging sie in die Küche und fand Toms Kaffeetasse im Spülbecken, wo er sie vor ihrer Fahrt nach Chicago hingestellt hatte. Der Boden der Tasse war verkrustet von zu stark gezuckertem, eingetrocknetem Kaffee; er würde sich wohl nie angewöhnen, gebrauchte Tassen in die Spülmaschine zu stellen. Sie nahm die Tasse mit beiden Händen und starrte sie lange Zeit einfach nur an. Dann schreckte sie mit einem Wutschrei auf und schleuderte sie gegen die Wand. Sie öffnete den Schrank und zog Glas um Glas heraus, um sie ebenfalls an die Wand zu schmettern; als keine Gläser mehr da waren, machte sie sich über das Porzellan her und dann über die Suppenschüsseln, Töpfe und Pfannen, bis sie nichts mehr fand, das sie hätte werfen können. Schweißüberströmt und mit wirrem Haar stand sie schwer atmend in den Trümmern ihrer Küche.

Tom sah ihr aus der Ecke zu, die Arme verschränkt und die

Fußknöchel übereinander geschlagen, den Mund zu einem Grinsen verzogen und eine Haarsträhne über der einen Braue.

»Endlich fertig, Gnädigste?«, sagte er. »Es gibt nämlich jede Menge Arbeit.«

5

Ein schwaches Geräusch vor dem Zelt ließ Hannah die Stirn runzeln, lenkte sie ab und durchbrach die Stille ihrer vollkommenen Einsamkeit. Sie brauchte einen Augenblick, um es zu identifizieren. Rotorblätter eines Hubschraubers. Sie hörte sie immer wieder einmal und fühlte sich jedes Mal von ihnen gestört. Dieser hier war weit weg und flog in die entgegengesetzte Richtung, sodass sie sich die Mühe sparte, den Himmel nach ihm abzusuchen. Aber es gab einfach Geräusche, die nicht hierher gehörten, und das irritierte sie.

Das Geräusch von Toms Stimme im Wind gehörte hierher!

»Was sagst du dazu, Liebling? Jetzt kommen sie sogar schon mitten in die gottverlassene Wildnis mit Gletschern auf drei Seiten.« Sie hob den Teekessel hoch, aber er war leer. »Ist man überhaupt noch irgendwo sicher vor der Zivilisation?«

Sie wischte ihren Becher aus, stellte ihn weg und starrte gedankenverloren auf die Ecke des Feldbetts, wo Tom hätte sitzen sollen, über sein Notizbuch gebeugt oder mit seiner Kameraausrüstung beschäftigt. Als Tierarzt war er wesentlich besser denn als Fotograf, aber das hielt ihn nicht davon ab, sich jedes Mal, wenn sie der Zivilisation den Rücken kehrten, mit Objektiven und Filmen zu bewaffnen.

»Weißt du«, erklärte sie ihm, »ich habe über das nachgedacht, was du gesagt hast, und glaube nicht, dass dieses Rudel je zuvor beobachtet worden ist; wahrscheinlich haben sie überhaupt noch nie Menschen gesehen. Du hast zwar die Tatsache, dass sie keinerlei Angst vor uns hatten und nicht einmal neugierig schienen, darauf zurückgeführt, dass sie schon mal mit Menschen in Kontakt gekommen sind; ich dagegen glaube, dass sie sich einfach nicht für uns interessieren. So wie heute. Der Weiße wusste, dass ich da war; er ging mir einfach nur aus dem Weg. Das Geräusch des Schneemobils scheint sie nicht weiter zu beunruhigen. Als ob sie wüssten, dass es keine Bedrohung für sie darstellt. Ich folge ihnen nun schon seit Wochen, und sie bräuchten nur eine Gegend zu wählen, die zu steil oder zu felsig für das Schneemobil ist.«

Erneut runzelte sie die Stirn. »Lach nur, aber wir haben beide schon erlebt, wie gerissen diese Tiere sein können. Wenn du eine bessere Theorie hast – tu dir keinen Zwang an!«

Schweigen.

Hannah fröstelte und rückte näher an den Solarofen. »Ich wollte, du hättest ihn gesehen, Tom, ein letztes Mal nur. Wenn du dich doch von ihm hättest verabschieden können!«

Sie hielt inne, der Wind pfiff vor dem Zelt, und der Gletscher knackte und stöhnte, als sie einfach nur da saß, in das spärliche Glimmen des Ofens starrte und an gar nichts dachte. Sie hatte sich antrainiert, nichts zu denken, ebenso wie sie sich antrainiert hatte, die Kälte auszuhalten, die Einsamkeit und die endlose schwache graue Sonne, die nie unter- und nie aufging ... sondern einfach nur in einem Zustand ständiger Ungewissheit am Horizont hing wie eine Metapher für das Leben – für den Tod.

In der Kälte trugen alle Geräusche außergewöhnlich weit, und so empfand sie den Helikopter noch immer als geradezu obszön aufdringlich, obgleich der zunehmende Wind das sanfte Knattern seiner Rotorblätter dämpfte. Sie fragte sich, wie weit die Wölfe bis zu ihrem Bau wohl hatten laufen müssen und ob sie ihr Lager weit genug entfernt aufgeschlagen hatte. Schließlich wollte sie sie nicht verscheuchen. Sie wollte nicht ähnlich brutal in ihr Tal eindringen wie die Geräusche der modernen Technik in ihre Einsamkeit. Hannah hatte geplant, heute wieder hinauszugehen und ein weiteres Mal zu versuchen, ihre Fährte aufzunehmen. Zwar zweifelte sie, ob sie diesmal mehr Glück haben würde, aber es gab ja auch noch den morgigen Tag und die Tage darauf, und irgendwann würde sie ihren Bau schon finden. Das tat sie für Tom. Danach …

Die Erschütterung, die auf den Knall folgte, ließ den Wasserkessel gegen den Ofen schlagen. Mehrere Packungen gefriergetrockneter Schnellgerichte, die Hannah auf den Stuhl gestapelt hatte, fielen um. »Was zum …?« Sie sprang auf und schoss aus dem Zelt in die Kälte.

Sie zweifelte nicht daran, was das Geräusch bedeutete: Es war eine Explosion, und sie kam gerade noch rechtzeitig, um den letzten Rest der Feuerspur wie einen Stein in dem zerklüfteten Spalt des östlichen Gletschers versinken zu sehen.

6

Wäre der Feuerball am anderen Ende des Gletschers niedergegangen, hätte Hannah sich einfach abgewandt und ihn beim Schlafengehen schon wieder vergessen gehabt. Dann hätte sie sich einreden können, dass es sich lediglich um einen Meteoriten oder ein Stück Weltraummüll gehandelt hatte – nichts jedenfalls, was sie anging.

Doch sie wusste ganz genau, dass da weder ein Meteorit noch brennender Schrott in die gefrorene Landschaft gekracht war, sondern der Hubschrauber. Bald schon würde die Luft widerhallen vom Lärm anderer Helikopter auf der Suche nach ihrem vermissten Kollegen, und wenn sie ihn fanden, würden sie zu Dutzenden hier einfallen und wie schwarze Ameisen über die Tundra schwärmen. Niemand würde ihnen entkommen, weder sie noch ihre Wölfe.

Sie konnte unmöglich bleiben, wo sie war. Ihr Lager würde sie nur anziehen. Vielleicht erreichte sie den Absturzort mit dem Schneemobil in fünf oder sechs Stunden, und je näher sie herankäme, desto größer wären ihre Chancen, die Eindringlinge von den Wölfen wegzulocken.

Also brach sie ihr Lager ab und packte den Schlitten voll; nach nicht einmal einer Stunde war sie schon unterwegs.

Wegen etwaiger Überlebender machte sie sich keine Gedanken. Selbst wenn jemand den Absturz heil überstanden hatte, konnte er bei den eisigen Temperaturen unmöglich so lange durchhalten, bis die Retter – oder auch nur sie selbst – zu ihm gelangten. Leichen und Leichenteile waren alles, was sie an jenem Hang zu erwarten hatte, doch der Gedanke daran jagte ihr weder Schrecken noch Abscheu ein. Es war einfach eine Tatsache.

Etwa eine Stunde vor ihrem Eintreffen am Wrack hatte ein leichtes Schneetreiben begonnen, und der aus Nordosten wehende Wind roch nach verglühendem Metall und verbranntem Fleisch. Die schwarze Rauchsäule, an der sie sich auf ihrem Weg durch die Tundra orientierte, war bei zunehmend hügeligem Terrain immer schwerer auszumachen und schließlich ganz verschwunden. Immer wieder geriet das Schneemobil gefährlich ins Schwanken, wenn es vereiste Stufen im Gelände zu überwinden hatte. Der Schnee, der ihr auf die Gesichtsmaske und die Schutzbrille spritzte, fror schnell fest, und sie musste wiederholt anhalten, um die Gläser zu reinigen. Schon überlegte sie, ob sie nach Westen schwenken sollte, fort von dem Unglücksort, der sie nichts anging, und weg von dem zu erwartenden Störenfried der Außenwelt. Doch dann registrierte sie eine Bewegung an einem Hang unmittelbar hinter ihr, der ihr Herz stillstehen ließ.

»Tom?«

Sie stellte den Motor ab und lauschte. Suchend spähte sie in den Vorhang aus Schnee, den sie vergeblich mit ihrer behandschuhten Hand wegzuschieben versuchte. Da war mit Sicherheit eine Gestalt, da auf dem Kamm, ein Schatten …

»Tom, bist du das?« Keine Antwort.

Hannah ließ den Motor wieder an und fuhr los, um näher heranzugelangen. Die Gestalt bewegte sich und drehte sich um; einen kurzen Moment lang blickte sie ihr direkt in die Augen, bevor sie im Schnee verschwand. Es war der weiße Wolf.

Nach dieser Begegnung dachte sie gar nicht mehr daran, die Richtung zu ändern.

Sie fuhr weiter ostwärts, wo sie die Rauchsäule zuletzt gesehen hatte. Knapp eine halbe Stunde später stolperte sie über die ersten Trümmerteile – ein verbogenes, nicht näher identifizierbares Metallstück, eine Tür aus Walnussholz mit einer Messingklinke, eine lederbezogene Kopfstütze. Alles war mit einer Schneehaube bedeckt und wirkte in der Stille der Wildnis völlig deplatziert. Der Geruch nach Verbranntem hing jetzt wie Gift in der Luft, und als sie den Grat überschritt, erblickte sie keine dreißig Meter unterhalb die Absturzstelle.

Vom Hubschrauber war kaum etwas übrig geblieben. Die Wucht des Aufpralls hatte ein Stück vom Felsen abgesprengt, und der geschmolzene Schnee um das Wrack herum war wieder gefroren – hatte die Maschine mit einem Ring aus zersplittertem Gestein und schmutzigem, trübem Eis umhüllt. Eines der vorderen Rotorblätter fehlte, ein anderes war unter dem Gestein begraben. Der Rumpf lag in zwei Teile gebrochen da; die hintere Hälfte hatte sich in rund hundert Meter Entfernung in eine Schneewehe gebohrt, und beide Stücke waren so verbogen und verzogen, dass sie kaum mehr als Teile ein und derselben Maschine erkennbar waren. Über Hunderte von Metern lagen überall am Boden verstreut Trümmer, schwarze, blaugraue und braune Flecken in dem alles beherrschenden Weiß. Hannah hätte unmöglich sagen können, welche davon Teile menschlicher Körper waren.

Mit größtem Widerwillen lenkte Hannah das Schneemobil den Hang hinab und so nahe an die Unfallstelle wie möglich. Sie stellte den Motor aus, nahm die Schutzbrille ab und schleppte sich mühsam durch den Schnee und den unübersichtlichen Trümmerhaufen: Stofffetzen, Kunststoffteile, getönte Glasscherben. Dann war da noch ein Teil eines verbrannten Sitzes, der Lederbezug abgerissen, das Innenleben zu einer einzigen Masse geschwärzter Federn und geschmolzenen synthetischen Polstermaterials zusammengebacken. Dann bemerkte sie ein Stück Teakholz-Vertäfelung, die, abgesehen von einem tiefen Kratzer auf der einen Seite, fast unbeschädigt war, und einen kleinen Mikrowellenherd ohne Tür. Allmählich kam ihr der Verdacht, dass dies kein gewöhnlicher Hubschrauber gewesen war.

Sie fand keine Leichen, aber das wunderte sie nicht. Beim

Vorwärtsstaksen sah sie, dass die Hitze die Farbe an der Außenwand des Helikopters hatte schmelzen lassen und nicht einmal sein Kennzeichen mehr existierte. Der in der kalten Luft noch intensiver wirkende Gestank war beinahe unerträglich – eine Kombination aus verbranntem Öl und schwelendem Gummi, dem gelblichen Rauch glimmender Polster und dem wahrhaft atemberaubend giftigen Geruch von Chemikalien. Und unter all dem nahm sie da noch jenen süßlich-ekligen Geruch wahr, über dessen Herkunft sie lieber nicht nachdachte.

Widerstrebend ging sie auf den zerfetzten vorderen Teil des Helikopters zu, wobei sie auf dem schnell gefrorenen Eis mehr als einmal ausrutschte und hinfiel. Der Gestank war nun so intensiv, dass sie die Luft anhalten musste, als sie sich am scharfkantigen Wrack des Rumpfes festhielt und einen Blick ins Innere wagte. Zunächst sah sie nur zur Unkenntlichkeit verbrannte Trümmer, herabhängende Kabel, mit dem Boden verschmolzene Sitze und verschiedene Haufen von nicht identifizierbarer Substanz. Diejenigen in der Nähe des Cockpits waren nicht mehr als die Überreste eines Menschen erkennbar und hätten ebenso gut geschmolzene Teile der Innenausstattung sein können. Erleichtert trat Hannah einen Schritt zurück.

Plötzlich knirschte etwas unter ihrem Fuß.

Sie blickte hinab auf etwas, das wie ein verkohlter Stock aussah. Aber es war kein Stock. An einem Ende waren vier von der Hitze grotesk deformierte, aber dennoch unverkennbare fingerartige Fortsätze zu erkennen. Sie gehörten aber nicht zu einer Hand, sondern zu einer Pfote!

Nach Luft ringend schreckte Hannah zurück, verlor das Gleichgewicht und landete hart auf dem Hinterteil. In diesem Augenblick entdeckte sie eine weitere pelzbesetzte Absurdität, die zu ihrer Rechten aus dem Schnee ragte. Als sie den Kopf herumriss, um das Ding genauer zu betrachten, erkannte sie eine halb von Schnee bedeckte Schnauze; dahinter fehlte ein Ohr, und eine leere Augenhöhle starrte gen Himmel. Ansonsten handelte es sich um einen perfekten Wolfskopf.

»Allmächtiger«, flüsterte sie.

Dann wandte sie sich ab und erbrach sich in den Schnee.

Scheinbar eine Ewigkeit wirbelten ihr die Flocken um die Ohren, und inmitten des Gestanks von verbrannten Knochen und versengtem Fell rang sie verzweifelt nach Atem. Hannah klammerte sich an das Eis, um zwischen sich und den grausam entstellten Tierkadavern eine gewisse Distanz herzustellen. Schließlich rollte sie sich mit fest zugekniffenen Augen auf den Rücken, während sie durch weit geöffnete Nasenlöcher in langen Atemzügen die feuchte Luft einsog.

»Scheiße«, flüsterte sie. »*Scheiße!*«

Im Bruchteil einer Sekunde begriff sie, was die Teakvertäfelung, der Mikrowellenherd und die Ledersitze zu bedeuten hatten. Das hier war kein Militärflugzeug, keine Transportmaschine und kein Vermessungshubschrauber. Seine Passagiere waren Jäger gewesen, seine Ladung deren Beute. Wölfe.

In einem Anfall ohnmächtiger Wut, der sie am ganzen Körper zittern ließ, rollte sich Hannah auf alle viere und stand auf. »In der Hölle sollt ihr schmoren, ihr verdammten Schweinehunde«, zischte sie und ballte die Fäuste. »Ich hoffe, ihr lodert noch!«

Schweiß und Tränen hatten ihre Gesichtsmaske steif werden lassen; das Ganze gefror nun allmählich zu einer Schicht, die ihr auf den Wangen brannte. Sie bückte sich nach einer Hand voll Schnee und zwang sich, ihn in den Mund zu stecken, spuckte ihn aber augenblicklich wieder aus. Er schmeckte noch weit schlimmer als der Beigeschmack des Todes, der ihr auf der Zunge haftete. Hannah wollte wieder den Hang hinauf zum Schneemobil.

Auf halbem Weg rutschte sie aus und fiel auf ein Knie. Sie bemerkte ein metallisches Glitzern und bewegte sich zögernd darauf zu. Es handelte sich um einen halb aus dem Schnee ragenden schlanken rechteckigen Behälter; als sie ihn ausgegraben hatte, wurde Hannah klar, dass sie einen Aktenkoffer in der Hand hielt, von dem das Leder weitgehend weggebrannt und nur die metallische Innenschale übrig geblieben war. Das Schloss hatte sich verzogen, und zwischen den beiden Hälften klaffte ein deutlicher Spalt, sodass es nicht schwer schien, den Koffer zu öffnen. In seinem Innern würde sich zweifellos etwas finden, das eine Identifizierung seines Besitzers – des Mörders – ermöglichte. Wild entschlossen drückte Hannah den Aktenkoffer an ihre Brust und stapfte weiter den Hang hinauf.

Beinahe hätte sie den Schatten hinter dem Findling nicht wahrgenommen, der so sehr mit der dunklen Kobaltbläue dieses Tages ohne Sonnenlicht verschmolz, dass er fast wirkte wie eine der vielen Vertiefungen in der Landschaft. Vielleicht war da auch ein Geräusch gewesen, aber eigentlich glaubte sie das nicht. Hinterher konnte sie nicht mehr genau sagen, warum sie hinschaute und dann noch einmal, bis sie begriff, dass, halb hinter dem sechs Meter entfernten Findling verborgen, der vollständig intakte Körper eines Wolfes lag.

Eigentlich wollte sie nicht zu ihm und versuchte, ihre Füße in die Gegenrichtung zu lenken. Doch eine unwiderstehliche Faszination trieb sie vorwärts.

Als sie näher kam, konnte sie dort, wo der Wolf sich hinter den Findling zurückgezogen hatte, im Schnee eine kaum erkennbare Blutspur ausmachen. Das ließ – so unglaublich es auch scheinen mochte – nur den Schluss zu, dass der Wolf zum Zeitpunkt des Absturzes noch am Leben gewesen war. Und dann kam ihr ein neuer, furchtbarer Gedanke: Vielleicht waren alle Wölfe vor dem Unglück noch am Leben und somit nicht Opfer der Kugeln von Jägern, sondern lebende, für Zoos bestimmte Fracht gewesen. Dass der Absturz Menschenleben gekostet hatte, war natürlich bedauerlich – trotz der Tatsache, dass diese Leute höchstwahrscheinlich einer ebenso unmoralischen wie ungesetzlichen Betätigung nachgegangen waren. Aber dass all die gefangenen Tiere, die keinerlei Chance gehabt hatten, sich zu retten, dabei so schrecklich verstümmelt und getötet wurden, empfand sie als doppelt entsetzlich. Und dennoch schien es, als habe nun eines den Unfall überlebt.

Der Wolf lag vor ihr auf der Seite. Er war riesig, mindestens anderthalb Meter lang. Der Wind blies in seinen flachsfarbenen Pelz am Nacken und legte eine dunkle Wunde knapp unterhalb des Ohrs frei, aus der noch immer Blut sickerte. Die obere Vorderhand war gebrochen und stand in einem unnatürlichen Winkel ab. Unter dem Gelenk war ein Stück weißer Knochen zu sehen. Eine Blutlache hatte den Schnee unter ihm verdunkelt, und Hannah näherte sich ihm widerwillig; sie fürchtete sich vor dem, was sie finden würde. Und was sie fand, ließ sie einmal tief einatmen und die Luft anhalten.

»Erbarmen«, flüsterte sie.

Das Tier lebte noch.

Der größte Teil seines Fells war von der Schulter bis zur Hüfte weggebrannt, die Haut darunter geschwärzt und offen. Doch sie sah, wie sich der Brustkorb mit schnellen, flachen Atemstößen hob und senkte, sah die schwachen Atemwolken aus den Nüstern – hörte das nasse gurgelnde Geräusch, mit dem der Atem das Blut in der Luftröhre durchdrang.

»Erbarmen«, hauchte sie noch einmal, bevor sie sich ihm vorsichtig näherte. »Oh, Scheiße! Armer Kerl! Verdammte Scheiße!«, krächzte sie, und ihre Kehle war so zugeschnürt, dass sie fast keinen Ton mehr herausbrachte.

Das Fell fehlte an einem halben Dutzend Stellen, und die zum Vorschein kommende Haut sah aus wie rohe Hamburger. Unsichtbare blutende Wunden tränkten die Reste seines Fells mit dunklen Flecken, und seine erstickten, gurgelnden

Versuche zu atmen waren kaum zu ertragen. Blut tropfte aus seinem Unterkiefer in den darunter liegenden Schnee – das Zeichen innerer Verletzungen, über die sie nur spekulieren konnte. Nachdem er so lange überlebt hatte, blieb dem armen Kerl nun nicht die geringste Chance. Wie lange er zum Sterben brauchen würde, war nur noch eine Frage der Zeit.

Hannah mühte sich den Hang hoch zum Schlitten, und ihre Bewegungen verrieten ihre zunehmende Entschlossenheit. Sie machte ihr Gewehr los und kontrollierte die Patronenkammer, bevor sie mit zielstrebig vorgerecktem Kinn wieder hinabschlitterte.

Sie trat so nahe wie möglich an den Wolf heran und hielt den Lauf unmittelbar über seinen Kopf, denn ein schlecht gezielter Schuss war alles andere als eine Gnade. Dann entsicherte sie die Waffe und krümmte den Finger um den Abzug. »Ich wünschte, jemand könnte mir das abnehmen, Junge«, sagte sie mit rauer Kehle.

Plötzlich füllten sich ihre Augen mit Tränen, und wütend zog sie die Achseln hoch, um sie am Ärmel ihres Mantels abzuwischen. Als sie erneut das Gewehr anlegte, blickte der Wolf sie an.

Seine Augen waren blau wie die des Großen Weißen, wenn auch dunkler und weniger klar. Sie waren eigentlich nicht viel mehr als trübe Schlitze und sahen sie höchstwahrscheinlich überhaupt nicht an, brachten sie aber dennoch so aus der Fassung, dass ihre Hand zu zittern begann. Die Augen schlossen sich wieder, und das langsame, gurgelnde Atmen klang wie ein Seufzer.

»Verflucht«, flüsterte sie und senkte die nicht abgefeuerte Waffe.

Mit vor Aufregung und Anstrengung pochendem Herzen hantelte sie sich zum Schlitten und packte ihr Erste-Hilfe-Set. Rasch eilte sie zu dem leidenden Tier zurück, die letzten Meter auf dem Hintern hinabrutschend, und fürchtete schon, ihn nur noch tot anzutreffen. Dann öffnete sie den kälteisolierten Verbandskasten und nahm eine Einwegspritze heraus, deren Verpackung sie mit den Zähnen aufriss, sowie eine Flasche Stadol. Sie hörte den Wolf atmen, leicht und schnell, dann wieder langsam und mühselig, erst scheinbar dem Ersticken nahe, gleich darauf ruhiger. Auf einmal erneut schnell und hechelnd. Sie begann, die Spritze aufzuziehen, hielt aber plötzlich inne und sah das Tier an. Zwei Milligramm würden auf die Atemwege wirken wie zehn Milligramm Morphin. Eine volle Spritze würde einen schnellen, schmerzlosen Tod bedeuten. In seinem Zustand wäre alles andere entschieden grausam.

Hannahs Lippen spannten sich an, als sie ihm 0,1 Milligramm in die Nackenmuskulatur injizierte. Dann sah sie sich nach etwas um, das sie zum Schienen benutzen konnte.

Die Forschungsstation war mit dem Schneemobil in wenigen Stunden zu erreichen; aber Hannah bezweifelte, dass der Wolf die Fahrt dorthin ertrug. Trotz allem schien er nun doch ein wenig freier zu atmen, als sie vor dem schneebedeckten Gebäude mit seinen geschlossenen Fensterläden vorfuhr. Bevor sie ihn von dem großen Schlitten auf den kleineren lud, der zum Transport von Vorräten und Brennholz zwischen Neben- und Hauptgebäude benutzt wurde, spritzte sie ihm noch eine kleine Dosis Benzodiazepin. Fast wartete sie schon auf das Aussetzen seiner Atmung und war sich voll und ganz der Tatsache bewusst, dass sie weder die nötigen Kenntnisse noch die erforderliche Ausrüstung besaß, um sie wieder in Gang zu bringen.

Doch als sie zurückkam, nachdem sie den Generator angelassen und im Hauptraum genügend Platz geschaffen hatte, war er noch immer am Leben. So machte sie sich an die langwierige und schwierige Aufgabe, das Tier ins Innere zu schaffen.

Schon öfter hatte Hannah aus nächster Nähe an Wölfen gearbeitet, und nicht alle waren zuvor mit Spritzen ruhiggestellt worden. Aber noch nie war sie gezwungen gewesen, ganz allein mit einem fertig zu werden, und noch nie hatte sie es mit einem so grausam Verletzten zu tun gehabt. Ohne Frage hatte er allenfalls Minimalchancen, die Nacht zu überstehen und ihre unfachmännischen Bemühungen, sein Leben zu retten, verlängerten wohl nur sein Leiden. Aber dass er überhaupt noch mitmachte, war ja bereits ein Wunder, und jeder weitere Atemzug widersprach so sehr jeglicher Erfahrung, dass Hannah sich erst recht verpflichtet fühlte, ihm in aller nur möglichen Weise Hilfe zu leisten.

Deshalb zerrte sie ihn aus der Eiseskälte hinein und setzte sowohl den Solarofen als auch den offenen Kamin in Gang. Sie war kräftig und durchaus gewohnt, schwer zu heben und zu tragen; aber als endlich beide Heizquellen funktionierten, zitterten ihr die Armmuskeln, und von ihrem Rücken strahlte ein dumpfer Schmerz aus. Sie tauschte Parka und Schneehandschuhe gegen eine Schürze aus grobem Segeltuch und Gummihandschuhe, und kniete sich neben ihren Patienten.

»Um Himmels willen, Tom, so hilf mir doch! Sag mir, was ich machen soll.«

Sie reinigte die offenen Wunden und ersetzte die alten Verbände durch sterile Gaze. Dann injizierte sie hohe Dosen Ampicillin, reinigte die verbrannten Hautstellen und richtete die Knochen, so gut sie konnte. Aus den Augenwinkeln meinte sie hin und wieder Tom zu sehen, wie er aufmerksam aus den Schatten neben der Tür zusah und ihr gelegentlich ein zustimmendes Nicken sandte. Eigentlich hätte sie das ermutigen sollen, aber das tat es nicht.

Mit einigen Schwierigkeiten legte sie ihm eine Infusion einer physiologischen Kochsalzlösung an; aber hinsichtlich der Rippenbrüche oder der zweifellos eingedrückten Lunge konnte sie ebenso wenig tun wie gegen die von ihr vermuteten inneren Verletzungen. Nach etwa einer Stunde schien der

Wolf auf die stärkenden Arzneien zu reagieren. Er bewegte sich. Vorsichtig gab sie ihm eine dritte Dosis Stadol und schob ihn in einen großen Lattenkäfig auf Rädern, in dem sie sonst mit Beruhigungsmitteln behandelte Tiere transportierten. Hannah rollte das Behältnis näher ans Feuer und schickte sich dann an, den Rest ihrer Vorräte vom Schneemobil abzuladen.

Schlechtes Wetter war im Anzug, und der scharfe, beißende Wind jagte blauschwarze Schatten übers Land. Hannah aber nahm davon kaum Notiz. Als sie das Schneemobil untergestellt hatte und sich die zehn Meter vom Lagerschuppen zum Hauptgebäude schleppte, wankte sie vor Anstrengung. Wind und Schnee trieben sie ins Haus, nur mit Mühe schaffte sie es, die Tür hinter sich zu schließen. Sie zog die Oberbekleidung aus, ließ sie liegen, wo sie zu Boden fiel, und ging zu der verwundeten Kreatur hinüber, die verzweifelt um ihr Leben kämpfte.

Neben dem Großen Weißen war dies der mächtigste Wolf, den sie je gesehen hatte.

»Bist du einer aus dem Rudel?«, fragte sie leise. »Bist du einer von Toms Wölfen?«

Sie streckte sich auf dem Boden neben dem Käfig aus und schlief ein, während Tom sie aus den Schatten des flackernden Zwielichts heraus mit anerkennenden Blicken bedachte.

7

Der Schmerz kam langsam, wie eine Flut, die ein leeres Becken füllt. Als das Becken schließlich voll und jeder Teil von ihm mit Bewusstsein gesättigt war, empfand er den Schmerz so stark, dass er seine ganze noch verbliebene Kraft aufwenden musste, um ihn nicht hinauszuschreien und zu heulen, bis seine Stimme zum Himmel drang und ihn schwarz färbte. Der Schmerz war nicht in seinem Körper, der sich merkwürdig leicht und frei anfühlte –, sondern in seinem Bewusstsein, seinem Gedächtnis, seiner Seele, und er brachte ihm den Geruch brennender Knochen und siedenden Blutes.

Tot. Alle waren tot. Freunde, Angestellte, Berater. Der Gestank des Todes hing in seinem Fell, dessen Geschmack lag ihm auf der Zunge und brannte wie ein heißer, weißer Blitz auf seiner Netzhaut. Tot, alle miteinander. Seine Leute! Und er war nicht in der Lage gewesen, sie zu retten.

Wie die Flut wich auch der Seelenschmerz allmählich zurück und machte einer anderen Erinnerung Platz, die weiter entfernt und noch verwirrender war. Noch mehr Tote. Das überstieg seine Fassungskräfte. So viele Tote, so viele, die von ihm gegangen waren, so viel Dunkelheit.

Sir, der Rudelführer ist tot, und mit ihm seine Königin.

Es lebe der Rudelführer!

Nein, das darf nicht sein …

Der Geruch. Was war das für ein Geruch? Feuer und brennendes Fleisch, giftiger Rauch, dicht und purpurrot, Treibstoff … ja, Treibstoff. Und mehr noch. Ein Brandbeschleuniger. Sprengstoff. Eine Bombe.

Der Hubschrauber war nicht einfach nur vom Himmel gefallen, sondern Opfer eines Sabotageakts geworden.

Wie verirrte Kinder geisterten Stimmen durch sein Gehirn, wieder und wieder, ohne einen Sinn zu ergeben.

Was wirst du tun?

Was ich tun muss.

Was wirst du ...

Muss ...

Tun muss ...

Auf einmal Geschrei. Die wütende, laute Stimme seines Vaters. *Das würdest du wirklich wagen? Mit ein paar Federstrichen alles vernichten, wofür wir uns eingesetzt haben ...?*

Dann waren sein Vater und seine Mutter tot. *Tot.* Dieser Schmerz!

Und jetzt eine Bombe! Eine Bombe, die so geschickt versteckt war, dass nicht einmal die Sinne von Werwölfen sie hatten wahrnehmen können. Aber wer war zu so etwas fähig? Und wie hatte er es eingefädelt, warum? Die Antworten dröhnten durch seinen Kopf, er hätte sie gehört ohne diesen Schmerz ... diesen Schmerz und die Stimmen.

Die Stimme seines Vaters. *Ich kann nicht zulassen, dass du das tust!*

Aber du weißt doch, dass uns keine andere Wahl bleibt! Es hätte schon längst getan werden müssen. Was hier geschehen ist, darf nie wieder vorkommen, und um das zu verhindern, gibt es nur eine einzige Möglichkeit – das weißt du!

Er sah seine Hände, seine eigenen Hände in menschlicher Gestalt, ein Buch mit einem abgewetzten roten Einband umklammernd. Das darf nie wieder geschehen. Niemand darf es erfahren. Was hier geschehen ist, darf nie wieder passieren.

Der Rudelführer ist tot ...

Über ein halbes Jahrtausend des Friedens ...

Geht hier zu Ende, geht jetzt zu Ende.

Es lebe der Rudelführer!

Ich, Nicholas Devoncroix, schreibe eigenhändig heute diese Worte nieder ...

Worte. Stimmen. Bilder, die sich in seinen Kopf ein- und wieder ausblenden. Ein gebrochenes Versprechen, der Geruch nach Treibstoff. Eine Bombe, ein Saboteur ... *wer? warum?* Da war noch so vieles, an das er sich nicht erinnern konnte, und nichts davon besaß mehr eine Bedeutung. Die Flut stieg wieder, der Geruch von Schmerz, der Geschmack von Schmerz, Mutter, Vater, Fleisch und Fell, brennend im Schnee.

Er war Nicholas Devoncroix, Anführer des Rudels, und der Tod suchte seine Träume heim.

Zwei Stunden später schreckte Hannah aus dem Schlaf und sah sofort nach dem Wolf. Er lebte noch immer. Sein Atem schien sogar ein wenig gleichmäßiger zu gehen, und das gurgelnde Geräusch war verschwunden. Die Verbrennungen sahen nach wie vor schlimm aus, doch die antibiotische Salbe, die sie aufgetragen hatte, wirkte offensichtlich, und aus den Wunden quoll kein Blut mehr. Da sie ihn nicht mit einer gründlicheren Untersuchung beunruhigen wollte, legte sie eine Decke über die Latten, um die Atmosphäre eines Baus zu simulieren, und ließ den Wolf allein.

Tom war nicht mehr da.

Steif und mit Schmerzen in jedem einzelnen Muskel tappte sie im Zimmer umher, knipste alle Lichter an und sammelte blutdurchtränkte Bandagen und fallen gelassene Plastikverpackungen auf. Vor dem stummen Funkgerät blieb sie stehen und schaute es einen Moment lang nachdenklich an. Sie konnte mit der Braselton-Stiftung telefonieren und einen richtigen Tierarzt anfordern; aber bis sie einen hierher brachten – falls sie überhaupt jemanden erübrigen konnten –, würde der Wolf entweder tot sein oder keine Hilfe mehr brauchen. Dann kam ihr auch noch der Gedanke, nach Einzelheiten über den Absturz zu fragen, doch sie verwarf ihn wieder. Sobald das Wetter aufklarte, würden Rettungsmannschaften mit ihren Fahrzeugen die Berge durchkämmen, und sie verspürte keinerlei Verpflichtung, ihnen die Suche nach den toten Jägern zu erleichtern.

In der engen Küche wärmte sie eine Dose Eintopf auf, schlang ihn gierig im Stehen hinunter und spürte mit jedem Happen, wie ihr ausgehungerter Körper sich erholte. Dann bereitete sie sich einen Becher dampfenden Tees und ging mit ihm in den Hauptraum zurück, um noch einmal einen Blick auf den Wolf zu werfen. Er atmete gleichmäßig, und seine geschienten Läufe lagen ruhig und gerade da. Sie wusste nicht, was sie noch für ihn tun konnte.

»Jetzt wäre ich für einen Tipp von dir sehr dankbar«, murmelte sie Tom zu.

Plötzlich fiel ihr der Aktenkoffer wieder ein, den sie am Unglücksort entdeckt hatte. Mit einem Brecheisen hatte sie schnell den verbogenen Rahmen gesprengt, und der Inhalt, der zum Vorschein kam, stellte sich als relativ unbeschädigt heraus. Da waren ein paar Mappen, noch feucht an den Ecken, wo Wasser vom geschmolzenen Eis eingedrungen war, ein elektronischer Organizer, ein Mont-Blanc-Füller, achthundert Dollar in bar und ein Buch ohne Titel mit einem abgewetzten roten Einband.

Das Bargeld interessierte sie nicht, und so ließ sie es im Koffer. Zuerst überflog sie den Inhalt der Aktenmappen, fand aber wenig, was für sie von Belang gewesen wäre: den Prospekt einer Firma namens Infotech, einen Vertrag über die Fusion zweier weiterer Firmen, deren Namen ihr nichts sagten, einige Memos, deren Empfänger und Absender nur in Initialen da standen, die Kopie des Urteils eines Richters des Obersten Gerichtshofes der Vereinigten Staaten über eine Frage des Umweltschutzes, das sich auf eine vierte Firma bezog. Einige der Memos waren auf Briefpapier verfasst, dessen Logo ihr irgendwie bekannt vorkam; aber es gab nichts, was den Besitzer des Koffers hätte identifizieren können. Dann öffnete sie das Buch.

Auf der ersten Seite stand, perfekt mittig ausgerichtet: »Die wahrheitsgetreuen Aufzeichnungen des Matise Devoncroix.«

Die einzelnen Buchstaben waren so exakt, dass Hannah schon genauer hinsehen musste, um zu prüfen, ob es sich nicht doch um Maschinenschrift handelte. Aber der Text schien in der Tat handschriftlich verfasst. Das Papier selbst war weich und kostbar, und während sie die Seiten durchblätterte, merkte sie, dass das Buch von Hand gebunden war und aus verschiedenen Papiersorten in verschiedenen Schattierungen von Elfenbein und Weiß bestand – als wäre die Niederschrift über einen längeren Zeitraum erfolgt. Neugierig runzelte sie die Stirn, während sie sich fragte, wie denn dieses merkwürdige kleine Buch und seine präzise Handschrift zu all den nüchternen Firmendokumenten passten. Und überhaupt – wozu nahm eigentlich ein Geschäftsmann einen Aktenkoffer voll wichtiger Dokumente auf einen Jagdausflug mit?

»Devoncroix«, murmelte sie laut vor sich hin. »Woher kenne ich bloß diesen Namen?«

Aber sie erwartete natürlich keine Antwort.

Hannah legte das Buch zur Seite und versuchte, den elektronischen Organizer einzuschalten. Entweder war die Batterie leer, oder er hatte den Aufprall nicht überstanden. Sie schaffte es nicht einmal, das Display einzuschalten.

Plötzlich von oben hereindrückende Luft ließ im Kamin die Funken sprühen, und sie legte Holz nach. Sie stellte auch den Solarofen neu ein und überprüfte die Brennholzvorräte im benachbarten Schuppen. Ihrer Schätzung nach würde es noch ein paar Tage dauern, bis sie in die Kälte hinaus musste, um vom Holzstapel hinter dem Haus neues Brennmaterial hereinzuholen. Der Wind hatte nachgelassen; aber dafür schneite es jetzt stärker, und das Thermometer vor der Tür stand auf minus zwölf Grad Celsius.

Sie schloss das Haus ab, kontrollierte das Benzin im Generator und zog auch die isolierenden Fensterläden zu. Die Stiftung hatte die Station so bauen lassen, dass sie bis zu Temperaturen um sechzig Grad minus autark war. Das hatte jedoch, so weit Hannah wusste, bislang niemand ausprobiert. Benzin und Nahrung sollten im Frühjahr aufgestockt werden; aber von beidem war für Notfälle immer genug da, dass es für ein sechsköpfiges Team zwei Wochen lang reichte. Die Station befand sich am Ende der Welt, und da gehörten Notfälle eher zur Routine.

Hannah fürchtete sich nicht vor der Dunkelheit, und die Kälte war ihr Freund. Aber sie fragte sich, was beide wohl der Kreatur im Haus anhaben konnten, die so hart ums Überleben kämpfte und deren Existenz auch jetzt noch an einem seidenen Faden hing.

Die metallenen Fensterläden, die von innen mittels eines Hebels zu bedienen waren, verschlossen die Fenster wie Vorhänge. Hannah zog gerade den letzten zu, als sie im Schnee etwas zu sehen glaubte. Einen grauen Streifen, eine blitzschnelle Bewegung ... Es sah aus wie ein Wolf, war aber zu rasch verschwunden, als dass sie sich hätte sicher sein können.

Ihr Wolf hatte sich nicht gerührt, doch sein schnelles, flaches Hecheln, so beunruhigend es an sich auch klang, wertete sie doch als Lebenszeichen. Sie brachte einige Zeit damit zu, unter den diversen Büchern, die das Team im Lauf der Jahre da gelassen hatte, nach einem über Tiermedizin zu suchen, fand aber kein brauchbares.

Dann fiel ihr Blick auf den roten kleinen Band, und sie nahm ihn wieder auf, blätterte durch ein paar Seiten. Nach dem Überfliegen einiger Zeilen hielt sie inne und las sie langsam noch einmal. »Tom, um Himmels willen, hör dir das an! ›Auf den Menschen trafen wir erstmals zur Zeit der großen Ebenen und Wälder; damals liefen wir alle als Wölfe umher und wünschten uns nur selten, etwas anderes zu sein. Der Legende nach nahm jenes erste Zusammentreffen für den Menschen kein gutes Ende, während es uns ein größeres Bewusstsein unserer selbst und unserer Möglichkeiten brachte. Der Mensch hatte Hände, um Feuer zu machen, aber wir auch. Der Mensch hatte Beine, um auf Bäume zu klettern, aber wir auch. Und darüber hinaus besaßen wir natürlich noch etwas, was dem Menschen nie zur Verfügung stände: einen überlegenen Intellekt sowie unsere zwei Gestalten …‹«

»*Zwei Gestalten?*«, *w*iederholte sie stirnrunzelnd. »Was soll das denn heißen?«

Ein Geräusch aus dem Käfig ließ sie innehalten und aufblicken. Die Augen des Wolfs waren geöffnet und schienen nach der Herkunft der Stimme zu suchen.

»Hörst mich wohl gerne reden, Bursche?«, fragte Hannah sanft und trat näher. »Das interessiert dich, was? Denkst du jetzt, dass es sich vielleicht doch lohnen könnte, am Leben zu bleiben, und sei es nur, um dich vor mir in Acht zu nehmen, hm?«

Wieder stieß der Wolf das Geräusch aus, tief unten in seiner Kehle, irgendwo zwischen Knurren und Winseln angesiedelt, und erneut fielen seine Augen zu. Sein Atem ging schnell und flach, hin und wieder unterbrochen von schwachen, scharfen Geräuschen des Schmerzes oder des Ringens. Hannah bezweifelte, ob der Klang ihrer Stimme dem wilden Tier irgendetwas bedeutete oder ob es sie überhaupt bemerkt hatte – auch wenn ihr das gefallen würde. Aber wenigstens übertönte sie das Heulen des Windes und das leise, schmerzvolle Stöhnen des Geretteten.

»Außerdem – was kann es schon schaden?«

Sie nahm das Buch mit zum Kamin und machte es sich davor bequem. Noch einmal schaute sie zu dem Patienten hinüber, bevor sie den Anfang des Buchs aufschlug und laut zu lesen begann.

Aus den Aufzeichnungen des Matise Devoncroix

I

Nachdem ich mein ganzes Leben damit verbracht habe, andere mit meinen Anekdoten, Philosophien, Spekulationen und Vermutungen zu unterhalten, erscheint es mir nun, da ich die wichtigsten Worte, die ich je geäußert habe, zu Papier bringe, ausgesprochen merkwürdig zu wissen, dass nie ein anderes Augenpaar als das deine es zu sehen bekommen darf.

Hoffentlich wirst du mich nicht zu sehr dafür verdammen, all die Geheimnisse für mich behalten zu haben – denn damit habe ich mir selbst schon weit schlimmere Qualen bereitet, als jegliche Anschuldigungen es vermöchten. Ich musste miterleben, wie die einzige Frau, die ich je geliebt habe, durch solche Geheimhaltung beinahe zerstört wurde; doch am Ende bewirkte die Offenbarung derselben fast ihren Untergang. Ich habe mein Möglichstes getan, dich vor demselben Schicksal zu bewahren … Vielleicht ein Fehler …

Meine Entscheidungen will ich nicht vor dir verteidigen … denn wenn du diese Chronik zu Ende gelesen hast, wirst du sie entweder verstehen, oder es spielt keine Rolle mehr. Ich weiß nicht, wie viel Zeit uns noch zusammen bleibt. Aber ich habe für dich getan, was ich konnte, zumindest hinsichtlich deiner Ausbildung. Doch wie sollte ich dich auf eine Rolle im Leben vorbereiten, von der ich selbst nichts ahnte? Und wie konnte ich dir helfen, die richtige Wahl zu treffen, wo ich doch selbst nicht wusste, welche Wahl du hattest?

Jetzt kann ich dir nur noch die Wahrheit sagen und dir erklären, wie alles zusammenhängt. Doch mit dem Wissen geht ein hohes Maß an Verantwortung einher, denn die Last der

Verantwortung ist, wie die Last der Macht, quasi dein Erbe. Das alles begann nicht mit dir und mir, obgleich ich das gerne glauben möchte, und auch nicht mit Brianna, deren Geschichte dies eigentlich ist. Um zu verstehen, wie wir an den Punkt gelangt sind, an dem wir uns heute befinden, müssen wir weiter zurückgehen, zu einer Zeit also, die sogar die Geschichte längst vergessen hat. Verstehst du diese Dinge, so wirst du auch Brianna verstehen, Brianna und mich – und dich selber.

Während unserer gemeinsamen Zeit habe ich dich so viele Dinge gelehrt, dir so viele Geschichten erzählt. Doch war es wirklich genug? Habe ich dir diese Ereignisse mitgeteilt?

Lies bitte meine Geschichte mit größter Sorgfalt und verschließe sie in deinem Herzen. Das Blut von tausend Generationen ist um deinetwillen vergossen worden, und das von tausend weiteren fließt bereits durch deine Adern. Hier ist ihre Biografie.

Und die unsere.

II

Auf den Menschen trafen wir erstmals zur Zeit der großen Ebenen und Wälder; damals liefen wir alle als Wölfe umher und wünschten uns nur selten, etwas anderes zu sein. Der Legende nach nahm jenes erste Zusammentreffen für den Menschen kein gutes Ende, während es uns ein größeres Bewusstsein unserer selbst und unserer Möglichkeiten brachte. Der Mensch hatte Hände, um Feuer zu machen, aber wir auch. Der Mensch hatte Beine, um auf Bäume zu klettern, aber wir auch. Und darüber hinaus besaßen wir natürlich noch etwas, was den Menschen nie zur Verfügung stände: einen überlegenen Intellekt sowie unsere zwei Gestalten.

Schon bald begriffen wir, dass es von Vorteil war, in unmittelbarer Nähe der besten Jagdgründe Zufluchtsstätten zu bauen, statt in weit entfernten Höhlen zu hausen, die leicht einmal überflutet oder von Raubtieren heimgesucht werden konnten. Wir schärften uns Werkzeuge aus Stein, um Erdhöhlen auszugraben, und fanden sie noch effizienter als unsere Klauen. Bald schon entwarfen wir Äxte, um Bäume zu fällen, mit deren Holz wir unsere Unterkünfte wärmten, und Schabmesser zum Abziehen der Tierhäute; denn mittlerweile entdeckten wir zwar immer mehr die Vorteile der zweibeinigen Gestalt, mussten uns jedoch gegen die Elemente schützen, während wir uns aufrecht bewegten.

Damals jagten wir noch keine Menschen. Das kam erst später.

In jener Zeit sahen wir uns nicht genötigt, uns mit den Menschen einzulassen, denn die Welt war groß und ihre Zahl gering. Dennoch gibt es aus der Urzeit Hinweise, dass unsere Wege sich gekreuzt haben müssen – wie etwa Zeichnungen in alten menschlichen Wohnhöhlen von aufrecht gehenden Wesen mit Wolfsköpfen –, weshalb wir wohl davon ausgehen dürfen, dass eine für das Überleben auf diesem Planeten so wenig geeignete Spezies kaum den Ruf als einer der wildesten Räuber des Urwalds erlangt haben konnte, ohne dass die Künstler ein wenig nachgeholfen haben. Und nun die Legende, die erklärt, wie es dazu gekommen ist:

Ein junger Wolfsrüde entfernte sich eines Tages zu weit von seinem Bau und fiel in einen Fluss, dessen Strömung ihn rasch mit sich riss. Als er sich, halb ertrunken, ans Ufer rettete, konnte er nichts riechen, was ihm bekannt vorgekommen wäre: weder seine Mutter noch seine Geschwister aus demselben Wurf noch seine Jagdgründe oder sein Rudel. Tagelang streifte er ziellos umher und wäre fast verhungert, als er plötzlich den Geruch von gebratenem Fleisch witterte. Er hatte keine Angst davor, sich dem Feuer eines Fremden zu nähern, denn Kochgeruch war für ihn gleichbedeutend mit Zuhause, und auch der Mensch, der das arme Junge sah, wie es mit gesenktem Schwanz und dem Bauch knapp über dem Boden in sein Lager kroch, hatte keinen Grund zur Furcht. Vielmehr war er überrascht und neugierig ob dieses merkwürdigen Verhaltens von Seiten eines Wolfes, und weil er gerade Fleisch übrig hatte, gab er ihm welches. So aßen Mensch und Wolfsjunges zusammen, schließlich schliefen sie neben dem Feuer ein.

Am nächsten Tag fand der Mensch zu seinem größten Erstaunen anstelle des Wolfs einen kleinen Jungen an seinem Feuer sitzen. Das Wolfskind blieb einige Tage bei ihm und jagte in vierbeiniger Gestalt zusammen mit dem Mann, um sich später, wenn das Fleisch zubereitet war, wieder in einen Jungen zu verwandeln. Er zeigte dem Mann, wie man aus Blättern und Zweigen ein Schutzdach gegen den Regen baute – das hatte er bei den älteren Mitgliedern seiner Spezies gesehen –, und wie man sich in Tierhäute kleidete, um die Kälte abzuhalten. Als dann eines Tages das Wolfskind, während sie zusammen auf der Jagd waren, die Witterung seines Rudels aufnahm, wurde ihm sogleich klar, dass es nicht bei dem Menschen bleiben konnte. Es sorgte sich jedoch, wie der Mensch wohl ohne ihn zurechtkäme, denn er war viel zu langsam und zu schwach, um etwas anderes zu erlegen als die kränkeste, älteste und hagerste Beute. Zweifellos würde er bald verhungern.

Und dann hatte das Wolfskind eine Idee. Es befestigte einen langen Stock an einem geschärften Stein und zeigte dem Mann, wie er ihn ebenso schnell durch die Luft schleudern konnte, wie ein Wolf zu springen vermochte, sodass er die Beute zu Fall brachte, bevor sie Gelegenheit hatte zu entwischen. Der Mensch freute sich sehr über das Geschenk und lernte rasch, damit umzugehen; also verließ das Wolfskind seinen Freund, um zu seiner eigenen Art zurückzukehren, und freute sich, dass der Mensch nun nicht hungern musste.

Einige Jahre später, als der Wolfsrüde ausgewachsen war,

eine Gefährtin gefunden und sein eigenes Rudel gegründet hatte, nahm er erneut die Witterung seines alten Freundes, des Menschen, auf. Freudig rannte er los, um den Menschen zu begrüßen, ihm zu zeigen, welch ein starker Wolf er geworden war, und wie früher mit ihm auf die Jagd zu gehen. Doch als er sich seinem Lager näherte, erwachte der Mensch aus dem Schlaf, stieß einen fürchterlichen Schrei aus – und tötete den Wolf mit seiner Keule.

Dies war womöglich nicht der erste Verrat, aber derjenige, den wir in Erinnerung behalten haben. In jenem Augenblick wurde eines unserer strengsten Tabus geboren: eine Aversion gegen Waffen jeglicher Art unter unserer Spezies. Nicht umsonst heißt es, Waffen seien die letzte Zuflucht eines menschlichen Schwächlings, und mit einem solchen wollte wirklich keiner von uns verglichen werden.

Doch der allgemeine Vergleich mit tückischen Menschen ist nicht der wahre Grund dafür, dass unser kollektives Unbewusstes so instinktiv vor der Vorstellung zurückschreckt, Waffen zu gebrauchen. Eher ist es so, dass schon der bloße Gedanke, mit Hilfe eines künstlichen Werkzeugs einem anderen Leid zuzufügen, jene Erinnerung in uns weckt – eine Erinnerung, die heute so tief in unserem Innersten begraben liegt, dass wir sie als solche nicht mehr zu erkennen vermögen –, die Erinnerung an ein gemachtes Geschenk und an ein gebrochenes Vertrauen. Und der Schmerz dieser Erinnerung ist mehr, als wir ertragen können.

III

Angesichts der beinahe unwiderstehlichen Faszination, die Menschen auf uns ausüben, scheint es im Nachhinein merkwürdig, dass weder Brianna noch ich einen solchen gesehen hatten, bis wir tatsächlich zehn Jahre alt waren. Wir, die ältesten Kinder der Herrscher des Rudels, verbrachten die prägenden Jahre unserer Kindheit in der festen Überzeugung, dass wir und unseresgleichen als die einzigen Lebewesen auf Erden so etwas wie Gefühle besaßen. Natürlich dauerte es selbst als wir Menschen kennen gelernt hatten noch lange, bis ich meine Meinung in dieser Hinsicht korrigierte, und um ehrlich zu sein, bin ich mir manchmal noch heute nicht ganz sicher, ob es damals ein Irrtum gewesen war.

Um zu verstehen, wie wir so lange hatten existieren können, ohne auch nur einmal auf ein Mitglied einer Spezies zu treffen, die so weit verbreitet ist, dass sie mittlerweile selbst in die entlegensten Gebiete der Welt vordringt, musst du wissen, wie es um die Jahrhundertwende bei uns gewesen ist. Vor allem sollst du alles über Brianna erfahren.

Sie erblickte das Licht der Welt im Frühling des Jahres 1900 auf einem Berg in Alaska als erstes Baby, das nach Tausenden von Jahren wieder an jenem geheimnisvollen Ort geboren wurde – in jenem geheimen Höhlenschloss, in dem einst ein riesiges, äußerst fortschrittliches Rudel gelebt hatte. Von diesem wissen wir nicht, was aus ihm geworden ist und dessen Erbe ging im Laufe der Geschicke irgendwie verloren. Alexander und Elise Devoncroix reisten nach Alaska, entdeckten diese wundersame Festung eines längst vergessenen Volkes, und Brianna wurde geboren. Schon damals umgab ein Zauber ihren Namen. Dem Rudel kamen die beiden Wunder zu Ohren, und alsbald machten sich Werwölfe aus aller Welt auf den Weg dorthin; sie durchquerten die Tundra, durchschwammen Flüsse und erklommen Berge, um das alles mit eigenen Augen zu sehen. Von Geburt an war Brianna eine Legende.

Und das stellte naturgemäß für ein kleines Kind keine geringe Belastung dar.

Brianna kam im Frühling zur Welt und hatte, als sie dem Rudel vorgestellt wurde, bereits ihre menschliche Gestalt angenommen, denn sie war von Geburt an ausgesprochen frühreif. Die Devoncroix, Eltern und Kind, blieben noch den ganzen Sommer, während das Rudel weiterhin herbeiströmte, der Erstgeborenen Geschenke brachte und mit unverhohlener Neugier den Alten Palast begutachtete. Wege wurden gebaut, ganze Herden von Beutetieren herbeigetrieben und auf den hoch gelegenen Wiesen gehalten, um den Wölfen zur Zerstreuung und als Nahrung zu dienen; Bäche wurden gereinigt und wieder zum Fließen gebracht, Stück für Stück erweckte man die vergessene Stätte wieder zum Leben.

Vielleicht hast du diesen Ort nie gesehen. Womöglich aber wandelst du auch Tag für Tag durch seine Säle und kennst die geheimen Gänge und Kammern, die dunklen, feuchten Steine und unerwarteten Gärten besser als ich. Doch lass mich versuchen, es so zu beschreiben, wie ich es aus meiner Jugend in Erinnerung habe, denn damals war es noch ganz anders – um so vieles geheimnisvoller und wunderbarer, durchdrungen von den Schatten und dem Hauch uralter Vergangenheit; ein in der Zeit eingefrorenes Heiligtum, ein geöffnetes, leeres Grab, der Geruch von Erde und der Klang längst verhallter Herzschläge.

Das Bauwerk, das du heute siehst, war damals nur zur Hälfte freigelegt, sodass man, wenn man zu Fuß über den Pass kam, lediglich Schornsteine erblickte – und auch die nur, wenn man ganz genau hinschaute. Seine schweren hölzernen Tore schienen direkt aus dem Berg zu wachsen, und die aus Stein gehauenen Wolfsköpfe, die sie heute zieren, gab es damals nicht; ich weiß noch, wie Papa sie in Auftrag gab und den Künstler holte, der sie schaffen sollte. Aber seinerzeit benutzte ohnehin kaum jemand diese Tore. Die Werwölfe bevorzugten meist enge, in den Berg gegrabene Gänge – die mittlerweile aus Sicherheitsgründen wohl samt und sonders zugemauert worden sind –, und diese Gänge führten zu weiteren Gängen, in denen man größtenteils ausschließlich auf seinen Geruchssinn angewiesen war. Kannst du dir vorstellen, welchen Spaß ich als Kind hatte, mich in diesen Tunneln zu verlieren und mich bei der Suche nach neuen Entdeckungen allein auf meine Sinne zu verlassen? Und was für Entdeckungen ich da gemacht habe!

Die Gänge führten am Ende zu Vorräumen, die als älteste Teile des Bauwerks vermutlich durch Ausbau und Vergrößerung natürlicher unterirdischer Höhlen entstanden waren. Als ich dort spielte, war es noch möglich, Reste von Kochgeschirr und Steingefäßen zu finden, die auf 500 000 v. Chr. datiert wurden und unserer Auffassung nach sogar noch älter sein dürften – also aus einer Epoche lange vor der Zeit, in der unserer damaligen Annahme zufolge Werwölfe solche zivilisatorischen Hilfsmittel eingeführt hatten. Heute sind all diese Artefakte natürlich im Museumssaal ausgestellt, doch einst betrachtete ich sie als mein Spielzeug.

Die großen Wintergärten waren überwuchert von Kletterpflanzen, dick wie Baumstämme; in den Becken – mit Ausnahme der heißen Quellen natürlich – befand sich abgestandenes, kaltes Wasser. Was war das für ein Abenteuer, durch jene verbotenen Gänge zu streunen, über Marmorböden, die von Hunderttausenden längst verschwundener Füße ausgetreten waren, und so zu tun, als verfolgte ich das riesige Mastodon oder den Säbelzahntiger. Jeden Augenblick konnte man auf einen bislang unbekannten Raum stoßen, um dann offenen Mundes zu einer in Azurblau und Gold bemalten Decke hochzustarren; zu sehen, wie Reste eines Wandbehangs, der einst die ganze Breite einer Halle eingenommen hatte, in den eigenen Händen zu Staub zerfielen; mit den Fingern über eine von der Zeit geschwärzte Tischplatte zu fahren und unter dem Staub eine Einlegearbeit aus Edelsteinen zu entdecken. Die großen Säle sind mittlerweile allesamt restauriert worden, und die Mitglieder des Rudels bestaunen ihre Pracht; sie bewundern die Gärten, die Wasserbecken, das thermoelektrische Heizsystem und das durch unsichtbare Fenster hereindringende Tageslicht, staunen über den Erfindungsreichtum ihrer Ahnen und bilden sich ein, dabei etwas über ihr Erbe zu erfahren. Aber glaub mir – den Palast so zu sehen, wie er damals war, als die staubigen, vergessenen Kammern noch nach den Träumen und Hoffnungen eines längst vergangenen Stammes von Werwölfen rochen, jeder einzelne Schritt noch ein Abenteuer war und hinter jeder Ecke der Schlüssel zu der Geschichte liegen konnte, die zu hören wir herbeisehnten – *das* erst bedeutet, sein Erbe zu begreifen. Das bedeutet zu wissen, wer du in Wahrheit bist – das größte Geschenk, das ein Kind erhalten kann.

Bereits als ich jung war, erfasste ich die Bedeutung dieses Geschenks. Ich wollte, ich könnte sie dir jetzt vermitteln.

Sie kamen aus Frankreich, Großbritannien, Deutschland und Amerika in jenem Sommer nach Briannas Geburt und halfen, verrottete Vorhänge abzureißen, morsche Balken abzustützen, verblassten Wandteppichen neues Leben einzuhauchen. Und obgleich Papa immer behauptet hat, es wäre seine Idee gewesen, das Hauptquartier des Rudels vom Palais Devoncroix in Lyon auf diese verborgene Festung in Alaska zu verlegen, glaube ich, dass das Rudel in jenem Sommer selbst die Entscheidung traf. Jeder hatte hier sofort das Gefühl, nach Hause zurückgekehrt zu sein.

Es war kein Zufall, dass in jenem und den darauf folgenden Jahren entlang der großen Flüsse Alaskas immer wieder Gold gefunden wurde und zahlreiche Mitglieder unserer Spezies, die die Reise aus reiner Neugier unternommen hatten oder um ihrem Rudelführer zu schmeicheln, vom Geruch des Edelmetalls unter der Erde aufgehalten wurden, ja, gute Gründe fanden, ein wenig länger zu verweilen. So könnte man beinahe behaupten, eigentlich habe Brianna den plötzlichen Zuwachs des Reichtums des Rudels verursacht … aber das würde wohl doch ein wenig zu weit führen.

Im Spätherbst zog meine Mutter sich in ihr Wochenbett zurück, und im Dezember wurde ich geboren. Ich kenne die Geschichte so, wie Brianna sie von der Tante erzählt bekommen hat, und die Bilder sind derart fest in mir verankert, dass ich sie förmlich in meinem Gedächtnis sehe: ein neugeborener Werwolfwelpe, wie er den Tag seiner offiziellen Präsentation beobachtet.

Sie kamen alle in den kleinen Versammlungssaal, die vierzig oder fünfzig Mitglieder des Rudels, die sich für den Winter einquartiert hatten, und Tante Euphonia brachte Brianna aus dem Kinderzimmer an den Kopf der Warteschlange, damit sie als Erste ihr neues Brüderchen begrüßen konnte. Sie erzählte, wie die Luft mitten im Winter von Blumenduft erfüllt war, während draußen ein Schneesturm tobte, und wie wohlig warm und wunderschön der Saal war, erleuchtet von Hunderten von Kerzen, die sanft in dem Lufthauch flackerten, den die Bewegungen der Körper, die flüsternden Stimmen und der warme Luftstrom des erst kürzlich entdeckten Ofens erzeugten.

Doch es lag auch eine gewaltige Anspannung in der Luft, wie das unablässige Geflüster und das unbehagliche Murmeln bezeugten, während man auf Nachrichten aus dem Kindbett wartete. Zwei Jahre zuvor hatte das Herrscherpaar nur wenige Stunden nach der Geburt einen Sohn verloren, und obgleich Briannas Geburt viel dazu beigetragen hatte, Bedenken bezüglich gesunden Nachwuchses zu zerstreuen, erwartete das Rudel sehnsüchtig einen männlichen Nachfolger. Würde er gesund zur Welt kommen – oder hing die Krankheit, die ihr erstes Kind das Leben gekostet hatte, wie ein Fluch über den Junioren der Familie Devoncroix?

Die plötzliche Stille war wie ein kollektiv angehaltener Atem, als Schritte im Korridor ertönten und der Geruch des Rudelführers die Luft mit elektrischer Spannung erfüllte. Alle Köpfe beobachteten, wie Alexander Devoncroix aus einem

Nebenraum den Saal betrat, hemdsärmelig und mit einer Weste bekleidet, das Haar lose und wirr um die Schultern hängend und behaftet mit dem Geruch von Schweiß und Blut und den Wehen seiner Gefährtin. Nicht das leiseste Rascheln oder Seufzen oder Blinzeln erfolgte, als er die kurzen Stufen einer steinernen Plattform im vorderen Teil des Raumes emporstieg und sich ihnen zuwandte.

Alexander Devoncroix holte aus der Decke, die er bei sich trug, ein kleines, schlafendes Werwolfjunges. Die Erschöpfung in seinem Gesicht wich einem Ausdruck reinster Freude, und Triumph gesellte sich dazu, als er das winzige Wesen mit seinem feuchten, gekräuselten Fell, den geschlossenen Augen und seinem jetzt wimmernden Mäulchen hochhielt und es dem Rudel zeigte.

»Die Königin hat einen Sohn geboren!«, rief er, und ein unbeschreiblicher Jubel erfüllte den Saal. »Einen kräftigen, gesunden Jungen!«

Das Geheul der Menge war so gewaltig, dass Brianna, selbst noch ein Kind, sich die Ohren zuhielt und protestierend aufschrie. Lachend nahm Alexander Brianna aus den Armen ihrer Tante. »Das hier ist dein Bruder, Kleines«, erklärte er. »Er heißt Matise.«

Brianna hörte auf zu heulen und beschnupperte vorsichtig den Fremdling. Das Kratzen seiner weichen, perlenfarbenen Klauen auf ihrer nackten Haut brachte sie zum Krähen, und sie betatschte sein Fell, das bereits zu strähnigen braunen Locken abtrocknete; sie fuhr über seine Krallen und berührte die kleine kalte Nase. Einen Moment lang schien sie nicht recht zu wissen, was sie mit ihm anfangen sollte.

Dann aber, so erzählte man mir, begann ich, ihr Gesicht abzulecken, und sie gluckste vor Wonne. Ihr Lachen war das erste Lachen, das ich je gehört habe, ihre Berührung die erste Berührung, die ich nach der meiner Eltern erfuhr, und ihr Geruch der Geruch, den ich mit in mein Bettchen zurücknahm. Wie durch eine Fügung des Schicksals waren wir vom Augenblick meiner Geburt an die besten Freunde.

Anlässlich jenes freudigen Ereignisses entstand ein Porträt des Alexander Devoncroix, wie er mit seinen beiden erstgeborenen Kindern – das eine in Wolfs-, das andere in Menschengestalt – in dem alten Saal vor dem Rudel stand. Es war sicherlich ein schönes Kunstwerk. Aber es wurde schon vor langer Zeit vernichtet.

IV

Unter unseresgleichen ist es ausgesprochen ungewöhnlich, dass zwei Kinder so kurz hintereinander das Licht der Welt erblicken. Brianna und ich waren praktisch Zwillinge, und für weitere vier Jahre blieben wir die einzigen Nachkommen unserer Eltern sowie die Lieblinge des Rudels. Ich war ein kräftiges Junges, und wuchs und gedieh selbst im harten Winter Alaskas. Im Frühjahr war ich entwöhnt und hatte meine menschliche Gestalt angenommen, so wie es bei unserem Nachwuchs üblich ist.

Wir waren hübsche Kinder. Sowohl Brianna mit ihrem widerspenstigen Wust roter Locken und ihrer porzellanweißen Haut als auch ich mit meinem goldenen Teint und dem welligen, kastanienbraunen, von blonden Strähnen durchzogenen Haar hatten die großen blauen Augen der Devoncroix geerbt. Wir sahen gut aus und waren charmant, und wir wären dumm gewesen, hätten wir uns das nicht zunutze gemacht. Von früh bis spät dachten wir uns alle nur erdenklichen Streiche aus. Man könnte mit Fug und Recht behaupten, dass wir den gesamten Haushalt terrorisierten; aber genau das wurde von einem gesunden Werwolfjungen erwartet, und obwohl wir unseren Teil an Knüffen und Ermahnungen abbekamen, glaube ich, dass man uns eine ganze Menge nachsah. Nicht nur waren wir die jüngsten anwesenden Kinder beziehungsweise die Nachkommen der Rudelführer, weswegen an uns eigentlich ein besonders hoher Maßstab hätte angelegt werden müssen, sondern wir waren einfach entzückend. Ich sage das ohne jede Selbstgefälligkeit, es stimmte in der Tat.

Als die winterlichen Winde sonnigen Tagen und steigenden Temperaturen wichen, kräftigten wir unsere menschliche Haut, indem wir in die verbliebenen Schneehaufen Höhlen gruben und in gerade erst aufgetauten Bächen plantschten. Unsere Reflexe trainierten wir auf der – wenn auch vorerst vergeblichen – Jagd nach Hasen. Wir rannten splitternackt über stoppelige Winterfelder und kletterten mit Hilfe unserer neu ausgebildeten Zehen und Finger wie Äffchen auf Bäume. Wir probierten unsere neuen Zähne aneinander aus und purzelten gemeinsam verharschte Hänge hinab. Seite an Seite erforschten wir die engen Tunnel und geheimen Gänge des Schlosses und bestaunten mit großen Augen seine Wunder.

Gemeinsam lernten wir, bei Tisch mit Besteck statt mit unseren Fingern zu essen, Kleider mit zahlreichen Knöpfen anzuziehen und Schuhe mit Ledersohlen zu tragen – lauter äußerst unangenehme Dinge für ungeduldige Dreikäsehochs, die es gewohnt waren, nackt im Schnee zu toben, einzuschlafen, wo immer sie gerade lagen, und zu essen, was und wann sie wollten. Doch die Manieren, die man uns beibrachte, waren, wie man uns immer wieder eintrichterte, unter zivilisierten Leuten einfach unerlässlich, und zivilisiert zu sein schien offenbar etwas sehr, sehr Erstrebenswertes.

»Warum sollen wir zivilisiert sein?«, fragte ich, wenn ich besonders widerspenstig war und in der Obhut eines Erwachsenen, bei dem ich davon ausgehen konnte, dass er mir einen gewissen Grad an Nachsicht entgegenbringen würde.

»Um den Menschen ein Vorbild zu geben«, lautete die Antwort eines geduldigen Kindermädchens.

»Was sind Menschen?«, fragte Brianna, noch bevor ich dazu kam.

Gereizt antwortete das Kindermädchen: »Das sind absolut wertlose Kreaturen, deren einzige wirkliche Begabung darin besteht, lärmende Kinder zu fressen, die Erwachsene mit dummen Fragen quälen!«

Am Funkeln in ihren Augen erkannten wir, dass Menschen nicht wirklich Kinder fraßen – zumindest glaubten wir das nicht –, aber nun waren wir neugierig geworden. An jenem Tag stellten wir noch ein gutes Dutzend andere Fragen und erhielten ein gutes Dutzend unterschiedliche Antworten.

»So ein Blödsinn! Hast du nichts Besseres zu tun, als dich mit Menschen zu befassen? Und wieso bist du eigentlich nicht in deiner Musikstunde?«

»Menschen ... äh, ja, ich erinnere mich. Ich hatte mal einen zum Abendessen. War aber ziemlich zäh.«

Der Grund für das schallende Gelächter, das in der Gruppe ausbrach, blieb uns ein Rätsel.

»Menschen«, sagte ein anderer, »sind von der Natur dazu geschaffen, uns dankbar zu machen für das, was wir sind.«

Und die unerhörteste Antwort von allen kam ausgerechnet von unserer Mutter, die uns lange und nachdenklich ansah, bevor sie uns beide auf ihren Schoß zog. »Menschen«, sagte sie, »sind uns eigentlich sehr ähnlich. Sie sehen aus wie wir, sprechen wie wir, bewegen sich wie wir, und in mancher Hinsicht – aber leider nur in mancher – denken sie sogar wie wir. Aber sie haben nicht unseren Verstand, meine Lieben, geschweige denn unsere Fähigkeiten. Kaum können sie ein Flüstern am anderen Ende eines Zimmers hören und besitzen so gut wie keinen Geruchssinn. Aber das Traurigste von allem ist, dass sie niemals ihre Gestalt wechseln können. Sie müssen diesen Körper – den, den ihr jetzt habt, aber über den ihr bald hinauswachsen werdet – für immer behalten.«

Mit großen Augen sagte Brianna: »Sie haben keinen

Schwanz?« Gerade an jenem Nachmittag hatten wir beide eine Stunde damit zugebracht, hinter dem Schwanz unseres Cousins herzujagen, seine Fülle, seine Biegsamkeit und seinen Geschmack bewundert und überlegt, wie lange es wohl dauern würde, bis auch uns ein solches Prachtexemplar wachsen würde.

Maman lächelte sie zärtlich an und fuhr ihr übers Haar. »Leider nein. Sie können nicht durch die Wildnis rennen, Rentiere jagen oder im Schnee auf einen steilen Berg laufen. Ohne ihre Kleider würden sie glatt erfrieren.«

Dies beeindruckte uns mächtig, denn wir hassten es, Kleider zu tragen.

»Sie sind im Grunde recht bemitleidenswerte Kreaturen«, fuhr unsere Mutter fort, »und deshalb müssen wir ihnen helfen, wo immer wir können, dürfen ihnen also niemals etwas Böses tun. Habt ihr das verstanden?«

Wir beide nickten, und sie küsste uns mit nach Milch riechenden Küssen und schickte uns ins Bett. Als wir in jener Nacht auf unseren Pritschen im Kinderzimmer lagen und die Schatten beobachteten, die das Kamingitter vor dem tänzelnden Feuer warf, flüsterte Brianna mir zu: »Ich kann einfach nicht glauben, dass es solche Dinger wie Menschen gibt. Was meinst du?«

Eine geraume Weile dachte ich über die Frage nach. Schon damals, als kleines Kind, neigte ich dazu, über alles nachzudenken. »Ich weiß nicht recht«, antwortete ich schließlich. »Aber wenn es sie doch gibt, dann möchte ich jedenfalls keiner von ihnen sein.«

Brianna nickte heftig. Wie bei den meisten Dingen waren wir uns wieder einmal völlig einig.

V

Ähnlich andern Kindern war auch mir die Welt und alles, was in ihr geschah, relativ gleichgültig, sofern es mich nicht unmittelbar betraf. Deshalb muss ich gestehen, dass meine Erinnerungen an jene idyllische Anfangsphase in Alaska womöglich ein wenig einseitig klingen. Dennoch halte ich es für wichtig, diese Erinnerungen mit dir zu teilen, da es nie wieder eine solche Zeit wie damals geben wird. So viel steht jedenfalls fest.

In jenen Tagen lebte das Rudel über ganz Europa und die beiden Teile Amerikas verstreut. Unsere kleine Gruppe in Alaska bestand im Wesentlichen aus nahen Verwandten und Gefolgsleuten, jenen unternehmungslustigen Gesellen auf Goldsuche sowie den Wachen und Hausangestellten, die vom Lyoner Palast hierher gezogen waren.

Rund sechshundert Jahre lang hatte das Schloss der Vorfahren meiner Mutter in Lyon dem Rudel als Hauptquartier gedient – ein elegantes, weitläufiges *Château* an der Rhône, umgeben von mehreren tausend Morgen Parklandschaft und Wald zum Laufen, beheizten Becken, Felsen zum Sonnenbaden und kunstvoll angelegten Gärten. Im Palast waren alle unsere Schätze untergebracht, Kunstgalerien und Altertümer – ein wunderbarer Ort für Versammlungen, Feierlichkeiten und Ereignisse bei Hofe. Dennoch kann man nicht sagen, dass dort wirklich etwas *geschah*. Das lag daran, dass bis zur Hochzeit von Alexander Devoncroix und Elise Devoncroix die Rudelführer eher ein symbolisches Amt bekleideten. In Wirklichkeit existierte kaum so etwas wie ein Rudel, das man hätte führen können.

Vor der Jahrhundertwende waren die Werwölfe aufgespalten in kleine Gruppen von Familien oder Clans, die jeweils ihre eigenen Interessen verfolgten und ihren eigenen Geschäften nachgingen. Meine Eltern träumten davon, das Rudel zu einer schlagkräftigen Einheit zusammenzuschweißen, die die ganze Erde umspannte und letztlich sogar kontrollierte, indem sie in weiser Voraussicht *die* Waffe des zwanzigsten Jahrhunderts universell einsetzten: Geld. Es war im Grunde geradezu absurd einfach. Die Menschen sind ja derart gierig, derart kurzsichtig. Und wenn man über das Privileg von Ohren verfügt, die selbst über einen ganzen Wohnblock hinweg geflüsterte Geheimnisse aufschnappen, über eine Nase, die Angst, Lügen und Sehnsucht mit weit geringerem Aufwand von Energie riechen kann, als der Mensch braucht, um diese Gefühle zu verbergen, ganz zu schweigen von der Fähigkeit, sich ohne die geringste Anstrengung technische und wissenschaftliche Kenntnisse anzueignen – nun, du ahnst schon, wie leicht es uns fiel, die internationale Wirtschafts- und Finanzwelt unter unsere Kontrolle zu bringen. Natürlich geschah das nicht über Nacht, aber es war letztlich doch nur eine Frage der Zeit.

Ich erwähne das alles, um zu veranschaulichen, unter welchen Umständen Brianna und ich aufwuchsen. Unsere Eltern waren nicht nur die stärksten, wohlhabendsten und mächtigsten Werwölfe im ganzen Rudel, sondern auch auf dem besten Weg, die einflussreichsten Lebewesen der Erde zu werden. In ihrer Freizeit lenkten sie Schicksale; gewissermaßen aus der Portokasse bezahlten sie die Gründung neuer Nationen, und irgendwie fanden sie zwischen zwei Terminen noch Zeit für die Familie. Und sie taten das alles mit einem gewissen Stil, einer scheinbaren Leichtigkeit, die mich selbst jetzt noch, da so viel geschehen ist und ich all das weiß, in höchster Ehrfurcht auf jene Tage und das, was sie erreicht haben, zurückblicken lässt.

In unserem vierten Winter in Alaska lebten dort bereits rund zwanzig Kinder. Für die Erziehung des Nachwuchses ist das gesamte Rudel verantwortlich, was ganz unabhängig davon gilt, ob es sich um das Kind eines Devoncroix oder das einer Küchenhilfe handelt; in dieser Hinsicht jedenfalls sind wir ausgesprochen demokratisch. Tagsüber bekamen wir gemeinsam unseren Unterricht, der im Wesentlichen aus der Einweisung in alles bestand, was als zivilisiert galt. So lehrte man uns, auf Papier geschriebene Worte zu lesen und in verschiedenen Sprachen die Vokale korrekt auszusprechen; man brachte uns bei, wie man sein Haar pflegte und ein mehrgängiges Abendessen plante ... wie man respektvoll und in aller Ehrerbietung sowohl Personen höheren als auch niedrigeren Ranges gegenübertrat. Wir lernten, mit Zahlen und abstrakten Konzepten die erstaunlichsten Dinge anzustellen und die Größe eines Edelsteins allein durch Tasten sowie seine Reinheit allein anhand seines Glanzes zu bestimmen; auch mit der Sprache der Musik sowie den Formen und Inhalten der Kunst machte man uns vertraut. Doch wie immer fanden die interessantesten Lektionen nicht im Klassenzimmer, sondern auf dem Spielplatz statt.

Mir kam es schon immer hochinteressant vor, dass man Kindern beibringen muss, sich zivilisiert zu benehmen, sie hingegen nur ihren Instinkten folgen müssen, um richtig wild zu sein.

Zwischen unseren Unterrichtsstunden durften wir unter Aufsicht spielen – was in Wirklichkeit natürlich kein Spiel war, sondern einfach eine andere Form des Lernens. Da gab es Spiele wie »Stiehl den Hund«, bei dem es darum ging, der gegnerischen Mannschaft ein verknotetes Stück Stoff abzujagen, ohne sich dabei erwischen zu lassen. Des Weiteren gab es Koordinations- und Gleichgewichtsspiele sowie solche, bei denen Schnelligkeit und Kraft trainiert wurden oder auch Geschicklichkeit, etwa beim Anschleichen auf der Jagd. Und dann waren da natürlich die Suchspiele, die uns helfen sollten, unseren Geruchssinn weiterzuentwickeln, sowie das Spiel »Töte den Flüsterer« zum Training unseres Gehörs, während bei »Jäger der Nacht« – einem unserer absoluten Lieblingsspiele – Entwicklungsstand und Koordination aller unserer Sinne getestet wurden.

Brianna und ich schlugen uns in den meisten Spielen recht wacker, in einigen sogar hervorragend. Die einzige kritische Anmerkung, die einer von uns je von einer Aufsichtsperson erntete, provozierte Brianna dadurch, dass sie die Teilnahme am Spiel immer dann verweigerte, wenn sie nicht in meiner Mannschaft war; und das eine Mal, als man sie im gegnerischen Team aufstellte, kam von ihr die entscheidende Warnung, die meiner Mannschaft zum Sieg verhalf. Dies brachte ihr trotz meiner Bemühungen, ihr beizustehen, den Zorn ihrer Mitspieler und einen abgebrochenen Zahn ein; deshalb kämpften wir schließlich an jenem Tag doch noch wie gewöhnlich auf derselben Seite.

Ich weiß noch, wie Papa nur nachsichtig den Kopf schüttelte, als er davon erfuhr, und Brianna auf sein Knie setzte, um ihr einen ausführlichen Vortrag über die Bedeutung von Teamarbeit zu halten.

Sie aber erwiderte entrüstet: »Aber er ist doch mein Bruder!«

Papa küsste sie auf die Stirn, und ich merkte, wie sehr er sich zusammennehmen musste, um nicht zu lachen. Später hörte ich, wie er die Geschichte meiner Mutter erzählte und sie beide gemeinsam darüber lachten, wie erfreute Eltern das eben tun. Brianna und ich bekamen zum Abendessen einen Extrapudding! Anstelle des abgebrochenen Zahnes wuchs bald ein neuer nach, und ich glaube kaum, dass einer von uns an jenem Tag allzu viel über Teamarbeit gelernt hat.

Als wir älter wurden, entdeckten wir ein anderes Spiel, das uns beiden weitaus mehr Sorgen bereitete, als wir gedacht hätten. Aber im Grunde ist es egoistisch von mir, wenn ich von »uns beiden« spreche. Die Sorgen lagen ganz auf Briannas Seite, während ich lediglich die Scherben aufgekehrt habe.

Wir kommen natürlich alle in Wolfsgestalt zur Welt, bevor

wir in den folgenden paar Monaten allmählich unsere menschenähnliche Gestalt annehmen. Sind wir dann von der Mutterbrust entwöhnt, stabilisiert sich unsere menschliche Gestalt mehr oder weniger, und in ihr verharren wir die ersten zwei bis fünf Jahre unseres Lebens – eine wirklich interessante Entscheidung der Natur, meiner Ansicht nach. Irgendwann um das Alter von drei Jahren wird dann ein Wachstumshormon ausgeschüttet, das es den Kindern ermöglicht, ihre natürliche Gestalt – die Wolfsgestalt – anzunehmen, woraufhin die jungen Werwölfe etliche Monate damit verbringen, ausgelassen ihre neue Fähigkeit zu üben, die Gestalt zu wechseln und nach Belieben zu beherrschen.

In jeder Gruppe von Kindern unterschiedlichen Alters gibt es immer welche, die hemmungslos mit ihrer eben erworbenen Reife experimentieren, während andere hochnäsig auf die schamlose Selbstdarstellung ihrer jüngeren Spielkameraden herabschauen, weil sie selbst die Verwandlung schon seit Wochen oder gar Monaten beherrschen – und wieder andere, die neiderfüllt auf ihr eigenes Fell und ihren eigenen Schwanz warten.

In der Zwischenzeit gehen die Spiele weiter – Spiele, in denen jene Kinder, die noch auf die menschenähnliche Gestalt beschränkt sind, zur Beute werden, während ihre schnelleren und stärkeren Kameraden in Wolfskörpern – das »Rudel« – sie jagen und herumschubsen und beißen. Das mag grausam oder gar gefährlich klingen, doch ist es eine großartige Lektion in Bezug auf das Leben und die Ausgewogenheit der Natur: Mit vier Beinen lässt sich sehr schnell laufen, mit zwei Händen dagegen auf Bäume klettern. Außerdem wussten wir alle – wir, die wir da oben in den Bäumen saßen und mit Steinen auf diejenigen warfen, die unter uns heulten und scharrten –, dass früher oder später auch wir wie der Wind in unserem Fell über den Boden rennen würden, während sich andere auf die Bäume flüchteten.

Brianna war bei diesem Spiel nicht besonders gut. Sie war weder sehr schnell noch allzu beweglich und nicht viel stärker als ein halb so altes Junges. So wurde sie zum geborenen Opfer. Wir steckten unseren Teil an Schlägen und Bissen ein, hatten aber die bei unserer Spezies übliche zähe Haut, die nicht leicht blutete, und so wurde allenfalls das Ego ernstlich verwundet. Ich tat mein Möglichstes, um sie zu beschützen, und stellte mich bei jeder Gelegenheit vor sie; so bekam ich den Rammstoß ab, der für sie bestimmt war, und eröffnete ihr die Chance zu fliehen, während ich an den unteren Ästen hing und meine Fußknöchel und Zehen eine willkommene Zielscheibe für zuschnappende Zähne abgaben. Das verstand *ich* unter Teamarbeit, und nach einiger Übung wurden wir sehr gut im Weglaufen.

Eines Tagen geschah es, dass vier von uns, die »Beute«, von einem sechs- oder achtköpfigen Rudel gejagt wurden. Mitten im Sommer spielten wir auf der oberen Wiese, während unsere Aufsicht schläfrigen Blickes von einem sonnenbeschienenen Felsen aus zusah. Brianna flüchtete auf die Äste eines niedrigen Baumes, während ich Punkte dadurch einheimste, dass ich mich in einem Dickicht versteckte; die jungen Werwölfe kamen vor lauter Freude am Spiel gar nicht auf die Idee, dass sie Beute nicht nur jagen, sondern auch wittern konnten, daher blieb ich unentdeckt. Zwei jüngere Kinder, die nicht unsere Erfahrung im Verstecken und Klettern hatten, lenkten das Rudel von uns ab, indem sie unter lautem Geheul hin und her rannten, während Brianna und ich aus sicherer Entfernung das Spektakel verfolgten.

Alles wäre gut gegangen, wäre da nicht gerade in dem Augenblick, als das Rudel an ihrem Baum vorbeirannte, der Ast abgebrochen, auf dem Brianna es sich gemütlich gemacht hatte, und sie genau zwischen sie herunterfiel. Ich hörte, wie ihr schlagartig der Atem aus den Lungen wich, hilflos lag sie wie eine Schildkröte auf dem Rücken und rang verzweifelt nach

Luft, während ein Orkan um sich schlagender Pfoten und fliegender Schwänze über sie hereinbrach.

Ich konnte das plötzliche Entsetzen riechen, das aus allen Poren ihrer Haut strömte, und schoss aus meinem Versteck auf sie zu; mein Herz pumpte pures Adrenalin, und jedes Haar meines Körpers stand mir vor Angst und Wut zu Berge. »Bri!«

Mit einem Riesensatz war ich bei ihr, als das Rudel über sie herfiel, an ihren Kleidern zerrte, sie in die Haut kniff und sie hin und her warf. Sie schrie noch »Nicht, Matise ...«, doch ihre Worte wichen einem erstickten Geräusch, als jemand ihr eine schwere Pfote gegen die Kehle rammte.

An das, was als Nächstes geschah, erinnere ich mich wie folgt: Ich rannte zu ihr, jede Zelle meines Körpers bereit zu kämpfen, das Blut in Aufruhr, die Zähne fletschend und die Fäuste geballt; ich war wütend und wie leer vor Angst. Briannas erstickte Schreie erklangen und verzweifelt versuchte sie, sich gegen die Wolfskörper, die sie bedrängten, zur Wehr zu setzen; ich witterte den scharfen Geruch der aufgeregten Jagd und den gierigen Hunger nach Triumph und war ganz heiß – nein, ich *brannte* regelrecht – vor Empörung und Entschlossenheit. Mit einem gewaltigen Schrei sprang ich mitten ins Getümmel, wo ich mit den Fängen Mäuler voll Fell herausriss und rücksichtslos die Klauen einsetzte, noch bevor mir recht bewusst wurde, dass ich die Gestalt gewechselt hatte.

Ich packte den Wolf, der Brianna zu Boden drückte, an der Hautfalte im Nacken und schleuderte ihn beiseite, um dann mit gefletschten Zähnen und gesträubtem Fell herumzuwirbeln und mich allen Angreifern zu stellen. Ich sah nicht, wie Brianna taumelnd auf die Beine kam und sich in Sicherheit brachte, denn jetzt war ich eine Bestie des Urwalds und genoss meine Wildheit jeden einzelnen Augenblick.

Mein erster Kampf war ein guter Kampf, denn meine Leidenschaft glich vieles aus, was mir an Erfahrung fehlte. Ich brachte ein Männchen zu Fall, das ein Jahr älter und zehn

Kilo schwerer war als ich, verjagte ein Weibchen mit einem gemeinen Biss und merkte es kaum, als jemand ein Stück aus meinem Ohr riss. O ja, es war großartig, sich blitzartig herumzurollen, zuzuschnappen, vorzustoßen und sich wieder zurückzuziehen, alles war großartig: das Stechen des Schmerzes, der Geruch äußerster Anstrengung, das Tosen des Triumphs in meinem Blut. Als schließlich sogar die älteren Männchen vor mir zurückwichen und mich mit schmaläugigem Respekt betrachteten, tat es mir fast ein wenig Leid, dass der Kampf schon zu Ende war.

Mit demonstrativ zur Schau gestellter Gleichgültigkeit zogen die Angreifer ab, und ich schüttelte mich in selbstzufriedener Freude – nahm auch wieder meine menschliche Gestalt an. Dann sah ich mich nach Brianna um, blutend und grinsend und in der Vorfreude darauf, die Geschichte meines großen Triumphs mit derjenigen Person, die mir dazu die Gelegenheit verschafft hatte, noch einmal durchzugehen.

Aber sie war weg.

Brianna schloss sich den ganzen Tag im Kinderzimmer ein und weigerte sich zu essen, sich trösten zu lassen und an der Feier meiner Reife und meines Heldentums teilzunehmen. Natürlich vermisste ich sie, aber einen solchen Tag gibt es nur einmal im Leben eines jungen Werwolfs, und ich war fest entschlossen, ihn bis zur Neige auszukosten. Mit geschwellter Brust stolzierte ich durchs Schloss, wo man mir durchs Haar fuhr und in die Rippen stieß, und genoss das Lob und die Hänseleien gleichermaßen.

»Was bist du doch für ein toller Kämpfer! Genau wie dein Papa in dem Alter!«

»Alexander wird stolz auf dich sein, wenn er aus Paris zurückkommt!«

»Wie viele Gegner waren es nochmal, junger Herr? Zwölf? Fünfzehn?«

»Bis sein Vater die Geschichte zu hören kriegt, waren es garantiert drei Dutzend!«

»Heute hast du den anderen eine schöne Lektion erteilt, Matise. Auf die Schwachen losgehen ist leicht, aber denen beizustehen, die sich selbst nicht verteidigen können, erfordert einiges mehr.«

Erst als nach dem Abendessen die Aufregung allmählich nachließ, dachte ich an meine abwesende Schwester. Ich fand es nicht besonders nett von ihr, sich vor meinem Fest zu drücken, wo sie doch wusste, dass ich ohne sie weit weniger Spaß hätte – obwohl ich insgeheim zugeben musste, dass kaum etwas das Glück trüben konnte, im Mittelpunkt der Aufmerksamkeit zu stehen.

Als ich an die Tür zum Kinderzimmer kam, war diese verschlossen. »Bri? Warum versteckst du dich da? Warum ist die Tür abgeschlossen?«

»Hau ab!«

»*Maman* hat für uns in ihrem Zimmer den Tisch gedeckt«, erklärte ich ihr begeistert. »Das war ein Riesenspaß. Warum warst du nicht dabei? Alle haben nach dir gefragt. Cousine Mathilde hat gemeint, du wärst weggeblieben, weil du mit deiner kaputten Lippe sowieso nicht essen kannst. Tut's noch weh? Lass mal sehen.«

Brianna riss die Tür auf und funkelte mich an. »Verschwinde! Ich hasse dich!«

Verblüfft vom Feuer in ihren Augen und verletzt von ihren Worten trat ich einen Schritt zurück. Warum war sie so wütend? Wusste sie denn nicht, dass ich alles nur für sie getan hatte?

Gerade wollte ich ihr das erklären, als ihr Blick auf mein verstümmeltes Ohr fiel und sie vor Entsetzen nach Luft schnappte. »Was ist denn mit deinem Ohr passiert?«

Ich grinste. Sie hatte lediglich eine geschwollene Lippe als Andenken an den Kampf davongetragen, aber mein Ohr sah aus wie ein Stück rohes Fleisch – worauf ich nicht wenig stolz war. »Leon hat ein Stückchen abgebissen. Da ist ein richtiges Loch drin, willst du mal sehen?«

Als ich mich anschickte, es ihr zu zeigen, warf sie sich mir an den Hals und drückte mich so fest, dass ich fast nicht mehr atmen konnte. »Du schrecklicher Kerl, warum hast du nicht auf mich gewartet? Warum musstest du dich halb auffressen lassen?«

Eilig versuchte ich, ihre Arme von meinem Hals zu lösen, und berichtigte: »Ich bin nicht halb aufgefressen, das ist doch nur ein kleiner Biss. Und wie hätte ich auf dich warten sollen, wo du doch weggelaufen bist?«

Das schien sie zu ärgern, und sie stieß mich von sich. »Die Verwandlung meine ich!«, rief sie. »Wie konntest du nur ohne mich die Gestalt wechseln? Warum hast du damit nicht auf mich gewartet?«

Das überraschte mich, und ich musste erst einmal darüber nachdenken. »Na ja, so etwas plant man schließlich nicht im Voraus. Es ...« Mir wurde wieder ganz anders, als ich nur daran dachte, und es fiel mir schwer, das Erlebte in Worte zu fassen. »Es ... es ist einfach *passiert* ... und ... oh, Bri, du kannst dir gar nicht vorstellen, wie das ist!«

Tränen traten ihr aus den Augen, und erst jetzt wurde mir klar, wie sehr ich sie verletzt hatte. »Sonst machen wir immer alles zusammen!«, weinte sie. »Aber jetzt hast du das ein für alle Mal zerstört!«

»O Bri!« Meine Freude verwandelte sich in Kummer, und ich nahm ihre Hände in die meinen. »Es war doch keine Absicht, ehrlich! Und ich bringe dir auch bei, wie man sich verwandelt. Das ist ganz einfach, die leichteste Sache der Welt. Dann unternehmen wir von jetzt an wieder alles miteinander, in Ordnung?«

In ihren feuchten, wütenden Augen stieg Hoffnung auf und sie sah mich fragend an. »Versprochen?«

»Versprochen«, erwiderte ich. »Für alle Zeiten bleiben wir zusammen, du und ich, und ich werde dich immer beschützen. Immer.«

»Auch ich werde dich immer beschützen«, versprach sie feierlich.

Mit der Selbstsicherheit der Jugend und der Freude über ein leicht gelöstes Problem grinste ich. »Aber ich war doch ein toller Wolf, findest du nicht auch?«

»Das warst du«, bestätigte sie und grinste zurück. »Aber ich werde noch besser sein.«

VI

An dieser Stelle muss ich wohl versuchen, sie in Worte zu fassen, diese Sache, die wir die Leidenschaft nennen, unsere Verwandlung, diesen Übergang von einer Gestalt in die andere. Ich, der ich mein ganzes Leben damit verbracht habe, Ideen in Zeichen auf Papier umzusetzen, verspüre eine völlige Ohnmacht beim Versuch zu beschreiben, wie es ist, nicht nur von einer, sondern von zweierlei Natur zu sein, weder Tier noch Mensch, sondern eine Mischung aus beiden, und – als ob das nicht schon Wunder genug wäre – auch noch über die Fähigkeit zu verfügen, nach Belieben von einer Gestalt in die andere zu wechseln. Hat es je eine derart bemerkenswerte Spezies auf der Welt gegeben? Ist der Natur je eine so nahezu vollkommene Schöpfung gelungen?

Offensichtlich nicht.

Und doch sage ich »nahezu vollkommen«, denn wie bei allen Dingen in einer weitgehend vom Zufall bestimmten Welt gibt es auch bei uns einen gewissen Prozentsatz an Fehlentwicklungen – eine Tatsache, die, wie du bald sehen wirst, mir noch sehr zu schaffen machen sollte.

Auf Deutsch nennen wir es Leidenschaft, auf Englisch *Pas-*

sion, auf Französisch *la [nicht le!] Métamorphose* und auf Russisch *Metamorfosa;* in unserer eigenen Sprache jedoch, der Sprache unserer Wolfsgestalt, haben wir gar keine Bezeichnung dafür, weil dieses Phänomen ein ganz natürlicher Bestandteil unseres Wesens ist. *Wir sind, also sind wir* kommt wohl der Wirklichkeit am nächsten. Ich glaube aber dennoch, dass das Wort *Leidenschaft* – das den Übergang von einer Seinsform in eine andere sowohl als intensives Gefühlserlebnis beschreibt als auch das Leiden beinhaltet, ohne das nichts wirklich Großes je geschaffen worden ist – als Einzelwort am besten trifft, was die Verwandlung für uns bedeutet. Sie ist so natürlich wie die Häutung einer Schlange, so spektakulär wie ein Blitzschlag und so mächtig wie ein Mond, der in seiner Umlaufbahn den Wechsel der Gezeiten bewirkt. Sie ist, was wir *sind*, und wir sind großartig.

Schon von frühester Kindheit an kannte ich die Verwandlung und nahm sie mit derselben Vertrautheit hin, mit der ich die Stimmen meiner Eltern registrierte oder die Wärme ihrer nackten Haut oder ihren Geruch, kalt und moschusartig und gesättigt von Fell und Blut, nach ihrer Rückkehr von der Jagd. Als Kind krabbelte ich über meine in Wolfsgestalt herumliegenden Verwandten, zupfte an ihrem Pelz und bekam ihre warnenden Pfotenhiebe zu spüren, wenn ich allzu fest gezupft hatte; ich sah, wie sie sich in einem Feuerwerk aus hellem Licht und exotischen Gerüchen verwandelten, wobei jeder Einzelne seinen ganz individuellen Geruch verströmte und einer so verlockend war wie der andere. Schon als Kind erfreute ich mich so sehr an der Leidenschaft, dass ich jedes Mal laut auflachte. Als ich dann älter wurde, spürte ich ihren Sog; ich schmeckte das Bedürfnis nach ihr, ließ mich von ihr verzaubern und überließ mich in ihr meinem Schicksal. Und sie *war* mein Schicksal, wie sie das Schicksal eines jeden Angehörigen unserer Spezies ist – das Versprechen von Macht und Reife, unser Artenmerkmal.

In den Wochen nach meiner ersten Verwandlung war ich so sehr in diesem Wunder gefangen und so selbstgefällig wie jedes Werwolfjunge. Ich übte meine Verwandlung in aller Öffentlichkeit, um vor meinen Altersgenossen zu prahlen und meinen älteren Verwandten, die mich mit nachsichtigem Stolz beobachteten und mir den einen oder anderen taktvollen Rat zukommen ließen, meinen Stil, Geruch sowie wachsenden Elan zu demonstrieren. Und ich übte für mich allein, erkundete jeden Grad an Freude und Macht, schwelgte darin und schluckte es hinunter wie eine verbotene Süßigkeit, betäubte mich an der schieren Begeisterung über das, was aus mir wurde. Die ganze Zeit über fühlte ich mich schuldig, weil meine Freude, mein Stolz und meine Verwunderung Geheimnisse bleiben mussten, die mich von Brianna trennten.

Ich erinnere mich noch genau daran, wie erfreut Papa nach seiner Rückkehr die Geschichte meiner Reifung aufnahm und ich fast platzte vor Stolz, als ich die Anerkennung in seinen Augen las. Dann erzählte Brianna ihm, wie sie sich beim Kampf die Lippe verletzt und fast einen Zahn verloren hätte. Papa nahm Briannas Gesicht in beide Hände und untersuchte es genau, bevor er froh feststellte: »Na also, keine Spur mehr zu sehen. Deine Wunden verheilen schnell, Brianna, und das ist gut so, denn schließlich wollen wir doch nicht, dass deinem hübschen Köpfchen etwas passiert.«

Um bei all dem nicht ganz in Vergessenheit zu geraten, fingerte ich an meinem Ohr herum, das vom Biss reichlich krumm verheilt war, und prahlte: »Unser Lehrer meint, für Narben aus einem Kampf bräuchte man sich nicht zu schämen. Er sagt, ich kann stolz darauf sein, in meinem Alter schon eine zu haben.«

Maman wies mich zurecht: »Narben sind lediglich ein Zeichen für mangelhafte Ernährung und mangelhaftes Urteilsvermögen – es wird mir eine Freude sein, dies deinem Lehrer bei Gelegenheit zu erklären.«

»Sehr richtig«, pflichtete Papa ihr ernst bei, obwohl wir beide wussten, dass er selber etliche Narben mit sich herumtrug. »Merk dir zwei Dinge: Erstens gibt es nur ein Schlachtfeld, das es wert ist, auf ihm seine Haut – oder sonstige Körperteile – zu riskieren, und das ist das Feld der Ehre. Zweitens ...« Plötzlich grinste er und zupfte spielerisch an meinem Ohr. »Pass beim Kämpfen auf deine Ohren auf, mein Sohn, denn an den Ohren bist du am verwundbarsten. Ich habe mal in der Hitze des Gefechts einem Kerl ein Ohr abgebissen und ausgespuckt. Die Dinger wachsen nicht nach, musst du wissen.«

Dies gab mir so schwer zu denken, dass ich noch Jahre danach zweimal überlegte, ob ich mich auf einen Kampf einlassen sollte, den ich womöglich nicht gewinnen konnte. Besorgt fasste ich mir an meine Lauscher, und die Eltern lachten.

Brianna, die es schon immer meisterhaft verstand, die allgemeine Aufmerksamkeit wieder auf sich zu lenken, mischte sich ungeduldig ein. »Matise will mir beibringen, wie man sich verwandelt.«

Unsere Eltern tauschten einen weiteren Blick, und Papa lächelte. »Ich weiß nicht, ob man das jemandem beibringen kann, meine Liebe. Aber du brauchst auf deinen Bruder nicht eifersüchtig zu sein. Jeder entwickelt sich unterschiedlich schnell. Deine Zeit wird schon noch kommen.«

»Dann passe ich auch ganz bestimmt gut auf meine Ohren auf«, versicherte sie ihm eifrig; wieder lachte er, küsste uns beide und schickte uns ins Bett.

Wie so oft gingen sie an jenem Abend im Wald spazieren. Manchmal rannten sie als Wölfe umher, heulten den Mond an und jagten; kamen sie dann zurück, rochen sie immer nach Moschus und Schweiß und Fell und Kälte und wilder, unbändiger Kraft – eine erregende Mischung, die durch die Korridore wehte, in die Wände drang und jedem im Palast das Gefühl von Stärke und Lebenskraft verlieh. Manchmal aber gingen sie nur allein spazieren, fort von den Kindern, Tanten, Onkeln und Bediensteten, um unter sich Dinge zu besprechen, die niemand hören sollte.

Jedenfalls bekam ich nicht mit, wie das Gespräch begann; aber Briannas unablässiges Zupfen an meinem Arm weckte mich aus meinem selbstzufriedenen Halbschlaf, und als ich die Stirn runzelte und ihre Hand wegschlug, legte sie einen Finger an die Lippen und flüsterte in der Dunkelheit: »Hör mal zu!«

Briannas Ohren waren schon immer besser gewesen als meine, und ich war noch so schläfrig, dass es ein paar Sekunden dauerte, bis es mir gelang, durch all die unterschiedlichen Geräusche aus dem Haushalt hindurch meine Ohren auf ihre Stimmen auszurichten.

In dem Moment sagte Papa in einem merkwürdig angespannten Ton: »Dann müssen wir eben sehr aufpassen, dass sie nie wieder ihr Blut vergießt.«

Verwirrt runzelte ich die Stirn und rieb mir die Augen. Brianna flüsterte mir ins Ohr: »Die reden von mir.«

Mutter sagte: »Sie bedeutet mir unendlich viel, Alexander. Ich könnte es nie ertragen, wenn …«

Aber dann drehte der Wind, und wir konnten nichts mehr verstehen. Brianna ging wieder zu Bett, und wir dachten schweigend nach über das, was wir soeben gehört hatten. Es ergab für uns nicht allzu viel Sinn, aber immerhin schlossen wir daraus, dass Brianna sich offenbar von den anderen irgendwie unterschied.

Aber das war wohl ohnehin längst jedem klar.

VII

Ich tat mein Möglichstes, das Versprechen, das ich ihr gegeben hatte, zu halten. Wieder tobten wir Hand in Hand durch die staubigen Korridore, wanden uns durch den Riss in einer mächtigen steinernen Tür und krochen durch einen vergessenen Tunnel zu einem unserer »geheimen« Orte im Innern des Schlosses. Leider kann ich dir nicht sagen, welchem Zweck der Raum heute dient, weiß aber, dass er längst kein Geheimnis mehr ist, seit jener gesamte Bereich in den Dreißigerjahren zur Renovierung geöffnet wurde. Doch welche Funktion der Saal auch heute haben und wie prächtig er renoviert sein mag – er kann kaum einen wichtigeren Zweck erfüllen als in meiner Jugend, da er zwei Kindern auf der Suche nach dem Zauber des Lebens als Zuflucht diente.

Wir gelangten in die Kammer durch einen Korridor, der so eng und so niedrig war, dass man nur in Wolfsgestalt oder als Kind hindurchpasste. Deshalb vermute ich, dass jener Raum früher einmal rituelle Bedeutung besaß. Eine Tür im eigentlichen Sinn gab es nicht, sondern nur eine runde Öffnung von knapp einem Meter Durchmesser dort, wo der Gang in die Kammer führte.

Im Innern dagegen war die Decke hoch und gewölbt wie die meisten Decken im Schloss, und die Hälfte der schrägen Wände säumten Bänke, auf denen man sowohl in Wolfs- als auch in Menschengestalt bequem Platz fand. Die übrigen Wände waren mit den großartigsten Marmorfriesen verziert, die je geschaffen worden sind, und schon als Kind wusste ich genug, um vor ihnen in Ehrfurcht zu erstarren. Riesige Wölfe mit vom Alter geschwärzten Augen und Zähnen schienen direkt aus den Wänden zu wachsen, und jedes Detail war so hervorragend gearbeitet, dass, wenn man den Blick rasch abwandte, in den Augenwinkeln eine äußerst real anmutende Illusion von Bewegung entstand. Wölfe von poliertem Marmor sprangen in fröhlichem Tanz durch die Luft, verschlangen im Wald riesige Beutetiere, setzten in mächtigen Sprüngen über seltsame Fantasiestädte oder spielten und tobten in Ruinen zwischen eingestürzten Säulen und Mauern.

Solche Szenen muss es in dem riesigen Raum zu Hunderten gegeben haben, und jede von ihnen erzählte eine andere Geschichte; zwischen den Szenen fanden sich stilisierte Darstellungen von Wolfsköpfen, die einen brüllend vor Wut, andere schmaläugig und wachsam, wieder andere grinsend und belustigt – und einige, die eindrucksvollsten von allen, waren einfach nur kühne, stolze Porträtstudien. Hast du die Denkmäler Roms gesehen? Hältst du die griechische Bildhauerei oder die Friese, die im Auftrag der französischen Könige entstanden, für einzigartig? Sie alle sind nur schwacher Abglanz einer Kunstform, die unsere Spezies schon in einer Epoche beherrschte, die wir selbst bereits lange vergessen hatten – bevor jene flüchtigen menschlichen Kulturen entstanden und verfielen.

Der Raum roch modrig nach Erde, vergessenen Geheimnissen und einer unvorstellbar weit zurückliegenden Vergangenheit. Marmorstaub. Winzige Höhlenbewohner. Eine so abgestandene Luft, dass in jedem Molekül von ihr eine Art von Erinnerung erhalten geblieben schien ... eine Erinnerung an mächtige Wesen mit Fell, deren Blut einst heiß und deren Zähne einst scharf gewesen waren, und deren Atem diesen Raum erfüllt und zum Leben erweckt hatte. Genau so roch dieser Ort, und der Geruch umhüllte und integrierte uns. Wir genossen und fürchteten ihn zugleich.

Der Fußboden bestand aus stark gemasertem rosa Marmor, dessen Farbe nur dort zu erahnen war, wo unsere Füße den Staub und Schutt von Jahrhunderten weggescharrt hatten. In der Mitte befand sich ein riesiger, aus Erde geformter Kreis – vielleicht einst ein Beet oder eine rituelle Stätte oder auch eine Art Spielfeld, denn Mannschaftsspiele haben es uns seit jeher angetan. Vielleicht war es auch ein Turnierplatz gewesen oder schon damals genau zu dem Zweck benutzt worden, zu dem Brianna und ich ihn jetzt verwendeten.

Die Beleuchtung hatte ursprünglich eine Reihe von Spiegeln geliefert, die das aus einer kleinen Öffnung einfallende

Licht ins Innere leiteten; wir konnten noch die Glasscheiben in der Decke sehen, die dazu gedient hatten, dieses Licht gleichmäßig im ganzen Raum zu verteilen. Im Laufe der Zeit jedoch waren die Spiegel blind geworden, und Erdbeben hatten ihre ausgeklügelte Anordnung verschoben, sodass nun nur noch auf einige der Scheiben Licht fiel. Sie reflektierten es in den Saal als trüben, staubigen Dunstschleier, unter dem Wölfe mit langen Fängen in den Schatten an den Wänden kauerten und flinke Wesen mit runden Augen unter brüchigen Felsen hervorlugten. Wir fürchteten weder die längst verstorbenen Lebewesen, deren Geruch noch immer in der feuchtkalten Luft hing, noch die lebenden, die von hohen Sparren oder aus niedrigen Ecken über uns herfallen konnten. Wir waren junge Werwölfe und deshalb unbesiegbar.

Unbekümmert krochen wir durch die Öffnung, richteten uns zu voller Größe auf und klopften uns den Staub von den Knien. Wie immer in diesem Alter, wenn niemand uns sah, waren wir nackt; Wildheit, so scheint es, braucht mehr als nur ein paar Lektionen in Benehmen, bevor sie der allmächtigen Kraft der Zivilisation weicht. Und außerdem war das, was wir hier taten, am besten ohne derart lästige Dinge wie Kleidung zu bewerkstelligen.

In der fast ehrfürchtigen Freude darüber, wieder einmal hier sein zu dürfen, sahen wir uns einen Augenblick lang um und sogen die kalte, nach Vergangenheit riechende Luft ein. Sie roch nach den Leidenschaften von hunderttausend Vorfahren, von deren einstiger Energie noch kleine Reste wie Geister in dem Äther der Erinnerung tanzten; und falls Brianna jemals das Wunder der Verwandlung zuteil werden würde, konnte es nur in diesem nach Magie riechenden Raum und nur mit meiner Hilfe gelingen.

Ich wusste nur nicht so recht, wie ich es anfangen sollte.

Hand in Hand und ohne uns in dieser Angelegenheit vorher abzusprechen, überquerten wir den staubigen Marmorboden und gingen direkt mitten in den Erdkreis hinein. Ich sah Brianna an und versuchte, die nötige Autorität auszustrahlen.

»Also«, begann ich mit aufgesetztem Ernst. »Als Erstes musst du lernen, dich um deine Kleider zu kümmern.« Wir alle lernten schon vor unserer ersten Verwandlung, dass es kaum einen vulgäreren Anblick gibt als den eines jungen Werwolfs, der in voll bekleidetem Zustand versucht, seine Wolfsgestalt anzunehmen. Ein oder vielleicht sogar zwei solcher Missgeschicke wurden einem eventuell verziehen, aber nach dem dritten wagte man sich kaum mehr in die Öffentlichkeit.

Mit einer wegwerfenden Handbewegung wies Brianna mich darauf hin, wie irrelevant diese Regel in unserer augenblicklichen Situation war.

»Na schön«, fuhr ich fort, noch immer sehr von mir selbst eingenommen und von der Tatsache, dass ich im Besitz eines Wissens war, das ich mit ihr teilen konnte. »Als Nächstes musst du aufpassen, dass keine Möbelstücke im Weg stehen und keine Menschen in der Nähe sind, und dass du nicht in einem geschlossenen Raum bist, aus dem du ohne Hände nur schwer herauskommen könntest, und ...«

»Ich kenne all die Regeln!«, rief Brianna in berechtigter Entrüstung. »Du musst mir nicht erklären, *was* zu tun ist, sondern nur, *wie* es geht.«

Aber genau dazu war ich natürlich nicht in der Lage. Nach einem Augenblick des Nachdenkens antwortete ich: »Du brauchst nichts zu tun. Es geschieht einfach.«

Ihr mir vertrauter Zorn flackerte in ihren Augen auf und zweifellos war sie kurz davor, mir eine Ohrfeige zu verpassen. »Aber du hast doch gesagt, du würdest es mir beibringen!«

»Das will ich ja!« Nun stieg auch in mir Entrüstung auf bei dem Gedanken daran, dass ich mich in diesem Punkt als unfähig erweisen könnte. »Lass mich erst mal darüber nachdenken, in Ordnung? Schließlich hat noch nie jemand diese Sache in Worte gefasst, das weißt du ganz genau.«

Dagegen konnte auch sie nichts einwenden, und so gab sie sich – wenn auch widerwillig – eine Zeit lang zufrieden. Die Erwachsenen in unserer Umgebung sprachen sehr häufig darüber, wie man *vermeiden* konnte, die Gestalt zu wechseln, wann die Verwandlung ungehörig war und wann wir uns davor hüten sollten, uns unseren Instinkten hinzugeben – in Augenblicken der Angst oder des Zorns etwa oder in Momenten großer Besorgnis und ganz besonders bei sexueller Erregung, um sich nicht unerwartet bei einer unpassenden Vereinigung wiederzufinden. Sie sprachen über die Gelegenheiten, bei denen es nicht nur erlaubt, sondern sogar erwünscht war, seiner Natur freien Lauf zu lassen – etwa in Gegenwart eines ranghöheren Werwolfs, der sich bereits verwandelt hatte, in Augenblicken großer Ausgelassenheit und Freude, als Bestandteil des Rituals der Werbung gegenüber einem potentiellen Gefährten, bei schweren Krankheiten oder Verletzungen mit dem Ziel, den Heilungsprozess zu beschleunigen … es gab Hunderte von Regeln, die das Wann und das Warum betrafen, aber über das Wie war in meinem Beisein noch nie ein Wort gefallen.

Dennoch faszinierte es mich schon damals, die Problematik von Gedanken durch das simple Mittel der Sprache zu konkretisieren. So war ich fest entschlossen, den Zauber für Brianna nachvollziehbar zu machen, auch wenn die einzige Alchemie, die mir zur Verfügung stand, die der Worte war.

»Also gut«, begann ich wild entschlossen und nahm ihre Hände. »Probieren wir es mal. Es ist folgendermaßen.«

Ich legte ihre Hände auf ihren nackten Bauch und die meinen darüber; die ganze Zeit über blickte sie mich neugierig und gespannt an. Langsam und genüsslich atmete ich ein, und ließ den Zauber wirken.

»Spürst du das?«, fragte ich mit vor Aufregung und Vorfreude rauer Stimme. »So fängt's an, genau da; dir wird warm im Bauch, noch nicht richtig heiß, aber warm, und es fühlt sich gut an. Spürst du es?«

Mein Gesicht war heiß und meine Augen glühten wie Kohlen; ich sah, wie sich ihr Leuchten auf Briannas Miene widerspiegelte. Ihre Hände fühlten sich kalt an unter meinen, die eine fiebrige Energie abstrahlten, und sie wirkte klein, schwach und verwirrt, als sie sie zurückzuziehen versuchte.

»Nein«, flüsterte sie und wollte sich unbedingt von mir lösen. »Ich spüre gar nichts.«

Aber ich hielt ihre Finger fest umklammert, während mein Herz wie wild pochte, um die Flut von Impulsen zu ordnen, die durch meinen Blutkreislauf tobten. Die Spirale der Erregung in meinem Unterleib entrollte sich, reckte ihre feurigen Tentakeln durch meinen ganzen Körper, stärkte und blähte mich, machte mich rasend vor Erwartung. Und doch hielt ich Brianna fest, ungeachtet meiner Erregung und entschlossen, sie das, was nun kommen würde, nicht verpassen zu lassen.

»Dann fängt es an zu brennen«, fuhr ich fort, ohne jetzt noch wirklich mit ihr zu sprechen oder sie auch nur anzuschauen, denn mein Blick verschwamm bereits und mit ihm ihre Gestalt, die sich auf eine verschleierte Form in weiter Entfernung reduzierte. Es kam nun sehr schnell über mich, und ich dachte einzig daran, dass ich nicht aufhören durfte zu reden, weil ich ein Versprechen halten musste und sie nicht allein zurücklassen wollte. »Das Feuer breitet sich immer mehr aus, bis es deinen ganzen Brustkorb ausfüllt und deine Kehle austrocknet; deine Haut fühlt sich an, als würde sie gegrillt, sie prickelt und dehnt sich – spürst du das nicht?«

Aus weiter Entfernung vernahm ich ihren Herzschlag – ein schwaches Pulsieren gegenüber dem Donnern des meinen – und ihren schnellen, unregelmäßigen Atem. »Nein!«, schrie sie, ich roch ihre Angst. Wieder versuchte sie, sich von mir loszureißen, doch ich hielt ihre Hände mit aller Kraft fest, betäubt von der bevorstehenden Verwandlung und dem damit einhergehenden Gefühl der Allmacht sowie der Überzeugung, dass ich in der Lage war, ihr den Zauber zu vermitteln – weil ich ganz einfach zu allem in der Lage war; ich würde sie nicht allein zurücklassen.

»Bri, Bri, spürst du es nicht!«, schrie ich mit belegter Stimme, die mir bereits zu entgleiten begann, und dann riss ich sie nach vorn mit der gewaltigen Kraft, die im Zaum zu halten jeder Werwolf allzu leicht vergisst, wenn die Leidenschaft ihn zu überwältigen droht. Ich presste ihre Hände an meinen Unterleib, den die Spannung der sich verwandelnden Muskeln bereits hart hatte werden lassen, und sogleich stellte sie ihre Versuche ein, sich loszureißen.

So jedenfalls hat Brianna es mir später geschildert. Ich tue mein Möglichstes, ihre Darstellung hier wiederzugeben; denn Schuldgefühle und Entsetzen haben meine eigene Erinnerung an damals so sehr getrübt, dass sie nicht mehr als verlässlich gelten kann.

Meine Haut brannte und mein Fieber umhüllte sie, bis ihr der Schweiß ausbrach. Mein Geruch war heiß und süß und scharf, und sie registrierte ihn in stiller Faszination. Dann ließ sie sich näher zu mir sinken, als wolle sie jenen Geruch mit ihrem Mund wie Wasser trinken und wie Parfüm mit allen Poren aufnehmen. Funken sprangen von meinen Fingern auf die ihren über und stachen wie Insektenbisse, bis die Elektrizität ihre Wirbelsäule erreichte und sie empfindungslos werden ließ. Sie erschlaffte. Brianna war meiner Leidenschaft hilflos ausgeliefert und hatte nicht einmal den Wunsch, sich dagegen zu wehren.

Sie hörte meinen Herzschlag nicht nur, sondern *spürte* ihn in ihrem Körper, wie er pochte, donnerte und das schmerzlich schwache Stottern ihres eigenen Herzens übertönte – ja, sie in die totale Selbstaufgabe drängte, bis sie nicht einmal mehr in der Lage war, das Kommen und Gehen ihrer eigenen Lebenskraft zu kontrollieren. Die Luft war wie Honig, schwer zu atmen, aber herrlich, um darin zu ertrinken; sie zerging auf der Zunge und verstopfte die Kehle. Das Atmen schien in diesem Augenblick gänzlich unwichtig, und das Fließen des Blutes durch die eignen Adern bedeutete kaum mehr etwas. Das Leben selbst wurde angesichts der Wonne, die ringsum anschwoll und wirbelte und uns beide in ihren Bann schlug, zu einer kleinen, eher zufällig anmutenden Angelegenheit.

Unsere Augen bohrten sich ineinander, wenngleich die meinen schon längst nichts anderes mehr sahen als die Farben, Strukturen, Aromen und Formen, die mich umschwirrten und mich in ihrer Mitte gefangen hielten. Brianna, dem wehrlos ausgeliefert, was ich zu beherrschen nicht mehr in der Lage war, sah in völliger Klarheit, wie das vertraute Gesicht des Bruders, mit dem sie immer alles geteilt hatte, hart und spitz wurde, die Augen wie Flammen, die Lippen weiß und die Wangen purpurrot vor Fieber. Haarsträhnen schienen ein Eigenleben anzunehmen, standen auf, wirbelten herum oder wanden sich wie Schlangen, und sie sah zu – ohnmächtig und entsetzt, verzaubert und sehnsüchtig –, wie ich begann, mich vor ihren Augen zu verwandeln.

Alles ging furchtbar schnell. Ein Geräusch wie ein Schrei, ein triumphierendes Explodieren, ein Ausbruch von Licht und Farbe, der sie für einen kurzen, blendenden Augenblick gemeinsam mit mir an den Rand des Paradieses schwemmte, der Vorgeschmack einer Freude, die so intensiv war, dass ihr Fehlen hinterher wie Schmerz erschien, und dann – dann war es, als sei die Hand, die die ihre umklammerte, unvermittelt und gewaltsam weggerissen und das Band, das sie am Leben hielt, plötzlich durchschnitten worden; sie stürzte ab ins pure Entsetzen und fühlte sich dem Tode nahe.

All das erzählte sie mir später. Hätte ich gewusst ... wäre

ich weniger selbstsüchtig, weniger rücksichtslos, weniger *jung* gewesen, und hätte ich gewusst, was meine unendliche Verzückung meiner Schwester antat – hätte ich dann damit aufhören können? Hätte ich aufhören *wollen*? Die Frage quälte mich lange Zeit, und als ich endlich die Antwort darauf fand, wollte ich sie mir nicht eingestehen.

Ich sah Brianna in ihrer menschlichen Gestalt auf dem Boden zusammenbrechen, war aber zu sehr in meinem Überschwang gefangen, der auf die Verwandlung folgt, um mir über sie Gedanken zu machen oder auch nur enttäuscht zu sein darüber, dass sie ihre Gestalt beibehalten hatte. Ausgelassen jagte ich um den Kreis aus Erde, wirbelte Staub auf, sprang und drehte mich um die eigene Achse, und erst, als der erste Ausbruch meiner unbändigen Energie abflaute, kehrte ich zu Brianna zurück, verbeugte mich grinsend und forderte sie zum Spielen auf.

In diesem Augenblick roch ich, dass mit ihr etwas nicht stimmte.

Ihre Haut war glitschig von kaltem Schweiß, gebadet im säuerlichen Geruch abgestorbener Zellen und versagender Neuronen. Sie beugte sich vornüber und wollte sich erbrechen, doch heraus kam lediglich ein dünner Strom gelblicher Galle. Ihre Lungenflügel zitterten, und doch hörte ich keinen Atem durch sie strömen, und ihr Herzschlag klang wie das unregelmäßige Picken eines Vögelchens mit dem Schnabel. Sie hustete und würgte, und blutiger Schaum tropfte ihr von den Lippen.

Winselnd tappte ich zu ihr und schlich besorgt um sie herum. Ich schmiegte mich an sie, um ihren zitternden Körper zu wärmen, und leckte ihr zärtlich den Geschmack von Übelkeit und Schweiß von den kalten Wangen. Der falsche Geruch war erschreckend aufdringlich, und ein Teil von mir wollte sich schon zurückziehen und davonlaufen, während ein anderer Teil von mir mit gefletschten Zähnen und tödlichen Bissen diesen Gestank bekämpfen wollte, bevor er meiner Schwester Schaden zufügte.

Mit letzter Kraft griff Brianna nach mir, die Augen vor Angst und Schmerz geweitet, doch ihre Finger erreichten kaum mehr mein Fell, bevor die Krämpfe einsetzten. Einen endlos scheinenden Augenblick lang stand ich wie gelähmt vor Entsetzen da und sah zu, wie die Muskelkrämpfe ihren armen Körper hin und her rissen, ihren Rücken krümmten, ihr den Hals verdrehten und grauenhafte, erstickte, blubbernde Laute aus ihrer Kehle drangen. Dann drehte ich mich um und rannte davon.

An jene verzweifelte Flucht zurück durch die Gänge kann ich mich kaum mehr erinnern oder daran, wie ich meine Eltern fand, die gerade ein frisch renoviertes Theater neben dem großen Saal begutachteten. Es war mein erster Versuch überhaupt, mich in Wolfsgestalt verständlich zu machen, doch auch daran erinnere ich mich nur vage – abgesehen davon, dass ich erfolgreich gewesen sein muss, denn ich weiß noch, wie die Besorgnis die Augen meiner Mutter trübte und mir der säuerliche Geruch von der schnellen Verwandlung meines Vaters in die Nase stieg, bevor wir voller Angst zurückrannten.

Irgendwann, nachdem ich meinen Eltern den Weg beschrieben hatte, vermochte ich ihrem Tempo nicht mehr zu folgen. Humpelnd und keuchend, vor Angst und Erschöpfung am ganzen Körper zitternd, betrat ich schließlich den Raum. Ich war so ausgelaugt und verwirrt, dass ich wieder in meine menschliche Gestalt schlüpfte, ohne vorher um Erlaubnis zu fragen, aber das war schon in Ordnung; meine Eltern hatten sich bereits vor mir verwandelt.

Sie gaben ein eindrucksvolles Bild ab, wie sie da in der Mitte des riesigen Saals standen, ihre menschlichen Körper stark und nackt, und noch immer leuchtend von den Nachwirkungen ihrer Verwandlung. Winzige Staubteilchen umschwirrten sie in einem Lichtstrahl, der von weit oben herabdrang und seinen schwachen Schein auf meine Mutter warf, deren helles seidiges Haar ihr über die Hüften fiel, als sie auf ein Knie sank, und und auf meinen Vater, der den schlaffen Körper meiner Schwester aufhob.

Niedergeschmettert kauerte ich im Schatten, während schnell und hart meine Tränen zu Boden tropften und das langsame, aber mir unendlich laut vorkommende Rauschen meines Atems mein Gehör beeinträchtigte. Nur undeutlich vernahm ich deshalb, wie mein Vater Brianna beim Namen rief und dann sagte: »Alles in Ordnung, Elise, sie lebt – es geht ihr gut.«

Die Erleichterung trocknete mir die Tränen und beruhigte mein aufgeregtes Atmen, als ich den Freudenschrei meiner Mutter hörte und sah, wie sie die beiden anderen in Dankbarkeit umarmte. Vorsichtig kroch ich näher, bis ich Briannas leises Atmen und das gleichmäßige Schlagen ihres Herzens hörte und spürte, wie die Wärme unserer Eltern in ihren kleinen Körper überfloss.

Ich ließ die starken Gerüche einer allmählich wieder ins Lot kommenden Welt in mich einsickern: Briannas süßen Duft von Blütenblättern, der den Gestank von Übelkeit und Erbrechen vergessen machte; den Geruch von Papas Besorgnis, das Salz seiner Haut, die Reste seiner Anwesenheit in Wolfsgestalt sowie all der muffigen Tunnel, durch die er mir hierher gefolgt war; die nach Holzkohle riechenden Fragmente seiner überhasteten Verwandlung in Menschengestalt, vermischt mit denen meiner Mutter, die an verbrannte Veilchen erinnerten. Ich roch die Angst meiner Mutter und den frischen Duft ihrer Erleichterung, den warmen Trost, der aus ihren Fingerspitzen floss wie Milch aus einer Brust, als sie Brianna übers wirre Haar strich.

Brianna sah sich um, bis ihre Augen mich gefunden hatten. Ich versuchte, ihr zuzulächeln, schaffte es aber nicht recht.

»Habe ich mich verwandelt?«, murmelte sie erschöpft. »War es das?«

Etwas Scharfes, Bitteres durchfuhr die Luft zwischen meinen Eltern, und beider Augen schauten mich fragend und klagend an. Ich schluckte schwer und antwortete: »Nein, Bri ... nicht ganz.«

Meine Mutter zog ihren Arm von Brianna zurück und versetzte mir einen derartigen Schlag, dass ich das Gleichgewicht verlor und über den Boden taumelte. Doch der pulsierende Schmerz in meinem Kinn war nichts im Vergleich zum Schmerz der Enttäuschung, den ich in Briannas Augen sah und auf ihrer Haut roch.

Dennoch hielt Brianna immer noch zu mir; sie versuchte, sich aus Papas Armen zu befreien, und schrie: »*Maman,* bitte nicht! Das war doch nicht Matises Schuld, das war nicht ...«

Mutter zog mich an meinem Arm auf die Beine. Ihre Augen funkelten, und ihr herumwirbelndes Haar wirkte wie ein aus purem Zorn bestehender Glorienschein. »Versuche *niemals*, einen anderen in deine Verwandlung hineinzuziehen!«, warnte sie mich in ihrem Zorn und schüttelte meinen Arm. »Hast du denn keine Ahnung, wie gefährlich das war? Nur ein Paar von Gefährten ist so aufeinander abgestimmt, dass beide die Verwandlung gemeinsam zu erleben vermögen. Du hättest deiner Schwester bleibenden Schaden zufügen oder sie sogar töten können!«

»Ich würde Bri doch nie wehtun!«, rief ich und war so empört, dass ich es wagte, meinen Blick zu ihr zu erheben. Doch das erwies sich als Fehler, und so senkte ich ihn schnell wieder.

»Matise hat mir nicht wehgetan!«, beteuerte Brianna beharrlich, wand sich aus Papas Armen und lief zu mir herüber. Als ich merkte, wie unsicher sie auf den Beinen war, verkrampfte sich mein Magen. »Bitte schimpf nicht mit ihm, *Maman,* bitte nicht – das war doch nicht seine Schuld!«

Papa lächelte ein wenig, als er sah, wie Brianna sich zwischen ihre aufgebrachte Mutter und mich stellte. »Das bezweifle ich nicht.«

Mutter warf ihr einen Blick zu, der in seiner Mischung aus Tadel und Mitleid, Erleichterung und Wut Bände sprach. Dann wandte sie sich wieder mir zu, aber ihre Stimme klang schon etwas sanftmütiger, als sie mir erklärte: »Ich weiß ja, dass du deiner Schwester nie wehtun würdest, *chéri,* jedenfalls nicht absichtlich, aber schau dir Brianna doch mal an. Frag sie, ob sie findet, dass dein kleines Experiment die Sache wert war.«

Zögernd blickte ich zu Brianna hinüber und registrierte überrascht das triumphierende Leuchten in ihren Augen. So klar und deutlich, als hätte sie es laut gesagt, sah ich ihre Antwort: *Ja!* Ja, es war die Sache wert! Für einen flüchtigen Einblick in meinen Gestaltwandel, für einen Moment der Verzückung, den sie mit mir geteilt hatte, war sie bereit, jede Qual zu ertragen, scheute sie keine Schmerzen. Mit jenem strahlenden, heimlichen Blick vergab sie mir, segnete und erschreckte mich zugleich.

Verzweifelt schüttelte Mutter den Kopf, während sie vor uns kniete, und ihre lange blonde Mähne wellte sich wie ein seidener Schleier in einer sanften Brise, bevor sie sich wieder über ihre nackten Schultern und Brüste legte. Ich liebte ihren Geruch und ihren Anblick, die Anmut ihrer Bewegungen und die tiefe Zuneigung, die aus ihren Augen strahlte, als sie uns beide in die Arme nahm. Einige Sekunden lang hielt sie uns ganz fest, während ihr Haar an meinem Ohr zarte, knisternde Geräusche von sich gab und der Klang ihres Herzschlags mein Gehirn durchpulste, meine Angst abbaute und meine Seele tröstete. »Tut mir Leid, *Maman,*« flüsterte ich inbrünstig. »Ich mache das auch ganz bestimmt nie wieder.«

Zwar spürte ich Briannas entrüsteten inneren Widerstand, ignorierte ihn aber. Mutter küsste mich auf den Scheitel und sagte: »Das weiß ich, mein Lieber.« Dann küsste sie auch Brianna und drückte sie abermals fest an sich.

Papa streckte uns seine Hand entgegen, und zögernd begaben wir uns aus der Sicherheit der mütterlichen Arme zu ihm. Er versuchte, einen strengen Ton anzuschlagen, aber wir rochen schon die Wiederkehr seiner guten Laune, die er uns gegenüber fast immer an den Tag legte. »Ihr beide müsst öfter euren Verstand gebrauchen«, mahnte er, »und denken, bevor ihr handelt – denn das ist genau das, was uns von den Menschen unterscheidet.«

»Ich dachte immer, die Fähigkeit zur Verwandlung unterscheidet uns von den Menschen«, erwiderte Brianna mit tapfer erhobenem Kinn. »Und das heißt dann wohl, dass ich nie besser sein werde als ein Mensch. Nie!«

Ein kurzes, quälendes Schweigen folgte, und ich merkte, wie meine Eltern noch einen jener Blicke tauschten. Meine Mutter atmete einmal tief durch und spannte kurz ihre Muskeln an, die sich aber gleich darauf wieder lockerten. Dann kam sie zu uns herüber und legte sanft, aber fest die Hände auf Briannas Schultern.

»Brianna, jetzt hör mir mal zu«, sagte sie ruhig. »Es gibt etwas, das du wissen musst und versuchen solltest zu verstehen. Du bist jetzt alt genug …«

»Nein.« Die Stimme meines Vaters unterbrach scharf die meiner Mutter, und mit einer einzigen schwungvollen Bewegung hob er Brianna auf seinen Schoß und aus Mutters Blickfeld. Es war das erste – und einzige – Mal, dass er in meinem Beisein meine Mutter unterbrach oder ihr widersprach, und ich vergesse nie die Überraschung in ihren Augen, die sich in den meinen spiegelte.

»Nein«, wiederholte er entschieden, wenn auch weniger laut. Er hielt Briannas Gesicht zwischen den Händen und zwang sie, ihn anzusehen. »Wir werden nicht zulassen, dass du so von dir selber redest. Du bist eine starke junge Werwölfin, Brianna, und kannst es mit deinen Augen und Ohren mit jedem im Rudel aufnehmen – ich habe gesehen, wie du auf der Jagd deinen eigenen Bruder in den Schatten gestellt hast. Ich werde dieses dumme Selbstmitleid nicht tolerieren, jedenfalls nicht in *meiner* Familie, hast du mich verstanden?«

Brianna nickte unsicher, aber ich sah, dass ihre Aufmerksamkeit ebenso wie die meine vor allem unserer Mutter galt, die schweigend und unbeweglich neben uns stand, die Nasenlöcher geweitet und die Lippen fest aufeinandergepresst. Ich kannte den Geruch ihrer Verärgerung und den ihrer Enttäuschung, aber jetzt roch ich keinen von beiden – und beide zugleich.

Dann wandte sich Papa mit strengem Blick zu mir. »Matise, du hast Glück gehabt. Schon sehr früh hast du deine Reife erreicht. Deshalb ist es auch deine Pflicht, deine Schwester zu beschützen, und nicht, sie in Gefahr zu bringen, verstanden?«

Gesenkten Hauptes murmelte ich eine Art Entschuldigung, aber ich konnte mich kaum konzentrieren wegen der Anspannung, die meine Mutter ausstrahlte, und kaum meinen Blick von ihr abwenden. Brianna und ich waren damals noch jung genug, von unseren Augen zu erwarten, dass sie uns Wahrheiten offenbarten, die sie gar nicht kennen konnten.

Erneut wandte sich Papa Brianna zu, ergriff sie an der Hüfte und hielt sie mit gestreckten Armen vor sich in die Luft, sodass ihr Gesicht auf gleicher Höhe war wie seines. Seine ernste Miene und seine dunklen Augen kündeten von wilder Entschlossenheit und unumschränkter Macht und – seltsamerweise – tiefem Kummer. Er musste schlucken, bevor er sprechen konnte, als habe er einen Kloß in der Kehle, und danach klang seine Stimme ein wenig belegt. »Merk dir Folgendes, Brianna Devoncroix, für den Rest deines Lebens: Du bist ein Wunder. Du bist die Tochter eines der mächtigsten Werwölfe aller Zeiten und gibst vor niemandem klein bei.«

Ich hörte, wie ihr Herz schnell und laut pochte, und mein eigenes schlug noch schneller. Uns war beiden klar, dass in diesem Augenblick etwas ungeheuer Wichtiges vor sich ging, auch wenn keiner von uns wusste, worum es sich handelte. Es erregte, verwirrte und ängstigte uns. Die Luft knisterte fast vor unausgesprochenen Worten, und die Last einer unbekannten Zukunft drückte schwer auf meine Schultern.

Brianna schaute mich verunsichert an und sagte dann gehorsam und unterwürfig: »Außer vor dir, Papa.«

Er drückte sie an seine Brust, und ich hörte, wie er schnell den Atem einzog. »Außer vor mir«, bestätigte er mit emotionsgeladener Stimme.

Brianna klopfte ihm in sehr erwachsener Manier auf die Schulter und sagte beschwichtigend: »Beruhige dich, Papa, ist ja alles wieder gut. Du brauchst dir doch um mich keine Sorgen zu machen; aus und vorbei, und keinem ist was geschehen. Sei bitte nicht mehr traurig.«

Ihre versöhnliche Art, die sie ganz offensichtlich von unserer Mutter hatte, ließ Papa leise in sich hinein lachen und entlockte selbst *Maman* ein nachsichtiges, zögerndes Lächeln. Mit einem liebevollen Klaps auf den Hintern stellte Papa Brianna wieder auf die Beine, und ich atmete erleichtert auf. Vielleicht würde ja tatsächlich alles gut.

Doch dann sah ich den wilden, abwesenden Blick meiner Schwester und wusste, dass meine Probleme soeben erst begonnen hatten.

VIII

Es wurde spät in jener Nacht, bis Brianna und ich endlich Gelegenheit hatten, uns unter vier Augen zu unterhalten. Ein hoch oben in der Decke eingelassener Spiegel aus geschliffenem Stein reflektierte das Mondlicht von draußen wie milchigen Nebel über unserem steinernen Heiligtum, und zeichnete in den Raum gespenstische Weißtöne und unnatürlich dunkle Schatten.

Ich tat, als würde ich schlafen, aber Brianna ließ sich nichts vormachen. Sie schlich an mein Bett und sagte entschieden: »Morgen versuchen wir es nochmal.«

Schlagartig öffneten sich meine Augen, denn ein solches Maß an Direktheit und Unbesonnenheit hatte ich nicht erwartet. Schließlich hätte jeder sie hören können. Ich setzte mich auf, so weit wie möglich weg von ihr, und flüsterte wütend: »Bist du verrückt geworden? Geh sofort wieder in dein Bett!«

»Wann hast du deine freie Stunde? Wir können uns dann doch treffen, am besten …«

»Brianna, sei still!«

Ich legte eine Hand auf ihren Mund, aber sie entwand sich mir und funkelte mich an. »Kommandier mich hier nicht herum, du dummer Junge!« Ihr wütendes Stirnrunzeln wich einem schelmischen Lächeln, und sie warf ihre kupferfarbenen Locken zurück. »Hast du nicht gehört, was Papa gesagt hat? Ich gebe vor niemandem klein bei!«

»Mach meinetwegen, was du willst, aber wenn du nicht auf mich hörst, kriegst du einen Tritt in deine Sitzfläche!«

Solche kleinen Zankereien waren für uns eine Art Spiel, und ich gewann diese Runde nur, weil sie wichtigere Dinge im Kopf hatte. Nun wieder ernst, beugte sie sich zu mir herüber und sagte eindringlich: »Es hat beinahe funktioniert, Matise! Heute konnte ich es fühlen …« Sie ergriff meine Hand und drückte sie gegen ihren Bauch. »Hier! Und hier.« Sie hielt meine Hand an ihr knochiges Brustbein und zwei kleine, knospende Brüste, und ihre Augen leuchteten. »Nur noch ein kurzer Augenblick, und ich weiß, dass es auch mit mir geschehen wäre, ganz bestimmt! Ich hab's einfach nicht entschieden genug versucht, das ist alles …«

Fröstelnd vor Entsetzen und kochend vor Wut riss ich meine Hand weg. »Du hättest dabei sterben können! Hast du nicht gehört, was *Maman* gesagt hat?«

»Das ist mir egal!«

Im gespenstischen weißen Licht wirkte sie mit ihren wie Kohlen glühenden Augen in einem perlmuttschimmernden Gesicht wie ein Wesen aus der Unterwelt – ein alabasterfarbenes Sylphidenkind mit dem Willen einer Göttin. Ihre Finger gruben sich in meinen Arm. »Verstehst du denn nicht, Matise, ich habe es schon gespürt! Auch wenn ich mich nicht verwandelt habe – allein dieses Gefühls wegen war es schon die Sache wert!«

Verwirrt versuchte ich, ihre Finger von meinem Arm zu lösen, aber sie bohrte sie nur noch verbissener in mein Fleisch. »Würdest du dich davon abhalten lassen?«, fragte sie. »Angenommen, *Maman* würde sagen, du dürftest dich nie wieder verwandeln, würdest *du* ihr dann gehorchen?«

Ich riss ihre Finger von meinem Arm, und meine Muskeln schmerzten von dem Druck, den sie ausgeübt hatte. Dann schaute ich sie lange und durchdringend an. »Brianna«, sagte ich schließlich, »du musst dich schon allein verwandeln. Ich helfe dir jedenfalls nicht noch einmal.«

»Aber das kann ich doch nicht!«, schrie sie und begann zu schluchzen. »Merkst du denn nicht, dass ich mich nicht allein verwandeln kann? Es geht einfach nicht! Du musst mir helfen – du hast es schließlich versprochen!«

Dies war mein erstes Versprechen ihr gegenüber, das ich gebrochen habe.

In meiner Hilflosigkeit klopfte ich ihr auf die Schulter, wischte ihr die Tränen ab und murmelte: »Bri, stell dich doch nicht so an! Du wirst dich schon noch verwandeln, genau wie Papa gesagt hat: Das braucht einfach seine Zeit, fertig! Warte nur ab – wenn es so weit ist, schaffst du es ganz alleine.«

»Nein«, flüsterte sie. Plötzlich still geworden, ließ sie entmutigt die Schultern hängen und rückte von mir weg. Ihr Gesicht war nass, und sie wich meinem Blick aus. »Ich bin anders. Irgendetwas – irgendetwas stimmt nicht mit mir. Ich glaube, das war mir schon immer klar.«

Was sollte ich dazu sagen? Ich glaube nicht, das ich damals wirklich verstand, was sie geäußert hatte – nur, dass es ihr wehtat, es zu sagen, und dass sie in jenem Augenblick die traurigste Person war, die ich je gekannt hatte.

»Jetzt komm schon, Bri.« Unbeholfen legte ich ihr einen Arm um die Schultern. »Rede doch nicht so einen Unsinn. Es wird alles gut, ich versprech's dir. Ich hab doch gesagt, dass ich mich um dich kümmern werde, stimmt's?«

Einen Augenblick später nickte sie und kuschelte sich an meine Schulter; wir legten uns zusammen hin und schliefen ein wie Kinder, denen es noch leicht fällt, eine Last abzuschütteln.

Doch später sollte sich herausstellen, dass dies das zweite Versprechen war, das ich gebrochen habe.

8

Die Wildnis
07:36 Uhr Alaska-Zeit
24. November

Hannah hielt inne, um ihrer Stimme eine Pause zu gönnen. An einigen Stellen des Berichts war sie von dem Inhalt so fasziniert gewesen, dass sie nur noch geflüstert hatte. *Aus den Aufzeichnungen des Matise Devoncroix* ... eine rein fiktive Geschichte natürlich. Bezaubernd und fesselnd, aber eben nur Fiktion.

»Oder was meinst du, Tom?«, murmelte sie und war sich dabei kaum bewusst, dass sie laut geredet hatte. Dann runzelte sie die Stirn und schüttelte den Kopf. »Das ist ja fast so, als würde ich einen Geist zum Thema Werwölfe befragen.«

Sie legte das Buch beiseite und ging in die Küche, wo sie sich an dem kleinen Ofen aufwärmte, während sie das Teewasser zum Kochen brachte. Aber merkwürdig fand sie das alles schon. Diese Namen. Alexander Devoncroix. Elise. Irgendwo in ihrem Hinterkopf steckte das Bild einer hoch gewachsenen, eleganten Frau in einem Kleid von Dior – ja, definitiv Dior – mit hoch gesteckten blonden Haaren und einer Kette aus Perlen und Diamanten. Wo hatte sie die bloß gesehen? Im Fernsehen? In einer Zeitung oder Zeitschrift?

Hannah schüttelte sich noch einmal. Eine solche Person gab es wahrscheinlich gar nicht. Sicher nicht.

Und dennoch war sie ebenso sicher, den Namen Elise Devoncroix unter einem Zeitungsfoto gesehen zu haben, das irgendwann in den vergangenen fünf Jahren bei einer Spendensammlung in New York aufgenommen worden war.

»Warum auch nicht?«, sagte sie laut. »Wenn die Frau sich in einen Wolf verwandeln kann, warum soll sie dann nicht auch in der Lage sein, in einem Kleid von Dior eine Party zu besuchen?«

Aber ihre Worte klangen nicht so witzig, wie sie sollten, und der kalte Schauder, der ihr über den Rücken lief, war nicht nur auf die Raumtemperatur zurückzuführen.

Sie legte ihre Hände um den dampfenden Teebecher und ging hinüber zu dem Wolf, auf den sie nun mit ganz anderen Augen hinabschaute und mit noch größerer Besorgnis als zuvor. Bewusstlos lag er da, was teils auf das Beruhigungsmittel zurückzuführen war, das sie ihm verabreicht hatte, und teils auf den tiefen Heilschlaf, in den alle wirklich schwer verletzten Tiere instinktiv fallen. Seine Flanken hoben und senkten sich in der raschen Folge seiner flachen Atemzüge; von seinen Augen standen schmale Schlitze offen, aber er blinzelte nicht.

Er war so groß, größer als jeder Wolf, den sie je gesehen hatte – so groß, dass er fast den ganzen Käfig ausfüllte, der eigentlich einem auf dem Weg der Genesung befindlichen Tier genug Bewegungsfreiheit bieten sollte. Sie befasste sich nun schon seit fünfzehn Jahren mit Wölfen, und dieser hier entsprach weder der Größe nach noch in Aussehen oder Färbung einem der anderen Tiere, die sie je beobachtet oder von denen sie je gehört hatte. Wie lang und feingliedrig doch seine Vorderpfoten waren! Fast wie … Hände. Und dann seine Gesichtsform – war seine Schnauze nicht kürzer als gewöhnlich, und standen die Augen nicht weiter auseinander? Sein Fell – oder jedenfalls die Reste davon – war seidig und lang und ähnelte eher dem eines verwöhnten, bestens umsorgten Haushundes als dem eines Wolfs. Außerdem fiel ihr auf, dass er stahlblaue Augen hatte. Waren nicht die Augen der Devoncroix auch blau?

»Jemine, Hannah, wenn du so weitermachst, glaubst du

bald jeden Blödsinn«, schalt sie sich selbst, brachte ihre Stimme aber nicht dazu, wirklich spöttisch oder auch nur belustigt zu klingen.

Vorsichtig, sehr vorsichtig kniete sie sich neben den Käfig und öffnete die Klappe einen Spalt. Ihr Herz pochte wie wild, als sie hineingriff und den Oberkiefer des Wolfs ein wenig anhob, um anhand der Farbe des Gaumens nach Anzeichen einer Verschlimmerung des Schockzustands zu suchen. Diese Zähne! Definitiv gehörten sie einem Wolf. Und Hannah zweifelte keinen Augenblick daran, dass sie ihr die Hand vom Arm reißen konnten, sollte die lähmende Wirkung der Medikamente plötzlich nachlassen. Der ledrige Teil seiner Nase war heiß und trocken, ebenso wie seine Mundschleimhaut, aber das hielt sie unter den gegebenen Umständen für normal.

Sie schloss die Klappe wieder, setzte sich in die Hocke und umfasste erneut die Tasse mit den Händen, um ihn lange und nachdenklich zu betrachten. »Wer bist du?«, flüsterte sie schließlich. »Und *was* bist du?«

Nicholas trieb in einem Meer Ekel erregender Gerüche: Krankheit, Tod, Mensch, verbranntes Fell, verkohltes Fleisch, wieder Mensch, Antiseptika, Blut, Chemikalien, noch einmal Mensch, Entsetzen, Schmerz und Mensch, Mensch, Mensch – letzterer Geruch so durchdringend, als sei er in die Suppe der übrigen verschwommenen Sinneseindrücke eingerührt worden wie verdorbene Sahne: Mensch.

Er war tief in sich selbst versunken, existierte nur noch auf der Ebene des Instinkts, wissend, aber ohne sich zu sorgen – bei Bewusstsein, aber nicht präsent. Weder Schock noch Verwirrung verspürte er, weder Neugier noch Angst, weder Schmerz noch Unruhe. In seinem Körper wütete das Fieber, und die weißen Blutkörperchen führten einen verbissenen Abwehrkampf gegen die drohende Infektion; Adrenalindrüsen spülten Unmengen heilender Hormone in seinen Blutkreislauf, Leber und Nieren neutralisierten Gifte überdurchschnittlich rasch. Sein Körper wusste nicht, dass er nur um ein Haar dem Tod entgangen war; er wusste nur, dass er zu heilen hatte. Die erstaunlich effiziente Physiologie des Werwolfs wurde in der Krise stets noch effizienter. Knochen wuchsen wieder zusammen, weil sie gebrochen waren, Zellen reproduzierten sich schneller, weil sie gebraucht wurden, Narbengewebe bildete sich, weil die Haut verletzt war, und Fell begann zu wachsen, weil es zum Schutz der Haut gebraucht wurde. Beschädigtes Lungengewebe regenerierte sich, weil Sauerstoff für den Blutkreislauf erforderlich war, und das Herz pumpte noch stärker als zuvor, weil die heilenden Hormone im Blut sehr schnell und in großen Mengen benötigt und gewaltige Mengen an Energie verbraucht wurden – so viel, dass, wenn nicht schon bald die Kalorienvorräte aufgefüllt wurden, sein Körper begänne, sich selbst aufzuzehren, um den an ihn gestellten Anforderungen weiterhin gerecht zu werden. Aber noch war es nicht so weit. Noch befand sich der Körper einfach im Stadium der Genesung, und Nicholas ließ ihn in der Tiefe seines Dämmerzustandes gewähren.

Nachdenklich, aber unbesorgt zeichnete er mit seinen Sinnen aus dem Gedächtnis eine Art Landkarte der Vergangenheit und der Gegenwart. Verkohltes Fell, durchbohrtes Fleisch, explodierender Treibstoff, zerfetztes Metall, Tod. Der Hubschrauberabsturz. Antiseptika, Chemikalien. Er war in irgendeine Art von Klinik gebracht worden. Mensch. Mensch. *Mensch.*

Da, der Klang einer menschlichen Stimme! Eine menschliche Stimme, die Worte las, die zu sehen sie kein Recht hatte, und Geheimnisse erfuhr, die sie nie erfahren durfte. Die Geheimnisse von Matise, seinem Bruder. Und Brianna. *Brianna …*

Ein blutiges Massaker und lauter tote Werwölfe – alles nur

wegen Brianna. Seine Eltern tot, wegen Brianna. Nein. Nicht ihretwegen. Seinetwegen. Weil er ... etwas entschieden hatte. Etwas Schreckliches. Etwas, das die Welt verändern sollte.

Etwas Unvermeidbares.

Die Stimme seiner Mutter, blasses Gesicht, große Augen: »Was glaubst du eigentlich, was geschieht, wenn du das tust?«

Und seine Antwort, ruhig und unerschütterlich: »Und was wird geschehen, wenn ich es nicht tue?«

Er erlaubte seinen Augen, sich scharf zu stellen. Das nahm lange Zeit in Anspruch, aber Zeit bedeutete ihm nichts. Mehrere hundert Herzschläge lang sah er nichts als große, senkrechte, farblose Streifen vor den Augen. Gitterstäbe. Nach und nach wurde ihm klar, dass es sich um die Stäbe einer Art Käfig handelte.

Der große Wolf versuchte, seinen Vorderlauf zu bewegen, dann seinen Kopf. Er hatte keinerlei Gefühl, in keinem Teil seines Körpers, und war völlig bewegungsunfähig. Aber das beunruhigte ihn nicht. Eindeutig roch er die Chemikalie in seiner Blutbahn und wusste, dass sie für die Lähmung verantwortlich war. *Mensch.* Eine menschliche Stimme las eine Geschichte, die ihm gehörte. Wie konnte sie nur an diese Privatsache gelangt sein? Wie hatte sie seine Geheimnisse erfahren?

Das Buch. *Du hast versprochen, das Buch zu lesen ...*

Stunden vergingen. Oder auch nur Minuten. Langsam und schrittweise versuchte er, seine Sinne zu ordnen. Seine Ohren. Seinen Geruchssinn. Seine Augen.

Dann sah er sie, eine große Frau in einem Ledersessel am anderen Ende des Zimmers. Widerspenstiges schwarzes Haar hing ihr wirr über die Schultern. Sie saß da, gehüllt in einen Quilt aus stark kontrastierenden Farben, einen Fuß unter sich begraben. Ihr anderer Fuß war mit einem mit Kunstpelz besetzten Stiefel bekleidet. Auf einem Tisch neben ihr stand ein Becher Tee, und neben diesem lag sein geöffneter Aktenkoffer. Er zwang seine Augen, sich noch schärfer einzustellen, und die Kraft, die ihn das kostete, jagte ihm einen stechenden Schmerz durch den Kopf. Dann klärte sich sein Blick.

Sie hielt das rote Buch in der Hand und las daraus vor. Ihre Stimme, die nur mit Unterbrechungen in sein Bewusstsein drang, wob eine Geschichte, die ihn zwang zuzuhören. Doch viele Seiten waren bereits umgeblättert. Zu viele.

Und selbst in diesem sicheren Zustand der halben Bewusstlosigkeit erkannte Nicholas, dass etwas Fundamentales, Schreckliches geschehen war.

Die Menschenfrau las sein Buch. Dafür musste sie sterben.

Aus den Aufzeichnungen des Matise Devoncroix

IX

Es geschah vor langer Zeit im Land der strahlenden Sonne, als wir Werwölfe ganz offen unsere Natur auslebten und die Menschen sich vor uns versteckten, dass ein wohlhabender Straßen- und Türmebaumeister eine Frau beeindrucken wollte, die er gern zu seiner Gefährtin gemacht hätte. Er zeigte ihr sein Haus mit seinen vielen Zimmern, aber sie hatte schon ähnlich großzügige Residenzen gesehen. Dann zeigte er ihr seine Bäder mit ihren sprudelnden Wassern, aber sie kam aus einem Land mit vielen heißen Quellen. Und als er ihr seinen weitläufigen, mit einer Mauer umgebenen Garten zeigte, fühlte sie sich nur von den Bienen belästigt. So blieb ihm nichts, um sie zu beeindrucken, als sein großer Krug voll Gold, den er an einem geheimen Ort vergraben hatte und keinem anderen Werwolf zeigen wollte – nicht einmal der, die er zur Gefährtin zu nehmen beabsichtigte.

Die Werwölfin war gelangweilt, und der Baumeister wusste nicht mehr, womit er ihr Interesse erregen sollte.

»Ich bin ganz sicher«, erklärte er plötzlich, »dass Euch mein tanzender Mensch gefallen wird.«

Die Werwölfin war beeindruckt, denn einen tanzenden Menschen hatte sie noch nie gesehen.

Ihr Anbeter leider auch nicht.

Dennoch marschierte er flugs zu einem seiner Menschen, der gerade die Feuerstelle putzte und dabei war, Stücke verkohlten Fleisches zu stehlen, die er dort gefunden hatte, und sagte zu ihm: »Mensch, komm schnell mit! Führe diesen Tanz auf, den ich dir beibringen werde, und ich gebe dir einen Korb voller Eier frisch aus dem Nest.«

Da der Mensch frische Eier den verkohlten Fleischstücken vorzog, ging er mit seinem Herrn und Meister, und übte die Bewegungen des einfachen Tanzes, den sein Herr ihm zeigte, um ihn hinterher, wenn auch reichlich ungelenk, vor der Werwölfin zu wiederholen.

Der Baumeister schenkte ihm die versprochenen Eier, und der Mensch aß sie auf der Stelle.

Die Werwölfin war hoch erfreut. »Wie schön wäre es erst«, sagte sie später, »einen Menschen singen zu hören!«

Also ging der Baumeister wieder zu seinem Menschen, der tief in seinem Nest aus Stroh schlief, und sagte: »Komm schnell mit, Mensch. Mache diese Geräusche, wie ich sie dir beibringe, und ich gebe dir eine Lammkeule, frisch von der Jagd!«

Der Mensch aß frisches Lamm sogar noch lieber als frische Eier; so folgte er seinem Herrn und brachte die trillernden Geräusche hervor, wie man es ihm vorgemacht hatte, während der Baumeister ihn auf der Flöte begleitete. Die Werwölfin klatschte Beifall und lachte vor Freude hell auf – der Mensch fraß sich an der Lammkeule satt.

»Was habt Ihr doch für einen überaus klugen Menschen!«,

rief die Werwölfin dem Baumeister zu, als sie wieder allein waren. »Aber wäre es nicht höchst amüsant, wenn Ihr Eurem Menschen das Sprechen beibringen könntet?«

Dies war schon eine schwierigere Herausforderung, und der Baumeister wusste, dass es viele Tage dauern konnte, bis der Mensch lernte, Vokale und Konsonanten zu bilden und die einzelnen Töne zu ganzen Wörtern zusammenzufügen. »Aber wenn du dir wirklich Mühe gibst«, lockte er den Menschen, »und diese Aufgabe meisterst, werde ich dich in feine Seide aus dem Osten kleiden und dich mit Parfüm baden, dich an meinem Tisch Platz nehmen lassen und dir eigenhändig Fleisch und Wein servieren.«

Diese Aussicht gefiel dem Menschen sehr, daher arbeitete er fleißig Tag und Nacht mit Gelehrten und Lehrern aus dem ganzen Land zusammen; er lernte, Vokale und Konsonanten zu bilden und sie zu Wörtern zu fügen, Wörter zu Sätzen und Sätze zu Gedanken. Schließlich kam die Nacht, als er mit Parfüm gebadet an seines Herrn Tisch geführt wurde, und die Werwölfin fand ihn ausnehmend anmutig.

»Verrate mir, Mensch«, sprach sie, köstlich amüsiert, »alles, was du weißt.«

Der Mensch erwiderte: »Ich weiß, dass mein Herr und Gebieter einen großen Krug voll Gold unter dem fünften Pflasterstein im Garten des Sonnenaufgangs vergraben hat.«

Daraufhin stand die Werwölfin auf, überwältigte ihren Gastgeber, stahl den Krug mit dem Gold; dann lief sie mit dem Menschen weg und lebte fortan mit ihm zusammen.

So lernten der Legende nach die Menschen das Sprechen.

Welcher Werwolf im fernen Land Babylonien vor langer Zeit auf die Idee gekommen ist, dass man diesen bis dahin nur als Lasttiere eingesetzten Kreaturen gewisse Dinge beibringen konnte, ist nicht bekannt. Bemerkenswerterweise allerdings handeln unsere Legenden aus jener Zeit überwiegend von den Unzulänglichkeiten der Menschen und nicht etwa von ihren

Errungenschaften – während wir uns selbst in diesem Zeitalter als wachsame Verteidiger der Zivilisation gegen die menschliche Barbarei darstellen. Somit wäre es ohne weiteres denkbar, dass die Geschichte von der Erziehung der Menschen schon aus dem einfachen Grund verloren gegangen ist, weil sie einigen Werwölfen nicht ins Konzept passte.

In jedem Fall tasteten sich die Menschen, wenngleich in sehr gemächlichem Tempo, an die Komplexitäten von Mathematik und geschriebener Sprache heran, bis wir ihnen einen gewissen zähneknirschenden Respekt nicht mehr verwehren konnten. Nun begannen wir, mit ihnen zu kommunizieren. Wir konnten ihnen etwas beibringen und unsere Erhabenheit mit ihnen teilen. Und in einem bescheidenen Maße trugen sie sogar dazu bei, unsere Einsamkeit zu lindern. Was für einen Spaß muss es unseren Vorfahren doch gemacht haben, jene armen, wilden, verlausten Kreaturen aus ihrem Elend und ihrer Ignoranz zu befreien und zu einer der höheren Spezies unserer Schöpfung heranzubilden!

In den Anfangsjahren unserer Geschichte hielten wir uns von den Menschen fern, denn unser Gedächtnis ist lang und unsere Natur nachtragend. War es schiere Neugierde, die uns schließlich dazu veranlasste, wieder in die Lager der Menschen zu schleichen? Oder war es Mitleid oder Einsamkeit oder womöglich schlichte Arroganz? Fest steht jedenfalls, dass wir nicht allein leben konnten. Dazu sind wir noch nie in der Lage gewesen.

Vor weniger als zehntausend Jahren errichteten wir von Wällen umgebene Städte, um die Menschen am Eindringen zu hindern; doch selbst unsere eigene Geschichtsschreibung erwähnt allenfalls am Rande die Tatsache, dass die großartigen Gärten von Babylon, die Tempel Assyriens und selbst die prächtige Stadt Ur allesamt auf dem Blut und Schweiß von Menschen errichtet wurden. Ist es nicht eine erstaunliche Ironie der Geschichte, dass einige der größten Errungenschaften der Antike ohne die Arbeit von Menschen, für die wir nichts als Verachtung übrig hatten, niemals zu Stande gekommen wären? Und gilt dies nicht in mindestens ebensolchem Maße für die Tatsache, dass die Menschen sich in ihrer eigenen Geschichtsschreibung kaum mehr an die Zeit ihrer Versklavung erinnern, während sie andererseits so stolz auf ihre Leistungen sind? Nun, gönnen wir ihnen ihre Selbsttäuschungen und ihre Eitelkeit, zumal all das ein mehr als bescheidener Lohn ist für die Knechtung einer ganzen Spezies.

Stell dir vor, wie es gewesen sein muss, als wir auf dieses jämmerliche Lager an den Ufern des Nil trafen – eine Gruppe halb wilder Menschen, die in Lehmhütten hausten und dem Steigen und Fallen des Flusswasserpegels huldigten, während sie kaum in der Lage waren, ihre Familien vom Korn ihrer wie Flickenteppiche aussehenden Felder zu ernähren. Was für eine Gelegenheit für uns, unseren Hang zur Wissenschaft auszutoben, unsere Neugier zu befriedigen und unsere Theorien auszubauen! Wir planten zu unserem eigenen Amüsement, die Welt zu verändern. Was wir dann auch taten.

Aus jenen lächerlichen Anfängen einer Siedlung, die später allenfalls eine halbwegs respektable Größe erreicht hätte, machten wir fast über Nacht eine der bedeutendsten Hochkulturen, die die Welt je gesehen hat. Die großen Pyramiden sind nur ein Beispiel unserer architektonischen Begabung. Die Gemälde und Skulpturen oder der meisterliche Umgang mit Elfenbein und Gold – all das sind Zeugnisse einer Zeit großer Errungenschaften, die bis dahin in unserer Geschichte ihresgleichen suchten.

Wir lachen über menschliche Gelehrte, denen bis zum heutigen Tag diese plötzliche, scheinbar unerklärliche kulturelle Blüte Rätsel aufgibt und die deshalb nach allen möglichen mystischen Erklärungen für die Pyramiden suchen, welche ohne historisches Vorbild direkt dem Gehirn ihres Erbauers entsprungen scheinen – Gelehrte, die noch immer nicht in der

Lage sind, die Methoden nachzuvollziehen, mit deren Hilfe wir Felskristalle aushöhlten und auf diese Weise jene dünnen Gläser und Vasen fertigten, die einige Jahrtausende überlebten. Rätselhafte Antike? Wir lachen herzlich über solche Formulierungen, denn alles, was der Mensch tun müsste, um das Rätsel zu lösen, wäre, sich einmal den schakalköpfigen Gott auf jenen Säulen, Tempelwänden und Steintafeln, die von damals erhalten geblieben sind, etwas näher anzuschauen ... Aber die Menschen schaffen ja nicht einmal das. Da es beispielsweise in Ägypten keine Wölfe gibt, haben die neuzeitlichen Gelehrten beim Freilegen der Ruinen einfach angenommen, dass das Wesen mit dem Körper eines Menschen und dem Kopf eines hundeartigen Raubtiers ein Schakalgott sein müsse. Für jeden, der ein Auge für die Wahrheit hat, ist indes sonnenklar, dass diese Figuren lediglich stilisierte Darstellungen der Baumeister von damals sind – Darstellungen der Wesen mit der zweifachen Gestalt, jener Götter, die man später als Werwölfe bezeichnete.

Babylonien und Ägypten waren unsere ersten und großartigsten Experimente – sie sind uns voll und ganz gelungen.

Doch nun zu einer Nuance der Wahrheit, die von unseren eigenen Gelehrten so häufig übersehen worden ist, dass mir manchmal scheint, als seien wir auch nicht besser als die Menschen, wenn es um das selektive Gedächtnis unserer Geschichtsschreiber geht. *Jedenfalls konnte Ägypten nur zu einem Erfolg werden, weil Menschen es uns möglich gemacht haben.* Wir konnten eine Hochkultur errichten, weil wir ab damals in der Lage waren, unerhörte Massen menschlicher Arbeiter einzufangen und zu domestizieren, die diese Kultur am Leben erhielten. Wir kamen ins fruchtbare Niltal, wussten aber nichts damit anzufangen. Wir waren Jäger, Herrenwesen, Schöpfer und Erfinder; für die Landwirtschaft aber hatten wir weder Talent noch Interesse. Doch diese jämmerlichen, zerlumpten Menschen verbrachten ihr ganzes Leben mit dem steigenden und fallenden Wasserstand, und dem Bepflanzen und Abernten ihrer Felder. *Sie* hatten das Wissen, die Fähigkeit und die Erfahrung, all die Millionen von Helfern zu ernähren, die wir schließlich in jenes Tal bringen sollten: die Steinmetze, Bauarbeiter, Werkzeugmacher, Diener und – ja, noch mehr Bauern. Wir waren die Erbauer Ägyptens, aber die Menschen lieferten uns die Grundlage.

Die meisten unserer Gelehrten betrachten Ägypten als erstes Beispiel dafür, wie der Sieg des Intellekts der Werwölfe über die menschliche Bestialität zur Entstehung einer relativ dauerhaften Zivilisation geführt hat. Meiner Ansicht nach wäre es korrekter zu sagen, dass Ägypten das erste Beispiel dafür ist, wie die Zusammenarbeit von Werwolf und Mensch beide Spezies auf ein höheres Niveau geführt hat, als es jede für sich genommen je erreicht hätte. Dass Menschen uns brauchen, wenn sie voranschreiten wollen, ist seit jeher eine Binsenweisheit. In Ägypten aber haben wir vielleicht zum ersten Mal entdeckt, dass auch wir auf sie angewiesen sind.

Schon damals kamen wir ohne sie nicht weiter.

X

Brianna und ich waren gerade zehn, als wir von Alaska in die Schweiz reisten und erstmals mit Menschen in Kontakt kamen. Der Grund für diese lange Verzögerung der Vervollkommnung unserer Erziehung lag auf der Hand: Während eines Großteils unserer Kindheit war der einzig sichere Weg von und zu unserem Schloss inmitten der Wildnis der in Wolfsgestalt. Es gab ganz einfach keine Straßen. Natürlich hätte ich mich an dem einen oder anderen der zahlreichen Vorstöße beteiligen können, die die Jugendlichen aus unserer Zitadelle unternahmen, um menschliche Siedlungen unter die Lupe zu nehmen; oder hätte auch meine Eltern auf eine ihrer

Reisen nach Europa oder in die Vereinigten Staaten begleiten können. Das wäre ohne weiteres möglich gewesen; doch ich konnte den Gedanken nicht ertragen, Brianna zurückzulassen – oder besser gesagt, ich konnte den Blick ihrer Augen nicht ertragen, mit dem ich nach meiner Rückkehr hätte rechnen müssen. Zumal ich sie schon einmal verraten hatte.

Schließlich aber wurden Passstraßen errichtet, um die Wagenladungen an Möbeln und sonstiger Ausrüstung herbeizuschaffen, die wir während der Modernisierung des Schlosses aus Europa importierten – ganz zu schweigen von den Handwerkern, die für diese Renovierungsarbeiten benötigt wurden und die naturgemäß darauf bestanden, ihre eigenen Werkzeuge und ihr persönliches Hab und Gut mitzubringen. Jedenfalls gab es gerade zu der Zeit, als Brianna und ich bereit waren, unsere schulische Ausbildung abzuschließen, die ersten mehr oder weniger befahrbaren Straßen, die es uns ermöglichten, auf halbwegs angenehme Weise die Wildnis zu durchqueren.

Nach jenem furchtbaren Tag, an dem ich versucht hatte, Brianna in meine Leidenschaft mit einzuschließen, wurde allmählich alles anders für uns, obwohl ich erst viel später begreifen sollte, wie sehr dies der Fall war. Unsere Schulstunden im Schloss hatten wir weiterhin gemeinsam mit den anderen; aber wenn es um Sport oder Spiel ging, fanden die Aufsichtspersonen für Brianna immer etwas Dringlicheres: Sie musste drinnen bleiben, um an ihrer Handschrift zu feilen, oder Cook hatte Sonderunterricht für sie organisiert oder sie sollte die Sopranpartie in einer schwierigen Operette übernehmen, die viele Stunden konzentrierter Probearbeit erforderte. Durch derartige Maßnahmen wurde sie von ihren Altersgenossen getrennt, und zwar sowohl körperlich als auch wegen ihrer bevorzugten Förderung; auf diese Weise machte sie die Erfahrung, die jedes Kind einmal gemacht hat: Trittst du erst aus dem Rudel heraus, schließen sich hinter dir schnell die Reihen. Dann ist es schwierig, wenn nicht gar unmöglich, wieder hineinzufinden.

Rein äußerlich wirkte sich dies nicht merkbar auf Briannas überschwängliches Temperament aus. Sie entwickelte eine außergewöhnliche Stimme und eine faszinierende Bühnenpräsenz – zwei Qualitäten, die selbst unter den Primitivsten unserer Spezies auf größte Bewunderung stoßen und die sie beide stolz zur Schau trug. Außerdem war sie ungewöhnlich intelligent, und so machte die zusätzliche Aufmerksamkeit, die ihre Lehrer ihr widmeten, sie bei ihren Mitschülern bald zur Außenseiterin. Sie demonstrierte gern ihr Talent bei Spielen, in denen Gehör und Geruchssinn auf die Probe gestellt wurden, und an Sehschärfe übertraf sie keiner im Rudel. Selbst Papa nahm sie manchmal mit, um weit entfernte Landstriche zu erkunden oder den Zug einer Herde zu verfolgen; denn sie erkannte vom Gipfel eines Berges aus unglaublich viele Details unten im Tal und sah Spuren im Schnee sogar bei hellem Tageslicht. Doch als ein weiterer Sommer vergangen war, hatte Brianna noch immer nicht gelernt, sich zu verwandeln.

Natürlich ließ sie nie durchblicken, dass ihr das etwas ausmachte oder dass sie sich deswegen als irgendwie unvollkommen vorkam. Mutter versicherte Brianna, dass es in keiner Weise ungewöhnlich war, wenn die erste Verwandlung so spät erfolgte, und erzählte ihr von legendären Werwölfen, die bis zum Alter von zwölf oder dreizehn Jahren noch nie eine Verwandlung erlebt hatten. Ich glaube, Brianna wusste, dass sie sich diese Geschichten ausdachte; denn wenn unsere Tanten sich im Flüsterton über das Problem unterhielten, sprachen sie von seltenen medizinischen Umständen und genetischen Defekten. Brianna gab vor, nichts davon mitzubekommen, und ließ die grausamen Spötteleien der anderen Kinder einfach an sich abprallen; gleichzeitig versäumte sie keine Gelegenheit, sich im Rudel an die vorderste Front zu drängen, fast als wolle sie beweisen, dass sie zu etwas fähig war, von dem sie in Wahrheit wusste, dass sie es nicht konnte.

Zwischen ihrem vierten und zehnten Lebensjahr entwickelte sich Brianna zu einer attraktiven, gebildeten, willensstarken und weithin unbeliebten jungen Werwölfin, während ich mir den Ruf erarbeitete, einer der besten Kämpfer im Rudel zu sein. Übung hatte ich genug.

XI

Mit zehn Jahren wurden wir alle entsprechend unseren verschiedenen Begabungen eingestuft und zu einer von mehreren höheren Schulen in der Schweiz geschickt, zu denen Menschen keinen Zugang hatten. In jüngster Zeit ist es Mode geworden, an Menschenuniversitäten ein Studium zu absolvieren – was gar nicht so unvernünftig ist, will man in der Welt der Menschen Erfolg haben –, und viele unserer besten Lehrer finden es amüsant, eine Professur an einer solchen Institution anzunehmen. Dabei sind wir, sobald wir die sechs oder acht Jahre an einer unserer eigenen Schulen hinter uns haben, weit besser auf den von uns gewählten Berufsweg vorbereitet, als wir es je an einer menschlichen Ausbildungsstätte sein könnten; deshalb darf man Abschlüsse an den Institutionen der Menschen als weitestgehend überflüssig bezeichnen.

Papa begleitete uns persönlich, da er in Europa geschäftlich zu tun hatte, während Mutter, die damals gerade unser viertes Geschwisterchen erwartete, es vorzog, zu Hause zu bleiben. Brianna und ich machten in unseren Reisekleidern eine ausgezeichnete Figur; Brianna trug ein Kleid aus blauem Samt und hielt ihre glänzenden Locken im Nacken mit einer großen Satinschleife zusammen, während ich hohe Lederstiefel trug und eine schmucke karierte Mütze auf dem Kopf. Wir reisten in einer prächtigen geschlossenen Kutsche mit hohen gelben Rädern und dem Familienwappen in Azurblau und Gold am Wagenschlag. Kein Wunder also, dass unser Erscheinen in Nome allgemeine Aufmerksamkeit erregte, die wir bei jeder anderen Gelegenheit auch in vollen Zügen genossen hätten. In diesem Fall aber war ich viel zu sehr damit beschäftigt, eine Weltgewandtheit vorzutäuschen, die ich gar nicht besaß, und den ersten Blick auf die Welt der Menschen zu werfen.

Einem Werwolf, der den Geruch eines Menschen nie selbst in der Nase gehabt hat, lässt sich dieser unmöglich beschreiben. Muffig, überreif, stark nekrotisch, leicht faulig und ekelhaft süßlich – aber dies ist nur eine annähernde Charakterisierung, die von der Wirklichkeit weit übertroffen wird. Natürlich hatten wir vorher schon Spuren des menschlichen Geruchs an anderen erschnuppert, sodass der Schock sich einigermaßen in Grenzen hielt – aber nie in einer solchen Intensität und nie aus solcher Nähe.

Und dann die Stadt. Bis zu diesem Zeitpunkt hatten wir nur das Leben in der klaren Bergluft gekannt, die turmhohen Nadelbäume, die rauschenden Bäche und den tiefen, jungfräulichen Schnee. Wir kannten den Geruch von Fell und vom Rauch eines Holzfeuers, den Geschmack des Windes, der über einen Gletscher fegt, die Rufe eines Falken, der sich mit seiner Gefährtin verständigt, und den Gesang unserer eigenen süßen Stimmen. An diesem Ort der Menschen hingegen dominierte der Gestank nach aufgewühltem Schlamm und Pferdeäpfeln, Auspuffgasen und fauligem Gemüse; grelle Stimmen mischten sich mit wütenden Schreien, scharfen Kommandos und den Geräuschen rollender Räder, quietschender Dielen, kreischender Sägeblätter und ratternder Maschinen, dem sonoren Tuten von Nebelhörnern aus dem Hafen, dem Quietschen von Kränen und dem Geklapper von Vehikeln aus tausend Richtungen gleichzeitig – zu viel, als dass die Ohren eines jungen Werwolfs all das spontan hätten aufnehmen können.

Hier urinierte man in die Straßen. Man wusch sich nur ein- oder zweimal die Woche und holte sein Wasser aus demselben Bach, in dem man seine schmutzige Wäsche wusch. Das war der abscheulichste Ort, den ich je gesehen hatte, und trotz des parfümierten Taschentuchs, das ich mir vor die Nase hielt, konnte ich mich nur schwerlich eines Anfalls von Übelkeit erwehren.

»Bri, wie das hier stinkt!«, stöhnte ich und deutete ihr an, das Fenster zu schließen.

Sie aber warf mir nur einen desinteressierten Blick zu, um sich dann gleich wieder mit weit aufgerissenen Augen all den Anblicken und Geräuschen – und Gerüchen – dieser aufregenden neuen Welt zu widmen. »So schlimm ist es gar nicht, wenn man sich erst mal daran gewöhnt hat. Papa, ist das unser Schiff? Das große weiße da?«

»Genau, *chérie*. Es hat Edelmetalle und seltene Hölzer an Bord, die an raffgierige Menschen in Europa verkauft werden sollen ... und natürlich zwei wunderbare Kinder!«

Brianna kicherte und sprang in ihrem Sitz auf und ab; ihre Wangen waren gerötet, und aus ihren Augen leuchtete die Vorfreude. »Werden wir viele Menschen treffen, Papa? Sind auf unserem Schiff auch welche?«

»Auf diesem Schiff fahren keine Menschen, *chérie*, obwohl wir in unserer Flotte auch mehrere Schiffe haben, die ausschließlich von Menschen geführt werden. Alles in allem geben sie ganz brauchbare Seeleute ab.«

»Wie sehr sie uns doch ähneln!«, rief Brianna und flatterte wie ein besonders schön gefiedertes Vöglein von einem Fenster zum anderen. »Seht euch doch mal dieses hübsche Ding in dem roten Mantel an! Und den attraktiven Mann da in der Tür! Papa, ist das Hotel da so wie das, in dem wir in London übernachten werden? Gibt es dort viele Automobile?«

Ihr Überschwang brachte Papa zum Lachen, und ich protestierte scharf: »Die sind uns überhaupt nicht ähnlich, Bri! Die sind dreckig und tollpatschig und – klein!«

Sie aber hatte für mein Entsetzen nur ein Achselzucken übrig. »Mir gefallen sie. Ich finde sie interessant.« Mit leuchtenden Augen wandte sie sich an Papa. »Könnten wir vielleicht einen kennen lernen, Papa? Siehst du einen Bekannten?«

Noch immer lachend, kniff er sie ins Kinn. »Ich glaube, das ließe sich arrangieren, meine Teuerste, falls du dich benehmen kannst und nicht vergisst, was deine Mutter dir beigebracht hat.«

Noch immer mit dem Taschentuch vor dem Gesicht sagte ich: »Ich glaube, auf das Vergnügen verzichte ich lieber, wenn es dir nichts ausmacht, Papa.«

Papa musterte mich ohne jede Spur von Humor in seinem plötzlich ernsten, aristokratischen Gesicht. »Das macht mir sehr wohl etwas aus«, sagte er. Dann beugte er sich zu mir herüber, zog meine Hand von meinem Gesicht und legte sie in meinen Schoß. »Du bist ein Devoncroix und wirst dich auch wie ein solcher verhalten, ab sofort! Man lässt sich nicht derartig gehen, Matise, nicht einmal einem Menschen gegenüber.«

»Vor allem nicht einem Menschen gegenüber«, piepste Brianna und zitierte vergnügt den Lieblingsspruch eines unserer Lehrer. »Schon deshalb, weil sie uns weit unterlegen sind und wir ihnen ein positives Beispiel geben müssen.«

Ich bedachte sie mit einem finsteren Stirnrunzeln, doch sie schaute schon wieder aus dem Fenster, als die Kutsche zum Stehen kam.

Wir stiegen aus auf den schmutzigen, stinkenden Gehsteig vor einem Hotel mit falscher Fassade, aus dem die Gerüche nach verkochtem Fleisch und rohen Menschen strömten. Brianna und ich sahen uns mit großen Augen um, während Papa dafür sorgte, dass unser Gepäck aufs Schiff gebracht wurde.

Nun ja, vielleicht machte Brianna etwas größere Augen als ich. Ich tat mein Bestes, um ganz ruhig zu atmen und zu verhindern, dass meine Lippen sich spöttisch kräuselten – eine Miene, die Papa ganz gewiss nicht gebilligt hätte.

Ein Menschenmann öffnete die Tür des Hotels, aus dem sogleich ein Schwall von geschwätzig-geschäftigen menschlichen Lauten drang, und rief fröhlich: »*Alors,* Monsieur Devoncroix, herzlich willkommen! Ich hätte nicht gedacht, dass Sie uns schon so bald wieder mit Ihrem Besuch beehren. Und wer sind Ihre schönen Begleiter?«

Die Kreatur strahlte uns an, und Papa begrüßte sie lächelnd. »Henri, mein Freund, schön, Sie zu sehen. Darf ich Ihnen meine Kinder vorstellen, Brianna …«

Brianna machte einen so perfekten Knicks, wie man ihn nach Hunderten von Nächten des Übens vor dem Spiegel erwarten durfte, und der Mensch gurrte vor Freude.

»Und Matise.«

Der Mensch beugte sich vor und streckte mir seine plumpe, fettige Hand entgegen. Mannhaft atmete ich einmal tief durch, wobei mir der an saure Milch erinnernde Geruch von menschlicher Haut, feuchter Wolle und ungewaschenem Haar ebenso in die Nase stieg wie sein fauliger, nach Knoblauch und kariösen Zähnen riechender Atem – und erbrach mich über meine neuen Stiefel.

Brianna zog hastig ihre Röcke zurück, und Papa warf mir einen gemäßigt tadelnden Blick zu, aber der Mensch gluckste nur mitfühlend. »*Pauvre enfant.* Sein Magen verträgt wohl das Reisen noch nicht so recht, was? Aber dagegen lässt sich was machen. Kommen Sie mit, *petit monsieur.* Madame wird sich um Sie kümmern.«

Es hätte natürlich noch weit schlimmer kommen können, aber ich fragte mich, wie jovial der Mensch wohl gewesen wäre, hätte ich *seine* neuen Stiefel ruiniert.

Nach diesem wenig glücklichen Beginn erinnere ich mich

an den Rest des Tages nur noch undeutlich. Ich wurde umsorgt von einer dicken Frau mit einem stinkenden Handtuch, die reichlich fragwürdige Versuche unternahm, meine Stiefel zu polieren, aber ansonsten eine nicht weniger lästige Fröhlichkeit an den Tag legte wie ihr Gatte. Dann wurde ich zu den anderen in einen roten, mit Samt ausgekleideten Salon gebracht, in dem es schon weitaus angenehmer roch – nach Wein aus den privaten Vorräten meines Vaters und süßen Kuchen frisch aus dem Backofen und Menschenfrauen mit Devoncroix-Parfüm. Hier warteten die Leute auf die Abfahrt ihres Schiffes, das ein paar Stunden nach dem unseren auslaufen sollte, und obgleich mir das damals nicht klar war, handelte es sich nur um Passagiere der ersten Klasse. Damals fiel es mir noch schwer, den Unterschied zwischen einem Menschen aus der Oberschicht und einem weniger privilegierten zu erkennen. Abgesehen vom Parfüm rochen sie für mich alle gleich widerlich.

In dem Raum befand sich rund ein Dutzend Menschen, die sich bei meinem Eintreten alle in wortloser Bewunderung um das Klavier versammelt hatten, an dem Brianna mit ihrer üblichen Selbstsicherheit ein Konzert von Brahms zum Besten gab. Papa betrachtete sie aus einiger Entfernung mit einem Glas Sherry in der Hand und einem nachsichtigen Lächeln auf den Lippen. Ich weiß noch, wie ich dachte, wie deplatziert er hier doch wirkte – der hoch gewachsene, elegante Werwolf mit seiner wallenden Mähne honigfarbenen Haares, das auf der einen Seite deutlich sichtbar von weißen Strähnen durchzogen war, seinen durchdringenden blauen Augen, der perfekt maßgeschneiderten Kleidung, seinen langen, spitz zulaufenden Fingern, die sich so geschmeidig um das billige Sherryglas legten und nichts von ihrer Kraft ahnen ließen, mit der er mühelos jedem Anwesenden das Genick hätte brechen können.

Ich ging zu ihm hinüber, und er legte mir liebevoll die Hand auf die Schulter.

»Papa«, flüsterte ich leise, um nicht Briannas Konzert zu stören. »Wie schrecklich muss es doch für dich sein, bei jedem Geschäft mit ihnen zusammenarbeiten, essen und reisen und reden zu müssen. Mir ist das bisher nie so richtig klar gewesen.«

Er warf mir einen Blick zu, in dem sich Belustigung und Enttäuschung mischten. »So schlimm, wie du meinst, ist das gar nicht, wenn man sich erst einmal daran gewöhnt hat«, antwortete er, Briannas Worte von vorher zitierend. Er nippte an seinem Sherry und nickte Brianna, die sich gerade einem schwierigen Arpeggio näherte, aufmunternd zu. Dann wandte er sich erneut an mich und erklärte ernst: »Matise, du bist in eine völlig andere Welt geboren worden als ich, und wenn du dich dann anschickst, deinen Platz in dieser Welt einzunehmen, wird sie schon wieder anders sein. In einem Jahrhundert derart rasanter Veränderungen bleibt kein Raum für kleinkarierte Vorurteile und Pauschalkritik – wenn wir eine Zukunft haben wollen, können wir uns nicht länger von den Menschen fern halten. Deine Mutter hat das auch vor Jahren erkannt, und deshalb ist sie die bedeutendste Königin, die wir je gehabt haben.«

Er hielt inne, registrierte mein düsteres, zustimmendes Nicken und nippte ein weiteres Mal an seinem Sherry. Dann sagte er: »Du hast eine lange Seereise vor dir, und es könnte gut sein, dass es auch deine Letzte ist. Wir arbeiten gerade an einem Transportmittel, mit dem man über den Ozean fliegen kann, und es würde mich nicht wundern, wenn du von deiner Schulausbildung nicht mehr per Schiff, sondern durch die Luft zurückkehren würdest.«

Ich riss die Augen auf, und er lächelte. »Du hast richtig gehört. Wir haben die Pläne schon seit mindestens zwanzig Jahren im Kopf, aber bis jetzt war das Rudel so zersplittert und unsere Anstrengungen so wenig koordiniert, dass die Entwicklung stehen geblieben ist. Erst die Vision deiner Mutter hat das Rudel vereint und die technische Weiterentwicklung ermöglicht. Kannst du dir vorstellen, wer für unsere Flugmaschine zahlen wird, Matise? Kannst du mir sagen, wie der Markt dafür aussehen wird?«

Schweigend schüttelte ich den Kopf, während ich mir schon in den leuchtendsten Farben ausmalte, welche Abenteuer mich in einer solchen Maschine erwarteten.

»Menschen«, beantwortete Papa seine Frage selbst. »Menschen werden die Geldgeber dafür sein, Menschen werden darin fliegen. Begreifst du, warum ich dir das erzähle, mein Sohn?«

Ich nickte entschieden, auch wenn ich damals natürlich noch gar nichts begriff. »Papa«, sagte ich, außer Atem angesichts der bloßen Vorstellung von einem solchen Wunderding, »ich würde sehr gerne einmal in dieser Maschine mitfliegen, wenn sie fertig ist.«

Papa lächelte und fuhr mir durchs Haar. »Ich werde dafür sorgen, dass dir eine frei Haus geliefert wird.«

In diesem Augenblick war Brianna mit ihrem Klavierkonzert fertig und erntete stürmischen Applaus, begleitet von »Bravo!«-Rufen und begeisterten Kommentaren wie »Das Kind hat eine große Zukunft vor sich!«

Auch ich klatschte höflich, obwohl Brianna schon besser gespielt hatte, und Papa erhob das Glas auf sie und lächelte ihr liebevoll zu. »Sieh dir deine Schwester an«, sagte er. »Ist sie nicht großartig?«

»Eine Angeberin ist sie«, murmelte ich, denn genau diese Art von Auftreten ärgerte unsere Altersgenossen so sehr, dass es meist mit einem Kampf zwischen mir und den anderen endete. Ich brauchte einen Augenblick, um zu begreifen, dass heute kein Kampf nötig war. Die Menschen himmelten sie geradezu an.

Brianna kam zu uns herüber. Mit leuchtenden Augen und glühenden Wangen legte sie die Hände fest um Papas Taille.

»Oh, Papa, ist das nicht herrlich hier?«, rief sie. »Könnten wir bitte etwas länger bleiben?«

Er lachte und zupfte an ihren Locken. »Du bist ganz schön eitel, *petite,* und ich wäre ein schlechter Vater, wenn ich dich darin auch noch bestärken würde. Im zweiten Satz hast du das Es nicht richtig getroffen.«

Sie schmollte. »Hat doch keiner gemerkt.«

»Außer deinem Papa.«

Dann aber küsste er sie, um sie wieder aufzumuntern, und sagte: »Hol dir ein Stück Kuchen, *chérie*, aber pass auf, dass dir nicht schlecht wird wie deinem Bruder. Ich bin in einer Stunde zurück.«

Als er fort war, taten wir uns am Kuchen gütlich, tranken Madeira aus Teetassen – wir teilen nicht die merkwürdigen Vorstellungen der Menschen bezüglich des Alters, ab dem man frühestens Wein trinken durfte – und machten es uns auf einem Sofa in einer Ecke des Raums bequem.

»Ich finde sie reichlich beschränkt«, sagte ich, und das war im Vergleich zu dem, was ich *wirklich* über unser erstes Zusammentreffen mit Menschen dachte, noch untertrieben.

Verträumt meinte Brianna dagegen: »Ich finde sie wunderbar.«

Im ersten Augenblick gelang es mir nicht, mein Entsetzen zu verbergen, doch dann erinnerte ich mich an Papas Worte und übte mich in Toleranz. »Na ja«, gestand ich ein, »sie versuchen zumindest, sich zivilisiert zu geben, und teilweise gelingt es ihnen ja auch. Aber schau dir doch mal die Frau da drüben im gelben Satin an: äußerlich schick aufgemacht, aber ihre Unterröcke sind vom Schlamm der Straße bespritzt, die Haare hat sie schon eine Woche nicht mehr gewaschen und ihre Unterwäsche ist ganz steif von ihrer Monatsblutung – dazu bildet sie sich ein, dass das niemandem auffällt.«

»Tut es ja auch nicht«, erwiderte Brianna zu Recht. »Jedenfalls keinem Menschen.«

»Aber das ist doch widerlich!«

»Nein, ich finde alles wunderbar hier.«

Ich musste erst einmal einen Mund voll von dem herrlich klebrigen Zeug hinunterschlucken, bevor ich antworten konnte. »Warum sagst du so etwas?«

»Ach Matise, verstehst du denn nicht?« Sie drehte sich mit einem Leuchten in den Augen zu mir um. »Sie *wissen* es nicht. Sie klatschen mir Beifall und *wissen es nicht.*«

»Was wissen sie nicht?«, fragte ich ungeduldig, denn allmählich wurde ich es müde, immer nur zu hören, wie wunderbar Brianna doch war.

»Dass ich anders bin«, antwortete sie ernsthaft. »Dass ich nicht so bin wie du oder all die andern ... dass ich mich nicht verwandeln kann.«

Vorübergehend wandte sie ihren Blick ab, weil sie zum ersten Mal seit jener Nacht vor so langer Zeit, als ich ihr eröffnet hatte, dass ich mein Versprechen unmöglich halten konnte, wieder dieses Thema anschlug. Für einen Augenblick waren wir beide verlegen.

Dann bedachte sie mich mit einem kurzen Zwinkern. »Sie halten mich für ein Wunderkind, himmeln mich an! Ihnen ist es ganz egal, dass ich mich nicht verwandeln kann!«

Am liebsten hätte ich gesagt, wie lächerlich es war, sich durch Menschen geschmeichelt zu fühlen, die selbst so wenig konnten, dass sie sich von jedem x-beliebigen Werwolf beeindrucken ließen. Ich wollte sie dafür kritisieren, dass sie so niedrige Maßstäbe an sich selber anlegte. Wäre Papa da gewesen, hätte er das sicherlich getan. Aber als ich in ihre vor Glück strahlenden Augen schaute, dachte ich nur noch, wie traurig das doch alles war. Wie furchtbar traurig.

Es sollte nämlich fünf lange Jahre dauern, bis Brianna wieder einen Menschen zu Gesicht bekam, und ich wollte ihr nicht das Herz brechen, indem ich ihr das eröffnete.

9

Die Wildnis
09:00 Uhr Alaska-Zeit
24. November

Ein Geräusch, das klang, als habe der Wind etwas gegen das Gebäude geweht, ließ Hannah mit klopfendem Herzen aufspringen. Das Buch und der Quilt rutschten zu Boden, und sie stieg schnell über sie, um Türen und Fenster auf eventuelle Beschädigungen zu untersuchen. Die metallenen Fensterläden, die sie an der dem Wind zugewandten Seite des Hauses geschlossen hatte, waren ordnungsgemäß zu, ebenso die Türen. Als sie aber auch die Läden am vorderen Fenster schließen wollte, musste sie feststellen, dass der Mechanismus eingefroren und die Läden nicht zu bewegen waren. Die Sicht draußen bestand aus dichtem Nebel.

Devoncroix. Jetzt wusste sie wieder, wo sie diesen Namen schon einmal gehört hatte, verspürte aber einen starken Widerwillen dagegen, die Zusammenhänge näher zu untersuchen. Dennoch ging sie in den Arbeitsbereich hinüber, holte den Laptop aus seiner verschlossenen Schublade und steckte das Netzkabel ein. Die Festplatte surrte, und der Monitor leuchtete auf. Hannah öffnete eine Datei und gab einen einfachen Suchbefehl ein. Sekunden später hatte sie die Auskunft. Zwei Jahre zuvor hatte das Wilderness Project von Atlas Energy and Oil, einer Tochtergesellschaft der Devoncroix Corporation, eine Spende in Höhe von zwanzigtausend Dollar erhalten.

Fast atemlos tippte Hannah einen weiteren Suchbefehl ein und wartete auf die Antwort. Als diese kam, starrte sie einige Sekunden lang wie gebannt auf den Bildschirm: Alexander Devoncroix, Präsident der Devoncroix Corporation.

Hannah lehnte sich zurück und atmete langsam aus. Ein paar Minuten lang rührte sie sich nicht. Dann schaltete sie den Computer aus, räumte ihn wieder in die Schublade und stand auf.

Diese Information bewies natürlich gar nichts. Und alles.

Der Wolf lag wach in seinem Käfig. Er hatte die Vorderbeine ausgestreckt, hielt den Kopf gerade und sah sie an mit Augen, die so blau waren wie der Nachthimmel in Alaska.

Hannah bekam bei dem Anblick eine ganz trockene Kehle.

Vorsichtig näherte sie sich dem Verschlag. Das Tier schnaufte schwer, sein eingefallener Bauch hob und senkte sich mit jedem Atemzug. Seine Zunge war blass und trocken, seine Nase stumpf wie Leder, sein Fell klebrig und leblos. Aber diese nebensächlichen Symptome nahm sie kaum wahr. Hannah starrte vielmehr auf seinen Rumpf zwischen Schulter und Flanke, wo zuvor ausschließlich rohe, nässende Haut gewesen war, es jetzt aber durch frisch gewachsenes, flaumiges Fell hindurch rosig schimmerte. Die Schienen, mit denen sie seine Vorderläufe ruhig gestellt hatte, lagen fein säuberlich in einer Ecke des Käfigs; die gebrochenen Knochen waren kerzengerade zusammengewachsen, und nur eine glänzende rosafarbene Vertiefung im Fleisch wies noch auf die Stelle hin, wo vorher die Haut vom Knochen durchstoßen gewesen war.

»Allmächtiger«, flüsterte sie.

Kein Lebewesen konnte so rasch genesen. Jedenfalls keines, von dem die Naturwissenschaft berichtete.

Sie setzte sich vor den Käfig und starrte hinein, um festzustellen, ob sie nicht vielleicht durch irgendeinen Lichteffekt in die Irre geführt worden war. Aber mitnichten! Die Verbrennungen, mindestens die Hälfte davon dritten Grades, wiesen bereits heilenden Schorf auf. Die Knochen waren gerade, obwohl man erwartet hätte, dass er sich beim Entfernen und Herumschieben der Schienen im Käfig beträchtlichen Schaden zugefügt hatte. Und wie war das alles so geräuschlos über die Bühne gegangen?

Hannah hatte schon etliche Wölfe aus der Betäubung aufwachen sehen, und sie hatten nie besonders zurückhaltend reagiert. Desorientiert, krank und eingesperrt, hatten sie instinktiv ihren Aggressionen freien Lauf gelassen, kaum dass sie dazu stark genug waren, und verzweifelt versucht, sich aus ihrem Gefängnis zu befreien. Aber dieser hier ergriff in aller Stille die Initiative ... und wartete ab.

Sie fand nur eine Erklärung für ein solches Verhalten: Das Wesen vor ihr war gar kein Wolf.

Obwohl Hannah versuchte zu schlucken, schaffte sie es nicht. »Du jagst mir eine Heidenangst ein, Kerl«, flüsterte sie zitternd. Und dann fügte sie fast lautlos hinzu: »Wer bist du?«

Blaue Augen starrten sie an, intelligent, fordernd, durchdringend und hypnotisch. Hannah konnte sich nicht von diesen Augen losreißen, als würde sie in ihnen die Antworten finden, wenn sie nur lange genug hineinschaute. Und das machte sie zutiefst beklommen.

Nicholas war am Verhungern. Das Fieber hatte jede einzelne Kalorie verbrannt, der Heilungsprozess sämtliche Fett- und Eiweißreserven aufgezehrt. Die Nebennieren konnten keine Hormone mehr produzieren, Bauchspeicheldrüse und Leber stellten ihre Funktion ein, und wenn sein Körper nicht ganz schnell und in großen Mengen Nahrung bekam, war er bald am Ende.

Das Gehirn, jenes einzigartigste und vitalste aller Werwolf-Organe, würde als Letztes seine Arbeit einstellen. Selbst jetzt noch, da sein Körper schon fast zu schwach war, um auch nur die Atmung aufrechtzuerhalten, forderte sein Gehirn von ihm, sich zu recken, die Wirkung des Betäubungsmittels abzuschütteln und wachsam zu bleiben. Sein Gehirn hatte gewusst, dass er mit dem Abnehmen seiner Schienen die Aufmerksamkeit des Menschen erregen würde, denn der Mensch, der für seine Gefangenschaft verantwortlich war, war auch seine einzige Chance zu überleben.

Fressen. Fette dunkle Brühe, blutiges Fleisch, glänzendes Fett, Eiweiß, Fressen, Unmengen davon, eimerweise, in rotem Saft schwimmend, Fressen. Der Gedanke daran, das verzweifelte Verlangen danach erfüllte jede Synapse und jedes Glied, schmerzte in jeder Körperzelle, sickerte aus jeder Pore. *Fressen, Mensch, bring mir was zu fressen. Wenn ich nicht sofort etwas zu fressen bekomme, sterbe ich ...*

Hannah sprang so schnell auf, dass sie rückwärts taumelte, nur um sich von diesen Augen freizumachen. Sie blickte sich schnell im Raum um und ließ keine Ecke, keinen Schatten aus, ohne genau zu wissen, wonach sie eigentlich suchte. Tom? Merkwürdigerweise gelang es ihr kaum noch, sich sein Gesicht in Erinnerung zu rufen. Das war eigentlich seltsam, störte sie jedoch nicht.

Und dann fielen ihre Blicke auf das rote Buch, das zu Boden gefallen war. Schon wollte sie es aufheben, spähte dann aber erst zum Wolf hinüber. Er starrte sie vorwurfsvoll an. Mit seinen blauen Augen.

Hannah rannte in die Küche und riss eine Schranktür nach der anderen auf: dosenweise Eintopfgerichte, Dörrgemüse und gefriergetrocknete Fertiggerichte, Eipulver, Nudeln, Kaffee, Zucker, Mehl, Hülsenfrüchte. Plötzlich fiel ihr die Vorratskammer ein.

Hastig zog sie ihren Parka über, ohne den Reißverschluss zuzumachen, und stapfte durch einen kurzen überdachten Laufgang zu einem frei stehenden Lagerhäuschen unweit der Küche. Hier hingen die letzten Reste des Fleischvorrats der vergangenen Sommersaison von den Dachsparren: eine dicke Scheibe gesalzener Speck, zwei geräucherte Truthähne, eine Wildbretkeule, alles bei gleichbleibender Temperatur seit September konserviert.

Sie stellte sich auf die Zehenspitzen, um das Wildbret herunterzuholen, und fummelte mit klammen Fingern am Knoten herum. Als er endlich aufging, schlug das herabfallende Fleisch sie fast zu Boden. In gefrorenem Zustand wog es an die fünfzehn Kilo. Auf dieselbe Weise angelte sie das Stück Speck herunter und trug beides zurück in die Küche.

Dort öffnete sie die Klappe der Mikrowelle und legte den Braten hinein. Sie stellte die höchste Temperaturstufe ein und drückte den Einschaltknopf. Das Licht wurde schwächer, als das Gerät summend seine Arbeit aufnahm; damit belastete sie eindeutig den Generator bis an die Grenzen seiner Leistungsfähigkeit und verbrauchte Benzin, das sie eigentlich nicht entbehren konnte. Trotzdem stellte sie den größten Topf auf den Herd, den sie finden konnte, füllte ihn mit Rinder- und Hühnerbrühe aus Dosen und gab schließlich den Speck dazu.

Sie taute den Braten an, bis er weich genug zum Schneiden war, und warf das in Würfel geschnittene Fleisch in den Topf mit der Brühe und dem Speck. Die Mischung war mittlerweile auf Raumtemperatur abgekühlt; sie rührte noch einmal kräftig um und schüttete dann die Suppe in eine Schüssel.

Vor dem Käfig zögerte sie. Der Wolf hatte den Kopf gesenkt, sein Kinn ruhte auf seinen Pfoten, und er wirkte weniger lebhaft als zuvor. Er hechelte nun auch nicht mehr; sein Atmen wirkte angestrengt, und er wurde von Minute zu Minute merklich schwächer. Trotzdem wäre es Irrsinn, dachte sie, die Tür des Käfigs zu öffnen, ohne zu wissen, wie stark der Wolf noch unter der Wirkung der Betäubungsmittel stand oder ob er schon wieder bei Kräften war.

Aber ein mit Medikamenten ruhig gestellter Wolf konnte

nicht fressen, und wenn dieser nicht bald fraß, würde er unweigerlich verenden.

Hannah kniete sich hin, zog die Bolzen aus der Käfigtür und öffnete sie. Der Wolf hob nicht den Kopf und rührte sich auch sonst nicht. Zögernd stellte sie die Schüssel auf den Boden neben ihn, bevor sie rasch den Verschlag wieder schloss. Erst dann bewegte das Tier den Kopf und schlabberte kurz danach prüfend an der Brühe.

Hannah wagte kaum zu atmen, bis die Schüssel leer war; dann öffnete sie erneut die Tür und griff in den Käfig. Der Wolf sah ihr einfach nur dabei zu. Sie nahm die Schüssel heraus, eilte in die Küche und kam mit der nächsten Portion zurück.

Das tat sie so oft, bis der Kochtopf fast leer war, der gesättigte Wolf den Kopf auf die Pfoten legte und die Augen schloss. Hannah machte ein letztes Mal die Tür des Käfigs zu und schaute dann lange und nachdenklich auf den Patienten hinab.

»Glaubst du, ich habe es nicht gewusst?«, hauchte sie schließlich. »Ich bin eine Frau, die mit toten Männern spricht. Du denkst, ich weiß nicht, wer du bist?«

Gar nichts weißt du, Mensch, dachte Nicholas. Er war müde vom Fressen, aber seine Kraft kehrte allmählich zurück. Geistig fühlte er sich hellwach. *Du hast ja keine Ahnung, wen du da in deinem Käfig hältst, und schon gar nicht, was deine Dummheit uns alle kosten könnte ...*

Aber sie hatte seine Wunden versorgt. Sie hatte ihm zu fressen gegeben. Irgendwie hatte sie gewusst, was und wann es zu tun war – das beunruhigte ihn. Konnte ein Mensch zu so etwas fähig sein?

Sein Vater war davon überzeugt gewesen. Und Brianna auch, wie es scheint ...

Du bist ein dummer, dummer Mensch, dachte Nicholas traurig, während er zusah, wie sie zu ihrem Stuhl zurückwich. *Bald werde ich wieder bei Kräften sein, und das alles deinet-*

wegen. Du wirst dir noch wünschen, du hättest mich sterben lassen …

Hannah setzte sich in den Schneidersitz, nahm ihren Quilt und ihr Buch, und schaute dann unvermittelt mit einem fragenden Stirnrunzeln zu ihm hinüber. Im nächsten Augenblick aber schien sie das, was sie beschäftigte, schon wieder verdrängt zu haben, denn erneut begann sie, laut zu lesen.

Draußen klang das Heulen des Windes wie das von Wölfen.

Aus den Aufzeichnungen des Matise Devoncroix

XII

Nun folgt die Geschichte eines Werwolfs, der die Welt beherrschen sollte. Sie berichtet von dem Vermächtnis der Intoleranz und des Misstrauens, das zu hinterlassen er nie die Absicht hatte, das aber dennoch bis zum heutigen Tage nachwirkt.

Manche behaupten, das alte Griechenland hätte sich womöglich auch ohne uns entwickelt, und als vermeintliche Beweise führen sie die bronzezeitlichen Kulturen Mykenes und Kretas an. Wollen sie damit, so frage ich mich, Bescheidenheit vortäuschen oder ihr Gewissen beruhigen? Natürlich möchte ich die Leistungen jener frühen griechischen Kulturen nicht in Frage stellen, die – jedenfalls für menschliche Verhältnisse – als durchaus bewundernswert gelten dürfen. Noch gestatte ich mir Mutmaßungen darüber, wie viel von all dem aus Ägypten übernommen worden sein mag. Vielleicht wäre Griechenland tatsächlich auch ohne uns zu einem nicht gänzlich unbedeutenden Zentrum von Handel und Kultur geworden – aber zu einer wirklichen Hochkultur hätte es sich nie entwickelt.

Für diese These kann ich den augenfälligsten aller Beweise anführen: die Geschichte selbst. Man sehe sich doch nur an, was nach dem Trojanischen Krieg aus jenen ach so gescheiten und strebsamen Mykenern geworden ist. Was war denn nach den Einfällen der Dorer? Jahrhundertelang dämmerte jenes Juwel des Mittelmeers in einem wahrlich finsteren Zeitalter dahin, und Menschen, die einst Bronze und Gold bearbeitet, Musikinstrumente gespielt und freskengeschmückte Paläste und mächtige Festungen errichtet hatten, zogen sich in primitive Dörfer und ländliche Gehöfte zurück; sie schienen jegliche Fähigkeiten, die sie einst besessen haben mögen, vollständig vergessen zu haben.

Dann aber – mit einer Plötzlichkeit, die selbst menschlichen Historikern unerklärlich ist – erhob sich Griechenland wie Phönix aus der Asche. Quasi in einem Wimpernschlag der Weltgeschichte wurden sie von halb nackten, wie Wilde lebenden Schafhirten zu einem Volk, das geistreich über Geometrie, Musik, Philosophie und Naturwissenschaft zu diskutieren vermochte. Natürlich ist es völlig absurd anzunehmen, sie hätten das gänzlich ohne fremde Hilfe geschafft.

Es begann, soweit wir wissen, mit einem Werwolf namens Usolodes, dem Großen Manipulator, der in Lydien den Menschen das Münzgeld brachte und im Verlauf dieses Prozesses einen geradezu obszönen Reichtum anhäufte – und zwar mit freundlicher Unterstützung der Menschen, denen er zu helfen vorgab. Seine Legende wird übrigens oft, besonders von Menschen, mit der des Krösus verwechselt. Schon damals waren wir geniale Kaufleute, und falls jemand dem Irrtum verfallen sein sollte zu glauben, die Idee, sich durch den Handel mit Menschen zu bereichern, sei erst in der Neuzeit entstanden, kann ich ihm nur raten, seine Geschichtskenntnisse aufzufrischen.

Freilich lieferten auch andere wichtige Beiträge: Schiffsbauer, Kaufleute, Winzer und sonstige, deren Namen längst vergessen sind, die aber im Verlauf eines knappen Jahrhunderts mit dafür verantwortlich zeichneten, dass Griechenland zum Handelszentrum der damals bekannten Welt wurde. Auch wenn wir es in erster Linie für uns selber einrichteten, haben naturgemäß auch Menschen von unseren Anstrengungen profitiert. Bald waren sie wohlhabend genug, um die Sklaven zu kaufen, die wir als unbrauchbar entlassen hatten, die Städte zu bauen, die wir entworfen hatten, und uns in ihrer Freizeit zu Füßen zu liegen, um von uns zu lernen.

Wer wir waren? Wir waren die Philosophen, Künstler und Mathematiker, deren Namen du bereits kennst. Wir waren die Architekten, Erfinder, die Musiker und Dramendichter. Die marmornen Standbilder, die du betrachtest, sind Bildnisse von uns, geschaffen mit unseren Techniken. Du kennst doch die menschlichen Mythen vom Olymp und die Götter, die ihnen das Licht, das Feuer, Tanz und Dichtung, Musik und Kunst brachten? In diesem Punkt zumindest lagen die Menschen richtig.

Wir nannten uns Zeus, Athene, Apoll, Aphrodite, Dionysos, Ares und Artemis. Wir waren den Menschen verspielte Liebhaber, gestrenge Herrscher, nachsichtige Diktatoren. Wir waren die Schöpfer der Kultur.

Betrachte die menschlichen Mythen des Altertums einmal genauer, und du findest dort einen guten Teil unserer Geschichte.

Wir haben die Bühne bereitet, und uns oblag Ehrgeiz sowie Vision. Und keiner war ehrgeiziger oder besaß mehr Visionen als unser junger Alexander aus Mazedonien.

Ehrlich gesagt glaube ich, dass die alten Götter zu diesem Zeitpunkt Griechenland bereits reichlich satt hatten. Viele von ihnen waren bereits zum nächsten großen Abenteuer weitergezogen: nach Rom, zu unserem ersten modernen Staat. Die Zeiten ändern sich und mit ihnen auch wir, also bleibt vieles zurück. Griechenland, das Geburtsland Europas, war der ideale Ausgangspunkt für den umfassendsten und verrücktesten Plan, der je von Mensch oder Werwolf ersonnen worden war.

Alexander – der junge Mann mit dem kühnen Vorhaben, die Welt zu erobern – war der Sohn eines mazedonischen Königs und der halb wilden, halb verrückten Olympia. Welch großartige Pläne muss seine Mutter ihm schon in seiner Kindheit in den Kopf gesetzt haben, welch skrupellosen Ehrgeiz, welch wahnsinnige Träume? Oder kam seine Entwicklung von selbst, eine natürliche Folge seiner damaligen Welt, so wie Rauch die Folge von Feuer ist? Doch alles in allem war sein Plan gar nicht so falsch und sein Ehrgeiz keineswegs fehl am Platze. Manche – selbst Menschen – haben gemeint, sein einziger Fehler sei es gewesen, allzu früh zu sterben.

Betrachte einmal die Welt, wie er sie gesehen haben muss, dieses junge Genie, dieser besessene Visionär. Versuche, dich in seine Lage zu versetzen. Hier war die Erhabenheit der griechischen Kultur, entworfen von Werwölfen und übernommen von den Menschen – Menschen, die Pythagoras und Aristoteles und Sokrates zu Füßen gesessen, unsere Geheimnisse erfahren und unsere Methoden erlernt und sogar angefangen hatten – ja, man stelle sich vor –, uns Konkurrenz zu machen. Auch wenn sie die Prinzipien der Baukunst, die wir ihnen beigebracht hatten, nur nutzten, um Tempel zu unseren Ehren zu bauen, so haben sie sie immerhin *genutzt*. Auch wenn die Methoden des Handels, die wir ihnen beigebracht haben, unsere Schatztruhen weit mehr gefüllt haben als die ihren, so haben auch die Menschen davon profitiert. Sie haben Schiffe gebaut, Handelsstraßen entdeckt und unter unserer wohlwollenden Führung eine wahre Blüte erlebt. Hat uns das etwa gestört? Ganz und gar nicht. Wir waren schließlich Götter, wurden angebetet und kümmerten uns ansonsten kaum um das jämmerliche Leben jener, die uns dienten.

Aber Alexander sah das alles und machte sich Sorgen. Er sah eine menschliche Bevölkerung, die weit schneller zu wachsen in der Lage war als die unsere, eine gnaden- und skrupellose Kampfmaschinerie und eine grenzenlose Gier. Lernfähige Köpfe sah er, die sich mitunter sogar durch allzu große Anpassungsfähigkeit auszeichneten. Da lag ein großes Potential in der sich schnell vermehrenden, tapfer kämpfenden und grenzenlos erziehbaren Spezies Mensch. Und er sah große Gefahren.

Sein Plan bestand darin, die Welt zu erobern, die Handelswege zu sichern, die Städte zu beherrschen, den Warenverkehr unter seine Kontrolle zu bringen und die Menschen zu Sklaven zu machen. Das schaffte er auf so elegante, so mühelose Weise, dass die Welt nie erfuhr, dass sie erobert und die Menschen nie ahnten, dass sie versklavt worden waren. Alexander brachte seiner eigenen Spezies die Macht zurück, nahm sich wieder, was uns gehörte, und veränderte am Ende den Lauf der Geschichte für immer.

Die Menschen nahmen auch weiterhin an Zahl und Wissen zu, aber sie lernten nur, was er sie lehrte. Der Handel blühte, und der Löwenanteil der Gewinne floss in seine Tasche. Er schuf die Rolle des erhabenen Monarchen, vor dem sich alle Menschen verbeugten. Außerdem sorgte er für die Verbreitung des Hellenismus – einer Kultur mit einer gemeinsamen Sprache, Literatur, Kunst und Staatsordnung. Die ganze Welt war eins, und die ganze Welt schaute zu ihm auf.

Siebzig Städte gründete er und brachte den Barbaren all das bei, was gut war an Griechenland. Er beherrschte die Welt, eine einzige Welt, das erste Mal in der Geschichte geeint. Die Menschen kannten nie das volle Ausmaß seines Ehrgeizes, und dennoch nennen sie ihn bis zum heutigen Tag Alexander den Großen.

Wie gesagt, im Grunde gar kein so schlechter Plan dieses ersten Führers der Bruderschaft des Verdunkelten Mondes!

Brianna – Ausschnitte aus einem Tagebuch mit dem Titel »Die Schweizer Jahre«

XIII

Ach, Matise, wenn du wüsstest, wie sehr ich dich für das gehasst habe, was du mir angetan hast! Gehasst mit der zielstrebigen Intensität eines Kindes für etwas, das du nicht ändern konntest, aber hättest wissen müssen; gehasst für deine Schönheit, deine Freiheit und deine Erhabenheit in der Leidenschaft; gehasst für die Freude, die du nach Belieben abrufen konntest, und für die Ekstase, die ich nur einen kurzen Moment lang hatte erahnen dürfen ... und geliebt zugleich für all das und mehr.

Bis zu deiner ersten Verwandlung kann ich mich an keinen einzigen Augenblick erinnern, den ich dich *nicht* geliebt habe, und ich vermute, dir geht es ähnlich. Wir hatten das große Glück, im Alter so nah beieinander zu liegen, denn das war sicherlich einer der Hauptgründe für unsere geschwisterliche Zuneigung. Aber das war längst nicht alles. Meine erste verschwommene Erinnerung ist die an dich und an den Geruch von Bienenwachs und Blut in dem großen Raum, in dem wir uns alle versammelt hatten, um den erstgeborenen Sohn der Familie willkommen zu heißen. Wie absonderlich und wie entzückend du mir in deiner anfänglichen Wolfsgestalt vorgekommen bist! Die winzigen, durchsichtigen Klauen, das feuchte, seidige Fell, die kaum ausgebildeten blinden Augen ... Ich bin mir nicht sicher, ob ich dich wegen oder trotz unserer Unterschiede so angebetet habe. Es stand nur fest, dass du mir gehörtest, und ich habe dich geliebt.

Nie hatte ich gewusst, wie es ist, sich verraten zu fühlen, bis du dich das erste Mal ohne mich verwandelt hast. Dass du das nur getan hast, um mich gegen die Angriffe des Rudels zu verteidigen, ist meiner selbstsüchtigen Wahrnehmung damals natürlich entgangen, und erst später begriff ich, was an jenem Tag geschehen war. Aber an dem bewussten Tag zwang ich dich, mir ein Versprechen zu geben, und ich weiß, dass du dich lange Zeit schuldig gefühlt hast, weil du dieses Versprechen nicht halten konntest. Aber verstehst du denn nicht? Ich habe dir doch keine Vorwürfe gemacht, weil du mir nicht beibringen konntest, wie man sich verwandelt. Das war nicht deine Schuld. Nein, das Schlimmste, was du mir angetan hast, war, mir eine Ahnung davon zu vermitteln, mich jenes eine Mal so nahe heranzuführen an die einzige Fähigkeit auf der Welt, die ich wirklich wollte – und die Einzige, von der mir eigentlich klar war, dass ich sie nie besitzen würde.

Ich weiß, dass du mir nicht beibringen konntest, wie man sich verwandelt. Aber es wäre besser für mich gewesen, zu sterben, ohne zu wissen, was mir fehlte, als mein ganzes restliches Leben lang mich nach meinem mangelnden Artenmerkmal zu sehnen.

Als wir in die École kamen, hatte ich mir bereits einen dicken Panzer gegen Schmerz, Enttäuschung und Demütigung zugelegt. Ein Teil von mir war immer noch davon überzeugt, dass die erste Verwandlung eines Tages über mich kommen würde; zahllos sind die Stunden, die ich in tiefer Meditation verbrachte und in ernsthafter Anstrengung versuchte, einen Zauber herbeizurufen, von dessen Erzeugung ich nicht die leiseste Ahnung hatte. Aber ich konnte mich an ihn erinnern und ihn an anderen riechen, ja, ich sehnte mich so sehr nach ihm, dass es wehtat. Leider wurde er bei mir niemals wahr.

Also versuchte ich, mir einzureden, dass es mir eigentlich gar nichts ausmachte. Schon früh merkte ich, dass es weitaus erstrebenswerter war, im Mittelpunkt der Aufmerksamkeit zu stehen, als schmollend im Verborgenen zu leben – und auch, dass man auf diese Weise weniger Gefahr lief, gebissen zu werden. Tunlichst gab ich, bei allem, was ich tat, mein Bestes –

was, wenn man in einer Schule von zwanzig Schülern das mit Abstand hellste Kind ist, nicht sonderlich schwer fällt. An der École des Arts et Sciences mit ihren zweihundertsechzig Schülern und den herausragendsten und anspruchsvollsten Professoren der Welt war das schon eine größere Herausforderung.

Aber es hatte auch seine Vorteile. Während die anderen Schüler ihre Freizeit zu Jagd- oder sonstigen Ausflügen mit dem Rudel nutzten, schaffte ich es immer, durch Einzelunterricht, Vorträge oder Besprechungen mit meinen Dozenten anderweitig beschäftigt zu sein. Schließlich war ich Brianna Devoncroix und hatte somit einen gewissen Ruf zu wahren.

Die Hochschule für Kunst und Wissenschaft war nach der mathematischen eine der beliebtesten Universitäten überhaupt und weit anspruchsvoller als die für Ingenieurwesen, Handel und Finanzen – zumal die Beherrschung letzterer Bereiche als quasi natürliche Fähigkeit galt, die nicht mehr groß weiterentwickelt zu werden brauchte; folgerichtig betrachtet man die entsprechenden Akademien als eine Art Abstellgleis für diejenigen, die sich aufgrund ihres Mangels an sonstigen Begabungen anderswo nicht qualifizieren konnten. Sämtliche Ausbildungsstätten waren in den Schweizer Hochalpen gelegen und meilenweit von der nächsten menschlichen Siedlung entfernt. Meine aber hatte die attraktivste Lage von allen, knapp zweitausend Meter über dem Meeresspiegel in einem Seengebiet mit freiem Blick auf Himmel und Wolken, schneebedeckte Gipfel und grüne Hänge. Eigens für die Jagd wurden ganze Herden von Rotwild gehalten, und Kühe und Schafe zierten die Bergwiesen. Wasserfälle schnitten im Sommer Gräben in die Landschaft und formten im Winter fantastische Skulpturen aus Eis. In den Tälern unter uns glitzerten Seen wie juwelenbesetzte Inseln. Einige der großartigsten Gemälde, die die Welt je gesehen hat, stammen von Künstlern, die in ihren prägenden Jahren vom Ausblick inspiriert wurden, den die École des Arts et Sciences bot.

Aufgrund der hohen Anforderungen entbrennt Jahr für Jahr eine harte Konkurrenz um die wenigen Plätze, die in der Kunsthochschule frei werden, und selbst die Kinder des Rudelführers konnten nicht mit einer Sonderbehandlung rechnen. Ich hatte keinen Zweifel, dass ich die Aufnahmeprüfung schaffen würde, war aber überrascht – und sehr erleichtert –, als dies auch meinem Bruder gelang. Doch jede Hoffnung, dass wir ähnlich intensiv zusammen sein würden wie in Alaska, zerschlug sich bereits in der ersten Woche.

Als Erstes wies uns ein wohlmeinendes Mitglied des Lehrkörpers in zwei verschiedene Wohnheime ein. Zweitens wurde Matise in den Kurs für Kreative Künste gesteckt – der alles von Erfindungen bis hin zu Komposition umfasste –, während ich dem Musiktheater zugeteilt wurde. Wir hatten weder gemeinsame Unterrichtsstunden noch dieselben Professoren. Selbst die Essenszeiten waren unterschiedlich, daher sahen wir uns nur in unserer Freizeit. Und das Einzige, was mir in jenen ersten Jahren mehr Angst machte als die Tatsache, dass mein Bruder mich nicht mehr verteidigen konnte, war die Freizeit.

In jenen Stunden kamen alle Schüler, jung und alt, zu sportlichen Wettkämpfen und spontanen Jagden zusammen, schwammen in den Flüssen, rannten durch den Schnee und verwandelten sich nach Lust und Laune in Wölfe. In den Unterrichtsstunden erwartete man von uns, dass wir über einen für viele der Schüler quälend langen Zeitraum die menschliche Gestalt beibehielten; in der Freizeit hingegen war es normal, sich zu verwandeln.

Ich musste mein ganzes Geschick aufwenden, um nicht entlarvt zu werden. So weit wie möglich verbrachte ich deshalb auch meine freien Stunden mit Lernen; aber wenn mich die Lehrkräfte in den Sonnenschein hinausjagten, begab ich mich schnell zu Matise. Falls jemand mich necken wollte oder wegen meiner menschlichen Gestalt hänselte, trachtete Matise danach, meinen Quälgeist in die Flucht zu schlagen.

Im Lauf der Zeit gelangte ich zu der Überzeugung, dass niemand die Wahrheit kannte, und wer es wagte, wenig schmeichelhafte Vermutungen bezüglich meiner Person zu äußern oder gar zur offenen Konfrontation überzugehen, den strafte ich mit grenzenloser Verachtung. Es ist schon erstaunlich, was ein bisschen Selbstvertrauen und eine ganze Menge Arroganz bewirken können, und als in meinem zweiten Studienjahr mein Freundeskreis drastisch schrumpfte, redete ich mir ganz einfach ein, dass das keine Rolle spielte. Schließlich war ich ein Wunderkind, und bald würde es die ganze Welt erfahren.

Zumindest glaubte ich das, bis ich diese Selbsteinschätzung meiner Musikprofessorin offenbarte.

Sie war eine sehr anspruchsvolle Lehrerin und konnte recht unangenehm werden, wenn man nicht absolut perfekte Leistungen erbrachte. Diese Dame unterrichtete mich in Klavier sowie Gesang, und saß bei allen bedeutenden Wettbewerben in der Jury. Als es mir nicht gelang, in einer Opernversion von *Antigone* die Hauptrolle zu ergattern – das erste Mal überhaupt, dass ich eine ersehnte Rolle nicht bekam –, erkundigte ich mich bei ihr nach den Gründen.

Zufällig saß sie allein im Konservatorium mit seinen polierten hellen Parkettböden und dem durch die riesigen Fenster hereinfallenden Licht – gerade damit beschäftigt, an einem mit Edelweiß bemalten Spinett Noten zu schreiben. Sie trug einen losen dunklen Umhang, aber keine Schuhe, und ihr langes, schwarzes, mit weißen Strähnen durchzogenes Haar floss ihr über Rücken und Hüften bis hinunter zu dem Klavierstuhl, auf dem sie saß. Als ich eintrat, schaute sie mich über ihre Lesebrille hinweg an, ohne mit dem Komponieren aufzuhören. Ich versuchte, nicht eingeschüchtert zu wirken.

Bis auf zwei Meter trat ich an das Klavier heran.

»Sprich!«, forderte sie mich auf.

»Warum haben Sie Michelina vorgezogen?«, platzte ich heraus.

»Weil sie besser ist als du«, erklärte Madame schroff. »Und du wirst Chopins Es-Dur-Polonaise umschreiben in Cis und bis acht Uhr früh auf mein Pult legen, damit du begreifst, wie töricht es ist, die Urteilskraft deiner Lehrer in Frage zu stellen.«

Aber ich plapperte beherzt weiter. »Die soll besser sein als ich? Michelina schafft ja nicht mal eine G-Oktave richtig!«

»Aber dafür ist ihre Modulation runder als deine und ihr Sopran ausgeprägter. Außerdem nimmt sie Kritik sehr viel bereitwilliger an als du. Zusätzlich zur Polonaise wirst du auch noch ein Duett zu Beethovens E-Dur-Sonate schreiben, und zwar unter Verwendung der gleichen Akkorde.«

Ich starrte sie mit offenem Mund an. »Aber – Madame –, wenn Sie mir erlauben würden, Ihnen meinen Part noch einmal vorzusingen, bin ich sicher, dass ich meine Modulation besser hinkriege!«

»Brianna, wenn du nicht den Rest des Abends damit zubringen möchtest, auch noch eine Symphonie zu komponieren, solltest du jetzt besser gehen.«

»Aber Sie verstehen mich nicht!«, rief ich. »Ich bin ein Wunderkind!«

Nun schaute sie mich mit bis weit über ihre Brillengläser hochgezogenen Brauen intensiv an und fragte: »Meine Liebe, wer, in aller Welt, hat dir das denn weisgemacht?«

Allmählich wurde mir klar, dass ich mich immer mehr verhedderte, aber nun gab es kein Zurück mehr. »Wer? Na ja, das weiß doch jeder. In Alaska, wo wir im Hotel abgestiegen sind, haben alle Menschen bravo gerufen und erhoben sich, als ich Brahms gespielt habe!«

Sie nahm ihre Brille ab und starrte mich an. Ihre Augen glitzerten vor Belustigung, als sie nachfragte: »Hast du gesagt – Menschen?«

Dies war natürlich ein besonders dummer Fehler, aber ich fand keinen eleganten Weg, mich da wieder herauszuwinden. Also nickte ich tapfer.

Einen Augenblick lang sah sie aus, als wüsste sie nicht, ob sie lachen oder mich tadeln sollte, bevor sie ungeduldig den Kopf schüttelte.

»Wenn das nicht ein perfektes Beispiel dafür ist, was bei zu viel Toleranz herauskommt! Eine intelligente junge Werwölfin wie du kann sich nichts Höheres vorstellen, als sich von Menschen Beifall spenden zu lassen! Ich würde gerne Alexander Devoncroix' Gesicht sehen, wenn er jetzt seine Tochter hören könnte!«

Sie beendete ihre Standpauke, indem sie heftig die Luft durch die Nase einzog, und presste die Lippen aufeinander, als genieße sie die Vorstellung. Und während ich mich darin sonnte, dass sie mich eine »intelligente junge Werwölfin« genannt hatte, erwachte in mir gleichzeitig der Verdacht, dass sie soeben meinen geliebten Papa beleidigt hatte; aber wie sollte ich ihn verteidigen?

Als sie mich wieder anblickte, zeigte ihr Gesichtsausdruck nur noch Ungeduld. »Hör auf deine Lehrerin, junges Ding, und spar dir künftig solche Eitelkeiten. Von einem Menschen Wunderkind genannt zu werden, ist nicht besser, als von einem Schwein als sauber bezeichnet zu werden; alles ist relativ. Du hast ein gewisses Talent und wirst den Rest deiner Zeit an der École damit zubringen, es weiterzuentwickeln; aber du hast viel an dir zu arbeiten und bist noch lange kein Wunderkind, glaub mir!«

Verdattert fragte ich mich, ob ich deprimiert, gedemütigt oder wütend sein sollte; aber ich merkte, dass ich unmissverständlich entlassen war. Und dass ich nicht die Hauprolle in *Antigone* bekommen würde. Gesenkten Blicks wandte ich mich zum Gehen.

»Brianna!«

Mit neu aufflammender Hoffnung drehte ich mich noch einmal um.

Ihre merkwürdig rätselhafte Miene verriet Vorsicht, als sie

erklärte: »Brianna, du bist ein Kind der Rudelführer, eine einzigartige und ziemlich ... verantwortungsvolle Rolle für jemanden in deinem Alter. Deine Eltern sind große Idealisten und werden zweifellos eines Tages den ihnen zustehenden Platz in der Geschichte einnehmen – aber leider stoßen Reformer zu ihren Lebzeiten nicht immer auf allseitige Anerkennung. Verstehst du, was ich damit sagen will?«

Ich nickte weise, obwohl ich natürlich nicht den Hauch einer Ahnung hatte, wovon sie sprach.

Ein leichtes Stirnrunzeln legte die glatte Haut zwischen ihren Brauen in Falten. »Viele im Rudel stehen nicht hinter der Art und Weise, wie die Devoncroix mit den Menschen umgehen – wie sie sie in ihren Häusern und Firmen aufnehmen, sie weiterbilden und ihnen Arbeit geben. Erst letzte Woche habe ich gehört, dass die Königin doch tatsächlich damit begonnen hat, in einer ihrer überseeischen Firmen Führungspositionen mit Menschen zu besetzen.«

Sie sah aus, als wolle sie weiterreden, überlegte es sich dann aber anders. Stattdessen blickte sie mich nachdenklich an. »Du hast auch so schon genug Probleme, Brianna. Ich denke, je weniger du über Menschen sprichst, solange du hier bist, desto besser ist es.«

Da ich nichts weiter über Menschen zu sagen hatte, fand ich diesen Vorschlag nicht schwer zu akzeptieren. Später aber redeten wir, Matise und ich, in unserer freien Stunde darüber, während die anderen nackt in der Sonne badeten, die Herden auf den tiefer gelegenen Hängen jagten oder sich im hohen Gras balgten. Wir suchten uns zum Sonnen unseren eigenen Felsen aus und dachten über das nach, was Madame wohl gemeint haben mochte, beziehungsweise ob sie das überhaupt etwas anging.

»Papa sagt, er will eine Flugmaschine bauen«, bemerkte Matise schläfrig, die Augen im grellen Sonnenlicht zu schmalen Schlitzen verengt. »Er meint, die Menschen werden dafür bezahlen, diese Maschine bauen und mit ihr fliegen. Ich hätte nie gedacht, dass sie dafür klug genug sind.«

»Na ja, er hat bestimmt nicht gemeint, dass sie es *allein* machen werden. Wir müssten ihnen natürlich dabei helfen.«

»Aber wozu soll das alles dann gut sein?«

»*Maman* meint, dass die Menschen eines Tages das Rudel ernähren werden«, erinnerte ich mich an einen mitgehörten Gesprächsfetzen.

»Mit Leberwurst, hoffe ich.«

Ich boxte ihn in die Rippen, und er erwiderte grinsend den Stoß. Spielerisch kämpften wir einen Augenblick lang, bevor er sich auf den Bauch rollte und, das Kinn auf die zu Fäusten geballten Hände gestützt, zu den Hängen unter uns hinabschaute, wo ein paar undisziplinierte Schüler in Wolfsgestalt unserem Hammelbraten das Fett aus dem Leib jagten. Sie dachten wohl, sie seien so weit weg, dass niemand sie erkennen konnte, und das stimmte auch beinahe – niemand außer mir. Ich überlegte, ob ich den Vorfall einem unserer Lehrer melden sollte.

Matise sagte: »Ich wünschte, ich wäre in deinem Wohnheim.«

»Ist deines so ungemütlich?«

Er zuckte die Achseln. »Das nicht, aber du fehlst mir.«

Ich legte einen Arm über seine nackten Hinterbacken, die vom Felsen ganz kalt waren. »Wenigstens bist du in meinem Fachbereich. Was wäre erst, wenn sie uns auf unterschiedliche Schulen geschickt hätten?«

»Mein Studienberater meint, ich hätte Talent zum Schreiben.«

»Musik?« Ich hatte Matise singen hören, und deshalb kam mir das äußerst unwahrscheinlich vor.

»Nein, Worte.«

»Dramen?«

»Und Gedichte.«

»Dann musst du ein Stück für mich schreiben, in dem niemand außer mir die Hauptrolle spielen kann. Am besten nimmst du das gleich in die Regieanweisungen auf.«

»Aber ich will keine Stücke schreiben. Viel lieber würde ich Flugmaschinen bauen.«

Dann wurde seine Aufmerksamkeit jedoch abgelenkt, als ein Wechsel der Windrichtung den Geruch heißen Fells und spielerischer Erregung heranwehte sowie das Geräusch über weiches Gras rennender Pfoten. Er wandte sich um, und wenige Augenblicke später kam eine Gruppe junger Werwölfe, zwei weibliche und ein männlicher, keine hundert Meter von uns entfernt über den Hügel gerannt. Sie keuchten vor fröhlicher Anstrengung und warfen die Köpfe übermütig hin und her. Matises Haut straffte sich unter meiner Berührung, sein Geruch wurde eine Spur stechender, und ich wusste, dass er sich ihnen gern angeschlossen hätte.

Verwirrt sagte ich: »Aber es ist doch blöde, Dinge zu bauen, die auch Menschen bauen können. Wenn du keine Theaterstücke schreiben willst, warum bist du dann in der Kunstakademie?«

Die Frage schien ihn zu überraschen. »Um auf dich aufzupassen natürlich.«

»Die stecken dich doch nicht nur deshalb in eine bestimmte Schule, damit du auf deine Schwester aufpasst!«

»Klar tun sie das, wenn der Rudelführer es so will.«

Ich war verletzt, erstaunt, wütend, verlegen und ungläubig zugleich und begriff keines dieser Gefühle so recht. Selbstverständlich war ich nicht auf Matise wütend, sondern deshalb, weil er auf eine Hochschule geschickt wurde, wo er sich nicht wohl fühlte – wütend darüber, dass seine gesamte Zukunft darauf ausgerichtet sein sollte, sich um mich zu kümmern, meinetwegen nicht mit den anderen zusammen rennen zu können, wenn er Lust dazu hatte ... und darüber, dass er sich meinetwegen sogar schämte, sich zu verwandeln.

Abrupt stand ich auf, schob mein verschwitztes Haar zurück und schaute auf ihn hinab. »Niemand muss auf mich aufpassen. Ich komme sehr wohl ohne dich zurecht!«

Er beobachtete die Werwölfe so reglos, dass sich nicht einmal sein Haar im Wind bewegte. Ich konnte seine Sehnsucht riechen, und sie verursachte mir Magenschmerzen. »Na geh schon!«, rief ich und trat ihn mit meinem nackten Fuß. »Geh mit ihnen rennen, das möchtest du doch!«

»Aua!« Stirnrunzelnd rieb er sich die Stelle, an der mein Fuß seinen Arm getroffen hatte. »Wozu sollte das denn jetzt wieder gut sein?«

»Du langweilst mich, und ich hab was Besseres zu tun«, erwiderte ich. »Geh schon zu den anderen, spielen!«

Aber der Unterton in meiner Stimme muss mich wohl verraten haben, denn seine Stirn glättete sich wieder und er nahm meine Hand. »Du hast ja nicht die geringste Ahnung! Ich bin hier, um mit dir in der Sonne zu baden.«

Da ich mich nicht wieder zu ihm hinabziehen ließ, erhob er sich, um mich aufzuheitern. Er küsste mich auf den Mund und leckte mir den Schweiß aus dem Gesicht, in der Hoffnung, mir ein Lächeln zu entlocken. »Komm schon, Bri. Du weißt doch, dass du die Einzige hier bist, mit der ich reden möchte. Was sollte ich schon mit meinen Freistunden anfangen, wenn du nicht hier wärst?«

Ich blickte zu ihm hoch – denn damals war er bereits einen halben Kopf größer als ich – und sagte: »Du würdest mit den anderen herumrennen. Du würdest Flugmaschinen bauen. Ohne mich wärst du, was du sein solltest, Matise!«

Er wirkte verwirrt. »Aber ich will doch gar nicht …«

Wenn ich jetzt bliebe, würde ich nur noch verlegener, deshalb zog ich meine Hand zurück. »Ich muss gehen. Ich habe noch eine Transkription zu machen.«

»Zwei«, erinnerte er mich.

Ich blickte nicht zurück.

Aber als ich wusste, dass er mich nicht mehr sehen konnte, versteckte ich mich hinter einem Baum und sah zu, wie er sich verwandelte. Es war so wunderschön, dass ich weinen musste.

XIV

Das Einzige, was ich übrigens sogar noch mehr fürchtete als Freistunden, waren die Feiertage. Wenn der Unterricht ausfiel und selbst die Professoren und Aufsichtspersonen sich hemmungslos der ausgelassenen Stimmung des Festes widmeten, gab es für mich keine Möglichkeit mehr, mich zu verstecken. Lerneifer und Nüchternheit waren dann eher unerwünscht, wenn auch nicht ausdrücklich verboten, und die Türen der Wohnheime für die Dauer der Feierlichkeiten geschlossen. Die Lektionen, die wir an solchen Tagen lernen sollten, waren Lektionen des Lebens, für die sich die Klassenzimmer wenig eigneten.

Allerdings war ich recht einfallsreich, und so fand ich die verschiedensten Möglichkeiten, um der Demütigung zu entgehen, die für mich aus der Aufforderung erwachsen würde, mit dem Rudel zu rennen. Rechtzeitig zur ersten Winterfeier packte mich ein übler Husten, der sich so überzeugend auf mein Befinden niederschlug, dass ich während der Festlichkeiten im Bett bleiben durfte. Bei der Mittsommerfeier kamen meine Eltern uns besuchen, und jeder akzeptierte, dass Matise und ich die Zeit mit ihnen zusammen verbrachten. Meine Mutter schaute mich mitfühlend an und streichelte mich viel, während mein Papa so tat, als sei alles ganz normal.

Und so kam es, dass ich nach diversen schauspielerisch hervorragend gelungenen Krankheiten und Unpässlichkeiten erst im Sommer meines dreizehnten Lebensjahres an meinem ersten richtigen Fest teilnahm. Rückblickend bin ich mir nicht sicher, ob mir tatsächlich keine Ausrede mehr eingefallen war oder ob lediglich meine Neugier die Oberhand gewann. Zwar hütete ich mein Geheimnis auch weiterhin, so gut ich konnte, aber allmählich war ich es leid, von allem ausgeschlossen zu sein. Am Ende, denke ich, siegte wohl die Angst vor der Isolation über die Angst, entdeckt zu werden – und dann war da auch noch die nie ersterbende Hoffnung, dass dieses Fest *mein* Fest werden würde. Dieses Mal würde die Leidenschaft auch mich erfassen ...

An jenem Morgen erwachten wir schon vor der Dämmerung. Knisternde Spannung lag in der Luft, die auf den Bergen lag, und in der sich die verlockenden Düfte von großen Mengen Essen der unterschiedlichsten Art mischten: Hefezöpfe und stärkehaltige Körner, in Fett brutzelndes und mit Soße übergossenes Lamm, Rinderbraten, Würste und Blätterteiggebäck mit Zuckerguss. Bestens gelaunt sprangen wir aus den Betten und strömten in die Speisesäle; anstelle der Kleider der Zivilisation trugen wir lockere Verwandlungsgewänder oder einfach gar nichts. Mit hemmungslosem Appetit stürzten wir uns auf die überquellenden Tische, wo wir mit bloßen Händen zupackten, die Zähne in Fleisch schlugen und lauthals lachten vor Vergnügen; denn in vieler Hinsicht war dies die Möglichkeit, alle zivilisierten Manieren weit von uns zu werfen und uns ganz und gar unseren Trieben des Genießens hinzugeben – das Beste an diesem Tag überhaupt.

Noch heute gelingt es mir, mich augenblicklich in die Atmosphäre jenes kühlen Sommermorgens zu versetzen und mir den Geschmack von frischem Käse, gezuckerter Sahne und kräftiger dunkler Blutsoße ebenso in Erinnerung zu rufen wie den Geruch gesunder junger Werwölfe und ihrer aufkeimenden Sexualität; überall – in jedem Atemzug, jedem Pulsschlag und jeder Nervenfaser – schien das Versprechen neuer Entdeckungen zu liegen. Die Räumlichkeiten hallten vom Lärm unserer Stimmen wider, von unseren spielerischen Zänkereien, gegenseitigen Herausforderungen und gelegentlichem spontanen Aufheulen. Niemand tadelte uns, niemand schränkte unsere Freiheit ein. An diesem Tag lebten wir nach anderen Regeln.

Wir fraßen uns schamlos voll, die Gesichter von Fett glänzend, und schnappten uns alles, was das Herz begehrte. Denn wir würden jede gespeicherte Kalorie für den sportlichen Wettkampf, die Jagd und die bevorstehende Verwandlung brauchen, und es sollte später an jenem Tag kein fertig zubereitetes Essen mehr geben. Unser nächstes Essen würde aus Jagdbeute bestehen. Ich schwelgte schon in der Vorstellung, noch vor Ablauf des Tages eine Jägerin zu sein, und ließ, wie die anderen, meinem Appetit freien Lauf; zuletzt leckte ich meinen Teller ab und warf ihn auf den Boden, schnappte mit den Zähnen einem anderen ein Hühnerbein aus dem Mund und kratzte mit den Fingern Quark zusammen, um ihn aufzulecken.

Mir kam es schon immer ausgesprochen merkwürdig vor, dass wir als Erwachsene jeden Festtag mit einem Höchstmaß an zivilisiertem Verhalten beginnen: Wir zelebrieren üppige Bankette mit zahlreichen, in feinstem Silber und Kristall servierten Gängen und genießen kulturelle Darbietungen, nachdem wir uns stundenlang herausgeputzt haben. Erst im Lauf des Tages erlauben wir uns dann, die Zwiebelschalen unseres kultivierten Benehmens eine nach der anderen abzulegen und uns unserer wahren Natur hinzugeben. Mir scheint die Art und Weise, wie Kinder ihre Feste feiern und sich von Anfang an einfach gehen lassen, die weitaus gesündere und ehrlichere.

Andererseits nehme ich an, dass die Erwachsenen, wenn endlich ihre wahre Natur hervorbricht, einen Grad an Leidenschaftlichkeit erreichen, wie ihn sich ihre Kinder nicht einmal vorstellen können. So wahrt die Natur wohl das Gleichgewicht.

Als die ersten goldenen Sonnenstrahlen über die Gipfel drangen, dem Gras eine frühlingshafte Farbe verliehen und die Konturen der letzten Schneereste weicher erscheinen ließen, taumelten wir alle nach draußen, trunken vom Zucker und unserer unbändigen Lebensfreude. Nie werde ich diesen wunderbaren Morgen vergessen: den Geschmack der Luft, die nach Alpenblumen und kalten Gebirgsbächen duftete, sowie die süßlich-würzig-moschusartig-scharfen, knisternden, tanzenden, fast schon peinigenden Ausdünstungen Hunderter junger Werwölfe am Rande der Leidenschaft. Falls jemand glauben sollte, dass mir, nur weil ich mich nicht verwandeln konnte, auch nur eine der übrigen Fähigkeiten eines normalen gesunden Werwolfs gefehlt hätte, will ich dies unverzüglich klarstellen. Von den Anblicken, Geräuschen und Gerüchen war ich ebenso betäubt und stimuliert wie jeder andere, wenn nicht noch mehr. Ich schmeckte förmlich die Leidenschaft der Verwandlung in der Luft und wollte in sie eintauchen, die Arme hochwerfen und sie wie Regen auf mich herabrieseln lassen, sie über meine Poren aufnehmen, mich in ihr baden und so zu mir selbst finden. Meine Haut spannte und prickelte, mein Puls raste, jeder meiner Sinne schien sich zu schärfen, Unbekümmertheit und Verlangen strömten durch meine Adern. Das Gras fühlte sich kalt, scharf und nass an unter meinen Füßen, als spürte ich jeden einzelnen Halm. Die Melodie der Kuhglocken auf einem Berghang in fünf Kilometern Entfernung klang mir wie eine Symphonie in den Ohren. Die Luft fühlte sich auf meiner Zunge an wie Honig, und die Sonne auf meinem Gesicht war warm wie ein Kuss. Ich ließ mein Gewand zu Boden gleiten, lachte laut auf und drehte mich in einem spontanen Tanz der Freude im Kreis.

Dann stürzte ich in die Umarmung eines Kommilitonen namens Aramis, und wir taumelten lachend, einander ableckend und liebkosend zu Boden. Ich floss über vor Glück und konnte mir nicht erklären, warum ich diese großartigen Ereignisse so lang gemieden hatte. In vollen Zügen genoss ich es, als Aramis mich spielerisch in Schultern und Hüften kniff und an meinen Brüsten nuckelte; ich liebte den Geschmack seiner Haut, das Glitzern in seinen Augen und die Anspannug seines geschmeidigen jungen Körpers unter meinen Händen. Am meisten aber genoss ich es, Teil des Ganzen zu sein – für jenen einen vergänglichen Moment eine der vielen zu sein, die in der Sonne lachten, tanzten und sich im Gras liebten. Ich genoss es, begehrt zu werden und, wenigstens für diese viel zu kurze Zeit in Aramis' Armen, ich selbst zu sein.

Dann packte er meine Hände und kniete sich mit gespreizten Beinen vor mich, zog mich in eine sitzende Position zwischen seinen Knien, damit unsere Nasen sich berührten, unsere Gerüche miteinander verschmolzen und ich nur noch das sündige, herrlich provokative Glitzern in seinen Augen sah.

»Na komm, lauf mit mir«, lud er mich ein, und mein Herz schlug höher.

Dies war eine Aufforderung, der sich kein vernünftiger Werwolf widersetzen konnte. Unsere vorherigen Sexspiele waren ja ganz nett gewesen, aber so harmlos, dass man sie ebenso gut mit einem Bruder oder einer Schwester hätte austauschen können. Aber mit einem Werwolf des anderen Geschlechts zu laufen ... das ist schließlich etwas ganz anderes. Dies war eine Paarung, ein Ritual der Brautwerbung, und obgleich wir noch viel zu jung waren, um uns einen Gefährten zu suchen, sollte uns gerade die Art, in der wir uns mit den Einzelheiten dieses Rituals vertraut machten, in späteren Jahren sehr zugute kommen. Solange ein Werwolf und eine Werwölfin nicht in ihrer natürlichen Gestalt miteinander gelaufen sind, können sie nicht von sich behaupten, einander wirklich zu kennen; so lange sie nicht den Geruch des anderen im Wind gewittert und sein Fell am Nacken geschmeckt haben, nebeneinander durch den Wald oder übers freie Feld gelaufen sind und sich in der lautlosen Sprache der Wölfe verständigt haben – so lange ein Werwolf und eine Werwölfin nicht zusammen gerannt sind, dürfen sie allenfalls als gute Bekannte gelten. Und von einem attraktiven Angehörigen des anderen Geschlechts zum Laufen aufgefordert zu werden, ist das größte Kompliment überhaupt.

Als junge Werwölfin, deren menschlicher Körper noch nicht einmal ganz ausgereift war, durfte ich davon ausgehen, noch mit vielen Werwölfen zu laufen, bevor ich mich für einen dauerhaften Gefährten entschied. Dies aber war meine erste Einladung, und ich wollte jenseits jeglicher Vernunft ja sagen.

Er muss wohl das Verlangen an mir gerochen haben, denn mit der Eleganz einer Gazelle sprang er ein paar Schritte weiter, um seinen prächtigen menschlichen Körper von seiner besten Seite zu präsentieren; dann drehte er eine Pirouette und verwandelte sich.

Sein Stil war eine Augenweide. So hatte ich es noch nie gesehen; er tat es während eines Sprunges in die Luft, und das mit einer Eleganz, die mir den Atem verschlug. Ich klatschte in die Hände und gab einen kleinen Freudenschrei von mir; er landete auf allen vieren auf dem Boden – ein wenig schief zwar, aber dennoch mit einer beachtlichen Haltung, als prächtiger mehrfarbiger Wolf mit grünen Augen. Ich öffnete den Mund und warf den Kopf zurück, um seinen betörenden Duft von heißer Vanille und verbranntem Zitrus einzusaugen.

Sein Fell glänzte und knisterte von statischer Elektrizität, so heftig war sein Verlangen, als er sich umdrehte, sich vor mir verbeugte und mich aufforderte, mich ihm anzuschließen. O ja, ich wollte ihn. Er wusste es, roch es. Ihn jetzt zurückzuweisen, wäre die schlimmste aller Beleidigungen gewesen. Schon aus geringerem Anlass hatte es Blutfehden gegeben. Aber was sollte ich tun? Aufspringen und versuchen, die Leidenschaft herbeizuführen, wie ich es schon so viele Male ausprobiert hatte? Und wenn es nun wieder vergeblich wäre, vor ihm und allen anderen, was würde dann aus mir?

Er witterte mein Zögern, und aus der Tiefe seiner Kehle kam ein warnendes, kaum wahrnehmbares Knurren. Unsicher stand ich auf, mein Herz pochte – aber nun nicht mehr vor Erregung.

Mit gesenktem Kopf und bebender Brust trat er einen Schritt auf mich zu. Jeder wusste, was das zu bedeuten hatte. Ich sah keinen anderen Ausweg mehr als den Rückzug, und so wich ich stolpernd einen Schritt zur Seite.

Ich weiß nicht, was als Nächstes hätte geschehen können. In der hemmungslosen Atmosphäre des Fests hätte er mich in seiner sexuellen Frustration leicht angreifen können, und dann hätte ich in meiner menschlichen Gestalt gegen ihn kaum eine Chance gehabt. Womöglich hätte ich dabei schwerste Verletzungen erlitten. Auch wenn es eine unaussprechliche Schande ist, kommt es gelegentlich vor, dass solche »Unfälle« tödlich enden.

Dann plötzlich war er da, mit herumwirbelnden, Gras und Erde hochschleudernden Klauen, das silbrig glänzende Fell gesträubt und mit blau funkelnden Augen – mein Bruder Matise. Er stieß eine scharfe, zwischen Bellen und Knurren angesiedelte Warnung aus, Aramis vergaß mich und stellte sich zum Kampf. Mit Zähnen und Klauen und übelsten Schmähungen krachten die beiden Werwölfe aufeinander, schnappten und sprangen und wälzten sich im Gras.

Es dauerte keine Minute, aber das war lange genug, um etliche Zuschauer anzulocken. Wie sehr ich mir doch wünschte, einer von ihnen zu sein, schnell zu denken, noch schneller zu reagieren, mein Gesicht in heißem Fell, meine Fänge im Fleisch des Gegners, mich duckend, abrollend und mit gewaltigem Gebrüll wieder hochspringend … Und ich kreiste mit den anderen, die es selbst in der Hitze des Gefechts schafften, ihre menschliche Gestalt beizubehalten, um die Kämpfenden aus purer Liebe zum Kampf und dem von ihm ausströmenden Geruch anzufeuern. Doch es war allzu schnell vorbei. Ich roch heißes Blut und hörte Aramis' Gejaule. Matise zog sich zurück, und Aramis floh mit gesenktem Schwanz.

Er brauchte sich nicht zu schämen, denn er hatte tapfer gekämpft. Aber Matise war einfach besser.

Mittlerweile fanden ein paar weitere Raufereien statt, als unreife Werwölfe sich von ihren Urinstinkten hatten hinreißen lassen, während andere, die einen kühlen Kopf bewahrt hatten, das Interesse verloren und sich abwandten. Matise stand vor mir, ein prächtiger, sehnig-muskulöser Wolf mit funkelnden Augen. Sein Fell war feucht vom Speichel des Kampfes, und noch immer zitterte er vom überschüssigen Adrenalin am ganzen Körper; seine Aufregung schmeckte für mich wie mit Zimt aromatisierter Wein.

Ich rannte auf ihn zu, um ihn zu umarmen, und er sprang mir entgegen; aber kaum waren meine Finger über sein Fell gestrichen, kam eine Gruppe der anderen hinzu, die Matise beglückwünschten und spielerisch zum Kampf herausforderten. Lachend knuffte er einige von ihnen und warf einen anderen um; dann forderte ihn eine hübsche braunhaarige Wölfin zum Laufen auf, und schon waren sie alle verschwunden –, allein und vergessen blieb ich zurück.

Wir hatten das Szenario schon viele Male geprobt. Wann immer es aussah, als würde ich gleich in eine peinliche Situation geraten oder aufgefordert werden, mich zu verwandeln, tauchte Matise auf und lenkte die anderen ab, bis sie mich nicht mehr beachteten und ich mich zurückziehen konnte, ohne dass mein Stolz verletzt oder mein Geheimnis verraten worden wäre. Über diese Selbstverständlichkeit verloren wir nie ein Wort und ich wäre niemals darauf gekommen, dass mich das je stören würde.

An jenem Tag aber wollte ich nicht allein gelassen, nicht vergessen werden. Ich wollte die schlanke junge Werwölfin sein, die einen attraktiven jungen Werwolf umflirtete. Ich wollte durch die Bäche platschen, mich im Gras rollen und über umgestürzte Baumstämme springen mit einem einzigen gewaltigen Satz, der mich für einen endlosen, von der Sonne beschienenen Augenblick in der Luft schweben ließ. Ich wollte *laufen*.

Und das tat ich dann auch, allein und auf meinen menschlichen Beinen, so schnell und so lange meine Lungen es erlaubten, fort von den anderen, weg vom Rudel, einfach nur laufen. Dorniges Gestrüpp verfing sich in meinem Haar und Zweige zerkratzten meine empfindliche Haut; aber in meiner Wut, meiner Enttäuschung und meiner unendlichen Sehnsucht spürte ich kaum den Schmerz. Ich konnte sie riechen, jene anderen mit ihren vier kräftigen Beinen und dem dichten, glänzenden Fell; ich konnte sie hören, wie sie über Waldwege und Wiesen fegten, springend und sich überschlagend, einander kneifend und beschnuppernd. Sie brauchten sich nicht zu verstecken, brauchten kein Geheimnis zu wahren. Der Geruch ihrer Leidenschaft brannte mir wie Säure in der Kehle, und ihr Jaulen, Heulen und ihre Freudenschreie gellten mir in den Ohren.

Dann, über mein Keuchen und das Pochen meines Herzens hinweg, drangen wildes Triumphgeheul und ein Schrei des Entsetzens zu mir, der Geruch von heißem Blut und die Laute eines sich hin- und herwerfenden sterbenden Tieres, die Geräusche von aufeinanderprallenden Zähnen, scharrenden Pfoten und Streitereien um die Beute. Warmes, frisches Fleisch, aber nicht für mich!

Ich rannte noch schneller, um das alles hinter mir zu lassen.

Einen Werwolf überkommt beim Rennen eine Euphorie, die er empfindet wie Selbsthypnose, welche den Kopf ausschaltet und nur noch den Körper übrig lässt: sich streckende Beine, das pumpende Herz, die ein- und ausatmenden

Lungen. Rhythmus. Bewusstheit. Rennen. Rennen, bis – das ist schon vorgekommen – nur noch das bloße Bedürfnis zu rennen bleibt und man rennt bis zum totalen Zusammenbruch.

In menschlicher Gestalt sind natürlich die Lungen kleiner, die Beine kürzer und das Herz schwächer. Ich rannte etliche Kilometer weit, aber meine Kraft war schon lange vor meinem Willen am Ende. Als ich an einem Bach hinfiel, brannte mir die Brust, und mein Atem klang wie Schluchzen. Ich vergrub mein Gesicht im kalten Wasser, von dem ich so viel schluckte, wie ich nur konnte, um es prompt wieder zu erbrechen. Ich konnte mich gerade noch weit genug vom Ufer wegschleppen, um nicht zu ertrinken, bevor ich mit dem Gesicht auf den Boden schlug und im tiefen, traumlosen Schlaf äußerster Erschöpfung versank.

XV

Zitternd vor Hunger erwachte ich vom Geruch frisch erlegter Beute. Ich kroch zum Bach und trank noch ein wenig, aber das Wasser schwappte nur in einem schmerzhaft leeren Magen hin und her. *Blut. Warmes, rohes Fleisch.* Der weiche, babysüße Duft nach daunenweichem Fell. Wildkaninchen. Jemand hatte nicht weit von mir ein Kaninchen erlegt. Verstohlen folgte ich dem Geruch.

Ich fand das Kaninchen mit gebrochenem Hals und aufgeschlitztem Bauch in einem Dickicht. Es war kaum angefressen; nur das Herz und ein Teil des Magens fehlten, als hätte der Jäger das Interesse verloren.

Vor lauter Hunger stürzte ich mich auf der Stelle ins Gebüsch und schnappte mir den Kadaver, ohne mir auch nur eine Sekunde Gedanken darüber zu machen, wem ich da wohl das Abendessen stahl oder was aus mir würde, wenn das

Raubtier zurückkäme. Das Kaninchen und das ganze Gebüsch rochen stark nach Werwolf. Eigentlich hätte ich mich umsehen sollen.

Aber ich war völlig unfähig zu denken, so sehr hatte mich die Gier im Griff. Meine Hände waren so schwach und zittrig, dass ich kaum den Brustkorb aufreißen konnte. Ich zerrte mit den Zähnen und schlang ganze Stücke hinunter, ohne den Geschmack zu registrieren – weiche Innereien, Muskelfleisch, kleine, schwammige Knochen. Der Kadaver war noch warm, das Blut kaum geronnen. Ich zerbrach den Knochen einer Keule und saugte das Mark aus, kratzte das Fleisch von einem Streifen Haut und warf das Fell weg. Den leeren Brustkorb leckte ich aus und beschnupperte die Reste wie ein Hund. Ich muss schon ein merkwürdiges Bild abgegeben haben.

Erst jetzt spürte ich die Blicke und witterte etwas.

Ich brauchte nur meinen Kopf um dreißig Grad nach rechts zu drehen und schon sah ich sie – eine schlanke schwarze Wölfin mit schokoladebraunen Augen, so reglos und dunkel, dass sie fast mit dem Dickicht verschmolz, in dem sie sich versteckt hatte. Sie beobachtete mich aufmerksam.

Mir blieb das Herz stehen, und das halb gekaute Fleisch in meinem Mund erschien mir plötzlich trocken und geschmacklos. Die Reste des Kadavers klemmten zwischen meinen Händen, etwas Fell, die größeren Knochen, ein leerer Schädel. Ich mühte mich ab, den geschmacklosen Klumpen in meinem Mund hinunterzuwürgen und hielt ihr entschuldigend und zögerlich die Überbleibsel ihrer Beute hin.

Langsam kam sie aus dem Gebüsch, den Körper knapp über dem Boden, die Augen wachsam. Wie ich sah, musste sie etwa so alt sein wie ich ... ihrer Größe nach. In Wolfsgestalt wären wir ungefähr gleich stark gewesen; so aber hatte ich gegen sie keine Chance.

Dennoch hielt ich ihrem Blick stand, denn schließlich war

ich Brianna Devoncroix und gab vor niemandem klein bei. Allerdings wünschte ich mir in diesem Augenblick, dass es eine Möglichkeit gäbe, den Kopf hoch zu halten und gleichzeitig meine Kehle zu schützen.

Sie kam näher und schnupperte an den kläglichen Resten ihres Abendessens. Dann trat sie höflich einen Schritt zurück und setzte sich, als wollte sie sagen: »Danke, es ist nicht so wichtig.«

Mir fiel ein Stein vom Herzen.

Ich legte das Beutegut behutsam auf den Boden und begab mich auf die Seite. Als sie keine Anstalten machte, sich auf mich zu stürzen, fand ich den Mut, ihr den Rücken zuzuwenden und zum Bach zu gehen, um mich zu waschen.

Während ich mir das Blut aus dem Gesicht wischte und die Fleischfasern aus dem Gebiss zupfte, registrierte ich den rauchig-würzigen Geruch ihrer Verwandlung, eine Spur verbrannten Fells und ein leichtes Knistern in der Luft, das auf eine hastige, mehr auf Zweckmäßigkeit als auf Eleganz abzielende Verwandlung schließen ließ. Trotz geheuchelten Desinteresses wartete ich in Wahrheit darauf, dass sich die Wasseroberfläche glättete und ich ihr Spiegelbild darin erblickte, ohne mich umzudrehen.

Doch das Wasser floss zu schnell, und so konnte ich meine Neugier nur befriedigen, indem ich mich umdrehte und der Werwölfin ins Gesicht sah, die, nachdem sie mich mit Fängen und Klauen nicht hatte einschüchtern können, es nun zweifellos mit Verachtung versuchen wollte.

Sie hatte volle Brüste, schlanke Hüften und welliges schwarzes Haar, das ihr über den halben Rücken fiel. Abgesehen von ihren großen, dunklen Augen und der etwas spitzen Nase war sie alles andere als unattraktiv. Die offene Neugier, mit der sie mich betrachtete, kam fast meiner eigenen gleich.

Nachdem wir einander eine Zeit lang wortlos gemustert

hatten, sagte sie schließlich: »Ich wollte nur mal sehen, ob ich es kann. Es fangen, meine ich. Aber dann hab ich gemerkt, dass ich gar keinen Hunger hatte.«

Verlegen zuckte ich die Achseln. »Ich schon.«

Plötzlich grinste sie. »Kann ich mir vorstellen, wenn man die ganze Strecke auf nur zwei Beinen rennt.«

Meine Augen verengten sich zu schmalen Schlitzen, und ich machte mich schon darauf gefasst, mich gegen die Angriffe zu verteidigen, mit denen ich nun rechnete. »Bist du mir gefolgt?«

Gleichgültig verschränkte sie die Arme. »Nicht absichtlich. Aber hin und wieder habe ich deine Witterung aufgeschnappt. Du bist Brianna Devoncroix, nicht wahr?«

Vorsichtig nickte ich.

»Dein Bruder ist in meinem Wohnheim.«

»Er hat nie von dir erzählt.«

»Weil er mich noch nie bemerkt hat«, erklärte sie nüchtern. »Mich bemerkt keiner.«

»Und wer bist du dann«, hakte ich nach, »wenn du keinem auffällst?«

»Ich bin Freda Fasburg.« Sie machte sich auf den Weg den Bach hinauf, bevor sie beiläufig ihre nächsten Worte fallen ließ. »Und eine Prinzessin.«

»Eine was?« Ich musste mich beeilen, um mit ihr Schritt zu halten.

»Eine Prinzessin. Mein Vater ist der Fürst von Auchenstein, somit bin ich eine Prinzessin.«

Ich war völlig verwirrt und fasziniert zugleich – was sie zweifellos hatte erreichen wollen. »Ein Fürst?« Ich stolperte über einen umgestürzten Baumstamm. »Du meinst – so wie ein Mensch?«

Sie lachte. »So ähnlich. Jedenfalls glauben die Menschen, dass wir auch welche sind. Wir besitzen das Fürstentum schon seit Jahrhunderten, und deshalb hat das übrige Rudel uns verstoßen.«

»Verstoßen?«

Über die Schulter warf sie mir einen scharfen, halb belustigten, halb zögernden Blick zu. »Bist du sicher, dass dir noch nie jemand davon erzählt hat?«

Verwundert schüttelte ich den Kopf.

Achselzuckend fuhr Freda fort: »Jedenfalls solltest du es an mir riechen. Ich bin eine Ausgestoßene, genau wie du. Abgesehen davon, dass dein Vater gerade beschlossen hat, uns wieder ins Rudel aufzunehmen. Allerdings weiß ich nicht so recht, ob wir das überhaupt wollen. Meine Schwester meint, dein Vater sei nur wegen unseres Geldes an uns interessiert. Wir sind nämlich steinreich.« Plötzlich grinste sie abermals und ihre dunklen Augen funkelten. »So ist das eben, wenn man zum Hochadel gehört – die Menschen drängen dir ihr ganzes Geld auf.«

Das war alles ein bisschen viel auf einmal, und ich wusste kaum, welche Frage ich als Erste stellen sollte. Dann aber kam sie mir zuvor, indem sie mich – keineswegs unfreundlich – fragte: »Du bist anthropomorph, stimmt's?«

Das verschlug mir die Sprache. Ich hatte das Wort noch nie gehört. »Was soll das denn sein?«

Wir hatten eine Stelle erreicht, wo das Gras besonders hoch und fett wuchs. Freda setzte sich an einem sonnenbeschienenen Fleckchen auf den Boden. Sie legte die Fußsohlen aneinander, und ihr Haar fiel ihr über die Brüste, als sie mit ernster Miene zu mir hochblickte. »Ich hab gehört, was die Lehrer gesagt haben. Das kommt manchmal selbst in den besten Familien vor, heißt es, und keiner weiß, warum. Sie nennen es Anthropomorphismus. Wenn ein Werwolf sich nicht verwandeln kann.«

Entgeistert starrte ich sie an. Sie redeten also schon über mich. Sie wusste es. Die Lehrer wussten es. Alle wussten es. Ich hatte keine andere Wahl, als sie anzugreifen.

Also stürzte ich mich auf sie, um sie zu beißen, zu treten,

zu kratzen, mit den Fäusten zu traktieren, aber sie war viel zu geschmeidig für mich; mit einer einzigen flüssigen Bewegung rollte sie zur Seite und stand auf. Plötzlich hatte ich die Hände voller Gras, bevor ich mich nach einem Augenblick der Verblüffung umdrehte, um mich erneut auf sie zu stürzen, und sie rief: »Was bist du eigentlich, etwa eine Wilde? Selbst Menschen benehmen sich besser als du!«

Ich erstarrte. Mir, Brianna Devoncroix, war schon so manches vorgeworfen worden, aber nie schlechtes Benehmen. Seit unserer Geburt wurden wir derart gedrillt, dass ich gar nicht recht wusste, was schlechtes Benehmen eigentlich sein sollte. Fest stand nur, dass es eine ganz und gar nicht erstrebenswerte Sache war.

Wütend wischte sich Freda Gras von den Hüften und aus dem Haar. »Die Menschen haben ein eigenes Wort für Kreaturen wie dich«, fuhr sie verächtlich fort. »Lykanthrop! Das ist ein Werwolf, der sich in Menschengestalt wie ein Wolf verhält. Und wenn sie einen fangen, sperren sie ihn in einen Käfig mit Eisenstäben und karren ihn von Stadt zu Stadt, damit all die anderen Menschen ihn anstarren, auslachen und mit irgendwelchen Sachen bewerfen können!«

Die Luft wich aus meinen Lungen und die Hitze aus meinem Gesicht, als ich mich auf den Boden sinken ließ und sie anstarrte. Lykanthrop. Ich hatte das Wort schon einmal gehört, ohne zu wissen, was es bedeutete. Plötzlich verstand ich, warum meine Eltern und Lehrer so sehr darauf erpicht waren, mir besonders zivilisiertes Verhalten beizubringen. Denn für den Fall, dass ich von Menschen gefangen werden sollte … weil ich nie die Gestalt eines Wolfs annehmen konnte … Lykanthrope! Sie steckten sie in Käfige.

»Käfige«, flüsterte ich laut durch erstarrte Lippen, die das Wort kaum hervorzubringen vermochten.

Reue erfüllte die Augen des Mädchens, das erst einen vorsichtigen Schritt auf mich zu tat und dann einen weiteren, größeren. Sie setzte sich neben mich. »Ich wollte damit doch gar nicht sagen, dass du eine Lykanthropin bist«, erklärte sie in entschuldigendem Ton, »sondern nur, dass du dich wie eine verhalten hast. Außerdem glaube ich nicht, dass die Menschen sie wirklich in Käfige stecken, jedenfalls heute nicht mehr. Wahrscheinlich stecken sie sie eher in Kliniken.«

Auf meinen fragenden Blick hin fügte sie hinzu: »Einrichtungen für Kranke.«

Nach kurzem Abwägen dieser Alternative kam ich zu dem Schluss, dass sie auch nicht besser war als die Erste. Dann sagte ich, so ruhig ich konnte: »Ich bin keine Lykanthropin und auch nicht anthropomorph. Ich bin einfach nur – etwas spät dran, das ist alles.«

Sie dachte einen Augenblick darüber nach. »Ich weiß nicht, ob es jemals jemanden gegeben hat, der mit dreizehn noch nie eine Verwandlung erlebt hat. Aber ich könnte es für dich nachschlagen«, bot sie an. »Ich bin nämlich in der naturwissenschaftlichen Fakultät.«

Daraufhin zog ich meine Beine an und legte die Arme um die Knie. In dem Bemühen, gleichgültig zu klingen, sagte ich beiläufig: »Kannst du meinetwegen, wenn du willst. Trotzdem bin ich nicht anthropomorph.«

»Und wenn, wäre das auch keine Katastrophe.«

Mit einem verächtlichen Lachen antwortete ich: »Du hast leicht reden!«

Nun war sie diejenige, die eine Gleichgültigkeit vortäuschte, die nichts mit ihren wahren Empfindungen zu tun hatte. »Was nützt es mir schon, als Wolf herumrennen zu können, wenn es niemanden gibt, der mit mir rennen will.«

Meine Neugier lenkte mich, wenn auch gegen meinen Willen, von meinen eigenen Sorgen ab. »Und warum wollen die anderen nicht mit dir rennen? Weil ihr mit Menschen zusammengelebt habt?«

Freda nickte. »Weil wir Menschen *beherrscht* haben. Und

weil wir uns in ihre Regierungen eingemischt haben – wie der Hochadel das eben so tut – und wir sie glauben machten, dass wir selber Menschen sind. Das ist kompliziert. Aber jetzt sagt dein Papa, das sei alles vergeben und vergessen, und wir sollten in das Rudel zurückkehren – deshalb muss ich auf die École gehen, obwohl keiner mich hier haben will, und mein Papa muss in Venedig leben und auf seinen Thron verzichten.«

Mittlerweile war ich so gefesselt von ihrer Geschichte, dass ich die Begriffe »Lykanthrop« und »anthropomorph« schon so gut wie vergessen hatte. »Du hast unter Menschen gelebt? Du bist zu ihnen nach Hause gegangen und hast sie zu dir eingeladen, hast mit ihnen gespielt und gegessen? Wie war das denn so?«

Sie strahlte mich an. »Also wenn du es unbedingt wissen willst …«

»Will ich!« In meiner Stimme lag vielleicht eine Spur zu viel an Neugierde, und so schwächte ich dies mit einer betont lässigen Erklärung ab: »Ich bin sicher, mein Papa möchte auch, dass ich alles Mögliche lerne, vor allem auch darüber, wie es zu so etwas Merkwürdigem kommen konnte, dass Werwölfe sich als menschlicher Hochadel ausgaben.«

Freda legte sich auf den Rücken und starrte durch das Blätterdach der Bäume zu den Wolken hinauf. Dann begann sie: »Also, das war vor vielen hundert Jahren, sogar noch vor der Zeit der Königin Eudora. Eine furchtbare Seuche hatte den größten Teil der menschlichen Bevölkerung ausgerottet, und in den Straßen stapelten sich die Leichen; man sagt, sie hätten ihre eigenen Kinder gegessen …«

Ich erschauderte demonstrativ, bevor ich sie mit großen Augen bat fortzufahren. Zufrieden mit ihrem gebannt lauschenden Publikum tat sie das.

»Es war vermutlich eine Frage der Hygiene, könnte ich mir vorstellen. All die nicht begrabenen Leichen, der Gestank, und niemand da, der die Menschen geführt und ihnen gezeigt hätte, wie sie wieder auf die Beine kommen sollten … Meine Ur-Ur-Ur-Urgroßmutter Isolde beschloss deshalb, die Sache in die Hand zu nehmen und holte ihr Rudel aus dem Schwarzwald, wo es damals lebte, in den Ort; dort räumte es auf, verjagte die wilden Tiere, die den Kranken und Schwachen auflauerten, und führte die Menschen wieder in die Zivilisation zurück. Sie brachte die Arzneien des Waldes mit und sorgte dafür, dass die Starken sich um die Schwachen kümmerten. Die Raubtiere schaffte sie aus dem Ort, säuberte die Straßen und brachte den Menschen bei, auf Hygiene und gesunde Ernährung zu achten. Sie stellte Trupps von Bauarbeitern zusammen, um die Häuser der Leute vor dem endgültigen Verfall zu bewahren; danach errichteten die Menschen Isolde aus Dankbarkeit einen Palast und machten sie zu ihrer Königin …«

Der Tag verging, während Freda mir ihre Familiengeschichte erzählte und ich gebannt Wort für Wort verschlang. Die anderen jagten Rehe, liebten sich an den Berghängen und stellten bei verschiedenen Spielen ihre Kraft und Geschicklichkeit unter Beweis. Aber ich hätte mit keinem von ihnen tauschen mögen.

Als die langen Schatten eines endlos scheinenden Hochsommertages der Nacht gewichen waren und ein leuchtend gelber Mond über dem Gipfel des höchsten Berges erschien, waren wir die besten Freundinnen geworden. Wir lagen auf dem Bauch, und unsere menschliche Haut fröstelte ein wenig in der heraufziehenden Frische, als wir unsere Blicke über die im Mondlicht liegende Landschaft gleiten ließen.

»Ich würde mit dir rennen, wenn ich es könnte«, sagte ich und brach damit unser zufriedenes Schweigen.

Freda faltete die Hände unter dem Kinn und erwiderte sachlich: »Eines Tages wirst du das.«

Hoffnungsvoll glaubte ich – wohl zum ersten Mal – wirklich daran.

Beide hörten wir die Stimme, die aus zwei oder drei Kilometern Entfernung vom Wind zu uns getragen wurde. Es war mein Bruder Matise, der nach mir suchte. Sofort antwortete ich ihm.

»Dein Bruder ist sehr attraktiv«, meinte Freda.

Ich warf ihr einen prüfenden Blick zu. »Du bist doch wohl nicht in ihn verliebt?«

Einen Augenblick dachte sie darüber nach. »Nein. Aber wenn ich mich überhaupt jemals in jemanden verlieben sollte, dann am ehesten in ihn. Einmal hat er mich angelächelt ...«

»Er ist sehr charmant«, pflichtete ich ihr bei.

»Das finden alle.«

Ich blickte den Hang hinab, als Matise in Sicht kam – ein flinker Schatten mit federndem Gang, der mühelos die Entfernung zwischen uns zu überbrücken schien. »Er hat uns Fasan mitgebracht«, verkündete ich erfreut. »Genauer gesagt, zwei Fasane.«

»Das rieche ich«, bestätigte Freda. »Aber woher weißt du, dass es zwei sind?«

»Ich sehe sie.«

Sie warf mir einen bewundernden Blick zu. »Deine Augen sind besser als die eines durchschnittlichen Werwolfs – oder sogar eines Menschen.«

Da der einzige Vorteil, den der menschliche Körper gegenüber dem unseren hat, seine Sehstärke ist, durfte ich das durchaus als Kompliment werten.

Matise trat vorsichtig zu uns, nachdem er den fremden Werwolf gerochen hatte, und ich erwartete seine Reaktion auf meine neue Freundin in einer Mischung aus Neugierde und Angst. Ich wünschte mir so sehr, dass er sie mochte; hätte er es nicht getan, hätte ich mich zweifellos von ihr abgewandt. So war das eben mit uns beiden.

Wenige Meter vor uns blieb er stehen, um ihre Witterung

aufzunehmen. Dann ließ er die Fasane fallen und verwandelte sich aus Höflichkeit uns gegenüber in seine menschliche Gestalt. Wir sahen ihm bewundernd zu, als er die Vögel in die Hand nahm und auf uns zukam.

»Matise«, sagte ich, »das ist Freda Fasburg. Sie gehört zu deinem Wohnheim.«

Er blickte zu ihr hinüber. »Hallo.«

»Ihre Familie war verbannt, hast du das gewusst?«

»Nicht verbannt«, berichtigte Freda. »Nur geächtet. Aber das ist ja jetzt Vergangenheit.«

Matise setzte sich vor uns nieder und zeigte uns die fetten, frisch erlegten Fasane. »Vielleicht hast du Hunger?«

Ich schaute Freda an und brach in spontanes Gekicher aus. »Nein danke, ich hab schon gegessen.«

Freda fiel in mein Kichern ein, war aber so höflich, Matise die Vögel abzunehmen. »Wir könnten sie ja braten«, schlug sie vor und begann, sie zu rupfen. »Wer von euch kann ohne Streichholz Feuer machen?«

»Ich«, vermeldete Matise, »aber ich glaube, das lassen wir lieber bleiben.«

Dann sagte ich: »Freda ist ganz verknallt in dich.«

Matise grinste und streckte sich auf dem Boden aus, um seine Muskulatur zu lockern. »Wundert mich gar nicht. Sie ist nicht die Einzige.«

Freda murmelte: »Kann auch keiner überriechen!«

Nun mussten wir beide lachen, und einen Augenblick später schloss sich Matise uns zu meiner Freude an. Später lief Freda ins Wohnheim zurück, um Streichhölzer zu holen, und wir brieten die Vögel, aßen sie unter dem Vollmond und lauschten dem Geheul der anderen, das zwischen den Bergen widerhallte, ohne dass ich das Bedürfnis verspürt hätte, mich ihnen anzuschließen. Ich fühlte mich nicht einsam. Da war ja mein Bruder und meine neue Freundin, und sie hatten mich – und wir alle hatten einander. Was wollte ich mehr?

Rückblickend betrachtet war das wohl der wichtigste Festtag meines Lebens.

Na ja, vielleicht eher der zweitwichtigste.

XVI

Als ich das erste Mal den Palast in Lyon sah, verschlug es mir die Sprache. Schon die Anfahrt durch die üppig grüne französische Landschaft und die Weinberge der Devoncroix unterschied sich so sehr von der Umgebung meiner Kindheit in Alaska und von den Alpen meiner Jugend, dass mir fast die Augen schmerzten vom Versuch, alles gleichzeitig in mich aufzunehmen. Mir brummte der Schädel von dem Bemühen, all die unterschiedlichen Gerüche und Geräusche zu sortieren. Wir fuhren durch ein großes schmiedeeisernes Tor mit dem Wappen der Devoncroix in Gold und Greifen mit Wolfsköpfen und anschließend über eine lange, ruhige Pflasterstraße, die von den Schatten der in großzügigen Abständen gepflanzten Kastanien in dunkle und helle Streifen gegliedert war.

Man schrieb das Jahr 1915, und als Matise, Freda und ich in einem auffälligen, blank polierten Automobil der Marke Daimler eintrafen, waren wir so aufgeregt, dass es uns schwer fiel, stillzusitzen. Wir waren gekommen, um den Abschluss unseres Studiums an der École zu feiern. Aus diesem Anlass war ein eigener Festtag ausgerufen worden, und Werwölfe aus aller Welt hatten sich im Stammhaus der Devoncroix bei Lyon versammelt, um die beiden ältesten Kinder der Rudelführer – sowie natürlich auch unsere Kommilitonen – zur Aufnahme in die Welt der Erwachsenen zu beglückwünschen.

Zu diesem Zeitpunkt war das Palais Devoncroix seit fünfzehn Jahren praktisch unbewohnt, auch wenn genügend Personal zurückgelassen worden war, um es zu erhalten. Es diente als Vorbild für die großen Paläste der Menschen, für Versailles und die ehemaligen Tuilerien, und obgleich er nicht mehr die Kunstschätze des Rudels beherbergte, konnte ihm selbst eine lange Frist relativer Vernachlässigung nichts von seiner Erhabenheit nehmen. Als der Palast nach einer endlosen Auffahrt endlich in Sicht kam, hielten wir angesichts dieses in unseren Legenden und Liedern so hoch gerühmten Wunders alle den Atem an.

Wir sollten nicht enttäuscht werden. Nach einer letzten Kurve thronte er wie eine gigantische Hochzeitstorte auf einem sanften grünen Hügel, und seine Pracht spiegelte sich in einem großen, stillen See wider. Erbaut war er aus edlem Marmor im Barockstil mit zahlreichen geschwungenen Balkonen, kannellierten Türmchen und Buntglasfenstern. Seine Fassade schien sich in drei breiten, geschwungenen Treppen anmutig den Hügel hinab zu ergießen, umgekehrt führt jede dieser Treppen zu einer mit herrlichen Schnitzereien verzierten, zwei Stockwerke hohen vergoldeten Doppeltür. Der Teil, den wir sehen konnten, war schon imposant genug, aber der, den wir nicht sahen – die unzähligen Zimmerfluchten, Galerien und Wintergärten –, nahm eine Fläche von fast zehn Hektar ein.

Ich rang nach Luft und streckte mich, um durch die Windschutzscheibe des Daimler den bestmöglichen Blick auf das Bauwerk zu ergattern. »Das ist ja fast so großartig wie das Devoncroix-Schloss!«

»Nicht annähernd«, korrigierte Matise mich. »Aber eindrucksvoll ist es schon«, musste er zugeben. »Ist ja auch nicht anders zu erwarten, denn schließlich war es ja auch Jahrhunderte lang das Zuhause der Vorfahren unserer Mutter und im übertragenen Sinne des ganzen Rudels – von seiner Funktion als kulturelles Zentrum ganz zu schweigen.«

»Du brauchst so viele Worte für die einfachste Sache der Welt«, bemerkte Freda, ohne ihn anzuschauen, denn ihr Blick war wie der meine auf die Szenerie vor uns gerichtet. Dann fügte sie beinahe abwesend hinzu: »Irgendwann würde ich das Devoncroix-Schloss ja schon gerne mal sehen.«

»Ich wüsste nicht, was dagegen spräche«, antwortete Matise, denn er reagierte nie beleidigt auf kritische Anmerkungen Fredas. »Diesen Sommer fahren wir nach Hause. Komm doch einfach mit.«

»Ich will aber noch nicht nach Hause!«, protestierte ich fröhlich und kniete mich auf das Sitzpolster, um einen noch besseren Blick zu haben. »Erst will ich mal was von der Welt sehen!«

»Und ich werde dich dabei begleiten!«, sagte Freda, bevor ihr die Luft wegblieb. »Meine Güte!«, staunte sie und verdrehte den Hals nach hinten, als wir durch ein weiteres hohes vergoldetes Eisentor fuhren, das sich bei unserem Herannahen wie von selbst öffnete.

Langsamer als zuvor überquerte der Fahrer die steinerne Bogenbrücke über den See, und schweigend würdigten wir alle drei den spektakulären Anblick.

Dann sagte Matise: »Papa meint, das wäre das letzte Rudeltreffen hier. In Zukunft soll unser offizielles Hauptquartier in Alaska sein.«

»Ich kann mir nicht vorstellen, dass das praktisch ist«, meinte Freda. »Wo doch fast das ganze Rudel in Europa lebt.«

»Ach, weißt du«, erklärte ihr Matise und tat dabei sehr weise, »das kommt nur von den Menschen und ihren dummen Kriegen. Papa findet es einfach sicherer, aus der Ferne zuzugucken. Aber andererseits verdienen wir natürlich eine Menge Geld damit.«

»Mit Alaska?«

»Nein, mit dem Krieg. Den Neutralen geht es immer gut, wenn die Nationen gegeneinander Krieg führen, und keiner ist schließlich neutraler als wir. Außerdem gehören uns alle

Stahl- und Chemiewerke, und die brauchen die Menschen nun mal, um Munition herzustellen, abgesehen von den Werften und …«

»Ach, immer diese Menschen und ihre blöden Kriege!«, rief ich ungeduldig. Meine Augen barsten fast in dem Bemühen, nichts zu verpassen, und als der Daimler vor der mittleren Treppe anhielt, hüpfte ich schon hinaus, kaum dass die Räder zum Stillstand gekommen waren. Schweigend und völlig atemlos stand ich ein paar Sekunden da und betrachtete voller Ehrfurcht mein Elternhaus.

»Matise«, flüsterte ich, als er und Freda ebenfalls ausstiegen und sich zu mir gesellten, »ist es wirklich wahr, dass wir hier sind?«

In der Tat standen wir am unteren Ende der geschwungenen großen Treppe, die uns von Gemälden und aus Erzählungen vertraut war – im Schatten der gewaltigen Statuen von Armaden, der Großen Mutter, und Silos, der zwölf Jahrhunderte zuvor den Devoncroix die Herrschaft über das Rudel gesichert hatte. Gesäumt war die Treppe zu beiden Seiten mit der Ehrenwache männlicher und weiblicher Werwölfe, von denen jeder Einzelne ebenso sehr wegen seines prächtigen Äußeren wie wegen seines kämpferischen Geschicks ausgewählt worden war – eine perfekte Zusammenstellung von Individuen mit schwarzem Fell, breiter Brust und schokoladebraunen Augen, die vor uns Ankömmlingen stillstanden, um uns zu bedeuten, dass wir uns in die Gegenwart der Rudelführer begaben.

Von allen Seiten stürzten feierliche Anblicke, Geräusche und Düfte über uns herein – elegante Werwölfe in Festtagskleidern mit Schirmen, Spazierstöcken und ausladenden Hüten, die meterweise mit Chiffon besetzt waren, und Werwölfe in ihrer natürlichen Gestalt, die einander im Sonnenschein jagten, auf den Felsen dösten und in den Bächen plantschten. Vorfreude erfüllte die Luft und zog auch mich in ihren Bann.

Trotz der Bemühungen unserer Eltern, uns den hässlichen Anblick des Krieges unter den Menschen so weit wie möglich zu ersparen, hatten wir unterwegs schockierende Beweise all der Dummheit und Gewalttätigkeit gesehen: zerschossene Städte, verbrannte Felder, marschierende Soldaten und weinende Waisenkinder. In diesem Zufluchtsort unserer Spezies jedoch, in diesem tiefen, abgelegenen Tal war es, als gäbe es ihn gar nicht, diesen Krieg, der im Norden Frankreichs wütete. Tod und Leid konnten uns hier nichts anhaben, die menschliche Verbohrtheit uns nicht erreichen. Ein unsichtbarer Schild schützte unser Territorium, in dem nur Eleganz, Sicherheit und Erhabenheit Platz fanden.

»Über diesem Ort liegt ein Zauber«, sagte ich leise und führte mir schon alles, was mich hier womöglich erwartete, wie ein köstliches Geheimnis vor Augen. »Spürt ihr das auch?«

Matise legte mir den Arm um die Schultern, und Freda drückte meine behandschuhte Hand mit der ihren; die ganze Stimmung war so ergreifend, so voller Versprechungen und Erwartungen, dass ich das Bild noch heute so gestochen scharf vor mir sehe wie eine Fotografie. Was gaben wir doch für ein wunderbares Trio ab, wie wir da standen, bereit, die Welt zu erobern: Matise, ausgesprochen attraktiv in seiner grau gestreiften Hose und dem modischen Strohhut, das füllige Haar hinter dem Kragen von einem schwarzen Band zusammengehalten; und Freda in schmeichelndem Smaragdgrün, das Haar zu einem Chignon geschlungen und mit einem breitkrempigen hellgrünen, mit Straußenfedern und lila Bändern besetzten Hut; dann ich, in einem hinreißenden engen Rock aus weißem Leinen und halblangem Mantel, besetzt mit scharlachrotem Satin, und einem wunderschönen, weißbebänderten schwarzen Hut. Was waren wir doch für ein Anblick: stark, intelligent und selbstsicher. Wir waren bereit, die Welt zu erobern.

Und an jenem strahlenden Sommermorgen an diesem ehrwürdigsten aller Orte glaubte ich fest daran, dass uns das auch gelingen würde.

10

Die Wildnis
12:08 Uhr Alaska-Zeit
24. November

Die Stimme der Menschenfrau, nach so vielen Stunden ununterbrochenen Vorlesens leicht rau geworden, versagte beim letzten Satz. Sie gab ein hüstelndes Geräusch von sich, schloss das Buch und verließ den Raum. Einen Augenblick später hörte Nicholas, wie Wasser in einen Kessel lief, und dann roch er eine elektrische Kochplatte.

Nicholas dachte über Brianna, Matise und Freda Fasburg nach und fragte sich, was ihre Geschichte eigentlich mit ihm zu tun haben sollte – mit Wissenschaftlern, die in einem Labor massakriert wurden, mit der Ermordung eines Rudelführers und dem Attentat auf einen anderen. All das stand in irgendeinem Zusammenhang mit Brianna, so viel wusste Nicholas. Auch sein Vater hatte das gewusst. Nicht umsonst hatte er so entschieden darauf bestanden, dass Nicholas das Buch lesen sollte …

Ruhelos versuchte er, die Bruchstücke der letzten paar Stunden – oder waren es Tage? – zu einem Bild zusammenzusetzen. Verzweifelt fragte er sich, wie lange er sich wohl schon in diesem hilflosen Zustand befand. Wie lange war das Rudel ohne Schutz, ohne Führung? Suchten sie noch immer nach ihm? Oder hielten sie ihn längst für tot?

Ein rasendes Automobil in der Nacht. Eine Bombe, versteckt in einem Hubschrauber. Werwölfe, die aufeinander losgingen und einander ermordeten, wie sonst nur die Menschen es taten … das war die Zeit, in der sie lebten. So viel Gefahr lag in der Luft. Und er klemmte hier eingesperrt fest, nicht in der Lage zu verhindern, was immer die Bruderschaft des Verdunkelten Mondes noch alles an Unheil stiftete.

Ihr Plan war offensichtlich, ihr Vorgehen geradezu genial. Fast hundert Jahre lang hatte diese subversive Gruppe von Menschenhassern im Untergrund gelebt und es sogar geschafft, das Rudel davon zu überzeugen, dass sie nicht mehr existierte; in aller Ruhe hatten sie auf die Gelegenheit gewartet, wieder aufzutauchen und mit einem einzigen Handstreich die Macht zu übernehmen. Nach und nach hatten sie im abgelaufenen Jahrzehnt das Rudel unterwandert, ohne dass einer von ihnen dabei erwischt worden wäre. Sie hatten sich Zugang zu den Geheimnissen der Devoncroix-Regierung erschlichen, deren Stärken und Schwächen ausgekundschaftet und ihre Strategie entworfen.

Ein brillantes Konzept: Sie wollten die Sache angehen, wenn Vater und Sohn auseinander waren, den alten Rudelführer ermorden und das Rudel übernehmen, bevor der Erbe an die Macht gelangte ... obendrein dazu Nicholas' eigenen Erlass benutzen. Garret hatte Recht gehabt. Er hatte ihnen in die Hände gespielt.

Trotzdem ergab das alles keinen rechten Sinn. Alexander war ermordet worden, weil er sich gegen den Erlass stellte, während Nicholas ihn verteidigt hatte. Hätte man ihn schalten und walten lassen, dann hätte er sich – wenn auch unabsichtlich – als Sachwalter der Bruderschaft erwiesen und nicht als deren Gegner. Aber warum hatten sie dann versucht, ihn ebenso zu töten wie seinen Vater? Außer ... in einem Hinterstübchen von Nicholas' Gedächtnis regte sich etwas. Was hatte Michel noch einmal gesagt? *Wenn der Rat sich gegen Sie stellt ... kann es Monate oder gar Jahre dauern, bis das ganze Rudel Ihre Anordnung akzeptiert ...*

Und die Bruderschaft konnte sich den Luxus zu warten nicht leisten. Sie mussten schnell handeln, während das Rudel schwach genug und führerlos war – und der schwerwiegendste Erlass aller Zeiten darauf wartete, Gesetz zu werden.

Aber woher wussten sie das alles? Wie hatten sie von Nicholas' Vorhaben erfahren? Sein Sicherheitssystem war absolut wasserdicht. Außer seinen Eltern hatte niemand von seiner Absicht gewusst, den Erlass zu veröffentlichen, und jedes Gespräch zwischen ihnen über dieses Thema war über eine abhörsichere Leitung gelaufen.

Und dann, mit einem Schlag, fiel ihm etwas anderes wieder ein, das Michel gesagt hatte. *Außerdem könnte es von Vorteil sein, wenn zunächst einmal keine Kopien auf Papier in Umlauf gerieten, falls Sie verstehen, was ich damit sagen will ...*

Michel hatte ihm geraten, den Erlass auf elektronischem Weg zu verschicken. Etwa, weil Kopien auf Papier beim Absturz des Helikopters vernichtet worden wären?

Mir schiene es effizienter, wenn ich noch ein paar Stunden hier bliebe ... statt Sie jetzt gleich nach Hause zu begleiten.

Die Erinnerung jagte Nicholas einen kalten Schauer über den Rücken, sein Herz begann zu rasen. Er musste hier raus und Garret warnen. Sein Rudel brauchte Schutz!

Die Menschenfrau kam zurück, in der einen Hand einen Becher mit Tee, in der anderen eine Schüssel frisches Wasser. Mit zu Schlitzen verengten Augen folgte er jeder ihrer Bewegungen. Wenn sie die Käfigtür öffnete, konnte er sich auf sie stürzen und sie mühelos überwältigen. Aber er hatte nicht die Kraft, sich zu verwandeln, jedenfalls noch nicht. Und ohne sich zu verwandeln, konnte er weder sein Telefon oder sein Hochfrequenz-Funkgerät bedienen noch die Türschlösser öffnen.

Aber sie machte die Käfigtür nicht auf. Am Boden des Käfigs befand sich ein Schlitz, der zwar zu schmal war für die Schüssel, in der sie ihm zuvor sein Essen gebracht hatte, aber gerade hoch genug für die flache Wasserschale. Sie schob sie durch bis vor seine Pfoten.

»Trink, Bursche«, forderte sie ihn leise auf. »Dein Körper braucht Flüssigkeit, wenn du wieder gesund werden willst.«

Woher weißt du denn, was mein Körper braucht?, dachte er verächtlich. *Hier herauskommen, jagen, fressen, zu meinen Leuten zurückkehren, das brauche ich ...*

Sie kniete sich vor ihn hin und begutachtete seine fast verheilten Wunden durch die Gitterstäbe mit einer Mischung aus Entsetzen und Verwunderung. »Wie machst du das bloß?«, flüsterte sie und blickte zu ihm hoch. »Was für ein Wesen bist du nur?«

Verzweifelt dachte er: *Verdammter Mensch! Ruf endlich jemanden! Erzähl ihnen vom Absturz und von dem, was du gefunden hast. Meine Leute registrieren jede Fernsehsendung und jeden Zeitungsartikel. Aber wie können sie anfangen, nach mir zu suchen, wenn sie nicht einmal wissen, wo sie suchen sollen?*

Hannah schlürfte ihren Tee und sagte geistesabwesend: »Es wäre wahrscheinlich angebrachter, den Absturz zu melden. Aber bei dem Sturm, der sich da zusammenbraut, käme sowieso kein Mensch hierher. Und es gibt keine Überlebenden ... außer dir«, fügte sie leise hinzu.

Sein Herz tat einen einzigen mächtigen Satz, bevor es wieder in seinen mehr oder weniger normalen Rhythmus zurückfiel. Unmöglich. Selbst der geschickteste Werwolf konnte in Wolfsgestalt nicht mit einem Menschen kommunizieren. Das Gehirn der Menschen war schließlich viel zu klein, um sie in die Lage zu versetzen, unausgesprochene Gedanken zu verstehen, das wusste doch jeder. Und dennoch ... wie viele Werwölfe, so fragte er sich, hatten überhaupt je *versucht*, in Wolfsgestalt mit einem Menschen Kontakt aufzunehmen?

Er lenkte ihren Blick auf sich. Dann führte er sich im Geiste ein Bild seines SCU – seines Satellitenkommunikationsgeräts – vor Augen. Das Gerät, für Menschen noch nicht auf dem Markt, ermöglichte es ihm, Rundfunk- und Fernsehsendungen zu empfangen, Faxe und E-Mails zu verschicken und mit Hilfe des Devoncroix-Kommunikationssatelliten abhörgeschützte Telefongespräche mit jedem Teil der Welt zu führen. Nicholas wusste, dass sie nie in der Lage sein würde, mit dem Gerät ein Telefongespräch über Satellit zu führen, aber wenn sie einfach nur den Sender einschaltete, würde dieser ein Ortungssignal losschicken, das Garret sofort auf seine Spur lenken könnte.

Geh zum Aktenkoffer, befahl er ihr. *Suche das kleine schwarze Kästchen und bring es mir.*

Sie nippte an ihrem Tee und beobachtete ihn aufmerksam. »Wer bist du«, flüsterte sie. »Bist du etwa – Matise?«

Dummer Mensch, hör mir doch zu. Geh! Geh jetzt zum Aktenkoffer!

Sie runzelte die Stirn und rieb sich eine Stelle knapp oberhalb der Nasenwurzel, als verspürte sie dort einen Schmerz. Dann sagte sie: »Ich weiß, dass du kein gewöhnlicher Wolf bist, aber ist es denn möglich ... wäre es möglich, dass dieses Buch nicht einfach nur reine Fiktion ist?« Dann gab sie einen ungeduldigen Laut von sich, der tief aus ihrer Kehle kam, und schüttelte den Kopf. »Natürlich ist das möglich. Warum sollte es auch nicht möglich sein?«

Schau mich an, Mensch. Lass mich in deine Augen sehen. Tu, was ich dir sage. Bring mir das Kästchen.

Sie blickte ihn an und runzelte erneut die Stirn. Nicholas beobachtete sie und wagte kaum zu atmen, als sie aufstand, sich unsicher umsah und wegging.

Hannah öffnete den Deckel des Aktenkoffers und überflog den Inhalt, um noch einmal zu überprüfen, ob sie vielleicht etwas übersehen hatte, das ihn identifizieren könnte ... *den Besitzer des Aktenkoffers natürlich*, verbesserte sie sich im Geiste. Dann schlug sie die Mappe mit den Papieren auf und ging sie noch einmal durch. Am unteren Ende von einem der Verträge standen Unterschriften, und auf dem Deckblatt befand sich eine internationale Telefonnummer – Paris, wie sie vermutete. Aber da sie kein Telefon hatte, half ihr das nicht weiter.

Das Kästchen, Mensch. Bring mir das Kästchen!

Erneut nahm sie den elektronischen Organizer in die Hand, drückte den vermeintlichen »An«-Knopf, betrachtete das Gerät von allen Seiten und versuchte es noch einmal mit dem Knopf.

Ja, das ist es doch! Bring es mir!

Da entdeckte Hannah einen in die Seite des Organizers eingelassenen Schiebeschalter, und als sie ihn betätigte, klappte das Gerät auf wie ein Handy. Verblüfft zog sie eine Braue hoch. Im Innern fanden sich mehrere Knöpfe und Schalter, aber keine Tastatur. Etwas Vergleichbares hatte sie noch nie gesehen.

Wieder versuchte sie es mit dem »An«-Knopf, und diesmal leuchtete der kleine Bildschirm grün auf. Die Batterie war also noch funktionsfähig, aber die Datenbank offenbar beschädigt. Sie drückte einige der Knöpfe schnell hintereinander, erzeugte damit aber nur eine Reihe gedämpfter Piepser.

Das Ding ist stimmaktiviert, dachte Nicholas eindringlich. *Du kannst seine Funktionen nur mit einem verbalen Befehl in Gang setzen. Bring es mir. Ich kann den Knopf drücken, der das Ortungssignal auslöst.*

Verzweifelt musste Nicholas mit ansehen, wie sie das Gerät abschaltete und achselzuckend beiseite legte. Dann nahm sie wieder ihren Quilt und das rote Buch und setzte sich nahe bei ihm auf das Sofa. Lächelnd blickte sie in seine Richtung. »Interessiert uns noch das Ende des Kapitels?«

Und wieder begann sie, laut zu lesen.

Aus den Aufzeichnungen des Matise Devoncroix

XVII

Brianna

Der Aufnahmezeremonie gingen zweitägige Feierlichkeiten, Rudelläufe, Sportwettkämpfe, Theateraufführungen und Symphoniekonzerte voraus. Wir – die einhundertunddrei jungen Werwölfe, die in die Gemeinschaft der Erwachsenen aufgenommen werden sollten – waren Ehrengäste, Darsteller und Mittelpunkt der allgemeinen Aufmerksamkeit. Matise nahm an zwei Rennen teil, von denen er im einen siegte und im anderen als Dritter ins Ziel kam; das Theater, das man um ihn veranstaltete, hätte aber die Vermutung nahe gelegt, er habe beide gewonnen.

Ich sang eine Arie von Verdi auf einer Bühne unter freiem Himmel, wo schon sehr viele meiner berühmten Vorfahren aufgetreten waren; als ich einmal einen Blick auf die erhöhten Sitzplätze meiner Eltern riskierte, sah ich, wie die Augen meines Papas vor Tränen glänzten, als er die Hand meiner Mutter an seine Lippen führte, und das Gesicht meiner Mutter war tief bewegt vor Stolz. Angesichts des donnernden Beifalls, der leuchtenden Bühnenscheinwerfer und der Bewunderung von Hunderten von Werwölfen war auch ich so überwältigt, dass ich vor Rührung bebte. Ohne die geringste Anstrengung hätte ich in diesem Augenblick meine Arme heben und mich in die Leidenschaft stürzen können, da war ich mir ganz sicher. Aber ich tat es nicht.

Ich hatte anderes vor.

Bei jedem Rudelfest gibt es immer mindestens eine Paarungszeremonie, denn was wäre eine Feier ohne Berücksichtigung jenes wesentlichsten Teils unseres Daseins? Diese Zeremonien sind fröhlich und feierlich zugleich, lüstern, leidenschaftlich und höchst sentimental. Jeder nimmt daran teil, der dazu in der Lage ist, vom eben erst der Mutterbrust entwöhnten Werwolfswelpen bis hin zum grauschnäuzigen Großvater: Freunde, Verwandte, entfernte Bekannte, Feinde, geschäftliche Konkurrenten – alle kommen sie hier zusammen, um voller Freude und Ehrfurcht an diesem Beginn neuen Lebens teilzuhaben und somit gewissermaßen auch an der Fortsetzung unseres Daseins.

Während Braut und Bräutigam von ihren engsten Verwandten und Freunden mit exotischen Weinen und Delikatessen verköstigt und mit duftenden Ölen eingerieben wurden, während man ihnen Ständchen brachte, sie rundherum verwöhnte und auch anderweitig auf den feierlichen Augenblick ihrer Vereinigung vorbereitete, herrschte im Rudel absolute Glückseligkeit. In den Sälen des Palais und in den Parks wurden große Tische aufgestellt, die man mit Hammel- und Rinderhälften, ganzen Käserädern, dampfenden Broten, Bergen von Blutwurst und Süßigkeiten aller Art bestückte. Riesige Fässer Devoncroix-Wein wurden angezapft und zügig geleert. Dem Anlass entsprechend trugen wir alle lockere Verwandlungsgewänder oder gar nichts, und aus Respekt vor den künftigen Gefährten behielten wir alle unsere menschliche Gestalt bei. Schließlich blieb noch genug Zeit für die Verwandlung, zum Rennen, zum Flirten oder, falls man bereits vermählt war, zum Zeugen von Nachwuchs, wenn die große Stunde von Braut und Bräutigam vorbei war.

Trotz der Beschränkung auf unsere menschliche Gestalt – oder vielleicht gerade deswegen – prägte die Schlemmerei den Tag. Obwohl wir uns bereits voll gegessen hatten, bis wir nicht mehr konnten, fand sich immer noch irgendwie Platz für ein weiteres Häppchen Sülze oder ein letztes Stückchen Blätterteiggebäck. Und die Luft war erfüllt vom Sex, der ultimativen Befriedigung aller Begierden.

Wie wir einander liebten, im ungestümen, rauschhaften Eros jenes Hochsommertages; schöne, von der Sonne und der Leidenschaft erhitzte Körper, einander liebkosende Lippen und Zungen, streichelnde Fingerspitzen, verschränkte Arme und Beine, als wir uns küssend und einander innig umarmend ins weiche Gras der Wiesen und in die duftenden Blumenfelder sinken ließen. Es war die pure Ekstase – jedenfalls für diejenigen, die dazu aufgefordert wurden.

Freda und ich genossen das alles aus dem sanft wirbelnden Wasser eines heißen Beckens in der oberen Wiese, übervolle Weingläser in der Hand, eine Platte voller Süßigkeiten auf einem schwimmenden Tablett zwischen uns. Warme Wasserfinger liebkosten unsere Zehen und unsere Brustwarzen, streichelten uns zwischen den Schenkeln. Der Duft von Lavendel und Patschuli wirkte fast so berauschend wie der Wein, der Kuss der Sonne schwer und einschläfernd. Verloren in einem sinnlichen Dunstschleier voll süßer Buttercreme und dunklem, starkem Wein, wirbelnder Leidenschaft und sanfter Sinnenfreude beneidete ich keinen Werwolf der Welt.

Freda seufzte tief, tauchte die Schultern unter Wasser und ließ sich von Luftblasen am Kinn kitzeln. Aufsteigender Dampf umschmeichelte ihr Gesicht und klebte ihr die zarten Ranken dunklen Haares, die aus ihrem Haarknoten entflohen waren, auf die Haut. »Nichts gegen die Römer«, murmelte sie. »Nur so kluge Werwölfe wie sie konnten die warmen Bäder erfinden.«

»Die Römer haben sie gar nicht erfunden«, berichtigte ich sie schläfrig. »Sie haben sie nur vervollkommnet.«

»Ich schicke ihnen trotzdem ein Dankschreiben.« Sie hob ihr Glas über den Kopf, streckte die Zunge heraus und schüttete Wein darauf. Natürlich konnte sie nicht den ganzen

Strahl auffangen, und wir brachen beide in Gekicher aus, als ihr roter Wein übers Kinn und dann ins Wasser rann und sie tat, als wolle sie Tröpfchen davon aus den Luftblasen erhaschen. Ich spritzte ihr Wasser ins Gesicht, sie schnappte sich ein Bonbon, warf es mir zu, und ich fing es mit den Zähnen auf, was sie erneut zum Kichern brachte. Dann nahmen wir beide zugleich den angenehmen, vertrauten Geruch von heißer männlicher Haut und den Moschusduft eines Werwolfs auf und wandten uns im Becken um.

Es waren Matise sowie eine hellhaarige Werwölfin aus einer der anderen Fakultäten und eine brünette Hexe namens Aenid aus dem naturwissenschaftlichen Fachbereich der École. Lachend jagten sie über die Wiese, geschmeidige junge Wesen mit langen, schlanken Muskeln, glühenden Gesichtern und vom Wind zerzaustem Haar – mein Bruder war der attraktivste Teil des Trios.

In der Kunstakademie hatten wir Zugang zu repräsentativen Werken sämtlicher großer Meister, und ein ganzer Saal war ausschließlich aus Marmor gehauenen, exquisiten Figuren von Werwölfen vorbehalten. Aber nicht einer von ihnen konnte sich mit Matise messen, mit seinen breiten Schultern und der schlanken Taille, den langen Oberschenkeln und den festen Hinterbacken. Sein in Karamelltönen marmoriertes Haar, das ihm in dichten Wellen auf die Schultern fiel, roch nach Wald, Sonne und kühlem, schwammigem Moos; am liebsten hätte man es in die Hände genommen und sein Gesicht darin vergraben. Er besaß schöne Züge mit einem Mund, der allzeit bereit war, zu lachen oder zu küssen, und ebenso schelmische Augen wie Papa. Es machte einfach Spaß, ihn anzuschauen.

Freda sprach meine Gedanken laut aus: »Meine Güte, sieht der gut aus!«

Ich drehte mich auf den Bauch, und der Auftrieb des mineralischen Wassers hob meine Beine, während ich die Arme auf dem gekachelten Beckenrand verschränkte und das Kinn auf sie legte. Genau in diesem Moment ließ Matise zu, dass Aenid ihn am Knöchel packte, und die beiden fielen in einem lachenden Tanz verworrener Haare, verschränkter Gliedmaßen und gierig küssender Münder zu Boden. Als die Blonde zu ihnen aufschloss, packte Matise sie am Handgelenk, ohne seinen Mund von Aenids Brust zu nehmen, und zog sie mit ins Getümmel.

»Hast du eigentlich gewusst«, fragte Freda, »dass die Menschen nur heimlich Sex haben, und das sogar an ihrem Hochzeitstag?«

»Wie merkwürdig!« Langeweile überkam mich, als Matise sich nun darauf konzentrierte, der Blonden Freude zu schenken, und Aenid damit begann, seine Genitalien mit der Zunge zu liebkosen. Ich wandte mich ab, griff wieder nach dem Weinglas und nippte nachdenklich. »Hast du je darüber nachgedacht, wie es sein muss, einen Gefährten zu haben? Wenn sein Herz im selben Rhythmus schlägt wie deines und du alle Geheimnisse seines Lebens im Kopf herumträgst und weißt, dass er auch die deinen kennt? Wie ist es wohl, über die Gedanken des anderen Bescheid zu wissen? Nicht einmal Matise und ich kennen die Gedanken des anderen. Das ist doch irgendwie erschreckend, findest du nicht auch? Ich meine, das ganze Leben so eng mit einem anderen verbunden zu sein.«

Freda nickte ernst. »Manchmal glaube ich fast, dass die Menschen in dieser Hinsicht vernünftiger sind. Sie haben einfach Sex und kriegen Kinder.«

Ich stimmte ihr zu.

Über die Vereinigung dachte ich viel nach; wie hätte es auch anders sein sollen? Ich dachte auf dieselbe Weise darüber nach, wie ich über die Leidenschaft nachdachte, mit Hoffnung und Entschlossenheit und einiger Verzweiflung. Da man nur in Wolfsgestalt eins werden konnte, waren naturgemäß beide Probleme unlösbar miteinander verknüpft. Aber wir zählten fünfzehn Lenze, Freda und ich, und niemand erwartete von uns, dass wir uns einen Gefährten nahmen, bevor wir etwa dreißig waren. Dafür blieb also noch genügend Zeit. Und an jenem herrlichen Sommertag, als so viele Hoffnungen und Versprechungen in der Luft lagen, glaubte ich fester daran, als ich es je zuvor getan hatte. Es würde auch mit mir geschehen. Ich wusste es einfach.

An meinem Wein nippend, fragte ich Freda: »Wen möchtest du eigentlich als Gefährten, Freda?«

Sie zuckte mit den Achseln und setzte eine gleichgültige Miene auf. »Wir vermählen uns traditionell mit unseren Cousins. Obwohl heute die Königin – deine Mutter – meint, wir sollten das besser nicht mehr tun, weil das Rudel eine größere genetische Vielfalt braucht.«

Warum machte diese Tatsache sie wohl so unglücklich, dass sie es nötig hatte, Gleichgültigkeit zu mimen – denn genau das tat sie. Ihr Ton war locker und ihre Haltung entspannt, aber ihr Geruch sprach eine andere Sprache, und ihr Herz pochte stärker und schneller als zuvor. »Aber das ist doch gut, oder?«, versuchte ich sie zu überzeugen. »Ich meine, wenn man aus dem ganzen Rudel auswählen kann, anstatt nur aus dem Kreis einiger weniger Cousins!«

»Das mag stimmen.« Ihr Lächeln wirkte ein wenig matt. »Vorausgesetzt natürlich, dass einer aus dem übrigen Rudel auch bereit ist, mich zu nehmen.«

Da hatte ich also den Grund dafür, warum wir allein im Becken waren, statt in Gesellschaft kräftiger junger Werwölfe. Freda war in menschlicher Gestalt ebenso attraktiv wie als Wölfin, verfügte über Intelligenz, Schnelligkeit und Gerissenheit. Es machte mich wütend, dass man ihr aus dem Weg ging, nur weil sie das Pech hatte, aus einer Familie zu stammen, deren Vorfahren sich vor mehreren hundert Jahren die eine oder andere Fehlentscheidung geleistet hatten.

Wenn Fredas Aufnahme an die École den Versuch meiner

Eltern darstellte, die Fasburgs wieder ins Rudel einzugliedern, dann war dieses Experiment aus meiner Sicht jämmerlich gescheitert.

»*Maman* wird schon jemanden für dich finden«, versuchte ich sie zu trösten und drückte unter Wasser ihre Hand. »Ich werd's ihr sagen.«

»Keine Angst, Freda«, bot Matise fröhlich an, der gerade von hinten zu uns stieß. »Wenn alle Stricke reißen, kannst du immer noch auf mich zurückgreifen!«

Dann sprang er ins Becken, die Flutwelle seines Überschwangs spritzte uns in die Augen und durchweichte unser Haar, ergoss sich in unseren Wein. Wir kreischten und schlugen nach ihm in gerechtem Zorn; Freda erteilte ihm finster eine Abfuhr, während sie sich das Wasser aus den Augen wischte: »So verzweifelt werde ich nie sein, dass ich dich zum Gefährten nehme, Matise Devoncroix!«

»Bloß keine voreiligen Ankündigungen! Du hast ja keine Ahnung, was für ein exzellenter Liebhaber ich bin.«

»Leider weiß jede im Rudel, was für ein exzellenter Liebhaber du bist«, sagte ich stirnrunzelnd, während ich eine aufgeweichte Blätterteigpastete nach ihm warf.

Dann packte er Freda plötzlich bei den Schultern und presste seinen Mund auf den ihren, küsste sie tief und heftig mit Zunge und Zähnen und sorgte dafür, dass ihr Puls raste und ihre Haut errötete. Erst belustigt und schließlich mit wachsendem Unbehagen sah ich zu. Irgendwie wurde mir in diesem Augenblick zum ersten Mal klar, dass Matise eines Tages heiraten würde.

Er würde heiraten und wir voneinander getrennt.

Heftig zog ich ihn am Haar, und er ließ von Freda ab. Mit erhobener Hand näherte er sich mir, und ich bleckte die Zähne. Selbst im Spiel hätten wir nie gewagt, ein derart wildes Verhalten an den Tag zu legen, außer im Beisein von Freda, und diese lachte – wenn auch ein wenig außer Atem.

»Na schön«, gestand sie mit leuchtenden Augen, »vielleicht hast du deinen Ruf als Liebhaber ja zu Recht. Aber an deinem Finish musst du noch ein bisschen arbeiten.«

Matise grinste und tauchte gerade lange genug unter, um den Geruch all der Werwölfinnen abzuwaschen, mit denen er an jenem Nachmittag zusammen gewesen war. Keuchend kam er wieder hoch, schob sich das nasse Haar aus den Augen und wischte sich das Wasser aus dem Gesicht. Wieder kreischten Freda und ich und hielten die Hände über unsere Weingläser, als er den Kopf schüttelte, um uns nass zu spritzen.

»Verschwinde, du schreckliches wildes Tier«, befahl ich und trat ihn mit den Füßen. »Wir hatten es uns ohne dich gerade so schön gemütlich gemacht. Übe lieber noch ein bisschen, ein toller Liebhaber zu werden.«

Er legte seinen Arm um mich und küsste mich zärtlich, wobei er sanft mit den Zähnen an meiner Unterlippe nagte und mir seinen süßlich duftenden Atem einhauchte. Dann kuschelte er sich mit dem Gesicht in meinen Nacken und inhalierte meinen Geruch, ich tat dasselbe bei ihm und strich ihm mit meinen Fingern übers nasse Haar. »Das war nett«, gab ich zu und lächelte ihn an. »Aber jetzt verschwinde!«

»Keine Zeit«, antwortete er. Dann lehnte er sich an die Wand des Beckens, streckte die Arme aus und legte mir den einen und Freda den anderen Arm um die Schultern. »Braut und Bräutigam haben das Haus verlassen, und wir müssen besprechen, was wir morgen machen wollen. Und zwar schnell, sonst verpassen wir noch die Paarungszeremonie.«

Ich sah, wie Fredas Hand unter dem Wasser über Matises Oberschenkel strich. »Morgen«, verkündete sie und schwenkte ihr Glas hoch durch die Luft, »werden wir frei sein! Wir werden rennen und tanzen, alle möglichen Ausschweifungen genießen, und wenn wir damit fertig sind …« Sie blinzelte mir über ihr Glas hinweg zu. »Dann fahren Brianna und ich mit einem Zug ins Reich der Menschen, wo wir all diese schönen Dinge wieder und wieder tun werden!«

»Aber bitte nur außerhalb von Europa«, riet Matise streng. »Papa sagt, kein Devoncroix sollte in die Reichweite menschlicher Waffen geraten, und damit bist du gemeint, Bri. Also, was unser momentanes Problem anbelangt, dachte ich, wir könnten es vielleicht folgendermaßen lösen.« Er schaute mich an. »Sie werden die Namen dem Alphabet nach aufrufen, sodass Freda hinter dir drankommt. Jetzt muss ich nur noch dafür sorgen, dass auch ich nach dir komme, damit wir alle, wenn sie deinen Namen rufen, noch in menschlicher Gestalt sind ...«

Ich verstand. Die Aufnahmezeremonie war wie die meisten unserer Rituale einfach und geradlinig: Einen nach dem anderen würde man uns in menschlicher Gestalt aufrufen; dann sollten unsere Leistungen berichtet, unsere Absichten verkündet und unsere Reife erklärt werden – woraufhin wir uns verwandeln sollten. Ein gutes Dutzend Mal hatten mich Freda und Matise in ähnlichen Situationen bereits gedeckt; wir waren darin so routiniert, dass wir uns kaum mehr abzusprechen brauchten. An diesem wichtigsten Tag meines Lebens aber wollte Matise ganz sichergehen, dass mir eine mögliche Demütigung erspart blieb. Ich liebte ihn dafür, und einen Moment lang verspürte ich das starke Bedürfnis, ihm mein Geheimnis zu verraten und ihnen beiden zu erklären, dass sie sich meinetwegen keine Gedanken mehr zu machen brauchten.

Ich legte meine Hand auf seinen Mund und ließ ihn verstummen. »Es ist für alles vorgesorgt«, versicherte ich ihm.

Er hörte, wie mein Herz schneller schlug, und roch meine Erregung, und aus seinen wie aus Fredas Augen sprach eine gewisse Verwirrung. Matise sagte: »Bri, tu bitte nichts Unüberlegtes. Du kannst unmöglich bei deiner eigenen Aufnahmefeier fehlen; das würdest du dir nie verzeihen.«

»Falls du befürchtest, wir könnten dich nicht decken«, mischte Freda sich ein, »sollten wir vielleicht mal mit deinem Papa reden. Er ist schließlich der Rudelführer und könnte ...«

»Nein, das sparen wir uns«, unterbrach Matise sie ungeduldig. »Wir werden sie schon ablenken, du und ich ...«

»Nicht nötig!« Ich nahm Matise und Freda bei der Hand und drückte sie fest; meine Gewissheit war so stark, dass sie wie ein Glühen durch die Haut strahlte. »Matise, das ist wirklich überflüssig. Ich brauche mich nicht mehr zu verstecken – weil ich mich verwandeln kann!«

Fredas Verwirrung verdunkelte ihre Augen, und Matise sah mich erstaunt an. »Bri – ist das dein Ernst? Wann? Wie ...«

Mit erhobener Hand brachte ich sie zum Schweigen und neigte lauschend den Kopf. »Moment – sie sind da! Wir verpassen noch die Paarung!«

Hastig verließen wir das Becken und eilten zur Wiese. Einmal packte Freda mich am Arm und flüsterte: »Bri, was meinst du damit, du kannst dich verwandeln?«

Ich aber hielt den Finger an den Mund und kämpfte mich durch die Menge, um einen Platz in vorderster Reihe zu ergattern.

Bis wir uns nach vorne gedrängelt hatten, war das Ritual schon fast auf dem Höhepunkt angelangt. Braut und Bräutigam standen splitternackt in der Mitte eines weiten Kreises, den das Rudel um sie bildete; sie hatten die Hände hoch erhoben, sodass ihre Fingerspitzen sich fast berührten. Erregung durchdrang das ganze Rudel wie das Summen eines Starkstromkabels, verstärkt noch von Stimmen, die gemeinsam eine getragene, wilde, süße Melodie in einer Molltonart sangen, die so sanft wie das Rascheln von Blättern begann, aber dann immer mehr anschwoll, bis sie das Schlagen von tausend Herzen wiedergab und eine so mitreißende Klangwelle erzeugte, dass sie das Paar auf ihre Leidenschaft zutrieb und in jedem anwesenden Werwolf das tiefste Verlangen erzeugte.

Deutlich spürte ich, wie es auch in meinen Knochen und meiner Brust widerhallte, heiß und wundersam: Liebe, Lust und Freude durchströmten und umflossen mich wie jeden anderen Werwolf ringsum; wir waren alle eins und alle stark. Ich ergriff eine Hand von Freda und eine von Matise und spürte, wie sie meinen Händedruck so fest erwiderten, als wollten sie mir die Knochen brechen. Dieser Geruch, der von ihnen ausging ... Das warme Zucken ihres Blutstroms pulsierte in meinen Ohren, und auf meiner Haut prickelte es wie von einer elektrischen Ladung, die ihre Nähe und ihre Wärme auf mich überspringen ließen.

Der anschwellende Klang des vielstimmigen Chors erreichte ein Crescendo, das förmlich das Universum ausfüllte und einen endlos scheinenden Augenblick lang noch an Intensität gewann, bis die Braut plötzlich den Kopf zurückwarf, sich auf die Zehenspitzen stellte und in einer Explosion von Farbe, Licht und beißend sinnlichem Duft in ihre Leidenschaft stürzte. Keinen Herzschlag später, noch bevor das Knistern ihrer Verwandlung aus der Luft verschwunden war, schloss sich der Bräutigam ihr an, und der Lichtschein wurde so grell, dass die Augen schmerzten.

Alle hielten wir den Atem an, während um uns herum die Erregung kochte, das Verlangen uns erbeben ließ und das intensive, betörende Aroma der Leidenschaft aus unseren Poren strömte. Mit einem auffordernden, koketten Blick über die Schulter sprang die Wölfin ein paar Schritte weg, und fast im selben Augenblick hatte der Wolf sie auch schon erreicht, sich in ihren Nacken verbissen und sie mit seinen Vorderbeinen umklammert. Dann stieß sie ein lautes Triumphgeheul aus, das in unseren Seelen widerhallte, als er sie mit prall geschwollenem Penis bestieg und mit einem einzigen Stoß in sie eindrang. Ein gewaltiger Freudenschrei ging durch die Menge, als wir den Strom heißen Samens rochen, und rundherum begannen Werwölfe, sich ebenfalls zu verwandeln und sich dem Zauber des Augenblicks, der Herrlichkeit des Lebens und dem leidenschaftlichen Verlangen hinzugeben.

Ich spürte Matises Finger, die eng um die meinen geschlungen waren, und seinen gegen meine Hüfte gepressten Schenkel; ich roch seine Hitze, nahm seine Erregung wahr. Freda stand zu meiner anderen Seite, ihre Hand um die meine geschlossen, die Brust weich gegen meinen Arm gedrückt, und ihr Herz pochte in meinen Ohren. Die sanfte Brise, die über meine Haut fuhr, ließ das auf ihr verbliebene Wasser verdunsten und fühlte sich an wie tausend Ameisenbisse. Jeder Körperteil schmerzte: Gelenke, Sehnen, Knorpel, Fasern, Nervenstränge und Zellen. Ich zitterte am ganzen Leib, schmeckte meinen eigenen Schweiß. Die Luft war von Leidenschaft versengt, in meinen Ohren pulsierten tausend Herzschläge, meine Augen brannten und trübten sich. Mein Magen verkrampfte sich vor Verlangen, auch auf meiner Zunge schmeckte ich es. Ich fühlte mich ganz schwach und schwindlig, während meine Sinne von der anschwellenden Leidenschaft um mich herum angesteckt wurden.

Matises Hand rutschte aus meinem Griff, als er verzückt wegrannte, Freda desgleichen. Ich war ganz trunken von den Rückständen all jener Verwandlungen und registrierte nur noch verschwommen die vertrauten Gerüche derer, die ich am meisten liebte. Benommen sah ich zu, wie sie einander in Wolfsgestalt begegneten, sich spielerisch umtänzelten und miteinander losrannten, lachten und sich freuten.

In meinen Ohren dröhnte es, um mich herum war alles von Farbe und Bewegung erfüllt. Taumelnd zog ich mich in den Schatten eines mächtigen Baumes zurück und ließ mich hinter seinem Stamm zu Boden sinken, schwach, bebend, mit nassem Gesicht. Nun schmeckte ich Tränen, aber es waren Tränen der Freude und des Staunens. Ich hatte den Anfang der Leidenschaft gespürt.

Meine Zeit sollte noch kommen. Und zwar bald.

XVIII

Die Aufnahmezeremonie am nächsten Tag begann, wie es Brauch war, bei Sonnenuntergang. Bis alle Reden gehalten waren und man die Anwesenden willkommen geheißen hatte, bräche die Dämmerung herein und die Glut von hundert Leidenschaften würde nacheinander im Zwielicht, das über dem Gelände lag, ein spektakuläres Bild abgeben. Dann war ein Rudellauf durchs Mondlicht dran, und zum ersten Mal würden wir als voll anerkannte Mitglieder des Rudels, als Erwachsene unter Erwachsenen, mit von der Partie sein.

Es knisterte förmlich vor Erregung in den Korridoren des Palais Devoncroix, denn nichts ist ansteckender als jugendlicher Überschwang. Wir verbrachten den Tag damit, zusammen mit unseren Familien von Tafel zu Tafel zu ziehen, wo man uns neckte, Trinksprüche auf uns ausbrachte und uns alle möglichen wohl gemeinten Ratschläge mit auf den Weg gab. Damals hatte ich zwei weitere Brüder und drei Schwestern; zum Ritual gehörte es auch, dass wir, Matise und ich, ihnen mit einem Kuss unsere Treue schworen. Am späten Nachmittag schickte man uns dann auf unsere Zimmer, damit wir badeten, uns das Haar bürsteten, bis es glänzte, uns parfümierten und uns innerlich auf die bevorstehende Zeremonie vorbereiteten.

Kurz nachdem ich aus der Wanne gestiegen war, kam *Maman* zu mir. Freda, mit der ich das Zimmer teilte, schmückte gerade am sonnenbeschienenen Westfenster ihr Haar mit seidenen Bändern, und ich konnte das kaum wahrnehmbare Knistern hören, als Seide und Sonne ihr Haar elektrisch aufluden. Schlagartig erhob Freda sich, als *Maman* hereinkam, aber *Maman* bedeutete ihr, sich wieder zu setzen.

»Ich möchte nur ein paar Worte mit meiner Tochter reden, wenn es Ihnen nichts ausmacht, meine Liebe«, begann sie.

Hätte sie »ein paar persönliche Worte« gesagt, dann wäre das für Freda die Aufforderung gewesen, den Raum zu verlassen und sich so weit wie möglich von uns zu entfernen, um nichts von dem mitzubekommen, was wir zu besprechen hatten. So aber genügte Freda den Geboten der Höflichkeit, indem sie uns den Rücken zuwandte und tat, als höre sie uns nicht. Es ist schon ein bisschen lächerlich, wenn Werwölfe versuchen, Geheimnisse zu wahren.

Maman nahm mich bei den Händen, trat eine Armlänge zurück und betrachtete mich lächelnd. »Was bist du doch für eine wunderschöne junge Dame geworden, Brianna, mit deinem herrlichen roten Haar und dieser perfekten Figur. Du bringst jedes Mal, wenn wir dich anschauen, Freude in die Herzen deiner Eltern.«

Auch ich griente. »Stimmt! Ich sehe wirklich ausgesprochen gut aus. Aber das habe ich schließlich dir und Papa zu verdanken.«

Lachend zog sie mich auf das brokatbezogene Sofa. Sie schaute mir zärtlich in die Augen und erfüllte mich mit Zufriedenheit – meine Mutter, Symbol für alles Gute und Starke und Richtige, die vollkommene Werwölfin schlechthin. Ihre Haut war wie Porzellan, ihre Augen wie Kristalle, und ihr helles, dichtes Haar fiel ihr über die Schultern bis auf die Hüften. Sie roch nach Sonnenschein und Blumen und wohlschmeckenden Dingen – und mitunter machte mich schon allein ihr Duft schwach vor Bewunderung.

Sie sagte: »Wir sind schrecklich stolz auf dich, Brianna. Deine Stimme, deine Energie, deine Erfolge im Studium ... vor dir liegt eine große Karriere, und erst die Geschichte wird zeigen, welchen Platz du im Rudel ausfüllen kannst.«

Ich wollte ihr schon danken für das Vertrauen, das sie in mich setzte, aber sie gebot mir mit erhobenem Zeigefinger zu schweigen. Nun füllte sich ihr Blick mit einer seltsam anmutenden Intensität, die auf mich wirkte, als suche sie in mir nach etwas, das sie nicht ganz finden konnte. »Du bist in mein Leben getreten zu einem Zeitpunkt, als ich schon fast jede Hoffnung aufgegeben hatte«, fuhr sie fort, »und du hast auch das Herz deines Vaters geheilt, von dem ich schon geglaubt hatte, es sei für immer gebrochen. Du hast uns das Leben zurückgegeben, meine liebe Brianna, und dafür gebührt dir für immer ein Ehrenplatz hier.« Lächelnd drückte sie auf den Bereich knapp unterhalb ihrer linken Brust. »Deswegen haben wir auch deiner Bitte entsprochen und die Zeremonie leicht abgeändert, damit alle anderen Namen vor dem deinen aufgerufen werden und jeder bis dahin bereits die Gelegenheit hatte, sich zu verwandeln. Wird dann dein Name aufgerufen, trittst du einfach stolz vor, erklärst deine Pläne für die Zukunft und trittst wieder zurück in den Kreis deiner Familie, die dich in ihre Mitte nimmt. Niemand wird dich deswegen gering schätzen, und die Zeremonie wird nicht unterbrochen.«

Ich senkte den Blick. »Sie werden mich doch gering schätzen«, flüsterte ich.

Einen Moment lang schwieg sie. Ich spürte ihren Schmerz und dachte zum ersten Mal, wie demütigend es für sie und Papa, die Anführer des Rudels, sein musste, die Eltern eines solcherart behinderten Kindes zu sein.

Dann sagte sie: »Brianna, es war wirklich klug von dir, wie du diesen Augenblick so lange hinausgeschoben hast; aber du kannst das Rudel – oder dich selbst – nicht für immer und ewig an der Nase herumführen. Du bist nicht die Erste mit diesem Problem und wirst auch nicht die Letzte sein. Außerdem ist es sehr häufig so, dass das, was auf einem Gebiet fehlt, auf einem anderen kompensiert wird – bei dir zum Beispiel hängt ganz bestimmt deine außergewöhnliche Sehschärfe mit deiner Unfähigkeit zusammen, dich zu verwandeln. Du darfst dich deswegen nie als minderwertiger Werwolf fühlen. In vieler Hinsicht bist du den anderen sogar überlegen.«

Schon wollte ich mich von ihr losreißen und ein paar Schritte zwischen mich und ihre Plattitüden legen, wollte losschreien, dass sie keine Ahnung hatte, gar keine. Aber ich hielt den Mund. An diesem Tag wurde ich erwachsen, und von diesem Tag an wollte ich mich auch wie eine Erwachsene benehmen.

»Ich möchte dich nicht beschämen, *Maman*. Oder Papa.«

Zärtlich legte sie die Hand um mein Gesicht und streichelte mit dem Daumen meine Wange. »Das könntest du nie.« Dann ließ sie ihre Hand fallen und senkte kurz den Blick. »Vor langer Zeit wollte ich dir einmal erzählen ... aber das spielt jetzt keine Rolle mehr. Dein Papa hat Recht gehabt, du hast alle unsere Hoffnungen erfüllt und noch viel mehr.«

Dann küsste sie mich und schenkte mir ein Lächeln, das mir Kraft gab. »Dir steht deine Zukunft in die Augen geschrieben, mein Liebling. Du wirst die Welt verändern.«

Und ich glaubte ihr, glaubte ihr jedes Wort.

Freda wartete, bis die Schritte meiner Mutter auf den Korridoren verklungen waren; wir beide mussten uns schon sehr anstrengen, um ihre Stimme noch zu verstehen, als sie ein Stockwerk über uns und sechs Zimmer weiter mit jemand anderem ins Gespräch kam. Dann aber stürzte meine Freundin sich von ihrem sonnigen Platz am Fenster förmlich auf mich.

»Was hast du vor?«, fragte sie flüsternd. »Erst erzählst du deinem Bruder, dass du dich verwandeln kannst und verwandeln *willst*, und jetzt sagt deine Mutter ...«

Ich hielt ihr meine Finger auf die Lippen, bis ich sicher war, dass sie nicht wieder zu sprechen anfangen würde, und ließ dann vorsichtig von ihr ab, um unter meiner Matratze nach dem Buch zu angeln, das ich ihr triumphierend unter die Nase hielt.

Sie blickte auf den Einband. »Du hast es aus der naturwissenschaftlichen Bibliothek gestohlen!«

»Hab ich nicht! Nur ausgeliehen.« Ich setzte mich neben sie, zog einen Fuß unter meine vier Buchstaben und blätterte schnell die Seiten durch. »Das ist dieses Buch über Anthropomorphismus, von dem du mir erzählt hast. Der Physiologe Zelder hat ein ganzes Forschungsprojekt zu diesem Thema durchgeführt, und schau mal, was er schreibt.« Ich fand die Stelle mit dem Finger. »›... ist anscheinend das Alter zwischen dreizehn und fünfzehn genau die Zeit, in der der junge Werwolf besonders empfänglich gegenüber den Pheromonen ist, die ein anderer bei der Verwandlung absondert ... Hinweise darauf, dass wiederholter Kontakt mit diesen Pheromonen einen Aufschaukelvorgang im Blutstrom hervorrufen und eine Verwandlung auslösen kann, wo vorher eine solche nicht möglich schien ...‹ Er erwähnt sogar den Einfluss bestimmter Umgebungen«, erzählte ich ihr aufgeregt und schloss das Buch, »wo über einen längeren Zeitraum Tausende von Verwandlungen stattgefunden haben – also Orte wie dieser hier! Wie die Paarungsgründe und der Pavillon, in dem wir uns heute Abend aufhalten!«

Freda wirkte besorgt. »Ich habe das Buch auch gelesen, Brianna, und es gilt nicht unbedingt als ...«

Ungeduldig schüttelte ich den Kopf. »Du willst mich nicht verstehen! Es funktioniert! Ich habe es schon von dem Augenblick an gespürt, als ich hierher gekommen bin. Und dann habe ich mich an das erste Mal erinnert, als ich mich fast verwandelt hätte, damals in diesem alten Erdkreis, wo wir noch immer die Leidenschaft unserer Vorfahren riechen konnten – und dann gestern, bei der Paarungszeremonie, hast du's nicht gemerkt? Fast war ich schon so weit ... ich *hätte* mich verwandeln *können*, aber ich habe mich absichtlich zurückgehalten, weil es heute Nacht, wenn jeder sich schon vor mir verwandelt hat, nach dem Aufbau all der Pheromone seit meiner Ankunft hier – mit mir geschieht! Es wird ...« In meiner Erregung und Gewissheit fand ich kaum die richtigen Worte. »Mühelos!«

Aber Freda wirkte immer noch unglücklich. »Brianna, deine Mutter hat Recht gehabt. Es ist keine Schande, einfach wegzugehen. Aber wenn du in den Kreis der anderen trittst ...«

»Genau das werde ich tun!«, versicherte ich ihr.

»Aber du *hast* dich doch noch nie verwandelt«, insistierte sie. »Was ist, wenn ...«

Ich lachte nur. »Freda, du hast doch wohl nicht geglaubt, dass ich mein ganzes Leben lang so bleiben will? Ich bin tapfer und klug gewesen, habe den Mund gehalten. Jetzt ist jedoch meine Zeit gekommen!«

»So etwas kannst du doch nicht einfach *erzwingen*!«

Daraufhin warf ich ihr einen Blick über die Schulter zu und machte mich ans Ankleiden. »Du wirst schon sehen!«

XIX

Nie werde ich den Zauber jenes nebligen Abends vergessen, als die Rosa- und Goldtöne der Dämmerung in ein tiefes Dunkelblau übergingen. In der Ferne zogen mächtige graublaue Sturmwolken auf, doch sie verstärkten nur die Stimmung des Abends und das Farbenspiel des Sonnenuntergangs. Das Gras unter unseren Füßen war schon feucht vom Tau, und vom Fluss wehte eine sanfte Brise herauf. Ich schmeckte das drückende Ozon in der Luft, ohne mit Sicherheit sagen zu können, ob das vom aufziehenden Sturm oder von meiner Aufgeregtheit kam.

Das gesamte Rudel hatte sich unter dem Pavillon mit seinem bogenförmigen Dach versammelt. In menschlicher Gestalt und in ihren förmlichsten Verwandlungsgewändern saßen sie alle in würdevollem Ernst ihrem jeweiligen Status entsprechend auf den nach außen ansteigenden Bänken, wobei die Ranghöchsten die obersten Plätze einnahmen. Wir, die Studenten, lauschten in einer einzigen langen Reihe einem feierlichen Kanon, den ein Chor in Begleitung von Streichern zum Besten gab. Wir trugen weiße Gewänder aus dünnem Musselin mit tief ausgeschnittenen Kapuzenkragen und langen Ärmeln, in denen unsere Hände verschwanden. Barfuß gingen wir, trugen das Haar offen und ungeschmückt; unter dem feinen Stoff kamen die Umrisse unserer kräftigen jungen Körper bestens zur Geltung. Die Beleuchtung der Bühne erschien umso heller, je mehr sich die Dunkelheit über uns senkte, wurde aber nie so grell, dass sie die mystische Aura weich wallender Nebel und glühender Lichtpunkte vertrieben hätte.

Die Studenten saßen im Halbkreis an der Ostseite des Pavillons. Als der Chor fertig war und die ernste Atmosphäre durch das Rascheln von Röcken und die Suche nach Sitzplätzen ein wenig aufgelockert wurde, packte der neben mir sitzende Matise mich beim Arm. »Hast du den Verstand verloren?«, zischte er mir ins Ohr. »Freda hat mir erzählt, dass du es heute Nacht versuchen willst, obwohl du dich noch nie verwandelt hast!«

Ich kniff ihn so fest ins Bein, dass mit Sicherheit ein blauer Fleck zurückblieb, ohne dass sich an meinem feierlichen Gesichtsausdruck das Geringste geändert hätte.

Im Gegenzug schlossen sich seine Finger so fest um meinen Arm, dass es höllisch wehtat. »Tu das nicht, Bri«, warnte er mich leise.

Plötzlich wurde mir klar, wie dumm es gewesen war, Matise nicht schon früher ins Vertrauen zu ziehen, und ein Dutzend Möglichkeiten, wie er meinen Plan vereiteln konnte, schossen mir durch den Sinn. Entsetzt wandte ich mich ihm zu und bettelte: »Matise, versuch bitte nicht, mich davon abzuhalten! Versteh es doch – wenn nicht heute Nacht, wann dann? Wann in meinem ganzen Leben soll es jemals klappen?«

Seinen Augen war anzusehen, welch schweren inneren

Kampf er ausfocht; sein Verstand rang mit seinem Mitgefühl, dem Verständnis und der Loyalität, die er für mich empfand ... und mit der Verzweiflung, die er an mir riechen konnte. Er ließ meinen Arm los und murmelte: »Selbst wenn ich wollte, könnte ich es nicht verhindern.«

Das gesamte Rudel erhob sich mit zustimmendem Geheul, als meine Mutter auf das Podium in der Mitte stieg, um die Zeremonie zu eröffnen.

Sie sah großartig aus in ihrem Lieblingsblau und hielt eine sehr schöne Rede über den Beginn des Lebens und den Aufbruch des Rudels in eine neue Zukunft. Der süßliche Geruch, der von der Menge ausströmte, ließ die Bewunderung ahnen, die ihr zuteil wurde. Als sie fertig war und der Beifallssturm der versammelten Werwölfe sich gelegt hatte, trat mein Vater kraftvoll und majestätisch herzu und küsste *Maman*s Hand, um sie anschließend zum Marmorthron an der Ostseite des Podiums zu geleiten. Dann ergriff er selbst das Wort.

Er war ein Redner, der ein Publikum in seinen Bann schlagen konnte. Mitunter flammten seine Augen auf wie blaue Blitze, zu denen das ferne Donnergrollen wie gerufen kam. Als er davon sprach, dass er seine Kinder hinausgeschickt habe »in eine Welt, die wir geschaffen haben und durch Frieden und Zusammenarbeit beherrschen werden«, wandten sich alle Augen mir und Matise zu – ich war so stolz, als hätte ich selbst diese Welt erschaffen. Papa sprach über den Krieg in Europa und darüber, wie wichtig es sei, sich als Werwölfe »von der kleinkarierten Politik der Menschen fern zu halten« – eine Stelle in seiner Rede, an der ich zu Freda hinübersah und mich fragte, ob sie nun womöglich beleidigt war; aber sie blickte mich nur an und schien an Papas Rede gar nicht interessiert. Dann erklärte er, dass dies unser letztes Rudeltreffen in Lyon sei und das neue Hauptquartier in Alaska im Frühling offiziell eingeweiht werden sollte. Er sprach über die Technologie, die es uns ermöglichen würde, selbst von einer so entlegenen Gegend wie Alaska aus die Welt zu regieren, von den Wundern, die uns erwarteten, falls wir alle an einem Strang zögen, und davon, wie unglaublich reich die Menschen uns machen würden. Als er fertig war, standen seine Zuhörer auf und jubelten ihm frenetisch zu.

Nach Abschluss der Reden wurden die Namen verlesen. Während jedes einzelne Familienmitglied jedes einzelnen Studenten unter Erklärung des Verwandtschaftsverhältnisses beim Namen genannt wurde, nahm meine Anspannung zu, bis sie so greifbar schien wie die Feuchtigkeit in der Luft. Die Liste war schier endlos. Dann folgten erneute Reden von unseren Professoren und dem übrigen Lehrpersonal. Endlos.

Matise und Freda starrten mich weiterhin mit kaum verhohlener Neugier an. Ich aber ignorierte sie einfach.

Endlich kamen wir an die Reihe. Der Himmel war mittlerweile dunkelblau, und purpurrote Ränder säumten die wogenden Wolken. Hin und wieder warf ein lautloser Blitz ein fluoreszierendes blasslila Licht auf eine Gewitterwolke, und als mein Papa erneut auf das Podium trat, verfing sich ein warmer Windstoß in seinem Haar und drückte ihm einen Augenblick lang das Gewand dicht an den Körper. Mit zum Himmel erhobenen Armen verkündete er überschwänglich: »Eine herrliche Nacht für einen Rudellauf, meine Kinder!« Ein anschließendes Donnergrollen folgte wie ein Echo auf seine Worte, alle lachten und jubelten. Es war einmalig, und in meiner Erwartung kam mir selbst die Luft vor wie elektrisch geladen.

Dann wandte sich Papa an die Studenten und forderte uns mit ausgestrecktem Arm auf, uns zu erheben. »Wie damals, als die Dunkelheit endete, ist es auch heute. Ihr habt nun die Reife, für euch selbst, eure Familie und euer Rudel Verantwortung zu übernehmen. Doch seit den Tagen der guten Königin Eudora tragen wir noch eine andere Verantwortung: Wir haben erkannt, dass die ganze Welt unser Rudel ist und wir lediglich ihre Verwalter sind. Ihr seid die Kinder von morgen. Sprecht ihr diesen Eid aus freien Stücken?«

Wie aus einer Kehle antworteten wir: »Ich spreche diesen Eid aus freien Stücken.«

Dann forderte Papa uns auf: »So sprecht ihn denn.«

Unverzüglich erklang, unsere Gesichter nach Osten in den warmen, scharf schmeckenden Wind des heraufziehenden Gewitters gewandt, Eudoras Eid, und nun waren wir vollwertige Mitglieder des Rudels.

Damit blieb nur noch die Vorstellung jedes Einzelnen vor den Anwesenden; bis zu diesem Moment hatte sich die Zeit schleppend bewegt; aber jetzt schien sie sich rasend zu beschleunigen, bis sie mir viel zu schnell verging und mir vor Nervosität ganz schlecht wurde.

Einer nach dem anderen traten sie vor: »Ich bin Cassandra D'Eauville und Magister der bildenden Künste.« Sie legte ihr hauchdünnes Gewand ab und verwandelte sich elegant. »Ich bin Marius Arquette und Magister der Maschinenbaukunst.« Er schleuderte seinen Umhang weg und verwandelte sich bravourös; der Nächste in der Reihe trat vor das Rudel. »Ich bin Lindser Meechaum und Magister der Gastronomie.«

»Ich bin Adelaine Rosche und Magister der theoretischen Mathematik ...«

»... Magister der Betriebswirtschaft ...«

»... Magister des Tanzes ...«

»... der Schauspielerei ...«

»... der Chemie ...«

»... der Physik ...«

»... der angewandten Kunst ...«

Schließlich hieß es: »Ich bin Freda Fasburg und Magister der Physiologie.«

Dann erhob Matise sich, der in diesem Augenblick vom Geruch von gut hundert Verwandlungen in der Luft, dem Crescendo verhaltener Herzschläge aus der Menge und dem –

sowohl meteorologisch als auch körperlich bedingten – Geschmack elektrischer Spannung auf der Zunge bereits ebenso fiebrig war wie ich. Dennoch dachte er noch daran, mir schnell und kräftig die Hand zu drücken, bevor auch er vor das Rudel trat und mit klarer, fester Stimme sagte:

»Ich bin Matise Devoncroix und Magister der Sprache.«

Rasch entledigte er sich seines Gewands, warf es in die Luft – es war wirklich großartig –, bevor es wieder zu Boden fiel, hatte er sich verwandelt und war auf allen vieren gelandet. Ich stand allein da.

So war es, und so ist es in Duft, Klang und Farbenpracht in mein Gedächtnis eingebrannt: Die wirbelnde Menge von Werwölfen unmittelbar nach der Verwandlung, in ihrer Aufgeregtheit einander kneifend und nacheinander schnappend, unruhig und voller Anspannung darauf wartend, dass der Rudelführer das Signal gab für den Nachtlauf; die nach außen ansteigenden Bänke mit den anderen, die begierig darauf warteten, sich endlich verwandeln zu dürfen, ihre Herzschläge eine harmonische Symphonie der Vorfreude, ihr Geruch wie süßer Wein in der Luft; meine Eltern Hand in Hand auf dem Podest, blaues Feuer in den Augen und mit stolzgeschwellter Brust. In der Ferne grollte der Donner, und ein prachtvoller Blitz über dem weiten Horizont ließ den Himmel in tiefem Kobalt erglühen. Ich hörte, wie ein dicker Regentropfen auf das Ziegeldach schlug, dann noch einer. Ein laues Lüftchen hob mein Gewand, streichelte meine Knöchel und trug den Geschmack nasser Erde und elektrischer Aufladung herbei ... außerdem war überall der Werwolfgeruch in den verschiedensten Nuancen – von Rosen und Wein, Zimt und Eiche, Orangen, Moos, Vanille, Sandelholz, Gischt und würzigem Moschus, kündend von unserer Kraft und Pracht. Ich fühlte es, schmeckte es deutlich.

Energisch trat ich vor und sagte laut: »Ich bin Brianna Devoncroix, Magister der Musik.«

Mit einer einzigen Bewegung löste ich die Schleifen meines Gewands, schleuderte es beiseite und wirbelte auf den Zehen herum; die Arme in die Höhe gestreckt, griff ich nach der Leidenschaft, sog sie in meine Lungen und schmeckte sie auf meiner Zunge. Ich erzitterte von ihr und *spürte* sie im Inneren.

Laut und hart krachte ein Donnerschlag. Die Luft um mich herum knisterte vor Elektrizität. Meine Muskeln schmerzten, mir wurde schwindlig, und ich schrie auf vor Ekstase, denn ich befand mich nahe am Rande der Leidenschaft … doch wie so viele Male zuvor entglitt sie mir auch diesmal.

Wann mir das klar wurde, weiß ich nicht mehr genau. Irgendetwas um mich herum war plötzlich anders. Das Geräusch der Menge, der Geruch in der Luft. Ich hörte einen Schrei und spürte einen scharfen Schmerz im Bein. Da entdeckte ich einen roten Fleck auf meinem Oberschenkel. Jemand aus der Menge hatte einen Stein nach mir geworfen.

Hinter mir wurde ein Knurren laut, und ich drehte mich rasch um. Meine Gefährten starrten mich mit gesenktem Kopf, gefletschten Zähnen und verächtlichen Blicken an. Ich taumelte einen Schritt zurück; mit einem Mal war mir kalt, und ich fühlte mich schwach und verletzlich. Aber als ich mich umdrehte, erhoben sich die Zuschauer, überwiegend noch in menschlicher Gestalt, unter wütendem Geschrei von den Sitzbänken, die Fäuste gegen mich erhoben. Ich hatte jämmerlich versagt und sie damit verhöhnt, gedemütigt, beleidigt … durch einen unüberwindbaren Makel. So stand ich nun da, allein, schändlich anders als die Mehrheit, der gar nichts anderes übrig blieb, als mich auszustoßen.

Ich hörte noch, wie meine Mutter meinen Namen rief, und irgendwo aus der Menge, fast erstickt vom wütenden Knurren der Anwesenden, drang Matises Wolfsstimme zu mir. Verzweifelt suchte ich nach einer Lücke in der Menge, durch die ich zu meinen Eltern oder Tanten gelangen könnte. Dann rannte ich los.

Alles wäre in Ordnung gewesen, wenn ich hätte entkommen und mich verstecken können, bis sie mich vergessen hätten; oder ich wäre in den Schutz eines Verwandten geflohen, der nach wie vor bereit war, mich zu verteidigen. Aber ich strömte den Duft blanken Entsetzens aus, mein Kopf war immer noch wie benebelt und meine Muskeln geschwächt vom Versuch, die Leidenschaft herbeizurufen – jedenfalls, als ich den Rand des überdachten Pavillons erreicht hatte, rutschte mein Fuß auf dem nassen Gras aus, und ich stürzte zu Boden.

Sein Instinkt befiehlt dem Rudel, einen gestürzten, verängstigten Feind anzugreifen, und genau das war ich für die anderen jetzt: ein Feind. Einer, den man loswerden, den man vernichtend besiegen musste. Alle sprangen auf mich zu.

Bei den Einzelheiten jener Nacht will ich mich nicht weiter aufhalten. Ich war ein Risiko eingegangen und hatte verloren – nun musste ich den Preis dafür bezahlen.

Als ich aufblickte und sah, wie meine Eltern alles, was geschah, kühl und leidenschaftslos verfolgten und meinen Bruder festhielten, der mich zu retten versuchte … wusste ich, dass mein Leben im Rudel vorbei war.

XX

Matise

So kann ich die Geschichte jedoch nicht enden lassen. Für Brianna war sie vielleicht vorbei, aber für mich begann die Tragödie jetzt erst richtig. Der Rest jener Nacht ist meine Geschichte, mein Entsetzen, meine Schande.

Meine Erinnerungen an die ersten Augenblicke des Chaos sind leider etwas verschwommen. Zuschnappende Zähne und funkelnde Augen, scharfe Klauen und fellbedeckte Muskeln, angespannt vor Ungeduld, sich zu ihr durchzukämpfen. Der Geschmack von Erde in meinem Maul, als ich dabei zu Boden stürzte. Der Geruch von Blut, der Geruch von Kampf.

Ich sah Brianna daliegen, den Arm gefangen zwischen zwei mächtigen Kiefern, die sie schüttelten wie eine Stoffpuppe. Als er kurz von ihr abließ, um sie noch besser packen zu können, gelang es ihr, einen oder zwei Meter wegzukrabbeln, bevor sie wieder zu Boden gerissen wurde und mit dem Gesicht nach unten in den Schlamm fiel. Sie wollte schreien, verschluckte sich aber und konnte gerade noch Kopf und Gesicht mit ihren Händen vor den nächsten Angriffen schützen.

Und dann tat ich etwas Schändliches. In meiner Verwirrung und meiner Angst, hin und her geworfen von der unreifen Reaktion meines Körpers auf die Pheromone von hundert Verwandlungen, nahm ich selbst wieder menschliche Gestalt an.

Ich versuchte, sie zu erreichen, wurde aber schnell zurückgedrängt. Also rief ich nach ihr und hörte, wie sie meinen Namen schluchzte. Ich sah Freda, noch immer in Wolfsgestalt, wie sie alles tat, durch die Menge zu ihr vorzudringen. Wieder schrie ich auf. Sie sah sich nach mir um und wurde prompt von einer jungen Werwölfin attackiert, die ihre Absicht ahnte. Es folgte ein kurzes Scharmützel, aus dem Freda als Siegerin hervorging. Sie fletschte vor einem weiteren Angreifer die Zähne und kämpfte sich weiter in Briannas Richtung vor.

Mit bloßen Fäusten schlug ich in meiner Verzweiflung, Brianna zu erreichen, auf pelzbedeckte Muskeln und scharfe Zähne ein. Plötzlich aber wurden meine Arme von hinten fest umklammert, und mein Vater sagte mit Entschlossenheit: »Lass das bleiben, Matise. Das ist nicht dein Kampf.«

Ich warf ihm einen wilden Blick zu und wehrte mich wütend gegen seinen eisernen Griff. »Lass mich los! Sieh doch, was sie mit ihr machen!«

Meine Mutter, die neben mir stand, erklärte sehr ruhig: »Sie werden sie nicht töten.«

Ungläubig starrte ich sie an, aber sie wirkte vollkommen gefasst. Verzweifelt spähte ich nach Brianna, und was ich sah, verursachte mir Übelkeit. Sie drückten sie zu Boden, knurrten sie an und schnappten nach ihr, rissen ihr mit den Zähnen die Haut auf oder schüttelten sie so fest, dass ihre Fänge bis zu ihren Knochen drangen. Ihr Haar war voller Schlamm, über ihr Gesicht liefen Regentropfen und Tränen. Schließlich musste ich mit ansehen, wie ein arroganter junger Wolf sich zu ihr durchboxte und ihr ins Gesicht urinierte.

Ich schrie: »Wie könnt ihr das nur zulassen?« Erneut versuchte ich, mich loszureißen. »Warum haltet ihr sie nicht zurück?«

Mein Vater aber sagte nur: »Ab heute ist Brianna erwachsen. Sie muss ihr Verhalten selbst verantworten.«

Und meine Mutter fügte streng hinzu: »Du tust ihr keinen Gefallen, wenn du für sie kämpfst, Matise. Beherrsche dich lieber!«

Ein weiterer Wolf ließ es sich nicht nehmen, sie mit dem Zeichen seiner Verachtung zu markieren; alle lachten, verspotteten sie und schleuderten sie herum. Als die Erregung zunahm, kam es immer wieder zu kleineren Kämpfen innerhalb des Rudels.

Meine Mutter warf meinem Vater einen besorgten Blick zu. Irgendwann merkte ich, dass er meine Arme losgelassen hatte. Nun sprach nur noch tiefe Enttäuschung aus seiner Miene.

»Es ist genug«, sagte er.

Er gab mich frei und ging zum Ruffelsen. Dort warf er sein Gewand ab, hob die Arme zum Himmel und rief unter Donnerhall und purpurroten Blitzen die Leidenschaft herbei, worin ihm meine Mutter fast synchron folgte. Ihr Geruch war wie eine starke Droge, die die Nacht durchströmte, vom Donner getragen wurde und mit dem Regen auf uns fiel. Unwiderstehlich spürte ich es in meinem Blut und auf meiner Haut.

Das Rudel verfiel in Unruhe. Brianna war so gut wie vergessen, als sie losrannten und versuchten, so dicht wie möglich zu ihrem Anführer aufzuschließen. Mit einiger Mühe gelang es mir, mich der Macht, die mein Vater auch auf mich ausübte, zu entziehen und nach Brianna zu suchen. Ich fand sie nur, weil Freda sich entgegen allen Regeln in menschliche Gestalt verwandelt hatte. Freda blutete aus den Wunden, die sie sich im Kampf zugezogen hatte; aber das Rudel zeigte kein Interesse mehr an ihr. Sie kniete sich gerade nieder, um Brianna aus dem Schlamm zu heben, als mein Vater mit seinem Ruf den Rudellauf eröffnete.

Er hat etwas Erhabenes an sich, dieser Ruf – ein einziger Ton, der in den Himmel steigt, die ganze Kraft der Nacht in sich vereint und in Gestalt Tausender von Lichtfragmenten auf die Erde zurückfällt. Er durchbohrt die Seele, bringt das Blut zum Sieden und zieht das Innerste eines jeden Werwolfs in Hörweite ebenso unerbittlich an wie der Mond das Wasser im Meer.

Überall um mich herum erhoben sich antwortende Stimmen. Das Haar stand mir zu Berge, meine Haut juckte, und meine Seele brannte. Das Rudel rief, und ich musste ihm folgen.

Außer mir vor Erregung, warf ich Brianna einen letzten Blick zu. Freda hielt sie fest, und Briannas Arme hingen schlaff um den Hals ihrer Freundin. Der Regen wusch ihr den Schlamm und den Urin von der Haut. Sie sah mich nicht an. Und ich zögerte nach wie vor.

Der Ruf des Rudels war so berauschend, dass er mich unwiderstehlich anzog. Noch einmal schaute ich zu Brianna hinüber ... und wandte mich dann doch ab.

Fiebrig, wild und ohnmächtig ergab ich mich der Leidenschaft. Damit ließ ich meine Schwester im Stich und folgte dem Ruf des Rudels.

XXI

Brianna

Ich trug ein gebrochenes Handgelenk, eine ausgekugelte Schulter, zwei angebrochene Rippen und zahlreiche innere und äußere Quetschungen davon; trotz all der Schmerzen hatte ich jedoch nicht einen Tropfen Blut vergossen. Bei einem richtigen Kampf wäre es mir sicher schlimmer ergangen, aber sie verloren schnell ihr Interesse an mir, nachdem Papa sich verwandelt und das Rudel zum Lauf gerufen hatte.

Meine Wunden verheilten binnen einer Woche – zumindest die sichtbaren. Der wahre Schaden war kein körperlicher, und die Wunden tief in meinem Innern würden sicher bis an mein Ende klaffen.

Wenn meine Eltern in mein Zimmer kamen, schloss ich die Augen. Matise tauchte ebenfalls ständig auf, und ich tat, als schliefe ich. Er wusste, dass das nicht stimmte.

Ich hörte die Stimmen im ganzen Palast, als sich die Mitglieder des Rudels nacheinander verabschiedeten. »Was für eine Enttäuschung für euch! Aber eine schöne Stimme hat sie wenigstens, das muss man ihr lassen …«

»Wie schade. So eine wunderschöne menschliche Gestalt, und all die guten Gene der Devoncroix verschwendet …«

»Das ist wohl der endgültige Beweis. Wenn sie sich nicht einmal in größter Bedrängnis verwandeln kann, dann gibt es wirklich keine Hoffnung für sie …«

»Sie dürfen deswegen nicht verzweifeln. Viele von ihnen haben trotzdem ein langes und glückliches Leben …«

Aber einige von ihnen endeten in Käfigen als verrückte,

von Menschen eingefangene und zur Schau gestellte Wesen. Das erwähnte niemand. Keiner wagte es, diese Wahrheit auszusprechen.

Freda, die beim Versuch, mich zu verteidigen, einen schlimmen Biss am Arm davongetragen hatte, war die Einzige, deren Gegenwart ich ertragen konnte. Sie zog zu mir ins Krankenzimmer, brachte mir die Mahlzeiten, die an der Tür abgestellt wurden, wusch mich, bürstete mir das Haar und wechselte mein Bettzeug. Aber selbst sie sagte: »Brianna, versuch bitte, deine Eltern nicht zu hassen. Verstehst du denn nicht – wenn sie sich eingemischt hätten, um dich zu retten, dann hätten sie die Achtung des ganzen Rudels verloren! Du hast die anderen durch das, was du getan hast, herausgefordert, und somit war es allein deine Schuld. Sie *konnten* dir gar nicht helfen!«

Darauf erwiderte ich weitgehend emotionslos: »Ich hasse sie ja gar nicht. Aber ich glaube auch nicht, dass ich ihnen je vergeben kann.«

Ein wenig unsicher ergänzte sie: »Es gibt noch einen anderen Grund dafür, dass sie sich nicht eingemischt haben. Wie du weißt, verwandeln wir uns alle, wenn wir große Schmerzen haben, instinktiv in Wolfsgestalt. Ich glaube, sie haben gehofft, dass der Schock oder vielleicht deine Verletzungen der Auslöser sein könnten für … dass du womöglich doch noch …«

Erst jetzt verstand ich die gemurmelten Worte: *Wenn sie sich nicht einmal in größter Bedrängnis verwandeln kann, dann gibt es wirklich keine Hoffnung mehr für sie.* Fast musste ich lächeln, als ich ihren Satz für sie beendete: »Dass ich mich verwandeln könnte, bevor man mich tötete?«

Sie senkte den Blick, unterdrückte mühsam einen Seufzer und schwieg.

Ich sah mich um in diesem Raum mit all dem Gold und den Fresken an den Decken, dem Seidenbrokat und den kunstvollen Marmorverzierungen. Dann schaute ich durch die hohen, offenen Fenster hinaus auf den Park und die Springbrunnen, die Badebecken und die klassische Gartenanlage; ich sah spielende Werwölfe über den Rasen toben und in den Brunnen plantschen, in Wolfs- und Menschengestalt lustwandeln, die Nasen aneinander reiben und in stiller Zufriedenheit nebeneinander liegen. Und im selben Augenblick, als es mir klar wurde, sagte ich langsam: »Ich gehöre nicht hierher.«

Mein Blick wanderte zurück zu Freda, und ich runzelte die Stirn – nicht wegen dieser Erkenntnis, sondern weil ich mich so lange gegen sie gesperrt hatte. »Im Grunde habe ich nie dazugehört.«

In jener Nacht verließ ich das Palais Devoncroix mit nichts als den Kleidern, die ich am Leibe trug. Ich ging einfach auf den Korridor, durch den Garten und das Tor. Die Nacht war hell erleuchtet von Tausenden von Sternen und einem Halbmond, der knapp über den Baumwipfeln stand. Der Fluss rauschte, die Frösche quakten und die Insekten, die sich hinter der Rinde eines Baums eingenistet hatten, zirpten. Ich hörte das Gemurmel von Stimmen im Palais Devoncroix, das Seufzen Liebender … sowie Matise.

Er stand so, dass der Wind von ihm zu mir blies und ich deutlich seinen Herzschlag und das Rascheln seiner Kleidung vernahm, noch bevor ich ihn riechen konnte. Ich wandte mich um, überflog die Schatten und Silhouetten in meiner Umgebung; schließlich entdeckte ich ihn rund fünfundzwanzig Meter von mir entfernt gegen eine Ulme gelehnt, wo er mit verschränkten Armen auf mich wartete.

Sein aufgeknöpftes Hemd sah aus, als wäre es erst im letzten Augenblick übergezogen worden; er war barfuß, und das Haar fiel ihm lose auf die Schultern. Düster schaute er mich an.

Ich ging zu ihm. Falls ich mich abwandte, würde er mir ja doch folgen. »Hat Freda es dir gesagt?«

»Das war gar nicht nötig. Was ist denn das jetzt schon wieder für eine Dummheit? Was hast du vor?«

»Ich gehe weg«, antwortete ich.

»Ohne mich?«

Unerwartet schnürte sich mir die Kehle zu. »Deinetwegen«, sagte ich heiser. Dann schaute ich ihm voll in die Augen und atmete einmal tief durch. »Matise«, sagte ich, »ich verlasse das Rudel.«

Ich konnte seine Gedanken lesen, als wären es meine eigenen. Er wollte so tun, als glaube er mir nicht – was natürlich nur Zeitverschwendung gewesen wäre. Zwar wollte er es nicht wahrhaben, tat es aber bereits. Gerne hätte er mit mir geredet, mich beschwatzt, mir gedroht und mich ausgelacht, damit ich meinen Entschluss änderte. Aber er schaffte es nicht. Daher sein Entsetzen.

Atemlos sagte er: »Bri, tu das bitte nicht.«

Im selben Augenblick schüttelte ich auch schon den Kopf. »Ich habe einen neuen Plan.«

Schweigen. Pochende Herzen. Ein wildes Aufflackern verzweifelter Gedanken und seine Augen, in denen sich diese Verzweiflung widerspiegelte. Er konnte nichts mehr ausrichten.

»Bri, denk noch mal darüber nach. Denk doch bitte wenigstens noch mal eine Minute darüber nach. Du bist die erstgeborene Tochter der Rudelführer – du *kannst* uns nicht einfach so verlassen!«

»Sie haben mich schließlich zuerst verlassen, oder etwa nicht?« Nicht einmal Bitterkeit lag mehr in meinen Worten, selbst wenn ich es gewünscht hätte. Mir fehlte jegliche Kraft. »Alle miteinander! So machen wir es doch, Matise – wir verstoßen sie einfach, die nicht Angepassten, die Unzufriedenen, die Andersartigen. Was zählt, ist ausschließlich das Überleben des Rudels, das war schon immer so!«

»Aber …« Verzweifelt suchte er nach einem Argument, das mich von meinem Vorhaben abbringen könnte. »Wenn du fortgehst, wird dein Name aus unseren Aufzeichnungen gestrichen und nie wieder ausgesprochen werden. Kein Werwolf wird dich jemals mehr als seinesgleichen anerkennen, und du hast niemanden, der sich um dich kümmert. Was willst du machen? Wie wirst du deinen Lebensunterhalt bestreiten?«

»Fredas Familie hat ein Theater in London«, antwortete ich. »Dort werde ich vor Menschen auftreten.«

Er starrte mich an, roch meine Entschlossenheit, hörte meinen gleichmäßigen Herzschlag. Die Weichen waren endgültig gestellt.

Matise wandte mir sein Profil zu und schaute dorthin zurück, woher ich gekommen war, zum Palais. Seine Schultern waren steif, das Blut floss schwer in seinen Adern, und seiner Haut entströmten die traurigen, bitteren Aromen des Leids. Als er endlich sprach, klang seine Stimme rau und kratzig.

»Ich hab's versucht, Bri, wollte wirklich zu dir kommen. Als ich merkte, dass es dir nicht gelang … habe ich mich zurückverwandelt, um dich aus der Menge zu befreien, aber das war ein Fehler. Wäre ich geblieben, wie ich war, hätte ich besser kämpfen können. Ich hätte dich nie allein lassen dürfen. Wenn ich alles noch einmal machen könnte, würde ich mein ganzes restliches Leben dafür geben, die Zeit noch einmal zurückzudrehen … aber ich kann es nicht. Ich habe versprochen, dich zu beschützen, und bin am Ende doch gescheitert – dafür gibt es keine Entschuldigung. Gar keine!«

Es tat mir weh, meinen Bruder so leiden zu sehen. Schnell trat ich einen Schritt auf ihn zu und legte meine Hand auf seinen Arm. »Matise, lass das doch bitte. Es war nicht deine Schuld.«

»Du verstehst überhaupt nichts!« Er drehte sich zu mir um, sein Gesicht verzerrt vor Schmerz und sein Blick grimmig; aber ich merkte schnell, dass seine Wut sich nicht gegen mich richtete, sondern gegen ihn selbst. »Das ist noch lange nicht das Schlimmste, du verstehst mich nicht!« Er atmete heftig ein und ballte die Fäuste. »Als Papa das Rudel zum Lauf aufforderte – da bin ich seinem Ruf gefolgt. Ich habe dich in der Obhut Fredas und der alten Tanten gelassen, bin mit dem Rudel gezogen. Ich wollte es nicht und habe versucht, mich dagegen zu wehren, aber am Ende bin ich doch schwach geworden – und vor dir davongelaufen! Ich würde mein Leben dafür geben, das rückgängig zu machen, aber jetzt gehst du weg, und es ist alles verloren.«

»Oh, Matise!« Als ich ihn ansah, brach mir das Herz; es quoll über von seinem Schmerz und von dem meinen. »Du kannst dich doch nicht dafür anklagen, dass du so bist, wie du bist! Und glaube ja nicht, dass ich dir das übel nehme!«

Ich nahm ihn in die Arme, und er erdrückte mich fast; jeder vergrub das Gesicht im Nacken des anderen, dessen Gegenwart die eigenen Sinne fast zum Bersten brachte: Herzschläge, Gefühle, Geschmäcke, Gerüche, ja, besonders Gerüche. Am liebsten wäre ich mit ihm verschmolzen, hätte ihn in meine Poren aufgenommen und seinen Geruch an einem sicheren Ort in mir verwahrt, um ihn an all den trostlosen vor mir liegenden Tagen zu genießen, über ihn weinen und ihn verehren zu können. *Matise. Matise.*

»Ich komme mit dir«, sagte er heiser, und mein Herz setzte einen Schlag aus.

Selbstverständlich ging das nicht, und so drückte ich ihn noch fester, schüttelte den Kopf an seiner Schulter, atemlos, verzweifelt und innerlich sterbend bei dem Gedanken, ihn verlassen zu müssen. »Du gehörst ebenso wenig unter Menschen wie ich hierher. Es würde dich kaputtmachen, und mich würde es umbringen, das mit ansehen zu müssen.«

»Dann gehen wir eben nicht zu den Menschen. Wir gehen einfach irgendwo anders hin, du und ich, in die Wildnis, nach Australien oder Malaysia oder in die Südsee. Überall in der

Welt kann ich auf dich aufpassen, wir brauchen niemanden sonst, weder das Rudel noch Menschen. Wir waren doch immer zusammen und haben einander versprochen, das auch zu bleiben, erinnerst du dich nicht? Sag mir einfach, wo du hinwillst, und ich sorge dort für dich!«

Ich ließ die Finger durch sein Haar gleiten, hielt sein Gesicht ganz dicht an meines und erwiderte seinen Blick, auch wenn ich dabei seinen Schmerz mit meinen Augen einsog. Mein Gesicht war nass von all den Tränen. »Du darfst das Rudel nicht verlassen«, wiederholte ich, so ruhig ich konnte. »Deshalb wirst du nicht mit mir kommen; wir sind ohnehin nicht für die Wildnis geeignet. Bleibe hier, finde eine Gefährtin und führe dein eigenes Leben, Matise!«

Angst und Schmerz flackerten in seinen Augen, und mir wurde klar, dass jetzt Worte gefallen waren, mit denen ich alles geändert hatte. Ich sah es in seinen Augen, und er sah es in meinen – er drückte seinen Mund auf meinen, und ich erwiderte seinen Kuss; ich schlang die Arme um seinen Hals und stellte mich auf die Zehenspitzen, presste mich an ihn, schmeckte ihn, verschlang ihn, verzehrte ihn, wurde er selbst.

Mit dem Mund zog ich über seinen Nacken und seine Brust, mit flacher Zunge, beißend und schmeckend. Er schob meinen Mantel und meine Bluse beiseite, und wie von selbst öffneten sich die Knöpfe unter seinen hastigen Griffen; er riss an meinem Hemd und zog mir die Kleider über Schultern und Hüfte. Dann nahm er meine Brüste in die Hände und saugte daran, bis er mich erregte.

Soll ich mich jetzt darauf berufen, nicht Herrin meiner Sinne gewesen zu sein? Oder soll ich beteuern, ein unschuldiges Sexspiel zwischen Bruder und Schwester sei aus dem Ruder gelaufen in eine Richtung, die Geschwister nicht zusammen einschlagen sollten? Aber wir waren weder verrückt noch unschuldig. Wir wussten ganz genau, was wir taten. Schon lange steuerten wir in diese Richtung und bedauerten nur, dass es so endlos gedauert hatte, bis wir an unser Ziel gelangt waren.

Ich hörte es an seinem keuchenden Atem, fühlte es an seiner Haut und meiner aufflammen, spürte es im Feuerwerk der Lust, als er mir die Finger zwischen die Schenkel schob, und hörte es in meinen kurzen, verwunderten Schreien, als ich mich in ihn drückte, gierig, entschlossen und voller Liebe. Die Nässe seines Mundes, die Vermählung unserer Zungen; die Nässe seines Haares, sein Geruch und sein Geschmack; die Nässe zwischen meinen Schenkeln, die von seinem und meinem Moschus geschwängerte Nachtluft. Ich spürte sein Verlangen wie ein brennendes, zum Wahnsinn reizendes Inferno und wollte es aus mir herausschreien. Das Blut schoss ihm durch die Adern, und ich hörte die Anspannung seiner Muskeln. Sein praller Penis drückte gegen mein Schambein, und die zitternde Anspannung, die ihn erfüllte, war wie das Vibrieren eines Erdbebens. Selbst sein schweißnasses Haar trocknete, lud sich statisch auf und verströmte den süßen, betörenden Duft frischen Kiefernholzes. Es tat weh, ihm nahe zu sein, und seine Nähe brachte mein Blut zum Sieden.

»Ja«, flüsterte ich, nach Luft ringend, »ja, nimm mich mit, Matise, nimm mich mit in deine Leidenschaft!«

»Ja«, murmelte er. Seine Zunge war heiß in meinem Mund, auf meinem Gesicht, an meinem Hals. »Ja!«

Ich spürte die elektrische Ladung mein Rückgrat hinabgleiten wie heiße Finger, die an Saiten zupften. Sie summte in meinem Kopf, hämmerte in meinem Puls, warf Blasen auf meiner Haut. Schreiend fuhr ich auf. Seine Finger quetschten meine Rippen, meine gruben sich in seinen Rücken. Die nahende Leidenschaft brachte die Luft um uns zum Knistern. Das Haar stand mir zu Berge, mein Mund wurde trocken, mein Blut kochte, und meine Seele schrie nach ihm: *Ja, Matise, ja!*

Mit einen gebrüllten »*Nein!*« stieß er mich von sich. Wild

funkelten seine Augen, und sein Haar, noch immer elektrisch geladen, wirbelte herum; sein Körper knisterte und verströmte ein blassblaues Licht, während er heiser und kaum vernehmbar krächzte: »*Nein!*«

Ich taumelte zurück und fiel in einem plötzlichen Anfall von Übelkeit und Schwindel auf die Knie. Jede Pore meines Körpers sehnte sich nach ihm. Obwohl ich die Arme hob, konnte ich ihn nicht erreichen. Nach ihm schreiend brachte ich keinen Ton heraus.

In seinen Augen sah ich das Entsetzen über das, was er beinahe getan hätte, was beinahe geschehen wäre. In seinem stummen Schrei hörte ich seinen Schmerz. Auch er taumelte ein, zwei Schritte zurück. Seine Hände zerrten an seiner Kleidung. Dann drehte er sich um und rannte weg.

Einige Zeit später fand Freda mich, zitternd, keuchend und weinend. Sie bedeckte meine Nacktheit mit ihrem eigenen Umhang und half mir auf die Beine, den Hügel hinunter und weiter zur Straße. Wir brauchten den größten Teil der Nacht bis zum Bahnhof von Lyon, und das Einzige, woran ich mich auf diesem Weg erinnern kann, sind die Augen eines Wolfs, die mir in der Dunkelheit folgten.

Die Einsamkeit in diesen Augen sollte für immer an meinem Herzen hängen.

TEIL ZWEI

Caesar, hüte dich vor deinem Ehrgeiz.
In ihm steckt die Seele des Wolfs,
von dem er stammt,
und er ist ein gar hungrig Ding.

Augustus Sabatini,
Werwolf, 360 n. Chr.

[illegible]

[illegible]

[illegible]

[illegible]

[illegible]

11

Die Wildnis
10:34 Uhr Alaska-Zeit
25. November

Unter seinen geschlossenen Lidern bewegten sich Nicholas' Augen schnell hin und her, als sei er gerade in der Traumphase seines Schlafs. Aber Nicholas schlief nicht. Er erinnerte sich.

Blut auf der Eichenvertäfelung des Foyers und auf dem blassblauen Aubusson. Auch auf der Seidentapete verschmiertes Blut. Blutspritzer an der Decke. Blutige Fingerabdrücke auf dem in glänzendem Elfenbein gestrichenen Türrahmen. Der Geruch aus der Totenkammer war schwer und intensiv, der Geruch nach Mensch, süßlich und Übelkeit erregend. Er war überall.

Die drei Leichen, die im Tod wieder ihre ursprüngliche Gestalt angenommen hatten, lagen, unterschiedlich stark verstümmelt, gekrümmt auf dem Boden. Morias Genick war durchgebissen, ihre Kehle zerfetzt, beide Vorderbeine gebrochen und blutbespritzt. Sie hatte alles andere als einen leichten Tod gehabt.

Unter dem Nordfenster lag Tobias, ein mächtiger schwarzer Wolf, zu Lebzeiten einer der brillantesten Biochemiker seiner Zeit. Sein Rückgrat quetschte sich widernatürlich gegen die Wand, und rosa Gedärm quoll aus einer Wunde, die in seinem Bauch klaffte.

Rene war trotz seiner altersbedingten Sehschwäche ein begabter Forscher gewesen, dem drei der wichtigsten Projekte der Firma unterstanden. Er musste als Erster gestorben sein; ein einziger Schlag hatte seinen Schädel zerschmettert.

Der Geruch nach Mensch strömte aus ihrem Fell und dem Teppich, schwebte wie ein Pesthauch über allem. Spritzer von Menschenblut hatten sich mit dem ihren vermischt.

Nicholas tauchte seine Finger in das Blut an Morias Schnauze und hielt sie sich unter die Nase; er zwang sich einzuatmen, damit ihm keine noch so kleine Nuance des Geruchs entging. Bilder wirbelten durch seinen Kopf, so abstoßend, dass er erschauderte. Mit heiserer Stimme sagte er: »Mensch! Wie konnte ein Mensch zu so etwas nur fähig sein?«

Er stand auf und suchte den Raum nach Details ab, die ihm womöglich entgangen waren. Seine fiebrigen Augen schleuderten wilde Blicke um sich. Das Blut in seinen Adern war kalt wie der Hass, pulsierte aber heiß genug, um auf seiner Haut ein Brennen zu erzeugen. Er schrie: »Kein menschliches Wesen kann so etwas auf dem Gewissen haben!«

Vor Wut und Schmerz zitterte er. Die anderen im Raum spürten seinen Zorn und rochen die beißende Ausdünstung seines Grimms; ein mitfühlendes Zucken durchfuhr sie, das sie nur mühsam unter Kontrolle zu halten vermochten. Er blickte sie an, einen nach dem anderen, die Wachen, die Fährtensucher, schließlich Alexander selbst, als wollte er eine Antwort oder wenigstens einen Widerspruch erzwingen; aber alle schwiegen, wie nicht anders zu erwarten. Nur in Alexanders Augen entdeckte er so etwas wie Sympathie, jedoch zu wenig, und viel zu spät.

Keuchend und mit marmorbleichem Gesicht ließ er sie stehen, und die Luft hinter ihm war elektrisch aufgeladen. Er stürmte hinaus zum hinteren Teil des Hauses, zum französischen Portal, das in den kalten, dunklen Garten führte, und versetzte ihm einen solchen Fußtritt, dass das Schloss aufkrachte, die Angeln heraussprangen und Glassplitter sich wie Nieselregen über Teppich und Hof verteilten; wie im Fluge erreichte er den dunklen, gepflasterten Innenhof, wo er die Arme hob, den Kopf zurückwarf und einen fürchterlichen

Schrei ausstieß, der die Erde bis ins Mark zu erschüttern schien. Die Nacht hielt den Atem an und wand sich unter seinem Schmerz, als der Schrei in der Leere widerhallte.

Er ließ Arme und Kopf sinken und blieb noch eine Zeit lang im Schatten des Wintergartens stehen, bis das Zittern nachließ.

Erst nach längerer Zeit hob er den Kopf, um der Person hinter ihm zu verstehen zu geben, dass er sich ihrer Gegenwart bewusst war.

»Wir haben seinen Blutgeruch. Meine Fährtensucher finden ihn bis Sonnenaufgang!«, donnerte Nicholas. »Aber die Freude, ihn zu töten, werde ich mir nicht nehmen lassen.«

»Seit Jahrhunderten hat – außer in Notwehr – keiner von uns mehr einen Menschen getötet«, äußerte Alexander in neutralem Tonfall.

»Ist das vielleicht keine Notwehr?«, schrie Nicholas, erregt auf den hinter ihnen liegenden Schauplatz des Gemetzels weisend. »Um Himmels willen, das waren Wissenschaftler, Forscher, *Menschenfreunde*! Man hat sie ohne Vorwarnung, ohne Grund ermordet. Was sage ich, nicht nur ermordet, sondern ...« Seine Stimme wurde ein heiseres Krächzen, und eine Hand ballte sich zur Faust, als er die Worte herausschleuderte. »... bestialisch zugerichtet. Regelrecht ausgeweidet. Erwartest du vielleicht, dass ich das einfach ignoriere?«

»Und wie willst du die Exekution eines Menschen den Behörden erklären, die seinen Mörder suchen?«, gab Alexander zu bedenken.

»Was interessiert die denn ein Toter mehr oder weniger?«, zischte Nicholas verächtlich. »Sollen sie es nur wagen, uns zur Rechenschaft zu ziehen. Oder zweifelst du vielleicht daran, dass noch der Schwächste von uns mit einem guten Dutzend vertrottelter Polizisten fertig würde?«

Alexander nickte bedächtig. »Also bringst du die Polizisten um. Und danach diejenigen, die nach den Polizisten suchen. Dann würdest du töten, um die zu schützen, die vorher getötet haben, und am Ende nur noch um des Tötens willen. Wo soll das hinführen?«

Böse runzelte Nicholas die Stirn. »Haben wir nicht lange genug unsere Toten versteckt, unsere Geheimnisse für uns behalten? Haben wir etwa nicht schon viel zu oft ein Auge zugedrückt, wenn Menschen sich wie wilde Tiere aufführten? Vielleicht haben die Brüder des Verdunkelten Mondes eben doch Recht, und es wird höchste Zeit, das Kräfteverhältnis endlich zurechtzurücken.«

»Das alles nur wegen der Verbrechen eines Einzelnen?«

Nicholas' Augen sprühten. »Eines Menschen, der einmal einen Schritt zu weit ging. Zu unser aller Unglück!«

Das Gesicht des Älteren blieb düster, und diesmal dauerte sein Schweigen noch länger. Als er dann zu sprechen begann, gab er sich Mühe, jede Anklage zu vermeiden, aber es wollte ihm nicht ganz gelingen. »Ist ein Moralkodex einmal gebrochen, lässt sich nichts mehr reparieren. Überleg dir genau, was du tust, bevor du uns in einen Krieg verwickelst.«

»Er hat doch den Krieg erklärt!«, brauste Nicholas auf. »Es ist soeben geschehen, begreifst du das nicht?«

»Ich glaube«, erwiderte Alexander ruhig, »dass du im Begriff bist, deine Gefühle über deinen Verstand siegen zu lassen.«

Scharf atmete Nicholas ein und langsam wieder aus. Noch bevor er den Mund öffnete, drang sein lauter gewordener Herzschlag dem anderen Werwolf ins Ohr. »Du warst ein weiser und mitfühlender Herrscher«, sagte er steif. »Vielleicht bin ich keines von beiden. Aber genau wie du werde auch ich tun, was die Umstände erfordern.« Glasscherben knirschten unter seinen Füßen, als er mit ausgreifenden Schritten auf den Eingang zusteuerte. Gerade als er an Alexander vorbeigehen wollte, verkündete dieser: »Es war kein Mensch.«

Ruckartig drehte Nicholas sich zu ihm um und baute sich vor ihm auf. Seine Nasenflügel weiteten sich, und in seinen Augen loderte für eine Sekunde ein Feuer schockierter Ungläubigkeit auf, bevor sie wieder zu Eis erstarrten. »Du bist wohl verrückt geworden, alter Mann«, knurrte er. »Der Geruch von Menschenblut erfüllt das ganze Haus. Selbst du kannst das unmöglich *nicht* bemerkt haben. Du versuchst doch nur, mich von dem abzubringen, was ich tun muss, wie du ganz genau weißt ...«

Schroff entgegnete Alexander: »Versuch's noch mal.«

Nicholas starrte ihn an.

»Riech an deinen Fingern«, kommandierte Alexander.

Nicholas' Augen verengten sich, als er den Älteren ansah. Langsam führte er die Finger, an denen noch immer das Blut des Mörders klebte, unter die Nase. Plötzlich erstarrte er, bevor er seine Finger noch genauer prüfte.

Dann blickte er zu Alexander auf. »Werwolf«, flüsterte er.

In der nun folgenden Stille hörte er das sanfte Pulsieren des Blutes, das durch die Adern seines Vaters floss, und das Dehnen und Zusammenziehen seiner Lungen in gleichmäßigen Atemzügen. Er nahm die gemessenen Bewegungen der Werwölfe im anderen Raum wahr, während sie sich um die Toten kümmerten; das schmerzhafte, Übelkeit erregende Geräusch von Blut, das in den Wunden trocknete, sowie dasjenige von Muskeln und Sehnen, die sich bei Eintritt der Totenstarre zusammenzogen.

Mit rauer Stimme fragte Nicholas: »Wie war das möglich? Wie konnte er ein solches Blut hervorbringen? Was ist er eigentlich, Mensch oder Werwolf?«

»Beides«, gab Alexander ruhig Auskunft.

Und dann hatte sein Vater ihn an einen einsamen Ort gebracht und ihm eine unglaubliche Geschichte von Verbrechen und Leidenschaft erzählt; als er fertig war, hatte er Nicholas' Weltbild in den Grundfesten erschüttert.

Aber du hast mich glauben lassen, dass alles vorbei war, Papa. Du hast mich angelogen …

»Versprich mir, dass du das lesen wirst«, hatte Alexander gemurmelt, als er Nicholas das gebundene rote Buch in die Hand drückte. »Hier findest du die Antworten auf alle deine Fragen.«

Nicholas hatte genickt und auch die Absicht gehabt, das Versprechen zu halten, aber dann waren weitere Morde dazwischengekommen. Jetzt hörte er zwar dank des Menschen die Botschaft, die sein Vater ihm so ans Herz gelegt hatte – aber was bedeutete die nun noch? Nicholas hatte getan, was er dem Rudel schuldig war. Er hatte keine andere Wahl gehabt, und keine Lektion aus dem Buch konnte daran etwas ändern.

Ist ein Moralkodex einmal gebrochen, lässt sich nichts mehr reparieren.

Aber war es nicht einfach so, Vater, dass keinesfalls du derjenige sein wolltest, der diesen Kodex bricht? Du wusstest zwar, was zu tun war, wolltest aber nicht in unschöner Erinnerung bleiben. Deswegen hast du es mir überlassen …

Das Gesicht seiner Mutter bei ihrem Videokonferenz-Anruf aus Europa, ihre blauen Augen funkelnd, ihre Anspannung selbst in der schlechten Bildqualität des Monitors unübersehbar. »Vor fünfhundert Jahren haben wir einen Eid geleistet«, brach es aus ihr hervor. »Glaubst du vielleicht, wir wollten damit die Menschen schützen? Nein, du dummer Junge, wir wollten uns selber schützen vor dem Chaos, das unsere eigene Barbarei auslösen kann. Warum willst du das nicht verstehen?«

»Zu keinem Zeitpunkt in der Weltgeschichte hat es ein solches Chaos gegeben wie das, in das das Rudel stürzen wird, wenn die Wahrheit ans Licht kommt. Warum willst *du* das nicht verstehen?«, erwiderte Nicholas erregt.

Elises indirekte Anklage schnürte Nicholas die Kehle zu.

»Ich habe nur die natürliche Ordnung der Dinge wiederhergestellt.«

»Vielleicht übernimmst du dich ein wenig, wenn du dir einbildest, allein darüber entscheiden zu können, wie die natürliche Ordnung der Dinge aussieht.«

»Ihr wisst doch selber, was zu tun ist, und das schon seit Jahrzehnten! Euer großes Experiment ist gescheitert, und unsere Zusammenarbeit mit den Menschen hat nichts als Unglück gebracht. Jetzt, da wir wissen, was alles möglich ist, müssen wir eben dafür sorgen, dass es nie wieder geschieht. Wir sollten all unsere Kräfte mobilisieren, um ganz sicherzugehen!«

»Dein Beschluss muss dem Rat vorgelegt werden, bevor er zum Gesetz erhoben werden kann. Dein Vater und ich werden dort gegen dich stimmen, und der Rat wird hinter uns stehen ...«

Aber Alexander und Elise Devoncroix waren wenige Stunden vor der Ratsversammlung bei einem sinnlosen Verkehrsunfall getötet worden. Alexander Devoncroix' Politik der Toleranz gegenüber den Menschen gehörte ab sofort der Vergangenheit an, und sein Vermächtnis war ... Chaos.

Tot. Er ist tot.

Ach, dieser Schmerz!

Drei Tote in einem Forschungslabor in New York. Auch der Rudelführer und seine Gefährtin lebten nicht mehr. Sechs Tote bei einem Hubschrauberabsturz in der Wildnis Alaskas.

Was alles mit einem einzigen Menschen angefangen hatte!

Aus den Aufzeichnungen des Matise Devoncroix

XXII

Eines Tages geschah es, dass Cliomedes, die ziemlich erfolgreich mit Seidenstoffen handelte, von großen Gewinnen hörte, die in einem Land im Osten zu erzielen waren. Sofort beschloss sie, dorthin zu reisen, obgleich sie im fünften Monat schwanger war. »Mach dir keine Sorgen«, beruhigte sie ihren Gefährten, »schließlich sind wir doch zu zweit. Wenn die Reise länger dauern sollte und für mich die Zeit kommt, meine Wolfsgestalt anzunehmen und zu gebären, bevor wir die Seidenhändler erreicht haben, kannst du ja an meiner statt verhandeln.«

Dies leuchtete auch ihrem Gefährten durchaus ein, und da die zu erwartenden Gewinne sie wirklich verlockten, zogen sie los.

Die Geschäfte übertrafen alle ihre Erwartungen, und sie beluden ihre Packtiere so schwer, dass sie unter gar keinen Umständen rechtzeitig zur Entbindung nach Hause kommen würden. Als der Kaufmann, mit dem sie ihren Handel abgeschlossen hatten, ihrer Verlegenheit gewahr wurde, berichtete er ihnen von einer kürzeren Strecke, die er selbst nie bereist hatte, von der aber die Kunde ging, dass sie dieses Stück um mehrere Wochen abkürzte.

Doch die Strecke, die man ihnen beschrieben hatte, erforderte die Überquerung hoher Berge und öder Wüsten unter der heißen Sonne, daher erwies sich die Reise für die Schwangere als immens beschwerlich. Bald war ihre Zeit gekommen, und so fand sie sich damit ab, in einem fremden Land zu gebären, weit weg vom Kreis ihrer Familie und mit nichts um sich herum als den Schreien wilder Menschen in der Nacht.

Sie tröstete sich aber mit dem Gedanken, dass sie nach ihrer Rückkehr in die Zivilisation sehr, sehr reich sein würde.

Sie sollte sogar noch reicher werden, als sie dachte. Zusammen mit ihrem Gefährten suchte sie Schutz in einer Höhle im höchsten von sieben Hügeln, wo sie nicht nur einem, sondern zwei Söhnen das Leben schenkte. Sie nannte sie Romulus und Remus und wurde zur Mutter eines Weltreichs.

Mittlerweile hast du sicherlich erkannt, dass die meisten Mythen und Legenden der Menschen auf einer durchaus realen Grundlage basieren, auch wenn die Menschen selbst sich dessen kaum bewusst sind. Deshalb kannst du auch davon ausgehen, dass bei den Geschichten, wo Menschen und Wölfe beteiligt waren, wir in irgendeiner Form die Finger im Spiel hatten. Nimm zum Beispiel die Legenden von bedeutenden Männern, die von Wölfen gesäugt wurden, wie etwa Tu Kueh, Zarathustra, Siegfried oder Romulus und Remus. Welche Lebewesen wären wohl in der Lage, an der Brust einer wölfischen Mutter zu trinken, anschließend aber in Menschengestalt aufrecht zu gehen, wenn nicht die Mitglieder unserer Spezies? Die Menschen bräuchten nur in ihren Geschichtsbüchern nachzulesen; dann wären sie den Tatsachen gegenüber nicht so blind, wie sie es leider sind.

Nun aber will ich mich der Geschichte von Romulus und Remus zuwenden und schildern, wie diese legendären Zwillinge das große Rom aufbauten. Bei uns kommen so selten Zwillinge zur Welt, dass ihre Geburt immer ein Grund zum Feiern ist, deshalb nimmt es nicht Wunder, dass dieses Phänomen Werwölfe aus nah und fern anzog. Die Menschen, die sich auf den sieben sonnenbeschienenen Hügeln angesiedelt hatten, dürften nicht schlecht gestaunt haben, als all die prunkvoll gekleideten Kreaturen mit ihren Seidenzelten, ihren mit goldenen Speichen bestückten Kutschen und ganzen Karawanen kunstvoll gearbeiteter Einrichtungsgegenstände eintrafen – und das alles zu Ehren der Zwillinge, die in einer kühlen, trockenen Höhle in Mittelitalien von einer Wölfin gesäugt wurden.

Sie brachten das Beste mit, was eine eben erst zivilisierte Welt zu bieten hatte: Wasserleitungen, Bewässerungsanlagen und Methoden der Abfallbeseitigung, eine innovative Architektur, eine Vorliebe für einen gewissen Luxus und ein beträchtliches kaufmännisches Talent. Wie schon in Griechenland, bestanden auch hier die einfachen Schafhirten und Bauern darauf, diese brillanten Kreaturen zu Göttern zu erheben, und kaum ein Werwolf hatte etwas dagegen. So nannten sie sich bald Diana, Juno und Bacchus und lebten unter dem Volk von Rom mit all der Güte und all der Strenge, wie sie in den alten Mythen beschrieben sind.

Begeisterte Baumeister waren sie, diese antiken Werwölfe, und grandiose Egoisten. Sie entwarfen das ausgefeilteste System von Straßen und Brücken, das es damals gab, und alle führten in ihre zentral gelegene Hauptstadt, denn wo sonst konnte jemand auch hin wollen? Was kümmerte es sie da, dass die Menschen diese Straßen nutzten, um andere Völker zu unterjochen? Am Ende führte das nur dazu, dass sie noch reicher wurden und noch mehr Menschen sie verehrten. Und als weiter östlich dann die große Zivilisation Alexanders des Großen zu zerfallen begann, waren diese neuen Götter mit ihrem Zynismus und ihrer endlosen Gier bereit, in die entstandene Lücke zu stoßen. Sie wollten ewig leben und taten so, als gäbe es kein Morgen.

Soll ich dir jetzt erzählen, was aus dieser schönen Stadt der sieben Hügel geworden ist? Unzählige Bücher wurden über ihren Niedergang und dessen Gründe geschrieben, über die begangenen Fehler und den unvermeidlichen Untergang. Waren sie träge geworden, die großen Götter Roms? Waren sie faul, trunksüchtig, gleichgültig und desinteressiert geworden? Vielleicht wurde es im Laufe ihres schnellen Fortschreitens auf dem Weg ins Zeitalter der Zivilisation für sie allzu leicht, sich über sich selbst lustig zu machen, und somit letztlich auch für die Menschen. Vielleicht aber ist die Antwort noch einfacher: Sie hatten den Menschen zu viel gegeben, sie zu gut ausgebildet, ihnen zu viel Freiraum gelassen und sie zu wenig überwacht. Dass sie eigentlich Götter waren, hatten sie vergessen.

Ja, sie waren Hedonisten, liebten den Wein, trieben Unzucht mit Menschen und schwelgten in ihrer außergewöhnlichen Sinnlichkeit. Aber hat es je eine Zeit gegeben, in der das nicht – zumindest zu einem gewissen Teil – auf uns alle zutraf? Sie haben ja nicht ihre Güter im Stich gelassen oder ihre Universitäten verfallen lassen oder sich aus dem Geschäftsleben zurückgezogen. Sie schauten lediglich hilflos zu, wie alles, was sie ins Leben gerufen hatten, von denselben Menschen zerstört wurde, für die sie es gebaut hatten, und schließlich wurden sie selbst aus ihrem Paradies vertrieben. Die letzte große Hochkultur ging nicht etwa zugrunde, weil ihre Hüter die Menschen gejagt oder gehasst oder ignoriert hätten, sondern weil sie die Menschen zu sehr liebten.

So mancher meint, wir könnten heute noch daraus lernen.

Ich glaube aber, die Botschaft von Romulus und Remus ist weitaus einfacher und unmittelbarer. Die Geschichte erinnert mich immer an Brianna, denn sie hatte dieselbe Erkenntnis schon in sehr jungen Jahren – die Erkenntnis, dass die Menschen immer jemanden brauchen, zu dem sie aufschauen, den sie verehren können. Und dass ein Werwolf nichts ist ohne Menschen, die ihn verehren.

XXIII

London, 1928
Matise

In den folgenden zehn Jahren gab es nicht einen Tag, an dem ich nicht in der einen oder anderen Weise an jene entsetzliche Nacht meines Verrats denken musste. Manchmal war es eine Art dumpfer Scham in meinem Hinterkopf, wenn ich mich auf einen Rudellauf vorbereitete und vor der Erinnerung daran zurückschreckte, dass ich dem Ruf meiner Natur statt dem Ruf meiner Schwester gefolgt war – sie zerschunden und blutend allein auf dem Boden hatte liegen lassen. Manchmal wachte ich mitten in der Nacht auf, einen Angstschrei auf den Lippen, den ganzen Körper in eiskaltem Schweiß gebadet und sie in jeder einzelnen Pore spürend, riechend und schmeckend, Fieber im Blut, die leeren Hände nach ihr ausgestreckt. Dann taumelte ich aus dem Bett und verwandelte mich mitten in der Nacht, um nur noch zu rennen, durch Kälte und Wind und Schnee und Regen, über dunkles, offenes Gelände oder durch die Straßen einer Stadt, als Schatten unter Schatten – zu rennen, bis mein Verstand allmählich in den Hintergrund trat und die Erinnerung verblasste. Dann tötete ich, und während das Blut irgendeines kleinen Tieres in mein Maul spritzte und es zwischen meinen Kiefern seine letzten Zuckungen tat, ging das Fieber zurück, jedenfalls für eine gewisse Zeit. Es wurde schwächer, verschwand aber nie vollständig.

Mit niemandem hätte ich darüber reden können, keinem Beichtvater, dem ich meine schwarze, unruhige Seele hätte offenbaren, keinem Freund, dem ich das Geheimnis meiner Schande hätte anvertrauen können. Für uns ist Sexualität eine so herrlich einfache und zugleich ungeheuer komplizierte Sache. Funktionieren wir entsprechend unserer Natur und geht alles gut, ist unsere Sexualität der vollkommenste Teil unserer Existenz als Werwölfe. Läuft aber etwas schief, dann gleich auf katastrophale Weise, sodass es keine Hilfe und keine Hoffnung gibt.

Schon in jungen Jahren lernen wir, einander sexuell zu erregen und Vergnügen zu bereiten; es ist eine Geste der Freundschaft, des Trosts oder des Respekts. Die Befriedigung, die wir dabei in unserer menschlichen Gestalt empfinden, ist echt, aber eher oberflächlicher Natur; oft teilen Mann und Mann, Frau und Frau, Bruder und Schwester und Verheiratete und Unverheiratete diese Freuden miteinander. Wir messen solchen Freuden aber keine größere Bedeutung bei als einer gemeinsam eingenommenen Mahlzeit oder einem überlegt ausgewählten Geschenk; all das hat mit Paarung oder gar mit Liebe nicht das Geringste zu tun.

In Wolfsgestalt teilen wir eine weit tiefere Vertrautheit, die nur selten etwas mit körperlicher Befriedigung zu tun hat, aber sehr viel bedeutsamer – und in vieler Hinsicht auch gefährlicher – ist als Sexspiele. In Wolfsgestalt sind wir nackt bis auf die Seelen; die einzige Sprache, die wir sprechen, ist die Sprache der Wahrheit, und wir erreichen ein sonst für uns unerreichbares Maß an Verletzlichkeit und Stärke zugleich. Aber da wir uns nur in Wolfsgestalt paaren, müssen wir immer darauf achten, unsere Instinkte im Zaum zu halten. In der Frage, mit wem wir uns paaren, müssen wir deshalb sehr viel wählerischer sein als in der Frage, mit wem wir Sex haben.

Wir paaren uns nur einmal, und zwar aus leidenschaftlicher Liebe fürs Leben. Das ist erlaubt zwischen Cousins und Cousinen, Nichten und Neffen, Tanten und Onkeln. Tabu sind bei uns lediglich die Paarung zwischen Elternteil und Kind sowie zwischen Bruder und Schwester. Derartige Paarungen sind so undenkbar, dass die Natur selbst ein narrensicheres Mittel gegen sie erfunden hat; denn das Hormon, das zur sexuellen Stimulierung erforderlich ist, wird beim Zusammensein derart enger Verwandter gar nicht erst ausgeschüttet.

So sollte es zumindest im Normalfall, also bei gesunden Werwölfen, sein. Bei Brianna und mir aber war es anders.

Ich konnte mir jene Nacht hunderttausendmal in Erinnerung rufen und dabei jedes Mal versuchen, im Geiste einen anderen Ausgang zu erfinden, mir einzureden, ich hätte das, was ich empfand, nie empfunden, nie begehrt, was ich begehrte, und vor allem nie getan, was ich tat – aber das änderte alles nichts. Nicht einmal in meiner Fantasie – meiner von Albträumen heimgesuchten, gemarterten, mit Scham erfüllten und verzweifelten Fantasie – gelang es mir, die Wahrheit zu verdrängen. Denn ich begehrte sie tatsächlich, begehrte sie mit jeder Faser meines Wesens und jeder Zelle meines Körpers, war hungrig, verzweifelt, verrückt nach ihr. In jenem Augenblick blinder Leidenschaft wurde mir klar, dass ich sie immer genau so begehrt hatte, als anderen Teil von mir, zur Vollendung der Verbindung zwischen uns, die nur wenige Stunden nach meiner Geburt begonnen hatte, als sich ihr Gesicht, ihre Berührung, ihr Geruch und ihr Lachen für alle Zeiten in meine Sinne eingeprägt hatten. Ja, ich begehrte sie. Ich begehrte sie emotional, intellektuell und sexuell. In meinem Blut und meinem Kopf wollte ich sie so tief in meine Seele schließen, dass sie nie entkommen konnte; sie sollte meine Gefährtin sein, und dieses Begehren war so tief, dass ich sie dafür getötet hätte.

Das ist das Schändliche und Entsetzliche daran: Um ein Haar hätte ich sie mit meiner Leidenschaft umfangen, meine arme, zerbrechliche Geliebte; beinahe hätte ich zugelassen, dass meine Begierde und meine Lust sie verzehrt hätten, und sie hätte auch noch bereitwillig den Preis für meine Liebe bezahlt. Sie war meine Schwester, und doch erregte sie mich bis zu glühender Leidenschaft. Es hätte nie geschehen dürfen, aber geschah dennoch. Und zur Strafe für dieses verbotene Begehren war ich für immer dazu verdammt, die einzige Frau auf der Welt lieben zu müssen, die ich nie bekommen konnte.

XXIV

In den folgenden zehn Jahren gingen wir unsere jeweils eigenen Wege, Brianna nach London und ich nach Alaska ... und Australien, Afrika, Ägypten, Brasilien, Kleinasien und Indien – überall dorthin, wo sie nicht war. Dennoch sah ich ihr Gesicht in jeder Menge, witterte einen Hauch ihres Geruchs, der immer gerade verschwand, wenn ich irgendwo an einer Straßenecke innehielt, und hörte ihre Schritte in jedem Korridor verhallen, bis ich mich umdrehte und mit pochendem Herzen und angehaltenem Atem die Leere nach ihr absuchte. Mögest du nie von einem solchen Wahnsinn befallen werden! Trotzdem könnte ich niemandem ein größeres Geschenk wünschen als so eine Liebe.

Ich schrieb Lehrbücher und wissenschaftliche Abhandlungen für das Rudel, überquerte nicht nur einmal, sondern viele Male den Ozean in einer Flugmaschine. Eine oder zwei dieser Maschinen habe ich sogar selbst entworfen und anschließend dabei zugesehen, wie meine Ideen in die Wirklichkeit umgesetzt wurden – ganz ähnlich, wie gut gewählte Worte den Gedanken Substanz verleihen. Hätte ich das Rudel zusammen mit Brianna verlassen sollen? Hätte ich mich von meiner Familie, meiner Erziehung und meiner recht angenehmen, mir angemessenen Stellung im wohl geordneten sozialen Gefüge, dem ich angehörte, abwenden sollen? Natürlich wäre das das Gebot der Stunde gewesen. Glaubst du vielleicht, ich hätte nicht die ganze Zeit unter meiner eigenen Feigheit gelitten? Und doch kehrte ich, als Brianna das Rudel verließ, aus demselben Grund zu ihm zurück, aus dem ich dem Ruf des Rudels gefolgt war, als Brianna dies nicht konnte. Es lag einfach in meiner Natur.

Meine Liebe zu Brianna war ein Feuer in meinem Gehirn, das jeden Gedanken und jeden Ehrgeiz aufzehrte, Vernunft und Philosophie verschlang und mich halb verrückt vor Sehnsucht machte. Aber stärker noch war meine Scham, die selbst meine Liebe zu Brianna nicht verdrängen konnte. Meine Rückkehr zum Rudel war der verzweifelte Versuch, die Krankheit zu heilen, die das unnatürliche Verlangen nach meiner Schwester darstellte. Dennoch habe ich wohl von Anfang an gewusst, dass es vor dem, was ich in mir trug, kein Entrinnen gab.

Schließlich kehrte ich zurück nach Europa, angezogen von einem finsteren inneren Bedürfnis, dem ich ebenso wenig zu widerstehen vermochte, wie ich es verstand. Dort war Brianna, und der Rest der Welt interessierte mich nicht.

Ich muss gestehen, dass ich die Angewohnheit der Menschen, alles, was sie lieben, erst zu zerstören, um es anschließend mit noch größerer Entschlossenheit wieder aufzubauen, in gewisser Weise faszinierend finde. Papas Einschätzung des Krieges und der Gewinne, die wir daraus ziehen würden, hatte sich voll und ganz bestätigt. Jene von Flugmaschinen und explodierenden Waffen geprägten Jahre verbrachte ich mit der Erkundung des Himalaja, sodass ich nur nebenbei davon erfuhr; ich schickte damals dringliche Briefe an Papa, in denen ich mich nach Briannas und Fredas Befinden erkundigte; schließlich erfuhr ich, dass ein Verwandter Fredas die beiden Mädchen in seine Villa nach Griechenland geholt hatte, wo sie das »menschliche Durcheinander« in weit behaglicherer Umgebung aussaßen als ich.

In der Blütezeit der Zwanzigerjahre nahm das Rudel Tag für Tag an Stärke und Wohlstand zu, und so erging es – nicht zufällig – auch den Menschen.

Die Zwanziger waren für unsere beiden Spezies eine wunderbare Zeit. Den Menschen schenkten wir schicke Automobile und verrückte Moden, Luxusliner und fliegende Schiffe, bewegte Bilder, Raketen, den Jazz und eine Vorliebe für Dekadenz und Genusssucht. Die Menschen ihrerseits brachten uns Banken und Eisenbahnen, Straßen und Türme, Fabriken, Bergwerke und ein endloses Reservoir an Arbeitskräften, mit denen wir Erstere unterhalten konnten; kurz gesagt: Sie machten uns reich. Wir schufen das Angebot, und sie konsumierten. Es war alles in allem ein äußerst befriedigendes Arrangement, und schon begann das Rudel, meinen Vater liebevoll Alexander den Großen zu nennen.

In London lernte ich eine Gruppe schriftstellernder Menschen – neben anderen George Wells, Arthur Conan Doyle und Noël Coward – kennen, die ich recht amüsant fand. In den folgenden Monaten versuchte ich mich mit einigem Erfolg – natürlich unter einem Pseudonym – am Schreiben von Unterhaltungsliteratur für Menschen. Einige dieser frühen Zukunftsvisionen und Schauergeschichten aus der Vergangenheit haben angeblich bis heute überlebt und werden noch immer gern gelesen.

Was ich heute so leidenschaftslos sagen kann, ist der entscheidende Punkt: Ich begann, die Menschen zu lieben, weil ich Brianna liebte. Weil sie in all den Jahren nicht einen einzigen Augenblick aus meinen Gedanken verschwunden war und weil in der Welt der Menschen zu leben bedeutete, in ihrer Welt zu leben. Dagegen hatte ich nichts zu bieten.

So verbrachte ich einige Jahre lang stets in der Nähe von Briannas Welt und bewegte mich frei zwischen dem Leben im Rudel und dem unter den Menschen hin und her. Ich begann, in den Kreisen menschlicher Intellektueller zu verkehren, und hatte an dieser Gesellschaft nicht das Geringste auszusetzen. Ich schrieb meine kleinen Bücher, vagabundierte durch das europäische Festland und gab sowohl in der Gesellschaft der Menschen als auch in der der Werwölfe eine gute Figur ab.

Es war schon eine großartige Zeit Mitte der Zwanzigerjahre – eine Zeit weiter Flanellhosen, silberner Flakons und wie Segelboote geschmückter Sportwagen, eine Zeit des Rasentennis, des Krocket und leidenschaftlicher heimlicher Rendezvous in exklusiven Landhäusern. Einer meiner Lieblingsorte wurde Venedig, wo höchst interessante Werwölfe lebten. Ich liebte auch Paris mit all seiner Geschäftigkeit und seinem Charme, und meine Eltern hatten unter den dortigen menschlichen Aristokraten so viele Freunde, dass ich überall willkommen war. Dennoch kehrte ich immer wieder nach Großbritannien zurück, zu den Theatern Londons und meiner eleganten Wohnung mit Blick auf den Hyde Park. Falls ich während jener Ruhelosigkeit überhaupt so etwas wie ein Zuhause hatte, dann dort.

Jetzt wirst du dich natürlich fragen, ob ich in der Zeit Brianna gesehen habe. O ja, allerdings!

Ich sah sie in der *Heiligen Johanna*, und sie brachte mich zum Weinen. Ich sah sie in *Pygmalion* – sie war großartig. Ich sah sie in *Carmen,* in *La Bohème* und in einem Konzert mit dem Titel »Ein Abend mit Brianna Cross« – wie du siehst, hatte sie ihren Namen an die der Menschen angepasst – in der Royal Albert Hall. Im hinteren Bereich hatte ich einen Stehplatz und war so hingerissen von ihr, dass ich den stürmischen Applaus, der Vorhang für Vorhang auf sie niederprasselte, ebenso wenig wahrnahm wie das Schieben und Rempeln der hinausdrängenden Menge nach der Vorstellung; schweigend und reglos stand ich einfach nur da, atmete ihren Geruch ein und lauschte dem Nachhall ihrer Stimme, bis ich der Letzte im Theater war. Erst dann ging ich.

In jener Nacht fand ich eine Menschenfrau mit rotem Haar und blitzblauen Augen und tanzte mit ihr, bis wir trunken waren von dem Toben; dann ging ich mit auf ihr Zimmer, und meine Hände zitterten, als sie die dunklen Geheimnisse unter ihren Satinröcken erforschten, und mein Mund trank von der feuchten Haut, die nach Brianna schmeckte und nach Brianna roch – die aber nicht Brianna war und niemals sein konnte. Ihre süßen flinken Finger wollten mich streicheln, aber ich hielt sie fest; ihr hübscher Mund schrie auf vor Ekstase, als ich sie mit meinem verwöhnte, an ihr saugte und sie streichelte, zuerst zärtlich und sanft, dann mit wachsender Gier, bis sie sich unter meinen Liebkosungen wand. Ihre Haut war schweißnass und heiß, die meine kühl und trocken. Sie küsste meine Lippen und bat mich, mit ihr zu schlafen, aber ich zog nicht einmal meinen Mantel aus. Ich hielt ihr Gesicht fest zwischen meinen Händen und bedeckte ihren Mund mit meinem, schob meine Zunge tief in sie hinein; ich trank von ihr, forderte von ihr und suchte in ihr, was absolut nicht da war. Sie schmolz unter mir dahin, erschauderte in meinen Händen; aber was ich von ihr brauchte, konnte sie mir nicht geben, denn sie war einfach nicht Brianna.

Ich erinnere mich nicht an den Namen der Menschenfrau, aber am Ende jener Nacht torkelte ich auf die Straße hinaus, fiel auf die Knie und würgte. Die Leere in mir reichte bis in den Kern meiner Seele.

Am nächsten Tag schickte ich Freda Fasburg meine Visitenkarte.

XXV

Kannst du dir wirklich vorstellen, dass Brianna bei all jenen Auftritten nie etwas von meiner Anwesenheit bemerkt hat? Wir verkehrten in denselben Kreisen, kannten dieselben Menschen; Noël Coward etwa hatte mich dreimal auf Partys eingeladen, die eigens zu Ehren Briannas gegeben wurden, und ich hatte stets dankend abgelehnt. Mehr als einmal hatten sich meine und Fredas Blicke getroffen, während sie mich aus ihrer Privatloge beobachtete oder durch den Bühneneingang trat, und wir hatten uns freundlich gegrüßt – aber immer hatte sie sich widerstrebend abgewandt. Ich wusste, dass sie in Mayfair wohnte, nicht weit von Brianna entfernt, und dass die beiden weiterhin sehr eng befreundet waren. Hätte Brianna mich sehen wollen, dann hätte Freda das jederzeit einrichten können. Vor einem Zusammentreffen mit Freda hatte ich allerdings kaum weniger Angst als vor einem mit Brianna.

Deshalb war ich nicht wenig überrascht, als Freda meine Visitenkarte nicht nur entgegennahm, sondern sich auch einverstanden erklärte, mich am nächsten Tag zum Lunch bei Claridges zu treffen.

»Du bist schon ein komischer Kerl«, bemerkte sie, nachdem wir uns geküsst und es uns mit zwei Glas Cabernet an unserem Ecktisch bequem gemacht hatten. »Wo man auch hinkommt, hört man den Namen Matise Devoncroix, bei den interessantesten Partys und in den feinsten Kreisen; aber ich sage mir immer, nein, das kann unmöglich mein netter Schulfreund Matise sein, denn der wäre nie und nimmer so unhöflich, sich nicht einmal bei mir zu melden, sei es schriftlich oder telefonisch. Aber jetzt, nach all der Zeit, stellt sich auf einmal heraus, dass du es tatsächlich bist! Ich kann mir das nur dadurch erklären, dass du aufgrund deiner vielfältigen gesellschaftlichen Verpflichtungen seit Jahren einfach keine Zeit für alte Bekannte gehabt hast.«

Ich lächelte. »Danke, dass du gekommen bist, Freda!«

Sie beugte sich über den Tisch, ergriff meine Hand und sah mich mitfühlend an. »Hast du wirklich gefürchtet, ich würde nicht kommen?«

Sie war so schön wie immer in ihrem smaragdgrünen, mit Hermelin besetzten Wollkleid und einem koketten glockenförmigen Hütchen über einer streng zurückgesteckten Frisur, die den modischen Kurzhaarschnitt auf eine ihr sehr gut stehende Weise simulierte. Mitten im Winter duftete sie nach Hyazinthen – und nach Brianna. Die Wärme in ihren Augen, die mich an den Schein einer Kerze erinnerte, verdrängte nach und nach die Kälte in meiner Seele.

Ich drückte ihre Finger und sagte ihr damit, was ich nicht in Worte zu kleiden vermochte. Im nächsten Moment schon nahmen wir beide unsere Gläser in die Hand.

»Und wie ist es dir so ergangen, Freda?«, fragte ich.

»Ich kann nicht klagen.« Sie nippte an ihrem Wein. »Ich bin jetzt Doktor der Medizin, was die Menschen ganz erstaunlich finden – nicht, dass ein Werwolf Menschen verarztet, sondern dass eine Frau es tut!«

Wir lachten.

»Die Arbeit am Menschen ist übrigens ganz spannend«, fügte sie hinzu. »Ich versuche, Daten zur Chromosomenstruktur zu sammeln, die mit menschlichen Abnormitäten oder auch Krankheiten in Zusammenhang stehen. Eines Tages hoffe ich meine Erkenntnisse auch auf die Physiologie von Werwölfen übertragen zu können.«

»Ich verstehe nicht ganz, inwiefern etwas, das du bei der Untersuchung von Menschen in Erfahrung bringst, mit uns zu tun haben soll«, erwiderte ich mit einem winzigen Anflug von Herablassung.

»Gewisse Grundregeln der Physiologie gelten für alle Säugetiere«, erklärte sie. »Es könnte leicht sein, dass meine derzeitigen Forschungen eines Tages dazu beitragen, die Ursachen des Anthropomorphismus zu finden.«

»Du bist wirklich eine gute Freundin«, sagte ich ruhig.

»Außerdem eine brillante Wissenschaftlerin«, ergänzte sie und prostete mir zu.

»Auf die brillante Wissenschaftlerin.« Ich stieß mit ihr an.

Nach einigen Momenten der Stille, die nur durch die Geräusche dezenter Geschäftigkeit in einem der besten Restaurants der Stadt unterbrochen wurde, und einem Schlückchen

Cabernet sagte ich schließlich: »Du bist am Abend unserer Aufnahme ins Rudel bei ihr geblieben. Ich dagegen bin dem Ruf des Rudels gefolgt.«

Es musste einfach gesagt werden, denn es war das Eingeständnis einer Schuld und einer Schande.

Mit ruhigem, klarem Blick und wie beiläufig antwortete sie: »Den Ruf des Rudels zu ignorieren ist mir nie sonderlich schwer gefallen. Aber deswegen bin ich noch lange kein schlechterer Werwolf.«

Ich senkte den Kopf und schlug kurz die Augen nieder. Sie nippte an ihrem Wein, und ich tat es ihr gleich.

»Sie hat sich prächtig entwickelt, findest du nicht auch?«, meinte ich schließlich.

»Das stimmt.« Freda lächelte. »Du übrigens ebenfalls.«

Was ich mit einem Achselzucken quittierte.

»Euer Papa ist zur Premiere von *Carmen* gekommen. Er hat seine Visitenkarte geschickt, aber sie wollte ihn nicht sehen.«

Ich zuckte zusammen.

»Deine Mutter lässt bei jeder Vorstellung rosa Rosen in Briannas Musiktheater bringen; sie hat es nicht ein einziges Mal vergessen.«

Unbehaglich starrte ich in mein Glas. »Wir reden nie darüber. Aber sie lieben sie. Das haben sie immer getan.« Jetzt schaute ich Freda flehentlich an. »Sie würden sie so gerne wieder ins Rudel aufnehmen, wenn sie bloß ...«

Doch noch bevor Freda die Hand hob, um mich zu unterbrechen, bedauerte ich auch schon, davon angefangen zu haben. »Darüber«, sagte sie bestimmt, »wird nicht gesprochen.«

Der Kellner servierte Teller mit herrlich blutigem Roastbeef und winzigen, mit Öl beträufelten Kartoffeln. Das frische rote Fleisch war so zart, dass es fast auf der Zunge zerging.

Schließlich fragte Freda: »Warum hast du nie deine Karte in die Garderobe geschickt?«

Bedächtig legte ich Messer und Gabel ab, wischte mir mit der Serviette über die Lippen und nahm mein Glas. »Hätte sie sie angenommen?«

Freda lächelte nachsichtig. »Immerhin hat sie dich nie aus dem Theater werfen lassen, stimmt's? Mit anderen Werwölfen hat sie das durchaus gemacht.«

Ich musste lachen – mein erster spontaner Ausbruch von Heiterkeit seit Jahren. »Das sieht ihr ähnlich!«, schmunzelte ich. »Herrisch bis zum Letzten.«

Nun wurde Fredas Lächeln eine Spur trauriger. »Das entschädigt auch nicht für alles.«

Sie aß ihr Fleisch zu Ende, und ich trank meinen Wein aus. »Du bist so schön, dass es mir fast das Herz bricht«, sagte ich.

»Wir haben dich schrecklich vermisst, Matise«, erklärte sie.

Dann zahlte ich, und wir gingen zur Tür. Als wir im Straßenlärm zwischen rufenden Zeitungsjungen und rumpelnden Straßenbahnen standen, fragte ich: »Wenn ich ihr Rosen schicke – wird sie sie wegwerfen?«

»Frag sie doch selber!« Sie zog ein Kärtchen aus ihrer Tasche und hielt es mir mit einem leicht koketten, herausfordernden Blick unter die Nase. »Heute gebe ich ein Abendessen im kleinen Kreis. Um acht Uhr.«

Ich schaute die Karte einen feierlichen Augenblick lang an und nahm sie. »So was hättest du mir schon vor Jahren zukommen lassen können!«

»Ja, wenn ich deine Adresse gehabt hätte, mein Lieber«, erwiderte sie mit sanftem Blick. Dann küsste sie mich auf die Wange – gerade so lange, dass mein Geruch sich auf sie übertrug – und streichelte meinen Nacken, bevor sie sich verabschiedete. Ich sah ihr nach, bis sie im Verkehrsgewühl verschwunden war; erst dann drehte ich mich um und machte mich auf den Weg nach Hause.

Aus den Briefen der Brianna Devoncroix

XXVI

Mein lieber Matise,
wie viele Briefe habe ich dir im Lauf der Jahre geschrieben und nicht abgeschickt – alle voller Sehnsucht, Wut und namenloser Einsamkeit. Jugendliche Leidenschaft, verzweifelte Vorwürfe, selbstsüchtige Bedürfnisse. Ich habe mich nach dir verzehrt, um dich geweint. Wie konntest du nur zulassen, dass ich vor dir floh? Warum bist du nicht mit mir gekommen?

Wenn ich den Mund öffne, schmecke ich dich. Ich schließe die Augen und spüre dich, rieche dich auf meiner Haut, in meinem Haar und in jeder Pore meines Körpers. Du bist in jeder Note, die ich singe. Vielleicht glaubst du, dass das, was in jener Nacht geschehen ist, nur dir passiert ist – aber ich teile deine Schuld, dein Entsetzen ... deine Scham.

So klangen die Briefe, die ich geschrieben habe. Und dann sind da auch noch diejenigen, welche ich nicht geschrieben habe. Darüber, dass ich in all jenen Jahren fast immer wusste, wo du dich gerade aufhieltest und was du gerade tatest. Du bist bloß ans Ende der Welt gefahren, um mich zu vergessen, nicht wahr? Ich dagegen musste nur in die Welt der Menschen eintreten. Und genau das sind die Briefe, die ich dir nicht geschrieben habe – weil sie mich traurig machten, weil ich mich ihrer schämte und weil ich wusste, dass du mich ohnehin nicht verstehen würdest. Denn in der Welt der Menschen hätte ich dich beinahe vergessen. Fast wäre es mir gelungen, dem zu entfliehen, was ich einmal war.

Das wollte ich dir sagen. Ich wollte dir davon erzählen, wie ich zum ersten Mal in einem öffentlichen Saal aufgetreten bin und sofort gemerkt habe, dass ich sie verzaubern konnte. Bei meinem Gesang schlugen die Herzen der Männer schneller, und die Frauen seufzten vor Neid; wenn sie dachten, ich könnte sie nicht hören, stellten sie flüsternd fest, wie großartig ich sei, wie begabt und aufregend. Ich brachte sie zum Weinen, wann immer ich wollte ... oder zum Zittern und zum Lachen, ja, sie schmolzen unter meinem Charme dahin. Oh, Matise, wer könnte einer solchen Macht über andere widerstehen?

Und wenn ich dann auf der Bühne erscheine ... wenn ich ihren tosenden Applaus höre, das Pochen von tausend Herzen voller Bewunderung, Entzücken und Erregung, wenn die Hitze ihres Blutes von den Rängen aufsteigt und das starke Parfüm ihrer Verehrung auf mich überfließt ... ist das für mich Leidenschaft. Es erfüllt meine Seele und erhöht mich, und für diese kurzen Momente fühle ich mich tatsächlich wie das großartigste Lebewesen auf Erden. Dass mich nur Menschen dazu machen, ist mir in solchen Augenblicken gleichgültig.

Und als ich das erste Mal mit einem Menschen geschlafen habe ... wie soll ich dir das erklären? Ich liebe sie wirklich. Wie könnte ich auch anders, wo sie mich doch so sehr verehren? Ihr Geruch, ihr Verhalten, ihre Torheit, ihre Unbeholfenheit, ihre Arroganz – all das kann ich nur liebenswert finden. Außerdem ist es ein wirkliches Vergnügen, von einem Mann liebkost, von ihm geküsst zu werden und dabei mein Geheimnis zu wahren; oder vielleicht liegt ja das Vergnügen gerade in diesem Geheimnis und dem Bewusstsein, etwas Verbotenes zu tun. Darüber hinaus aber besteht schon ein gewisser Reiz in ihren prallen Penissen, im Geschmack ihres Schweißes und in der schlichten, absoluten Weltlichkeit von alldem. Dennoch habe ich nach meinem ersten Sex mit einem Menschen geweint, weil das alles so seicht, so ohne jede Tiefe war, geweint auch aus Mitleid mit einer Spezies, die auf ewig dazu verdammt ist, nichts Besseres zu kennen als diese gewaltige Leere, die sich als Paarung ausgibt ... geweint aber auch aus Mitleid mit mir selbst.

Er war wirklich ein süßer junger Mann, mein erster

menschlicher Liebhaber, ein Spanier mit dichten dunklen Locken und tiefblauen Augen, der behauptete, gegen Stiere gekämpft zu haben, obgleich ich nie Stiere an ihm roch. Meist duftete er nach Sonnenschein, schwerem Rotwein und Lust auf mich, und ich liebte diese Düfte. Wir tanzten auf einer Piazza in Italien, ich in weißer Seide und er in irgendeiner dunkelblauen Uniform, und mir gefiel, was für ein schönes Paar wir beide abgaben. Alle drehten sich nach uns um, und die Menschen machten einander flüsternd auf die attraktive junge Sängerin und den schneidigen Stierkämpfer aufmerksam. Die Nacht roch wie alle italienischen Nächte nach Jasmin und Unmengen von Rosen, das hat mich vollends verzaubert.

Ich nahm ihn mit in die Villa, die Freda und ich für den Sommer gemietet hatten. Wie doch sein armes Herzchen klopfte, als ich mein hübsches kleines Seidenkleid auszog, und wie mein Anblick ohne Kleidung seine Haut fiebrig werden und seine Augen aufleuchten ließ! Es war schon ein betörendes Gefühl, eine solche Macht über ihn zu haben. Und ein bisschen amüsant fand ich es auch.

Wir gingen sehr energisch und eifrig zu Werke, auch wenn ich meinen lüsternen Stierkämpfer mit meiner Begeisterung für die Sache wohl ein wenig verunsichert haben dürfte. Aber Menschenmänner sind sehr leicht zu erregen und in erster Linie auf ihre eigene Befriedigung aus, daher ließ er sich von seinem Ziel nicht abbringen. Alles in allem war es ein höchst interessantes Gefühl, und ich will auch gar nicht so tun, als hätte ich es nicht genossen. Ich hatte sogar großen Spaß daran, auch wenn mein Vergnügen zu keinem Zeitpunkt auch nur annähernd dem Gefühl entsprach, das ein Werwolf bei einem anderen allein durch bloßen Blickkontakt auslösen kann. Und als es dann vorbei war, lachte ich – überrascht, erstaunt und bestürzt darüber, wie kläglich doch die menschlichen Sinne beschaffen waren, wenn allein *das* den Gipfel ihrer sinnlichen Erfahrung bedeutete.

Natürlich galt Lachen in einem solchen Moment nicht gerade als angemessene Reaktion, und so war mein Liebhaber zunächst beleidigt, anschließend sogar wütend. Ich hatte keine Geduld mit ihm, denn mir war eines klar geworden: dass dieser Geschlechtsakt, diese seichte Imitation körperlicher Liebe, alles sein würde, was ich je von der Paarung erfahren würde. Wie jeder Mensch war ich dazu verdammt, mich für alle Zeiten danach zu sehnen, meine Seele mit einer anderen verschmelzen zu lassen, und stattdessen nur diesen flachen Abklatsch dessen zu erleben, was es eigentlich hätte sein sollen. Mich erfüllte eine solche Trauer, dass ich ganz schwach wurde. Ich stand am offenen Fenster, klammerte mich am Rahmen fest und zitterte unter der Last dieser tiefen Traurigkeit.

Der Menschenmann – ich erinnere mich nicht einmal mehr an seinen Namen – war verärgert und verletzt, und sein Geruch begann mir lästig zu werden. Wütend warf ich eine Vase nach ihm. Sie war voller Rosen, die er mir geschenkt hatte. Rosen flogen durch die Luft, und Wasser spritzte; er wurde nur ein bisschen nass, als die Vase gegen die Wand krachte, schrie aber, als hätte man ihn kastriert.

Sein Geschrei tat mir in den Ohren weh; es war einfach zu viel. Ich forderte ihn auf zu verschwinden, und er bedachte mich mit einer Reihe wenig schmeichelhafter Wörter, bevor er den schweren Fehler beging, Hand an mich zu legen. Ich schleuderte ihn förmlich durch den Raum, und ein wunderschönes Louis-Quatorze-Tischchen brach unter seinem Gewicht zusammen, bevor er gegen die Wand krachte. Erstaunlicherweise hat er sich dabei nicht den Schädel gebrochen.

Der Lärm weckte Freda auf, die im Nachthemd hereinkam und nach einem tadelnden Blick in meine Richtung dem benommenen und blutenden Menschen auf die Beine half. Irgendwie gelang es ihr, ihn in seine Hose zu stecken, und nachdem sie ihm dabei behilflich war, die Reste seiner schmucken blauen Uniform einzusammeln, begleitete sie ihn zur Tür. Ich erinnere mich noch an die verängstigten Blicke, die er mir zuwarf, und habe seither nie mehr von ihm gehört. Leider muss ich gestehen, dass der Ruf, der mir seit jenem Vorfall in Südeuropa vorauseilt, nicht der Beste ist.

Natürlich macht es Spaß, sich die Schwächen von Mensch und Werwolf zu vergegenwärtigen ... es ist aber auch bitter.

Offen gestanden lachte ich, als Freda zurückkam, aber es war ein fast schon ordinäres, hysterisches Lachen, das rasch in unkontrolliertes Schluchzen überging. Sie hielt mich eine Zeit lang im Arm, bis ich mich wieder gefasst hatte, und ich empfand es als ungeheuer tröstlich, dass sie verstand, ohne lange Erklärungen; sie wusste sehr genau, weswegen ich weinte.

Manchmal überlege ich mir, wie es wohl gewesen wäre, hätte ich im Leben nicht wenigstens einen Werwolf gehabt, der mich daran erinnerte, wer und was ich war. Ich glaube, in diesem Fall hätte ich nicht allzu lange überlebt.

Schließlich nahm Freda mein Gesicht zwischen ihre Hände und sagte lapidar: »Du stinkst nach Mensch. Du wirst ihn nicht aus dem Kopf kriegen, solange du ihn auf deiner Haut riechst.«

Umgehend führte sie mich zu der tiefen, mit warmem, nach Jasmin duftendem Wasser gefüllten Badewanne, in die ich mich mit heißem und vom Weinen aufgedunsenem Gesicht sinken ließ, zu erschöpft von meinen Gefühlswallungen, um auch nur die Arme heben und mir die Haare waschen zu können. Also zog auch sie sich aus, legte sich neben mich, um mir den Geruch nach Mensch aus dem Haar zu schrubben und mit dem Schwamm von den Gliedmaßen und aus der Schamgegend zu wischen. Als ich erneut zu weinen begann, zog sie mich an die Brust und strich mir übers nasse, wirre Haar, bis ich mich wieder beruhigt hatte.

Mit belegter und ausdrucksloser Stimme fragte ich sie später: »Warum bist du eigentlich mit mir gekommen? Du hättest im Rudel eine Chance gehabt. Du hättest besser bleiben sollen.«

»Dummes Mädchen! Was soll ich denn mit dem Rudel? Sie müssten schon vor mir auf die Knie fallen.«

Das brachte mich fast zum Lächeln, aber stattdessen schossen mir weitere Tränen in die Augen. Blinzelnd und schluckend ballte ich die Faust an ihrem schlanken starken Nacken. »Du könntest jetzt einen Gefährten haben, wenn du geblieben wärst«, sagte ich.

Freda ließ sich ihre Verärgerung kaum anmerken, als sie antwortete: »Ich kann immer noch jederzeit einen Gefährten haben, wenn ich das will. Wir Fasburgs vermählen uns schon seit Jahrhunderten ohne das Zutun des Rudels miteinander.«

»Und was ist mit Matise?«

Es war mir einfach so herausgerutscht. Ich glaube, wir hatten deinen Namen nicht ein einziges Mal bewusst erwähnt, seit wir dich in jener Nacht im Wald vor dem Palast verlassen hatten. Eigentlich wollte ich in diesem Moment gar nicht über dich reden – und keinesfalls in dem Zusammenhang. Aber nun hatte ich es gesagt und habe bis heute keine Ahnung, warum.

Freda schaute mich unverwandt an, wie sie es immer tut, wenn sie nicht zeigen will, wie überrascht sie ist. »Was soll mit ihm sein?«

Vermutlich war das eine Form von Selbstbestrafung. Oder vielleicht war es auch nur ein weiterer Versuch – etwa so wie der Sex mit einem Menschen –, dich aus meinem Bewusstsein zu vertreiben. Ich wollte Freda nicht wehtun, das weiß ich ganz sicher, sondern mir selber.

Sanft stieß ich sie von mir, und das Wasser schlug kleine Wellen zwischen uns, als ich mich bewegte. So sachlich ich konnte, sagte ich: »Na ja, du bist verliebt in ihn, das weiß doch jeder. Du solltest ihn zum Gefährten nehmen und Tochter des Rudelführers werden.«

Jedes einzelne Wort fuhr wie ein Dolch in mein eigenes Herz. Der Gedanke, dich aufzugeben – selbst an jemanden, den ich so sehr liebe wie Freda –, war äußerst schmerzlich für mich. Und doch gab er mir seltsamerweise auch so etwas wie Hoffnung. Denn dich wieder in meiner Nähe zu haben, und sei es als Gefährten einer lieben Freundin, war beinahe das Opfer wert.

Doch dann sah ich den Schmerz und die Verlegenheit in Fredas Augen, und in einem schrecklichen Moment der Klarheit erkannte ich, dass nichts den Schmerz wert war, den ich meiner einzigen Freundin zugefügt hatte – aber ich konnte es nicht mehr zurücknehmen. Tatsächlich war sie verliebt in dich. Bis zu diesem Augenblick wusste ich es nicht ganz genau, aber nun stand es ihr eindeutig ins Gesicht geschrieben: Sie war hoffnungslos verliebt in dich. Oh, mein Schöner, auch wenn ich nie den Mut aufbringen sollte, diesen Brief abzuschicken, hoffe ich doch, du wirst das eines Tages begreifen. Sie verdient es. Trotzdem bitte ich dich, ihre Liebe nicht zu erwidern; ich könnte es nicht ertragen.

Ein wenig schnippisch sagte Freda: »Tochter des Rudelführers zu sein hat dich ja anscheinend nicht unbedingt glücklich gemacht.«

Das tat weh, vielleicht fast so sehr wie meine Anmerkung über ihre heimliche Liebe zu dir. Sie sah es in meinen Augen, und ihr entschuldigender Blick beschämte mich, weil sie immer um so vieles großmütiger war als ich.

»Ich bin nicht in Matise verliebt«, behauptete sie. »Aber selbst, wenn ich es wäre, hätte das nichts zu bedeuten, weil …« Sie hielt meinem Blick stand, als sei sie gespannt, ob ich es wagen würde, ihre nächsten Worte abzustreiten. »… er ganz schrecklich in dich verliebt ist, nicht wahr?«

Auf diese Weise gab es plötzlich kein großes Geheimnis mehr zwischen uns; abgesehen von meinem Entsetzen und meiner Wut darüber, dass sie es entdeckt hatte, verspürte ich auch so etwas wie Erleichterung – denn es war furchtbar, eine solche Tatsache immer mit sich allein herumzuschleppen. Ich wollte es schon abstreiten, um wenigstens die Form zu wahren, wollte Empörung heucheln oder mich über ihre Unterstellung lustig machen; doch als ich in ihre Augen sah, wurde mir klar, wie dumm das gewesen wäre.

Also schluckte ich meine ganze Verletztheit, meinen Stolz, meine Verwirrung und meine Sehnsucht hinunter und nickte einfach hilflos und verängstigt unter dem Druck dieser ungeheuerlichen Wahrheit.

Ich wartete schon darauf, dass sich ihr Blick mit Abscheu füllte, denn schließlich sind es zwei Paar Stiefel, etwas zu vermuten und dann darin bestätigt zu werden. Dabei vergaß ich, dass dies die Frau war, die über zehn Jahre lang meine Schande gedeckt hatte, die an meiner Seite blieb, nachdem selbst meine eigene Familie mich verlassen hatte, und die mich beschützte, obwohl alle anderen mir den Rücken zukehrten.

In ihren Augen lag nichts als Traurigkeit, und wie schon so viele Male zuvor nahm sie mich in die Arme und drückte mich fest an sich.

Weißt du, ohne sie wäre ich in all den Jahren schon tausendmal an Einsamkeit gestorben … wäre einfach erloschen.

Das alles, mein Liebster, soll dich nur vorbereiten auf die Geschichte von meinem Walter …

Aus den Aufzeichnungen des Matise Devoncroix

XXVII

An jenem Winterabend standen vor Freda Fasburgs Haus in Mayfair ein Dutzend Rolls Royces und Bentleys auf der Straße, an deren Rändern sich der weggeschobene Schnee auftürmte. Die Laternen warfen nasse gelbe Lichtkegel auf den Gehsteig, und ein gewundener, von farbenprächtigen japanischen Lampions gesäumter Weg führte zum Haus, aus dem Musik und Stimmengewirr drangen; hinter dessen hohen Fenstern bewegten sich Gestalten, die ihre Gläser erhoben und sich voreinander verneigten. Als ein livrierter Butler die Tür öffnete, ergossen sich die Wärme und die Geräusche nach draußen, angereichert mit den Düften von Chanel und Devoncroix, den Gerüchen von Braten und Kerzenwachs, Scotch und Gin und schwerem Rotwein, Zigarettenrauch, Leder, Wollteppichen, Edelhölzern, Büchern, brennendem Hickoryholz im Kamin, frischen Blumen und Brianna – ja, Brianna!

Meine Augen suchten nach ihr, während man mir aus dem Mantel half und mir Handschuhe und Hut abnahm; aber das Gedränge war zu dicht. Dann kam mit ausgestreckten Armen Freda heraus, die in ihrem schwarzen, mit Silber besetzten Kleid wirklich umwerfend aussah; sie küsste mich, hieß mich willkommen und begleitete mich in den von Menschen und der Musik aus einem Grammophon erfüllten Raum. »Ich nehme an, du kennst schon alle?«, sagte sie, und ich verbeugte mich vor dem Prinzen von Wales und der Prinzessin Marina von Griechenland, vor meinem jungen Freund Noël und dem Herzog von Kent, George Wells und Lady Colefax sowie einem runden Dutzend anderer; doch meine Augen suchten, und mein Herz pochte, bis ich sie endlich entdeckte, auf halber Höhe einer geschwungenen Treppe, sodass sie vom Bogen der Tür in einer perfekten Pose eingerahmt war – meine Brianna!

Sie trug ein mit Perlen besetztes, knielanges rotes Kleid mit hauchdünnen Trägern, durchsichtige, im Licht schimmernde Seidenstrümpfe und rote Samtschuhe mit glitzernden Ziermünzen auf den gekreuzten Riemen. Um den Kopf hatte sie einen Seidenschal mit Paisleymuster geschlungen, der mit Metallfäden bestickt und Glasperlen besetzt war – darunter streiften rote Locken ihre cremeweißen, kräftigen, vollkommenen Schultern. Wir blickten einander an, und ich hörte ihren Herzschlag, sah aber keine Veränderung in ihrer Miene und roch nichts auf ihrer Haut, weder Freude noch Angst, weder freundliche Aufnahme noch glatte Ablehnung. Sie war eben eine Bühnenkünstlerin.

Als sie mit ihren hübschen Knien unter dem Geklimper der Glasperlen die Treppe herabkam, ließ Freda meinen Arm los und entfernte sich ein paar Schritte von mir; andere sahen sie auch und murmelten »Da ist sie!« oder »Die Frau der Stunde!« oder »Himmel, was für ein Kleid!« Brianna kräuselte die Lippen, verlieh ihrem Gang noch eine Spur mehr Schwung und erklärte: »Ich wollte nur allgemeine Aufmerksamkeit. Na, ist mir das gelungen?«

Gelächter und stürmischer Applaus bezeugten, dass jeder Mensch im Raum von ihr fasziniert war, jeder Mensch – einschließlich eines Werwolfs.

Jetzt machte Brianna einen Knicks vor dem Prinzen und begrüßte andere mit herzlichem Händedruck oder zum Kuss dargebotener Wange, koketten Gesten, klingelndem Lachen und tanzenden Augen. Dann endlich wandte sie sich mir zu.

Aus dem Grammophon erscholl Caruso, aber was er sang, weiß ich beim besten Willen nicht mehr. An jedes andere Detail dieses Augenblicks hingegen erinnere ich mich, als wäre es gestern gewesen: an das Muster des Teppichs, den sie auf dem Weg zu mir überquerte – rote und rosa Rosen auf dunkelblauem Hintergrund –, die Wärme des Feuers auf meiner linken Körperseite und daran, dass meine rechte Seite auf einmal eiskalt wurde; an das Pochen meines Herzens und die Verkrampfung meiner Muskeln; an Freda, die stumm hinter mir stand; und an das bimmelnde Geräusch jener kleinen Glasperlen auf Briannas Kleid, das Flüstern der Seide auf ihren Schenkeln, an ihren süßen Zimtduft, das Strömen des

Blutes in ihren Adern und schließlich die Umklammerung meiner Hände durch die ihren, den kurzen Druck ihrer festen kleinen Brüste gegen meinen Brustkorb und das Gefühl ihrer Lippen auf meiner Wange. Einen Augenblick lang bewirkte ihre Nähe, dass mir schwindlig wurde.

»Ich dachte schon, du würdest nie kommen«, sagte sie leise mit dem Mund an meinem Nacken.

Als sie zurücktrat, schaute ich ihr in die Augen. »Und ich dachte, du würdest mich nie darum bitten.«

Dann bemerkte jemand, vielleicht Noël: »Du kennst ihn also schon, unseren lieben Matise? Hätte ich mir ja denken können – denn die Besten halten sich nie lange von dir fern.«

Brianna lachte, hakte sich mit besitzergreifender Vertraulichkeit bei mir ein und wandte sich an die gesamte Gästeschar: »Alle mal herhören, bitte – darf ich Ihnen meinen Bruder vorstellen, berühmter Weltreisender und Autor köstlich unanständiger Bücher! Sieht er nicht toll aus?«

Jemand rief dazwischen: »Keine Spur! Ihr seht euch überhaupt nicht ähnlich!«

Und ein anderer fügte hinzu: »He, was habt ihr da vor uns verheimlicht? Zwei solche Talente in ein und derselben Familie?«

Sofort setzte Small Talk ein und geistreiche Konversation, an der ich mich ebenso eifrig beteiligte wie Brianna, wenngleich deren Lachen mitunter so fragil klang, als wolle es jeden Augenblick wie Glas in der Luft zerspringen.

Ich bereute, dass ich gekommen war, und freute mich zugleich schrecklich darüber.

Das Abendessen nahmen wir an einem langen, blank polierten Tisch mit goldfarbenen Servietten und geschliffenen Gläsern ein, auf dem ein Dutzend von frischen Blumen eingerahmter Kerzen standen; Brianna saß am einen Ende, ich am anderen. Freda war eine unvergleichliche Gastgeberin und Brianna nie um einen schlagfertigen Kommentar verlegen, sodass die Konversation kaum zum Stillstand kam. Zu meiner Linken saß eine menschliche Gräfin mit vollem Busen und scharfer Zunge, und ich flirtete schamlos mit ihr. Alle tranken an jenem Abend einiges an Champagner.

Einmal meinte George aufgeräumt: »Ich kann einfach nicht glauben, dass Sie mit dieser einmaligen Person verwandt sind. Warum haben Sie uns das vorenthalten?«

Und die Gräfin fügte mit der Hand auf meinem Schenkel hinzu: »Ihre Schwester ist eine äußerst charmante junge Dame und ungeheuer talentiert – aber Sie, mein lieber Junge, sind ganz offensichtlich das attraktivste Mitglied der Familie. Wo haben Sie nur dieses prächtige Haar her?«

»Aus einem kleinen Laden in Knightsbridge«, antwortete ich fröhlich. »Falls Sie mal einen Nachmittag Zeit haben, führe ich Sie mit dem größten Vergnügen hin.«

Ihre Augen zwinkerten mir über den Rand ihres Glases hinweg zu, und sie zwickte mich in den Oberschenkel. Ich ließ sie gewähren.

Nach dem Essen tranken wir Brandy, die Menschen rauchten Zigaretten, und während ein Raum für Kartenspiel und politische Diskussionen reserviert war, hatte man in einem anderen die Möbel zur Seite geschoben, um Platz zum Tanzen zu schaffen, denn Freda, die unnachahmlichste aller Gastgeberinnen, bevorzugte einen ausgesprochen zwanglosen Stil. Als leidenschaftlicher Tänzer forderte ich Freda auf, und ich denke, wir machten zusammen eine recht gute Figur; leicht wie Luft und elegant wie eine Feder schien sie über das Parkett zu schweben. Brianna flatterte von einem Raum zum anderen, und die Fröhlichkeit folgte ihr auf dem Fuß – ihr, diesem Liebling der Menschen, dieser Meisterin im Verzaubern. Tanzte sie, traten alle anderen zur Seite, um sie zu bewundern. Lachte sie, stimmte der ganze Raum mit ein. Und als eine Diskussion zwischen Wells, der als Sozialist bekannt war, und dem Prinzen von Wales – naturgemäß ein Konservativer – ein wenig zu hitzig zu werden drohte, setzte sie sich äußerst keck auf den Schoß des Prinzen und brachte ihn minutenlang zum Kichern. Sie war einfach unvergleichlich.

Freda schnappte sich von einem silbernen Tablett ein weiteres Glas Champagner und reichte es mir, während sie an ihrem eigenen nippte. »Schön, dich wieder in unserer Mitte zu haben, Matise«, sagte sie zufrieden. In ihrer Stimme lag jedoch auch eine Spur von Wehmut. »Wie schön wäre es doch, wenn wir wieder die glückliche alte Dreierbande sein könnten!«

»Ihr habt wirklich ein angenehmes Leben hier unter den Menschen«, stimmte ich ihr zu und hob mein Glas. »Das könnte einen fast verleiten zu bleiben.«

Ernsthaft betrachtete sie mich. »Ich wollte, dass du es mit eigenen Augen siehst – damit du es verstehst.«

Jetzt wurde ich neugierig. »Mit wem läufst du, Freda, und wo? Das hier ist ja alles ganz nett …« Ich schloss mit einer Geste den ganzen Raum und die Menschen darin ein. »Aber so was kann doch unsereinen auf Dauer nicht befriedigen!«

Sie wandte sich ab, aber erst, nachdem ich die Enttäuschung in ihrem Blick gesehen hatte. »Ich wünschte, dass du verstehst«, wiederholte sie leise. Doch dann hellte sich ihre Miene schnell wieder auf; sie winkte jemandem auf der anderen Seite des Raums zu, tätschelte meinen Arm und ließ mich stehen.

Aus dem anderen Zimmer drang eine Welle der Fröhlichkeit herüber, während auf dem Grammophon ein Ragtime-Titel lief, den ich kannte. Ich stellte mein Glas ab, um zuzuschauen, und was ich sah, ließ mich lächeln wie die Menschen, aus purer Freude und Bewunderung für dieses übernatürliche Wesen namens Brianna.

Gerade befand sie sich mitten in der komplizierten Schrittfolge eines ungestümen amerikanischen Tanzes mit viel Gehüpfe, koketten Posen und flirtenden Blicken über die Schulter, ihr Partner hatte längst den Versuch aufgegeben, mithalten zu wollen. Die Menge hatte um sie herum einen Kreis gebildet; das Publikum genoss ganz offensichtlich die Vorstellung und johlte jedes Mal, wenn sie den Rocksaum hochschlug und ihre Knie zeigte. Ich kämpfte mich ins Innere des Kreises durch; als sie herumwirbelte und den Arm ausstreckte, packte ich ihre Hand und schwang sie als meine Partnerin zurück in die Mitte des Kreises. Lachend warf sie den Kopf zurück, während wir gemeinsam, eindrucksvoll und perfekt aufeinander abgestimmt, den Tanz beendeten; wie Champagner perlte das Lachen in unseren Augen und unseren Kehlen; wir freuten uns aneinander und an dem, was wir waren – Kinder wie früher, fröhlich und quicklebendig, wenn auch nur für begrenzte Zeit.

Wir heimsten viel Applaus ein, als wir, hochrot vor Anstrengung und außer Atem vor Freude, voneinander getrennt wurden. Jemand klopfte mir auf die Schulter. »Ich denke, ihr müsst doch verwandt sein. Verdammt gute Vorstellung, mein Junge!« Dann sah ich Freda neben der Tür stehen, aber sie lächelte nicht und wandte sich ab, als sie mich sah.

Über den Köpfen der Menge sah ich eine auf und ab hüpfende violette Feder, die das Nahen der Gräfin ankündigte. Ich schnappte mir zwei Gläser Champagner und flüchtete durch die andere Tür.

Brianna stand auf der Terrasse, als machte ihr die Kälte in ihrem hauchdünnen, fast trägerlosen Kleid nichts aus. Wie sollte sie auch – denn so sehr sie versuchte, einen anderen Anschein zu erwecken, war sie schließlich doch ein Werwolf, und irgendwie erregte es mich, auf diese Weise daran erinnert zu werden. Ich reichte ihr ein Glas Champagner, trat in der Dunkelheit an ihre Seite und nippte an meinem eigenen Glas. Aus den Fenstern fiel Licht auf die schneebestäubten Platten um uns herum, und das Lachen und die Stimmen hinter uns wirkten, als gehörten sie zu einer anderen Welt. Unser Atem dampfte in der Luft, und die Nacht schmeckte intensiv und kalt.

Ich legte ihr die Hand auf den Rücken, spürte, wie ihre warme, nackte Haut meine Finger willkommen hieß, und ließ meine Hand an Ort und Stelle. »Es gibt so viel zu sagen«, brachte ich endlich heraus.

Sie nippte an ihrem Champagner. »Ja.«

Verzweifelt suchte ich nach einem Gesprächsanfang. »Du hast zwei neue Schwestern und einen Bruder.«

»Allesamt kräftige Werwölfe, hoffe ich doch, gesund und normal.«

»Ja.«

»Sie sind bestimmt eine große Freude für unsere Eltern.«

»Brianna, unsere Eltern sind immer noch untröstlich, dass du sie verlassen hast. Wenn du doch nur …«

»Also wirklich, mein lieber Mr. Devoncroix – wenn Sie hier einen Streit anzetteln wollen, muss ich Sie leider bitten, dieses Haus zu verlassen.« Ihr Tonfall war fröhlich, aber mit einem brüchigen Beiklang, den sie mit einem raschen Schluck Champagner abzuschwächen suchte. Dann drehte sie sich zu mir um, und ihre Augen glänzten in der Dunkelheit. »Auf einmal reißen sich alle um mich, ist das nicht merkwürdig? Sie kaufen Karten für meine Auftritte, sie wollen mich singen hören – und ich lasse sie immer aus dem Theater werfen. Du bist der einzige Werwolf, dem ich je erlaubt habe zu bleiben.«

»Brianna, sei bitte nicht albern«, sagte ich ungeduldig. »Du kannst doch nicht das ganze Rudel für die Fehler einiger weniger büßen lassen. Die meisten von denen wissen nicht einmal, warum du das Rudel verlassen hast.«

Sie dachte kurz darüber nach und zuckte dann mit den Achseln. »Vielleicht hast du Recht. Es ist sinnlos, sie für etwas zu bestrafen, für das sie nichts können. Schade nur, dass nie jemand auf die Idee gekommen ist, mir gegenüber dieselbe Fairness an den Tag zu legen!«

»Bist du jetzt fertig? Ich kann mir nicht vorstellen, wie Freda dieses ständige Selbstmitleid aushält.«

Einen Augenblick sah sie mich an, bevor sie den Mund verzog: »Tut sie auch nicht.«

Dann schaute sie hinüber zum dunklen Wintergarten mit seiner hohen Backsteinwand und einem einzelnen schneebedeckten Baum davor. Ich legte ihr den Arm um die Schulter, und sie lehnte den Kopf an meinen. Wir verharrten in knisterndem Schweigen, und zum ersten Mal seit Jahren fühlte ich mich wieder vollständig.

»Du riechst nach den grünen Wäldern von zu Hause«, sagte sie schließlich.

Ich küsste zart ihr Haar, wie ein Bruder es tut. »Du hast mir jeden einzelnen Tag meines Lebens gefehlt.«

»Wirklich? Selber habe ich eigentlich so gut wie gar nicht an dich gedacht.«

»Herzlose Lügnerin!«

Plötzlich wollte ich weg von diesem Ort der Menschen, weg von ihrem Geruch, ihrem Geschwätz und ihrer endlosen, oberflächlichen Energie – wollte allein sein mit Brianna, nur sie und ich und die endlose Nacht, um die Leere all dieser verlorenen Jahre auszufüllen. »Brianna, komm mit mir«, schlug ich vor. »Lass uns ein wenig herumfahren. Ich habe einen recht flotten Sportwagen ...«

Sie lachte laut auf, und ihr Lachen hatte einen wunderschönen, freudigen, herrlich musikalischen Klang. »Das sieht dir ähnlich!« Dann wandte sie den Blick ab und tat so, als interessiere sie sich vor allem für den Rest ihres Champagners. »Ich kann nicht, weil ich später noch eine Verabredung habe.«

Zutiefst enttäuscht nahm ich meinen Arm von ihren Schultern. »Du hast mir also immer noch nicht vergeben.«

In dem gedankenlosen, falschen Tonfall, den die Menschen so gerne anschlagen, meinte sie: »Es gab nichts zu ...«

Doch bevor sie zu Ende reden konnte, packte ich sie an den

Schultern und drehte sie pochenden Herzens und mit einem Kloß im Hals zu mir herum. »Das war mein Fehler, nicht deiner, Bri!«, beteuerte ich beharrlich. »Du bist doch nicht schuld an dem, was in jener Nacht geschehen ist, und genau das wollte ich dir in all den Jahren längst sagen, nur das. Glaubst du denn, ich wüsste nicht, wie sehr du mich verachten musst – meinst du etwa, ich würde mich selber *nicht* verachten? Ich habe das zu verantworten, ich ganz allein; es war nicht deine Angelegenheit!«

»Aber natürlich ging mich das etwas an!«, schrie sie; nun sah ich den Schmerz in ihrem Gesicht, den ich nie wieder zu sehen gehofft hatte, sah ihre Pein, ihre Verzweiflung und Sehnsucht – und die Tatsache, dass ich diesen Ausdruck bei ihr ausgelöst hatte, zerriss mir das Herz.

»Willst du wissen, ob ich dich vermisst habe, Matise?« Ihr Gesicht war rot, und ihre Augen funkelten; ich spürte, wie ihr Blut unter meinem Griff durch ihre Adern schoss. »Ich habe nichts anderes getan, als dich zu vermissen! Schon, wenn ich am Morgen erwache, vermisse ich dich; und immer noch, wenn ich nachts die Augen schließe; ich vermisse dich mit jedem Bissen, den ich esse, und mit jedem Schluck Wein! Der Sonnenschein riecht genau wie du, hast du das gewusst? Der Regen auch. Ich höre deine Stimme im Wind und deinen Herzschlag in der Stille. Du bist *hier*«, schloss sie und presste ihre Faust gegen ihren Brustkorb. Ihr Gesicht war nun tränenüberströmt, und die Stimme versagte ihr. Flüsternd wiederholte sie: »Du bist hier.«

Dann schaute sie zu mir auf mit all der hilflosen Sehnsucht meiner eigenen verwundeten Seele; ich nahm sie in die Arme, küsste die Tränen von ihren Wangen und drückte sie in das Donnern meines Herzschlags, das Tosen meines Atems und wurde ganz schwach vor Bewunderung für sie. Lange Zeit hielt ich sie einfach so im Arm, umschlossen von ihr wie sie von mir.

»Brianna!« Ich nahm ihr Gesicht zwischen meine Hände und wollte unbedingt in ihren Kopf zwingen, was mir auf dem Herzen lag. »Papa ist gerade in Paris. Fahr mit mir und sprich mit ihm. Die Wissenschaftler des Rudels machen in der physiologischen Forschung erstaunliche Fortschritte. Wenn du dir von ihnen helfen lassen würdest ...«

»Was wäre dann?« Erneut nahm ihre Stimme jenen hohen, brüchigen Tonfall an, und sie entzog sich meiner Umarmung. »Damit ich dann vielleicht nicht mehr in der Lage bin, meinen Bruder zu erregen? Nein, Matise, diese Krankheit sitzt so tief in mir drin, dass auch eure Wissenschaftler sie nicht heilen können.«

»Das ist es also? Du hast so große Angst vor mir, vor dem, was ich tun könnte ...«

»Ja!«, schrie sie. »Ja, ich habe Angst! Aber ich habe Angst vor dem, was ich *dir* antun könnte! Matise, du bist ein starker Werwolf mit einer glänzenden Zukunft und einem Leben, in dem ich einfach keinen Platz habe ...«

»Für mich gibt es kein Leben ohne dich!«

Sie atmete heftig ein und wischte sich mit dem Handrücken über die Augen. »Dann solltest du dich danach auf die Suche machen. Ich habe auch eines gefunden.«

»Hier? Unter Menschen?«

»Hier gehöre ich hin.«

»Brianna!« Ich gab mir Mühe, die Enttäuschung in meiner Stimme abzuschwächen, und griff nach ihrer Hand. »Komm mit! Hier kann man ja sein eigenes Wort kaum verstehen. Wir fahren aufs Land, wo die Luft still und der Schnee tief ist, setzen uns auf einen Hügel und reden die ganze Nacht – so wie früher.«

Sie schüttelte den Kopf, und ich roch ihr Bedauern und ihren Schmerz. Dann warf sie einen Blick über meine Schulter, straffte die Schultern und setzte eine Miene auf, als sei nichts weiter geschehen. Ich hörte, wie ihr Puls sich verlangsamte.

Einen Augenblick später öffnete sich die Tür, und heraus kam ein Mensch, der nach Rum, teurem Leder und dem Fell toter Tiere roch.

»Also wirklich, Brianna!«, rief er entgeistert. »Was machst du nur hier draußen ohne deine Stola?«

Sie ging auf ihn zu, ließ sich den Nerz um die Schultern legen, küsste ihn kurz auf die Lippen und hängte sich bei ihm ein. Er war blond und groß und auf die überzüchtete Weise menschlicher Adliger gut gebaut, hatte aber den typischen Geruch von zu viel Geld und zu wenig Ehrgeiz an sich. Seine trägen Augen überflogen mich ohne sonderliches Interesse und ohne jeden Argwohn.

»Schatz, du kommst gerade rechtzeitig, um meinen lieben Bruder Matise Devoncroix kennen zu lernen«, sagte Brianna. »Matise, dies ist Walter, Lord Pennington.« Ich weiß noch, wie fest ihr Blick war und wie kühl der Geruch ihrer Haut, als sie schlicht hinzufügte: »Mein Verlobter.«

Aus den Briefen der Brianna Devoncroix

XXVIII

Ein volles Jahr lang kam er zu jedem Galaabend, bei dem ich mit von der Partie war. Immer saß er auf demselben Platz in der Mitte der dritten Reihe, stets der Erste, der sich setzte, sowie der Letzte, der aufstand. Viele warfen mir nach Ende der Vorstellung Rosen zu Füßen; ich musste einen wahren Regen von Rosen über mich ergehen lassen, wenn ich mich verbeugte, aber nicht eine kam von ihm. Viele buhlten vor der Garderobe um meine Gunst – unter ihnen auch meine Eltern, die ich schweren Herzens wegschickte –, doch er klopfte nie an meine Tür. Meine Garderobe war ein Meer von Blumen, aber nicht eine stammte von ihm. Viele standen vor dem Theater, um einen Blick auf mich zu erhaschen, wenn ich abends das Gebäude verließ; doch obwohl ich immer wieder sein Gesicht in der Menge suchte, war er nie darunter. Abend für Abend saß er da, in der Mitte der dritten Reihe, tadellos gekleidet in Frack und Handschuhen, dezent nach Pomade und Cabernet riechend und nach jenen merkwürdigen, mit Rum getränkten Zigarren, die die Menschen so mögen – aufmerksam, angespannt, *präsent* und gleichsam ein Teil der Vorstellung wie die Beleuchtung oder das Orchester. O ja, er war schon ein unverschämter Kerl, dieser aristokratische Mensch, der Earl of Pennington, aber ich muss gestehen, dass sein Plan, mein Interesse zu wecken, voll und ganz aufging.

Es dauerte ein Jahr, bevor wir uns trafen, und bis dahin hatten sich bei mir ein gutes Dutzend menschlicher Liebhaber abgewechselt; aber Walter, obwohl er mir noch nicht einmal die Hand geküsst hatte, war der treueste von allen.

In mir ist eine gewisse Wildheit, mein Liebster, ein Bedürfnis zu jagen. Wie jede Werwölfin spüre ich den Ruf der Nacht, das Aufwallen des Blutes, die Verlockung der Beute. Und meine Beute war in diesem Fall ein gewisser Walter, Lord Pennington. Ich hoffte nur, dass er nicht ebenso unbefriedigend sein würde wie meine vorherigen Auserwählten.

»Du bist wirklich grausam, Brianna«, merkte Freda an, als wir auf einem – selbstverständlich rein zufälligen – Nachmittagsspaziergang im Hyde Park meiner Beute auflauerten. »Was hast du denn mit diesem dummen Knaben vor, wenn du ihn erst einmal gefunden hast?«

Das hatte ich bereits, denn sein Geruch war mir vertraut und leicht zu verfolgen; daher wusste ich, dass er keinen Kilometer hinter uns Arm in Arm mit einer Menschenfrau spazieren ging. »Was ich mit ihm vorhabe? Ich reiße ihm die Gliedmaßen einzeln aus und putze mir mit seinen Knochen die Zähne, was denn sonst!«

»Ich finde es nicht nett, mit solchen Gefühlen zu spielen.«

Nun musste ich lachen. »Tu mir einen Gefallen, meine Liebe, und frag einen von denen, mit denen ich mich abgegeben habe, ob es ihn vielleicht gestört hat. Außerdem hast du mit deinen schrecklichen medizinischen Experimenten schon gar kein Recht, so zu reden.«

Sie runzelte die Stirn. »Sie sind nicht schrecklich, sondern absolut akzeptable medizinische Praktiken – jedenfalls aus menschlicher Sicht.«

Vorwurfsvoll zog ich eine Grimasse. »Du schneidest ihre toten Körper auf.«

»Erst nachdem du mit ihnen fertig bist«, gab sie trocken zurück.

Ich hängte mich bei ihr ein und führte sie einen gewundenen Weg entlang, der sich mit dem der beiden Menschen kreuzte. Trotz all ihrer scheinbar hochmoralischen Einwendungen genoss Freda unser Spielchen nicht weniger als ich – und ich bemerkte, wie sie hinter ihrem ungehaltenen Stirnrunzeln ein Grinsen unterdrückte, als ich Lord Pennington sah und warnend einen Finger an die Lippen legte.

Freda ließ sich ein wenig zurückfallen, als ich unmittelbar vor dem Gentleman und seiner Dame auf deren Weg einbog. Ich gab mich sehr erstaunt und nicht sonderlich erfreut, als er stehen blieb und vor mir den Hut zog.

»Mein lieber Herr«, erklärte ich, »ich habe den Eindruck, dass Sie mich verfolgen. Soll ich vielleicht die Polizei rufen?«

Er wirkte nicht überrascht, was mir gut gefiel. Sein Mund verzog sich sogar zu einem Lächeln, als er sich verbeugte. »Meine liebe Miss Cross, Sie schmeicheln mir mit Ihrer Unterstellung. Erlauben Sie bitte, dass ich mich vorstelle – Walter Edgecourt, Lord Pennington.«

Gnädig streckte ich ihm meine Hand entgegen, die Finger nach unten, das Handgelenk nach oben, und er näherte sich mit den Lippen bis auf wenige Millimeter meiner Rechten, sodass ich seinen heißen Atem durch meine Handschuhe spürte. Die ganze Zeit über hielt er meinem Blick stand, wobei mir seine ruhige, beinahe kalte Intelligenz auffiel. Seine Augen waren grau.

Endlich ließ er meine Hand los und sagte, den Blick noch immer auf mich gerichtet: »Miss Brianna Cross, darf ich Ihnen Miss Dorian Winstock vorstellen – Miss Winstock, Miss Cross.«

Ein bitterer Geruch der Abneigung entströmte ihrer Haut, und die weiblichen Hormone der Eifersucht fügten dem noch eine amüsant würzige Note hinzu. Höflich nickte sie mir zu, aber ihr Tonfall sprach eine andere Sprache. »Ach, Sie sind diese Künstlerin«, sagte sie geringschätzig.

Ich lächelte ihr zu, trat näher an sie heran und flüsterte ihr mit vertraulich gesenkter Stimme ins Ohr: »Mein liebes Mädchen, und weit mehr als das.«

Walters Lippen zuckten belustigt, und die Augen des Mädchens bewölkten sich angesichts ihrer Verwirrung darüber, ob sie dies nun als Beleidigung verstehen sollte oder nicht. Aber ich war ihrer bereits müde geworden, und so stellte ich Freda vor. »Kennen Sie schon meine Freundin Freda Fasburg? Freda, das ist Lord Pennington.«

Er verbeugte sich galant. »Ich bin mit Ihrem Onkel bekannt, Miss Fasburg.«

»Wie schön für Sie«, erwiderte sie in der Art und Weise, wie sie sich immer gibt, wenn sie sich zu langweilen beginnt.

Prompt warf ich ihr einen vernichtenden Blick zu. »Ich gebe am Freitagabend nach der Vorstellung bei mir zu Hause ein kleines Essen«, erklärte ich Walter. »Vielleicht hätten Sie ja Lust zu kommen.« Und mit einem desinteressierten Blick auf seine Begleiterin fügte ich hinzu: »Allein.«

Die kleine Menschenfrau plusterte sich auf wie eine Kröte, und selbst ihre Schmachtlocken zitterten vor Entrüstung, aber in Walters Augen trat ein Funkeln, das hart und amüsiert zugleich wirkte. »Das ist sehr freundlich von Ihnen«, meinte er. Obwohl das noch keine Zusage war, wusste ich, dass er kommen würde.

Und ich sollte Recht behalten.

Freda wirft mir vor, ich quäle meine menschlichen Liebhaber, und das tut mir weh, weil ich sie wirklich mag. Doch so sehr ich sie liebe, hasse ich sie auch mit ihrer entzückenden, kaputten, chaotischen Welt, in der zu leben ich gezwungen bin, hasse sie für das, was sie sind und ich nicht; vielleicht beneide ich sie aber auch nur um ihre unschuldige Dummheit, die ihnen jegliches Streben nach Höherem verwehrt. Möglicherweise aber ist die Antwort auch viel einfacher. Ich liebe sie, aber ich verachte sie zugleich, denn am Ende sind sie schlicht und einfach nicht du.

Auf jeden Fall gebe ich ganz nette Partys und versuche immer, ihnen gegenüber meine Bestform an den Tag zu legen. An dem Abend, für den ich Walter eingeladen hatte, war ich bezaubernder denn je: Ich spielte Klavier und Geige, servierte überbackene Austern und Champagner in Magnumflaschen und brachte alle Anwesenden mit unerhörten Geschichten aus meiner Karriere zum Lachen. Für diesen Empfang hatte ich ein ganz besonders aufreizendes Kleid aus apricotfarbenem Chiffon gewählt und mich mit einem verführerischen Duft von Devoncroix parfümiert. Aber es wurde Mitternacht, dann ein und schließlich zwei Uhr, ohne dass Walter aufgetaucht wäre.

Wie selbstverständlich er doch an jenem Abend seinen üblichen Platz eingenommen hatte. Er hatte applaudiert wie immer und mir sogar zugelächelt, als ich mich vor dem Publikum verbeugte. Ich war tief beleidigt, wie du dir ja vorstellen kannst, und bebte innerlich vor Wut. Doch je später es wurde und je mehr ich mich in meinen Zorn hineinsteigerte, desto mehr Spaß hatten meine Gäste an mir. Schade war nur, dass niemand dabei war, den zu verführen mir Spaß gemacht hätte.

Um Viertel vor drei verabschiedete ich mich gerade von meinen letzten Gästen, als ich knirschende Schritte auf dem Gehsteig hörte und einen mir vertrauten Geruch witterte. Betont lässig ging ich ins Haus zurück, ohne aber die Tür zu schließen.

Dann begab ich mich in die Küche, wo das Dienstmädchen gerade dabei war, die letzten Gläser zu spülen. Ich entließ sie nach Hause – was beweist, dass ich mitunter zu den Menschen auch großzügig sein kann –, mit erstauntem Blick zog sie schnell ihren Mantel über und setzte ihren Hut auf, bevor ich es mir anders überlegen konnte. Ich räumte die Wachteln und die Kekse weg, trank ein halb volles Glas aus, dessen Inhalt noch herrlich prickelte, und nahm mir schnell mit der Fingerspitze ein bisschen Lachskaviar. Dann sagte ich, ohne mich umzudrehen: »Also haben Sie sich doch entschlossen, uns mit Ihrem Besuch zu beehren, Lord Pennington.«

»Wie wussten Sie, dass ich es bin?«, fragte er.

»Ich habe Sie gerochen.«

»Jetzt sollte ich eigentlich gekränkt sein.«

Zufrieden hörte ich seine Schritte auf dem kühlen Steinboden widerhallen, als er auf mich zuging, während ich den Korken aus einer weiteren Flasche Champagner zog, ohne mich umzusehen.

»Nach was rieche ich denn?«, fragte er.

»Nach Zigarren. Und nach indischer Seide und Wolle mit Schnee darauf.« Der Korken kam mit einem schwachen Plop heraus, und ich goss Champagner in sein Glas, bis es überschäumte. »Haarcreme. Cognac. Marokkanisches Leder, alte Bücher und Tinte aus einem Tintenfass sowie Schuhcreme. Öl von einem Automobil und Matsch von der Straße, der vermutlich zum Aufschlag Ihrer Hose hochgespritzt ist.« Dann drehte ich mich um und drückte ihm das Glas in die Hand. »Außerdem riechen Sie nach dem Brathuhn und den Butterkartoffeln, die Sie zum Abendessen hatten, und nach einem nicht übermäßig interessanten Bordeaux. Schade! Hier hätten Sie wesentlich besser gespeist. Es gab Austern und Wachtel.«

Mit hochgezogener Braue nahm er das Glas. »Äußerst bemerkenswert. Aber ich habe ja schon immer gewusst, dass Sie eine außergewöhnliche Frau sind.«

Ich schenkte ihm ein unterkühltes Lächeln und füllte mein eigenes Glas. »Sie haben ja keine Ahnung.«

An den Küchentisch gelehnt, nippte ich an meinem Champagner und musterte ihn ausgiebig. Die meisten Menschen fühlen sich meiner Erfahrung nach unwohl, wenn über längere Zeit in Gegenwart eines anderen kein Wort fällt, und die allerwenigsten schaffen es, meinem Blick so lange standzuhalten. Der Earl of Pennington aber stand ohne Hut in einem Wollmantel und mit schlammbespritzten Hosenaufschlägen in meiner Küche und trank seelenruhig seinen Champagner, ohne mit der Wimper zu zucken. Mein Respekt vor ihm nahm schlagartig zu.

Schließlich sagte ich: »War das schon alles? Keine Entschuldigung?«

Ohne zu zögern, aber auch ohne allzu viel Aufrichtigkeit antwortete er: »Falls ich Ihnen eine schulde, betrachten Sie sie als ausgesprochen.«

Es fiel mir schwer, mir meine Irritation nicht anmerken zu lassen. Schließlich hatte ich einige Mühe gehabt, so kurzfristig Austern zu beschaffen. »Wenn jemand fünf Stunden zu spät zum Abendessen kommt, ist eine Entschuldigung ja wohl das Wenigste, was man erwarten kann.« Ich hielt es für unnötig, darauf hinzuweisen, dass es Dutzende – nein, Hunderte – von Menschen gab, die fast alles gegeben hätten für die Einladung, mit der er so beiläufig umgegangen war.

In seinen Augen blitzte ein gelassenes Lächeln auf. »Meine liebe Miss Cross! Sie nehmen ja wohl nicht an, dass ich die letzten zweihundertneunundachtzig Abende im Theater damit zugebracht habe, Ihnen zu Füßen zu liegen, nur um Sie bei unserer ersten privaten Begegnung mit einem Dutzend anderer zu teilen?«

Seine erotische Ausstrahlung ließ mein Herz schneller schlagen. »Das haben Sie aber hübsch formuliert«, gestand ich.

Ich füllte mein Glas nach, während das seine noch fast voll war. Getrennt durch zweieinhalb Meter Steinboden, von der Decke hängende Kupfertöpfe und zum Trocknen aufgehängte Kräuter standen wir einander gegenüber und starrten uns eine Zeit lang an. Meine Küche war trotz ihrer modernen Einrichtung mit emailliertem Elektroherd und Mahagoni-Eiskiste, drei großen Spülbecken und langen schartigen Arbeitstischen natürlich nicht unbedingt der einladendste Ort, um einen Freier zu empfangen; eigentlich hätte ich vorschlagen können, in einen Raum umzuziehen, der einer angenehmen Konversation förderlicher gewesen wäre. Ich war aber immer noch beleidigt. Mit ihren rauen Wänden, dem Steinfußboden und der schlechten Beleuchtung hatte die Küche etwas von einer Versuchsstation, was meiner Stimmung sehr entsprach.

Neugierig fragte ich: »Warum waren Sie dann in all diesen Vorstellungen? Sie hätten doch sicher eine bessere Verwendung für Ihre Abende gehabt.«

Die grauen Augen fest auf mich gerichtet, antwortete er: »Ich wollte unbedingt herausfinden, was für eine Kreatur Sie sind. Ein menschliches Wesen war mit Sicherheit noch nie mit einer solchen Stimme ausgestattet.«

Also *das* war jetzt wirklich interessant. »Und?«, fragte ich nach. »Zu welchem Schluss sind Sie gelangt?«

Ein paar Sekunden lang betrachtete er sein Glas, in dem goldene Bläschen aufstiegen und sich in Luft auflösten. »Dazu fällt mir ganz spontan ein Engel ein, aber dann würden Sie wahrscheinlich lachen.«

Ich tat ihm den Gefallen.

Er schaute mir in die Augen. »Vermutlich stammt ihre Kraft jedoch aus einer dunkleren Quelle.«

Jetzt machte er mich wirklich neugierig, dieser blasse blonde Mensch mit seiner schmalen Nase, den deutlich hervortretenden Wangenknochen und den grauen, grauen Augen. Er roch nach purer, roher Kraft, Entschlossenheit und Gier – für mich gute, tröstliche Gerüche. Besitzenwollen, Bestimmtheit und ungeschminkte Sexualität strömten aus seinen Poren, flossen in mich ein und machten mich begierig nach ihm.

Drüben aus der Eiskiste holte ich den Teller mit den Wachteln hervor, um mit ihm ein kleines Picknick vor dem Kamin im Salon zu veranstalten. Mein Blick fiel dabei auf eine Platte mit in Scheiben geschnittenem rohem Rinderherz, das ich mir zum Frühstück hatte braten wollen, und mir lief das Wasser im Mund zusammen. Ich nahm den Teller heraus.

»Sind Sie in mich verliebt, Lord Pennington?«, fragte ich.

Ohne zu zögern, antwortete er: »Ja.«

Lächelnd und ohne den Blick von ihm zu wenden, nahm ich eine der rohen, blutig dunklen Scheiben Rinderherz vom Teller und biss hinein.

Ob du es glaubst oder nicht – ungerührt sah er mir dabei zu. Blutiger Saft lief mir übers Kinn, und ich wischte ihn mit den Fingern ab, aber er ließ sich davon nicht beeindrucken. Er stellte sein Champagnerglas beiseite und kam zu mir herüber.

Sein Geruch überwältigte mich und überlagerte sogar den angenehm scharfen Geschmack meiner blutigen Mahlzeit; sein Geruch, der Klang seiner Herzschläge und seine Begierde erfüllten alle meine Sinne und ließen mich erstarren. Inzwischen stand er sehr nah bei mir, sodass die Aufschläge seines Mantels mein Dekolleté berührten; mit seinen langen dünnen Fingern griff er hinter mich und nahm vom Teller auf dem Arbeitstisch eine Scheibe Rinderherz, führte sie zum Mund, und ohne mit der Wimper zu zucken oder den Blick von mir abzuwenden, biss er hinein, riss ein Stück Fleisch heraus und kaute es gemächlich.

Das Rauschen, Pulsieren, Donnern von Blut durch Adern, sich schließende Herzklappen, pumpende Mitte! Das Klicken seiner Zähne, die Kontraktionen seiner Kehle, der Fluss seines Atems, der Geruch von Blut. Meine Erregung wuchs, als er mit feuchten roten Fingern mein Haar berührte. Dann presste er seinen Mund auf meinen, und ich streckte meine Zunge hinein, schleckte gierig die blutigen Säfte ab, saugte sie aus und schluckte sie hinunter, währenddessen seine Zunge meinen Mund nach denselben Säften absuchte; es war eine wilde Paarung roher Begierden, ein primitives, herrliches Fest hemmungsloser Sinnlichkeit, das ich mit einem würdigen Gefährten teilte. Er riss mir die Bänder aus dem Haar und den Stoff von den Schultern, bedeckte sie mit heißen, beißenden, blutigen Küssen. Ich schob meine Hand an seine Taille, zerrte an den Knöpfen seiner Hose und fragte atemlos krächzend: »Wollen Sie mich jetzt haben, Lord Pennington? Wollen Sie mich hier auf dem Boden nehmen wie das Tier, für das Sie mich halten?«

Zu meiner Verblüffung packte er meine Hände und hielt sie sehr fest – obwohl ich mich dagegen wehrte und er dafür wohl seine ganze Kraft aufwenden musste. Seine Augen funkelten über meinem Gesicht, sein Atem war heiß und schmeckte nach unserem rohen Mahl und unbeugsamer Begierde nach mir. Er hatte meine Handgelenke in seinen beiden Händen, presste sie fest zusammen und führte sie zwischen unsere Körper an seine Brust, bevor er mit tiefer, schroffer Stimme sagte: »Nein.«

Natürlich hätte ich mich losreißen können. Ich hätte ihm die Knochen wie Kienspäne brechen und ihn durch den Raum schleudern können. Aber er hatte mich nicht mit seiner körperlichen Stärke im Griff, sondern mit seiner Willenskraft. Dieser mutige, verwegene, närrische Mensch, der es wagte, eine Werwölfin zähmen zu wollen ... ach, mein Liebster, wie hätte ich ihn nicht bewundern können? Kannst du mir das wirklich verübeln?

»Nein«, wiederholte er, und ich sog den Geruch seines Atems, seines Schweißes und die Erregung in seinen Augen ein. »Wenn ich dich nehme, dann als die Prinzessin, die du bist, und unter Umständen, die deiner würdig sind. Wenn ich dich nehme, geliebte Brianna, dann so, wie kein Mann dich je genommen hat! Es wird himmlisch, sündhaft, unvergesslich werden. Mit weniger gebe ich mich nicht zufrieden, denn weniger hast du nicht verdient.«

Nun – ist das nicht unglaublich? – ließ er meine Handgelenke los und trat zurück. »Bis später also, *chérie.*« Er legte einen Finger auf seine Lippen und dann auf meine. »*Vous êtes adorée.*«

Dann verließ er meine Küche und mein Haus.

Es wurden wirklich unvergessliche Nächte der Raserei. Fällt dir auf, wie ich das formuliere? Ja, es ist möglich, mit einem Menschen Liebe zu machen – ebenso, wie es möglich ist, mit ihnen sündhaften, nassen, pulsierenden Sex zu haben, o ja, und dahinzuschmelzen aus Freude über sie und mittendrin laut loszulachen aus der reinen, intensiven Lebenslust heraus, die sie vermitteln. Walter zeigte mir all das mit seinem Körper, seinem Mund und seinen klugen, wissenden Händen. Er hatte keine Angst vor mir, war nicht schockiert von mir und fühlte sich durch mich weder entmutigt noch bedroht. Ich glaube, er hatte etwas so vollständig Unerreichbares, dass ihn nichts abstoßen oder verängstigen konnte – schon das allein faszinierte mich. Aber trotz dieser Eigenschaft – oder vielleicht gerade wegen ihr – glaubte ich manchmal, wenn ich tief genug in jene kalten grauen Augen schaute, einen Teil meiner Seele in ihnen zu entdecken.

Aber eines nach dem anderen. Walters Werbung um mich

war lang, bedächtig und gründlich, und das auf eine wunderbar perverse, spöttisch kühle Art und Weise. Einmal schickte er mir eine einzelne blutrote Rose mit einer diamantenen Anstecknadel in Form eines Herzens daran. Ich musste lachen, weil mich das an unser erstes gemeinsames zügelloses Festmahl erinnerte; selbst du wirst zugeben müssen, dass die wenigsten Menschen einen so subtilen Sinn für Humor haben. Er nahm mich mit zum Essen ins Haus seiner verheirateten Schwester, und während die arme Frau sich verzweifelt Mühe gab, mit der freimütigen Künstlerin Konversation zu betreiben, waren seine kühlen, flinken Finger schon dabei, unter dem Tisch mein Strumpfband zu lösen.

Er erwies sich als Meister der schmutzigen Fantasie und äußerst erfinderisch, vor allem wurde mir mit ihm nie langweilig. Mit seinen sinnlichen Spielchen spannte er mich auf die köstlichste Weise auf die Folter; aber erst an dem Wochenende, als er Freda und mich – natürlich zusammen mit einigen anderen – in sein Landhaus einlud, hatten wir Sex, wie er unter Menschen üblich ist. Das ereignete sich Wochen nach unserer ersten Begegnung, und allein schon die Vorfreude war eine sinnliche Erfahrung.

Freda konnte Walter nie leiden, aber sie mochte ja keinen meiner menschlichen Liebhaber – was genau genommen merkwürdig ist, denn schließlich war sie diejenige, die mich erst richtig in die Gesellschaft von Menschen eingeführt hatte. Aus irgendeinem Grund aber ging Walter ihr besonders gegen den Strich – vielleicht weil sie wusste, dass er einen Teil von mir erobert hatte, den kein Mensch je anzurühren gewagt hatte.

»Er ist die gefährlichste Sorte Mensch überhaupt, Brianna«, warnte sie mich. »Mit seinem Reichtum, seiner Macht und Gerissenheit. Du solltest dich lieber auch weiterhin an deine italienischen Maler und irischen Reitlehrer halten. Aus dieser Beziehung kann nichts Gutes entstehen.«

»Außer vielleicht, dass ich glücklich werde!«

An jene Nacht erinnere ich mich noch genau. Walters Landgut lag inmitten von mehreren Tausend Morgen hügeliger Wiesen in Yorkshire, wo die Nächte kühl sind und der Himmel voller Sterne. Sein Haus gehörte zu jenen architektonischen Albträumen, von denen die Menschen so schwärmen – groß und alt, zugig und weiträumig, angefüllt mit den Gerüchen von einem runden Dutzend Generationen menschlicher Missetäter, verblichenen Teppichen, alten Balken, Geburten und Todesfällen. Es gefiel mir.

Ich saß am Fensterplatz in dem mit Wandteppichen behangenen Erker meines Schlafzimmers und lackierte meine Zehennägel in einem zarten Apfelrot, passend zum perlenbesetzten Kleid, das ich zum Abendessen tragen wollte. Natürlich kleideten wir uns sehr förmlich zum Dinner, aber ich hatte ein hübsches Paar Sandaletten dabei und wusste, dass ein solcher Fauxpas Walter amüsieren würde. Die Dämmerung dauerte lange, wie in nördlichen Breiten üblich, und ein blasser Mond hing über den Bäumen. Die frische Brise, die zum offenen Fenster hereinwehte, schmeckte scharf und rein. Das Leben erschien mir wunderschön und einfach.

»Dich glücklich zu machen ist ganz schön billig«, meinte Freda.

Sie war bereits für das Abendessen umgekleidet und trug ein fantastisches jadegrünes Seidenkleid mit Chiffonjacke, das beim Laufen wogende Bewegungen erzeugte. Natürlich fällt sie überall auf, was sie auch trägt, und ich habe mir oft gedacht, was für ein Jammer es doch ist, solche Schönheit zu vergeuden für jene, die sie nicht einmal zu würdigen wissen.

Während ich einen Fuß ausstreckte, um die Wirkung des Nagellacks zu bewundern, sagte ich: »Soviel ich weiß, widerspricht es irgendeiner Art von Protokoll, schlecht über seinen Gastgeber in dessen eigenem Haus zu reden. Was hat er dir eigentlich getan?«

»Es geht nicht darum, was er getan hat, sondern darum, was er ist.«

Ich musste lachen. »Dasselbe könnte man auch von uns beiden behaupten!«

Doch das entlockte ihr nicht einmal ein Lächeln. »Du bist ganz schön naiv in Bezug auf Menschen, Brianna. Wenn du bloß eine Ahnung hättest, wozu sie fähig sind! Du lieferst dich ihnen aus, ohne dir Gedanken über ihren Charakter ...«

»Himmel!« Allmählich wurde ich ungeduldig. »Und das ausgerechnet von dir!«

»Ganz genau! Denn gerade *weil* meine Familie seit vielen Generationen so eng mit ihnen zusammenlebt, weiß ich, wovon ich spreche. Und dein werter Walter ist wirklich eine ganz besondere Type, Brianna ...«

Wieder musste ich lachen, weil ich mir gut vorstellen konnte, dass im selben Augenblick Walters Vater unten in der großen, finsteren, muffig riechenden Bibliothek ihm gerade dieselbe Lektion in Bezug auf *mich* erteilte.

»Spar dir deine Eifersucht, Freda«, neckte ich sie. »Eine Prinzessin wie du kann ich nie sein. Das meiste, was ich vom Leben erhoffen kann, ist, Gräfin zu werden – und das auch nur, wenn ich sehr, sehr nett zu diesem entzückenden Grafen bin!«

Sie runzelte die Stirn. »Werd bitte nicht vulgär.« Dann fuhr sie fort: »Wie es heißt, hat er ungewöhnliche sexuelle Vorlieben.«

»Ich bin der lebende Beweis dafür.«

»Er soll grausam und eiskalt sein. Man sagt, er habe in Italien jemanden getötet, vielleicht sogar mehr als einen, und darf sich deshalb nie wieder dort blicken lassen.«

Aber das tat ich achselzuckend ab. »Menschen töten einander doch ständig!«

»Dennoch fürchte ich, dass es nicht unbedingt den guten Sitten entspricht, so etwas in seinem eigenen Salon zu erledigen«, äußerte sie spitz.

Allmählich wurden mir Fredas Einwände über. »Anscheinend«, sagte ich, »bist du tatsächlich eifersüchtig.«

Sie starrte mich an. »Auf diesen Schwächling von Mensch?«

»Auf mich. Auf die Tatsache, dass ich einen Menschen habe und du nicht ...«

Heftig errötend rang sie um Atem, auch wenn sie versuchte, das zu verbergen. Ich konnte leider nicht anders, als sie zu provozieren, denn sie hatte mich in einem Augenblick gereizt, als ich einfach nur wollte, dass sie sich für mich freute; deshalb fand ich ihre Reaktion nicht fair. »Du könntest so viele haben, wie du möchtest, und nach Lust und Laune zu ihnen grausam sein. Stattdessen bist du lieber grausam zu mir! Und warum? Weil du dich nicht entscheiden kannst, ob du zum Rudel gehören willst oder nicht. Weil du glaubst, dass du zu gut für die Menschen bist, obwohl dich auch von deinen eigenen Leuten keiner haben will ... wahrscheinlich hegst du die eitle, alberne Hoffnung, eines Tages den Sohn des Rudelführers zum Gefährten zu bekommen!«

Das war in der Tat gemein von mir, und ich bedauerte meine Worte, kaum dass ich sie ausgesprochen hatte; schließlich wollte ich weder mit Freda streiten noch ihr wehtun. Aber die Einsicht kam zu spät.

Schockiert starrte sie mich an, während die Hitze aus ihrer Haut wich. Dann sagte sie: »Zumindest verleugne ich nicht um jeden Preis meine wahre Natur.«

Die Worte waren scharf wie Bisse und drangen nicht weniger tief ein. Langsam – und, wie ich glaubte, würdevoll – stand ich auf, obwohl ich im Innern tief verletzt war. »Du irrst dich«, hauchte ich. »Ich besitze keine Natur, die ich verleugnen könnte.«

Schnell kam sie zu mir herüber, und die Reue stand ihr ins Gesicht geschrieben. »Oh, Bri, sei mir bitte nicht böse! Ich weiß ja, dass ich mich scheußlich benommen habe, und es tut mir auch Leid. Aber hör mir jetzt mal kurz zu, und denk dann darüber nach.« Mit ernster Miene legte sie die Hände auf meine Arme. »Wenn du die Wahl hättest, was würdest du heute Abend lieber tun? An Lord Penningtons Tafel kalten Fisch und Stücke von gekochtem Rindfleisch essen – oder mit dem Mond in den Augen und dem Tau auf der Zunge über die Wiesen laufen und deine Beute jagen?«

Stirnrunzelnd entwand ich mich ihrem Griff, aber sie roch die Sehnsucht auf meiner Haut.

»Erinnerst du dich an den Tag, als wir uns kennen gelernt haben?«, bohrte sie nach. »Weißt du noch, wie du auf deinen beiden Beinen in Menschengestalt gerannt und gerannt bist?«

»Und wie ich dein Abendessen stahl, weil ich unfähig war, mir mein eigenes zu fangen.«

»Brianna, *das* ist deine Natur, zu sein, was du *bist*, und nicht, was ich bin oder was Pennington aus dir machen möchte – nicht, was du deiner Ansicht nach sein *solltest*, sondern eben, *was du bist.*«

Das Pochen ihres Herzens dröhnte in meinen Ohren, und intensiv entströmte ihr der Geruch der Überzeugung. Als sie zuletzt von mir abließ, glühten ihre Augen wie dunkelrote Kohlen. Sie ließ die Chiffonjacke von ihren Schultern gleiten und griff nach hinten, um den Verschluss ihres Kleids zu öffnen.

»Ich glaube, ich esse heute Abend auswärts«, sagte sie. »Kommst du mit?«

Lässig warf sie ihr Kleid aufs Bett, bevor sie ihre seidene Unterwäsche, die Satinschuhe und die bestickten Strümpfe folgen ließ. Dann löste sie ihr Haar und schüttelte es, bis es offen um ihre Brüste hing. Ein wilder Geruch ging von ihr aus, und in den Augen hatte sie ein primitives, wildes Glitzern, als sie den Schleier ihres Haars zurückwarf, einladend wie ein Lachen und lockend wie ein verbotenes Geheimnis.

Vernahm sie das Pochen meines Herzens? Ich weiß, dass sie es konnte. Roch sie meine Sehnsucht? Natürlich tat sie das. Nun streckte sie die Hand nach mir aus und fragte noch einmal: »Kommst du mit?«

Ich komme! Ich komme!, antwortete ich, ohne ein Wort zu sagen. Mein Atem ging schnell, meine Muskeln spannten sich an, bis sie zu zittern begannen, und meine Augen verengten sich zu Schlitzen. Als sie das sah, lächelte sie, trat ein paar Schritte von mir weg, streckte die Hände über den Kopf und verschränkte die Finger, sodass der herrliche Bau ihres schlanken, starken Körpers noch besser zur Geltung kam; ihre Hüften beugten, ihre Waden streckten und ihre Brüste hoben sich. Sie warf den Kopf zurück, bis der dunkle Wirbel ihres Haares fast ihre Kniekehlen berührte, atmete einmal lange und tief ein, vollzog eine halbe Drehung und gab sich in einer sanften Explosion aus hellem Licht und Lilienduft der Leidenschaft hin. Das betörende Aroma ihrer Verwandlung wirbelte durch die Luft und ließ das geräumige Zimmer plötzlich eng und klein erscheinen; es überschwemmte meine Sinne und machte mich schwindlig, dass ich mich am Wandteppich festhalten musste. Und als mein Kopf wieder klar wurde, stand sie als starke schwarze Wölfin vor mir, das Fell glänzend, die Augen forschend.

Ich riss mich zusammen und machte für sie die Fenster noch weiter auf. Elegant sprang sie hinaus, und als ich ihr nachsah, stand sie als Silhouette im Lampenlicht der unteren Fenster auf dem Rasen und wartete auf mich.

Sie wartete immer geduldig.

In meinem weißen Unterhemd kletterte ich barfüßig aus dem Fenster. Bis hinunter zum nächsten Dach waren es knapp zwei Meter und weitere drei bis zum Boden; aber ich schaffte es so gut wie Freda. In meiner Euphorie lachte ich auf, sie schüttelte sich, grinste, nickte mir zu, und gemeinsam rannten wir los.

Natürlich ließ sie mich rasend schnell hinter sich, aber das machte mir nichts aus. Das Einzige, was ich wollte, war rennen, während die feuchte Luft an meinem Haar zerrte, ich mich mit meinen nackten Füßen vom Gras abstieß und Ästen und Zweigen auswich; meine Lungen leisteten Schwerstarbeit, meine Muskeln streckten sich, mein Herz pumpte, schwoll an, pumpte ... es war großartig – selbst auf zwei Beinen.

Ihr Geruch war immer bei mir, manchmal intensiv auf dem Gras, manchmal schwächer im Wind, aber stets warm, lebendig, gesellig. Deshalb fühlte ich mich keine Sekunde allein gelassen. Es war fast wie ein Rudellauf – oder zumindest so nahe an einem Rudellauf, wie ich es mir vorstellen kann. Ein Lauf unseres ganz persönlichen kleinen Rudels, bestehend nur aus ihr und mir.

Schließlich nahm ich die Witterung anderer Lebewesen auf, registrierte ihre Wärme, ihre Bewegungen und die leisen, brummenden Töne, die sie von sich gaben – sofort wurde mir klar, wohin sie mich geführt hatte. Ich hätte umkehren sollen, hätte es besser wissen müssen. Aber in mir war etwas entfesselt worden, das sich nicht so leicht wieder in seinen Käfig sperren ließ. Du kennst dieses wilde Tier, mein Liebster; du bist mit ihm auf Du und Du. Glaub bloß nicht, dass nur, weil ich in jenem einen kleinen Punkt anders bin als du, ich nie seinen Namen gerufen, nie die Arme ausgebreitet und es nie an meine Brust gedrückt habe. Oh, nein – der einzige wirkliche Unterschied zwischen uns beiden ist, dass ich zu oft gezwungen bin, das wilde Tier in mir zu verleugnen.

Heißer Speichel sammelte sich in meinem Mund, als ich neben Freda auf den Hügel kroch, wo sie sich in den Schatten kauerte und die unter uns verstreute Schafherde ins Visier nahm. Schwitzend und schnaufend ließ ich mich neben ihr auf den Bauch fallen. Sie schaute mich an. Ohne mich zu fragen, wieso und weshalb, verstand ich. Ich sprang auf und rannte unter lautem Geheul den Hang hinab, mitten in die Herde.

Es war ein Kinderspiel, nicht mehr als das – ich will es gar nicht mit einer richtigen Jagd vergleichen. Jedenfalls schaffte ich es, die Schafe auseinander zu treiben, erreichte, dass sie in ihrer dümmlichen, unbeholfenen Angst einander umschubsten, während Freda sich alle Zeit der Welt lassen konnte, sie zu umkreisen und die besten von der übrigen Herde zu trennen. Trotzdem erregte es mich, im Mittelpunkt eines solchen Angriffs zu stehen, aufgewühlte Erde und Angst zu riechen, den indigoblauen Himmel, die schnell sich bewegenden Schatten zu beobachten und hier einen Todesschrei, dort das Herausschießen von Blut mitzubekommen. Vor lauter Freude lachte ich aus vollem Halse.

Freda zerrte ihre Beute ein Stück weg von dem Morast, den die dumme Herde aufgewühlt hatte, und als ich zu ihr stieß, hatte sie bereits den Brustkorb aufgerissen und die besten Innereien entfernt. Ich ließ mich neben dem Kadaver nieder, und bei den Wellen heißen, frischen Fleischgeruchs, die mir vom offenen Kadaver entgegenschlugen, verkrampfte sich mein Magen. Ich steckte meine Hand hinein und wühlte nach einem guten Stück; aber Freda schnappte nach mir und öffnete ihre blutige Schnauze, um mir ihre Zähne zu zeigen. Respektvoll, aber auch ein wenig beleidigt zog ich mich zurück. Natürlich war es ihre Beute, und sie brauchte die Nahrung dringender als ich – aber im Grunde war mehr als genug für uns beide da.

Die schmatzenden, knirschenden Geräusche, die sie erzeugte, als sie an den Innereien zerrte, erfüllten mich mit einem Mut, der meinem Hunger entsprang; als sie schließlich ein größeres Stück Fleisch abgetrennt hatte und sich mit ihm davontrollte, packte ich die Gelegenheit beim Schopf und näherte mich der Beute. Sie beobachtete mich, ließ mich aber gewähren und kaute weiter. Gierig machte ich mich über all die Leckerbissen her.

Ich hätte die Hände benutzen können, um eine oder zwei der Köstlichkeiten abzureißen, und auf diese Weise die schlimmste Fresslust stillen können, die allein auf die Hormonflut zurückging, die in mir ausgelöst wurde. Aber ich verspürte den unwiderstehlichen Drang, buchstäblich in das sinnliche Erlebnis einzutauchen, musste mein Gesicht tief in die klaffende Wunde stecken und die Wärme und das Blut schmecken, musste mich in den schlüpfrigen Sehnen des Fleisches festbeißen, das eben noch gelebt und sein Leben mir, uns gegeben hatte. Mit meinem Menschenkörper stürzte ich mich auf das Tier, zerrte mit meinen Menschenzähnen an seinem Fleisch, steckte mein Gesicht in feuchte, blutige Wolle – und lebte. Für einen endlosen, wunderbaren Augenblick fühlte ich mich so richtig lebendig.

Doch selbst inmitten dieser blutigen Orgie waren meine Sinne so wachsam wie immer – vielleicht sogar noch mehr als sonst. Ich hörte die Hufe auf weichem Gras und roch das Pferd. Schlagartig hob ich den Kopf, lauschte einen Augenblick lang intensiv und wirbelte herum.

Freda war weg.

Mittlerweile wusste ich, wer da näher kam – und wer ihm erzählt hatte, dass ich hier zu finden sei.

Gerade hatte ich noch Zeit, mein Gesicht abzuwischen und mich vom Beutetier zu entfernen, aber an meinem blutbefleckten Unterhemd, dem wild zerzausten Haar und dem toten Schaf am Boden konnte ich nichts ändern. Um ehrlich zu sein, wollte ich das auch gar nicht. Ich stand einfach nur da und wartete.

Das Pferd roch wohl die Wildheit an mir oder vielleicht auch den gerade erst verschwundenen Werwolf – denn als es den Hügel passierte, scheute es, stellte sich auf die Hinterbeine und wieherte vor Angst. Walter lenkte es mit harter, geschickter Hand und brachte das Tier schließlich ebenso unter Kontrolle wie seine eigene Bestürzung über das, was er schemenhaft im Mondlicht vor sich sah – die verstreute Herde, das ausgeweidete Schaf und mich!

Das alles hatte Freda arrangiert, um dafür zu sorgen, dass Walter meine wahre Natur kennen lernte und dabei seinen eigenen Charakter zeigte. Allerdings hatte sie nicht damit gerechnet, dass auch ich Walters wahre Natur kennen lernen würde. Und was ich da sah, machte mich sprachlos.

Entschlossen glitt er von seinem unruhig hin und her tänzelnden Pferd und band die Zügel an den Ast eines Baumes. Er war im perfekten Abendanzug, und ich kann mir nur vorstellen, dass die Nachricht, die Freda ihm hatte zukommen lassen, recht dringlich war; denn sonst hätte er sich wohl kaum im Smoking in den Sattel geschwungen. Er kam auf mich zu; ich sah, wie sich seine Nasenlöcher weiteten, und hörte, wie sein Puls sich beschleunigte, als er merkte, dass es sich bei dem nassen Fleck auf meinem Unterhemd, der von der Brust bis zum Bauch reichte, um Blut handelte. Ich roch sein Entsetzen und kurz danach Wut – bis mir klar wurde, dass er nur wütend war auf seine eigene plötzliche Angst, der er sich überließ, bevor er merkte, dass das Blut auf meiner Kleidung nicht mein eigenes war.

Wenige Schritte vor mir blieb er stehen. Erst betrachtete er das ausgeweidete Schaf, dann mich. Es kümmerte mich nicht. Ich war noch immer halb benommen von der Wildheit der Nacht, von meinem wunderbaren Lauf, und so spielte es keine Rolle, was er nun von mir denken mochte. Er kam näher, streckte eine Hand aus und zupfte ein trockenes Blatt aus meinem Haar. Dann schaute er mir tief in die Augen, und ich erwiderte hingebungsvoll seinen Blick.

Er packte mich grob an den Schultern. Trotzig warf ich den Kopf zurück, mein Brustkorb hob und senkte sich nach all der Anstrengung und der Aufregung in schnellen, tiefen Atemzügen, während mein Herz wie Donnerhall pochte. So nah bei ihm, dass mein Atem in seinen Mund strömte, sagte ich leise: »Drück mich lieber nicht zu fest an dich. Ich möchte unter keinen Umständen, dass dein schöner weißer Hemdeinsatz blutig wird.«

Sein Blick wanderte zu meiner Brust. Das Donnern in meinen Ohren kam jetzt von seinem Herzschlag, und das fiebrige Gefühl auf meiner Haut war die Hitze seines Körpers. Er ließ meine Schultern los, griff mein Unterhemd zu beiden Seiten des Mieders und riss mir mit einer einzigen kraftvollen Bewegung den nassen Stoff vom Leib. Meine Haut war glitschig, als seine Hände über sie glitten, über Brüste, Bauch und Unterleib; mit nassen Fingern griff er in mein Haar und drückte mir seinen harten Kuss auf. Taumelnd gingen wir zu Boden und machten so das erste Mal Liebe, mein Walter und ich.

Jetzt verstehst du sicher, warum ich ihn anbetete.

Am nächsten Morgen ließ Walters Vater eine Bemerkung über den verwilderten Hund fallen, der eines seiner Schafe getötet hatte; bei geräuchertem Fisch und gesüßtem Tee trafen sich meine und Walters Blicke, ohne dass je wieder zwischen uns ein Wort über diese Episode gefallen wäre. Es gab auch keinen Grund, warum ich die Angelegenheit mit Freda hätte diskutieren sollen. Sie hatte nur in meinem Interesse gehandelt und wie jeder kluge Werwolf Verschlagenheit und Täuschung eingesetzt, um ihr Ziel zu erreichen. Zwar weiß ich, dass sie ein anderes Resultat ihrer Bemühungen vorgezogen hätte – aber letzten Endes stand ja alles zum Besten.

Als Walter und ich am Nachmittag äußerst zivilisiert gekleidet durch die Rosenbeete seiner Mutter schlenderten, sagte er plötzlich: »Dir ist hoffentlich klar, dass du mich jetzt heiraten musst.«

Ich konnte mich kaum halten vor Lachen.

Aber die Woche darauf bist du, mein Liebster, nach London zurückgekehrt und hast mich mit meiner Liebe zu dir in Angst und Schrecken versetzt. Als Walter mich dann das nächste Mal fragte, ob ich ihn heiraten wolle, war mir gar nicht mehr nach Lachen zumute.

Aus den Aufzeichnungen des Matise Devoncroix

XXIX

Ich kann dir nicht mehr sagen, auf welche Weise ich Fredas Haus verlassen habe. Wie mein Erstaunen wachsender Ungläubigkeit wich, die Ungläubigkeit einer Art Schockzustand und schließlich einer fürchterlichen Wut. Bei einigen Leuten muss ich mich wohl kurz verabschiedet haben; denn ich weiß noch, wie Freda mich im Foyer am Arm packte und mit ihren dunklen, besorgten Augen anflehte, nichts Unüberlegtes zu tun. Sie hätte sich die Sorgen sparen können. Mittlerweile waren Brianna und ihr Mensch in seinem protzigen schwarzen Automobil weggefahren, und selbst wenn ich es gewollt hätte, wäre es mir unmöglich gewesen, ihnen zu folgen. Aber das wollte ich gar nicht, jedenfalls nicht in diesem Moment. Innerlich war ich derart aufgewühlt, dass ich mich kaum mehr in der Gewalt hatte, und wagte deshalb nicht, in der Nähe von Menschen zu bleiben.

Freda hatte natürlich Recht, als sie mich bat, Ruhe zu bewahren. Zuzulassen, dass die Leidenschaft über den Verstand siegt, hieße schließlich, all das zu verleugnen, was aus uns geworden ist und was wir erreicht haben. Aber versteh bitte meinen Schmerz, meine Wut und meine Sehnsucht nach allem, was unerreichbar war, nach allem, was ich nur begehren, über das ich aber nie verfügen konnte. In dieser Situation gab es ein einziges Heilmittel, und das war der Zauber.

Ich parkte meinen Sportwagen reichlich schräg auf der Straße vor meiner Wohnung und ging nicht einmal nach drinnen, um mich zu verwandeln; mitten auf der Straße zog ich mich splitternackt aus, ohne mir darüber Gedanken zu machen, ob Menschen mich dabei beobachten konnten; ja, ich erwartete es geradezu, aber niemand bemerkte mich. Dann stürzte ich mich in die zivilisierte Wildnis und rannte, rannte, rannte.

In diesem Wahnsinn liegt ein Zauber, eine Kur gegen Ohnmacht, Wut und Verzweiflung, ein Sieg über Zwänge, Beschränkungen und alles Menschliche schlechthin. Die schneidende Kälte, der Strom der eisigen Luft durch meine Nasenlöcher, das Verschwimmen der Lichter und die Geräusche menschlicher Erfindungen, das Knacken kleiner Knochen zwischen meinen Zähnen, das spritzende Blut, der Triumph, die Macht. Die Macht!

Ich riss das Fleisch von meiner Beute, schüttelte es wie verrückt, bespritzte mich mit Blut und wühlte mit der Schnauze aus schierer Lust in den weichen Eingeweiden. Hunger hatte ich nicht, sondern wollte einfach nur töten. Und aus den Tiefen dieser sinnlichen, selbstbezogenen Versenkung nahm ich plötzlich einen anderen Herzschlag wahr, witterte einen anderen Geruch. Aber ich befand mich so sehr im Blutrausch, dass ich nicht schnell genug reagierte. Sie griff mich an, noch bevor ich mich umdrehen konnte.

Mit der vollen Wucht ihres Körpers rammte sie mich, sodass es mir die Beine unter den Füßen wegzog, und bevor ich wusste, wie mir geschah, hatte sie sich schon in meinem Genick verbissen und mir einen kräftigen Tritt verpasst. Das ist zwar eine absolut akzeptable Herausforderung, wenn zwei Werwölfe aufeinander treffen; aber in diesem Augenblick spürte ich ein Moment echter Feindseligkeit darin, was mich derart überraschte, dass sie ihre Zähne in mein Fleisch graben konnte, bis Blut floss. Erst dann knurrte ich und wirbelte herum, erwischte allerdings lediglich ein Maul voll Fell; hämisch sprang sie außer Reichweite und verschwand.

Gleichermaßen verwirrt wie verärgert folgte ich ihr, wie sie es beabsichtigt hatte. Sie überquerte die dunkle Straße und sprang durch das offene Fenster in meine Wohnung; als schließlich auch ich über die Fensterbank setzte, hing von ihrer Verwandlung nur noch der Geruch in der Luft. Sie gab im Mondlicht eine wunderschöne Nackte ab, als sie ihr langes Haar zurückwarf, während sie sich aufrichtete und mich mit ebenso zornigen wie verächtlichen Blicken bedachte.

Ich für meinen Teil hasse es, mich in Gebäuden zu verwandeln. Irgendwie ist nie genug Platz dafür vorhanden, was die Sache bedeutend weniger eindrucksvoll macht. Aber Freda hatte mich zu sehr aus der Fassung gebracht, obendrein trieb sie mich nun auch noch in meiner eigenen Wohnung in die Ecke – da war eine schnelle, rein zweckmäßige Verwandlung vonnöten. Als ich ihr gegenübertrat, zog sie sich gerade ihr in Silber und Schwarz gehaltenes Kleid über und wand ihr Haar zu einem Knoten.

»Fühl dich ruhig wie zu Hause«, zischte ich und rieb mir wütend die Stelle an meinem Nacken, an der sie mich gebissen hatte. »Verdammt, Freda, bist du übergeschnappt? Was ist bloß in dich gefahren?«

»Entschuldige bitte, dass ich deinen Lauf unterbrochen habe«, erwiderte sie scharf, während sie ihr Haar mit einer juwelenbesetzten Nadel befestigte. »Laufen ist schließlich deine größte Begabung!«

Das hätte ich mir von keinem anderen bieten lassen. Aber Freda hatte mich noch nie herausgefordert, und dass sie es jetzt tat, war allein schon erstaunlich genug. Zu allem Überfluss wagte sie es auch noch, mich mit Anschuldigungen und Sarkasmus zu überschütten, was mich in einen Zustand zwischen Wut und Verblüffung versetzte.

Ich starrte sie an. »Du hast von dieser Absurdität gewusst – von Briannas Verbindung zu diesem Menschen – und mir nichts davon erzählt.«

Aber sie ließ sich nicht einschüchtern. »Dass es gar nicht erst so weit gekommen wäre, mein teurer junger Freund, wenn du sie nicht schon vor vielen Jahren im Stich gelassen hättest, das ist dir wohl noch nicht in den Sinn gekommen, was?«

Weder ihr Angriff hatte mich ähnlich schockiert, noch ihr Biss. Das hatte ich nicht von ihr erwartet. Jedenfalls nicht von der Freda, die ich kannte.

»Wie kannst du es wagen, so mit mir zu sprechen! Du weißt gar nichts darüber, absolut nichts!«, blaffte ich sie an.

Wütend ging ich auf sie zu, aber sie zuckte nicht mit der Wimper. Ich fegte an ihr vorbei und riss die Tür meines Kleiderschranks auf, um meine Nacktheit mit einem seidenen Bademantel zu bedecken.

Ruhig sagte Freda in die Dunkelheit hinein: »Ich weiß alles.«

Ich wirbelte herum und zog mit einem grimmigen Ruck den Gürtel meines Bademantels zu. Die Luft zwischen uns schien gefährlich zu knistern, ich spürte die Spannung in meinem Haar und meinen Fingerspitzen. Leise, aber sehr deutlich wiederholte ich: »*Gar nichts weißt du.*«

Freda streifte im Vorübergehen das Bett und einen großen, weichen Sessel, in dem ich manchmal zu lesen pflegte, und schaltete eine Lampe ein. Obwohl deren Schein alles andere als grell war, tat er mir in den Augen weh, und ihr erging es wohl kaum anders. Es dauerte ein paar Sekunden, bis ich mich an die Helligkeit gewöhnt hatte, und danach war mein schlimmster Zorn verraucht.

Freda ging zur Kommode, wo auf einem Silbertablett eine Karaffe mit Cognac und ein paar Gläser standen, sowie Süßigkeiten und Kekse, die meine Haushälterin jeden Tag frisch besorgte. Sie nahm einen Keks, knabberte prüfend daran und legte ihn wieder hin. »Du kennst doch die Geschichte vom verlorenen Erben«, begann sie.

Schweigend beobachtete ich sie und versuchte, meinen Verstand zu ordnen, meinen Puls zu verlangsamen.

Dann sagte sie: »Lange bevor die ersten Menschen auftauchten, wurde der Letztgeborene einer mächtigen Königin von einem ehrgeizigen Rivalen entführt und durch ein so ähnlich aussehendes Junges ersetzt, dass selbst die Königin nichts merkte.«

Sie goss Cognac in ein ballonförmiges Glas und bot es mir an. Als ich, reglos und mit versteinerter Miene, nicht reagierte, trank sie es selbst aus. »Obwohl das Werwolfjunge als Mitglied der Familie aufwuchs, blieb es seiner echten Familie treu, die plante, nach dem Tod der Königin die Macht über das Rudel zu übernehmen, indem sie bekannt gab, das Kind sei das ihre. Und weißt du noch, wie dieser Plan durchkreuzt wurde, Matise?«, fragte sie und fixierte mich dabei über den Rand ihres Cognacglases hinweg. »Solltest du eigentlich. Schließlich hast du die Geschichte selber geschrieben.«

Ich weigerte mich zu antworten. Allmählich begann ich unter den Achseln und am Nacken zu schwitzen, was sie natürlich riechen konnte. Mein Schweiß war kalt und sauer wie das Gefühl in meiner Magengrube.

Freda fuhr fort: »Der Wechselbalg verliebte sich in seine angenommene Schwester, das echte Kind der Königin, und sie sich in ihn. Sie erregten einander so sehr, dass sie der Leidenschaft nicht widerstehen konnten, bald paarten sie sich. Daran erkannte das Rudel, dass der Betrüger nicht das Kind der Königin sein konnte, weil es unmöglich ist, *dass Bruder und Schwester sich gegenseitig sexuell erregen.*«

»Es ging doch nur um eine Geschichte«, wandte ich mit belegter Stimme ein. Aber ich hatte meinen Puls nicht mehr unter Kontrolle und konnte auch nicht verhindern, dass der Geruch widersprüchlicher Gefühle meiner Haut entströmte. Was sie sagen würde, war mir inzwischen klar.

Zorn blitzte aus ihren Augen. »Aber dir kam es natürlich sehr zupass, dass Brianna an allem schuld war! Brianna mit ihrem medizinischen Problem, die böse Brianna …«

»Für böse habe ich sie nie gehalten! Ich war derjenige ...«

»Ja, du warst es!«, zischte sie zurück. »Du bist der Schwache und der Ängstliche – du hattest so wenig Vertrauen zu dieser Frau, die du angeblich liebst, dass du leider die einzig logische Schlussfolgerung ignorierst und dafür etwas völlig Unmögliches annimmst, nur um ihr die Schuld zuschieben zu können! Sie hat dich erregt, Matise«, stellte sie nüchtern fest. »Daraus folgt, dass sie unmöglich deine leibliche Schwester sein kann.«

Mein Herz pochte wie wild – vor Hoffnung, Wut, Scham, Erwartung und Skepsis. Hastig verbarg ich meine Gefühle vor ihr, indem ich sie mit Lachen überspielte. »Bei deiner Fantasie – solltest du Schriftstellerin werden, Freda!«

»Es ist wohl eher so, dass mir logische Schlussfolgerungen leichter fallen, weil ich *keine* Fantasie habe«, entgegnete sie kühl. »Ich rieche die Scham an dir, Matise. Hoffentlich kommt sie von deiner Erkenntnis, dass du dich geirrt hast.«

»Was soll ich bitte erkennen«, erwiderte ich scharf, »höchstens, dass du dich in Dinge einmischst, die dich nichts angehen, und dass deine Schlussfolgerungen boshaft und unerhört sind. Brianna Devoncroix ist die Erstgeborene des Rudelführers, das weiß doch jeder! Etwas anderes auch nur anzudeuten, grenzt fast schon an Ketzerei. Früher hätte man dich in einem Käfig verrotten lassen, wenn du solche Gerüchte verbreitet hättest.«

Jetzt brauchte ich aber einen Cognac. Ich ging zu ihr hinüber, schnappte die Karaffe und goss mir einen ein. Dabei ärgerte mich, dass meine Hände nicht ganz ruhig waren; selbstverständlich bemerkte sie das leichte Zittern meiner Muskeln. Freda war verrückt, ihre Unterstellungen absolut unglaubwürdig. Wenn sie dennoch Recht hatte? *Was war, wenn sie Recht hatte?*

Mit einem Zug kippte ich den Cognac hinunter und schaute sie forschend an. Mir war plötzlich ein schrecklicher Verdacht gekommen. »Du hast doch wohl diesen Blödsinn nicht Brianna gesteckt?«

»Das hätte wenig Sinn gemacht. Solange du in der Welt herumgereist bist, um ihr aus dem Weg zu gehen, wäre es doch grausam gewesen, ihr zu eröffnen, dass sie sich wegen nichts und wieder nichts ein gebrochenes Herz eingehandelt hat.«

»Und warum kommst du jetzt mit diesem Quatsch zu mir? Warum hast du all die Jahre gewartet, bis du den Entschluss fasstest, mich zu quälen?«

Sie nahm einen weiteren Schluck aus ihrem Glas, und ihre Augen strahlten große Ruhe und Sicherheit aus. »Vor ein oder zwei Jahren habe ich einen Mann kennen gelernt. Er hat mir erzählt, dass er deinen Eltern vierzig Jahre lang als Leibwächter diente. Da er eine von Briannas Vorstellungen besuchen wollte, verriet er mir, er habe sie auf ganz besondere Weise kennen gelernt – nämlich bei ihrer Geburt.«

Ich hielt den Atem an. Irgendwie war mir von Anfang an klar, dass Freda mir nie ohne jeglichen Beweis eine so unerhörte Geschichte aufgetischt hätte. Trotzdem mochte ich es noch immer nicht glauben.

»Natürlich hat er gelogen«, fuhr sie beiläufig fort. »Aber er hatte mein Interesse geweckt – weil ich mir sowieso schon über die Umstände von Briannas Geburt meine Gedanken gemacht hatte, wie du das auch hättest tun sollen. Auf weitere Fragen hin gab dieser Leibwächter zu, dass er im Frühling und Sommer des Jahres 1900 nie von der Seite deiner Mutter gewichen und diese damals *nicht* schwanger gewesen ist. Deine Eltern seien in die Berge gegangen und hätten dort das Schloss Devoncroix entdeckt, und als sie ein oder zwei Tage später zurückkamen, sei die neugeborene Brianna bei ihnen gewesen. Dann hätten sie das Kind zu ihrem eigenen erklärt. Er schwört, dass nicht deine Mutter sie zur Welt gebracht hat.«

»Was für ein Lügner!« Die Worte kamen heiser und trocken heraus, und eigentlich wollte ich sie gar nicht aussprechen. Meine Glieder fühlten sich taub an, und meine Haut war plötzlich kalt. Kam das nun daher, dass ich ihren Worten liebend gern geglaubt hätte, oder etwa daher, dass ich schreckliche Angst davor hatte, ihr zu glauben? Oder war der Hauptgrund der, dass ich tief in meinem Innern die Wahrheit kannte und längst Bescheid wusste, bevor Freda zu sprechen begann?

Deren Stimme klang nun gepresst und immer eindringlicher. »Frag deinen Vater! Frag deine Mutter! Würden die dich anlügen, wenn sie wüssten, welchen Preis die Lüge hatte – und bereits gefordert hat? Du weißt es doch im Innersten deines Herzens selber, Matise. Wenn du sie nur halb so sehr liebst, wie du behauptest, dann würdest du es jetzt zugeben.«

Zwei Kinder, sechs Monate auseinander. Rein körperlich praktisch unmöglich, war das innerhalb des Rudels immer als eine Art Wunder angesehen worden. Brianna, ohne fremde Hilfe in der Wildnis Alaskas geboren. Und dann auch noch anthropomorph – ein höchst unwahrscheinliches Ergebnis der Paarung zweier der stärksten Linien der Devoncroix. Eine Schwester, die ihren Bruder bis zur Leidenschaft sexuell erregt …

Spontan zerbarst das leere Cognacglas unter dem Druck meiner Finger. Ich starrte auf die glitzernden Scherben in meiner Hand und auf den Teppich zu meinen Füßen, ohne mich weiter darum zu kümmern.

Ich hatte es gewusst. Wie hatte ich das nur verdrängen können? Wie konnte ich nur Brianna und mich selbst all die langen Jahre peinigen, indem ich mich weigerte, mir die Wahrheit einzugestehen?

Geistesabwesend wischte ich die Glassplitter von meinen Händen und dem Bademantel. Ich sah Freda an. »Und du hast dieses Geheimnis – dieses Geheimnis, das uns beide hätte retten können – die ganze Zeit über für dich behalten.«

Aus meiner beinahe ausdruckslosen Stimme sprach keinerlei Anklage, denn dazu hätte meine Kraft jetzt nicht gereicht.

Abwehrend hob Freda die Arme. »Was hätte ich denn tun sollen? Du hast sie verlassen, Matise, hast uns beide verlassen! Bis du aus freien Stücken hier aufgetaucht bist, konnte ich doch nicht wissen, was du wirklich für sie empfandest oder ob du diese Information womöglich nur dazu missbrauchen würdest, sie noch mehr zu verletzen.«

Sie atmete tief ein und wandte zum ersten Mal den Blick von mir ab. »Um ehrlich zu sein – ich hätte es dir vielleicht noch gar nicht erzählt, denn in vieler Hinsicht war sie besser dran ohne dich – und ohne das Rudel, das du ihr vorgezogen hast. Aber als ich dich gestern sah – und ihr Gesicht, als sie heute Nacht neben dir stand –, da ist mir klar geworden, dass du die einzige Person auf der ganzen Welt bist, die sie von dieser unmöglichen Heirat abbringen könnte. Für das, was du ihr angetan hast, verachte ich dich, Matise; aber ich sähe sie lieber noch mit dir zusammen, als dass sie ihr Leben mit diesem Menschen zerstört.«

Sehr behutsam setzte Freda ihr Glas auf dem Tablett ab und fügte mit klarem Blick hinzu: »Für mich ist es kein Problem, außerhalb des Rudels zu leben. Ich habe eine große und mächtige Familie, und keiner von uns ist je allein gewesen. Aber Brianna – wenn sie diesen Menschen heiratet, wenn sie sich in Form so einer heidnischen Zeremonie der Menschen mit ihm in aller Öffentlichkeit verbindet, das heißt eingesteht, mit ihm sexuell zu verkehren – dann gibt es kein Zurück mehr. Danach kann ihr niemand mehr helfen, und für das Rudel ist sie endgültig gestorben. Frag deine Eltern, Matise«, schloss sie, jetzt in flehentlichem Tonfall. »Bitte frag sie nach der Wahrheit.«

Abrupt drehte sie sich um und schloss leise die Tür hinter sich.

12

Die Wildnis
14:58 Uhr Alaska-Zeit
25. November

Die Menschenfrau schlief. Träumte sie von längst vergangenen Zeiten und ihr unbekannten Welten? Spukten durch ihre Träume die Untaten von Kreaturen, von deren Existenz sie nie etwas geahnt hatte? Sie sah harmlos aus in ihrem Schlummer, sorgenfrei und unschuldig. In ihrem Kopf aber trieben Geheimnisse, die kein Mensch je besitzen sollte. Bald, falls sie das Buch zu Ende las, würde sie auch das schrecklichste aller Geheimnisse erfahren.

Nicholas war frustriert von ihrem Schweigen, ihrer Abwesenheit, wenngleich er es auch als absurd erkannte. Er sollte dankbar dafür sein, dass sie das Buch geschlossen hatte, denn je länger sie schlief, desto weniger würde sie erfahren von dem, was zu wissen ihr nicht zustand – niemals. Aber trotzdem war er neugierig. Er wollte mehr hören von der Geschichte des Matise, seines Bruders … und von Brianna, der Frau, die für immer all das, was er einst für wahr erachtete, geändert hatte.

Brianna!, dachte er. *Wärst du nie geboren worden, wäre keiner von uns da, wo wir heute sind. Dann hätte es kein blutiges Massaker in New York gegeben, keine Bombe an Bord meines Privathubschraubers, keinen arrangierten Unfall zu dem Zwecke, meinen Vater umzubringen. Eigentlich sollte ich dich hassen für all das und für noch mehr … aber seltsamerweise kann ich es nicht.* Hatte vielleicht deshalb sein Vater darauf bestanden, dass er die Geschichte von Brianna las, die zwischen den Deckeln jenes roten Buches eingebunden war? Einen anderen Grund konnte es nicht geben. Welche Geheimnisse sollte das Buch enthalten, die noch schrecklicher waren als diejenigen, die er schon kannte? Alexander Devoncroix war ein viel zu pragmatischer Mann und ein viel zu kluger Rudelführer gewesen, um es für möglich zu erachten, dass er, Nicholas, von Gefühlen für die Adoptivschwester übermannt würde, die er nie gekannt hatte. Da musste also noch etwas kommen. Warum wachte diese Menschenfrau nicht auf, um weiterzulesen?

Aber das war natürlich ein törichter Wunsch. So unschuldig sie auch im Schlaf wirken mochte, war die Menschenfrau doch alles andere als harmlos; Nicholas wusste das. Es ging gar nicht um das, was sie anderen Leuten über ihn erzählen konnte, denn das Rudel hatte wenig von der Menschheit zu befürchten. Was sollte sie schon ihren Brüdern und Schwestern erzählen? Was würde die Menschen daran groß beeindrucken in dieser Zeit des Satellitenfernsehens und der Spezialeffekte, in der Wahrheiten zunehmend merkwürdiger anmuteten als jede erfundene Geschichte? Schließlich verging kaum eine Woche, ohne dass irgendeine Boulevardzeitung der Menschen über unerklärliche, oft sogar mit Fotos bebilderte Ereignisse berichtete, deren eigentlicher Urheber das Rudel war. Niemand kümmerte sich darum, war sonderlich interessiert. Die Gehirne der Menschen konzentrierten sich auf unmittelbarere Probleme als auf das Schicksal ihrer Spezies.

Aber was die Bürger erfuhren, das erfuhr auch das Rudel. Und für das Rudel machte es sehr wohl einen Unterschied, denn die Wahrheit würde seine Mitglieder bis in die Grundfesten ihrer Seelen erschüttern.

Was sollte nur aus dem Rudel werden, während er hilflos hier lag? Wie lange hielt er sich wohl schon hier auf? Wie lange war sein Volk ohne Führung? Wenn es wüsste oder auch nur vermutete, dass der Erbe von Alexander Devoncroix vermisst oder tot war, würde schnell eine Panik ausbrechen. Die Börsenkurse rund um die Welt würden in den Keller fallen, Fabriken würden die Produktion einstellen, und der Handel käme zum Stillstand. Und was wäre, wenn ein ehrgeiziger junger Werwolf – etwa ein Mitglied der Bruderschaft des Verdunkelten Mondes – die Gelegenheit nutzte, an seine Stelle zu treten und das Rudel zu übernehmen? Was sollte beispielsweise Michel davon abhalten?

Die Gitterstäbe seines Käfigs verwirrten ihn. Wenn er von hier fliehen könnte, wäre es vielleicht noch möglich, Leben zu retten. Aber er fühlte sich zu schwach, die Schlösser mit seinen Zähnen aufzubrechen, und zu stark eingeengt, um sich zu verwandeln und seine Hände einzusetzen. Wenn sie die Türen noch einmal aufschloss, zum Essen- oder Wasserbringen, konnte er sie mühelos überwältigen. Doch er wusste, dass sie die Schlösser nicht noch einmal öffnen würde. Vielleicht war sie dumm, diese Menschenfrau, aber sicher nicht lebensmüde. Sie war an Wölfe in freier Natur gewöhnt und hatte einen Heidenrespekt vor Klauen und Fängen. Das stand seit dem letzten Mal fest, als sie die Wasserschüssel in den Käfig geschoben hatte, ohne die Tür zu öffnen.

Der Wind donnerte gegen die Hauswand, und die Menschenfrau regte sich auf der Couch, auf der sie schlief, zog sich den Quilt fester um die Schultern. Nicholas roch den Sturm und hörte den Schnee. Er hörte indessen noch etwas anderes, nicht weit entfernt, aber fast verloren im Wind: einen Ruf, wortlos, lang und mühelos identifizierbar. Nicholas lief es eiskalt den Rücken hinunter.

Ich bin hier!, sagte der Ruf.

Sein Herz begann, heftig zu klopfen. Er musste seine ganze Selbstbeherrschung zusammennehmen, um nicht zu antworten: *Ich bin hier!*

Die Menschenfrau schreckte hoch, fast als hätte auch sie den Ruf vernommen. Schlaftrunken setzte sie sich auf und rieb sich das Gesicht, bevor sie den Quilt zurückschlug und zu ihm herüberkam. Nicholas beobachtete sie aufmerksam. Er dachte daran, wie sie das SCU in die Hand genommen hatte, als er sie genau dazu hatte bringen wollen. Zufall? Sie war bei einem Geräusch aufgewacht, das sie unmöglich gehört haben konnte. Besaß sie etwa ein Empfindungsvermögen, wie es kein Werwolf je einem Menschen zugetraut hätte?

»Wie geht's, Bursche?«, fragte sie sanft. Sie roch nach warmem Schlaf und Laken, Holzrauch und Wolle. Mit der Hand auf dem Käfig beugte sie sich zu ihm herunter.

Ohne sie wäre er tot. Das wusste er. Aber es stand so viel mehr auf dem Spiel als das Leben eines Individuums.

Wieder verfolgte ihn das Gesicht seiner Mutter und ihre verärgerte, dringliche Stimme: *In all diesen Jahrhunderten haben wir uns freiwillig zu der Grundregel bekannt, keine Macht über das Leben der Menschen zu haben. Wenn wir dem Rudel diese Macht zugestehen, werden wir allmächtig. Aber erkennst du nicht die Gefahr darin?*

Und er hatte geantwortet: *Du redest wie ein Mensch!*

Das waren die letzten Worte gewesen, die er an seine Mutter gerichtet hatte. *Du redest wie ein Mensch.*

In diesem Moment wollte sich die Menschenfrau gerade von ihm abwenden. Er hielt sie mit seinem Blick gefangen. Sie schien verwirrt und schaute ihn an. Mit der Kraft seiner Augen hielt er sie fest im Griff.

Mensch, sagte er klar und deutlich. *Geh zum Aktenkoffer. Nimm das* Ding (an dieser Stelle entwarf er ein eindeutiges Bild des SCU). *Schieb den Schalter auf der Rückseite des Geräts nach oben, und lass ihn in dieser Stellung. Tu es.*

Benommen taumelte Hannah einen Schritt zurück und schüttelte leicht den Kopf.

Er schrie: *Tu es!*

Sie rang nach Luft und presste die Finger an die Schläfen, wo sich plötzlich ein stechender Schmerz ausbreitete. Dann blinzelte sie und wandte sich ab. Die Kopfschmerzen ließen augenblicklich nach.

Hannah ging in die Küche, um ein Glas Wasser zu holen. Da fiel ihr Blick auf den Aktenkoffer, der offen auf dem Tisch stand. Nach kurzem Zögern nahm sie noch einmal den elektronischen Organizer zur Hand. Wieder spürte sie einen stechenden Schmerz im Kopf und kniff sich stirnrunzelnd ins Nasenbein, bis der Schmerz nachließ.

Schon wollte sie den Organizer weglegen, als sie plötzlich die Idee hatte, ihn umzudrehen. Auf der Rückseite befand sich ein schwarzer Schalter, der ihr zuvor nicht aufgefallen war. Sie gab ein leises, überraschtes »Hmm« von sich und schob den Schalter nach oben, aber nichts geschah.

Sie legte den Organizer wieder in den Aktenkoffer und goss sich aus der Flasche auf dem Küchenschrank ein Glas Wasser ein. Als das Glas voll war, waren ihre Kopfschmerzen wie weggeblasen.

Als sie zu ihrem Sessel zurückging, sah sie noch einmal nach dem Wolf; aber sein Kopf lag auf den Pfoten, und seine zu Schlitzen verengten Augen schienen sich nicht weiter für sie zu interessieren. Sie nahm ihren Platz wieder ein und begann erneut, laut zu lesen.

Der Sender auf dem Tisch strahlte sein ständiges unhörbares Signal aus. Nicholas schloss die Augen und hörte zu.

Aus den Aufzeichnungen des Matise Devoncroix

XXX

Hier kommt nun die Geschichte der großen Königin Eudora, die Grundlage für alle meine anderen Berichte; die Geschichte, ohne die keine der anderen eine Bedeutung hätte.

Du weißt ja noch, wie es war, als wir Rom verließen: Unser großes Experiment lag in Schutt und Asche, und von der damaligen Kultur waren nur Trümmer geblieben. Säulen stürzten ein, Papyrusrollen wurden mitsamt der auf ihnen niedergeschriebenen großartigen Gedanken ein Raub der Flammen, und Statuen sanken auf den Grund des kalten Meeres. Wenn wir schon untergingen, dann mit Pauken und Trompeten.

Eine neue Welle der Barbarei und des Aberglaubens schwappte über die Menschheit, und wir hatten nicht den Mumm, dagegen anzukämpfen. Jetzt fürchtete und jagte man uns wieder, in Legenden und Balladen am Lagerfeuer stellte man uns als Schrecken der Menschenkinder dar. Einfach ekelhaft. Leider traten wir angesichts dieser Ablehnung den Rückzug an in unsere steinernen Festungen, in die finsteren Wälder der Mythen und Sagen und in die sibirische Wildnis, wo wir unter der rauen, aber pragmatischen Herrschaft der Antonows eine neue Lektion des Überlebens erhielten – ohne den Menschen.

Gleichzeitig tat ohne uns die menschliche Zivilisation natürlich einen gewaltigen Schritt zurück. Was aber in der Geschichtsschreibung kaum erwähnt wird, ist die Tatsache, dass es der unseren nicht viel besser erging.

Ja, überlebt haben wir, das stimmt schon. Es gelang uns deshalb, weil wir den Menschen aus dem Weg gingen, uns vor ihnen versteckten und sie töteten, wann immer wir Gelegenheit dazu hatten. Schockiert dich das? Dass unsere Familie noch in relativ junger Vergangenheit sich derart barbarisch verhielt? Nun, das kann ich erklären:

In einem kleinen Dorf in Deutschland geschah es, dass eine Kuh gerissen, ein Mann gebissen wurde und ein Kind spurlos verschwand. Die Menschen glaubten, ein Werwolf treibe sein Unwesen, und setzten eine Belohnung auf dessen Kopf aus. An einem einzigen Tag schleppte ein einzelner Jäger auf einem Schlitten siebenunddreißig tote Wölfe an.

Wie viele von ihrer Spezies brachten wir daraufhin wohl auf unseren Schlitten nach Hause, so frage ich mich, als wir diese Geschichte hörten?

Es gab keinen Frieden zwischen uns, und so stürzten unsere beiden verschiedenen Arten in ein langes Zeitalter der Finsternis.

Du wirst dich fragen, was dann geschah. Wie ging diese schreckliche Epoche zu Ende, und wie konnte es überhaupt einigen von uns gelingen, sie zu überleben und Zeugnis abzulegen? Darauf gibt es natürlich keine einfache Antwort, denn die Faktoren, die dazu geführt haben, sind zahlreich und kompliziert. Manche meinen, dieser Prozess sei ganz entscheidend begünstigt worden durch die Dezimierung der menschlichen Bevölkerung im Mittelalter. Und die Ursache für dieses historische Ereignis lag, wie wir alle wissen, in einer geheimnisvollen Seuche, gegen die unsere Spezies glücklicherweise immun war ... eine Seuche, die, wie es heißt, von der Krim – einer Hochburg der Antonows – ausgegangen sein soll. Ich will in dieser Richtung nicht weiter spekulieren, sondern lediglich dafür plädieren, im Rückblick auf die harte, strenge Herrschaft der Antonows kein allzu vernichtendes Urteil auszusprechen. Womöglich schulden wir ihnen mehr, als wir glauben.

Die Welt veränderte sich also. Wir wurden der Wildnis überdrüssig und wollten uns nicht länger in den Wäldern verbergen, in Festungen verschanzen. Unsere Seelen dürsteten nach der Größe, die wir einst gekannt hatten, nach Kunst und Musik und süßem Nichtstun. Die Städte waren jetzt weniger übervölkert und das Land frei von Menschen, die es verwüsteten. Einen Großteil unserer Population zog es aus nördlichen Regionen in südlichere Gefilde, wo wir schließlich im üppig grünen Weinland Frankreich einen Neuanfang wagten.

Im Jahr 1250 n. Chr. stürzte Silos Devoncroix von Gallien mit Glück und Geschick Leo Antonow von Sibirien und übernahm die Herrschaft über das Rudel. Dieses Ereignis markierte für unser Volk den Beginn eines neuen, expansiven Zeitalters, während sich für die Menschen nicht so viel veränderte. Wir bauten prächtige Schlösser und Villen, bepflanzten hunderttausend Morgen Land mit Wein und besannen uns nach und nach wieder auf unsere großen Kunstschätze, Lieder und Gedanken. Um uns herum starben die Menschen auch weiterhin an mangelnder Hygiene, Krankheiten und Unwissen; wir ignorierten sie einfach, solange ihre Leichen nicht zu lange auf den Straßen lagen.

Fast zwei Jahrhunderte lang machten wir so weiter und förderten ausschließlich unser eigenes Wohlergehen, während wir die Menschen mieden, wo immer es ging, sie verachteten – und uns ihrer entledigten, wenn sie uns Schwierigkeiten bereiteten. Eines Tages übernahm eine junge Königin namens Eudora das Rudel.

Der Legende nach kam die Kutsche der Königin in einem fürchterlichen Sturm nachts von der Straße ab und fuhr in einen Graben. Ein Rad war gebrochen; deshalb ließ sich die Königin überreden, in einer nahen Kirche vor Wind und Wetter Schutz zu suchen, während sich ihre Diener um die Reparatur kümmerten. Zufällig ergab es sich, dass der Priester jener Kirche ein Gespräch mit ihr begann und sie sehr erstaunt war über seine Bildung, während er zweifellos ihrem Charme erlag.

Nun war es zu jener Zeit Sitte, dass kein Werwolf eine körperlich schwere Arbeit leisten sollte, wenn dafür auch ein Mensch zur Verfügung stand; und da die Menschen ohnehin gewohnt waren, den Reichen und Mächtigen zu dienen, hatte kaum jemand etwas dagegen einzuwenden. Als die Leibwächter der Königin den Menschen im Gespräch mit ihr vorfanden, befahlen sie ihm, auf der Stelle mitzukommen und die

Kutsche aus dem Graben zu ziehen. Bereitwillig ging er mit, um zu tun, was sie ihn geheißen hatten.

Aber die Kraft des Menschen war dieser Aufgabe nicht gewachsen. Er rutschte im Morast aus, geriet unter das Fahrzeug und erlitt dabei schwere Verletzungen. Der Königin tat er so Leid, dass sie darauf bestand, ihn mit in ihren Palast zu nehmen, wo er von den Heilkünsten ihrer Ärzte profitieren sollte.

Was sich in den nächsten Monaten zwischen beiden abspielte, ist nur schwer in allen Einzelheiten nachzuvollziehen, und die Meinungen zu diesem Thema gehen weit auseinander. Sicher scheint jedenfalls, dass zum ersten Mal seit über tausend Jahren Werwölfe und Menschen einander wieder besser verstehen lernten. Die Menschen waren keine Tiere, Werwölfe keine Ungeheuer, und man kann nur ahnen, welches Erstaunen diese Erkenntnis auf beiden Seiten ausgelöst haben mag.

Aber Kulturen ändern sich nicht über Nacht, Vorurteile lösen sich nicht einfach auf Kommando in Luft auf – wer immer das Gegenteil behauptet, der lügt. Der Menschenpriester und die Werwolfkönigin kämpften innerlich mit ihrem neuen Wissen über den anderen und bauten es einigermaßen misstrauisch aus, weil sie nicht recht wussten, wie oder ob überhaupt sie dieses Wissen in Taten umsetzen konnten. Die Königin wagte es nicht, vor ihrem Hofstaat offen einzugestehen, dass dieser Mensch für sie mehr war als nur ein Arbeitstier, das sie gesund gepflegt hatte; sie konnte es sich wohl schwer leisten, zu ihrer Überzeugung zu stehen, dass möglicherweise Menschen auch empfindende Wesen waren. Und wem hätte der junge Priester schon seine Geheimnisse anvertrauen können? Allenfalls seinen Tagebüchern und seinem Gott.

Jahrelang trafen sie sich heimlich, der Mensch und die Königin, lernten voneinander, wuchsen miteinander, warfen den

Aberglauben und die Gruselmärchen über Bord, die im Lauf der Zeit die Trennung zwischen beiden Arten zementiert hatten. Nach und nach kam es im Umfeld des Palais zu kaum wahrnehmbaren Veränderungen. Statt die Hütten von Bauern, die mit jener ansteckenden Krankheit geschlagen waren, einfach niederzubrennen, wie es zuvor üblich gewesen war, schickte die Königin Elixiere, um sie zu heilen. Und statt ihre menschlichen Arbeitskräfte, wie es Brauch war, für Speisereste und Wasser fast zu Tode zu schinden, bezahlte sie sie fortan für ihre Mühen mit Geld. So kam es, dass sowohl ihre Weinberge als auch das Dorf bald eine wahre Blütezeit erlebten.

Doch eines wollte und konnte sie nicht tun – nämlich sich offen zu ihrer Freundschaft mit diesem Menschen zu bekennen.

Aber das Unvermeidliche geschah. Nachdem sie jahrelang miteinander geredet und gelernt hatten, einander zu verstehen, sich aufeinander zu verlassen und einander zu lieben, wie nur wahre Freunde einander lieben können, wurde der Mensch an dem einen Ort entdeckt, an dem kein Mensch je sein durfte: im Schlafzimmer der Königin. Die Leibwächter reagierten prompt und instinktiv. Bevor die Königin ihnen Einhalt gebieten konnte, fielen sie über den Mann her und zerfetzten ihn.

Vielleicht hast du einmal das großartige, von DeFranco gemalte Porträt unserer guten Königin Eudora gesehen, auf dem sie inmitten der sterblichen Überreste ihres ermordeten Menschen kniet; das Blut tropft ihr von den Händen, und den Kopf hat sie in einem Aufschrei der Verzweiflung, des Schuldbewusstseins und der Trauer gen Himmel erhoben. An jenem Tag war weit mehr gestorben als nur ein Mensch, weit mehr verloren als nur ein Leben.

Doch auf den Trümmern dieser Tragödie wurde ein Reich errichtet, das bis zum heutigen Tag Bestand hat – das Blut dieses armen Unglücklichen ist der Mörtel, der sein Fundament zusammenhält. Die große Königin Eudora stand von seinem Leichnam auf, reckte die blutigen Fäuste hoch und leistete einen Schwur, der unsere Welt und die seine für immer verändern sollte.

Ihr Versprechen besitzt bis zum heutigen Tag Gültigkeit.

XXXI

Frag deine Eltern, hatte Freda gesagt. Papa war gerade in Paris. Ich hätte am Morgen den Kanal überqueren und innerhalb von zwei Tagen wieder in London sein können, wenn ich die Strecken über Land in Wolfsgestalt zurückgelegt hätte. Aber zwei Tage waren wie eine Ewigkeit, während mir die Wahrheit ein Loch ins Herz brannte, die Hoffnung in meiner Brust pochte und meine Seele erzittern ließ. Hoffnung, Reue, Verzweiflung, Verlangen und tiefe Freude – wie konnte ich zwei Tage warten, während Brianna sich keine zwanzig Minuten von mir entfernt befand?

Außerdem bin ich mir nicht sicher, ob durch Warten das Schicksal einen anderen Verlauf genommen hätte. Ich glaube nicht, dass in jener Situation irgendetwas den Lauf der Dinge hätte ändern können.

Ich zog meine menschlichen Kleider, Hose und Hemd, an und machte mich mit zerzaustem Haar barfuß auf den Weg zu Briannas Aufenthaltsort. Versteh mich bitte. Ich tat es um ihretwillen, aus Liebe zu ihr.

Die Straße war leer und still, die Fenster ihres Hauses dunkel. Ich sprang über die Gartenmauer und ging dann zu einem Nebeneingang, um das Personal nicht zu stören. Das Schloss verwirrte mich einen Moment lang, denn ich hatte noch nie erlebt, dass ein Werwolf seine Türen absperrte, und deshalb nicht damit gerechnet; aber dann knackte ich das lächerliche Ding einfach mit bloßen Händen und trat ein.

In der dunklen Bibliothek, in der ich mich wiederfand, war an jenem Abend kein Feuer angezündet worden; ich stieß weiße Atemwölkchen aus, während ich mich umsah. Hier roch es nach Brianna, auch wenn es zugleich nach Menschen roch. Dies war ihre Welt, und ich genoss sie sogar.

Aber schon nach dem ersten Atemzug wusste ich, dass sie zwar hier war – jedoch nicht allein. Wut und Ekel trieben mich durch den Korridor. Ich hetzte die Treppe empor, suchte ihr Schlafzimmer und riss die Tür auf.

Briannas Bett – ein elegantes Stück mit gefederten Matratzen und spitzenbesetzten Bezügen – stand neben dem Fenster, dessen Vorhänge nicht zugezogen waren; und obwohl der Raum nach normalen Maßstäben völlig dunkel war, fiel durch das Fenster genug Licht, dass ich alles sehen konnte. Der nackte Mensch lag auf dem Bett, während Brianna rittlings über ihm kniete. Mit den Händen hielt er ihre Hüften, und sie bog den Rücken durch, um es ihm und sich selber noch angenehmer zu machen. Er war so erregt, dass er mich gar nicht bemerkte, als ich mit verschränkten Armen stirnrunzelnd durch die Tür trat. Aber Brianna wusste sofort, dass ich da war, und zog nun offensichtlich eine kleine Show ab, um mich in Rage zu bringen.

Ihre hübschen Brüste standen nach oben, ihr Rumpf wirkte lang und glatt, ihre roten Locken fielen ihr über die Schultern und klebten von der Nässe seiner Küsse an einigen Stellen fest. Sie hob ihr Haar mit beiden Händen an, wobei sie ihre Figur ideal in Szene setzte. Die Locken ergossen sich wie Lianen in einem sanften Herbstwind über ihren Leib. Die Hände des Menschen glitten, gefolgt von ihren eigenen Fingern, über ihre Brüste und dann über ihren Bauch nach unten; ihr Haar fiel nach vorn, als sie sich über ihn beugte, ihre Zunge schnellte vor und zurück und kreiste über seinem Gesicht und seinem Nacken, während ihr Becken rhythmisch gegen das seine stieß und sie mir durch den Schleier ihrer Mähne ebenso triumphierende wie herausfordernde Blicke zuwarf.

So war das eben; während ich die Wildheit in mir dadurch befriedigte, dass ich durch den Schnee rannte und mich an einem frisch erlegten Beutetier gütlich tat, erniedrigte sie sich derweilen mit einem Menschen. Das konnte ich ja irgendwie verstehen, aber akzeptabler wurde ihr Verhalten dadurch nicht.

Ich ließ die Tür hinter mir ins Schloss fallen, ging auf das Bett zu, packte sie am Arm und zog sie hoch. Der Geruch von menschlichem Sex und Briannas eigener überwältigender Moschusduft schlugen mir entgegen, aber da war zu viel Mensch dabei und zu wenig von Brianna.

Trotz meiner Wut und Erbitterung konnte das alles kaum die Freude mindern, die ich in ihrer Gegenwart empfand, und schon gar nicht meine Begeisterung über die jüngste Entdeckung, die ich mit ihr teilen wollte. Nur deshalb war ich überhaupt in der Lage, die ganze Situation mit solcher Zurückhaltung zu bewältigen.

»Ziehen Sie sich an«, befahl ich dem völlig perplexen Mann, den sie mir zuvor als Walter vorgestellt hatte. Mein Ton war vielleicht ein wenig barsch, ansonsten aber durchaus höflich. »Und dann verlassen Sie bitte dieses Haus, denn ich muss mit Brianna unter vier Augen sprechen.« Ich warf Brianna einen Blick zu und rümpfte die Nase. »Aber erst«, fügte ich hinzu, »nachdem du gebadet hast.«

Empört entwand Brianna sich meinem Griff, und der Mensch namens Walter wühlte unter der Bettdecke nach seiner Hose; dabei sorgte er sich, wie Menschenmänner dies in solchen Momenten zu tun pflegen, in erster Linie darum, seine Scham zu bedecken. Brianna warf den Kopf zurück und starrte mich feindselig an. »Was willst du hier, Matise?«

»Zumindest will ich dich davor bewahren, dich noch weiter zu erniedrigen«, antwortete ich mit einer wütenden Geste in Richtung Mensch und Bett. »Bist du dafür geboren? Hast du denn gar keinen Stolz?«

»Meine Begleiter suche ich mir ohne deine gütige Hilfe aus, Matise Devoncroix, wie schon immerhin seit einigen Jahren! Wie kannst du es wagen, so mit mir zu reden! Wie kannst du es wagen, in mein Haus einzubrechen ...«

Ich lachte kurz und trocken auf. »Das ›Einbrechen‹ hätte ich mir sparen können, wenn du deine Türen nicht mit Schlössern sichern würdest. Was ist nur aus dir geworden, Brianna? Versteckst dich hinter Schlössern, hast Sex mit ...« – ich deutete verächtlich zum Bett – »... derartigen Kreaturen – wo bleibt nur deine Würde?«

Ihre Augen glitzerten gefährlich in der Dunkelheit, und sie näherte sich meinem Mund. »Und du«, sagte sie leise, »hast Blutgeruch in deinem Atem!«

Der Gestank und der Lärm, die von dem mit seinen Kleidern kämpfenden Menschen ausgingen, beeinträchtigten meine Konzentration, außerdem verlor ich allmählich die Geduld mit Briannas Schauspielerei. Als sie sich aus dem Wirrwarr von Kleidern auf dem Boden ein hauchdünnes pinkfarbenes Negligé griff und hineinschlüpfte, trat ich auf sie zu und hob sie hoch. Sie kreischte und wand sich, aber ich ließ sie nicht los. »Halt still«, befahl ich ihr, trat mit einem einzigen kräftigen Tritt die geschlossene Tür ein und trug Brianna hinaus. Was das auf den Menschen für einen Eindruck machte, scherte mich wenig. Ich dachte überhaupt nicht an ihn.

Eilig trug ich sie in die kalte, dunkle Bibliothek, von der aus ich dieses Haus betreten hatte; hier kannte ich mich bereits aus und sie lag weit weg vom Menschen. Ich setzte sie auf den Boden, und sie stieß sich mit dunklen, funkelnden Augen von mir ab. »Du bist ein brutaler Kerl«, schimpfte sie.

Als ich ihr die Hände aufs Gesicht legte, wickelte sich ihr Haar erneut um meine Finger, ihr Atem traf auf meine Haut, und ihre Wärme sickerte erneut in mein Blut; mein Luftholen beschleunigte sich, mein Herz schien zerspringen zu wollen, und einen Moment lang brachte ich kein Wort heraus. Ich starrte sie einfach nur an, voller Staunen über die Möglichkeiten, die mir durch den Kopf schwirrten.

Und sie muss es gespürt haben, muss gewusst haben, dass etwas Ungewöhnliches bevorstand, oder vielleicht übte ich auf sie eine ähnliche Wirkung aus wie sie auf mich. Sie tadelte mich nicht noch einmal, und ich spürte, wie mein Herz stärker und langsamer schlug. Langsam atmete sie ein und hielt die Luft an. Sie wartete.

»Oh, Brianna, wir sind einem schrecklichen Irrtum erlegen«, murmelte ich schließlich.

Dann küsste ich sie, sie schob ihre Finger in mein Haar und klammerte sich an mich – wir waren wie Ertrinkende, die nach dem Rettungsanker griffen; wir füllten einander mit Leben spendender Kraft, nahmen sie begierig auf, diese Küsse, Berührungen und diese Vermischung von Gerüchen, Geschmäckern und donnernden Herzschlägen. Plötzlich entwand sie sich entschlossen meiner Umarmung und sagte in einem rauen, atemlosen Strom von Worten, die einander fast zu überschlagen schienen: »Nein, tu das nicht, Matise, es war kein Irrtum, das weißt du ganz genau – oh, bitte, brich mir nicht noch einmal das Herz, Matise, bitte nicht!«

»Ach, meine Liebste, mein süßes Mädchen!« Ich küsste sie auf die Kehle und die Brüste, und sie zitterte so sehr, dass ich ganz schwach wurde. Auf die Knie gesunken, legte ich den Kopf gegen ihren Bauch, den kräftigen Geruch ihres Geschlechts in der Nase, wenngleich vermischt mit dem des Menschen; obwohl Letzterer jede Zelle ihrer Haut und ihres Haars durchdrang, störte mich das jetzt wenig, weil der Duft Briannas dafür umso süßer hervortrat. »Ich bin zu dir zurückgekommen«, flüsterte ich. »Da bin ich wieder.«

Natürlich gab ich mir alle Mühe und spürte den Erfolg an

der Hitze ihrer Haut, ihrer plötzlichen Nachgiebigkeit und ihrem Glühen; ich hörte es im Rauschen ihres Blutes, im Stottern ihres Atems, im feinen, hohen Singen ihrer zitternden Muskeln – roch und schmeckte es. Obwohl sie mit leiser, zittriger Stimme sagte: »Dafür werde ich dich für immer hassen!«, glaubte ich ihr nicht, denn jeder einzelne Teil von ihr mit Ausnahme ihrer Lippen sprach von inniger Liebe und starkem Verlangen, was mich mit tiefer Genugtuung erfüllte.

Zärtlich sah ich zu ihr auf: »Überleg doch mal, stell es dir einfach einen Moment lang vor – wenn ich nicht dein Bruder wäre, würdest du mich dann hassen? Oder würdest du mich lieben mit jedem Schlag deines Herzens, unter meiner Berührung dahinschmelzen, dich nach meinen Küssen sehnen und mich als Liebhaber begehren? Wäre das nicht so, Brianna?«

»Du bist ein gemeiner Sadist!« Sie riss sich von mir los, und die Qual stand ihr ins Gesicht geschrieben. »Bist du deshalb heute Nacht hierher gekommen? Um mich zu verspotten? Um mich dafür zu bestrafen, dass ich mich mit Menschen vergnüge, und dafür zu sorgen, dass ich keinen Augenblick lang Ruhe vor dir habe? Warum tust du mir das an?«

Wieder aufrecht, versperrte ich ihr den Weg aus dem Raum. Dazu brauchte ich sie gar nicht zu berühren, denn mein fiebriger Blick, mein schneller Atem und mein hämmernder Puls hielten sie gefangen. »Ich bin nicht dein Bruder, Brianna«, eröffnete ich ihr und durchbohrte sie mit meinem Blick. »Du bist nicht meine Schwester.«

In den Schmerz ihrer Augen mischte sich allmählich Verwirrung und Unsicherheit.

Schnell und leise fügte ich hinzu: »Inzwischen habe ich da etwas erfahren – Brianna! Ganz zweifellos bist du ein Findelkind, und meine Eltern sind nicht deine! Als sie nach Alaska fuhren, sah man Mutter nichts von einer Schwangerschaft an. Doch dann gab es dich auf einmal, ohne Zeugen in der Wildnis geboren, und bereits sechs Monate später kam ich zur

Welt … Überleg doch mal, Brianna, denk bitte nach! Dafür gibt es nur eine vernünftige Erklärung.«

Aber noch bevor ich zu Ende geredet hatte, sah ich schon das Erschrecken in ihren Augen. »Jetzt will man mir also nicht nur meine Zugehörigkeit zum Rudel und meine einzige Liebe nehmen«, sagte sie mit blutleeren Lippen, »sondern auch noch meine Eltern. Wie du meinst, Matise.«

Sie drängte an mir vorbei, aber ich packte sie am Arm.

»*Nein!*«, schrie sie und schleuderte mich mit solcher Wucht von sich, dass ich gegen den Schreibtisch knallte und eine Lampe umstieß. »Nein, das lasse ich nicht mit mir machen, hörst du? Du kannst nicht einfach hier auftauchen, mir deine Märchen erzählen und erwarten, dass alles gut wird, nur weil du das gerne hättest! Ich habe meine Wahl getroffen, Matise, begreifst du das nicht?«

Irgendwie konnte ich es einfach nicht glauben. »Dieser jämmerliche Mensch mit seiner schwachen Leber, seinen knochigen Gliedmaßen und seinem schlaffen Penis – das soll deine Wahl sein?«

»Er liebt mich!«

»Was weiß ein Mensch schon von Liebe! Er kann dich ja nicht einmal *verstehen*! Brianna …« Erneut trat ich auf sie zu, aber diesmal vorsichtiger, denn ihr Herz schlug wie wild, ihre Hände waren zu Fäusten geballt, und ich roch das Salz ihrer Tränen tief in ihrer Kehle. Ich sehnte mich danach, sie in den Armen zu halten, sie an meine Brust zu ziehen und dafür zu sorgen, dass all ihr Schmerz für immer von ihr abfiel. Als ich indessen meine Hand hob, wagte ich lediglich, ganz sanft ihr Haar zu streicheln.

Mir steckte ein Kloß im Hals, und meine Stimme war heiser, als ich fortfuhr. »Brianna! Vor langer Zeit habe ich dir versprochen, wir würden für immer zusammenbleiben. Tut mir Leid, dass ich dieses Versprechen gründlich gebrochen habe, aber … ich kann dich einfach nicht entbehren. Wir spüren ihn seit unserer Kindheit, diesen Zauber zwischen uns, dieses Bedürfnis, zusammen zu sein – und jetzt ist es endlich möglich, begreifst du das nicht? Quäle mich, wenn du willst, bestrafe mich und lass mich leiden, ich verdiene das alles und noch viel mehr – aber Brianna, nimm uns nicht das, wozu wir bestimmt sind! Wenn wir keine leiblichen Geschwister sind, dann brauchen wir uns unserer Gefühle füreinander nicht zu schämen. Ab jetzt dürfen wir uns lieben! Ist das nicht ein Grund zum Feiern?«

Sie hob die Hände, legte sie sanft auf die meinen und nahm sie aus ihrem Haar, ließ sie aber nicht los. Gehorsam verharrten meine Hände unter ihrer Berührung, und sie sah mich feierlich an. »Ich habe mich nie meiner Gefühle für dich geschämt, Matise«, entgegnete sie. »Verstehst du denn nicht? Für dich hat sich alles geändert, für mich dagegen gar nichts. Du bist immer noch ein Werwolf, und ich bin immer noch anthropomorph. Wir können nie Gefährten werden. Es gibt kein gemeinsames Leben für uns.«

Doch das wollte ich nicht wahrhaben. So nah an der Erfüllung meiner Träume zuzulassen, dass sie mir wieder entglitt … nein! Das kam keinesfalls in Frage!

»Wir fahren jetzt nach Dover«, bestimmte ich. »Bis zum Nachmittag können wir bereits in Paris sein und unterhalten uns mit Papa. Wenn du es aus seinem eigenen Mund hörst, Bri, wirst du es selbst glauben, und er kann uns helfen. Aber wenn du mit diesem Menschen zusammenbleibst, diesen Witz von einer Heirat durchziehst und alle Welt es erfährt, wird das Rudel dir endgültig den Rücken zukehren und uns keinerlei Unterstützung mehr gewähren.«

Sie zog ihre Hände zurück, aus ihren Augen sprach die pure Verzweiflung. Wortlos versuchte sie, sich an mir vorbeizuzwängen.

Ich zog sie an mich. »Oh, nein, du wirst nicht weglaufen.«

»Lass mich los!« Zornsprühend entwand sie sich meinem

Griff. »Ich hab dich nicht hergebeten, Matise, um nichts hab ich dich gebeten! Du weißt ganz genau, dass ich nicht freiwillig weggegangen bin! Ich wurde weggejagt! Und ich kann nicht zurück, weil es für mich keine Zuflucht gibt! Dies hier ist alles, was ich noch habe, verstehst du das nicht? Warum musst du mich so quälen?«

Ich hörte ein Geräusch hinter mir – ein so wenig vertrautes Geräusch, dass ich es zuerst nicht erkannte und mich nicht einmal nach ihm umdrehte. Nun zischte der Mann namens Walter: »Lass sie los!«

Es war die absolute Kälte in seiner Stimme, die mich veranlasste, einen Blick in seine Richtung zu werfen. Er stand in der Tür und wirkte auf eine seltsame Weise entspannt. Unverwandt starrte er mich an und hielt einen Revolver auf mich gerichtet.

Ich blickte von ihm zu Brianna, Ungläubigkeit und Verärgerung ließen meinen Ton schärfer werden. »So etwas ziehst du mir also vor? Einen Menschen mit einer *Schusswaffe?*«

Einen schrecklichen Augenblick lang durchbohrte mich ihr Blick, dann riss sie sich von mir los. Es ging alles so schnell, wie immer mit Menschen und ihren Schusswaffen: so schnell, sinnlos und schwer vorhersehbar wie hinterher nachvollziehbar. Brianna ging auf Walter zu, wohl, um ihm den Revolver zu entreißen. Fast gleichzeitig sprang ich aus einem wütenden Impuls heraus auf Brianna zu, einfach um zu verhindern, dass sie dieser Kreatur nahe kam.

Der Schuss hallte in meinen Ohren wider, und die Wirkung der Kugel brachte mich zum Taumeln, aber erst einen Moment später, als ich den heißen Geruch meines eigenen Blutes roch, nach unten blickte und, ziemlich überrascht, auf dem weißen Leinen meiner Jacke einen schnell größer werdenden roten Fleck entdeckte, wurde mir klar, dass ich getroffen war. Brianna schrie auf, entwand dem Menschen den Revolver und schleuderte ihn beiseite; sie wollte zu mir eilen, aber er hielt sie zurück. Das ist alles, woran ich mich erinnere – gleichzeitig breitete sich der brennende Schmerz von meiner Schulter über den Arm bis in die Finger aus, erfasste meine Wirbelsäule und setzte schließlich mein Gehirn in Brand. Ich riss mir die Kleider vom Leib, warf den Kopf zurück und ließ zu, dass die Leidenschaft mich übermannte.

Als ich wieder zu mir kam, hatte mich mein Instinkt fest im Griff; denn obwohl die Wunde nicht lebensbedrohend war, hatte ich große Schmerzen, die meine Sinne verwirrten. Der Raum, die Nacht, die Gerüche – nichts schien mir vertraut. In der Luft hingen noch die heißen Spuren von Kordit, dessen Geruch mich an Entsetzen und Hass erinnerte. Nur Brianna, nur Briannas Duft, ergab für mich einen Sinn. Als ich mich taumelnd nach ihr umsah, hörte ich Kampfgeräusche und ihren Ruf: »Walter, nein!«, der Geruch menschlicher Angst und tödlicher Absicht stieg auf, und ich sah, wie Brianna seine Arme festhielt, damit er nicht an den Revolver kam, den sie weggeschleudert hatte.

Ich konnte mich einfach nicht zurückhalten, sprang auf ihn zu. In mir brannte der Schmerz, und der Raum stank nach Schusswaffen und Gefahr, ich sah Brianna kämpfen und roch Furcht und Zorn – ein Instinkt, der stärker war als jede Vernunft, trieb mich dazu, sie zu beschützen. Wie sollte ich in dem Zustand, in dem ich mich befand, auch wissen, dass der Mensch sie lediglich vor *mir* beschützen wollte?

Dies hier ist jedenfalls die volle Wahrheit, die ich in einem festen, geheimen Knoten aus Scham in meinem tiefsten Innern für den Rest meines Lebens eingeschlossen habe. Ich sprang den Menschen an, warf ihn zu Boden, grub meine Klauen in sein Fleisch, meine Zähne in seine Kehle und schmeckte sein Blut, das heiß und dick in meinen Mund quoll, was ich zugegebenermaßen genoss. Ich spürte seinen Widerstand, sein sinnloses Kratzen und Treten, und empfand eine tiefe Befriedigung, oh, ja, eine fast orgastische Befriedigung, als ich merkte, dass dieser Widerstand nachließ und schließlich ganz verebbte.

Denn das stimmt, mein Freund, absolut und unbestreitbar: Menschenblut schmeckt verdammt gut, und das Fieber des Tötens ist reine Ekstase.

Aber dann spürte ich noch etwas anderes. Durch einen fernen, verschwommenen Nebel hindurch vernahm ich eine Stimme, die mir vertraut vorkam, spürte Finger, die sich in mein Fell bohrten, und in meinen Ohren bildeten sich wilde, abgerissene Worte: »Matise, nicht; bitte hör auf, du bringst ihn noch um, *du bringst ihn um!*«

Es war Brianna. Brianna, die sich auf mich geworfen hatte, an mir zerrte und versuchte, das Leben ihres Menschen zu retten ... sowie das meinige.

Ich lockerte meine Kiefermuskeln und zog meine Zähne aus saftigem Fleisch. Geradezu krampfartig zitternd, bebend bis in die Wurzeln meines Seins, wich ich zurück.

Als ich allmählich wieder klarer sah, erkannte ich die blutbefleckte Brianna, wie sie, fürchterlich schluchzend, neben ihrem Menschen auf dem Boden kniete und versuchte, mit dem hauchdünnen Stoff ihres Negligés die Blutung aus einer der zahlreichen Wunden in diesem armen, geschundenen Körper zu stoppen. »Er lebt«, hörte ich sie flüstern. »Ja, du lebst, Walter, gut so, du lebst ...«

Alles drehte sich vor meinen Augen; ich war noch immer benommen, trunken vom Kampf und geschwächt von dem Blutverlust aus meiner eigenen Wunde. Alles schien mir wie ein Traum. Nein, eher wie ein Albtraum – die Art Albtraum, aus dem man nie erwacht.

Und dann schaute sie mich mit angstverzerrten Zügen an, streckte ihre nassen roten Hände aus. Über dem zerfetzten Körper ihres menschlichen Liebhabers kniend, flehte sie: »Hilf mir, Matise, so hilf mir doch ...«

Ich hörte das Herz des Menschen schlagen und seine

schwache, abgehackte Atmung; das Flehen meiner Liebsten drang in mein Ohr, und ich roch die Verzweiflung an ihr – wie edel würde es doch klingen, könnte ich hinzufügen, dass in diesem Augenblick mein Verstand zurückkehrte und mich Entsetzen überkam angesichts dessen, was ich da angerichtet hatte. Ich zitterte, ja, aber vor einem beinahe unüberwindlichen Verlangen: Jeder Muskel meines Körpers, jede Zelle und Faser in mir sehnte sich danach, den Menschen erneut anzuspringen, seinen Hals zwischen meine Kiefer zu nehmen und zu spüren, wie es knackte.

In mir steckte in diesem Augenblick kein edles, von Verstand beherrschtes Wesen, sondern ein gnadenloser Killer.

Während ich mich zusammenkauerte, spürte ich das Knurren in meiner Kehle. Meine Muskeln spannten sich an, und nichts hätte mich aufhalten, nichts hätte mich hindern können. Aber Brianna roch, was ich vorhatte. Ich sah es in ihren Augen aufflammen in jenem Sekundenbruchteil, bevor ich zum Sprung ansetzte, um meiner Beute den Rest zu geben – Entsetzen und Angst. Meine Brianna hatte Angst vor mir!

Sie warf sich über ihren Liebhaber, um ihn vor mir zu beschützen, aber das war nicht mehr nötig. Mit pochendem Herzen und trockenem Maul zog ich mich zurück – so schockiert, dass meine Rückverwandlung in die menschliche Gestalt fast unwillkürlich vonstatten ging.

Nach Luft ringend und schwach sank ich auf die Knie, doch sobald meine Stimme wiederkehrte, brachte ich heraus: »Freda – ruf sie an. Sie kennt sich aus mit der menschlichen Physiologie. Und hilft ihm sicher. Beeil dich!«

Brianna stand auf und rannte ans Telefon. Unterdessen ging ich zum Menschen hinüber und tat mein Bestes, die Blutungen zum Stillstand zu bringen; dann hob ich ihn hoch und trug ihn nach oben.

XXXII

Wenn ich diese letzten Sätze noch einmal lese, frage ich mich nach wie vor, warum ich sie eigentlich geschrieben habe. Versuche ich etwa, mich selbst in ein heroisches Licht zu rücken oder dich von meiner eingeschränkten Schuldfähigkeit zu überzeugen? Das hoffe ich nicht. Denn wenn ich jetzt in der Lage wäre, es so darzustellen, würde alles, was ich durchlitten habe, umsonst gewesen sein.

Aus diesem Grund bemühe ich mich, den Rest dieser Episode auf so sachliche Weise zu berichten, wie es mir möglich ist. Es gereicht mir nicht gerade zur Ehre, dass ich nach dem großen Aufwand an Energie, den mich meine Verwundung und die beiden kurz aufeinander folgenden Verwandlungen kosteten, den Menschen einfach aufs Bett legte und seinem Schicksal überließ – während ich in die Küche taumelte und alles in mich hineinfraß, was ich finden konnte. Ich stürmte in die Speisekammer und stieß die Zähne in ein Stück Speck, ohne es aus dem Baumwollbeutel zu nehmen, in dem es aufgehängt war; mit bloßen Fingern brach ich riesige Stücke aus einem Rad Käse und verschlang zwei Laib Brot mit einer Pastete, ohne etwas zu schmecken. Aus dem Kühlschrank holte ich eine volle Flasche Milch und trank sie in einem Zug leer, leckte die Butterschale aus, aß dann auch noch die Überreste des Abendessens vom Vortag sowie ein halbes Dutzend rohe Eier. Als mein Kopf wieder so weit klar war, dass ich meine Umgebung wahrnahm, war Freda bereits im Haus.

Ich zog mich an, nur mein Hemd war irreparabel zerrissen. Stattdessen nahm ich das Hemd des Menschen und bemerkte dabei kaum seinen Geruch; denn der Geschmack von Angst in meiner Kehle überlagerte ihn und drängte selbst meinen Hunger in den Hintergrund; so verließ ich den gastlichen Raum.

Brianna hatte sich gewaschen, frische Kleidung besorgt und ihr Haar zurückgebunden. Doch unter den Fingernägeln war Blut. Ich erinnere mich noch an seinen Geruch, vermischt mit dem sauberen, seidigen Duft ihrer Kleider und der kalten, angstvollen Ausdünstung ihrer Haut. Sie sah mich an, als ich die mit Teppich belegte Treppe heraufkam und den kleinen Korridor betrat, wo sie vor dem Schlafzimmer saß. Es gibt eine besondere Art der Kommunikation, die wir eigentlich nur in Wolfsgestalt verwenden; doch unsere Blicke trafen sich, und alles, was gesagt werden musste, lag darin. Jegliche Worte erübrigten sich.

Neben ihr, auf der kleinen, mit Seide bezogenen Couch, nahm ich Platz, vor dem Schlafzimmer, wo der Mensch aus Wunden blutete, die ich ihm zugefügt hatte. Beide lauschten wir den Geräuschen, die Freda hinter der geschlossenen Tür produzierte, aber keiner von uns schlug vor hineinzugehen. Wir horchten auf den Schlag des menschlichen Herzens, den unregelmäßigen Rhythmus seiner Atmung, das Klicken gebrochener Knochen, die wieder gerichtet wurden.

Und dann, ohne jede Vorwarnung, bemerkten wir, dass das Herz des Menschen aufhörte zu schlagen.

Mir fehlen die Worte, diesen Moment zu beschreiben. Und ich würde mein Leben darum geben, dass du nie in eine solche Lage gerätst.

Es war, als hätte jedes Leben – nicht nur das des Menschen – im Augenblick seines Todes geendet; als wären jedes einzelne Molekül, jedes Atom und jeder Gedanke an eine lebendige Zelle für einen Moment intensiven Seins blitzartig eingefroren, schwebend auf der Schwelle ewiger Erhabenheit … aber dennoch zu Ende, reglos und tot.

Unten schlug eine Uhr – ein einziger lauter Hall. Brianna atmete einmal durch und schwieg. Das Muster der Tapete trat plötzlich in allen Einzelheiten hervor; die Holzmaserung des Fußbodens enthüllte die Spuren von hunderttausend Schritten, und der Bezug, auf dem wir saßen, gab noch das kleinste Detail preis, als werfe das Lebensblut derer, die ihn gewirkt hatten, auf einmal ein übernatürliches Licht auf ihr Werk – strahlend hell, aber erstarrt.

Der Geruch von Brianna, süß und rein, und das Blut unter ihren Fingernägeln. Der Geruch von Tod, Medikamenten, menschlichem Blut. Der kalte, abgestandene Geruch meines eigenen Schweißes. Jedes einzelne Geruchsfragment pulsierte, als sei es von Leben erfüllt, war aber ebenfalls eingefroren in der Zeit. Und inmitten dieses Pesthauchs lebloser Intensität trieb ich desorientiert, eisig und ohnmächtig dahin. Das ist Tod. An dem ich schuld war.

Die Tür ging auf und leise wieder zu. Freda hatte Blut an den Händen und Leichengeruch auf der Haut. Ihre Augen wirkten ruhig, ihr Tonfall gefasst. Sie schaute Brianna an.

»Sein Rückgrat war zerquetscht, Bri«, sagte sie sanft. »Er war wirklich nicht mehr zu retten. Wir müssen jetzt wohl die Behörden der Menschen einschalten, damit sie den Totenschein ausstellen.«

Dann wanderte ihr Blick zu mir. »Du solltest besser gehen, Matise. Es wird eine Untersuchung geben. Eine Schusswaffe ist abgefeuert worden, und die Polizei wird ins Haus kommen. Wir können ihnen ja eine Geschichte von einem Einbrecher auftischen – aber die würde glaubwürdiger klingen, wenn du nicht dabei wärst.«

Wie ruhig und vernünftig sie doch war, und wie vollkommen sie sich unter Kontrolle hatte.

Brianna erhob sich. Sie ging zur Tür, hinter der der Tote lag, und drehte sich dann zu mir um. »Du hast mich gefragt, ob er wüsste, was ich bin«, sagte sie. In ihrem Blick lag der große, blanke Himmel der Leere, des unbeschreiblichen Leids ... sowie das ganze Leben, das sie hätte haben können und das ihr jetzt für immer versagt bleiben sollte. »Er wusste es. Auf seine Weise.« Dann lächelte sie ein sehr schwaches und sehr trauriges Lächeln, das ich bis an mein Lebensende nicht vergessen werde. »Und er hat mich trotzdem geliebt.«

Daraufhin verschwand sie in dem Raum mit dem toten Menschen und schloss die Tür.

Wie ich aus dem Haus gelangt bin, weiß ich nicht mehr. Irgendwann fand ich mich in Kälte und Nebel wieder – zu schwach, um mich zu verwandeln, aber doch für immer ein anderer. Ich lief und lief und lief bis ans Ende der Welt.

TEIL DREI

Ich schwöre feierlich
bei allem, was mir heilig ist,
beim Blut meines Vaters
und den Knochen meiner Mutter,
dass ich von diesem Tage an
allen Lebewesen mit Achtung begegnen werde;
dass ich meine ganze Kraft
zur Verteidigung der Schwachen und zur Mäßigung
der Starken einsetzen,
zur Speisung meines Geistes jagen
und allein zur Speisung meines Körpers töten werde;
dass vor allen Dingen kein Mensch
jemals mehr von meiner Hand zu Schaden kommen wird,
außer, um Schaden von mir selbst abzuwenden;
dass ich auch nicht einen Tropfen
menschlichen Blutes vergießen werde,
denn der Mensch ist mein Bruder
und sein Leben mein eigenes.
Dies schwöre ich freudig und aus freien Stücken
bei meiner glorreichen Natur,
bei Todesstrafe und der Scham hinsichtlich meinesgleichen.

Eudoras Schwur, um 1400

13

Die Wildnis
16:16 Uhr Alaska-Zeit
25. November

Das alles habe ich nur um ihretwillen getan, hatte Matise Devoncroix gesagt. *Alles nur aus Liebe zu ihr ...*

Und ich tue das alles nur für das Rudel!, hatte Nicholas seinem Vater ins Gesicht geschrien. *Alles nur um des Rudels willen ...*

Jetzt gingen ihm die Bilder nicht mehr aus dem Kopf. Die gute Königin Eudora, das schmerzverzerrte Gesicht zum Himmel gewandt, die Hände mit Menschenblut bedeckt. Brianna, in einer Blutlache ihres menschlichen Liebhabers kniend. *Ach, Vater,* dachte er verzweifelt, *ist es das, was du mir damit sagen wolltest? Wolltest du deswegen, dass ich das Buch lese?* Wenn selbst ein so charakterstarker Werwolf wie Matise Devoncroix sich von seinen Leidenschaften überwältigen und durch den Geschmack von Menschenfleisch wieder zum wilden Tier machen ließ – welche Chance gab es dann für den gewöhnlichen Werwolf, dem Ruf seiner wilden Natur zu widerstehen? Genau das hatte seine Mutter ihm zu vermitteln versucht, aber er hatte nicht auf sie hören wollen, nicht auf sie hören können; ein Schwur war gebrochen, Leben vernichtet worden. Wie viele Leben würden noch daran glauben müssen?

Aber hatte er überhaupt eine Wahl gehabt? Und hatte er jetzt eine?

Er schaute zur Menschenfrau und dann zum Sender, der auf dem Tisch lag und ununterbrochen seinen Hilferuf aussandte. Vielleicht würde das Signal Garret noch rechtzeitig erreichen, vielleicht erreichte es aber auch seine Feinde. Oder es spielte am Ende gar keine Rolle mehr; unter Umständen konnte er ohnehin nichts mehr tun, das Rudel zu retten. Die Ironie an der ganzen Geschichte war, dass das Rudel für den Fall seines Überlebens seine Zukunft dieser Menschenfrau zu verdanken hatte. Überlebte es nicht, konnte Nicholas niemandem außer sich selbst die Schuld zuschieben.

Ich, Nicholas Devoncroix, Rudelführer, verfüge als meine erste Amtshandlung das Wiederinkrafttreten des alten Gesetzes des Getrenntlebens sowie der entsprechenden Strafen, die in den vergangenen rund fünfhundert Jahren so schändlich ausgesetzt worden sind ...

Hannah wandte sich vom Fenster ab und drückte das Buch an ihre Brust. Falten durchzogen ihre Stirn, und sie blickte nachdenklich drein. Danach gefragt, hätte sie nicht beschreiben können, was sie in den vergangenen paar Minuten beim Blick aus dem Fenster gesehen hatte oder ob sie überhaupt etwas gesehen hatte. In Wahrheit hing sie ihren Gedanken nach.

Brianna Cross. Wieso ging sie eigentlich davon aus, dass sie in einem Lexikon bekannter Bühnenkünstler einen Eintrag unter diesem Namen finden würde, sowie das Foto einer attraktiven jungen Frau mit wilden roten Locken? Und der Name Pennington war im britischen Adel auch geläufig. Würde sie bei entsprechenden Erkundigungen womöglich herausfinden, dass er Verletzungen erlegen war, die er beim Kampf mit einem Einbrecher im Haus seiner Geliebten erlitten hatte?

Alles schön und gut, aber schließlich beruhte Fiktion recht häufig auf wahren Begebenheiten. Und um Fiktion handelte es sich hier ... solange sie es nicht vorzog, etwas anderes zu glauben.

Sie legte das Buch beiseite, wickelte sich in den Quilt und ging zum Käfig. Der Wolf regte sich nicht, und in der Dunkelheit konnte man nicht sehen, ob er wach war. Also kniete sie sich neben ihn. Blaue Augen erwiderten ihren Blick – Augen so blau, dass sie eine ganz trockene Kehle bekam.

»Hallo«, murmelte sie. Vom stundenlangen Lesen schmerzte ihr der Hals, und ihre Stimme klang leicht brüchig. »Der Sturm scheint sich gelegt zu haben. Wie geht's dir?«

Auch wenn es bei der dürftigen Beleuchtung nicht mit Sicherheit festzustellen war, schien doch das schrecklich verbrannte Fleisch auf seinem Rücken und seiner Flanke bereits wieder mit daunigem Fell besetzt, und von der klaffenden Wunde an seiner Hüfte war nur noch eine blasse weißliche Linie zu sehen. Sie schluckte.

»Wer bist du?«, flüsterte sie.

Ich werde mein Volk mit neuen Gesetzen und einer neuen Moral ins neue Jahrhundert führen. Wir lassen nicht mehr zu, dass diese menschlichen Parasiten sich von unserer Gutmütigkeit ernähren. Und werden uns nicht mehr von ihrer Primitivität und Niedertracht korrumpieren lassen. Sie sind lediglich dazu da, unseren Reichtum zu mehren und unseren Interessen zu dienen.

Mit kratziger Stimme sagte sie: »Wenn es wahr ist ... wenn du einer von ihnen bist, warum verwandelst du dich dann nicht? Warum willst du es mir nicht beweisen?«

Da stand der Wolf auf, sicher auf allen vier Beinen, die noch vor wenigen Stunden eigentlich ein Haufen Knochensplitter gewesen waren. Ihr Herz pochte wild. Er wirkte noch ein wenig angeschlagen, schien aber von Minute zu Minute kräftiger zu werden. Bald würde er wieder völlig hergestellt sein. Noch ein wenig Ruhe, und er wäre stark genug, sich auf eigene Faust durchzuschlagen. Und seine Pflicht zu erfüllen.

Er schaute sie an. Hannah schluckte noch einmal, während ihre Atmung plötzlich flacher wurde und ihr Puls sich beschleunigte. Sie trat ein Stückchen vom Käfig zurück und befeuchtete ihre trockenen Lippen. Selbst für ein zittriges

Flüstern reichte kaum ihre Luft. »Du musst mir etwas versprechen«, brachte sie mit Mühe heraus. »Ich habe für dich getan, was ich konnte, aber ich bin allein hier und nicht kräftig genug, dich dorthin zurückzubringen, wo ich dich gefunden habe. Du musst mir deshalb versprechen, dass du mir, wenn ich für dich die Käfigtür öffne, nicht wehtust. Sicher glaubst du, du müsstest dir deinen Weg freikämpfen, aber das ist nicht nötig. Du brauchst einfach nur zu gehen. In Ordnung?«

Die Intelligenz, die aus den Augen des Tieres sprach, war jedoch eher beunruhigend; ein Versprechen konnte sie darin nicht erkennen. Im nächsten Augenblick aber drehte er sich im Käfig um, wandte seinen Blick von ihr ab und legte sich wieder hin. Erst dann stieß Hannah ihren lange angehaltenen Atem aus.

»Wie du willst«, flüsterte sie.

Sie schlurfte zum Kamin, stocherte im Feuer und durchquerte den Raum. Dann kochte sie sich eine Tasse Tee, den sie großzügig mit Honig süßte, bevor sie wieder zu ihrem Buch hinüberging.

Von diesem Tag an soll kein Werwolf mehr Umgang mit einem Menschen pflegen. Kein Mensch soll je wieder mit einem Werwolf das Brot brechen oder sein Haus betreten, noch soll ein Werwolf die Schwelle eines Menschenhauses überschreiten, außer in Gesellschaft eines anderen Werwolfs und mit ausdrücklicher Genehmigung seines unmittelbaren Vorgesetzten. Kein Werwolf soll auf sexuelle oder anderweitig intime Weise mit einem Menschen verkehren. Wer diesem von mir eigenhändig unterzeichneten Erlass nicht Folge leistet, wird mit dem Tode bestraft, sei er Werwolf oder Mensch.

Wie in alter Zeit üblich, so schreibe ich es heute mit eigener Hand. Nicholas Devoncroix.

Beim Anblick der Menschenfrau im Schaukelstuhl mit ihren Augen auf den Buchseiten empfand Nicholas ein tiefes, schmerzliches Bedauern ... für sie und auch sich selbst.

Garret, dachte er, *beeil dich. Bitte beeil dich doch!*

Aus den Aufzeichnungen des Matise Devoncroix

XXXIII

Nun folgten Tage und Nächte reiner Verzweiflung, tiefer, finsterer Leere, die meine Seele aufsog wie ein Wirbelwind den Staub. Bis heute kann ich mich nicht vollständig an jene Zeit erinnern, noch wünsche ich mir das.

Kummer und Schock ließen mich für eine mir unbekannte Frist in meiner natürlichen Gestalt verharren. Ich schlich durch die Straßen der Großstadt, ernährte mich von kleineren Nagetieren und Abfällen aus den Mülltonnen der Menschen. In diesem Zustand vermochte ich weder zu denken noch zu fühlen, und am liebsten wäre ich immer so verblieben. Aber ich konnte nicht verhindern, dass mein Gewissen, mein Entsetzen, mein Selbsthass wieder zum Vorschein kamen. Gepeinigt rannte ich vor all dem weg und schließlich nach Dover, wo ich mich heimlich an Bord eines unserer Frachtschiffe nach Calais begab. Nicht dass ich in diesem Stadium einen Plan gehabt hätte! Aber es brannte mir etwas auf der Seele, und ich wusste, was ich zu tun hatte.

Ich muss einen wahrhaft erschreckenden Anblick geboten haben, als ich den Hauptsitz der Credit Devoncroix betrat, in dem sich das Pariser Büro meines Vaters befand. Das Gebäude zeichnete sich durch stattliche Säulen, auf Hochglanz polierte Marmorböden und großzügige Treppen aus, die Schritte und murmelnde Stimmen zu einer würdevoll klingenden

Geräuschkulisse vereinten. Die Schalterfenster und Glastüren waren mit goldenen Aufschriften versehen. Als ich vorbeihastete, wandten sich schockierte Gesichter zu mir um. Der Geruch von Menschen raubte mir fast den Atem, und mein Magen verkrampfte sich.

Ich stürzte eine Treppe hinauf, fegte durch einen Korridor, stieß eine Doppeltür auf und betrat schließlich, vorbei an einem verdutzten Angestellten, das private Kontor meines Vaters. Mein Haar war wirr und verfilzt, mein Blick wild, und in Menschengestalt hatte ich fast zwanzig Prozent meines Körpergewichts verloren. Ich trug Kleider, die ich mir von einer Wäscheleine hinter einer Metzgerei geschnappt hatte – viel zu kurze Hosen, ein viel zu weites Hemd. Schuhe hatte ich überhaupt keine an.

Dennoch war bestimmt nicht dies der Grund dafür, dass die Menschen mich anstarrten und die Werwölfe vor mir zurückwichen, als ich die Gänge durchquerte. Sie rochen meinen Mord und waren entsetzt. Ich hatte den einzigen Schwur gebrochen, den ein Werwolf nie brechen darf, und das wussten sie. Einem Menschen das Leben zu nehmen. Damit gehörte ich nicht mehr zu ihnen. Ich war eine Kreatur, die von ihnen kein Verständnis, ja nicht einmal Verachtung erwarten durfte. Rasch musste ich sie wieder verlassen, bevor ich sie der Gefahr der Ansteckung aussetzte. Sie ertrugen es kaum, mich anzusehen, und mein Geruch beleidigte ihre Nasen.

Vielleicht trügt mich meine Erinnerung nicht, oder sie tut es doch. Wahrheit existierte an diesem Punkt meines Lebens lediglich in Form meiner Sinneseindrücke. Insgesamt steigerten jedes Anhalten des Atems, jeder Kopf, der sich nach mir umdrehte, und jeder vom Schock starre Blick meine Wut und meine Scham immer noch mehr, bis diese Gefühle mich am ganzen Körper beben ließen, als ich die Tür meines Vaters aufstieß.

Bei ihm hielt sich, wie ich mich erinnere, ein Mensch auf,

dem in politischen Kreisen eine gewisse Bedeutung zukam, und jetzt fällt mir auch wieder ein, dass sie gerade über den amerikanischen Aktienmarkt diskutierten. Aus historischer Sicht ist das natürlich wichtig, aber ich war in einer derartigen Verfassung, dass ich nicht mehr weiß, was sie im Einzelnen sagten oder um wen es sich bei dem menschlichen Würdenträger handelte, als ich hereinhetzte.

Ich weiß nur noch, dass die beiden Männer bei meinem Anblick aufstanden – der Mensch reichlich erschrocken, mein Vater dagegen bedächtiger. Papa schlug wohl vor, das Gespräch zu einem späteren Zeitpunkt fortzusetzen, oder er bot dem Menschen in einem anderen Raum eine Erfrischung an; jedenfalls komplimentierte er ihn hinaus. Die Tür fiel ins Schloss, und wir beide waren allein.

Das alles geschah im Jahr 1928. Mein Vater, Alexander Devoncroix, war damals schon seit einem Vierteljahrhundert Rudelführer. Aus dem Familienvermögen hatte er bereits den Grundstein für ein weltumspannendes Wirtschaftsimperium geschaffen; er hatte ein verstreutes, saft- und kraftloses Rudel zu einem äußerst effizienten Machtinstrument zusammengeschweißt. Möglicherweise besaß er noch nicht ganz den Einfluss seiner späteren Jahre; doch sowohl in der Welt der Menschen als auch in der der Werwölfe galt er bereits als bedeutende Persönlichkeit. Schweigend stand er hinter dem Schreibtisch, nach Seide und Kraft riechend, ein attraktiver Mann mit fast jugendlichen Gesichtszügen und nach hinten gekämmtem Haar; seine Miene verriet nicht, was in ihm vorging, doch in seinen blauen Augen loderte eiskaltes Feuer. Bei jeder anderen Gelegenheit hätte mich ein solcher Blick auf die Knie gezwungen.

Ich stand gute drei Meter vor dem mächtigen Rudelführer und hielt seinem Blick stand, auch wenn mir die Knie weich zu werden drohten. Mit einer Stimme, die von meinen Gefühlen rau und von mangelnder Übung heiser war, forderte ich:

»Die Wahrheit, *mon père.* Sag mir die Wahrheit über Brianna!«

Er ließ einen Anflug von Abscheu in seinen Zügen erkennen; denn ein so mächtiger Werwolf wie Alexander Devoncroix kann seinen Geruch, sein Äußeres und sogar seinen Herzschlag so sehr verstellen, dass sein Gegenüber von ihm immer nur erfährt, was es erfahren soll. Das Feuer in seinen Augen schwächte sich zu bloßer Verärgerung ab, als er sagte: »Ich dachte, du wärst krank – aber du bist einfach nur unverschämt. Geh und reiß dich zusammen – komm erst wieder, wenn du für ein Gespräch bereit bist.«

Mit einer Handbewegung wies er mich hinaus und wandte sich ab, aber ich stürzte mich auf ihn. Natürlich war er davon nicht überrascht; er brauchte nur die Arme zu heben, um meinen Angriff abzuwehren, und die Wucht seines Konters schleuderte mich durch den Raum. Aber das merkte ich kaum. Ich streckte die Arme nach ihm aus und schrie: »Sieh mich an, Papa! Ich habe für dich getötet! Siehst du das, riechst du es? Um deiner Lüge willen ist Menschenblut vergossen worden! Wirst du mir jetzt endlich alles enthüllen?«

Plötzlich war er sehr still. Nun vermochte er weder seinen Geruch mehr zu verbergen, noch die Kälte seiner Haut, noch den Schock in seinen Augen. Mit schmerzhaft intensivem Blick fragte er mich sehr langsam: »Was hast du getan?«

Und ich erwiderte: »Ich habe mich in meine Schwester verliebt, Papa, und dann ihren menschlichen Liebhaber getötet. Aber sie ist gar nicht meine Schwester, nicht wahr, und dieser Mensch, dieser arme Wurm, der doch nur die Frau, die er liebte, vor einem Ungeheuer beschützen wollte, ist für nichts und wieder nichts gestorben.«

Er starrte mich noch einige Sekunden an, um sämtliche Nuancen der Wahrheit aus meinem Geruch, meinen Augen und meinen nicht ausgesprochenen Worten in sich aufzunehmen. Dann wandte er sich von mir ab und ging zu dem hohen, kunstvoll umrahmten Fenster zur Rue St. Honoré, wo er lange Zeit stumm stehen blieb.

Als er schließlich zu sprechen begann, tat er dies sehr ruhig und ohne sich umzudrehen; seine Worte erfüllten, eines nach dem anderen, den großen Raum, schwollen immer mehr an, übertönten das Schweigen, drückten gegen die Wände und sogen das Licht und die anderen Geräusche und das Leben selbst auf – bis nichts im Universum mehr existierte als sein Bericht und die Wahrheit, die er so lange für sich behalten hatte.

»Ich hatte einmal einen Bruder. Er war ein Verräter und Verbrecher und plante die Ermordung der Königin. Für seine Verbrechen wurde er schließlich in die Verbannung nach Alaska geschickt, das damals als große, leere Wildnis galt, in der niemand von unserer Spezies je gelebt hatte. Aber während seiner Verbannung ...« Was nun folgte, fiel ihm offenbar schwer, und er schien einen Augenblick zu überlegen, wie er es formulieren sollte. »Während seiner Verbannung fand er eine Gefährtin und zeugte eine Tochter. Deine Mutter und ich spürten ihn nur wenige Monate nach der Geburt des Kindes auf. Ich bestreite nicht, meinen Bruder mit meinen eigenen Fängen getötet zu haben, auch wenn ich nicht gerade stolz darauf bin. Seine – Gefährtin, die Mutter des Kindes, lag bereits im Sterben.« Steif und gequält drangen nun seine Worte an mein Ohr, als koste ihn jedes Einzelne große Mühe. »Deine Mutter, meine Königin, nahm das Kind an ihre Brust, denn wir hatten einen eigenen Sohn kurz nach der Geburt verloren und lebten seither in tiefer Verzweiflung. Brianna war ein Wunder. Wie sollten wir sie nicht lieben? Mit einer einzigen Einschränkung war sie in jeder Hinsicht unser Kind ... ist immer unser Kind gewesen.«

Ich weiß nicht, wie lange ich dastand und diese Worte auf mich wirken, sie meine Seele fressen und die Luft aus meinen Lungen saugen ließ. Wie ein uralter Mann wandte ich mich um und tastete nach der Tür.

Papa sagte noch: »Es gab gute Gründe, warum wir dir das nicht erzählen konnten, Matise.«

Aber ich hatte schon die Tür gefunden und ging hinaus, ohne mich zu verabschieden.

Auf direktem Weg kehrte ich nach London zurück. Ich erwartete nicht, dass Brianna mich willkommen hieß, aber ich konnte mich auch nicht von ihr fern halten. Die Leidenschaft war aus mir gewichen und hatte Wut, Vorwürfen, Schuldgefühlen und Scham Platz gemacht. In meiner Verstörung war ich erstarrt und wollte nur noch in ihrer Nähe sein.

Als ich in Mayfair eintraf, war ich noch immer sehr hager, aber wieder ordentlich gekleidet; eines regnerischen Nachmittags machte ich mich auf den Weg. Kaum kam ihr Haus in Sicht, wurde ich von Erinnerungen überwältigt. Ich musste das Taxi einen Häuserblock weiter anhalten lassen, denn das plötzliche Wiederaufflackern der Vergangenheit und die Last der Anblicke und Gerüche drohten mich zu ersticken. So stand ich im Regen vor ihrem Haus, roch Blut und Entsetzen, fror und fühlte mich so leer wie noch nie im Leben.

Ziemlich lange muss ich dort verweilt haben, bevor ich begriff, dass mein Gefühl der Leere vom Haus selbst ausging. In den Fenstern brannte kein Licht, und aus den Schornsteinen stieg kein Rauch. Fast alle Überreste von Briannas Geruch waren mit stark parfümierter Seife weggeschrubbt oder mit Bohnerwachs übertüncht worden.

»Sie ist nicht da.«

Erst glaubte ich, die Worte seien nur in meinem Kopf gefallen, denn wegen des Regens und meiner Verzweiflung hatte ich Freda nicht kommen hören. Doch als ich mich umdrehte, stand sie direkt vor mir, ganz in Schwarz gekleidet mit Rüschen aus weißer Spitze am Hals und einem schwarzen Regenschirm in der Hand, den sie, als sie näher kam, so hielt, dass er auch mich vor der Nässe schützte.

»Wir sollten besser nicht hier herumstehen«, meinte sie.

»Tatsächlich sucht die Polizei immer noch nach dir, was peinlich werden könnte.«

Als sie losmarschierte, folgte ich ihr, weil ich keinen Grund sah, ihr nicht zu folgen; ich dachte nichts und hatte keinen Willen. Wasser lief mir beim Gehen übers Gesicht und erzeugte in meinen Schuhen quatschende Geräusche, während Fredas Regenschirm über mir auf und ab hüpfte. Als ich von hier geflohen war, hatte auf der Straße noch Schnee gelegen. Der Schnee war geschmolzen, doch der Regen eisig und der Tag finster. Knochige Bäume klammerten sich an ihre Frühlingsblüten, wie der Sensenmann seine Beute bewacht. Aus einigen der Fenster, die wir passierten, drang gelbes Licht zu uns, doch diese Fenster schienen einer anderen Welt anzugehören.

»Es stand alles in der Zeitung«, begann Freda, »war ein Riesenskandal. Er muss ein ziemlich einflussreicher Mensch gewesen sein, und Brianna – nun, du kennst sie ja. Das ist schon komisch mit den Menschen; so sehr sie ihre Idole auch verehren, so sehr warten sie gleichzeitig nur darauf, sie von ihrem Sockel fallen zu sehen.«

Irgendwo im Hinterkopf wurde mir klar, dass, wenn die Nachricht von allen britischen Zeitungen verbreitet worden war, mein Vater schon lange vor meinem Auftritt bei ihm von dem Mord gewusst haben musste. »Er war bereits im Bilde«, sagte ich kraftlos. »... und er hat nichts getan.«

Freda brauchte einen Augenblick, um zu verstehen, was ich meinte. »Dein Vater? Mach dich doch nicht lächerlich. Er hat sofort jemanden geschickt, der sich nach Brianna erkundigen und fragen sollte, ob etwas zu ihrem Schutz unternommen werden müsse. Aber davon, dass du in die Sache verwickelt warst, wusste natürlich niemand – ich habe mich gehütet, auch nur eine Einzelheit zu verraten.«

Ein paar Minuten gingen wir schweigend nebeneinander her. Der Regen, der auf den Schirm trommelte, klang wie winzige Kanonen, die meinen Herzschlag imitierten. Dann sagte Freda ruhig und sachlich: »Es war Notwehr, Matise. Der Mensch hat dich mit einer Schusswaffe angegriffen. Du hattest das Recht ...«

Emotionslos unterbrach ich sie. »Vielleicht würde das ein Gericht der Menschen so sehen. Dem Urteil des Rudels nach aber habe ich mich in die Angelegenheiten von Menschen gemischt, und Brianna auch. Das hast du selbst gesagt. Die menschlichen Behörden sind in Alarmbereitschaft, und dieser Skandal könnte das gesamte Rudel in Gefahr bringen. Dafür gibt es keine Entschuldigung.«

Die letzte und einzig wichtige Schlussfolgerung sprach ich nicht laut aus. Ich hatte einen Menschen getötet. Ich hatte gespürt, wie sein Blut durch meine Kiefer rann, und hatte es genossen. In diesem Augenblick hatte ich mich vom Rudel und der gesamten Zivilisation abgewandt – alle meine vermeintlichen Überzeugungen verraten. Für mich gab es keinen Weg zurück.

Eine Zeit lang gingen wir weiter, ohne ein Wort zu wechseln, begleitet nur vom Widerhall unserer Schritte und dem auf Fredas Schirm trommelnden Regen. Schließlich sagte ich: »Du hattest Recht. Brianna ist nicht das Kind meiner Eltern.«

Knapp und emotionslos wiederholte ich die Geschichte, die mein Vater mir erzählt hatte. Freda hörte in gedankenschwerem Schweigen zu und murmelte danach nur: »Wie merkwürdig!«

Nun konnte ich mich aber nicht mehr beherrschen. Ich blieb stehen, drehte mich zu Freda um und trat aus dem Schutz des Regenschirms, um ihre Antwort schon ihrer Miene zu entnehmen. »Wo ist Brianna? Wird sie mich empfangen?«

»Brianna ist an einem einsamen Ort«, gab Freda Auskunft.

Es fuhr mir wie ein Stich durchs Herz. Zwar war ich nicht überrascht, aber das verringerte kaum meinen Schmerz. »So was kannst du den Reportern erzählen«, erwiderte ich äußerlich ruhig. »Wo ist meine – wo ist Brianna?«

Das Mitleid, das aus ihrem Gesicht sprach, war fast mehr, als ich ertragen konnte. Sie griff in ihren schwarzen Mantel und zog einen kleinen Stoß Papiere heraus. »Dies hat sie mir für dich gegeben«, murmelte sie. »Ein paar Briefe und ein unvollendetes Tagebuch.«

Als ich ihr die Sachen abnahm, fiel mir auf, dass ihre Hand zitterte. Sie zog sie rasch zurück, und als ich ihr ins Gesicht sehen wollte, wandte sie es zur Seite und verbarg es halb hinter dem Schirm. »Ich wollte nie, dass es so weit kommt«, sagte sie mit angespannter Stimme, »sondern nur ... das Beste. Aber niemals das!«

Ich war so in meiner Trauer gefangen, dass mir gar nicht in den Sinn kam zu fragen, was sie damit meinte. Nur mein eigener Schmerz zählte, nicht der anderer. Was für ein Narr ich doch war! Beide waren wir Narren.

Die Papiere verstaute ich in meinem nassen Mantel, als handelte es sich um die wertvollsten Edelsteine – und das waren sie auch. Dann streckte ich mein Gesicht dem Regen entgegen und ging.

»Matise!«

Nur ihr beschwörender Tonfall ließ mich innehalten. Sie stand hinter Regenschleiern, die sich von ihrem Schirm hinab ergossen, würdevoll und reglos in ihrer Einsamkeit; das erste Mal, seit ich sie kannte, kam sie mir verletzbar vor. Dann fragte sie plötzlich: »Hat dein Vater gesagt, wer Briannas Mutter war? Vor der Jahrhundertwende gab es, soweit wir wissen, keine Werwölfe in Alaska. Wer kann dann ihre Mutter gewesen sein?«

Die Frage erschien mir in diesem Augenblick völlig sinnlos und angesichts meines Schmerzes geradezu absurd irrelevant. Ich ging, ohne zu antworten oder mich auch nur zu fragen, wie die Antwort hätte lauten können.

Und wieder muss ich bekennen, was für ein Narr ich damals war.

XXXIV

Ich kehrte zurück in mein Haus und begann, ruhig und methodisch meine Angelegenheiten zu ordnen. Meiner Haushälterin hinterließ ich einen langen Brief mit Anweisungen; einen weiteren schrieb ich meinem Anwalt und legte gleich Instruktionen für meinen Bankier und meinen Verleger mit bei. Es war weit nach Mitternacht, bevor ich endlich dazu kam, Briannas Aufzeichnungen zu lesen. Bei Anbruch der Morgendämmerung war ich ein gebrochener Mann.

Die meisten ihrer wichtigeren Schriften habe ich bereits in dieses Buch eingefügt. Hier nun ihr letzter Brief:

Mein Geliebter,
ich habe dir nie gesagt, wie sehr ich dich um dein Talent im Umgang mit der Sprache beneide. Gib mir ein Lied, und ich singe es so, dass dein Herz fast zerspringt; gib mir eine Rolle, und ich spiele sie so, dass du von mir hingerissen bist; lass mich tanzen, und du meinst, einen Engel zu sehen. Gibst du mir aber etwas zu sagen, das man kaum auszusprechen vermag, verstricke ich mich in einem Gewirr von guten Absichten und komme mir so unbeholfen vor wie ein stammelndes Kind. Etwas so Dauerhaftes wie einen endgültigen Abschied von dir kann ich mir nicht einmal vorstellen; wie sollte ich ihn dann in Worte fassen?

Du glaubst jetzt wahrscheinlich, ich gehe wegen dem, was wir getan haben, wegen dem Blut, das vergossen wurde, wegen der Scham und der Schuld, die wir beide teilen. Vielleicht fürchtest du auch, dass ich dir die Schuld an allem gebe, aber glaub mir bitte: Es betrifft uns beide. Die Menschen haben einen Ausdruck für das, was wir begangen haben – eine Todsünde. Eine Sünde, die zum Tod der Seele führt. Du und ich, so fürchte ich, sind vom Schicksal dazu ausersehen, immer wieder zu sündigen bis zum Tod unserer Seele.

Da siehst du's – ich habe mich schlecht ausgedrückt. Aber besser kann ich es nicht.

Lass mich erzählen, was geschah, nachdem du in jener Nacht gegangen warst und wir Walter den schrecklichen Menschen übergeben hatten, die sich mit solchen Dingen befassen. Zahllose Leute in meinem Haus, zahllose unverschämte Fragen, zahllose klagende und endlos plappernde Stimmen. Ich glaubte schon, mir würden die Ohren platzen von all dem Lärm, und fand vor ihnen keine Ruhe, denn sie verfolgten mich, wohin ich auch ging. Die Polizisten, die Beamten von Scotland Yard, die Zeitungsreporter. Welcher Wahnsinnige, fragten sie, konnte Walter derart zerfetzt haben? Wie war es möglich, dass ich das nicht mitbekommen hatte? War er in meinen Armen gestorben? Warum war alles voller Blut, und warum behaupteten meine Nachbarn, sie hätten gesehen, wie ein Mann im Schutz der Dunkelheit mein Haus verließ? Und meine liebe Freda, wie sehr sie mir doch geholfen hat. Obwohl sie sich selber allein schon deshalb, weil sie als Frau über medizinische Kenntnisse verfügt, allen möglichen Angriffen ausgesetzt sah, blieb sie beharrlich wie ein Fels in der Brandung und sorgte dafür, dass ich gar nichts sagen musste; sie sprach an meiner Stelle und hielt sie mir alle vom Leib. Tagelang lebte ich wie eine Gefangene in meinem eigenen Schlafzimmer; zwischendurch kam sie zu mir, um mir zu berichten, wer gekommen war und was er gewollt hatte, und mir zu versichern, dass sie bereits alles geregelt habe, ich mir also keine Sorgen zu machen brauche. Oh, Matise, ich bin ja so froh, dass du von all diesem Wahnsinn nichts mitbekommen hast! Im Verlauf dieser schrecklichen Tage vergaß ich nie, dafür dankbar zu sein, dass du in Sicher-

heit warst und zu dem ganzen Blut, das mir bereits an den Händen klebte, nicht auch noch das deine kam. Solange du in Sicherheit warst, konnte ich alles andere ertragen.

Hast du gelesen, was sie über mich geschrieben haben? Hast du gehört, was sie gesagt haben? »Lady Macbeth« nannten sie mich ... eine schreckliche Metapher natürlich, aber das war noch das Harmloseste. Sie nutzten Walters Tod, um die katastrophalen Folgen zu illustrieren, die eine Vermischung gesellschaftlicher Schichten nach sich zieht. Gesellschaftliche Schichten! Das hätte mich fast zum Lachen gebracht. Walters Verwandtschaft bezeichnete mich als Hure. All die netten Menschen, die sich darum rissen, mich in ihre Salons zu schleppen, hatten plötzlich nicht einmal mehr Zeit für eine Beileidsbezeugung, und wenige Tage später kündigte mein Impresario mir. Wie wankelmütig doch die Verehrung ist, die Menschen einem entgegenbringen, und wie wenig hinter ihren Lobhudeleien steckt! Ob mich das überraschte? Das kann ich nicht gerade behaupten. Aber enttäuscht war ich schon. Zutiefst enttäuscht.

Freda meint, in einem Monat sei alles vergessen; ich sollte einfach auf eine Amerikatournee gehen, und nach meiner Rückkehr würde ich dann ein noch größerer Star sein als zuvor. Sicher hat sie damit Recht. Aber das interessiert mich jetzt alles nicht mehr.

Ich kam in die Welt der Menschen, weil ich zur Welt der Werwölfe nicht gehörte. Oh, ja, ich liebte sie; ich badete in der Bewunderung, die sie mir entgegenbrachten, sog sie ein wie Muttermilch und brauchte sie wie die Luft zum Atmen. Aber ich brauchte mehr, als von ihnen geliebt zu werden. Ich wollte eine von ihnen sein, und aus diesem Grund nahm ich mir auch einen menschlichen Liebhaber und wollte ihn sogar heiraten. Denn indem ich Teil eines Menschen wurde, wenn auch nur in dieser oberflächlichen körperlichen oder in der rituellen, symbolischen Weise, in der sie ihre törichten Zeremonien *feiern – indem ich ein Teil von ihm wurde, hoffte ich, auf meine eigene Art zum Menschen zu werden. Verstehst du das?*

Aber ich bin kein Mensch. Und ein Werwolf bin ich auch nicht. Zu keiner der beiden Welten gehöre ich.

Ich möchte Walter oder das, was er mir bedeutete, keinesfalls abwerten. Er war ein außergewöhnlicher Mensch, und ich werde ihn immer lieben für das, was er mir schenkte – eine totale Akzeptanz, unbedingte Leidenschaft und die Illusion, so flüchtig sie auch sein mochte, völlig normal zu sein. Er ist tot, und ich bin traurig darüber. Aber die Schwere meines Leids entspringt nicht dem Verlust meines Liebhabers, sondern dem, was sein Tod dir angetan hat.

Wir haben uns der Todsünde schuldig gemacht, du und ich. An unseren Händen klebt das Blut eines Menschen.

Mitten in all dem Chaos besuchte mich Gault. Du erinnerst dich doch an Gault, den Diener unseres Vaters und Sekretär unserer Mutter? Ich ging die Treppe hinunter, als ich seine Stimme hörte, obwohl Freda das nicht wollte; da stand er schon in meinem Empfangszimmer und sagte in seiner steifen Förmlichkeit: »Man hat mich geschickt, Miss Brianna, damit ich mich erkundige, ob Sie irgendetwas benötigen, was Ihnen Ihre Familie zukommen lassen könnte.«

Weißt du, was ich getan habe, Matise? Ich bin in Tränen ausgebrochen. Oh, ja, sie waren wunderbar, diese Tränen. Maman *hatte mich nicht vergessen. Papa liebte mich. Trotz aller meiner Fehler hatten sie mich nicht fallen lassen. Ich warf mich Gault in die Arme und ruinierte mit meinen Tränen wahrscheinlich den Mantel der treuen Seele; aber eines muss ich ihm lassen: Obwohl er, als wir Kinder waren, nie ein Lächeln für uns übrig hatte und uns nicht selten mit seinem grimmigen Gesicht und seiner strengen Art erschreckte, erweichten ihn meine Tränen so, dass er mir unbeholfen übers Haar strich, »aber, aber« murmelte und mich, für ihn völlig untypisch, zu trösten versuchte.*

Als dann meine Tränen versiegten und ich mich für meine Schwäche entschuldigte, reagierte er verständnisvoller, als ich erwarten durfte, und sagte: »Ich kenne Sie schon, seit Ihre Mutter Sie erstmals in Händen hielt.«

Ich werde wohl nie wissen, warum ich es sagte. »Sie hielt mich in Händen – aber sie hat mich nicht geboren.«

Seinem Gesichtsausdruck war anzusehen, wie sehr er mit sich rang, und ich merkte, wie seine Muskeln sich verkrampften. »Wer hat Ihnen das erzählt?«

Im Gegenzug fragte ich: »Gault, wollen Sie mir nicht verraten, wer mich zur Welt gebracht hat?«

Dann geschah etwas Unerwartetes. Er senkte den Blick, sein Herz pochte stark und laut. »Jemand«, sagte er sehr leise und sanft, »der sein Leben für dich gegeben hat und von deinen Eltern über jede Vernunft geliebt wurde.«

Du siehst also, mein Liebster, dass du Recht gehabt hast. Wir beide sind nicht direkt blutsverwandt und können zumindest diesen Teil der Scham aus unserem Gewissen streichen. Aber dennoch ist das im Grunde ohne Bedeutung, nicht wahr? Es spielt keine Rolle.

Ich wusste, dass Gault mir nicht mehr sagen würde, und so versuchte ich gar nicht erst, in ihn zu dringen. Seine Auskünfte reichten für ein ganzes Leben, und keine von ihnen war mehr von Belang.

Als er dann noch einmal fragte, ob ich etwas benötigte, wusste ich plötzlich, dass ich doch einen Wunsch hatte. »Einen Ort, an dem ich sicher bin, Gault. Einen ruhigen Ort, wo ich mich zu Hause fühle.«

Er dachte eine Weile nach und sah mich sehr ernsthaft an. Schließlich sagte er, dass er einen solchen Ort kenne.

Solltest du mit unseren Eltern sprechen, richte ihnen bitte aus, dass ich Gault gedrängt habe und sie ihn nicht für den Verrat – falls sie es so sehen – zur Verantwortung ziehen sollen. Tief in meinem Herzen weiß ich, dass er mir nie absolu-

te Geheimhaltung geschworen hätte, wenn er ihnen nicht zuvor versprochen hätte, das Geheimnis der wahren Identität meiner Eltern mit ins Grab zu nehmen.

Es war, wie ich glaube, ein gerechter Handel – das Geheimnis meiner Geburt gegen das Geheimnis meines Lebens.

Der Ort, an den er mich nun bringen wird, ist nur einer Hand voll Leuten bekannt. Er selbst kennt ihn lediglich vom Hörensagen. Dort gibt es Musik, sagt er. Es klingt sehr friedlich. Ich glaube, ich werde zum ersten Mal in meinem Leben echtes Glück kennen lernen.

Gault musste mir versichern, dass er niemandem, der danach fragt – nicht einmal meinen Eltern oder Freda, die ich sehr liebe –, das Ziel meiner Reise verrät. Niemandem außer einem. Und du wirst weder danach fragen, mein Geliebter, noch mich dort aufsuchen, wenn es nicht nötig ist.

Werd glücklich und finde deinen Frieden. Ich bewahre dich immer in meinem Herzen und in meinem Gesang.

Brianna

Ihre Aufzeichnungen deponierte ich in einem Schließfach der Barclays Bank – eine der wenigen Banken in Europa, die nicht meinem Vater gehörten. Am Morgen brach ich dann nach Amerika auf und ließ die europäische Welt hinter mir.

XXXV

Man nennt es »verwildern«, als sei es ein so bemerkenswerter Zustand, dass er eine eigene Bezeichnung benötige – was mir schon immer reichlich merkwürdig erschienen ist. Wir sind schließlich von Natur aus Wilde, kommen bereits wild zur Welt – wie können wir also *werden*, was wir längst sind?

Im Jahr 1928 gab ich für eine Weile meiner ureigensten Natur nach. Ich streifte durch die Wälder, rannte über die Ebenen, und manchmal wagte ich mich sogar in die Straßen der Städte. Ich erlebte so viele Abenteuer, dass ich sie unmöglich hier schildern könnte – und gewann sowohl großartige als auch banale Erkenntnisse in Bezug auf mich selbst und meinen Platz. Aber was ich wirklich wissen musste, entzog sich mir; um die einzig relevanten Antworten zu erhalten, wusste ich nicht einmal genug, um die richtigen Fragen zu stellen.

Die Jahre vergingen, die amerikanische Wirtschaft brach zusammen, und das Rudel machte ungeheuer viel Geld damit, sie wieder in Gang zu bringen. In Europa wütete dann ein weiterer Krieg zwischen den Völkern, der unseren Wissenschaftlern nie zuvor dagewesene Möglichkeiten bot. Langsam und unauffällig übernahm das Rudel weltweit die Kontrolle über Industrie, Handel, Forschung, Finanzen und Technik. All das erfuhr ich im Nachhinein und ohne mich sonderlich dafür zu interessieren – wenn ich beispielsweise in der Zeitung einen Namen las, der mir ein Lächeln entlockte, oder wenn ich später, als die erstaunliche Erfindung des Fernsehens sich immer mehr ausbreitete, ein mir bekanntes Gesicht sah.

Natürlich verbrachte ich nicht mein gesamtes Leben in der Wildnis oder in völliger Kulturlosigkeit. Mitunter kam in mir ein Bedürfnis auf wie ein großer Hunger – das Bedürfnis nach Worten zum Lesen, einer Stimme zum Sprechen und Händen zum Halten von Gegenständen, weicher Baumwolle auf meiner Haut und nach dem Geschmack guten Weins; nach den Gerüchen der Großstadt, dem Lärm von Maschinen und dem Gewimmel von Menschen. All das ist für mich ebenso Teil meiner Natur wie die Jagd, das Rennen und die Sexualität.

So kehrte ich im Lauf der Jahre bisweilen zu den Menschen zurück, um unter ihnen den Frieden zu suchen, den ich in der Wildnis nicht gefunden hatte. Natürlich fand ich ihn nie. Hin und wieder schrieb ich eine romanhafte Version meiner Abenteuer und verkaufte das Buch unter einem Pseudonym zur Erbauung der Menschen. Zu diesem Zeitpunkt gehörten bereits alle europäischen Verlage und auch die meisten amerikanischen dem Rudel; mit einiger Belustigung fragte ich mich, ob die Verleger meiner Bücher sich wohl über meine wahre Identität im Klaren waren. Ich machte mir aber nie die Mühe, es herauszufinden.

Auch verspürte ich keinerlei Bedürfnis, zum Rudel zurückzukehren. Genau wie Brianna lebte ich zwischen zwei Welten und gehörte keiner von beiden an. Doch anders als sie trieb mich ein Zwang zu suchen, was ich nie finden konnte.

Jedes Mal, wenn ich in die Zivilisation kam, war ich wieder ein Stück verzweifelter und gleichgültiger geworden. Als wilder Mann lief ich nackt durch die Straßen von Buenos Aires und lachte mich tot über die glitzernden Glastürme, die die Sicht auf die Berge versperrten. Warum? Weil ich es mir leisten konnte. Ich war der verrückte Dichter der New Yorker Kaffeehäuser, der vor begierig zuhörenden Menschen Nihilismus und Hass predigte, auf der Straße schlief und ihre Haustiere zum Frühstück verspeiste. Ja, ich habe noch Schlimmeres vollbracht, aber auch Besseres. Die meiste Zeit aber habe ich gar nichts getan, außer die große, schmerzliche Leere in meinem Innern zu pflegen und mich nach dem zu sehnen, was ich nicht haben konnte.

XXXVI

Im Jahr 1968 verschlug es mich nach Kalifornien, das nach fauligem Obst, Auspuffgasen und viel zu vielen Menschen stank. Dort lebten aber auch etliche Werwölfe, die mich an die liebenswerte Dekadenz in Venedig vor dem Ersten Weltkrieg erinnerten. Diese Werwölfe machten Filme und Rockmusik, verdienten damit jede Menge Geld; sie trugen enge Hosen, weiße Stiefel und dunkle Sonnenbrillen; sie sonnten sich an ihren Pools, tranken importierte Cocktails und veranstalteten wilde Partys. Als ich barfuß durch die Straßen von Los Angeles tappte und mir alles ansah, fragte ich mich amüsiert, ob meine Eltern *das* vorhergesehen hatten, als sie ihren groß angelegten Plan entwarfen, das Rudel zu einer harmonischen Zusammenarbeit mit den Menschen zu bewegen.

Und soll ich dir sagen, aus welchem Grund es mich nach Kalifornien verschlug? Du hast es sicher schon erraten. Es war derselbe Grund, aus dem ich auch jede andere Stadt aufsuchte – der einzige Grund, weshalb ich je der Wildnis den Rücken kehrte. Ohne mich darum zu bitten, hatte Brianna mir ein Versprechen abgerungen, und ich wollte ihren Wünschen bis zum letzten Atemzug nachkommen. Dennoch wartete ein Teil in mir nach wie vor darauf, dass sie ihre Entscheidung rückgängig machte und, wie ich, wieder in die Welt der Menschen zurückkehrte.

In einer Zeitschrift hatte ich ein Foto von einem jungen, weiblichen Star mit milchweißer Haut, wilden roten Locken und durchdringenden blauen Augen gesehen. Es war nicht Brianna, aber sie hätte es sein können. Also ging ich nach Kalifornien.

Und hier sollte mir das Merkwürdigste passieren, das mir je zugestoßen ist. Ich habe wahrhaftig ein pralles und vielfältiges Leben hinter mir und dabei kaum etwas erlebt, das für mich im Hinblick auf Ursache und Wirkung keinen Sinn ergeben hätte. Der Vorfall aber, über den ich nun berichten will, verdient schon deshalb erwähnt zu werden, weil er in dieser Hinsicht eine Ausnahme darstellt.

Es geschah im Jahr 1968 in Kalifornien, dem Land der Autos, der Filmstars und der Maschinenpistolen. Dennoch wundere ich mich noch immer über diesen unglaublichen Zufall.

Ich hatte Hunger. Gerade hatte ich aus einem Hotelzimmer zweihundert amerikanische Dollar gestohlen – das war einfacher, als an mein eigenes Geld heranzukommen, und welche moralischen Verpflichtungen hatte ich denn gegenüber Menschen, die dumm genug waren, ihren Besitz ungeschützt herumliegen zu lassen? –; und obwohl mich nach einem dicken, blutigen Rindersteak gelüstete, lockte mich meine Nase in ein Etablissement, wo in Papier gewickeltes Essen hinter einer Theke aus Kunststoff ausgegeben wird.

Immerhin war ich lange Zeit weg gewesen, und manche Dinge faszinierten mich täglich neu: Ampeln, Kugelschreiber, Kreditkarten, Fast Food. Das Restaurant war voll von Menschen mit ihren Kindern – lärmende, stinkende, schlecht erzogene Kreaturen –, doch auch sie faszinierten mich so sehr, dass ich bereit war, mich mit ihnen in die Schlange zu stellen und zu warten, bis ich an der Reihe war. Ich fand das alles sehr unterhaltsam; in jedem Fall war es eine interessante Art und Weise, mich an diesen Ort und diese Zeit zu gewöhnen.

Mein Haar reichte bis auf die Hüften, ich trug das gerade noch akzeptable Minimum an Kleidung – eine halblange Baumwollhose, Baumwollhemd und Sandalen –, aber im Kalifornien des Jahres 1968 fiel ich damit nicht auf. Wenn sich überhaupt der eine oder andere nach mir umdrehte, dann nicht häufiger, als es bei einem Werwolf in der Öffentlichkeit üblich ist. Ich hätte also das Restaurant mehr oder weniger unbemerkt betreten, wieder verlassen und für weitere zehn oder fünfzehn oder zwanzig Jahre in die Wildnis verschwinden können. Alles wäre normal weitergelaufen, hätte da nicht der Zufall eingegriffen. Und dieser Zufall kam in Gestalt eines Menschen mit einer Schusswaffe daher.

Offen gestanden bemerkte ich seine Anwesenheit erst, als ich die Menschen schwer atmen hörte und ihre plötzliche Angst roch. Verlass dich also nicht zu sehr auf deine überlegene Wahrnehmungsfähigkeit! Meine Sinne waren gerade anderweitig beschäftigt – mit dem Geruch brutzelnden Fleisches, dem Geräusch siedenden Öls, dem Stimmengewirr, dem Autolärm und den weichen braunen Brüsten eines Menschenmädchens in einem sehr knappen Kleid. Ich war auf das Jagen in der Wildnis und noch nicht wieder auf die Gefahren der Großstadt eingestellt. Rückblickend frage ich mich, welche Rolle meine Verärgerung über meine eigene Unzulänglichkeit bei dem spielte, was nun geschah.

Ich habe die Szene folgendermaßen in Erinnerung. An den Fenstern dieses Etablissements standen kleine orangefarbene Tische und Stühle. An dem Tisch, der mir am nächsten war, saß eine junge Frau mit kurzen braunen Locken und zwei Kindern. Das eine steckte in einem Kinderwagen und brüllte sich soeben gänzlich unmusikalisch die Lungen aus dem Leib, während es Speisereste auf den Boden schleuderte; das andere wehrte sich mit allen Kräften gegen die Versuche seiner Mutter, ihm mit einer Papierserviette Tomatensoße aus dem Gesicht zu wischen. Die Frau sah übermüdet und ungepflegt aus, dann auf einmal verblüfft und erschrocken – zuletzt gab es eine gewaltige Explosion, und Stücke aus ihrem Gesicht spritzten auf den Boden, auf den orangefarbenen Stuhl und auf meine Sandalen.

In der Schlange hinter mir stand ein Menschenmann mit Brille und sehr wenig Haar auf dem Kopf. Er fiel um und begann zu schreien. Der junge Mann, der hinter dem Tresen das Essen ausgab, stand wie versteinert mit weit aufgerissenen Augen da. Ein weiterer Schuss fiel, und eine Fensterscheibe zersplitterte. Wildes Geheul setzte ein, und wie eine Herde von Rehen, die beim Äsen aufgeschreckt worden war, rannte alles wild durcheinander.

Diese Ereignisse geschahen innerhalb weniger Sekunden. Es zu erzählen nimmt viel mehr Zeit in Anspruch; in Wirklichkeit aber war es in dem Zeitraum zwischen zwei Herzschlägen vorüber.

In der Gemeinschaft der Menschen bedeutete es eine Tragödie von geradezu monumentalen Ausmaßen, ein Verbrechen, das selbst die Abgebrühtesten schockierte: Innerhalb von fünfzehn Sekunden wurden eine Frau, zwei Kinder und ein alter Mann getötet. Dies fand statt zu einer Zeit, als solche Vorfälle in der menschlichen Gemeinschaft noch nicht gang und gäbe waren; daher wurde um die Sache viel Aufhebens gemacht. Mir aber kam es ganz und gar nicht schockierend oder gar katastrophal vor; ich hatte im Leben schon so viel Schlimmeres gesehen, und diese armen Menschen gingen mich nichts an, auch wenn es mir natürlich Leid tat, dass sie einen so gewaltsamen Tod sterben mussten. Sie gehörten schließlich einer gewalttätigen, chaotischen Spezies an, deren Leben und Sterben nach Regeln verläuft, die sich von den unseren deutlich unterscheiden. Was ich tat, geschah deshalb nicht etwa aus falschem Heldentum oder aus Liebe zu den Menschen. Nein, weit gefehlt.

Dass der Mensch Walter eine Pistole in der Hand gehabt hatte und dieser hier ein Gewehr, und dass dieser hier nach Wahnsinn roch und der andere nach Angst, darin sah ich keinen großen Unterschied. Blut und Waffenöl und Kordit – ich spürte wieder die vierzig Jahre alte Wut, den Instinkt, zu verteidigen und zu beschützen, und diesmal – ja, ich glaube ernsthaft, dass ein Teil von mir versuchte, die Vergangenheit umzuschreiben –, diesmal wollte ich es richtig machen.

Das Echo des Gewehrfeuers und die Schreie der Menschen hallten in meinen Ohren wider, als ich das irre, ekstatische Funkeln in den Augen des Schützen sah und merkte, dass der Lauf seiner abscheulichen Maschine bereits auf das nächste Opfer gerichtet war. Jetzt schritt ich ein. Ich bin mir nicht sicher, ob er mich sah; ganz gewiss rechnete er nicht mit mir, und selbst dann hätte er mich nicht aufhalten können. Ich war sehr schnell. Brüllend entwand ich ihm die Waffe, und ich erinnere mich noch genau an seinen schockierten Blick und seinen Zornesschrei; er wirkte wie ein Kind, dem man sein Spielzeug weggenommen hat, und war plötzlich sehr still, als ich mit bloßen Händen den hölzernen Schaft vom Metall riss und die beiden Teile der Waffe zur Seite warf. Ich schaute ihm in die Augen, und da war ein Moment – nur ein kurzer Moment –, in dem ich einen anderen Menschen sah aus einer ganz anderen Zeit. Für einen Augenblick war er wieder lebendig, Brianna, glücklich und ich frei. Aber nur für eine Sekunde.

Dann packte ich ihn bei den Schultern, diesen armen, kaputten Menschen mit Wahnsinn in den Augen, hob ihn in die Luft und warf ihn durchs Fenster.

Ich hätte ihn töten können, aber ich achtete bewusst darauf, es nicht zu tun. Darin lag eine gewisse Genugtuung, und vielleicht hatte ich damit auf meine Weise ein kleines Stückchen der Vergangenheit wieder in Ordnung gebracht – nicht wegen der zweiundzwanzig Menschen im Restaurant, deren Leben ich laut Abendnachrichten gerettet hatte, sondern wegen jenes einen.

Was danach geschah, war mehr oder weniger vorhersehbar, im Zeitalter der Telefone, der Alarmanlagen und der Kameras. Am liebsten hätte ich mich einfach rasch davongemacht, mir den Gestank von der Haut gewaschen und wäre dann wie gewohnt verschwunden. Aber die menschlichen Polizisten waren schon eingetroffen, bevor ich die Tür erreichte, mit Hunderten von Gewehren, Megaphonen und Blitzlichtern; überall wuselten Fotografen, Kameraleute und Beamte mit den Mikrofonen herum. Mein Bild muss an jenem Tag durch hundert verschiedene Fernsehsendungen und Zeitungen gegangen sein. Das meinte ich mit Zufall.

Da war auch ein Fernsehjournalist mit Mikrofon, aber kein Mensch, sondern ein Werwolf von niedrigem Status; als er meine Witterung aufnahm, wurden seine Augen starr und seine Haut ganz trocken, kleine Angsttröpfchen traten zwischen seinen Beinen und unter seinen Augen hervor. Es kommt nicht allzu häufig vor, dass man den Geruch eines Werwolfs wittert, der nicht dem Rudel angehört; nicht häufiger, als ein Mensch Gespenster sieht. Doch dieser Werwolf – was ihm an Status fehlte, machte er an Mut wett – kämpfte sich mit großer Willensanstrengung durch die Menge und vorbei an den Polizisten, denen gegenüber ich ohne allzu großen Erfolg versuchte, höflich zu sein. Plötzlich stand er ganz nah bei mir, sog meinen Geruch ein, nahm Blickkontakt zu mir auf und flüsterte am Mikrofon vorbei: »Wer bist du?«

Es war absolut chaotisch. Der Geruch der toten und verängstigten Menschen, Menschenblut und Spritzer menschlichen Gehirns auf meinen Schuhen, die Polizisten, die nach noch mehr Gewalt und Wahnsinn rochen als der Mann mit dem Gewehr, Blitzlichter, Geschrei, Weinen und Jammern – die ewige Kakophonie der Menschheit. Schon überlegte ich, wie ich mich am besten durch die Menge schlagen könnte, indem ich ein paar Gliedmaßen brechen, ein paar Köpfe zusammenknallen und einen Ort suchen würde, wo ich mich ungestört verwandeln konnte, um in meiner natürlichen Gestalt diesem fürchterlichen Ort so schnell wie möglich zu entfliehen. Doch dann betrachtete ich den jungen Werwolf, roch seine Ehrfurcht, und unversehens fiel mir wieder ein, warum ich nach Kalifornien gekommen war.

Ich erwiderte seinen Blick, bis ihm der kalte Schweiß im Gesicht stand. Leise sagte ich: »Niemand, auf dessen Bekanntschaft du Wert zu legen brauchst.«

Dann drehte ich mich zu dem Polizisten um, der noch vor wenigen Augenblicken nichts Wichtigeres zu tun gehabt hatte, als mir unverschämte Fragen zu stellen. Aber selbst ihm schien es nun schwer zu fallen, den Faden wieder aufzunehmen, und der Werwolf mit dem Mikrofon zitterte, als er sich trollte.

In einer anderen Epoche hätte ich womöglich wirklich ein paar Köpfe aneinander schlagen und mich aus dem Staube machen können. Aber in einer Zeit der Kameras und der Fragen war es kein leichtes Unterfangen, einfach wieder in die Anonymität abzutauchen. Plötzlich war ich berühmt, und ich muss gestehen, dass es mich faszinierte, ja sogar amüsierte, auch wenn Letzteres angesichts so vieler Toter meine Stimmung vielleicht nicht ganz passend beschreibt.

Aber all die dummen Fragen, die sie mir stellten! Wie ich hieß, wo ich wohnte und wovon ich lebte – so etwas Absurdes. Als ob das die Toten wieder zum Leben erweckt hätte! Besonders grandios fanden sie es, wie ich die Waffe des Mörders zertrümmert hatte; ich glaube, ich habe das Metall verbogen. Wie ich das geschafft hätte, wollten sie wissen, oder ob vielleicht die Waffe schon vorher beschädigt gewesen sei – denn so etwas brächte doch kein Mensch fertig.

Eine Zeit lang tischte ich ihnen die Lügen auf, die sie hören wollten, bevor ich die Geduld verlor und ihnen die Wahrheit hinknallte. In der Tat konnte kein Mensch so etwas schaffen, und es handelte sich auch nicht um einen Menschen. Ich hätte den Schaft auf dieselbe Weise vom Lauf gebrochen, wie ich einem Eichhörnchen den Hals umdrehte oder einem Feind den Arm abriss, erzählte ich ihnen. Ob ich das vielleicht einmal demonstrieren solle?

Menschliche Polizisten aber verfügen, wie ich bald feststellen musste, in Krisensituationen über keinerlei Humor. Ich stellte es fest und ließ es dabei bewenden. Man braucht nicht viel Fantasie, um zu verstehen, warum ich das tat. Ein Teil von mir befand sich noch immer im London des Jahres 1928 und versuchte, wieder gutzumachen, was geschehen war. Ein Mensch war tot. Ein Mörder war entkommen.

Aber im Jahr 1968 feierten sie mich als Helden. Und das Beste, was Menschen für ihre Helden tun konnten, war offenbar, sie zur Beobachtung an einen ruhigen Ort zu bringen.

So landete ich in der psychiatrischen Abteilung des St. Mary's Hospital im kalifornischen Los Angeles. Von all den Abenteuern, die ich bis dahin erlebt hatte, war dies vielleicht das merkwürdigste – wenn auch nur deswegen, weil ich mich freiwillig dorthin bringen ließ.

Und natürlich, weil Freda mich schließlich im St. Mary's gefunden hat.

In dieser Atmosphäre, diesem Krankenhaus, herrschte der Geruch von Chemikalien, Schmerz, Tod und die ununterbrochene Geräuschkulisse weinender Menschen. Wenn ich nur an die Gespräche denke, die ich mitbekam, und die Qualen, deren Zeuge ich wurde … In vieler Hinsicht war es die vollkommenste Demonstration menschlicher Grausamkeit, die mir je begegnet ist – und zugleich ein Lehrbeispiel hartnäckiger, wenn auch irregeleiteter Hoffnung. So verbrachte ich an jenem Ort des Grauens viel Zeit damit, mir Gedanken über das Wesen der menschlichen Existenz zu machen, und durchschaute dabei mehr, als ich erwartet hatte. Aber die Buße, die ich suchte, blieb mir versagt.

Ich stand am Fenster mit seinen mickrigen, flachen Gitterstäben und dem dicken, angeblich bruchfesten Glas; geistesabwesend beobachtete ich das Kommen und Gehen der Menschen auf dem darunter liegenden Parkplatz, als mir der Geruch einer Werwölfin in die Nase stieg. Zu meiner Schande muss ich gestehen, dass ich nach so langer Zeit ihren Geruch fast nicht mehr identifizieren konnte; als es mir dann doch gelang, schlug mein Herz vor Überraschung und Freude höher, was sie natürlich mitbekam. Dennoch versuchte ich die letzten Sekunden, bevor sie die Tür öffnete, mich zu beruhigen und eine gleichgültige Miene aufzusetzen.

Ein paar Augenblicke lang stand sie hinter mir, ohne mich zu begrüßen; sie analysierte meinen Geruch, und ich ließ ihr dafür genügend Zeit, ohne mich umzudrehen.

»Brianna hatte große Angst davor, an einem solchen Ort gefangen gehalten zu werden«, begann ich schließlich. »Hast du das gewusst? Es war dumm von ihr. Sie sind wirklich sehr nett hier, und sie hätte jederzeit ausbrechen können.«

»Wenn hier einer dumm ist, dann höchstens du, Matise«, entgegnete Freda. »Warum treibst du dieses Spielchen? Was willst du damit beweisen?«

Ich wandte mich zu ihr um und lächelte breit. »Freut mich, dich zu sehen, Freda. Du bist immer noch eine Schönheit.«

Die aktuelle Mode stand ihr ausgesprochen gut. Sie trug ein dunkelgrünes Kostüm mit einem knapp knielangen Rock und eine weiße Stehkragenbluse. Ihr Haar hatte sie hell getönt und hochtoupiert. Ihr Gesicht strahlte eine gütige Reife aus und ihre Haltung eine gewisse vom Alter herrührende Autorität; ansonsten war sie noch immer das ausnehmend schöne Mädchen, das ich in Erinnerung hatte.

Sie begutachtete mein Äußeres und sparte sich jeden Kommentar. Gewisse physiologische Veränderungen sind unvermeidlich, wenn man allzu viel Zeit in seiner natürlichen Gestalt verbringt, und ich gab mir keine große Mühe, sie zu vertuschen.

Mit einem zynischen Lächeln forderte ich sie auf, sich zu setzen. »Soll ich Tee kommen lassen? Es gibt hier eine junge menschliche Krankenschwester, die mich anscheinend ganz nett findet. Ich könnte sie sicher überreden …«

»Vierzig Jahre«, unterbrach Freda mich abrupt. »Du warst zwar immer schon ein Meister im Weglaufen, aber das dürfte selbst für dich ein Rekord sein.«

»Das ist eben meine Natur«, erwiderte ich, ohne ihrem Blick auszuweichen.

In Wirklichkeit war sie mir ja gar nicht böse. »Richtig«, sagte sie sanft.

Sie trat in den schmalen Raum, schaute sich zerstreut um und tat so, als interessiere sie sich für die bescheidene Einrichtung: für den an die Wand geschraubten Fernseher, den Plastikkrug mit Eis, den Satz Spielkarten und die Taschenbücher, die ich aus der kleinen Bibliothek am Ende des Flurs entliehen hatte. Ich roch ihr Missbehagen, und es machte mich traurig, dass Freda sich in meiner Gegenwart so unwohl fühlte.

»Ich kann mir zwar nicht vorstellen, dass das Rudel dich geschickt hat«, sagte ich schließlich, »aber falls doch, so lass dich beruhigen! Die Menschen sind außerordentlich dumm und glauben nur, was sie glauben wollen. Ihre Medikamente schlagen bei mir nicht an, selbst wenn ich sie nehme, und ich habe ihnen nicht erlaubt, mein Blut zu untersuchen.«

Das entlockte ihr ein Lächeln. »Aha! Und ich bin natürlich nicht im Auftrag des Rudels hier. Für die existierst du schon seit vielen Jahren nicht mehr.«

So emotionslos es mir möglich war, antwortete ich: »Ich weiß.«

Dann schaute sie mir in die Augen und bemerkte: »Du kannst jederzeit gehen. Ich habe deinen Fall übernommen und deine Entlassungspapiere unterschrieben.«

Meine Augenbrauen schnellten hoch. »Aber ich hätte immer jederzeit gehen können, ob mit Entlassungspapieren oder ohne. Trotzdem war es nett von dir, dich um mich zu kümmern.«

Die Anspannung ihrer Muskeln roch intensiv und süßlich wie Weihrauch; ich spürte, wie auch meine Brust sich vor Erwartung dehnte und meine Sinne wacher wurden.

»Vielleicht siehst du das anders, wenn du hörst, was ich dir zu sagen habe«, entgegnete Freda.

Plötzlich packte mich Angst, und ich murmelte: »Brianna?«

Sie schüttelte den Kopf. »... ist noch mit niemandem in Verbindung getreten. Nicht einmal deine Eltern erfahren etwas von ihr, wenn sie es nicht will – und bislang hat sie es nicht gewollt.«

Da war noch mehr, also wartete ich.

Aber Freda sagte nur, nachdem sie das Zimmer mit einem verächtlichen Blick überflogen hatte: »Lass uns erst mal von hier verschwinden; ich bringe hier kaum einen vernünftigen Gedanken zustande. Du brauchst dringend ein Bad und ein anständiges Essen.«

»Vielleicht solltest du dich besser nicht mit mir in der Öffentlichkeit blicken lassen«, warnte ich. »Diese Fotografen sind ganz schön penetrant.«

Aber sie lächelte nur. »Das war mal, vor Wochen. Die haben dich längst vergessen!«

XXXVII

Sie sollte Recht behalten. Wir gingen zu dem Hotel, in dem Freda wohnte; ich wusch mir den Krankenhausgeruch vom Leib, zog mir einen weißen Leinenanzug an, steckte mir das Haar unter dem Hut hoch und setzte eine dunkle Brille auf, um meine Augen vor der Sonne zu schützen. Als wir ins Atrium hinuntergingen, beachtete uns keiner.

Laut Freda kursierte im Rudel das Gerücht, in Kalifornien halte sich ein fremder Werwolf auf, und sie habe mich daraufhin mit Hilfe amerikanischer Zeitungen aufgespürt.

»Du solltest dir endlich angewöhnen, eine Adresse zu hinterlassen, unter der du zu erreichen bist«, merkte sie mit einem nicht sonderlich überzeugenden Lächeln über dem Rand ihrer Speisekarte an. »Seit fünf Jahren suche ich nach dir.«

Ich legte die schwere, mit Troddeln geschmückte Speisekarte zurück, in der kaum ein Fleischgericht aufgelistet war. »Und warum?«

Als ich den kühlen kalifornischen Weißwein probierte, den der Kellner uns eingeschenkt hatte, stellte ich überrascht fest, dass er mich an den Sauternes der Devoncroix erinnerte. Einfühlsam beantwortete Freda die Frage, die ich gar nicht gestellt hatte. »Oh, ja, die Devoncroix-Trauben machen sich ganz gut an dieser Küste, obwohl der Wein natürlich nie an den in Frankreich herankommen wird.« Sie bestellte zwei Teller Hähnchen-Obst-Salat ohne Obst und hob dann ihr Glas.

»Auf dein glückliches Wiederauftauchen«, sagte sie, »auch wenn es ein wenig unkonventionell war.«

Genüsslich nippte ich an meinem Wein und beobachtete sie.

»Ich möchte, dass du mit mir nach Europa zurückkehrst«, fügte sie hinzu. »Ich möchte, dass du mich zu Brianna führst.«

Oh, flüstere bitte, wenn du diese Worte aussprichst! Sprich sie mit Ehrfurcht, fast wie ein Gebet, wie einen Zauberspruch für die Engel. *Führ mich zu Brianna.* In diesen Worten liegt ein Zauber; erzittere, wenn du sie äußerst.

Aber wir saßen da unter der geradezu obszön hellen Sonne in diesem Innenhof inmitten von Menschen und tranken einen Abkömmling vom Devoncroix-Wein; beiläufig bestellte sie: »Bringen Sie uns noch mehr von dem Wein – ach ja, und noch was, führ mich zu Brianna« – als wäre das ebenso leicht getan wie gesagt. Als hätte ich nicht vierzig Jahre meines Lebens jedes bisschen Willen darauf verwendet, Brianna *nicht* zu besuchen ... als wäre nicht jede Nacht dieser vierzig Jahre mit Szenarien angefüllt gewesen, in denen ich mir vorstellte, wie jemand zu mir kommen und sagen würde: »Führ mich zu Brianna«; dann hätte ich gar keine andere Wahl, als dieser Bitte zu entsprechen.

Einige Augenblicke lang betrachtete ich den Inhalt meines Glases und wagte nicht, den Mund zu öffnen. Die Wut in mir war kalt und bitter, strömte durch jede Pore und sickerte aus meiner Haut. Sie war so verdichtet, dass ich sie fast vor mir sehen konnte. Sehr behutsam stellte ich mein Glas ab und stand auf. »Mein Wein ist sauer geworden«, sagte ich, »und auf Hähnchen kann ich verzichten.«

Dann wandte ich mich zum Gehen.

Flüchtig berührte sie meine Hand, fast vogelartig: kaum da und schon wieder weg. Der Geruch ihrer Angst war scharf, und sie tat gut daran, Angst zu haben. Ich war nur halb zahm. Selbst die Menschen hatten genug Verstand, mich in ein Zimmer mit Gitterstäben vor den Fenstern zu sperren.

So sanft und eindringlich wie der letzte Atemzug eines sterbenden Tieres hauchte sie: »Bitte!«

Ich wollte es nicht. Jeder Muskel meines Körpers war zum Bersten angespannt und kämpfte gegen den Wunsch an nachzugeben. Aber da waren ihr von Schmerz und Verzweiflung erfüllter Geruch und ihre Augen, aus denen Jahre des Leids sprachen; mir fiel ein, wie Freda für Brianna ihr Leben aufs Spiel gesetzt hatte, als ich mit dem Rudel gelaufen war.

Daher setzte ich mich wieder.

Unser Tisch auf dem Betonpflaster des Innenhofs war von einem mit Kletterpflanzen berankten Bogen geschützt, und inmitten des Grüns verströmten riesige Fuchsienblüten einen intensiv exotischen Duft, der mich an Mangosirup erinnerte. Unser Platz vermittelte die Illusion von Abgeschiedenheit, auch wenn natürlich das Geschnatter von zwei Dutzend Menschen und ihre Herzschläge das Gegenteil bewiesen. Dennoch war einen Augenblick lang Fredas tiefer Kummer so greifbar, dass er alle anderen Eindrücke überdeckte. Wir fühlten uns ungestört.

Gegen meinen Willen war es ihr gelungen, mein Interesse zu wecken.

Sie nahm ihre dunkle Sonnenbrille ab und ließ mich einen Moment lang in ihre Augen blicken, bevor sie die Brille wieder aufsetzte. Dann sagte sie leise: »Du hast den Menschen Walter nicht getötet, Matise. Er lebte noch, als du ihn in Briannas Schlafzimmer getragen hast. Zwar war er schwer verletzt, das stimmt ... Aber noch nicht tot.«

Die sengende Sonne wurde plötzlich von einer vorbeiziehenden Wolke verdeckt, die blasse Schatten auf den Tisch warf. Freda blickte zum Himmel auf, als überrasche sie dieses Phänomen. So musste sie mich nicht ansehen. Alles, was sie über mich wissen wollte, konnte sie mit ihren anderen Sinnen in Erfahrung bringen.

Ich wartete.

»Er war ein gefährlicher Mensch, Matise«, fuhr sie fort. »Ich glaube kaum, dass Brianna jemals ganz begriffen hat, wie gefährlich. Als ich in das Zimmer kam und sah, dass du ihn nicht getötet hattest, war ich erstaunt – und wütend. Hätte er weitergelebt, wäre er für immer verkrüppelt gewesen, und man hätte ihn kaum mehr als Menschen bezeichnen können. Brianna hätte sich dann noch enger an ihn gebunden gefühlt, und du kannst dir vielleicht denken, welche Qualen er ihr deinetwegen zugefügt hätte. Ans Bett gefesselt zu sein, hätte einen solchen Mann keineswegs ohnmächtig gemacht; er hätte im Gegenteil alles getan, dich aufzuspüren und uns alle zu vernichten. Die Situation konnte nicht so bleiben. Sein Leben war ruiniert, Briannas Leben wäre ruiniert gewesen, und das ganze Rudel in Gefahr. Deshalb empfand ich es als eine gute Tat, ihn von seinem Leiden zu erlösen.«

Jetzt schaute sie mir in die Augen. »Er starb an einer Überdosis Morphium, die ich ihm verabreicht hatte. Und ich würde es gegebenfalls wieder tun.«

Wie von einer unsichtbaren Hand gesteuert, zog die Wolke weiter, und erneut brannte die Sonne auf uns herab, wurde vom weißen Tischtuch reflektiert, leuchtete in Fredas Haar und ließ ihre porzellanweiße Haut transparent erscheinen. Trotz meiner Sonnenbrille schmerzten meine Augen von so viel Helligkeit.

Ich nippte an meinem Wein, der warm und schal geworden war. Die mörderische Wut, auf die ich wartete, blieb aus. Vierzig Jahre lang war ich davongelaufen vor einer Schuld, die nicht meine eigene war. Ich hatte mich selbst verbannt wegen eines Verbrechens, das ich gar nicht begangen hatte. Der blendend weiße Schein der kalifornischen Sonne erstickte jede Leidenschaft in mir.

Mit bewundernswert fester Stimme sagte sie: »Ich wollte Briannas Leben retten und nicht zerstören, sie befreien und nicht zum Exil verdammen. Wenn ich gewusst hätte, wie sehr sie sich für den Tod dieses Menschen verantwortlich fühlte – wenn ich das gewusst hätte ...« Ihre Stimme versagte, und schnell wandte sie sich ihrem Weinglas zu.

Nun war ich doch ein wenig erstaunt. »Du warst nie in mich verliebt, sondern in Brianna!«

Wieder gefasster, stellte Freda ihr Glas ab. »Ich hätte mein Leben für sie gegeben. Leider habe ich sie mit dem Versuch, sie zu beschützen, so weit weg getrieben, dass ich sie nie mehr erreichen konnte. Hätte ich gewusst, was sie plante und wie sehr sie das alles belastete, hätte ich ihr die Wahrheit über den Menschen erzählt. Aber sie war plötzlich verschwunden, ohne sich auch nur zu verabschieden.«

»Du hättest es ja mir sagen können«, merkte ich an, ohne ihr deswegen einen Vorwurf zu machen. Freda hatte ganz genau so gehandelt, wie ich es an ihrer Stelle getan hätte, und ihre Eigenmächtigkeit war nicht unehrenhaft.

»Wärst du denn dann geblieben?«

»Nein. Und Brianna auch nicht, fürchte ich. Ob er durch deine oder meine Hand aufgehört hat zu atmen, ändert schließlich nichts an der Tatsache, dass er nicht gestorben wäre ohne das, was ich getan habe – und Brianna.«

»Es gibt ein Sprichwort«, murmelte Freda, »das vor Menschen warnt, die Werwölfe lieben – denn das geht nie gut aus für den Menschen.«

»Oder für den Werwolf«, fügte ich leise hinzu und musste wieder an Brianna denken.

Abrupt sagte ich: »Und jetzt möchtest du also, dass ich Briannas einzige Bitte an mich nicht respektiere und ihren Frieden störe – nur damit du ihr gegenüber dein Gewissen erleichtern kannst? Das würde ich nicht einmal tun, wenn du im Sterben lägst und dies deine letzte Bitte an mich wäre.«

»Zum Glück ist keines von beidem der Fall.« Freda klang aber nicht, als ob sie das als Glück empfinden würde. »Ich habe meine Beichte schon vor langer Zeit geschrieben und Gault gebeten, den Brief Brianna zu überbringen. Vielleicht hat er es ja getan, und sie hat ihn gelesen.«

Allmählich wurde ich ungeduldig. Mein Kopf schmerzte von der Helligkeit, und der Geruch nach Menschen und verkochtem Essen schlug mir auf den Magen. Ich wollte endlich rennen und allein sein. »Aber warum ...«

»So sehr ich Brianna geliebt habe, so sehr hat sie immer dich geliebt. Ich habe sie glücklich machen wollen, aber das ist mir nie auch nur annähernd gelungen. Es hätte lediglich ein Glück für sie gegeben – und nur das hat sie je vom Leben gewollt –, nämlich eine vollwertige Werwölfin zu sein und deine Gefährtin zu werden.«

Endlich kam ein geschäftiger Kellner mit zwei Tellern Hähnchenfleisch und Obst, die wir nicht weiter beachteten. Er füllte unsere Gläser nach, und wir saßen schweigend da, bis er sich langsam entfernt hatte.

Dann nahm Freda den Faden wieder auf: »Die letzten vierzig Jahre habe ich damit zugebracht, die Ursache des Anthropomorphismus zu erforschen. Er hat mit einem rezessiven Gen zu tun und mit dessen Position in der Chromosomenkette. Vermutlich hat Briannas Mutter, über deren Identität wir nichts wissen, ihr das Gen vererbt. Wenn ich die genaue Position des Gens in Briannas DNA bestimmen kann, besteht eine Chance, den Defekt zu korrigieren. Aber dazu bräuchte ich eine Blutprobe von ihr.«

Jetzt schaute sie mich offen an. »Ich glaube, ich habe ein Mittel gefunden, das Brianna heilen kann«, sagte sie. »Führ mich zu ihr.«

XXXVIII

Man nennt solche Orte Sanktuarien, und die meisten von uns kennen sie nur vom Hörensagen; denn der mächtige Werwolf, das vollkommenste aller Lebewesen, dem kaum Schwächen zu Eigen sind, ist nur in den seltensten Fällen auf den Schutz angewiesen, den derartige Orte bieten. Wie viele solcher Sanktuarien gibt es? Welche genaue Funktion haben sie, und wo liegen sie? Gault zufolge weiß nicht einmal der Rudelführer die Antworten auf diese Fragen.

Sie wurden gegründet und werden unterhalten von Werwölfen, die Verschwiegenheit gelobt und ihr Leben der Kontemplation, der Philosophie und der Kunst gewidmet haben. Allgemein wird angenommen, dass die größten Schätze des Rudels in den Korridoren, Gewölben und Bibliotheken des Schlosses der Devoncroix in Alaska aufbewahrt werden. Dem ist aber nicht so. Die Summe unserer Größe über tausend Generationen – unsere Geheimnisse, unsere Geschichte, unsere großartigsten Schöpfungen – wird, gut geschützt vor Entdeckung durch Menschen wie durch Werwölfe, tief im Innern der Sanktuarien verwahrt, die sich überall auf der Welt befinden.

So jedenfalls lauten die Gerüchte.

An einen solchen Ort hatte Brianna sich zurückgezogen, und tief in meinem Herzen habe ich das all die Jahre geahnt. Aber selbst Gault konnte mich jetzt nicht zu ihr führen, sondern schickte mich lediglich zu einer Stelle, wo ich eine Botschaft für sie hinterlassen sollte. Mehr als eine Woche verging ohne Antwort. Schließlich kam ihre Nachricht dann doch, wenn auch nicht in ihrer Handschrift und ohne jede Spur ihres Geruchs, aber dafür mit Anweisungen bezüglich unseres Treffpunkts.

Dieser befand sich in der Schweiz, hoch in den Alpen, und

das gefiel mir. Sie fühlte sich in den Bergen, die sie immer sehr geliebt hatte, wie zu Hause.

Die Tour nahm mehrere Tage in Anspruch, weil wir Fredas medizinische Ausrüstung mitnehmen und notgedrungen in menschlicher Gestalt reisen mussten. Wir zogen kurze Hosen und Wanderstiefel an und verteilten Fredas Gerätschaften auf zwei Rucksäcke. Es war Sommer, und die Kletterei schafften wir mühelos, obwohl wir mitunter auf den Einsatz von Seilen angewiesen waren. Nachts jagten wir in Wolfsgestalt und schliefen unter den Sternen; unter anderen Umständen wäre es genau die Art von Unterwegssein gewesen, die mir Spaß gemacht hätte. Aber meine Haut prickelte vor Erwartung, und mein Brustkorb war klamm vor Angst. Würde Brianna mir verzeihen, Freda hergebracht zu haben? Würde Brianna überhaupt mit uns sprechen? Sie hatte nichts zugesagt, und wir hatten lediglich die Wegbeschreibung zu einem Ziel, das womöglich gar nicht existierte. Aber wenn sie dort war, wenn sie mir verzieh und wenn Freda Recht hatte bezüglich der Chance, sie zu heilen … meine Nächte waren erfüllt von Träumen, die mir auch den ganzen Tag über nicht aus dem Kopf gingen.

Während der langen Zeiten menschlicher Ignoranz fürchteten umherreisende Menschen so sehr die Angriffe hundeartiger Raubtiere, dass sie an ihren Wegen kleine steinerne Schutzhütten errichteten, in denen sie sich vor ihnen in Sicherheit bringen konnten. Solche Verstecke bezeichnete man als »Wolfslöcher«. Mit einigem Erstaunen stellte ich fest, dass der Unterschlupf, zu dem man uns den Weg gewiesen hatte, stark einem solchen Wolfsloch ähnelte, obgleich ich vermutete, dass er nicht von Menschenhand stammte.

Er war klein, fensterlos, vollständig aus Stein – und leer. Das Innere roch nach kalter Nacht und winterlichem Schnee sowie langer Vernachlässigung – und enthielt nichts weiter als eine Reihe von Schlafbänken an den Mauern. Es dämmerte schon, als wir ankamen, und eine Weile warteten wir nervös. Als dann aber die Dunkelheit hereinbrach und wir immer hungriger wurden, verwandelten wir uns, um zu jagen, kehrten indes hinterher zum Schlafen in die Hütte zurück. Das Stöhnen und Pfeifen des Bergwinds klang ebenso melancholisch, wie ich mich fühlte.

Bei Anbruch der Morgendämmerung ging ich, noch immer in Wolfsgestalt, hinaus, um meine Blase zu entleeren und aus dem Bach zu trinken; erfreut steckte ich meine Nase in eine dünne Schneeschicht, die über Nacht gefallen war und nun auf dem Gras glitzerte. Ich genoss den sauberen, kalten Geruch, die Witterung von Tieren, die im Lauf der Nacht hier vorbeigekommen waren, die Frische eines neuen Morgens, das kalte Grün, die schwarze Erde, den scharfen, schneidend mineralischen Geruch von altem Fels ... oh, wie sehr ich die Wesen bedauere, die keine solchen Augenblicke kennen und unfähig sind, mit einem Atemzug die Essenz allen Lebens einzusaugen, sie in ihrem Mark zu absorbieren und in ihrer Seele zu spüren – wenigstens für einen kurzen Moment eins zu werden mit allem, was rein und vollkommen ist an einem mit Schnee bedeckten Grashalm, an der Fährte eines Maulwurfs, an der Frische blasser Knollen tief unter der Erdoberfläche.

Welch armseliger Abklatsch muss das Leben für all diejenigen sein, die keine Werwölfe sind; denn nur wir sind in der Lage, in einer einzigen Sekunde eine solche Intensität zu erleben, wie ich sie beschrieben habe, und in der nächsten ein plötzliches Wiedererkennen, einen Ruck der Erinnerung, der den denkenden Geist mit Vorfreude und Worten überschwemmt, ja, Worten, die nur darauf warten, ausgesprochen zu werden. Genau dies geschah mit mir, als ich Briannas Witterung aufnahm und in die Dämmerung hinaushorchte. Dann sah ich ihre Umrisse im Nebel, und grenzenlose Freude, tiefe Erleichterung und die unendliche Sehnsucht vierzig leerer Jahre beraubten mich jeder Selbstkontrolle. Ich sprang auf sie zu und gab mich der Leidenschaft hin. Noch am ganzen Leib zitternd, rannte ich weiter, hörte die Musik ihres Lachens, als auch sie auf mich zulief und wir einander ungestüm in die Arme fielen. Ich versank in ihrem Geruch, ihrer Berührung, ihrem schallenden, keuchenden Lachen und im Salz ihrer Tränen des Glücks. Starke, schlanke Arme fest um mich geschlungen, weiche, warme Haut und ein Haar wie Sonnenschein. Sie trug ein hauchdünnes Musselinkleid, das aussah, als sei es von Waldfeen gewoben, ein zarter Stoff mit einem Hintergrund von rosa Blüten, es saß fest an ihrem Körper und umhüllte ihn wie Zuckerguss einen Kuchen. Brianna, Brianna, Brianna! Meine Seele erzitterte vor ihr.

Beide spürten wir Fredas Gegenwart in der Tür des Unterschlupfs und vielleicht brachte uns das wieder in die Wirklichkeit zurück – obwohl wir auch dann noch nicht die Augen voneinander lassen konnten, als wir uns gegenseitig freigaben. Die Worte, die ich ihr unbedingt hatte sagen wollen, stauten sich nun in meiner Kehle und machten mir das Sprechen unmöglich. Ich war lediglich fähig, sie in ohnmächtigem, bewunderndem Schweigen anzuschauen, und ließ sie aus jeder Pore meines Körpers spüren, was ich ihr zu sagen hatte.

Achtundsechzig Jahre alt war sie jetzt und sah aus wie eine dreißigjährige Menschenfrau: mit ihrer schlanken und drahtigen Figur und den wilden, kupferrot glänzenden Locken. Ihr Gesicht aber strahlte eine liebenswerte Reife aus; der Mund war weicher geworden, die Augen ruhiger und ihre Haltung von einer Vornehmheit, die mir den Atem raubte. Leonardo da Vinci hätte sie zum Modell nehmen können, und ich wünschte, Brahms hätte eine Symphonie für sie geschrieben.

Sie nahm eine Strähne meines Haars in die Hand und blickte fragend auf. Die Jahre des allzu langen und sorglosen Verharrens in einer Gestalt hatten mein Haar silbrig weiß werden lassen.

Endlich fand ich meine Stimme wieder. »Ich dachte schon, du erkennst mich womöglich nicht wieder.«

Ihre Augen lachten, obwohl ihr immer noch Tränen über die Wangen rollten; sie küsste die Haarsträhne und sagte leise: »Wie hat das Leben uns beide doch verändert!«

Dann wandte sie sich zu Freda um, die mittlerweile ihre menschliche Gestalt angenommen und sich angezogen hatte; nach kurzem Zögern warf sie sich ihr in die Arme wie zuvor in die meinen, und die beiden drückten einander mit derselben Intensität, die Brianna und ich soeben ausgetauscht hatten. Ich sah Fredas Gesicht und roch ihre Ekstase; zwar schämte ich mich dessen, dennoch muss ich zugeben, dass ich eifersüchtig war.

Ihre Umarmung endete in einem Moment der Verlegenheit, als Freda begann: »Mehrmals habe ich versucht, dir zu schreiben …«

Brianna aber sagte nur sanft: »Ich weiß, was du getan hast. Aber das ist alles so lange her; es spielt jetzt keine Rolle mehr.«

Das klang versöhnlich. Und trotzdem tat es mir irgendwie weh, sie so sprechen zu hören.

Ich kroch in die Schutzhütte, um mir etwas überzuziehen, und wir saßen zu dritt draußen, als die langsam aufgehende Sonne den Schnee auf dem Gras schmolz und die Landschaft in Gelb- und Rosatöne tauchte. Mir genügte es schon, sie einfach nur anzusehen. Wahrscheinlich hätte ich mein ganzes restliches Leben damit zubringen können, sie einfach nur zu betrachten.

Brianna sagte: »Wie seltsam! Bis zu diesem Augenblick hielt ich mich für zufrieden. Aber jetzt sehne ich mich nach eurer Gesellschaft, nach Nachrichten aus der Außenwelt und nach allem, was ihr mir bringt.«

Sie hatte mich nicht nach dem Grund gefragt, warum ich ihren Wunsch nach Zurückgezogenheit auf einmal nicht mehr respektierte. Offensichtlich ging sie davon aus, dass ich eine triftige Veranlassung dafür hatte.

»Warst du an diesem Ort ... glücklich?«, fragte ich schließlich.

Einen Augenblick dachte sie nach. »Das muss ich wohl gewesen sein. Es zwingt uns niemand zu bleiben – nur Besuch von außen empfangen dürfen wir nicht.« Sie lächelte. »Ich habe um einen Ort gebeten, an dem ich mich geborgen fühle, und den habe ich gefunden. Dort ist jeder so wie ich – alle sind anthropomorph.«

Freda atmete leise ein, aber ich selbst war nicht weiter überrascht. Briannas Antwort erschien mir logisch.

Abwechselnd sah sie uns beide an und sagte dann nach kurzem Zögern: »Ich rieche keinen Gefährten, an keinem von euch. Ihr habt also all die Jahre allein gelebt.«

»Auch nicht mehr Jahre als du«, entgegnete Freda.

Ich brachte es nicht fertig, Briannas Blick zu erwidern, obwohl ich spürte, dass sie mich fixierte. Leise bestätigte sie: »Ja, das stimmt.«

Kurz entschlossen wechselte sie das Thema: »Erzählt mir vom Rudel, von unseren Eltern, Geschwistern und von dem, was ihr alles erlebt habt. Wir kriegen hier nichts zu hören, was nicht mindestens zweihundert Jahre alt ist!«

»Ich bin gekommen, weil ich Neuigkeiten für dich habe«, erklärte ich, »aber nicht vom Rudel.« Mein Unbehagen ließ meinen Ton etwas schroff klingen. »Freda hat ihre physiologischen Forschungen weiterverfolgt, und sie meint, eine Heilmethode für dich gefunden zu haben.«

Jetzt ergriff Freda das Wort. »Erst einmal bräuchte ich nur ein wenig von deinem Blut, Brianna. Da wir nicht wissen, wer deine Mutter war, ist das für mich die einzige Möglichkeit, meine Forschungen fortzusetzen. Falls ich finde, was ich erwarte, wäre es nur eine Frage von Wochen, bis ich anfangen könnte, deinen Zustand zu therapieren.«

Brianna war sehr ruhig, nachdem Freda geendet hatte – fast so, als hätte sie nichts gehört. Ich konnte keine Veränderung in ihrem Herzschlag oder ihrem Geruch feststellen; sie bewahrte einfach Distanz.

Schließlich sagte sie: »Diese … Behandlung! Hast du sie schon an anderen ausprobiert?«

»Dein Zustand ist äußerst selten, Brianna. Ich habe meine Theorie an zwei anderen getestet und hatte dabei hundertprozentigen Erfolg – aber die waren beide noch keine zwanzig. Du wärst die erste Erwachsene.«

»Es gibt also keine Garantie?«

»Ich wäre nicht hier, wenn ich nicht glauben würde, dass ich bei dir dasselbe Ergebnis erzielen könnte.«

»Und ich hätte sie nicht hierher gebracht«, fügte ich hinzu.

Brianna nickte nachdenklich und stand auf. Dann entfernte sie sich ein paar Schritte von uns, die Hände auf dem Rücken verschränkt, und Freda und ich tauschten verwirrte Blicke. Das war nicht gerade die Reaktion, die wir erwartet hatten.

Ich trat zu Brianna, und wir gingen ein paar Meter schweigend nebeneinander her. Ohne mich anzuschauen, sagte sie leise: »Du riechst wie tausend Leidenschaften.«

»Und du riechst wie hunderttausend Tage ohne mich.«

»Aber ich war nie ohne dich. Ich habe dich hier drin gehabt …« Sie fasste sich an die Brust. »… jeden Augenblick eines jeden Tages, und das mein ganzes Leben lang.«

»Hätte ich vielleicht doch nicht kommen sollen?«

Sie antwortete nicht sofort, und als sie es schließlich tat, klang ihre Stimme etwas verwirrt. »Ich dachte, ich wäre zufrieden. Meine Arbeit macht mir Spaß, und die anderen hier sind so wie ich. Ich habe keine Angst und schäme mich nicht, habe nichts zu verbergen. Gleichwohl habe ich dich und Freda schrecklich vermisst, und manchmal denke ich an *Maman* und Papa und an die Geschwister, die ich nie kennen lernen durfte – trotzdem war ich nie in Versuchung, von hier wegzugehen ... ich dachte immer, ich sei zufrieden.«

Ihre Augen verdunkelten sich wie der Tropenhimmel vor einem lang anhaltenden Regen. »Aber jetzt, wo du da bist, wird mir klar, dass ich nicht wirklich zufrieden war. Plötzlich kehrt die ganze alte Leere und Sehnsucht wieder zurück, all die verzweifelten Träume und das wilde, wahnsinnige Verlangen. Ich hätte für immer hier bleiben und mir einreden können, dass ich glücklich war – bis zu diesem Moment. Aber auf einmal kann ich nicht mehr zurück.«

»Warum solltest du auch? Verstehst du denn nicht – wenn Freda Recht hat, wirst du endlich komplett, gesund und frei sein! Und falls es nicht klappt, was hast du dann außer ein paar Tropfen Blut schon verloren? Brianna, warum zögerst du eigentlich? Vielleicht ist es ja nicht mehr als eine Chance – aber es *ist* immerhin eine!«

Sie sah so verloren aus. Ich wollte, dass sie sich freute, jubelte, aufgeregt war – aber leider wirkte sie nur traurig. »Die Hoffnung ist ein begieriger Geliebter«, sagte sie. »Sie stiehlt mir den Frieden, frisst mein Herz und lässt nichts von mir übrig.«

Doch dann lächelte sie mich an – oder versuchte es zumindest – und führte ihre Hand an mein Haar. Sie spielte mit einer Strähne, schloss die Augen und atmete tief ein. »Tausend Leidenschaften«, flüsterte sie.

Ein paar Sekunden schwieg sie und hielt die Augen geschlossen, meine Haarsträhne an ihre Wange gepresst. Doch allmählich wich die Spannung aus ihrem Körper, sie atmete aus, hob die Lider. Wir schauten einander an, und die Entscheidung war gefallen. Da begriff ich, was sie mir die ganze Zeit über sagen wollte – dass die Entscheidung bereits in dem Augenblick gefallen war, als ich mit Gault Kontakt aufgenommen hatte –, da schon gab es für sie kein Zurück mehr. Ohne dass zwischen uns ein weiteres Wort fiel, kehrten wir zu Freda zurück.

XXXIX

Freda bereitete ihr Mikroskop, die Objektträger, Teströhrchen und mit Heparin behandelten Spritzen vor, und Brianna bot ihren Arm wie ein Opfer dar. »Ich habe nirgendwo in den Akten irgendwelche Analysen von dir gefunden«, wunderte Freda sich. »Hast du dir nie eine Blutprobe abnehmen lassen?«

»Wahrscheinlich nicht. *Maman* hat immer so aufgepasst, dass ich vermutlich nie auch nur einen Tropfen Blut vergossen, geschweige denn freiwillig abgegeben habe.«

Was für banale Gespräche angesichts der Tatsache, dass dies die letzten paar Momente eines Lebens waren, das für uns drei in dieser Form nie wiederkehren sollte. Eine milchige Sonne zeichnete blasse Farbstreifen an den Himmel; vom Dach der Schutzhütte tropfte das Schmelzwasser, hoch in einem Baum regten sich die Blätter, und ganz in der Nähe rochen wir ein warmblütiges Nagetier. Alles war so unfasslich normal.

Freda punktierte eine Ader an der Innenseite von Briannas Arm und schob die Nadel hinein – eine einfache und schmerzlose Prozedur. Ich roch Briannas Anspannung und die Besorgnis, die sie zu verbergen suchte, während sich der kleine Zylinder mit Blut füllte. Dann roch ich noch etwas anderes.

Briannas Blut floss süß, heiß und rein in das Glasröhrchen. Eisen, Salz, Hämoglobin und Plasma, der süßlich scharfe Zimtgeruch, der Brianna charakterisierte, der bittere, wilde Geruch des Werwolfs ... und noch etwas.

Es fiel uns allen dreien gleichzeitig auf. Menschengeruch

schwebte in der Luft, und in einer instinktiven Reaktion drehte ich mich blitzartig um, um uns gegen einen etwaigen Eindringling zu verteidigen. Doch auf halbem Weg ließ meine Verwirrung mich innehalten. Der Geruch schwebte gar nicht in der Luft. Er kam aus ihrem Blut.

Kurzfristig blieb die Zeit stehen; Verstand und Vernunft traten in den Hintergrund, und selbst der Schock war wie aufgeschoben, während, langsam und gleichmäßig, Briannas Blut in das Röhrchen floss. Kein Vogel raschelte mit den Flügeln, kein Lebewesen im Erdboden rührte sich, kein Windhauch unterbrach die Stille. Und im Äther unseres Unbewussten schwebte, halb geboren, die Erkenntnis.

Schließlich drang, so schnell und scharf wie der allererste Atemzug, diese Erkenntnis in unser Bewusstsein. Ich flüsterte »Mensch«, und Brianna sagte »Nein«, und im gleichen Augenblick blickte Freda von der Spritze zu Brianna auf. »Brianna, deine Mutter ...«

»Nein«, wiederholte Brianna.

»Deine Mutter muss ein ... kann gar nichts anderes gewesen sein als ein ...«

»Nein!«

»... Mensch ...«

»Nein!«

Brianna riss sich von Freda los, und ich hörte, wie die Nadel aus ihrem Arm rutschte; ich roch die Flut warmen, nach Mensch riechenden Blutes, als das Röhrchen zersprang und sein Inhalt sich über den Boden ergoss. Wild funkelten Briannas Augen, ihre Haut war gespannt, und selbst ihr Haar stand wie elektrisiert zu Berge, so sehr wehrte sie sich gegen die Erkenntnis. Aus der offenen Vene ihres Arms sickerte Blut, und sie legte ihre Finger hinein, führte sie an die Nase, atmete tief ein und presste ein weiteres ersticktes »Nein!« hervor.

»Brianna, dein Blut riecht nach Mensch – nach einer Mischung aus Mensch und Werwolf! Vor deiner Geburt gab es in Alaska keine Werwölfe, also muss dein Vater sich mit einer Menschenfrau gepaart ...«

»Nein!«

»Wie willst du es sonst erklären? Ich weiß, dass es als Ammenmärchen gilt; aber irgendwie haben sich ein Mensch und ein Werwolf offensichtlich doch gepaart, und du – du bist das Ergebnis davon. Ein unglaubliches, eigentlich nicht mögliches Ergebnis – und trotzdem bist du da. Du lebst!«

Fredas Stimme zitterte vor Aufregung, ihr Gesicht wirkte hellwach, und ihr Blick schien zugleich auf Brianna gerichtet und auf Aussichten, die weit über diesen Moment hinausreichten. Briannas Gesicht war von blutigen Streifen überzogen, nachdem sie versuchte hatte, den unangenehmen Geruch wegzuwischen; aus ihrem Arm tropfte rote Flüssigkeit, die ihr Kleid befleckte, und aus ihren Augen und ihrer Miene sprachen Abscheu, Entsetzen und Selbsthass.

»Halb Mensch«, sagte Brianna und schien daran fast zu ersticken. Halb Schwein. Halb Affe. Halb Hund. Dein ganzes Leben lang bist du etwas ganz Bestimmtes, und auf einmal merkst du, dass du das nie warst. Eine Missgeburt. Eine Unmöglichkeit. Ein Wechselbalg.

Sie trat einen Schritt zurück, als wollte sie damit der Wahrheit entkommen, aber das gelang ihr nicht. Schnelle, heiße Atemzüge. Donnernder Herzschlag. Gehetzt schaute sie mich an, fragend und bettelnd; aber sie fand in meinen Augen und auf meiner Haut nur Schock und Entsetzen – die Wahrheit. Ich griff nach ihr, aber es war zu spät. Brianna schlug meine Hand weg und stolperte einen weiteren Schritt zurück.

Dann hielt sie sich ihre blutigen Hände vors Gesicht und betrachtete sie voller Abscheu und Grauen. »Mensch«, keuchte sie fassungslos. Auf einmal brüllte sie Freda an: »Warum bist du gekommen, warum tust du mir das an? Ich rieche es selber! Es ist in meinem Blut, und ich kriege es nicht heraus!«

Ein schrecklicher Schmerz verzerrte ihre Züge. Sie fuhr sich mit den Fingern durch die Haare, schaute zum Himmel auf und stieß einen Schrei aus, der von den Bergen widerhallte, die Bäume erzittern und die Kaninchen in ihren Löchern verstummen ließ; mein Blut erstarrte zu Eis, und mein Herzschlag setzte aus.

Dann sank sie auf die Knie, die Arme um sich geschlungen, und ich sah, wie ein Zittern durch ihren Körper lief; ein plötzlicher, schmerzhafter Krampf verzerrte ihr Gesicht und erstickte einen weiteren Schrei. Ich stürzte auf sie zu, aber Freda war schneller, verstand schneller als ich, ließ sich vor Brianna auf die Knie fallen, schob ihr das Haar zurück, wischte ihr Blut und Tränen aus dem Gesicht und murmelte: »Schon gut, schon gut, kämpf nicht dagegen an, Bri, hab keine Angst ...«

Aber Brianna schrie und krümmte sich, als eine weitere Welle des Schmerzes sie erfasste; ich konnte das Fieber auf ihrer Haut riechen und den Schrecken in ihrem Blut. Ergrimmt packte ich Freda bei den Schultern und schleuderte sie weg, nahm ihren Platz neben Brianna ein und versuchte, sie zu umarmen. »Tu doch was!«, schrie ich. »Hilf ihr! Siehst du nicht, wie schlecht es ihr geht? Was hast du nur mit ihr gemacht!«

Freda rang mit mir. »Matise, lass sie los, du verstehst das nicht! Geh weg von ihr ...«

Freda zog mich beiseite, gerade als Brianna mit einem gewaltigen Schrei hochfuhr. Ihr Blick war von Wahnsinn gezeichnet, ihr Gesicht schmerzverzerrt, und ihre Augen glühten weiß. Violette Adern pulsierten in ihrer Kehle, ihr Haar knisterte und sprühte Funken. Sie bohrte sich die Finger tief in die Haut und schrie ohne Ende.

Behutsam näherte sich Freda ihr und beschwor sie: »Brianna, hör mir bitte zu, konzentriere dich auf meine Stimme, ich kann dir helfen, ich kann ...«

Brianna aber brüllte in ihrem Leiden, ging auf Freda los

und stieß sie mit aller Kraft von sich. Freda krachte gegen die Mauer der Steinhütte und blieb zusammengekrümmt und reglos liegen.

Ich rief Freda beim Namen, rannte zu ihr und fiel vor ihr auf die Knie. Einige Knochen waren gebrochen, und ein durchdringender Geruch zeugte von ihrem Schmerz – aber sie war nicht lebensgefährlich verletzt. Die Anstrengung, die es sie kostete, gegen jeden Instinkt ihre menschliche Gestalt beizubehalten, entzog ihrer Haut Farbe und Wärme und ließ dicke Schweißperlen auf ihre Stirn treten. Ihre Lippen zitterten, als sie versuchte, Worte zu bilden; eindeutig hielt sie nur durch, weil sie mir um jeden Preis etwas sagen wollte. Ich nahm sie in die Arme und hielt sie dicht an mein Ohr. Sie klammerte sich an meine Schultern.

»Steh ihr bei!«, keuchte sie. »Nur du kannst sie jetzt noch retten!«

»Freda, verwandle dich, du stirbst sonst! Bleib bitte nicht in dieser Gestalt!«

Hinter uns schrie Brianna und wälzte sich vor Schmerzen auf dem Boden. Ihr Kleid wies Löcher auf, wo ihre Finger sich hineingebohrt hatten.

Freda klammerte sich an mich wie eine Ertrinkende. »Das war – der Schock«, flüsterte sie. »Der Geruch ihres Blutes, die plötzliche Erkenntnis ...«

Leidenschaft. Ein alles überwältigendes Gefühl.

Schnell blickte ich noch einmal über meine Schulter zu Brianna hinüber. Sie schluchzte und rang nach Luft; der Geruch, der von ihr ausging, war heiß und bitter. Das Fieber, das ihr Körper ausstrahlte, hatte das Gras um sie herum gelb und schlaff werden lassen.

»Sie kann sich nicht ohne dich verwandeln!«, krächzte Freda eindringlich. »Ihr Körper weiß nicht, wie das geht!«

Entsetzt starrte ich Freda an. »Das kann ich doch nicht wagen! Ich würde sie umbringen!«

Aber Freda, die Brianna genug geliebt hatte, um sie mir zu überlassen, liebte sie zu sehr, um sie jetzt im Stich zu lassen. »Sie wird sterben, wenn du es nicht versuchst! Jetzt geh schon! Geh zu ihr!«

Ich stand auf und entfernte mich taktvoll, als Freda in ihren Schmerzen kapitulierte, ihre menschliche Gestalt verließ und sich in die heilende Leidenschaft ergab. Mit einem Satz war ich bei Brianna.

Aber Freda hatte sich geirrt. Brianna brauchte mich gar nicht. Lag es nun an den Pheromonen, die bei Fredas Verwandlung freigesetzt worden waren, oder an ihrer eigenen plötzlichen Willenskraft – jedenfalls war Brianna aufgestanden, hatte ihre Kleider abgelegt und den Kopf zurückgeworfen. So stand sie nun da, ein Bild äußerster Pein, die schlanke Kehle durchgebogen und am ganzen Körper zitternd.

Ich spürte die Hitze, roch Verbranntes, und die Ungeheuerlichkeit dessen, was sich da tat – mein Entsetzen und Staunen ließen meine Beine nachgeben. Spontan hielt ich mir die Hand vors Gesicht, um meine Augen vor ihrem grellen Leuchten zu schützen, als ihr Haar Feuer zu fangen schien, das gleich darauf wie tausend orangerote Bänder um ihren ganzen Körper züngelte. Ihr Gesicht begann zu glühen und strahlte Hitze und Licht aus; ihre Haut leuchtete so hell wie tausend, nein, hunderttausend Kerzen; die Luft um sie herum nahm, inspiriert von ihrer Energie, ein Eigenleben an; die Baumwipfel wurden angesengt, das feuchte Gras begann zu knistern. Es war schrecklich und verzückend zugleich, erschütterte mich bis in die Grundfesten meiner Seele.

Langsam hob Brianna die Hände gen Himmel und ballte sie zu Fäusten, um den Zauber in sich aufzunehmen. Ich bebte vor Verlangen nach ihr, vor Freude für sie und vor Ehrfurcht angesichts ihrer Großartigkeit. Dann öffnete sie mir ihre Arme.

Ich warf meinen Umhang fort und schritt, wie magnetisch

angezogen und getragen von ihrer Ekstase, auf sie zu. Ich umfasste ihre Fäuste mit den Händen, atmete ihren Geist ein und badete in ihrem Licht. Ihr Glühen brannte auf meiner Haut, in meinen Augen und in meiner Seele. Ich *war* sie. Noch bevor wir eins wurden, nahm sie mich mit ihrer Macht gefangen.

Dann stieß sie einen gewaltigen Schrei aus, der in den Himmeln der Seligkeit, der Erhabenheit, des Triumphs widerhallte, und sämtliche Firmamente antworteten, als sie mich mitriss in ihre Leidenschaft.

XXXX

Wir benennen unsere Kinder nach der Bedeutung, die die Laute der menschlichen Sprache für unsere Ohren haben, und nach ihrer Übersetzung in unseren Wolfsgesang. Mitunter klingen unsere Namen in der Sprache der Menschen reichlich exotisch, wie zum Beispiel »Ikarus«; mitunter sind sie aber auch recht prosaisch wie etwa »Michael«. In jedem Fall bedeuten sie jedoch mehr, als die Menschen je hineininterpretieren würden. Mein Name bedeutet im Wolfsgesang »Krieger«, Brianna so viel wie »Wunder«.

Unseren Sohn nannten wir David, was in unseren beiden Sprachen »Friede« bedeutet.

Dies also ist deine Geschichte, mein Sohn, die ich für dich aufgeschrieben habe. Es ist die Geschichte deiner Eltern, aus deren Schwächen und deren Liebe du hervorgegangen bist, die Geschichte der Opfer, die wir gebracht, und der Fehler, die wir begangen haben. Auch ist dies das größte aller Geheimnisse – die Vereinigung zweier Arten und die Geschichte einer Geburt, die es nicht hätte geben sollen, die aber wundersamerweise eine neue Spezies von Lebewesen auf dieser Erde hervorgebracht hat.

Du bist der Erste deiner Art. Das Ausmaß deiner Macht kennst du bereits, und nun weißt du auch, woher diese stammt. Wie du deine Gabe einsetzt, bleibt ganz allein dir überlassen.

Dies ist unser Vermächtnis an dich. Halte es in Ehren.

14

Die Wildnis
6:12 Uhr Alaska-Zeit
26. November

Hannah wusste nicht, wann der Sturm aufgehört hatte, noch wann das ferne Dröhnen des ersten Suchflugzeugs ihr Bewusstsein erreichte. Der Raum war kalt, und ihr Atem gefror in der Luft. Trotzdem blieb sie, nachdem sie das Buch geschlossen hatte, noch einige Zeit sitzen und beobachtete den Wolf.

Er war aufgestanden und hielt den Kopf gesenkt, während sein Rücken das Dach des Käfigs berührte. Und er beobachtete sie desgleichen.

Langsam erhob sie sich und ging zum Käfig hinüber. Einen Moment lang blieb sie zögernd stehen. »Wir haben eine Abmachung, nicht wahr?«

Sie kniete sich vor der Klappe nieder und öffnete das obere Schnappschloss. »Ich heiße Hannah Braselton North«, stellte sie sich leise vor. »Vergiss mich nicht!«

Dann öffnete sie auch das untere Schloss und machte die Tür auf.

Nun passierte alles so schnell, dass sie es nur noch über sich ergehen lassen konnte. Das nicht mit Läden verbarrikadierte vordere Fenster der Hütte barst unter der Wucht zweier hereinpreschender riesiger grauer Wölfe, und es regnete Sicherheitsglas wie Hagel, vermischt mit Schneegestöber sowie eisigem Wind. Hannah kreischte und duckte sich, um ihr Gesicht vor dem Glasregen zu schützen; noch bevor ihr Schrei verklungen war, war auch der Große Weiße mit einem Satz durch das Fenster gesprungen und im nächsten Augenblick bei ihr.

Die Wucht seines Aufpralls warf Hannah so hart zu Boden, dass ihr die Luft wegblieb und sie, wie es ihr schien, eine kleine Ewigkeit lang nach Atem ringend dalag – lange genug jedenfalls, dass einer der dunkleren Wölfe Zeit hatte, sie mit gebleckten Zähnen anzugreifen. Sie rollte sich weg, warf die Arme hoch, um ihr Gesicht zu schützen, und spürte gleich darauf scharfe Schneidezähne an ihrem Oberarm. Unter dem Geräusch reißenden Stoffs zog sie den Arm zurück; in Pullover, Hemd und Thermowäsche klaffte ein langer Schlitz; aber das Fleisch selbst war nicht aufgerissen, und endlich bekam sie wieder Luft.

Hannah rappelte sich hoch und stürzte sich auf den Gewehrständer gegenüber der Tür, aber der Große Weiße warf sie mit enormer Wucht erneut zu Boden; sie registrierte nur noch ein Knurren und ein Zuschnappen, Zähne in ihrem Haar, Klauen auf ihrem Rücken und ihren Rippen, dann den Druck von Zähnen auf ihrer Schulter – und plötzlich nichts mehr, plötzlich Freiheit, als der blonde Wolf, ihr Wolf, sich mit wütendem Gebell ins Kampfgetümmel stürzte.

Der Große Weiße reckte sich, um den Angriff zu parieren, und die beiden riesigen Wölfe krachten in der Luft zusammen, fielen herunter, schnappten nach einander, rangen verbissen, stießen Möbelstücke um und verspritzten Geifer und Blut. Aufgeregt kreisten die beiden dunkleren Wölfe um die anderen; einer versuchte einzugreifen und jaulte vor Schmerz auf. Schluchzend taumelte Hannah zum Gewehrständer hinüber und zerrte ihre Waffe heraus.

Plötzlich riss sich der Große Weise los, als habe das Geräusch beim Einlegen einer Patrone ihn gewarnt, und sprang durch das offene Fenster, dicht gefolgt von seinen beiden Gehilfen und dem blonden Wolf, der nicht einmal einen Blick zurück riskierte.

Die Stille, die sie hinterließen, war ohrenbetäubend. Hannah sank auf die Knie und stützte sich mit einer Hand an der Wand ab. Sie zitterte am ganzen Körper, und jeder Atemzug klang wie ein kratziges Schluchzen. Das Blut pochte in ihrer Schulter und in ihrem Arm. Eine Reihe von Schürfwunden schmerzte, und angespannte Muskeln waren steif geworden – aber sie lebte.

Sie nahm sich einige Minuten Zeit, ihre Lungen wieder mit Luft zu füllen, ihre zitternden Muskeln zu beruhigen und wieder zu Kräften zu kommen. Dann zog sie ihren Schneeanzug an und folgte ihnen.

15

Die beiden Gehilfen verschwanden in den düsteren Morgennebel, bis sie nicht mehr zu sehen waren. Der weiße Wolf blieb stehen und wartete auf Nicholas.

In dieser Gegend gab es Hügel und hohe Tannen. Der letzte Schnee hatte Äste abgebrochen und auf die Verwehungen fallen lassen, aber der Wind hatte eine Schneise durch das Tal bis hinunter zu einer älteren, verharschten Schneeschicht freigeweht, sodass man relativ einfach vorwärts kam. Nicholas aber war immer noch geschwächt und humpelte. Die Wunde an seiner Hüfte machte ihm zu schaffen und schmerzte; auch seine Lungen waren so viel Bewegung noch nicht wieder gewöhnt. Er befand sich bereits weit hinter den anderen. Der weiße Wolf schien das zu spüren und blieb deswegen stehen.

Der Schneefall hatte aufgehört, doch der Wind pfiff durch den Pelz des weißen Wolfs und erzeugte um seine Füße kleine Schneewirbel. Er stand absolut reglos da und wartete. Vorsichtig näherte Nicholas sich ihm, und sein Herz pochte vor Anstrengung und Erwartung. Als er nur noch wenige Meter vom weißen Wolf entfernt war und keinerlei Aggressivität witterte, hinkte er auf ihn zu.

Die beiden Wölfe umkreisten einander und sogen den Geruch des jeweils anderen ein, um sich noch einmal dessen zu vergewissern, was sie schon in dem Augenblick erkannt hatten, als sie im Kampf aufeinander geprallt waren. Dennoch konnte Nicholas sein Erstaunen nicht verhehlen. Er trat einen Schritt zurück, setzte sich und sah den anderen aus zusammengekniffenen Augen an.

Der weiße Wolf ging höflichkeitshalber auf Distanz, sprang hoch und verwandelte sich. Da es eine Herausforderung gewesen wäre, dies nicht ebenfalls zu tun, mobilisierte Nicholas seine letzten Kräfte und verwandelte sich auch in Menschengestalt.

Der Polarwind biss in Nicholas' erst kürzlich verheilte menschliche Haut und blies eine Strähne langen weißen Haars über das Gesicht seines Bruders, der sie mit einer ungeduldigen Geste beiseite schob, nach Osten deutete und rief: »Komm mit! Ich weiß, wo wir uns unterstellen können!«

Nicholas beugte seinen Kopf vor dem Wind und folgte dem anderen.

Der angekündigte Wetterschutz war eine nicht sehr tiefe Höhle mit mehreren Fellen darin. Sein Bruder zog sich eines über die Schultern und warf Nicholas ein anderes zu. Er bedachte ihn mit einem lobenden Blick und rieb sich dann den Nacken, wo die Spuren von Nicholas' Zähnen erst allmählich verschwanden. »Du kämpfst nicht schlecht für jemanden, den wir schon für so gut wie tot gehalten haben«, begann er.

Nicholas zog sich den Pelz dicht um seine Nacktheit und sog seine Wärme ein. Dann musterte er den anderen Werwolf lange und ausgiebig; schließlich sagte er leise: »Du bist Matise. Mein Vater hat erzählt, du wärst tot.«

Matise senkte den Kopf. »Du wirst noch feststellen, dass unser Vater ein großer Meister der Lüge war – eines der Charakteristika, die ihn zu einem so mächtigen Rudelführer machten.«

Nicholas berichtete: »Sie haben dieses Leben verlassen, unsere Eltern.«

»Ich weiß.«

Die beiden teilten einen Augenblick ehrerbietigen Schweigens. Matise ging zum Eingang der Höhle. Dort war gerade genug Raum, dass beide in menschlicher Gestalt Platz nehmen und einen ungehinderten Blick auf alles werfen konnten, was sich ihnen näherte. Was sie dann auch taten, Seite an Seite, geschützt vor dem beißenden Wind.

Nun sagte Matise: »Uns bleibt nicht viel Zeit. Die Leute, die nach dir suchen, sind bereits aus ihren Flugzeugen gestiegen. Jetzt, wo du wieder in der Natur bist, werden sie schnell deine Fährte aufnehmen.«

»Und du? Wie hast du mich gefunden?«

Ein Lächeln machte Matises vom Wetter gegerbte Züge weicher, während er auch weiterhin den Blick geradeaus in die Ferne gerichtet hielt. »Ich war nicht an dir interessiert, sondern an dem Buch. Es wurde mir vor einiger Zeit gestohlen.«

»Von unserem Vater?«

»Ja. Wir haben alles getan, was wir konnten, um Davids Existenz vor dem Rudel geheim zu halten. Schließlich wussten wir nicht, wie das Rudel auf ihn reagieren würde. Wenn man schon Brianna aus dem Rudel verbannte, weil man sie für anthropomorph hielt – was würde man dann wohl mit dem Jungen eines Halbmenschen anfangen? Außerdem fließt das Blut der Devoncroix in seinen Adern, somit brächte er Schande über unseren Namen und stellte eine Bedrohung für die fast tausendjährige Herrschaft der Devoncroix dar. Das erschien uns als zu große Belastung für den Kleinen, und so haben wir ihn vorsichtshalber versteckt.«

»Hier? In Alaska?«

Matise schüttelte den Kopf. »In den Jahren meiner Reisen stieß ich auf eine kleine Insel in Mikronesien, die von Menschen kaum erforscht und für Werwölfe nicht weiter von Interesse war. Dort haben wir uns häuslich eingerichtet und in Frieden gelebt – bis vor drei Jahren, als Vater uns aufstöberte. Wir konnten zwar gemeinsam fliehen, mussten aber all unseren Besitz – darunter auch das Buch – zurücklassen.«

»Und dann seid ihr nach Alaska gewandert?« Nicholas gelang es nicht, seine Ungläubigkeit zu verbergen.

Matise lächelte. »Es klingt ziemlich idiotisch, ich weiß. Aber manchmal ist es einfacher, sich da zu verstecken, wo einen der Feind am allerwenigsten vermutet. Das gelang uns auch – bis vor ein paar Wochen. Unglücklicherweise wurde David von Alexander Devoncroix' Häschern gefangen genommen und in ein Labor in New York verschleppt, wo man ihn in einen Käfig gesperrt, mit Medikamenten behandelt und untersucht hat …«

»Und aus dem er letzte Woche ausgebrochen ist, wobei drei Wissenschaftler den Tod fanden.«

Matise warf ihm einen scharfen, durchdringenden Blick zu, bevor seine Züge sich wieder entspannten. »Ja, es gab eine Operation mit dem Ziel, ihn zu retten. Auch einer meiner Leute hat dabei sein Leben lassen müssen.«

Nicholas atmete langsam und tief ein. So hing das also alles zusammen. Brianna, das Mischwesen, das es nie hätte geben dürfen, hatte sich mit einem Werwolf gepaart und einen lebenden Nachkommen geboren. Kein Versehen, keine Missgeburt, sondern eine Mutation im genetischen Code, die eine völlig neue Art hervorgebracht hatte.

Das Geheimnis des Buchs! Das war es, was sein Vater ihm hatte sagen wollen, ohne je den Mut dazu zu finden. Eine ungeheure Wut erfüllte Nicholas, Empörung und Trauer darüber, dass so viele – seine Mutter, sein Vater, die unschuldigen Opfer im Hubschrauber – ihr Leben hatten lassen müssen, und das alles nur, weil ein paar Worte nie ausgesprochen worden waren. Doch seine Wut schwand fast so schnell, wie sie gekommen war, als ihm etwas anderes klar wurde. Was auch immer Alexander Devoncroix gesagt hätte – nichts hätte Nicholas dazu bringen können, seine Meinung zu ändern, und höchstwahrscheinlich hätte es seine Entschlossenheit sogar noch verstärkt. Ohne die ganze tragische Geschichte, die er durch das Buch seines Bruders kennen gelernt hatte, wäre Nicholas nie in der Lage gewesen, die Ereignisse zu verstehen.

Er schaute wieder zu Matise, und es fiel ihm schwer zu sprechen. »Und dieser – David. Was ist aus ihm geworden?«

»Du wirst ihn nicht finden«, antwortete Matise. »Außer, wenn er das möchte.«

»Mein Vater hat ihn auch gefunden.«

Traurig schüttelte Matise den Kopf. »Er war schließlich sein Großvater. David hat jemandem vertraut, der sein Vertrauen missbrauchte. Ich glaube kaum, dass er denselben Fehler noch einmal begeht.«

»Du hältst große Stücke von ihm.«

Die Art seines Schweigens ließ Nicholas frösteln. »Wo ist er?«, wiederholte er.

»Er stellt keine Bedrohung für dich dar, Nicholas Devoncroix«, sagte Matise ruhig und bestimmt. »Auch für keinen anderen Werwolf oder Menschen! Kümmer dich besser um deine eigenen Angelegenheiten. Lass ihn in Ruhe! Ich kann dir versichern, dass deine Aufmerksamkeit woanders nötiger gebraucht wird.«

Eine Weile schwiegen sie. Mit einem gewissen Unbehagen begann Nicholas dann: »Dein Rudel …«

Matise verstand, was er sagen wollte, und lächelte. »Die sind keine Verwandten von euch. Wild lebende Werwölfe, die genau wie wir ein Zuhause gesucht haben. Brianna hatte das Ende ihres gebärfähigen Alters erreicht, als wir uns paarten, und so bekamen wir nur noch ein Kind.«

»Und Brianna? Was ist aus ihr geworden? Mein Vater sagte mir, sie sei gestorben.«

Matise hing einen Moment lang seinen Gedanken nach. »Das war schlau von ihm. Er hat es getan, um sie zu schützen. Auch wenn es jetzt schwer fällt, das zu glauben, haben meine Eltern sie doch immer geliebt, allerdings auf ihre Weise. Nein, gestorben ist sie nicht.«

Jetzt lenkte Matise seinen Blick nach Süden, und Nicholas, der über den Wind eine schwache Witterung bekam, folgte ihm mit den Augen. Auf dem Kamm eines Hügels rund einen halben Kilometer entfernt stand eine Wölfin und beobachtete sie. In ihr helles Fell mischte sich ein ausgeblichener rötlicher Schimmer, ihre Haltung war gelassen und ihre Augen so blau wie die der Devoncroix.

»Brianna«, sagte Nicholas leise.

»Nach jenem ersten Mal«, erklärte Matise, »war sie nie mehr in der Lage, sich zurückzuverwandeln. Die zweite Hälfte ihres Lebens ist sie nun auf diese Gestalt beschränkt, während sie die erste Hälfte in der anderen zubrachte.«

Nicholas verharrte in Schweigen, so sehr nahm ihn Briannas tragisches Schicksal gefangen.

Nach einiger Zeit sagte er schwerfällig: »Du kommst zu spät, um dein Buch zu retten. Diese Menschenfrau hat es bereits gelesen.«

»Und was soll jetzt mit ihr geschehen?«

Ein noch längeres Schweigen folgte. Brianna, Kind eines Wunders und Mutter einer neuen Art, wandte sich um und trottete ohne Eile fort, bis sie ganz mit dem Schnee und dem blassgrauen Tag verschmolz.

Endlich sagte Nicholas: »Ich habe viele Menschen kennen gelernt und finde sie insgesamt wenig vertrauenswürdig. Aber vereinzelt gab es unter ihnen welche, die sich als wirklich außergewöhnlich erwiesen haben …«

Nicholas ließ seine Worte verhallen und starrte auf die Stelle, wo soeben noch Brianna gewesen war. Er hatte das Trennungsedikt erlassen, um dafür zu sorgen, dass keine Paarung wie die, aus der Brianna hervorgegangen war, je wieder geschah. Was aber passierte jetzt? Seine Leute töteten Menschen ohne triftigen Grund! Und das war falsch.

Abrupt stand er auf. »Ich muss so schnell wie möglich zu einem Funkgerät.«

Aber Matises Hand schloss sich um seinen Arm, und im selben Augenblick nahm Nicholas die Witterung auf. Ihre Blicke trafen sich in wortlosem Einverständnis, dann brachen sie gemeinsam auf.

16

Die Spuren im Schnee waren nicht schwer zu verfolgen. Unmittelbar vor der Hütte schien das Rudel sich in drei verschiedene Richtungen aufgeteilt zu haben. Eine Fährte aber war deutlich sichtbar und schnurgerade: die von zwei Wölfen, dem blonden und dem weißen, die zweifellos hintereinander herrannten. Dieser Spur folgte Hannah.

Ihr Herz schlug nicht nur vor Anstrengung, und sie atmete schwer. Sie wusste, dass es Irrsinn war, ihnen zu folgen. Aber sie konnte einfach nicht anders.

»Hast du das gesehen, Tom?« Sie verharrte auf einem steilen Kamm, um ein wenig zu verschnaufen, und tupfte sich die feuchte Stirn ab. »Er hat mich angegriffen. Der Kerl ist durchs Fenster gesprungen – eine zweifach verglaste Isolierscheibe mit Sicherheitsglas – und hat mich angegriffen. Er hätte mich umbringen können.« Und dann, weil das Verrückte an diesem Vorfall nicht nur in dem absolut artfremden Angriff durch das Fenster lag, sondern in dem, was hinterher geschehen war, fügte sie leise hinzu: »Aber er hat es nicht getan.«

Sie schaute sich um. Kein Tom war in Sicht!

Knapp einen Kilometer später erkannte sie an den Spuren, dass der eine Wolf zurückgefallen war. Sie folgte ihm durch die Schatten eines immergrünen Waldes, durch hohe Schneewehen und über glatten Untergrund. Urplötzlich dann hörten die Spuren auf.

An dieser Stelle war der Schnee in einem Durchmesser von etwa zwei Metern zu Matsch geschmolzen. Jenseits der matschigen Fläche führten Spuren weiter, aber es waren nicht mehr die Fährten von Wölfen – stattdessen Fußstapfen von Menschen.

Mit trockener Kehle und einem Herzen, dessen Schlag die Rippen ihres Brustkorbs zu sprengen drohte, nahm Hannah ihr Gewehr von der Schulter und ging geduckt weiter.

Zu beiden Seiten trat je ein Mann aus dem Wald auf sie zu. Es kam ihr fast vor, als gingen sie nicht, sondern *erschienen* eher – beinahe wie Gespenster. Keine zwei Meter vor ihr blieben sie stehen und versperrten ihr den Weg. Beide trugen Pelzumhänge mit Schlitzen für die Arme, aber ohne Verschlüsse, und Hannah sah, dass sie darunter nackt waren. Sie liefen barfuß durch den Schnee, was ihnen offensichtlich nichts ausmachte. Gleich groß und schlank, wiesen sie in den Gesichtszügen ebenfalls eine gewisse Ähnlichkeit auf. Der eine war in mittleren Jahren, aber vielleicht jünger, als sein bis zur Taille reichendes Haar vermuten ließ. Der andere sah aus, als müsse er Ende Zwanzig oder Anfang Dreißig sein, und sein seidig glänzendes blondes Haar fiel ihm auf die Schultern. Beide hatten Augen so blau wie der Himmel.

Keiner von ihnen zuckte auch nur mit der Wimper, als Hannah das Gewehr auf sie anlegte. Ihr Herz donnerte wie wild gegen die Rippen und schickte in kurzer Folge zittrige Atemstöße aus ihrem Mund.

Der Blonde warf einen Blick auf die Waffe und schaute ihr dann in die Augen. Mit freundlicher Stimme sagte er: »Sind wir schon so tief gesunken, Hannah North?«

Diese Augen! Sie wollte nicht zu lange in diese Augen schauen. Sie fürchtete sich vor dem, was sie darin entdecken mochte ... was sie schon entdeckt hatte. Verzweifelt unterdrückte sie das Zittern ihrer Hände am Anschlag und in ihrer Stimme. »Ich – ich kenne Sie nicht.«

Oh, doch, sagte Tom, aber sie blickte sich nicht um. Wieso sollte er da sein ...

Die schwache Andeutung eines Lächelns entspannte die Gesichtszüge des Mannes. »Das stimmt allerdings. Sie kennen mich kein bisschen.«

Dann trat der Weißhaarige vor. Mit einem Ruck richtete Hannah das Gewehr auf ihn, aber er zeigte keinerlei Reaktion. »Aber mich kennen Sie«, erklärte er ruhig. »Sie haben etwas, das ich geschrieben habe.«

Plötzlich spürte sie einen Kloß im Hals. Ihre Blicke wanderten zwischen den beiden hin und her. Oh, ja, sie wusste es. *Sie wusste es.*

Langsam ließ sie das Gewehr sinken. Am ganzen Körper bebend, griff sie in die tiefe Tasche ihres Mantels und zog nach kurzem Nesteln mit dem Klettverschluss das rote Buch heraus. Seine Augen brannten wie Feuer auf ihrer Stirn.

Sie hielt ihm das Buch hin, und er wollte es schon ergreifen, als Hannah es mit mehr Mut, als sie sich je zugetraut hätte, festhielt. »Eines müssen Sie mir noch sagen.« Ihre Stimme war fester, als sie zu hoffen gewagt hatte, aber ihre Kehle schmerzte. »Ihr Sohn ... ist er mehr wie wir – oder mehr wie Sie?«

»Weder noch«, antwortete der Werwolf, merkwürdig sanft. »Und mehr als beide. Bei weitem mehr.«

Hannah ließ das Buch los.

Er nahm es an sich und setzte sich in Bewegung. Als er auf der Höhe des anderen angelangt war, drang aus den Wäldern hinter ihnen, viel zu nah, ein Geheul – eine kurze, scharfe Warnung. Hannah riss das Gewehr wieder hoch und wirbelte herum; ihr Herz hämmerte, aber die beiden Männer tauschten nur Blicke.

Sie kam sich reichlich dumm vor, konnte aber ihre Adrenalindrüsen nicht so schnell davon überzeugen, dass die Gefahr vorüber war. Als sie sich wieder umdrehte, stand der Blonde alleine da.

»Ich bin es nicht gewohnt, einem Menschen etwas zu schulden«, begann er. Das Wort »Mensch« schien in der Luft widerzuhallen und sie ebenso in Erstaunen zu versetzen wie ihn. Er runzelte ein wenig die Stirn, als ärgere er sich über seine eigene Verlegenheit, und fuhr dann fort: »Sie haben mir das Leben gerettet.« Eine schlichte Feststellung, mehr nicht.

Aber das genügte auch.

Hannah spürte, wie ihre Muskeln sich allmählich wieder entspannten und ihr Atem sich beruhigte. Der Gewehrlauf zuckte noch immer mit jedem Herzschlag, aber nun weniger oft und heftig.

Betreten räusperte sie sich: »Was wird jetzt aus uns?«

Er lächelte. Es fiel ihm schwer, dieses Lächeln, denn es war voller Leid und voller Sorge, aber gelang doch irgendwie. »Ich hoffe auf Frieden«, meinte er.

Freimütig streckte er ihr die Hand entgegen und trat einen Schritt auf sie zu. Hannah kräuselte unsicher die Lippen und ließ das Gewehr sinken.

Dann, plötzlich, witterte Nicholas einen Geruch, der ihm bis dahin entgangen war, verborgen zwischen den vertrauten Werwolfgerüchen von Leibwächtern und Mitgliedern der Rettungsmannschaft – unauffällig vielleicht, gerade *weil* er so vertraut war. Einen Augenblick lang war er wie erstarrt vor Schock und Erstaunen darüber, dass der Feind so nah an ihn hatte herankommen können, ohne dass er es gemerkt hatte. Er wirbelte herum zum Waldrand, aber es war zu spät. Aus dem Schnee stürmte in Wolfsgestalt Michel auf Nicholas zu und setzte mit gefletschten Zähnen und ausgestreckten Klauen zum Sprung an.

Nicholas war noch zu schwach, um sich schon wieder ganz spontan verwandeln zu können, und selbst wenn er dazu in der Lage gewesen wäre, hätte die Zeit nicht gereicht. Er konnte nur noch die Arme hochwerfen, um den Angriff abzuwehren, auch wenn ihm im selben Augenblick klar war, dass er in menschlicher Gestalt nicht den Hauch einer Chance besaß. Bis die Rettungsmannschaft über den Hügel kam und sah, was geschah, würde Nicholas tot und Michel verschwunden sein.

In Sekundenbruchteilen zog die Zukunft an seinem inneren Auge vorbei: Der letzte der Devoncroix war tot, das Rudel verwundbar und ohne Führung, die Zivilisation im Chaos, und aus den Überbleibseln steigt wie Phönix aus der Asche ein Tyrann der Bruderschaft des Verdunkelten Mondes, der streng regiert, schnell urteilt und bald die ganze Welt unter seiner Kontrolle hat. Dafür zerschnitt man gern das Band der Freundschaft; dafür waren ein Monat, ein Jahr oder auch ein Jahrzehnt im Exil ein vergleichsweise geringes Opfer. Dafür musste Nicholas jetzt sterben.

Einem, den er einmal für seinen Freund gehalten hatte, schaute er in die kalt funkelnden Augen. Er spürte dessen heißen, bitteren Atem und roch die Ausdünstung seines Ehrgeizes – in diesem Moment krachte es, und Blut regnete vom Himmel. Michel fiel tot zu Boden mit einer klaffenden Wunde an der Seite, die Hannah ihm mit ihrem Gewehr beigebracht hatte.

Als Nicholas sich ihr zuwandte, stand sie zitternd, nach Luft ringend, mit weit aufgerissenen Augen da und starrte auf den toten Wolf keine zwei Meter von ihr entfernt. In der Luft schwebte der Geruch von menschlichem Entsetzen und Pulverdampf, von versengtem Fell, heißem Blut und Tod, kalt und endgültig. Nicholas tat einen Schritt auf sie zu.

Die Leibgardisten – riesige schwarze Wölfe mit stechenden grünen Augen und gebleckten Zähnen – kamen von hinten und von links auf sie zugerannt. Nicholas schrie: »*Nein!*«, und machte einen Satz nach vorn, aber zu spät. Sie wirbelte herum, versuchte, das Gewehr in Anschlag zu bringen, schaffte es aber nicht mehr; das einzige Geräusch, das auf ihr Scheitern hindeutete, war ein kurzer, erstickter Schrei. Einer der Leibgardisten warf sie nieder, und das Gewehr flog in hohem Bogen durch die Luft. Der andere stieß seine Fänge in ihre Oberschenkel und riss das Fleisch auf, bis das Blut aus der Arterie spritzte.

Nicholas brüllte und stürzte sich auf den ersten Wolf, der seine Zähne in die Halsschlagader der Menschenfrau geschlagen hatte. Mit bloßen Händen packte er den Artgenossen am Nacken und schleuderte ihn weg; der Wolf jaulte und fiel hin; das Blut, das ihm vom Unterkiefer tropfte, färbte den aufgewühlten Schnee rosa.

Der zweite Wolf wich mit gesenktem Kopf, den Schwanz zwischen den Beinen, zurück, als Nicholas ihn bedrohte. Dann sank Nicholas neben der Menschenfrau in einer roten Schneewehe zu Boden. Mit größter Eile suchte er die Stelle, aus der an ihrem Bein das Blut herausquoll. Dann presste er die Hände fest auf die Wunde, aber noch immer sickerte warmes, glitschiges Blut durch seine Finger, auch aus der Wunde in ihrer Kehle spritzte es wie aus einem Springbrunnen; er hatte keine Chance, die Blutungen zum Stillstand zu bringen.

»Hannah North«, befahl er leise und mit rauer Stimme, »halt durch. Ich hole Hilfe ...«

Doch ihr zerbrechlicher menschlicher Körper besaß nicht annähernd die Selbstheilungskräfte, die erforderlich gewesen wären, einen solchen Angriff zu überstehen; als sich ihre Augen nun zuckend öffneten, waren sie glasig und auf kein festes Ziel gerichtet. Der Blutschwall zwischen seinen Fingern wurde schwächer. »Ich schwöre dir, das habe ich nicht gewollt«, versicherte er ihr eindringlich mit belegter Stimme, und flüsternd wiederholte er: »Ich schwöre es!«

Einen Augenblick lang schien es ihm, als hätte sie ihn gehört. Ihre Augen stellten sich scharf, aber nicht auf ihn, und sie schien intensiv zu lauschen – aber wie gesagt nicht auf ihn. Ihre Lippen bewegten sich, und die Worte, die sie bildete, waren nur für die Ohren eines Werwolfs hörbar. »Tom«, wisperte sie mit einem Leuchten in den Augen, »ich wusste doch, dass du zurückkommen würdest.«

Lächelnd schloss sie die Augen. Ihr Herz hörte auf zu schlagen, ihr Blut hörte auf zu fließen. Sie war tot.

Mühsam richtete Nicholas sich auf. Seine Hände waren voller Blut. Er erhob sich und suchte die Landschaft ab, bis er sein Ziel gefunden hatte. Dann ging er zu dem Gewehr, hob es vom Boden auf und untersuchte es. Es war keine Munition in der Kammer. Dadurch, dass sie ihre Waffe eingesetzt hatte, um ihm das Leben zu retten, konnte sie ihr eigenes nicht mehr verteidigen.

Mit einem Schrei der Verzweiflung, der ihn an den Rand der Leidenschaft brachte, brach er die Waffe auf seinem Knie entzwei und ging dann auf die beiden Leibgardisten los, die in seinem Schatten auf dem Boden kauerten.

Starke Hände legten sich auf seine Schultern und hielten ihn zurück. »Nicholas, nicht! Sie haben doch nur ihre Arbeit verrichtet! Sie hat Michel getötet, hast du das nicht gesehen? Also wollten sie dich vor ihr schützen!«

Nicholas riss sich los, wirbelte herum und erkannte das Gesicht seines besten Freundes und Stellvertreters, Garret Landseer. Als Anführer seiner Truppe in menschlicher Gestalt trug er dem Klima entsprechend dicke Kleidung und Stiefel. Seine Augen waren dunkel vor Besorgnis, seine Gesichtszüge angespannt. »Sie hatte ein Gewehr, Nicholas! Warum bist du so empört?«

»*Sie* hat *mich* beschützt!«, schrie Nicholas. »Michel hat mich attackiert, und er hätte mich umgebracht, wenn sie nicht ihre Waffe eingesetzt hätte! Er hat auch die Bombe im Hubschrauber versteckt. Weil er mich töten wollte! Wie ist es nur möglich, dass *du* das nicht erkannt hast?«

Garret wurde leichenblass. »Er war der Maulwurf?« Einen Moment lang schaute er Nicholas schockiert an, bevor er den Blick senkte. »Tut mir Leid. Das ist unentschuldbar. Ich habe mich ganz darauf konzentriert, dich zu suchen; stattdessen hätte ich nach dem Grund für dein Verschwinden fahnden sollen.«

Jetzt starrte Nicholas erst ihn und dann die beiden Leibwächter mit wildem Blick an. Schwankend trat er ein paar Schritte vom Ort des Geschehens zurück und blieb mit geballten Fäusten stehen, die Zähne wütend zusammengebissen, das Gesicht zum Himmel gewandt.

Nach und nach ging sein Atem wieder langsamer, und sein Zittern ließ nach. Die Anspannung wich aus seinen Muskeln, und er stand reglos da, und schließlich sagte er, ohne sich umzudrehen: »Es war nicht eure Schuld. Ihr habt halt eure Pflicht getan.«

Garret trat zu ihm. »Wir hielten dich für tot«, bekannte er. »Der Sturm kam so plötzlich, wir konnten keine Überlebenden finden … und so dachten wir, du hättest es nicht geschafft. Auf einmal kam jedoch aus dem Nichts das Ortungssignal und führte uns nah genug zu dir, um deine Witterung aufzunehmen. Ohne dieses hätten wir das Wrack nicht vor dem Frühjahr gefunden.«

Nicholas warf ihm einen kurzen Blick zu, ersparte sich aber nähere Erläuterungen. Vielleicht ein andermal, dachte er, vielleicht!

Da fiel Nicholas auf, wie sich hinter Garrets Schulter etwas bewegte; als sein Freund sich umdrehte, sah er gerade noch die beiden Wölfe – den großen weißen Rüden und das zierlicher gebaute rote Weibchen – über den Kamm verschwinden. Garrets Nasenlöcher weiteten sich.

»Wir haben schon vor einiger Zeit ihre Witterung aufgenommen«, bemerkte er. »Wer sind sie?«

Ein wenig zögernd antwortete Nicholas: »Wilde Werwölfe. Sie haben mir geholfen … als ich krank war. Lasst sie ziehen.«

»Wie du willst«, gab Garret nach.

Nicholas entfernte sich von ihm und war ein paar Sekunden lang nicht mehr zu sehen. Als er zurückkam, hielt er den Pelzmantel in Händen, in den Matise sich gehüllt hatte. Er kniete neben der Leiche von Hannah Braselton North nieder und legte sehr sanft den Umhang über sie. Die Mitglieder des Rettungsteams – teils in Menschen-, teils in Wolfsgestalt – sahen aus einigen Metern Abstand in betretenem Schweigen ihrem Anführer zu.

Kurz berührte Nicholas das Haar der Menschenfrau, von dem eine Locke aus dem Umhang heraus in den Schnee hing, und kam wieder auf die Beine. Mit scharfer Stimme wandte er sich an Garret. »Der Erlass, den ich vor meiner Abreise aus New York dem Rat geschickt habe – ich muss ihn zurückziehen, bevor er verlesen wird. Habt ihr ein Telefon dabei?«

Garrets Miene versteinerte. Ein Windstoß erfasste eine Strähne seines dunklen Haares, wehte es über seinen Hals und bewegte das Fell am Rand der Kapuze seines Parkas.

»Habt ihr eins?«, fragte Nicholas noch einmal. »Dann gib es mir!«

»Ja, ich habe ein Telefon«, bestätigte Garret widerstrebend. »Aber ... Nicholas, wir hielten dich für tot. Dein Erlass ist dem Rudel verkündet und vom Rat als dein letzter Wille abgesegnet worden. Vor zwölf Stunden ist er in Kraft getreten.«

Nicholas spürte, wie das Blut aus seinem Gesicht, den Fingerspitzen und Zehen wich. Er starrte Garret an, ohne ihn zu sehen. *Mehr als fünfhundert Jahre des Friedens enden mit diesem Tag* ... fünfhundert Jahre ...

Er betrachtete seine Hände, die nass waren vom Blut der Menschenfrau. Geistesabwesend wischte er sie an seinem Umhang ab.

»Das Flugzeug für deine Rückreise wartet schon«, fügte Garret hinzu. »Wir sollten dem Rudel so schnell wie möglich mitteilen, dass es dir gut geht.«

»Ja«, bestätigte Nicholas. Seine Lippen fühlten sich taub an, und seine Stimme klang hohl, wie aus weiter Ferne.

»Wichtig ist jetzt vor allem, das Rudel zusammenzuhalten und seine Sicherheit zu gewährleisten.«

Das Rudel. *Was ich tue, tue ich für das Rudel …*

Fast gegen seinen Willen bildete seine Kehle Worte, die automatisch und mechanisch klangen, aber nichtsdestoweniger fällig waren. »Ja«, sagte er. »Das Rudel.«

Sein Blick ruhte auf der Gestalt am Boden, die jetzt ein Fell bedeckte, doch seine Gedanken waren bereits woanders. Nur mehr auf das Rudel kam es an.

»Vielleicht ist es noch nicht zu spät, den Schaden in Grenzen zu halten«, murmelte er abrupt. »Ich brauche eine Satellitenverbindung und einen freien Kanal. Dann werde ich mich so schnell wie möglich an unsere Leute wenden. Gab es schon Panik auf den Finanzmärkten? Ist es dir gelungen, die Wall Street zu stabilisieren?«

»An allen Fronten geht es drunter und drüber«, gestand Garret vorsichtig, »aber ich denke, wir können die Sache noch unter Kontrolle bringen. Sobald du, lebendig und gesund, wieder auftauchst, wird das allein schon viel dazu beitragen, das Rudel wieder zu beruhigen. Ich habe den Auftrag gegeben, keine drei Kilometer von hier ein Lager aufzubauen; von dort aus kannst du via Satellit eine Nachricht übermitteln. Aber wir sollten uns beeilen.«

Ein letztes Mal warf Nicholas einen Blick auf die Menschenfrau. »Ich möchte, dass sie an einen sicheren Ort gebracht wird«, ordnete er an. »Sie soll hier nicht den Raubtieren ausgeliefert sein. Ihre Verwandten müssen verständigt werden, damit sie Gelegenheit haben, sie zu bergen.«

»Natürlich.«

Garret schaute seinen Freund an und lächelte andeutungsweise. »Schön, dich wiederzuhaben.« Er berührte kurz Nicholas' Schulter und wies ihm den Weg.

Einen Augenblick später folgte ihm Nicholas, immer noch bemüht, das Blut von seinen Händen zu wischen.